문학으로 사회읽기

(주)박이정

지은이 소개

김진기

건국대학교 국어국문학과 조교수
건국대학교 문과대학 국어국문학과 및 동대학원 졸업(문학박사, 현대소설 전공)
「이태준론」, 「장용학론」, 「김승옥론」, 「박태순론」, 「최인호론」 등 여러 논문이 있으며
『한국근현대소설연구』, 『손창섭의 무의미 미학』, 『한국현대작가론』(공저),
『페미니즘문학의 이해』(공저) 등 다수의 저서가 있다.

조미숙

건국대학교 강사, 문학평론가
건국대학교 문과대학 국어국문학과 및 동대학원 졸업(문학박사, 현대소설 전공)
「김정환론」, 「강경애론」, 「김남천 소설에 나타난 여성의식 자각과정 연구」 등의 논문이 있으며
『한국현대소설의 인물묘사방법론』, 『한국현대문학의 기조』, 『한국문학의 위상』,
『한국현대작가론』(공저), 『페미니즘문학의 이해』(공저) 등 다수의 저서가 있다.

박성현

건국대학교 강사
건국대학교 문과대학 국어국문학과 및 동대학원 수료
「한국 전후시의 죽음의식 연구」, 「죽음, 그 내밀한 에로스의 세계」,
「신화, 방언주의, 미적 모더니즘」, 「한국 모더니즘시 연구」 등의 논문이 있다.

이춘우

건국대학교 대학원 박사과정
건국대학교 문과대학 국어국문학과 및 동대학원(석사) 졸업
「조세희 소설 연구」, 「채만식 소설 연구」 등의 논문이 있다.

문학으로 사회읽기

초판 1쇄 발행 2003년 2월 28일
초판 2쇄 발행 2021년 9월 10일

지 은 이 김진기 · 조미숙 · 박성현 · 이춘우
펴 낸 이 박찬익
펴 낸 곳 ㈜ 박이정
주   소 경기도 하남시 조정대로45 미사센텀비즈 7층 F749호
전   화 031-792-1193, 1195
팩   스 02-928-4683
홈페이지 www.pjbook.com
이 메 일 pijbook@naver.com

등   록 2014년 8월 22일 제2020-000029호
ISBN 89-7878-612-X 93810

* 책값은 뒤표지에 있습니다.

문학으로 사회읽기

김진기 · 조미숙 · 박성현 · 이춘우 지음

(주)박이정

머리말

문학과 사회는 뗄래야 뗄 수 없는 불가분의 관련성 속에 있다. 문학과 사회의 관계는 마치 물고기와 물의 관계와 같아서 물이 없으면 물고기가 존재할 수 없듯이 문학도 사회가 없다면 그 존재 자체를 상상조차 할 수 없다. 그러나 이러한 단순한 유비는 비단 문학에만 해당하는 것이 아니어서 별로 신선할 것도 없다. 문제는 문학과 사회의 관련성을 그 특수성의 측면에서 살펴보아야 한다는 데에 있다.

문학은 특유의 형식을 자체 내에 갖고 있다. 장르라든가, 서술형식, 또는 다양한 기법 등이 바로 그것이다. 이러한 특유한 형식을 염두에 두지 않는다면 문학에 대한 사회적 접근은 왜곡된 이해만 결과하게 될 것이다. 따라서 문학과 사회의 관계를 따져보려는 사람이라면 의당 이러한 문학 특유의 형식에 대한 이해를 전제하지 않으면 안 된다.

이 책은 문학사회학에 대한 이론, 문예사조, 문학사, 오늘날의 문화현상 등을 큰 묶음으로 하여 문학과 사회에 대한 기초적 이해를 높이는데 그 목적을 두고 있다. 아마도 문학에 뜻을 둔 사람이라면 이러한 기초지식을 접하는 게 무엇보다도 필요하리라 본다. 그런 의미에서 이 책은 문학에 접하는 수많은 문학도들에게 일종의 길라잡이 역할을 하리라 판단된다.

그러나 바로 그러한 성격 때문에 이 책이 문학과 사회에 대한 전체적인 이론적 조망을 가능하게 하지는 못할 것 같다는 한계가 있다. 왜냐 하면 문학과 사회에 대한 이론에는 무수한 변종이 있기 때문이다. 오늘날의 해체론적 접근은 전통적인 리얼리즘적 방식을 전면 거부하기까지 한다. 그래서 전통적인 리얼리즘 방식은 오히려 낡은 것으로 치부되곤 하였다. 그러나 그렇다고 해서 전통적인 리얼리즘 방식의 유효성이 사라지는 것은 아니다. 같은 논리로서 오늘날 강세를 보이고 있는 해체론적 접근이 반드시 타당한 것만도 아니다.

이런 측면에서 이 책이 취하고 있는 리얼리즘 방식은 고전적이면서 동시에 오늘날에도 재해석될 수 있는 쇄신의 면을 가지고 있다고 할 수 있다. 왜냐 하면 해체론적 접근 역시 현실이라는 물적 조건 위에 설 때만이 비로소 설득력을 얻을 수 있기 때문이다. 그런 의미에서 우리는 문학과 사회에 대하여 성찰할 때에 아직도 전통적인 리얼리즘 방식이 그 기본 정신에 있어서 여전히 유효하다고 주장하는 바이다. 그렇다고 해서 이 방식만이 전능이라는 생각은 가지고 있지 않다. 단지 이 방식이 다양한 방식을 위한 출발점이라는 것만은 부정할 수 없다는 것을 강조할 따름이다.

아무쪼록 문학에 입문하려는 사람들이 이 책을 통해 문학과 사회에 대한 기초적 성찰을 할 수 있게 되기를 바란다. 이 책을 씀에 있어서 조미숙 박사, 이춘우, 박성현 선생의 노력이 컸다. 제1장 문학사회학은 내가 썼고 제2장 문학과 역사는 이춘우 선생, 제3장 서구 문예사조의 형성과 전개는 박성현 선생, 그리고 제4장 문화와 사회는 조미숙 박사가 썼다. 역시 이번에도 공동저작의 형태가 되었다. 이러한 형태를 가능한 한 지속시키려고 노력할 생각이다. 학문은 혼자 하는 것이 아니고 반드시 여럿이 해야 한다는 것이 아직까지의 나의 지론이기 때문이다. 그렇다고 혼자 하는 연구를 게을리 하지 않도록 최선을 다하도록 하겠다. 이 책이 나오도록 애써준 위의 필자들에게 특히 감사하고 학문에 대한 그들의 열정에 무엇보다도 고맙다는 말을 전하고 싶다. 또한 이 책이 나올 수 있도록 도와준 도서출판 박이정의 박찬익 사장님과 홍현보 편집장님께 이 자리를 빌어 그 분들의 노고에 다시금 감사의 말씀을 전하고 싶다.

청심대의 봄을 바라보며

김진기 씀

차례

Ⅰ. 문학사회학

1. 문학과 사회의 관계

1) 문학의 기원

문학의 시작은 언제부터인가. 선사시대부터인가, 아니면 근대 이후부터인가. 문학이라는 말로 지시될 수 있는 대상이 근대이후에 우리가 접하는 문학 작품을 말하는 것인가, 아니면 그 이전에 학문 혹은 박학의 의미로 쓰여진 포괄적 대상을 두고 하는 말인가. 흔히 공자가 『논어』「先進」편에서 분류한 대로 문학은 덕행, 언어, 정사와 더불어 사과(四科)의 하나로 일컬어져 왔다. 그러나 그것은 유교 경전 항목의 하나로 일종의 학문적 대상이지 오늘날 우리가 접하는 문학은 분명 아니다. 문학을 둘러싼 이러한 여러 논의들이 문학의 기원을 찾는데 걸림돌이 되고 있다. 문학이라는 실체가 불분명한 상태에서 그것의 기원을 찾는다는 것은 어려운 일이 되기 때문이다. 따라서 우리는 방식을 달리해서 그것에 접근해야 하리라 본다. 이를테면 인간에 내재한 원형적 욕망이나 사회적인 진화방식 등에 대한 접근을 통해서 말이다.

문학의 기원에 대해 설명하는 논의는 여러 가지가 있다. 많은 학자들이 기원설명을 위해 노력해 온 것은 주지의 사실이다. 왜냐 하면 어떠한 학문이든지 자신의 학문적 기원을 찾아내는 작업은 그 학문의 정체성을 확고히 하는데 도움이 되기 때문이다. 그러나 이러한 기원찾기가 반드시 긍정적인 것만은 아니다. 왜냐 하면 대상은 항상 변화하고 다양해지는데 반해 기원을 찾게되면 그 변화와 다양성을 단순한 기원으로 획일화시키는 우를 범할 수도 있기 때문이다. 또한 자칫 잘못하면 모든 것이 기원으로 회귀되는 기원환원론으로 전락할 위험도 있다. 그러나 이러한 우를 십분 인식하면서 문학의 기원을 살펴본다면 그러한 기원찾기가 반드시 부정적인 것만은 아닐 터이다.

문학의 기원을 찾는 데에 따르는 어려움은 무엇보다 문학이 여타의 과학과 달리 인간의 정신을 다루는 과학이라는 점에 있다. 정신은 쉽사리 잡히지도 볼 수도 없는 것이어서 그 실체를 확인하기가 매우 어렵다. 따라서 이러한 정신을 포착하려면 정신의 외화(外化)라 할 수 있는 언어에 관심을 집중시킬 수밖에 없다. '태초에 말씀이 있었다'는 성경말씀에 근거한다면, 언어는 하루아침에 한꺼번에 만들어졌을 것이다. 그러나 언어는, 뒤에 다시 구체적으로 살펴보겠지만 인류의 진화과정과 더불어 자랐다고 보지 않을 수 없다. 바꿔 말하면 언어는 인류 정신의 발전 과정과 그 맥을 같이 한다는 것이다. 우리가 문학의 기원을 중심주제로 다루려할 때 언어에 초점을 맞출 수밖에 없는 이유도 여기에 있다. 그러나 언어가 문자로 정의될 때 또 문제가 나타난다. 문자가 발명되기 이전의 문학의 기원에 대해서 설명할 방도가 없기때문이다. 따라서 문학의 기원은 자연스럽게 문학적 표현 욕구에 대한 논의를 중심으로 전개할 수밖에 없게 된다. 이럴 때 문학은 예술일반으로 확대된다. 다시 말해, 예술적 충동 혹은 욕망에 대한 설명으로 문학의 기원이 소급되어야 한다는 것이다. 이때 언어는 원시적 인간의 자연적인 발음까지 포함시켜야 할 것이다.

이렇게 볼 때, 문학의 기원에는 대체로 사회학적인 접근 방식이 크게 설득력을 가질 것이라고 판단된다. 물론 더 세분화하자면 심리학적 기원설과 ballad dance설도 포함시킬 수 있겠지만, 이 책의 일관된 방향성이라 할 사회적 측면에 초점을 맞추기 위해 사회학적 접근 방식을 중심으로 논의를 전개해 보기로 하겠다.

　　사실 문학의 기원을 설명하는 방식에는 심리학적 기원설도 무시 못할 위력을 갖고 있다. 심리학적 기원설이란 주로 자기표현본능설, 유희본능설, 모방본능설, 흡인본능설 등을 두고 하는 말이다. 이 중에서 모방본능설을 간단히 살펴보기로 하자. 모방본능설은 예술의 기원을 설명할 때 중요하게 거론되는 것으로서, 인간의 원초적 모방본능을 말하는 것이다. 이러한 현상은 아이들에게 많이 나타남을 알 수 있다. 아이들은 산과 강을 그리면서 자연물과 자신이 그린 그림을 견주어보고 좋아하거나 혹은 싫어한다. 자신의 그림이 자연물과 흡사했을 때 아이는 쾌재를 부르고 달랐을 때 실망하는 것이다. 이러한 본능은 인간 내면의 원초적인 현상으로서 일종의 원형적 본능이라 할 만하다. 이 같은 현상이 비단 아이들에게만 나타나는 것은 아니다. 시를 습작하는 문학도들도 선배시인들이나 선배소설가들의 문학적 형식을 모방함으로써 자신의 생각을 완결짓는 훈련을 쌓게 되기 때문이다. 이러한 훈련을 거친 후 비로소 훌륭한 시인, 작가가 될 수 있는 것이다.

플라톤과 아리스토텔레스

이 같은 모방본능에 대해서는 일찍이 아리스토텔레스가 『시학』에서 갈파한 바 있다. 그는 예술을 자연의 모방으로 규정하고 그 자연에는 인간 내면의 자연도 포함되어 있다고 주장한다. 인간내면의 자연이란 이성으로 규정되기 이전의 인간의 자연발생적인 감정을 의미한다. 아리스토텔레스는 인간이 동물과 다른 점을 모방에서 찾고 있으며 모방이 인간을 지식으로 이끌고, 나아가 모방했을 때의 희열로 이끈다고 하였다. 이러한 모방설은 아리스토텔레스만이 강조한 것은 아니다. 시인추방론을 주장한 플라톤 역시 모방설을 주장하였다. 단지 플라톤은 시인추방설을 주장하면서 모방의 가치를 약화시켰을 뿐이다. 그러나 둘 다 예술을 모방이라 본 데에는 다름이 없다. 그러나 이 같은 심리현상을 통한 기원 설명이 현실의 복잡다기한 현상들을 두루 포괄하여 설명할 수 없음은 자명한 사실이다. 또 심리현상을 통해 변화하는 인간적 삶의 다양성을 해명하기는 힘들 뿐만 아니라, 그러한 심리로 구축된 문학이 어떻게 인간적 삶에 기여하는가를 설명하는 데에는 어려움이 있게 된다. 그렇기 때문에 이러한 난점을 해소하기 위한 방법으로 우리는 문학의 사회적 기원설에 보다 집중하지 않으면 안되리라 생각한다.

(1) 도구의 이용

심리학적 기원설이 인간에 내재한 원초적 심리에 초점을 맞추었다면, 사회학적 기원설은 인간과 사회와의 상호작용에 의해 문학이 성립되었다고 본다. 사실, 앞서 말한 것처럼 심리학적으로 문학의 기원을 설명하기에는 일정한 한계가 있다. 인간은 상황에 따라서 그 심리가 달라질 수 있기 때문이다. 따라서 상황 혹은 사회를 무시하면 심리학적 기원설은 그 자체로 진공상태에 놓여짐을 간과해서는 안될 것이다. 인간은 무엇보다도 환경의 영향을 엄청나게 받고 있는 존재이다. 그렇다면 인간의 원초적 단계에서 환경이란 무엇인

가. 그것은 무시무시한 자연현상이었을 것이다. 비바람 치고 천둥이 울리며 벼락도 내리고 홍수나 눈보라가 찾아오는 자연환경 속에서 인류는 그야말로 원시인처럼 생활하며 자연을 두려워하였을 것이다. 이러한 고통스런 환경에 인류는 자신을 적응시키기 위하여 부단히 노력했을 것이다. 그 노력은 단지 십 년이거나 백 년이 아니고 몇 천 년 이상이 걸렸을 것이다. 그 많은 시간의 경과를 통해 인류는 조금씩 진화해 나갔다.

인간이 마주친 이러한 자연현상에 적응하기 위하여 인간에게는 자신의 주위에 놓여진 자연물들을 이용해야 하겠다는 생각이 점차 생겼을 것이다. 이 이용의지와 이용결과 사이에 놓여진 것이 바로 인간의 노동이다. 사회학적 기원설에서 예술은 노동의 한 형태이며 그것이 인간과 동물을 구별하는 근원적인 변별성이라고 강조한다. 인간은 노동을 통해 자연을 자신의 목적에 맞게 변형시킨다. 그리하여 그것을 인간 자신의 것으로 만든다. 이렇게 자신의 것으로 변형된 자연은 또 다른 목적을 이루기 위한 수단이 된다. 그래서 노동은 새로운 것을 창조하는 근원이라고 할 수 있는 것이다. 예술을 이렇게 노동과정을 통해 생산된 것으로 이해하는 것이 사회학적 기원설의 기본 출발점이다. 여기서는 에른스트 피셔(Ernst Fisher)의 견해를 참고하는 것이 논점 전달에 매우 유용하리라 본다.

인간은 어떻게 하여 외부에 존재하는 자연물을 자신의 목적을 위해 이용하게 되었는가. 그것을 이해하기 위한 일차적 접근은 도구를 만들어냈다는 것에서 찾아야 한다. 인간은 자기의 한계 내에서만 자연을 이용할 수 있다. 그는 허기를 채우기 위해 먹이를 찾아 이리저리 배회했을 것이다. 그리고 떨어진 과일이나 죽은 동물의 시체를 뒤적이며 허기를 채웠을 것이다. 그러다가 부패한 시체로 인해 무수한 인간이 죽어갈 수밖에 없었을 것이다. 죽거나 아파하면서 이리저리 배회하다가 강물에 헤엄치는 물고기를 보거나 나무에 달린 과일을 보았을 때, 인간은 생존을 위해 이것저것 방법을 모색하며 그것을 구할 방도를 끊임없이, 거의 몇 백 년에 걸쳐 생각해 보았을 것이다. 물고기나 산짐승을 잡을 작살이나 나무에 달린 과일을 따먹을 기다란 장대 같은 것을 이용하여 그것들을 잡았을 때 인간은 마침내 쾌재를 불렀을 것이다.

인간은 도구를 통하여 마침내 '인간(人間)'이 된 것이다. 그는 도구를 만들거나 생산함으로써 자신을 만들거나 형성하였다. 인간과 도구는 뗄래야 뗄 수 없는 관계로 역사를 만들어 왔다. 그 둘은 둘이면서 동시에 하나이다. 인간을 도구적 존재라 일컬음은 인간에게 있어 도구가 얼마나 중요한 것인가를 말해주는 단적인 예라 할 것이다. 이러한 도구의 사용으로 인해 인간은 마침내 직립으로 보행하게 되었고, 그에 따른 두뇌의 발달은 인류의 진보에 크게 이바지하게 하였다. 그러나 도구의 사용이 인간에게 중요한 것은 미개했던 인류를 처음으로 인간이 되게 했다는 점에만 있는 것은 아니다. 그것은 삶의 방식을 전면적으로 바꿨다는 데서 찾을 수 있다.

도구를 통한 노동과정에서 원인과 결과의 자연적 관련은 역전되었다. 즉 예기되고 예견된 효과가 '목적'으로서 노동과정의 입법자로 되었던 것이다.[1] 과거에는 단지 먹고 싶은 것을 먹기 위해서 자연물을 필요로 했지만 이제는 노동의 산물로 구성된 새로운 목적을 위해 인간의 의지를 거기에 종속시키게 된 것이다. 이것은 같은 노동을 하지만 동물과 구별되는 인간만의 특성이다. 거미가 집을 짓는 것이나 인간이 집을 짓는 것은 동일한 형태이고 나아가 거미의 집짓기가 거의 직공(織工)과 유사한 움직임 속에서 집을 짓는 기술의 뛰어남을 보여주지만 건축가와 거미가 다른 근본적인 차이점은 건축가는 집을 짓기 전에 미리 집에 대한 설계를 머리 속에서 완성시킨다는 것이다. 이렇게 되기까지 얼마나 많은 시간이 인류에게 필요했던가를 묻는 것은 어리석은 일이다. 그러니까 도구의 사용은 인간을 동물의 단계에서 한 단계 비약시킨 결과를 가져왔다고 하겠다.

---

1) 에른스트 피셔, 『예술이란 무엇인가』(돌베개, 1984) pp. 31-38 참조

이와 같은 비약에는 비교 혹은 유추가 큰 역할을 한다. 어떤 도구가 다른 것보다 다소 유용하고 그것이 또 다른 것으로 대치될 수 있다는 발견은 불완전한 도구를 좀더 효율적이도록 할 수 있다는 발견 — 즉, 도구가 자연으로부터 취득될 필요가 없고 생산될 수 있다는 발견 — 에로 이어졌다.2) 이렇게 하여 도구들간에 비교가 이루어지고 가장 유용한 도구가 정교하게 만들어지기 시작한다. 먹기 위해 도구가 목적이 되었지만 이제 도구는 나무에 있는 열매를 떨구기 위한 수단이 된다. 이런 목적의 수단화는 보다 고차원적인 목적을 위해 가능해진 것이다. 이와 같이 도구가 보다 정교하게 다듬어지기 위해서는 끊임없는 시행착오를 거쳤을 것이다. 그렇게 해서 그것들은 마침내 도구이기를 멈추고 인간 경험의 중요한 부분을 형성하게 된다.

(2) 언어의 사용

도구를 통한 노동의 발전은 동물세계에 알려진 소수의 원시적 기호를 넘어서는 표현과 통신에 있어서의 새로운 수단의 체계를 요구하였다.3) 이것이 언어이다. 동물의 언어는 그야말로 본능적이며, 위험한 상황임을 알리거나 교미할 때를 나타내기 위한 초보적인 기호체계에 불과하다. 그러나 인간은 노동의 필요성에 따라 공동작업을 위해 상호 의사소통할 수 있는 언어가 필요하다. 이렇게 볼 때 언어와 도구는 거의 비슷하게 탄생했다고 해도 과언이 아니다. 처음에 인간의 언어는 자신의 감정이나 의사를 전달할 수 있는 표현수단이라기보다는 오히려 노동에 필요한 통신수단의 의미가 컸을 것이다.

이와 같은 언어의 기원에 대한 추정은 종교적 의미에서의 신성한 기원과는 거리가 있다. 만약 신이 언어를 만들었다면 한꺼번에 만들었을 것이다. 왜냐 하면 그것은 신의 뜻을 전달하는 신성한 매개체이기 때문이다. 신성한 매

---

2) 에른스트 피셔, Ibid., p. 34.
3) 에른스트 피셔, Ibid., p. 38.

개체인 언어가 인류의 초기단계라 해서 원시적일리는 없는 것이다. 그러나 사실은 그러하지 못하였다. 인간의 언어는 처음에는 매우 불안정했고 단지 자연의 소리를 모방하거나 자연으로부터 취한 이름을 대상에 부여한 것에 다름 아니었다. 만약 이러한 소리를 신이 만들었다면 신은 쓸데없는 어휘를 만든 것에 불과하다. 그것들이 신의 뜻을 전달하기에는 턱없이 미숙하기 때문이다.

「이집트 문자와 그림(기원전 13세기경)

이렇게 하여 언어는 양면적 본성을 갖게 된다. 통신과 표현 수단으로써의 언어와 실재의 이미지로써 그리고 그것을 위한 기호로써의 언어, 대상의 감각적인 파악으로써의 언어와 추상으로써의 언어로, 언어는 분화하게 된다. 이 모든 분화는 바로 노동을 통해서 가능하게 된다. 도구를 사용하는 경험이 없이는 인간은 자연의 모방으로써, 그리고 여러 활동과 대상을 표현하는 기호의 체계로써, 즉 추상으로써의 언어를 결코 발전시킬 수 없었을 것이다.4) 이제 인간은 고도로 추상화된 언어를 사용할 수 있게 되었다. 인간은 대상을 단지 언어로 모방할 뿐만 아니라 대상에 대한 생각까지도 언어로 표현할 수 있게 되었다.

언어의 사용은 대상을 부르거나 변화시키거나 하는 무한한 인간의 가능성을 확대시켰다. 이제 인간은 자연환경을 단순히 수동적으로 접하는 존재가 아니라 그것들을 변형시킬 수 있다는 신념에 의해 여타의 동물세계로부터 우뚝 설 수 있게 된다. 인간은 바야흐로 만물의 영장이 된 것이다.

---

4) 에른스트 피셔, Ibid., pp. 42-43.

(3) 예술의 탄생

언어의 사용은 언어에 의한 행위의 모방을 통해 인간의 한계를 극복한다는 점에서 예술로 비화할 수 있다. 예술은 마법적 도구로서 인간이 자연을 지배하고 사회적 관계를 발전시키는데 봉사한 것이다.[5] 예술은 모방을 통해 가능해졌다. 물론 예술의 기원설을 이런 식으로 설명하는 것은 매우 단순하다고 하지 않을 수 없다. 사실 예술이 발생하는 데에는 이 같은 도구와 언어 외에도 수많은 요인들이 작용했을 것이다. 화려하게 번쩍거리는 물체(인간존재에 대해서 뿐 아니라 동물에 대해서도 역시)의 매력과 빛의 거역할 수 없는 유인이 예술의 탄생에 기여했을 수도 있고, 성적인 유혹물 – 선명한 색채, 자극적인 향기, 동물세계에서의 화려한 모피와 깃털, 보석과 멋진 의상 등 – 이 자극을 주었을 수도 있다.[6] 그러나 예술의 기원을 설명하는 것과 관련하여 인류의 초기 단계에서 가장 중요한 요소는 무엇보다도 이러한 도구와 언어라 하지 않을 수 없다.

이렇게 볼 때 인류의 여명기에 있어서 예술은 미(美)와는 거의 무관하였으며 어떤 미학적 욕구가 개재된 것도 아니었다고 할 수 있다. 즉 예술은 인간 집단이 생존을 위한 투쟁에서 필요로 했던 마법적 도구이자 무기였던 것이다.[7] 사냥을 나가기 전에 열광적으로 부족들이 모두 모여 추었던 춤이나

---

5) 에른스트 피셔, Ibid., pp. 50-51. 여기서 마법이라는 말은 그때까지 없었던 것이, 다시 말해 그때까지 따로따로 파편적으로 존재했던 것이 언어나 도구, 혹은 그밖의 사회적 계기에 의해 일거에 통합되는 현상을 말한다. 이러한 통합이 이루어질 때 인간은 그것을 미술적으로 인식하게 된다. 이러한 미술적 인식은 현재에 이르러서도 예외가 아니다. 우리가 파편적으로 인식했던 삶의 조각들이 예술에 의해 비로소 통합될 때 인간은 감동과 더불어 신기한 느낌을 갖게 된다.

6) 에른스트 피셔, Ibid., p. 51. 피셔는 이밖에 맥박, 호흡, 성교 등과 같은 유기적 비유기적 자연의 리듬, 이러한 형식의 과정과 요소의 율동적인 재현 및 거기에서 수반되는 즐거움, 그리고 마지막으로는 노동리듬이 중요한 역할을 했을 수도 있다고 지적한다. 또 무시무시함, 장엄함, 그리고 적을 제압하는 힘을 주는 어떤 것 등도 있을 수 있다고 말한다.

7) 에른스트 피셔, Ibid., p. 52.

그들의 무기에 새겨진 문양 등은 전투에 필요한 사기진작을 위해 필요로 했던 것이지 미적 욕망의 표현을 위한 것이 아니었던 것이다. 그럼에도 불구하고 이러한 것들은 물리적 필요성을 넘어 인간의 정서적 욕구를 드러내게 된다. 이러한 삶의 필요성이 세월이 흐르면서 점차 종교나 과학, 예술 등으로 분화되기 시작하는데 이 단계에 이르면 예술은 직접적인 목적을 이루기 위한 수단에 그치는 것이 아니라 그것들을 변형시켜 본래의 목적과 다른 목적을 충족시키기 시작한다. 이를테면 초기의 기록문학이라 할 수 있는 향가에서도 볼 수 있듯이 문학이 현실을 그리되 현실과 다른 목적을 추구하고 있음이 눈에 띈다.

예컨대 월명사가 썼다는 10구체 향가 「제망매가」는 누이의 죽음을 불도와 연관시켜 삶의 허망함이라는 주제로 비약한다. 이러한 비약은 이전에 직접적인 모방에 종속되었던 표현을 간접화하여 승화시킨 대표적인 경우라 할 것이다. 예술은 이 같은 경로를 통해 원시형태에서 그 원시성을 탈피하게 된다. 나아가 예술은 이렇게 하여 그 본원의 모습을 비로소 찾게 된다. 그런데 예로 든 「제망매가」에서 중요한 것은 신라의 불교가 호국불교였다는 것이다. 그러니까 월명사가 이 시가에서 단지 개인의 슬픔만 강조한 것은 아니었다는 말이다. 개인의 슬픔을 종교적 힘, 즉 집단적 힘으로 승화시키려 했다는 점이 중요하다. 당시에는 개인이 집단에 종속되어 있어서 개별적인 존재로 살아갈 수 없었던 것이다. 개별적 존재가 집단이나 부족으로부터 분리되는 것은 곧 죽음을 의미하였기 때문이다. 다시 말해 월명사의 「제망매가」는 집단성이 강조된 시대의 종교인 호국적 성격의 불교를 개인적 삶의 허망함으로 연결시키면서 예술의 단순한 형태인 모방성을 일거에 뛰어넘은 수작이라는 것이다. 여기에서 집단성과 개인성이라는 예술의 두 계기가 강조될 수 있다.

이러한 인식들을 토대로 하여 피셔(E. Fisher)는 다음과 같이 결론을 맺는다. "모든 형태의 예술—언어, 춤, 율동적인 노래, 마법적인 의식—은 명실

상부한 사회적 활동으로서 모두에게 공유되었으며 인간을 자연과 동물 세계 위로 끌어올리는 것이었다. 원시집단이 붕괴되고 다양한 계층 및 개인의 사회로 대치된 뒤에도, 예술이 이 같은 집단적 성격을 전적으로 상실한 것은 결코 아니었다"[8]라고. 이러한 예술의 집단적 성격은 사회가 계층적으로 분화된 오늘날의 시대에도 예외는 될 수 없다.

사회가 복잡해지고 자본이 지배하는 사회가 되자 예술은 더욱 다양한 형태를 띠게 된다. 기술의 분화와 그에 따른 분업의 확대, 계층과 계급의 양극화 등은 인간을 더욱 소외시켰고 이에 따라 예술은 단지 직접적 대상 지시를 통한 약간의 우회가 아니라 현실에 대한 심각한 내면적 왜곡을 결과하게 되었던 것이다. 의식의 흐름 기법으로 쓴 다양한 소설들, 예컨대 제임스 조이스나 버지니아 울프 등의 작품이 이에 해당하는데 이 과정에서 다양한 예술형태가 선보이게 된 것은 당연한 일이었다. 이러한 예술 형태의 다양성은 주관성의 도래에 의해 가능해진다. 이제 인간은 집단성에서 벗어나 주관주의에 의해 개인의 정서를 노래하게 된 것이다. 이것은 달리 말하면 집단주의적 공동체의식이 많이 사라졌다는 것을 의미한다.

자본주의가 되자 이제 공동체적 의식은 내면적 분열에 자리를 양보하게 된다. 화폐형태의 부는 기존의 다른 형태의 부와는 달리 모든 전통적 유대를 파괴하여 버렸다. 거리에는 자본이 없는 노동자들이 굶거나 죽어 없어지고 중간층들은 양극화의 상황에서 몇몇 성공한 부르주아를 제외하고는 극빈층으로 전락하여 버렸다. 이러한 상황에서 사람들은 오직 자본적 질서에 철저하게 지배되어 버렸고 전통적 가치들은 모두 사라지게 되었다. 이 같은 비참한 상황이 도래하자 작가들은 이전에 부르주아들과 잡았던 손을 놓고 새로운 집단적 형태의 유토피아―공산주의 체제―를 꿈꾸게 된다. 이런 집단적 꿈은 그러나 현실 속에서는 점점 사라지고 예술 작품의 근저에만 간신히 남아

---

8) 에른스트 피셔, Ibid., p. 53.

있게 된다. 따라서 상징주의나 인상주의 혹은 모더니즘 같은 예술 형태는 그것이 아무리 개인적인 요소로 점철되어 있다손 치더라도 이러한 집단적 유토피아가 그 근저에 놓여 있다.

이처럼 예술은 그 기원에 자리 잡고 있던 집단성을 결코 저버리는 일이 없이 오늘날 개인주의 시대에서조차 중요한 동인(動因)으로 영향을 미치고 있다. 따라서 예술은 그 자체로 사회적인 것이라 할 수 있다. 피셔가 말했던 바와 같이, 지배계층이나 신흥 혁명계층의 이념이 생산력의 발전 및 사회의 일반적 요구와 일치하였던 것은 항상 예술상 위대한 시기의 특징이었다.9) 이러한 요구는 집단적인 것이지 개인주의적인 사회의 소산이라 하여 개인적인 것만은 결코 아니었던 것이었다. 그처럼 균형 잡힌 시기—혁명계층의 이념과 사회의 일반적 요구의 일치 시기—에는 새롭고 조화로운 통일이 바로 가까이 있는 듯했고 한 계층의 이익이 공동의 이익인 것처럼 보였다.

그러나 부르주아가 현실의 주도권을 잡자 이러한 균형 잡힌 시대도 사라지게 되고 마침내 작가들이 지니고 있던 기대도 현실 속에서는 이룰 수 없는 환상으로 바뀌게 되어 계층간의 대립이 가열되었으며 새로운 상황의 모순과 붕괴가 첨예화됨에 따라 예술 및 예술가의 상황은 더욱 어렵고 문제적이게 되었다. 이러한 역사적 상황에서 예술은 본래 가지고 있던 집단성을 회복하려면 사회적 부패를 변혁의지 속에서 반영해야 하고 예술의 사회적 기능, 즉 올바른 집단성의 회복을 위해 세계를 변혁 가능한 것으로 보여 주어야 한다고 피셔는 말한다. 그리하여 예술이 기존의 소극성을 떨쳐버리고 진정 세계를 변혁시키는데 도움을 주는 역할을 해야 한다고 강조한다.10)

---

9) 에른스트 피셔, Ibid., p. 63.
10) 에른스트 피셔, Ibid., p. 63.

2) 문학의 성격

(1) 문학의 시대성과 항구성

이와 같은 기원을 갖고 있는 예술, 좁게는 문학은 그러나 오늘날 상당한 딜레마에 처해 있다. 그 중 하나가 문학적 감동은 역사적으로 영원한가 아니면 특정 시대의 단순한 반영에 불과한 것인가, 그리하여 그 감동은 시대가 바뀌면 사라지는가 하는 것이 그것이다. 마르크스가 말했던 바와 같이 그리스 예술은 그리스라는 특정 시기를 넘어서 현재에 이르기까지 그 미적 감동을 잃지 않고 있다. 이를 두고 사람들은 예술의 영원성을 운위하곤 한다. 진정한 예술은 시대를 넘어서 영원히 그 향기를 잃지 않는다는 것이다. 확실히 오늘날 소위 정전이라 할 수 있는 많은 명작들이 그 작품이 씌어졌던 당대를 넘어 현재에까지 그 문학적 가치를 잃지 않는 것들이 많다.

발자크의『고리오 영감』을 읽으면 오늘날에도 공감할 수 있는 부정(父情)과, 자본주의적 가치와 전시대의 귀족주의적 가치 사이의 갈등 등을 찾아볼 수 있다. 스탕달의『적과 흑』은 출세를 위한 한 청년의 사랑과 좌절, 그리고 당대의 정치·사회적 풍경에 우리를 흠씬 젖어들게 만들기도 한다. 도스토예프스키의『죄와 벌』을 읽으면 제정러시아 시대의 한 젊은이의 망상과 그 망상에 스며들어 있는 철학적·종교적 과제들에 대한 심오한 성찰을 읽을 수 있다. 이같이 불후의 명작들이라 할 수 있는 정전들을 접하면 우리는 이러한 정전들이 시대를 넘어 영원한 향기를 내포하고 있음을 확인하게 된다.

그러한 반면에, 그리스 문학을 마르크스가 살던 시대로부터 훨씬 멀어진 오늘날의 21세기 디지털시대에 보게될 때 과연 그러한 문학이 우리에게 얼마나 공감을 줄 것인가를 생각해보면 문학의 항구성에 일말의 회의가 없을 수 없다. 그것들은 우리에게 공감을 주기보다는 황당한 느낌을 먼저 안겨 준

다. 그리하여 그것들은 오늘날 만화로 나와 아이들의 상상력을 자극시켜 주
거나 아니면 게임기의 스토리 컨텐츠로 전락하고 있는 실정이다. 이러한 것
들이 우리에게 많은 심리적 원형을 제공하기는 하지만 오늘날의 독자들에게
삶의 구체성이라는 점에서 공감과 감동을 주기에는 세월이 너무 흘러간 것이
라고 보지 않을 수 없다. 누군가의 말처럼 그리스 문학이 시대를 초월하여
문학적 항구성을 보여주기에는 인류가 살아온 시간이 너무 짧은지도 모른다.
그것들은 기껏해야 몇 천 년에 불과할 뿐이다. 마르크스가 말한 바대로 하부
구조의 변화에 따른 상부구조의 변화가 상당할 정도로 지체된다는 점을 고려
하면 시대 변화에 따른 문학의 변화는 불가피한 것인지 모른다.

　그렇다면 우리는 다음과 같이 말할 수 있을지도 모르겠다. 즉 시대에 가장
충실한 문학일수록 그 작품은 현재를 넘어 상당한 미래까지 그 감동과 구체
성을 전달해 줄 수 있을 것이라고 말이다. 문학에 항구성이 있다면 그 정도
가 아닐까 싶다.

(2) 문학의 개별성과 보편성

　문학과 관련하여 우리가 보다 강조해야 할 부분은 문학의 개별성과 보편
성에 관한 것이다. 이 부분을 보다 정밀하게 살펴보기로 해 보자. 문학은 혼
자 쓴다. 문학은 작가나 시인이 고독한 상황에서 심혈을 기울여 쓴다는 특징
을 갖고 있다. 작가 혹은 시인은 주로 밤에 자신의 고독한 작업을 수행한다.
왜냐 하면 그러한 시간만이 참되게 자신에게 돌아올 수 있는 시간이기 때문
이다. 뿐만 아니라 약간의 예외를 제외한다면 문학에서의 화자 역시 개별적
존재이다. 그러한 화자가 다수 존재한다 할지라도 그들이 동시에 존재할 수
없다. 그들은 시점을 달리하여 나타날 뿐 동일한 시점에서 같이 할 수는 없
는 것이다. 이처럼 문학의 특성은 철저한 개인성을 바탕으로 한다는 점을 들

수 있다.

　문학의 개성은 문학에서 스타일을 강조하게 만든다. 참다운 문체는 작가 그 자신이다라는 말이 있듯이 문학의 개별성은 작가의 인격과 개성을 말하는 것에 다름 아니다. 우리가 김수영 시인을 뛰어난 시인으로 보는 이유도 그가 자신의 시적 문체를 독특하게 짜놓았기 때문에 그런 것이다. 그러한 문체에는 시인의 유니크한 특징과 그의 세계관이 가로놓여 있다. 이러한 개별성은 저절로 생기는 것이 아니다. 이 개별성은 시인이나 작가가 자신의 작품 속에 자신의 절망과 고통, 그리고 환희와 극복에의 치열한 의지들이 녹아있기 때문이다. 만약 이러한 시인, 작가들의 개성적 요소들이 없다면 그 작품은 그저 무미건조한 한갓 휴지조각에 지나지 않을 것이다.

　이러한 개별성은 그 작가만의 특유한 것이기는 하지만 그렇다고 전적으로 반드시 그런 것만은 아니고 또 그래야만 하는 것도 아니다. 한 시인, 작가의 작품은 완벽한 개성의 표현이어야 하지만 그렇기 때문에 그것은 보편성으로 승화될 수 있어야 하는 것이다. 그 개성은 단순한 개성에 그치는 것이 아니라 그 개성적 진실을 보편적인 상태까지 승화시키지 않으면 안되기 때문이다. 만약 그 정도까지 승화시키지 못할 때 그 개성적 표현은 단지 개별적인 시인, 작가의 것에 불과하게 된다. 그것들은 누구의 가슴도 울려주지 못하고 기껏해야 그것을 쓴 시인, 작가의 감정 정화에 그치게 되는 것이다. 진정한 개별성은 보편적인 진실에 닿아 있어야 한다는 것이다.

　이러한 것을 일부 페미니스트들은 양성적(兩性的) 글쓰기라고 한다.11) 여성적 글쓰기도 아니고 남성적 글쓰기도 아닌 그 둘을 포괄하면서 어느 쪽에도 귀속되지 않는 글쓰기가 바로 양성적 글쓰기이다. 그러니까 여성작가들이 쓴 작품들이라고 해서 반드시 여성적인 것은 아니고 남성작가들이 썼다고 해서 반드시 남성적인 것은 아니라는 것이다. 여성이든 남성이든 그가 진정한

---

11) 토릴 모이, 임옥희 · 이명호 · 정경심 공역, 『성과 텍스트의 정치학』(한신문화사, 1994) p. 127.

개별성에 도달하여 작품을 썼을 때 성을 초월하여 글쓰기 주체가 존재하게 된다는 것이다. 이러한 논의들은 진정한 개별성이야말로 보편성에 도달할 수 있다는 중요한 예증이 된다고 할 것이다.

보편성이란 무엇인가. 그것은 특정한 몇몇 개인에게 뿐만 아니라 지구상의 모든 책을 읽는 독자들에게 공통의 감동과 정서를 맛보게 하는 것이다. 한국의 특정 작가가 쓴 글이 한국에 살고 있는 모든 독자들에게 공감과 감동을 줄 수 있는 것이 보편성이고 그것이 세계로 뻗어나갈 때 세계적 보편성을 띨 수 있게 된다. 이러한 보편성은 불가피하게 총체성과 관련되지 않을 수 없다. 삶의 부분이 아니라 그 부분들을 모두 엮어 전체를 형성할 수 있을 때 보편성을 획득되기 때문이다. 따라서 문학에서 부분과 전체의 유기적인 관련성이 보편성 획득의 전제조건이라 하겠다.

이러한 총체성은 개성적인 몰입을 통해서 가능하게 된다. 개성이 몰입되지 못하고 따라서 부분과 전체가 유기적인 관련을 맺지 못하게 될 때 작품은 파편화되고 총체성을 이루지 못하게 되며 결과적으로 보편성을 획득할 수 없게 되기 때문이다. 그렇기 때문에 엘리어트의 몰개성론은 개성의 상실을 통한 보편성에의 도달이란 측면에서 올바른 접근법이라고 할 수 없다. 이러한 몰개성론은, 시란 낭만주의적인 주관성으로부터 벗어나 객관성을 추구해야 하며 그러한 객관성은 전통의 수용을 통해 가능하다는 새로운 형태의 객관주의의 다른 이름이다.12) 이 같은 주장은 마치 하이데거의 주장과 유사한 것처럼 보인다. 하이데거는 존재와 존재자를 나누고 세계 내적인 존재로서의 개별적 존재자는 존재의 엄숙함에 고개 숙이고 그것을 겸허하게 수용함으로써 장엄한 존재의 세계로 들어갈 수 있다고 주장하였다. 이 같은 주장이 결국 나치즘과 관련될 수밖에 없었던 것은 자명한 논리적 귀결이었다. 이 같은 의미에서 엘리어트의 몰개성론은 그 한계를 드러내지 않을 수 없다.

---

12) 김종갑, 『영미문학비평』(와이제이물산, 1993), p. 163.

문제를 이렇게 보았을 때, 개성의 몰입이 곧 보편성의 획득이라는 명제 역시 다시 생각하지 않을 수 없다. 왜냐 하면 이 문제는 결국 주체의 문제를 제기하기 때문이다. 그렇다고 개성의 몰입이 곧 보편성의 획득이라는 명제가 사라지는 것은 아니다. 다만 우리는 이 명제를 보다 복잡한 내용 속에서 비추어 보아야 한다는 것을 염두에 두어야 한다. 주체란 위에서 말한 개별적 존재이다. 그렇다면 모든 개성적 몰입이 보편성을 가능하게 하는가. 주체란 사회적 존재로서 사회적 분화의 소산이다. 사회는 지배자와 피지배자로 나눌 수 있는데 주체의 위치는 이 중 어디에 존재하는가. 지배자에 속해 있는가, 아니면 피지배자에 속해 있는가. 만약 지배자에 속해 있다면 그의 개성은 지배자의 보편성을 확대하는데 기여하게 될 것이고, 그렇지 않고 피지배자에 속해 있다면 그의 개성은 피지배자의 보편성에 강하게 경도될 것이다.

이리한 경우는 언어의 문제를 생각해보아도 명백하다. 언어는 대상에 대해 중립적인 관련성을 갖는다고 흔히 생각하지만 반드시 그런 것만은 아니다. 80년 군부의 민중억압을 우리는 '5·18'이라고도 하고 '광주사태'라 하기도 하며, '광주민주화운동' 혹은 '광주민중항쟁' 이라고 부르기도 한다. 이 같은 명명은 명명하는 주체가 각각 사회 내에서 어떤 위치에 있는가에 따라 달리 나타나게 되는 것이다. 만약 그가 제도권 인사 중 극우에 속해 있다면 광주사태 등으로 부를 것이며 중간우파에 속해 있다면 광주민주화운동, 그리고 좌파에 속해 있다면 광주민중항쟁이라고 부를 것이다. 이처럼 주체가 어떤 위치에 속해 있느냐에 따라 명명법이 달라지는 것을 알 수 있다.

그것은 문학도 예외는 아니다. 문학적 창작 주체가 지배자의 논리에 속해 있었던 50년대 선우휘의 경우 그의 작품은 강한 우파적 색채로 물들어 있다. 예컨대 그의 장편 소설『싸릿골의 신화』는 인민군에 쫓기는 수 십 명의 퇴각 군인에 관한 이야기이다. 이 작품에서 이 군인들은 싸릿골이라는 마을로 잠입하여 그 마을 사람들과 친척관계로 위장하여 인민군 치하의 세월을 감쪽같이 넘기고 있다. 그러나 그러한 일이 당시 현실에서는 거의 불가능했는데, 바로 이 점에서 선우휘의 우익적 이데올로기가 명료하게 드러난다. 좌파의 경우, 예컨대 30년대 좌파 문인 김남천의 「공장신문」이나 이기영의 「홍수」,「서화」 등의 경우는 우파의 논리가 틈입할 여지가 거의 없다. 그것들은 모두 좌파의 세계관으로 점철되어 있다고 해도 과언이 아니다. 이 두 경우 모두 작품으로 성공했는가 하는 질문을 던져보면 반드시 그렇지만은 않다고 할 수 있다. 그렇다면 그것은 왜 그러한가.

그것은 작가가 창작을 할 때 자신의 작품세계에 몰입하기보다는 외부에 존재하는 이데올로기를 그대로 수용하였기 때문에 나타난 결과라고 할 수 있다. 이러한 사실은 사실주의의 대가라 할 수 있는 발자크의 경우를 보면 알 수 있다. 발자크는 정치적 세계관이 왕당파에 가까운 작가이다. 그러나 그의 소설에는 왕당파와 귀족들의 몰락이 예견되고 그가 원하지는 않지만 부르주아의 세계가 도래함을 이미 선취하고 있다. 이렇게 세계관과 그가 그리는 작품세계가 달라지는 원인은 어디에 있는가. 그것은 작가가 자신의 이데올로기를 객관적 사실에 맞게 비판적으로 조명했기 때문이다. 이러한 비판적 조명은 작가의 작품내적 현실에 대한 몰입과 그로부터 도출된 편견없는 현실인식을 가능케 하였고 이를 통해 발자크의 소설에는 그의 세계관과 다른 현실이 펼쳐지게 되었던 것이다. 이로써 우리는 작가의 개성적 몰입이 리얼리즘에 닿게 될 때 보편성에 도달하게 됨을 알 수 있다.

(3) 문학의 사회성과 자율성

문학은 언어를 매체로 사용하고 있기 때문에 사회성과 불가분의 관계를 맺는다. 문학은 영화와 더불어 어떠한 예술형태보다도 사회와 밀접한 관련을 가지고 있는 것이다. 반면에 문학이 사회와 불가분의 관련성을 가진다 할 지라도 스스로 지니고 있는 예술성을 간과할 수는 없다. 문학은 사회와 관련을 가지고 있기는 하지만 자신만의 고유한 예술적 영역을 확보한다. 문학은 자체의 고유한 체계를 가지고 있고 각 장르로 구성되어 있다. 사회적인 제도와 다르게 문학만의 고유한 체계 속에서 문학은 사회성과 변별되는 고유한 예술적 힘을 발휘하고 있는 것이다.

그럼에도 많은 연구자들은 문학 속에서 이런 문학 특유의 특성을 간과한 채 사회성을 추출하려고 노력해 왔다. 문학은 사회 속에서 생존하고 번창하므로 사회의 특유한 성격을 가장 순수한 형태로 간직하고 있다는 것이 그들의 가설이다. 사실상 발자크와 스탕달의 작품에서, 그리고 이광수와 염상섭의 작품에서 사회성을 추출하기는 쉽다. 그러나 이 같은 사실로 하여 미학적 문제가 쉽게 해결될 수 있는 것은 아니다. 미학적 문제에 집착하는 사람들은 이러한 사회학적 상상력을 가지고 있는 사람들을 문학의 내재적 속성을 모른다고 비판하기도 한다. 문학에는 현실과는 동떨어진 문학적 형식이 있게 마련인데 이 형식을 모른다면 사회성도 잘못 포착할 수 있다. 가령, 작가가 특정 제도에 비판적인 인물을 등장시킨다고 해서 작품의 의도가 반드시 특정제도에 비판적인 것은 아니다. 거기에 작용하고 있는 시점이나 토운(tone)을 고려한다면 다른 결론이 도출될 수도 있다는 것이다. 여기서는 이러한 사회성과 자율성에 대해서 살펴보기로 하겠다.

가. 자율성의 도래

문학에 있어 자율성이라는 개념의 사용은 그리 오래된 것이 아니다. 이 자율성의 개념은 근대가 시작되면서부터 비롯된다. 근대란 곧 자본주의시대를 의미한다. 부르주아들은 봉건체제로부터 독립을 이루기 위하여 왕정과 대립하여 1789년 혁명에 성공하기에 이른다. 이때부터 본질적으로 다른 세계가 펼쳐지게 된다. 그 가장 중요한 변화가 집단에서 개인으로의 변화라 할 수

프랑스혁명(바스티유 함락)

있다. 이제 개인은 집단적 봉건적 질곡에서 해방되어 갑자기 개인이 되었다. 이것의 단적인 표현이 소유권의 강조 혹은 강화이다. 이 때 소유권이란 모든 개인의 것이지 특정 개인의 것이 결코 아니다. 자유와 평등은 그가 자신의 소유권을 교환할 때 자유가 보장되어야 하고 거래에 있어서 신분에 따른 불평등이 제거된, 그러한 평등의 개념이라 할 수 있다.

따라서 자본주의시대의 가장 핵심적인 개념은 자유라 말할 수 있다. 부르주아들은 달리 말하면 자유주의자인 것이다. 역사적 자유주의는 이렇게 탄생했다. 부르주아들에게 있어 가장 신성한 가치는 자유이다. 이 자유는 그러나 매우 소극적인 것이다. 그것은 '무엇으로부터의 자유'이지 '무엇을 위한 자유'는 아니기 때문이다. 만약 무엇을 위한 자유가 되면 그 무엇은 결국 개인의 자유를 구속하게 될 것이라고 그들은 본다. 따라서 그들은 국가의 다양한 제약으로부터 자유를 꿈꾸게 된다. 국가란 개인의 욕망을 합리적으로 조정할 집단이지 개인의 욕망을 억압해서는 안 된다고 주장하는 이유도 여기에 있다. 그들은 끊임없이 국가의 개인에 대한 폭력을 거부해왔기 때문이다.

따라서 자유주의는 봉건적 지배계급의 특권과 횡포에 대항하기 위한 신흥 부르주아들의 대항이데올로기라고 말할 수 있다. 이러한 대항이데올로기에 기초한 세력은 계몽주의자들이었다. 프랑스혁명을 성공시킨 이론적 배경에는 이와 같은 계몽주의가 가로놓여 있다고 할 수 있다. 계몽주의자들은 봉건적 특권과 지배로부터 벗어나 자유로운 상거래를 원하는 부르주아들과 손을 잡고 법적, 제도적, 정치적 자유를 거듭 강조했다. 이러한 강조의 이면에는, 개인이야말로 합리적인 주체이고 이 합리적 주체들의 갈등은 이성을 통해 조정 가능하다는 믿음의 공유가 놓여 있다. 아담 스미스의 보이지 않는 손은 이와 같은 자유주의의 이상적 형태라 할 것이다.13)

시대가 이렇게 흐르고 보니 문학에 있어서도 자유가 강조되지 않을 수 없었다. 작가들은 1830년대 무렵까지 부르주아들과 힘을 합세하여 왕정과 귀족들에 대항해 싸웠다. 그러나 부르주아들이 세력을 공고히 한 이후인 1830-40년 이후의 정세는 사뭇 달랐다. 이제 작가들과 부르주아들은 서로 적이 되어 상대의 가슴에 비수를 들이대게 된다. 이러한 정황이 벌어지기까지에는 작가들의 현실적 입지점의 변화도 크게 작용하였다.

작가들은 이전 시대에는 살롱(salon) 문화 속에서 귀족 부인들의 후광을 입고 살아왔다. 이를테면 이들의 입장을 옹호하는 작품을 씀으로써 그들의 생계를 도모해 왔던 것이다. 그러나 혁명 이후 살롱 폐지 정책에 의해 작가들은 하루아침에 길바닥에 나앉게 되었다. 그들은 이제 누구의 후원도 기대할 수 없이 오직 홀로 세상과 대면해야만 했다. 이 당시 신문소설이 활성화되는 것이 작가들에게는 유일한 활로라고 할 수 있었다. 신문들은 이제 주식, 증권, 이자, 이익배당 등에 앞다퉈 관심을 갖고 있는 독자들을 끌어들이기 위해 연재소설을 활용하게 되었던 것이다. 우리가 알고 있는 발자크 등 유명 작가들도 이러한 흐름에 예외가 아니었다.

작가들은 이제 독자들의 현실을 정확히 파악하여 그들에게 꿈과 희망을 줄 수 있는 작품을 쓰게 된다. 그들은 이전의 후원자들의 입장으로 현실을 보는 게 아니고 현실적 인간들의 시각으로 현실을 보게 된다. 그들은 자신들의 생계와 관련하여 개인주의적 시각을 갖지 않을 수 없었고 이를 통해 문학의 자율성을 획득하게 된다. 이러한 자율성은 그러나 아직까지 집단적 꿈을 상실하지 않았다. 위대한 사실주의문학은 이렇게 하여 탄생한 것이다. 그들은 사회적 구성원들의 좌절과 절망, 그리고 희망을 매우 사실주의적 필치로

---

13) 한수영, 「한 자유주의자의 오만과 편견」, 『소설과 일상성』(소명출판, 2000), p. 302-304 참조.

그려나가게 된다. 그러한 필치는 물론 개인의 것이지만 그들은 결코 집단의 꿈을 포기하지 않고 사회적 구성원 각자의 내면 속에 자리잡고 있는 유토피아를 통해 그들과 함께 역사적 삶을 살아간 것이다.

그러나 1848년 민중의 패배와 더불어 이러한 건강한 의미에서의 개인적 집필은 사라지게 된다. 이제 작가들은 사회와의 관련성을 상실한 채 개인의 내면 속으로 스며들게 된다. 이러한 내면을 통해서밖에는 현실을 그릴 수 없는 작가들의 풍경은 자본주의의 강고한 발전을 생각하지 않으면 이해할 수 없다. 말하자면 그들의 비사회성 혹은 반사회성은 자본주의 질서의 확고한 또는 확대된 현실을 반영하는 것이었다. 그들은 내면화된 현실을 보이게 되므로 이전에 사실주의 작품들이 보였던 현실에 대한 즉각적 반응과는 다른 굴절된 현실을 내비추게 된다. 그것은 어떠한 현실적 효용성의 개념도 없이 그야말로 자동사적(自動詞的) 글쓰기의 형태를 띠게 된다. 예를 들어, 이상(李箱)의 글쓰기가 현실적 효용성과는 다른 권태 속에서의 글쓰기라는 점에서 이러한 자동사적 글쓰기와 유사하다.

문학의 자율성은 마침내 모더니즘에 와서 심각하게 변전하고 만다. 문학이 현실과 대립적 견지에서 현실을 주체적으로 비판한다는 자율성의 개념이 이제 모더니즘에 와서는 현실 자체의 소거로 나타나게 되는 것이다. 현실 자체의 소거는 형식미로 대치된다. 박태원의 「소설가 구보씨의 일일」에서 작가가 삶 자체에서 행복을 찾지 못할 때 예술자체의 형식 속에서 현대사회에 대응할 방법적 모색을 하게 되는 것도 바로 이러한 이유로 인한 것이다.14) 이 소설에서 다양한 기법적 실험이 나타나고 있는 것이 그 증좌이다. 이 소설에서 이전의 카프문학에서 강조됐던 삶의 총체성은 사라지고 부분적 국면에 대한 감각적 접근이 이루어지고 있는 것도 모더니즘의 중요한 특징이라 할 것이다. 현실을 총체적으로 포착할 수 없으니 감각적 결에만 집착하게 되었던 것

---

14) 정희모, 「풍요와 빈곤, 기대와 불안의 변증법」, 『1930년대 한국 모더니즘 작가 연구』(평민사, 1999), p. 174.

이다.

나. 문학의 사회성

흔히 문학은 현실에 대한 깊은 추상작업이라고 말한다. 이것은 현실을 있
는 그대로 그리지 않는다는 것을 의미한다. 이렇게 깊은 추상작업을 통해 이
루어진 작품은 현실을 그리되 현실을 그리는 것이 아니고 보다 진정한 현실
을 그린다고 해야 한다. 작품 속에 그려진 현실은 있는 그대로의 현실이 아
니라 작가에 의해 재창조되고 재해석된, 깊이 추상화된 현실이라는 것이다.
그래서 우리는 작품 속에서 현실을 보되 어느 현실에서도 쉽게 찾아볼 수 없
는 사건들과 경험들을 만나게 되는 것이다. 이것은 실제체험에 대한 성찰과
미적 형식과의 관계를 말해준다. 발자크, 도스토예프스키, 프루스트의 작품들
은 쓰기 시작하기 이전에 이미 소설가에 의해서 분석되고 종합화된 현실의
미적 분석이며 종합이라 할 수 있다.15)

모든 예술과 마찬가지로 문학 역시 역설에 기댄다. 말하자면 예술은 현실
을 그리되 현실로 환원되지는 않는다는 것이다. 이렇게 볼 때, 사회학자가 문
학을 통해 한 사회의 흐름을 파악하고자 한다면 반드시 문학의 효과와 충돌,
즉 미적 구조에 대한 이해가 전제되지 않으면 안 된다. 작가에게 있어 작품
은 이미 말한 바와 같이 현실에 대한 깊은 추상작업의 결과이다. 즉 작가의
정신 속에 이미 현실에 대한 의미와 형식이 선행되고 있는 것이다. 또한 작
가는 한편으로 자기보다 앞선 선배작가들이 실험했던 문학적 기법이나 이미
존재하고 있는 장르, 형식들을 참조하지 않을 수 없다. 이러한 것들에 의해
작품은 현실을 반영하되 결코 현실로 환원될 수 없는 것이다. 이러한 다양한
것들이 현실을 일정하게 왜곡되게 반영하게 하는 것이다.

이와 같은 전제하에서 문학의 사회성에 대해서 말한다면 먼저 문학은 언

---

15) 미셸 제라파, 『소설과 사회』(문학과지성사, 1986), p. 23.

어를 매재로 하고 있다. 미술에서 색, 음악에서 음을 매재로 하고 있다면 문학은 언어를 그 주요 매재로 삼고 있는 것이다. 색과 음에 비해 언어는 사회성과 상당히 연관되어 있다. 언어는 인간이 사회적 삶을 영위하는데 있어서 필수 불가결한 것이기 때문이다. 따라서 문학은 사회적 삶에 대해 우선적인 접근성을 가진다. 문학이 다루는 모든 주제는 그러므로 사회적인 것이라 아니할 수 없다. 우리는 사회 속에서 삶을 살아가며 사회적 관계를 상실한 상태에서는 하루도 살 수 없다. 사회 속에서 우리는 절망하며 고통받기도 하며 때로는 환희에 젖게 되기도 한다. 문학은 이러한 절망과 고통, 환희의 집적물이다. 그것은 이성적 질서의 이면에 놓인 인간의 진실과 관계 맺고 있다. 이성적 질서와 비(非), 혹은 반(反) 이성적 질서와의 사이에 문학이 놓여있는 것이다. 문학은 이성적 삶에 대해서도, 그리고 이성적이지 않은 삶에 대해서도 동시에 프레쉬를 갖다 댄다. 그렇게 함으로써 인간의 총체적 삶에 대해 성찰한다.

그렇다면 문학은 이러한 사회적 삶에 대해서 어떠한 관계규범을 갖고 있는가. 문학은 사회적 삶에 대해 촉각을 곤두세우지만 그것은 문학의 특정규범 속에서 행해져야 한다. 그 특정규범이란 "종료된 그리고 고립된 하나의 역사적 체계를 구성해야 한다"는 것이다.16) 이 말은 문학이 현실, 즉 사회적 역사적 현실을 다루긴 하지만 그것은 문학 속에서 항상 종료되어야 하며 그리하여 실제 사회적 역사적 현실이 하나의 작품 속에서 고립되어야 한다는 것을 의미한다. 말하자면 전봉건의 일대기를 문학화하려 할 때 그의 삶은 작품 속에서 일단 삶의 어느 지점에서 종료되어야 한다는 것이다. 종료가 없다면 문학은 끝없이 문장의 연속을 보여 결국 수천 권이 쓰여질지라도 완성되지 못할 것이다. 그 종료는 문학 속에서 유년기가 될 수도 있고 청년기가 될 수도 있으며 혁명 후의 죽음이 될 수도 있다. 어느 지점에서 종료되는가는

---

16) 미셸 제라파, Ibid., p. 34.

작품이 의도하는 바가 무엇인가에 따라 달라질 것이다. 그리고 그것이 고립되어야 한다는 것은 그렇게 닫힌 종결을 통해 현실을 그린 것이되 현실로부터 분리되어 하나의 예술적 형상화가 되어야 한다는 말이다.

어쨌든 중요한 것은 이러한 문학적 규범을 통해 문학이 담고 있는 세계는 바로 사회적 삶이라는 것이다. 그런데 이러한 사회적 삶이란 구체적으로 무엇을 말하는 것인가. 우리가 문학을 말할 때 문학은 개별성을 그 특징으로 한다는 말은 이미 했다. 개별성이라는 특징이 구체적으로 문학에 큰 의미를 띤 시기는 근대이후부터이다. 문학 속에서 한 인물이, 또는 한 화자가 중심이 되어 이야기를 펼쳐가거나 혹은 시적 세계를 드러낸다는 이 개별성의 이론이 근대이후에 강조된 것은 근대의 특징 자체에서 비롯된다고 할 수 있다. 말하자면 이 개별성의 이론 자체도 사회적 산물이라는 것이다. 계몽주의자들 혹은 계몽주의 시대의 문학가들은 사회가 개인의 원인인 동시에 결과라는 것을 보여주고자 했다.17) 이런 점에서 문학은 사회사 자체로부터 나온 규칙과 법칙을 가지고 있었던 셈이다. 당시의 사회는 개인을 강조했고 그에 따라 자유주의의 물결이 도래했다는 지적 역시 앞에서 한 바 있다. 이 개인은 국가마저도 개인들의 계약에 따라 이루어진다고 주장했다. 말하자면 개인과 사회는 대립적 관계로서 서로서로 원인과 결과가 되었다는 것이다. 사회적 존재로서 개인은 사회 전체의 체계와 대립하여 그 체계를 변모시키는 원인이자 변모의 결과로서 역으로 변화되기도 하는 존재인 유기적 전체였던 것이다.

다. 문학의 자율성과 사회성

지금까지 우리는 문학의 자율성과 사회성에 대해서 각각 살펴보았다. 그러나 문학의 자율성과 사회성 각각이 아니라 그 관계성이 문제되는 시기는 조금 더 시간이 경과한 이후부터이다. 문학은 특권화된 개인의 표현임을 강조

---

17) 미셸 제라파, Ibid., p. 35.

했지만 이 특권화된 개인은 동시에 어느 한 계층에 소속된 존재였다. 그 계층이란 대부분 소시민 계층이다. 그런데 이 계층이 변화하는 역사적 도정에서 분화되어 갈 때 문제는 발생한다. 이 특권화된 개인은 사회가 변화함에 따라 자신이 속한 계층에 대해서도 대립하게 되고 이 계층마저도 이 특권화된 개인을 배제하게 된다. 이렇게 됨에 따라 복잡하고 유동적인 현실의 의미를 발견하고 따라서 이 의미를 특수한 형식에 의해 표현해야 할 작가의 필연성[18]은 변화하게 된다. 말하자면 지금까지의 사회에 대한 성찰에서 사회성에 대한 성찰로 바뀐다는 것이다. 작가들은 사회의 모순에 대해 성찰해 왔고 그것을 행동하는 특권화된 개인을 통해 표현해 왔지만 이제 사회가 변화함에 따라서 사회가 아니라 사회에 내재해 있는 사회성을 살피게 되고 행동도 내면적 성찰로 달리 나타나게 된다는 것이다. 이것이 발자크, 스탕달 등으로부터 제임스 조이스, 사무엘 베케트 등으로 변화하는 지점이라 할 것이다. 이 변화의 과도기에 플로베르가 놓여 있다.

이렇게 변화하는 이유는 사회가 엄청나게 다변화했고 그 구조가 강고해졌기 때문이다. 그리하여 한 특권화된 개인의 힘으로는 도저히 어쩔 수 없는 거대한 조직체, 구체적으로 말하자면 제국주의화하였기 때문이다. 지배계급과 피지배계급은 양극화하였고 소수의 지배계급이 부와 권력을 독점하였다. 그들이 군대마저 장악하게 됨에 따라 피지배계급은 저항력을 상실한 채 빈곤한 삶을 면치 못하였고, 생활의 저급성이 극에 달하게 되었지만 그러한 상황을 극복할 물적 기반이 전혀 마련되지 않아 이러한 상황은 더욱더 강화되어 갔다. 이때 작가들은 현실을 변화 가능한 대상으로 파악할 수 없었고 따라서 이전의 사회와 개인의 유기적 전체로서의 특권화된 개인—예컨대 발자크 작품 속에 존재하는 개인들—을 작품 속 주인물(主人物)로 설정할 수 없었다. 소설이란 어차피 현실과의 싸움에서 주인물의 패배를 결과하여 세계의 악을

---

18) 미셸 제라파, Ibid., p. 36.

고발한다는 아이러니 양식이라 할 수 있지만, 이제 상황은 그 정도로 끝날 수 없었다. 주인물의 패배가 주는 영웅적 장엄성은 사라지고 개인의 개성조차 녹아 없어지는 기이한 문학형태가 등장하게 된 것이다.

　사회가 조직된 전체성이란 발자크적 성격을 잃게 되자 독창적인 작가들은 이제 사실주의적 작법을 버리게 된다. 삶을 명료하게 해주기는커녕 반대로 문학과 문학의 인물들은 그들에게서 인습과 의식(儀式)과 속박, 한 마디로 말해서 공식적인 사회관계를 떼어내자마자 원자들의 소용돌이와 흡사해 보이게 되는 인간 관계를 표출하게 된 것이다.19) 이제 문학 속의 인물들은 질서와 계급의 개념 대신에 진정한 가치의 내재성에 경도되고, 사회현상들의 커다란 범주가 아니라 개인성의 표출로 바뀌게 된다. 이러한 변화는 자유주의의 위기와 맥을 같이 한다. 계몽주의가 일러준대로 위대한 번영과 낙관의 분위기는 이제 사라지게 되었다. 이러한 위기가 우리가 흔히 알고 있는 모더니즘을 산출케 한 근본적인 원인이다. 모더니즘은 이전의 사실주의가 보여주었던 개인과 사회의 유기적 전체의 개념을 버리고 파편화하고 원자화된 개인을 전면에 대두시킨다.

　모더니스트들은 이전의 종료된, 또는 완성된 세계(그리고 그것의 일상적 실제)에 대해 퇴폐적 권태감으로 응대하게 되고 나아가 인간적으로 구성된 것의 과격한 재생산을 향한 희망으로 스스로를 바꾸어 나가게 된다. 인간적으로 구성된 것이란 기법적 인위성을 말한다. 이러한 인간적 구성으로 나타난 특성으로 네 가지를 지적할 수 있는데 첫째, 미학적 자의식 또는 자기 반영성 둘째, 동시성 · 병치 또는 몽타주 셋째, 패러독스 · 모호성 불확실성 넷째, 비인간화와 통합적인 개인의 주체 또는 개성의 붕괴가 그것이다.20)

　미학적 자의식 또는 자기반영성이란, 이제 문학이 대상으로 하는 것은 사

---

19) 미셸 제라파, Ibid., p. 39.
20) 유진 런, 『마르크시즘과 모더니즘』(문학과지성사, 2000), pp. 46-50.

회관계가 아니라 시인 또는 작가의 자의식이라는 것이다. 그리고 자기반영성이란 시인, 혹은 작가가 작중 인물이 되는 것을 말한다. 이렇게 하는 이유는, 작품이란 것이 인위적으로 만들어진 것이지 자연스런 것이 아니라는 것을 보여주기 위한 것이다. 이것은 박태원이나 이상의 소설에서 볼 수 있는 바와 같이 자기 자신의 작중인물화로 나타난다. 유명한 박태원의 「소설가 구보씨의 일일」에서 구보씨는 소설을 쓰는 인물로서 박태원 자신이라고 해도 무방하다. 이상의 「날개」 역시 실제 이상의 문학적 표현으로 보아도 관계없다. 이처럼 작가들이 자신을 문학 속의 인물로 설정하게 된 이유는 다른 이유도 있겠지만 대체로 소설 쓰기에 대한 되묻기의 일환이라고 해야 할 것이다. 도대체 소설을 쓴다는 것이 무슨 의미가 있는가에 대한 이 질문은 이제 소설 쓰기란 자명한 글쓰기가 아니라는 사실에 대한 반증에 해당한다. 이전처럼 그냥 사회를 분석하고 쓰기만 해도 되는 시대에서 이제 소설 쓰기가 무엇을 의미하는가에 대한 질문으로 바뀌었다는 것은 작가 혹은 시인들이 사회와 유기적 관련성을 상실했음을 여실하게 보여준다 하겠다.

동시성, 병치, 또는 몽타주는 사회가 거대하게 변화되어 개인성만 오롯이 남았을 때 주로 쓰는 기법들이다. 이것들은 시간의 질서를 무시하고 다양한 시간들을 동일한 공간에 놓게 되는 시간의 공간화로 특징지어진다. 기존의 사실주의 작품에서 시간성은 가장 중요한 요소였다고 할 수 있다. 시간의 선조적(線條的) 진행 속에서 인물은 사회와 갈등하게 되고 마침내 결말부분에 파국에 이르러 추상화된 진실, 혹은 아이러니를 표출하게 된다. 그러나 모더니즘에 이르면 그러한 시간성은 사라지고 공간성만 두드러지게 된다.

패러독스, 모호성, 불확실성은 사회와 개인간의 관계가 단절되었을 때 나타나는 현상이다. 현실은 이제 직접적으로 표현할 수 없게 되고 역설이 아니면 전달할 수 없을 정도로 분화되고 분열되었다. 이러한 역설로 인해 문학적 표현은 모호성으로 가득하게 된다. 이제 삶을 직접적으로 전달하는 문학은 문학성에 있어 저급한 것으로 인정받게 된다. 독자들은 시, 혹은 소설에서 확실한 내용을 접하기보다는 모호하고 불확실한 것만 접하게 된다. 상징주의 같은 것이 대표적인 경우이다. 이 불확실성은 이들 작가들의 세계관을 극명하게 보여준다. 세계는 불확실하여 어떠한 것도 확정적으로 전달할 수 없다는 이들의 견해는 자연스럽게 내면의 혼란스러운 상태를 제시하는데 주력하게 만든다.

비인간화와 통합적인 개인의 주체 또는 개성의 붕괴는 이 시기 사회적 현실이 개인에게 부과한 하나의 현상이라 할 수 있다. 사회는 이제 전체를 볼 수 없게 되었다. 전체와 통합되어 있던 개인은 해체되어 개성이 붕괴되기에 이른다. 이것은 발자크의 인물들과 사무엘 베케트, 혹은 제임스 조이스의 인물들과 비교하면 쉽게 알 수 있다. 발자크의 인물들은 사회의 모순을 명확하게 인식하고 있고 그 사회와 대결국면을 행동을 통해 보여준다. 이러한 발상은 사회를 확정적으로 볼 수 있을 때 가능한 것이다. 그러나 사무엘 베케트, 카프카 등 작가들의 인물들은 이러한 확정적 인식과 행동이 거의 나타나지 않는다. 인물들은 알레고리적인 기능적 존재로서 일종의 비인간적 모습으로 나타나고 있다.

그러나 이러한 비사회적 존재의 작중인물화가 반드시 사회와 무관한 것이라고만은 할 수 없다. 이들 작가들이 그리는 사회가 질서로서의 사회가 아니라 현실로서의 사회인 것만은 사실이기 때문이다. 질서로서의 사회가 아니라는 것은 이제 작가들이 몸담을 수 있는 사회가 상당히 사라졌다는 것을 의미한다. 말하자면 작가들은 질서로 자리잡힌 사회에 동화(同化)되지 못하고 있다는 것이다. 그렇지만 그들은 그들 나름대로 대면하고 있는 현실이 있는 것이며 그러한 의미에서 그들은 사회와 아직은 연결되어 있다. 그들이 끊임없이 작품을 생산해낸다는 것은 사회와 계속적으로 의사소통하고 싶다는 의사의 표시이다. 이제 문학적 진실은 사회에 있는 것이 아니라 사회에 대한 시선에 있음이 자명해졌다. 이 시선을 사회적이지 않다고 말할 수 있는 사람은 없다. 따라서 그들이 아무리 반사회적 혹은 비사회적인 작품을 쓴다 할지라도 그들은 사회적 존재라는 자신의 위치를 부정할 수가 없는 것이다.

따라서 문학과 사회에 관한 사회학적 연구는 이러한 미학적 특징을 고려하지 않으면 안 된다. 반면 미학적 특징을 통한 사회적 특징에 대한 연구 역시 게을리 하면 안 된다. 문학의 사회성과 자율성은 문학이 오늘날 생존하기 위한 두 축임에 틀림없기 때문이다.

2. 문학사회학의 양상

1) 초기 문학사회학

문학은 사회적 역사적 존재로서 사회성 역사성을 떠나서는 그 가치를 얻을 수 없다. 이러한 사회적 역사적 특징을 강조한 이로 프랑스의 생트 뵈브와 텐을 들 수 있다. 이들은 모두 당시 유행하고 있던 자연과학의 영향을 많이 받았다. 자연과학이 인과관계와 결정론의 특징을 강조하는 학문이라는 점에 착안한다면 이들의 이론도 역시 인과관계와 결정론의 영향을 상당히 받고 있음을 알 수 있다. 이들은 이러한 과학적 특성으로 문학을 규정하려는 대표적인 이론가들이다.

생트 뵈브는 문학의 자연사를 수립하려 했으며 모든 문학작품이, 일종의 나무라는 작가에 달린 열매—작품으로 볼 정도로 과학적 결정론에 사로잡혀 있었다. 이에 따라 그는 전기비평에 상당히 주력하였는데 그에 의하면 작가의 전기적 사실을 많이 알면 알수록 작품의 이해가 보다 정밀해진다고 하였다. 이에 비해 텐은 더욱 정교하게 과학적 방법을 적용하려 하였다. 그는 자연과학의 중요한 특징인 인과관계로 작품을 이해하려는 과학적 방법의 대표자라 할 것이다. 그는 문학에 영향을 미치는 요소로 인종, 시대, 환경을 꼽았다.

　이러한 방식들은 자연과학의 영향을 받아 문학을 설명하려는 대표적인 경우라 할 것이다. 과학적 방법을 보다 문학적으로 적용하려 했던 사람이 작가이자 이론가인 에밀 졸라이다. 우리가 문학사상 자연주의라고 부르는 문학의 형태는 졸라의 힘에 의지한 바가 크다. 졸라는『실험소설론』을 써서 자신의 자연주의문학관을 피력한 바 있다. 이러한 문학관은 클로드 베르나르가 쓴『실험의학연구서설』의 영향을 강하게 받은 것이지만 이러한 과학적 설명이 반드시 문학적 진실과 일치하는 것은 아니다.21) 무엇보다도 졸라 자신이 쓴『루공 마카르』연작 자체도 이러한 과학성에서 멀찍이 벗어나 있다. 이러한 이론과 창작의 상위성은 이 이론의 다당성을 부정하는 중요한 요인이 되고 있다.

　졸라의 방식은 환경과 유전을 유난히 강조하는 것이다. 일반적으로 자연주의라 하면 가장 중요한 특징으로 전망—더 나은 삶의 가능성—의 부재를 꼽고 있다. 환경과 유전에 의해 결정된 작중인물이 그의 행동에 의해 하나의 전망을 제시한다는 것은 불가능하기 때문이다. 만약 인간이 환경과 유전에 의해 이미 결정되어 있다면 더 나은 삶을 위한 의지도 결정된 환경과 유전에 의해 꺾이지 않을 수 없다. 물론 졸라가 전적으로 완전한 숙명론에 빠지지는 않았지만 그렇다고 해서 그의 결정론의 힘이 약화되는 것은 아니다. 왜냐하면 그러한 반숙명성, 즉 인위적 제도 개혁이란 점차 사회로부터 소외되고 있는 주체의 힘이 미약해서 거의 불가능해지기 때문이다. 이러한 문제점에도 불구하고 자연주의적 사고 방식의 장점을 무시할 수는 없다. 정명환은 이에

---

21) 베르나르와 졸라의 차이점은 전자가, 현상이 탐구될 대상이 되는 반면에 졸라의 경우에 그것은 이미 알고 있는 법칙에 따라 설명될 대상이 되어 버린다는 데에 있다. 정명환, 「자연주의」, 이선영편, 『문예사조사』 (민음사, 1991), p. 117.

대해 두 가지 면에서 그 장점을 인정하고 있다.[22]

첫째, 인간을 전적으로 자유로운 존재로만 보아오던 종래의 편견에 대해 졸라의 방식은 도전했다는 것이다. 이러한 유전과 환경 결정론은 낭만주의에 대한 가장 두드러진 안티 테제로서의 의미를 띨 뿐만 아니라 단순히 사실을 객관적으로 검증하는 것에 그치지 않고 유전과 환경의 인위적 교정을 통한 구제의 가능성—작품 자체의 전망을 통해서가 아니라—을 짙게 암시하고 있다는 점에서 긍정적인 의미를 띠고 있다. 둘째, 그의 유전과 환경론은 졸라가 천부적으로 지니고 있던 낭만주의적 성향, 즉 상상의 비약을 통제하여 그의 문학에 균형을 가져오고 있다는 것이다. 이것은 졸라의 작품을 읽을 때 그의 유전과 환경결정론과 달리 풍부한 암시와 함축, 그리고 상상력의 비상이 다양하게 나타나고 있음을 볼 때 쉽게 확인할 수 있다.

어쨌든 이처럼 자연주의 자체는 인간이 자연의 질서를 불가피하게 따를 수밖에 없다는 것을 보여주고 있으며 영혼의 존재조차도 신뢰하지 않고 있다. 자연주의소설을 형성하는데 일조를 한 작가들은 발자크, 스탕달, 플로베르, 졸라, 디킨스 등인데 이들의 특징은 첫째, 과감하게 현실을 분석하려는 리얼리즘 정신 둘째, 다윈의 진화론을 비롯한 당대의 자연과학정신을 작품 속에 도입하여 인간을 과학적이고 객관적으로 분석·해부하려는 자세 셋째, 인간이 자신의 의지로 통제할 수 없는 외부조건들에 의해 규정된다는 실증주의자들의 결정론적 입장 등으로 정리할 수 있다.

졸라의 자연주의는 문학을 사회적 요소의 지배하에 둔다는 점에서 문학과 사회와의 관계를 강조하긴 하지만 인간을 마치 조건반사적인 동물적 차원으로 전락시키고 성의 노예로 보고 있다는 점은 문제라 하겠다. 또 자연주의를 표방하는 대부분의 작품에서도 그 주요 제재가 술이나 비천한 하층민 생활,

---

22) 정명환은 세 가지를 거론하고 있지만 두 가지로 크게 요약할 수 있다고 본다. 정명환, 「염상섭과 에밀 졸라」, 오생근, 이성원, 홍정선 엮음, 『문예사조의 새로운 이해』(문학과지성사, 2000), pp. 356-357 참조.

성적 난삽 등으로 나타난다는 점에서 자본주의에는 기본적으로 어두운 전망이 내포되어 있다고 할 수 있다. 리얼리스트는 이러한 점에서 자연주의를 공격하고 있다. 리얼리즘은 기본적으로 사회계층이나 사회의 각 부분들이 유기적 전체를 이루어야 한다고 하고 있지만 자연주의는 파편화된 부분들을 제시하는데 만족하고 있으며, 이러한 특징들은 기본적으로 작가가 그의 작품에서 사회변혁 세력의 존재를 전제하고 있느냐 아니냐의 차이에 따라 나타나게 되는 것이라고 주장한다.

우리나라에서 초창기 자연주의를 주장했던 작가들이 각기 다양한 양상을 보이게 된 것도 이처럼 자연주의의 엄격한 비문학적 과학성 때문이라고 할 수 있다. 근본적으로는 일본을 경유하였기 때문에, 즉 일본의 사소설적 풍토가 졸라이즘보다는 루소이즘에 경도하게 하였기 때문에 나타난 것이긴 하지만 그들이 그렇게 영향받을 수밖에 없었던 것도 졸라이즘의 엄격한 과학성이 문학에 잘 맞지 않았기 때문에 그렇게 수용했을 것이라고 추정해 볼 수 있다.

2) 마르크스의 문학사회학

마르크스주의는 자본주의 경제·사회·문화에 대한 통찰력 있고 역사적으로 규명될 수 있는 비판과 강력한 변증법적 분석방법을 제공하고 있다는 점에서 문학 뿐만 아니라 사회·역사·문화 전반에 지대한 영향을 미치고 있다. 그러나 이 이론은 다른 한편으로 첫째, 역사 필연성에 대한 교조적 신념 둘째, 현대의 억압 체제를 자본주의에만 그 원인을 두는 전단적인 시각 셋째, 의식의 모사이론을 단순히 객관적 사회과정의 반영으로만 귀속시키는 경향 등에서 문제가 있다고 지적되고 있다.[23] 그러나 이러한 비판은 마르크스주의가 가지고 있는 풍부한 통찰력에 비하면 상당히 부분적인 것이라 할

---

23) 유진 런, op. cit., p. 12.

수 있다. 뿐만 아니라 정확하게 해석하면 반드시 위와 같은 부정적인 양상만 보이는 것도 아니다. 여기서는 이러한 마르크스주의가 마르크스 자신의 어떠한 논의에서 나왔고 그것이 의미하는 바가 무엇인지에 대해 살펴보기로 한다.

마르크스

문학과 사회와 관련한 논의를 한 차원 비약시킨 사람이 우리가 익히 알고 있는 칼 마르크스이다. 마르크스는 우리 나라에서는 이념적 콤플렉스로 인해 수용이 제한되어 있긴 하지만 문학과 사회의 관련성에 대한 초석을 놓은 대표적 인물이라 할 것이다. 마르크스에 의해 자연주의와 다른 리얼리즘이라는 용어가 보편적으로 쓰이게 되었다. 사실, 사실주의와 자연주의는 흔히 같이 쓰여왔다. 이렇게 쓰여진 이유는 두 용어가 다같이 현실을 철저하고 과학적으로 분석한다는 의미를 공유해 왔기 때문이다. 그래서 『문학과 예술의 사회사』의 저자인 아놀드 하우저마저 사실주의를 낭만주의와 그 이상주의적 경향에 대립하는 철학에만 적용하자고 주장하고 있으며, 반면 자연주의는 철학이라기보다는 예술적 스타일로 보자고 하고 있다.

그러나 오늘날에 와서는 자연주의와 사실주의를 엄격히 구분하고 있으며 그 구분에 일조를 한 사람이 앞의 마르크스와 프리드리히 엥겔스였다고 할 수 있다. 마르크스가 보는 현실은 독일과 프랑스, 영국의 비교를 통해 얻어진 것이었다. 그러니까 독일 철학이 갖고 있는 유기적인 세계발전, 자아 표현, 도덕적 자율성을 한편으로 지니고 있고 그 반대편에 계몽주의적 질서하에 자연과학의 놀라운 비약을 보이고 있는 영국과 프랑스의 진보와 노동자의 고통을 지니고 있었던 것이다. 그러니까 마르크스는 영국과 프랑스에서 보이고 있는 놀라운 생산력의 비약을 노동자해방의 주요 동력으로 인정하는 반면 거기서 보이는 노동자의 비참한 생활을 극복하기 위한 방안으로써 '유기적인 세계 발전' '자아 강조' 등의 독일의 철학적 전통을 옹호하고 있었던 것이다.

그렇다는 말은 마르크스가 일방적으로만 현실을 보고 있지 않았다는 것을 보여준다. 마르크스는 포괄적으로 현실을 보고 그에 대한 대안을 내놓으려 했다. 이러한 자세는 그의 미학관에도 영향을 미쳐 우리가 그에 대해 흔히 알고 있는 경직된 미학관과 그가 본래 지니고 있던 미학관은 근본적으로 차이가 있음을 말해준다. 그 대표적인 경우가 이데올로기론이다. 흔히 작가의 이데올로기가 진보적이어야만 문학도 사회기여성이 있게 되고 따라서 그러한 작품만이 의미가 있다는 주장을 마르크스가 했음직하다고 여길 수가 있는데, 이는 사실과 다르다. 마르크스는 결코 이데올로기로 작품을 수렴시키는 이데올로기 환원론을 주장하지는 않았다. 그는 작품이 보여주는 아이러니, 콤플렉스, 문화생활에 가하는 역사적 압력의 모순 등에 대한 우리의 감각이 고양되기를 바란다.[24] 그러니까 마르크스는 과학적 재단이 아니라 풍부한 작품 속의 디테일을 강조하며 교양이 풍성하기를 바랐던 것이다.

그렇다고 해서 우리가 작가의 이데올로기를 전적으로 무시해서는 안 된다. 작가가 특정 이데올로기를, 물론 무의식적으로, 지니고 있다고 할 때 그 이데올로기의 성격을 문제삼지 않으면 문학이 선험적으로 가지고 있는 무의식적 침투성에 의해 대중 교화성이 교란되기 때문이다. 작가가 작품을 쓸 때는 단순히 작품의 현실관련성—작품이 현실 속에서 어떠한 의미를 띠고 있는가, 독자에게 어떠한 영향을 미치는가 등등—이 없이 독자에게 그 작품이 전달되기만을 바라지는 않기 때문에 작가의 의도가 중요한 의미를 띠게 된다. 문제는 모든 것을 작가의 이데올로기로 환원시키는 것을 경계해야 한다는 말이다. 작가가 애초에 지니고 있던 선험적인 이데올로기적 반동성도 작가의 내

---

24) 유진 런, Ibid., pp. 34-35 참조.

면 상황—이데올로기가 어떻게 굴절되어 작가의 내면에 작용하고 있는가 —
에 의해서 충분히 진보에 기여할 수 있다. 예컨대 발자크의 경우 이데올로기
는 반동적이지만 그의 소설은 그의 내면 상황에 의해 진보성을 예시하고 있
다. 이러한 것은 발자크가 분열된 현실에 의해 그의 이데올로기조차 내면에
서 분열되었기 때문이다.

마르크스를 오해하는 대표적인 경우는 그의 상부—하부구조론이다. 마르크
스는 대체로 건축학적 상상력을 가졌던 것 같다. 상부, 하부구조도 그렇거니
와 토대란 말도 마르크스가 자주 애용하는 언어 가운데 하나이다. 사회의 경
제구조, 즉 거기서 법률적·정치적 구조가 형성되고 그것에 문명한 형태의
사회의식이 나타나는 진정한 기초를 구성하는 것이 바로 생산관계라는 의미
가 이 용어들 속에 내재해 있다. 다시 말해 인간의 의식과 문화행위가 이른
바 상부구조이며 이 구조가 경제적 기초를 반영하고 이 경제구조는 인간의지
에 독립해서 발전하는 자료라는 점들을 이 용어들은 시사하고 있다.25) 그러
나 현실이란 이렇게 주체에 대립하는 단순한 객체가 아니다. 그것은 주체의
의식을 통하여 형성되고 다시 주체의 의식에 영향을 미치는 상호관계 속에
있다. 다시 말해 상부구조와 하부구조의 관계는 상부구조가 단순히 하부구조
를 반영하며 하부구조는 상부구조와 독립해서 존재하는 어떤 것이 아니라 그
둘 상호간의 끊임없는 영향관계 속에 존재한다는 특징을 갖고 있다. 이럴 때
주체 혹은 작가는 사회와 상호관계 속에서 사회의 흐름을 행동적으로, 혹은
동태적으로 그려낼 수 있다.

마르크스와 관련된 논의 중에서 지적할 사항은 예술의 초월적 성격에 대
한 마르크스의 강조이다. 마르크스는 자본주의 사회의 특징으로 사물화 현상
을 들었다. 사물화 현상이란 인간 노동의 산물인 상품이 인간의 영역을 떠나
사물의 영역으로 가면서 일종의 신비적 현상을 결과하는 물신숭배현상이다.

---

25) 유진 런, Ibid., p. 35.

다시 말해 그것은 인간의 산물이 인간의 손이 미칠 수 없는 영역에 위치되면서 역으로 인간을 소외시키는 현상을 말한다. 예를 들어 과거에는 상당한 인간적 존경의 대상이었던 의사, 법률가, 시인, 목사, 과학자들이 자본주의 시대에서는 자본의 질서에 따라 단순한 임금노동자로 전락되어 그들에 내재해 있던 인간적 요소들이 발가벗겨져 버렸다. 상품 역시 인간적 가치가 투영되던 것들이 이제는 인간적 요소가 제거된 단순한 교환가치적 객체가 되어 버렸다. 그러한 상품은 인간적 발전의 주요 계기였던 이전의 성격에서 탈피하여 주체와 무관한 것이 된 것이다.

과거에는 상품을 하나 만들어도 장인 자신의 주위와 맺고 있던 인간적 가치들이 그것에 투영되어 그것의 교환도 인간적 요소에 의해 이루어졌다. 지금의 교환가치로 말하자면 수천 만 원 되는 것들도 의리와 인정에 의해 무수한 노력을 거쳐 만들어 낸 이후 무상으로 줄 수도 있었고 값싼 것일시라도 그것의 제작과정에는 인간적 요소—감사 혹은 고마움의 표시로—들이 짙게 작용하고 있었던 것이다. 그러나 이제는 그 어떤 상품일지라도 교환가치에 의해 만들어지고 교환되고 있다. 그러니까 하나의 상품 제작에는 그것의 유용성이 화폐가치로 환산되어 오직 화폐가치적 요소만이 상품제작의 일차적 동기가 되어버린 것이다.

하지만, 마르크스에 의하면, 이러한 교환가치적 질서에서 예술은 벗어나 있다. 오직 예술만이 자본주의 사회에서 이러한 물신화 현상으로부터 탈피할 수 있다. 그러니까 예술은 소외된 사회경제적 조건들을 예증하고 지목할 수 있었다. 모든 예술은 자본주의사회가 충족시킬 수 없는 심미적 쾌락과 교육에의 욕구를 창조할 능력을 갖고 있다. 따라서 이것은 아무리 자본주의 시대가 도래했다손치더라도 공장노동이나 순수 상품과 결코 동일시되지는 않는다.26) 이렇게 보면 예술은 당대를 반영하되 당대의 지배적 질서로부터 벗어

---

26) 유진 런, Ibid., p. 27.

날 수 있다. 여기서 마르크스 미학에 내재한 예술의 초월적 성격이 드러난다. 마르크스는 기술적으로 진보된 문명에서 미적으로 풍요한 문화생산은 불가능하며 오직 고대 그리스에서만이 그것이 가능했다고 말한다. 이것은 예술이 당대를 반영하되 당대를 벗어나 영원한 미를 대표할 수 있다는 논의로 연결된다.

그러나 이것이 예술이 내포하고 있는 당대성의 회피로 논의되어서는 안 된다. 마르크스가 그리스예술을 높이 평가하고 있지만 마르크스는 동시에 예술의 현실변혁성도 아울러 강조했던 것이다. 이제 그리스예술과 같은 형태는 오늘날의 기술문명시대에는 불가능하므로 단순히 복고적으로 그것을 추종해서만도 안 된다. 오늘날의 시대에는 오늘날의 예술 형태가 따로 존재한다. 오히려 그리스예술에 대한 마르크스의 지적은 마르크스가 지적한 대로 하부구조의 변화에 상부구조가 제때에 조응할 수 없다는 문화지체현상으로 설명해야 한다. 문화는 현실의 변화에 대체로 때늦게 반응한다. 미네르바의 올빼미는 밤이 되어서야 비로소 나는 법이다. 그러나 항상 그런 것은 아니다. 오히려 상부-하부구조에서 말한 바대로 밤이 되어서야 완성된 성찰이 밤에 영향을 미칠 수도 있는 것이다. 뿐만 아니라 그리스 예술은 앞으로 몇 천 년이 지나면 전혀 인류에 감동을 주지 못할 것이다.

만약 예술의 초월적 성격을 단순히 위와 같이 해석한다면 리얼리즘의 위대한 승리라는 개념은 무의미하게 될 것이다. 이 개념은 발자크의 소설에 대해 내린 엥겔스의 표현인데 정치적으로 왕당파인 발자크가 자신이 속한 계급의 미래보다는 부르주아의 미래를 예견한 것이 일종의 예술의 초월적 성격—예술은 작가가 지니고 있는 이데올로기적 한계를 초월한다는(벗어난다는) 것—과 연결된다고 보는 것인데 그러나 이것을 다르게 해석하는 것이 리얼리즘의 위대한 승리라는 개념이다. 그가 자신의 계급적 속성으로부터 벗어날 수 있었던 것은 그가 현실에 대해 누구보다도 과학적으로 정밀하게 분석했기 때문에 가능했다는 설명이 이 개념 속에 있다. 그렇다면 그의 소설이 가지고 있는 현실 초월성은 바로 현실에 대한 치밀한 분석에 의해 가능하게 되었다고 할 수 있다. 이 논의 속에서 알 수 있는 것은 예술은 현실의 사물화 현상의 외관을 꿰뚫고 그 본질을 투철하게 파악했을 때 현실의 편견으로부터 벗어나 진실에 도달할 수 있다는 것이다. 문제는 리얼리즘인 것이다.

이와 같은 논의에서 마르크스와 엥겔스가 산발적으로 제시한 미학들을 정리해보면 다음과 같은 리얼리즘의 일반원칙들을 도출해 낼 수 있을 것이다. 첫째, 전형성. 이것은 대표적이며 전형적인 상황과 인물이, 특정한 역사적 환경과 더불어 구체적이고 사회적으로 조건화되는 범위 안에서 제시될 필요가 있다는 것이다. 둘째, 개별성. 세계는 끝없이 잡다하고 풍부하기 때문에, 그리고 역사적 상황이나 인간 개체가 결코 동일한 주형으로부터 던져지는 것이 아니기 때문에, 다양한 사회계급 출신의 대표적인 인물들은 특징석이고 녹자적이며 개별적 자질들로 묘사되어야 한다. 셋째, 유기적인 플롯 구성. 작품의 정치적 경향성은 그것에 대한 노골적인 주장 없이, 상황과 행동 그 자체로부터 솟아나야 한다. 작가는 그가 묘사하는 사회적 갈등에 대한 미래 역사적 해결책을 독자에게 제공할 의무는 없다. 넷째, 역사의 객체 및 주체로서의 인간의 제시. 노동계급의 형상이 스스로를 돕지 못하는 수동적 대중으로 그려져서는 안 된다. 노동계급이 자기들을 둘러싼 억압적인 매개물에 저항하여 투쟁을 벌이는 반작용은 역사에 속하며 따라서 사실주의적 영역에 위치시켜야 한다.27)

이상의 미학체계들은 그들의 문학에 대한 이해가 상당한 위치에 달했음을 말해준다. 그들은 단지 기계적이고 편협한 논리가 아니라 포괄적이고 현실적인 미학적 대안들을 구성하고 있는 것이다. 특히 개별성의 경우는 주인물들의 경직된 도식화가 아니라 삶의 풍부함 속에서 재구성되어야 함을 강조하고

---

27) 유진 런, Ibid., pp. 37-38.

있다. 플롯 역시 이러한 논의선상에서 설명될 수 있는 것이다. 이러한 그들의 논의는 이후 더욱 정교하게 발전하여 리얼리즘 미학, 혹은 문학과 사회와의 관련성에 대한 성찰을 풍부하게 해주었다.

3) 루카치의 문학사회학

ㄱ루카치

루카치는 부다페스트의 부유한 유태계 가정(그의 부친은 대은행 중역이었다)에서 성장하였으며 귀족사회와 비교적 두터운 관계를 맺고 있던 아버지 밑에서 성장했다. 그러한 두터운 관계로 인해 그의 아버지는 마침내 1901년 귀족이 되기에

이른다. 귀족적 교양의 분위기 속에서 루카치의 교양중심적 이론이 나오게 된 것이라 해도 무리는 아니다. 그는 괴테의 고전주의와 19세기 휴머니즘의 고급문화를 상당히 찬양하면서 총체성이론을 도출했는데 이 같은 이론화는 그의 가정이 속한 상류부르주아지의 귀족적 분위기 때문이라 해도 과언이 아니다. 그는 1914년 세계 제1차대전 이전의 독일 학계와 문단의 지식인들과 밀접한 관계를 맺었으며 이러한 분위기가 그로 하여금 전쟁 전의 부르주아 문화의 위기에 대한 귀족적 해석을 가하게 했을 것이라 볼 수 있다.

그의 이론의 밑바닥에 합리주의적 낙관론과 휴머니즘적 마르크시즘이 깔려 있는 것은 이 때문이다. 그러나 루카치는 아버지에 의한 부정적 영향 못지 않게 그의 숙부의 영향을 더 많이 받은 것으로 보인다. 왜냐하면 아버지는 부르주아의 허위의식에 더 지배되어 있었고 숙부는 명상과 탈무드 연구의 고상한 추구로 삶을 보내고 있었기 때문이다. 그는 아버지의 권위에 대한 청년기적 반항으로 반(反)부르주아적 정서에 쉽게 침윤될 수 있었고 이러한 침윤이 물질적 진보가 문화가치를 위협한다는 낭만적 반자본주의적 사고로 그를 이끌었을 것으로 추정해 볼 수 있다. 그러니까 그의 사고의 원점은 합리적 인식과 낭만적 이상의 변증법적 관련하에 놓여 있다고 하겠다. 그의 출세작이라 할 수 있는 『소설의 이론』은 그의 이러한 낭만성이 강하게 나타나고 있다.

> 별이 빛나는 창공을 보고, 갈 수가 있고 또 가야만 하는 길의 지도를 읽을 수 있던 시대는 얼마나 행복했던가? 그리고 별빛이 그 길을 환히 밝혀 주던 시대는 얼마나 행복했던가? 이런 시대에 있어서 모든 것은 새로우면서도 친숙하며, 또 모험으로 가득차 있으면서도 결국은 자신의 소유로 되는 것이다. 그리고 세계는 무한히 광대하지만 마치 자기 집에 있는 것처럼 아늑한데, 왜냐 하면 영혼속에서 타오르는 불꽃은 별들이 발하고 있는 빛과 본질적으로 동일하기 때문이다. 다시 말해서, 세계와 자아, 천공(天空)의 불빛과 내면의 불꽃은 서로 뚜렷이 구분되지만 서로에 대해 결코 낯설어지는 법이 없다. 그 까닭은 불이 모든 빛의 영혼이며, 또 모든 불은 빛 속에 감싸여져 있기 때문이다. 이렇게 해서 영혼의 모든 행위는 의미로 가득 차게 되고, 또 이러한 이원성(二元性) 속에서도 원환적 성격을 띠게 된다. 다시 말해 영혼의 모든 행위는 하나같이 의미 속에서, 또 의미를 위해서 완결되는 것이다. (중략) 철학이란 본래 "고향을 향한 향수"이자, "어디서나 자기 집에 머물고자 하는 충동"이라고 노발리스는 말한 바 있다.[28]

이 아름다운 문구는 『소설의 이론』 첫머리에 등장하는 것이다. 낭만주의자 노발리스를 인용한 것도 그렇거니와 이 문장 전체가 아름다운 낭만성에 지배되어 있음을 볼 수 있다. 루카치에게 있어 기본적인 세계관은 이러한 낭만성인 것이다. 그것은 세계를 자아와 대립시켜 놓고 세계의 악과 자아의 성장을 대비시켜 놓는 방식을 필연적으로 취하게 한다. 루카치는 소설이란 부르주아 시대의 서사시로서 타락한 사회에서 타락한 방식으로 진정한 가치를 추구하는 것이라는 명제를 도출하는데, 이러한 진정성과 타락의 대비는 곧 진정한 자아찾기와 세계의 악의 대비에 다름 아니라 할 것이다. 이러한 낭만

---

28) 게오르그 루카치, 반성완 역, 『소설의 이론』(심설당, 1985), pp. 29–30.

성의 소유자가 극도의 현실주의를 주장한다는 것은 얼핏 보기에 모순처럼 보인다. 그러나 달리 보면 이러한 이상을 추구하기 위한 방식으로써의 엄혹한, 그리고 냉정한 현실 파악은 불가피한 것으로 보인다.

그렇다면 그러한 현실적 방식은 어떻게 발견할 수 있겠는가. 루카치가 바라보는 현실은 물론 자본주의 사회이다. 자본주의 사회는 교환가치로 지배되어 인간의 진정한 의식을 가로막는 사악한 사회이다. 이러한 사회의 근본적인 모순은 자본과 노동의 대립으로 나타난다. 따라서 타락한 사회의 극복은 노동계급의 자기각성에 있다고 루카치는 진단한다. 노동자의 자기 각성만이 자본주의 사회에서의 개인의 원자화를 막을 수 있다고 그는 판단하고 있는 것이다. 자본주의 사회에서 인간은 기계적이며 의미없는 욕구의 구현체인 단순한 관습의 세계에서 단지 하나의 사물로서 존재하고 있으며 의미와 감각적 직접성을 상실한 채 엄격한 기계적 법칙에 예속되어 있다고 보는 것이다. 따라서 루카치는 부분과 전체가 통합된 공동체와 그러한 공동체 내에서의 유기적 인물을 지향한다. 그것이 사회적으로는 사회주의 지향으로 나타나고 있으며 문학적으로는 엄격한 리얼리즘 방법으로 표현되고 있는 것이다.

루카치 미학의 기본은 별빛에 의지하여 안전하게 밤길을 가는 여행자의 이미지이다.29) 앞에 인용한 글에서 그것은 선명히 드러났으리라 생각된다. 이러한 이미지가 현실적이라기보다는 오히려 낭만적인 것이라는 점은 이미 지적했다. 이러한 낭만성은 현실주의자의 처지를 생각하면 의외라 생각된다. 그러나 루카치가 소설구성의 아이러니를 강조했고 그것의 효과를 위해 결말에서 주인물의 패배를 상정했다는 것을 염두에 둔다면 그의 소설의 구성방식이 근본적으로는 시적(詩的) 비전에 의해 이루어지고 있음을 알 수 있다.

이 시적 비전의 낭만성은 현재가 아닌 미래를 추구하는 경향으로 나타난다. 현재는 생활 속에 의미가 부재한 텅 빈 공허이다. 이 공허를 극복하기

---

29) 루카치 미학에 대한 정리는 유진 런, 앞의 책 「제2부 루카치와 브레히트」 편을 중심으로 정리하기로 한다.

위해 주인공은 미래의 의미로 충만된 세계를 향해 여행한다. 길이 끝나자 여행은 시작된다는 루카치의 경구는 이렇게 하여 도출된다. 다시 말해 의미가 부재한 생활 속에서 의미를 찾아가는 주인공의 자기인식에로의 여로가 곧 소설인 셈이다. 이 의미의 생활 내재성이 총체성이 달성된 상태라 할 수 있다. 루카치 미학에서 기본 항목은 이처럼 주인공의 여로를 그린다는 점에서 전기적 요소가 지배적이며 그것은 문제적 개인으로 나타난다. 문제적 개인이란 현실 속에서는 섞일 수 없는 문제 있는 개인이라는 의미이면서 동시에 그러한 현실이 문제 있다는 것을 드러내는 존재라 할 수 있다. 문제 있는 현실이란 앞의 용어로 다시 풀어서 말하자면 총체성이 상실된 세계, 혹은 주체의 분열이 주체를 옭아매는 세계로 정의할 수 있다.

소설은 이처럼 문제에 처한 개인이 자신을 찾아가는 여행이다. 즉 소설은 자신을 알아보기 위하여 길을 나서는 영혼의 이야기이자 모험을 통해 자신을 시험하고 또 견디어 내면서 자신의 고유한 본질을 발견하려는 영혼의 이야기라 할 수 있다. 이 개인은 그러나 타성과 부패에 길들여져 있어 마성에 의하지 않고는 총체성에 이를 수 없다. 소설 속에서 인물이 비정상적 행위를 보이는 이유는 여기에 있다. 그리고 소설의 현실이 소설 외부의 현실과 다른 이유도 여기에 있다. 소설의 현실은 소설 외부의 현실이면서 동시에 외부와 차단된 현실인 것이다. 이러한 현실 차단성이 곧 낭만성과 연결될 수 있음은 물론이다.

앞서 말한 바처럼 이러한 미학은 이후 그가 공산주의로 방향전환하면서 상당부분 수정된다. 그 수정은 보다 구체적인 방향으로 전개되는데 방향전환하기 이전인 초기에도 루카치는 친사회주의적이지는 않았지만 결코 기존 현실과 타협하지 않았다. 사회주의 참여시 그는 자신의 귀족적 국면과 혁명적 민주주의 국면간의 다양한 매개수단을 발견하려 했으나 전쟁기에 그는 인문주의의 지속에 대한 절망을 느꼈고 러시아혁명을 통해 돌파구를 찾아가기 시작한다. 1918~1919년의 노동계급의 계속된 패배로 공산주의진영에서는 마르크시즘을 재해석할 필요가 있었는데 이때 재해석의 부담을 스스로 걸머지면서 루카치는 마르크시스트로서 두각을 드러내기 시작한다. 이때 루카치가 이룬 업적은 자신이 그동안 지니고 있던 인문주의적 시각으로 기계적 경제결정론의 한계를 극복하고 역사에서의 인간의 능동적인 자기해방의 영역을 강조한 점이다. 이것은 프롤레타리아가 주체적으로 사회주의를 건설할 준비를 갖춰야 한다는 것으로 나타나게 된다. 왜냐하면 이제는 과거의 개인적 사회참여로는 거대해진 자본주의의 그물(사물화)을 뚫을 수가 없기 때문이다.

1938년에 씌어진 『역사소설론』 이후 그의 이론에는 이러한 '역사에서의 인간의 능동적인 자기 해방'이라는 인문주의적 영역이 상실되고 당파성이나 사회주의 리얼리즘의 도식성이 드러나게 되지만, 그 이전까지의 전형개념, 반영이론, 리얼리즘론 등의 이론은 루카치가 미학에 끼친 중요한 업적이라 할 만하다. 루카치는 사실주의를, 개개 인물의 생활이 그들 사회의 전체적인 역사적 동력 속에 자리한 서술로서 묘사되는 문학양식으로 규정하고 있다. 예를 들자면 조정래의 『태백산맥』에서 염상진이나 하대치, 혹은 김범우 등의 인물은 해방 이후부터의 우리 역사의 역동하는 변화 속에 모두 위치하고 있다. 이들은 현실과 무관한 존재들이 아니라 현실의 본질적 구조 속에 존재하고 있어 서로 변증법적 관련성을 획득하고 있다.

또 루카치는 위대한 사실주의 소설들은 회고의 목소리를 통해 사건과 대상의 서사적 위계를 지니면서 역사적으로 조건지워진 개개 인물의 변형에서 본질적이고 의미있는 것을 드러낸다고 한다. 이 말은 사실주의 소설이 대체로 3인칭의 객관적 시점으로 씌어지고 있다는 것과 관련된다고 할 수 있다. 3인칭시점으로 씌어졌을 때 소설은 작가의 주관적 관념이 상당부분 희석된다. 말하자면 주체 바깥에 존재하는 외부적 사실을 비교적 객관적으로 드러낼 수 있는 문학적 장치라 할 수 있는 것이다. 서술자가 작품 외부에서 일종의 회고적 목소리를 가질 때 그 객관성은 더해진다고 할 수 있다. 그리고 서술자가 서술하는 사건과 대상은 위계적 질서를 가질 때 단순 반영론을 넘어선다고 할 수 있다. 예컨대 민화(民畵)의 경우는 원근법이 작용하지 않는다. 거기에는 담배를 피우는 호랑이가, 배경으로 하고 있는 산보다 더 크게 나온다. 이것은 원근법을 무시한 대표적인 경우이다. 무엇이 강조되어야 하고 무엇이 부차적이어야 할 것인지가 전혀 감안되어 있지 않은 것이다. 사건과 대상은 무엇이 중심이고 무엇이 주변인지 고려하지 않으면 그 실체를 드러내지 않는 법이다.

이러한 원근법의 강조는 사회의 변화를 반영한다. 근대 이전의 사회에서는 삶 자체가 느슨했고 교환가치가 만연하지 않았기 때문에 무엇이 중요하고 무엇이 부차적인지를 결정하는 일이 그렇게 심각하지가 않았다. 또 개인주의가 강화되지 않았기 때문에 개인의 판단이 그렇게 큰 요소가 되지도 않았다. 그렇기 때문에 민화의 거리감각 부재현상이 나타났을 것이다. 그러나 근대에 접어들면서 개인주의가 확대되고 이에 따라 복잡한 사회현상이 나타나게 되자 이에 대응할 만한 의식의 내용이 점차 복잡하고 치밀해지기 시작한 것이다. 이러한 의식의 변화가 원근법을 강요하게 되었을 것이라는 것은 쉽게 추정할 수 있다. 고우나 미우나 우리는 이러한 현실을 부정할 수가 없다. 이러한 변화된 상황, 교환가치에 지배된 상황에서 개인은 사물화되고 현실은 본질이 아닌 현상으로 점철되어 일종의 원근법적 변형을 거치지 않으면 진정한 의미는 도출되지 않는 법이다.

루카치는 가장 훌륭한 사실주의 문학은 완벽한 개인성과 역사적 전형성을 묘사해야 한다고 강조한다. 참여자의 입장에서 바라보면서 동시에 작가의 전지적 역사이해로 형상화됨으로써 역사일반의 실재성을 구체적이고 개인적인 경험을 통해 드러내며 특정의 집단·제도·계급 등등으로 매개되는 과정이 곧 전형성인 것이다. 전형성은 그러나 티피컬(typical)하다는 하나의 유형과는 거리가 멀다. 그것은 자본주의사회의 근본모순인 자본과 노동의 모순 속에서 이루어져야 한다. 이를테면 황순원의 『카인의 후예』는 한국문학에서 높이 거론되는 작품 중의 하나이며 작가 역시 그 고결한 인품으로 많은 독자들이 존경하는 작가 중의 한 사람이다. 그러나 리얼리즘의 견지에서 살펴보면 상당히 미흡하게 평가되는 것이 사실이다.

리얼리즘의 견지에서 등장인물들이 전형성을 획득하기 위해서는 자신이 소속한 계급의 구성원으로서의 최소한의 보편성을 지니고 있어야 한다. 그러나 이 소설에 등장하는 지주계급의 인물들은 한결같이 토지에 대한 소유욕이 거의 나타나지 않는다. 지주인 박훈은 합리적이고 온당한 성품의 소유자로서, 토지의 소유보다는 지금까지 운영해 오던 야학을 당에서 파견된 청년에 의해 접수당하게 되는 과정에서 안타까움을 자아내도록 그려진 인물이다. 또 그의 사촌 박혁 역시 불의에 항거하려는 의로운 인물로 나타난다. 반면 농민들은 토지개혁의 와중에서 비속한 탐욕과 이기주의의 화신으로 그려져 있다. 또 마름인 도섭영감의 지주계급에 대한 적대감은 현실적이지 않다. 일제하 마름의 위상을 아는 사람이라면 도저히 이렇게 그릴 수는 없는 것이다.[30]

이 밖에도 다양한 논의들이 있지만 여기서는 이 정도로 줄이기로 한다. 그 중 대표적인 논의들이 모더니즘, 자연주의, 리얼리즘에 대한 루카치의 날카로운 견해이다. 이러한 견해는 이후 같은 마르크시스트인 브레히트와 첨예하게 대립하는 것들이다. 간단히 말하자면 루카치는 자연주의는 전망이 부재하기 때문에 변혁에 복무할 수 없다고 주장한다. 그것은 기계적 결정론과 유사한 것이어서 사회의 깊이 있는 반영을 불가능하게 한다는 것이다. 이 같은 견해는 모더니즘에 대해서도 유사하다. 모더니스트는 현실의 깊이 있는 동력을 파악할 능력이 없기 때문에 형식에 남달리 집착하게 된다는 것이다. 말하

---

30) 한수영, 「1950년대 한국소설 연구: 남한편」, 한국문학연구회편, 『1950년대 남북한 문학』(평민사, 1991), pp. 41-45 참조.

자면 루카치는 발자크의 잘 짜인 사실주의 소설을 전범으로 삼고 있는 것이다. 이러한 견지에서 브레히트의 서사극을 강하게 비판하고 있는 것이다.

이에 반해 브레히트는 오히려 사회는 크게 변화했는데도 불구하고 아직까지 19세기 초의 소설을 예로 들면서 그 시대의 문학적 형식을 고집하는 것이야말로 형식주의라고 몰아세운다. 그는 자신의 연극에 낯설게 하기 기법을 동원해 기존의 형식과 다른 낯선 형식을 수없이 개발함으로써 루카치에 대항한다. 기존의 구태의연한 형식으로는 지각에 영향을 미치지 못하기 때문에 새롭고 낯선 형식을 통해 독자의 무딘 감각을 뒤흔들어 변혁세력에 합세하게 해야 한다는 것이 브레히트의 논점이다.

3. 정신분석학과 문학과의 관련

1) 프로이트 예술론

정신분석학은 인간 정신의 비합리성을 합리성의 빛으로 조명해보려는 정신과학이다. 이렇게 말하는 것은 정신분석학이 대상으로 하는 인간의 불완전한 정신을 합리성으로 교정할 수 있다는 인상을 줄 수 있는데 사실은 그렇지가 못하다. 합리성으로 조명해 볼 수 있고 인간 정신의 비합리성을 그렇게 쉽게 고칠 수만 있다면 인간사회는 아주 행복한 곳일 것이기 때문이다. 정신분석학은 지그문트 프로이트에 의해 비로소 학문으로 정착된 것으로서 마르크스와 같이 인류문화에 큰 영향을 미친 대표적인 두 가지 이론이라 할 수 있다. 오늘날 마르크스주의는 퇴조하여 그 이론이 담지하고 있던 혁명론은 구시대의 유물이 되어 버렸지만 프로이트에 의해 개척된 인간 정신의 무의식적 영역은 더욱 더 관심의 초점이 되어가고 있고 다양하고 무수한 이론가에 의해 그 깊이를 더해가고 있다고 할 수 있다.

정신분석학이 문학과 맺는 관련은 문학에서 다루고 있는 대상들이 현실의 외면이 아니라 내면이라는 데에서 찾을 수 있다. 시나 소설에서 다루고 있는 대상은 주로 인간의 정신과 관련되어 있다. 최인훈의 장편 소설 『회색인』의 내용은 현란하기 그지없지만 그 작품을 지배하는 심층원리가, 주인물 독고준이 공습을 피해 들어간 방공호에서 어느 여인의 품에 안길 때의 혼란스런 성적 심리에 놓여 있다고 할 때, 소설을 지배하는 무의식의 영역이 얼마나 중요한가를 알 수 있다. 또 이상화의 절창인 「나의 침실로」의 구조가 소멸과 재생에 놓여 있다 할 때, 이 소멸과 재생이란 인간 정신의 중요한 메카니즘이라 아니할 수 없다.

이처럼 정신분석학이 문학과 맺는 관련성은 뗄래야 뗄 수 없는 관계라 할 수 있는 것이다. 그렇다면 이 정신분석학은 사회와 관련성 없는 단순한 개인의 정신만을 말하고 있는 것인가. 개인심리학을 연구하는 학자들은 부지중에 이러한 가설에 지배되고 있다. 그러나 정신분석학은 절대 그러한 개인적인 심리에 국한된 것은 아니다. 개인 역시 사회의 일원이라는 단순한 사실에서 우리는 반론을 펼 수도 있으며 이러한 반론이 상식적인 차원이 아니라 보다 고차원적 이론을 통해서도 가능할 수가 있다. 이러한 고차원적 이론은 다름 아닌 정신분석학 안에 이미 자리잡고 있다.

그것을 우리는 프로이트가 주장한 오이디푸스 콤플렉스에서 확인할 수 있다. 프로이트는 인간이 인간으로 탄생하게 되기에는 중요한 단계를 거쳐야 하는데 그것이 오이디푸스 콤플렉스단계라 하였다. 이 용어는 희랍신화에서 구한 것인데 테베시의 왕 라이오스와 왕비 이오카스테 사이에 태어난 아들이 오이디푸스이다. 오이디푸스는 "아버지를 죽이고 어머니와 결혼한다"는 신탁을 받은 아버지 라이오스에 의해 태어나자마자 버려지게 된다. 일설에 의하면 산에다 갖다 버려서 목동이 주웠다고 하기도 하고 강보에 씌워 강에 버려져 어부에 의해 건져지게 되었다고도 하는데, 아무튼 그 아이는 이웃나라 인 코린토스 사람에 의해 구조되어 그 나라 왕자로 자라게 된다.

「프로이트

그는 자기의 운명을 알고자 신탁을 받아 보았는데 그것이 바로 위와 같은 내용이어서 그 운명을 피하고자 방랑의 길을 떠나게 된다. 그러다가 테베 근처의 좁은 길에서 한 노인을 만나 시비 끝에 그 노인을 죽이게 되는데 알고 보니 그 노인이 테베의 왕이었다. 오이디푸스는 마침내 그 나라로 들어가게 된다. 그런데 당시 그 나라에는 스핑크스라는 괴물이 나타나 수수께끼를 풀지 못하는 사람을 죽이고 있어서 여왕은 이 스핑크스를 죽이는 자에게 왕위는 물론 자신까지도 그에게 몸바친다는 영을 내린 후였다. 오이디푸스가 이 스핑크스를 만나 수수께끼를 풀고 그 나라의 왕이 됨과 동시에 왕비와 결혼했는데 이 왕비가 자신의 어머니였던 것이다.

이것은 단순한 신화에 불과한 것이긴 하지만 이러한 이야기에 담긴 구조가 인간의 본질적인 구조라는 것이 프로이트의 주장이었다. 그러니까 아이가 3-5세에 접어들면 이러한 단계를 거치게 된다는 것이다. 이 단계 이전까지 아이는 어머니와의 관계에만 고착되어 있다. 그러나 아버지라는 존재가 등장하면서 아이는 이제 어머니와의 성적, 혹은 육체적(무의식적이긴 하지만) 관계를 청산하고 아버지의 명령을 따라야 한다. 아버지는 사회의 법이고 질서의식이고 의식구조를 상징한다. 아이는 아버지의 명령을 따름으로써 비로소 사회적 존재로 이전하게 된다. 아버지의 명령을 따를 수밖에 없는 것은 아버지의 명령을 받아들이지 못할 경우 아이는 거세위협에 직면하게 되기 때문이다. 이 부분이 프로이트가 모든 것을 성환원론으로 해석한다는 여러 비판의 단초를 형성하게 된다.

아이는 거세불안에 직면하여 마침내 어머니와의 무의식적, 성적 관계를 청산하고 아버지의 질서의식과 사회의식, 법률적 인식 등을 수용하게 되는데 이것이 아이들의 성장을 지배하게 된다는 것이 프로이트의 주장이다. 이 주장에 담긴 메시지는, 사람은 고립되어 존재하는 것이 아니라 사회적 존재로 위치지워져 있다는 것이다. 그리고 인간은 그의 무의식—어머니에 대한 욕망은 억압되어 주체의 무의식을 형성하게 된다—으로 하여 문학의 중요 대상이 되고 있다. 따라서 문학은 사회적 성격을 가질 수밖에 없다는 것이 논리적 귀결이라 할 것이다.

이제 프로이트 이론이 어떻게 문학과 관련되는지 알아보기로 하자. 문학은 앞에서도 말했듯이 정신의 다양한 현상들을 대상으로 하여 이루어진다. 그러나 그 형상화에는 우리가 명쾌하게 이해할 수 있는 것도 있고 이해할 수 없는 것도 있다. 이 이해할 수 없는 것을 정신분석학의 도움을 빌게 되면 이해 가능해 질 수 있다. 말하자면 문학작품은 작가의 무의식의 반영이라고 할 수도 있다는 것이다. 우리는 작가의 무의식을 이해해야만 작품을 이해할 수 있고 작품의 무의식을 이해해야만 그것이 독자에게 미치는 영향을 이해할 수가 있다. 독자의 무의식을 이해해야만 보다 깊이 있게 그 작품이 어떻게 사회에 영향을 미치는가를 알 수가 있다. 이 세 가지는 정신분석학적 이론이 문학과 접맥될 수 있는 중요한 통로라 할 것이다. 따라서 정신분석학은 문학에 있어서 가장 중요한 요소인 작가, 작품, 독자에 두루 중요한 분석도구가 되는 중요한 학문이라 하겠다.

프로이트 예술론에서 가장 중요한 명제는 예술이란 욕구충족의 기능을 갖고 있다는 것이다. 프로이트는 공상과 예술에는 비슷한 성격이 있다고 전제하고 이 둘의 근본적 차이는 전자가 공상에서 벗어나지 못한다고 한다면 후자는 거기에서 다시 현실로 돌아올 수 있다는 데에 있다. 예술가는 일반적으로 충족되기 어려운 왕성한 욕망을 가진 사람이다. 그래서 예술가는 현실에서 이루어지지 않는 욕구의 충족을 공상 속에서 충족시키게 마련이다. 그러나 예술가는 단순한 공상에만 머무르지 않고 그것을 정교하게 다룰 줄 아는 능력이 있는 사람이다. 이 정교하게 다룰 줄 안다는 것이 일종의 형식론이라 할 것이다. 일반적으로 프로이트 이론에서 문학의 내용적 측면에 대해서는 비교적 세밀하게 기록하고 있지만 형식에 대해서는 거의 언급된 바 없다고 얘기된다.31) 하지만 위의 견해를 통해 본다면 프로이트 이론에는 정교하게 다듬어지진 않았지만 형식에 대한 중요한 얘기를 하고 있는 셈이 된다. 다시 말해 문학의 형식이란 독자들에게 거부감을 주지 않고 예술가의 공상을 전달할 수 있는 예술기의 능력인 것이다.

그렇다면 예술작품의 내용은 현실 그 자체인가. 이 부분에 대한 설명으로 프로이트는 전이를 들고 있다. 전이는 어린 시절, 가족 구성원들과의 중요한 경험에 대한 기억과 그것에서 기인된 기대치에 따라 성인이 된 후에도 사람과 대상에게 긍정적이거나 부정적인 시선을 던지는 양식이다. 이와같이 대중적 의미에서의 전이는 인간 상호간에 끝없이 잘못 읽어냄으로써 생긴 '응어리'들로서 스스로를 드러낸다.32) 이러한 전이현상은 작가가 작품을 쓸 때에도 나타난다. 작품은 반드시 화자, 혹은 서술자가 나타나야 하므로 그 화자 또는 서술자의 행위나 심리는 작가의 내면이 전이된 경우에 해당하기 때문이

---

31) 트릴링은 프로이트 이론의 미학회에 다음과 같은 문제가 있다고 지적한다. 첫째, 프로이트는 미의 감각이 성적 감정에서 도출된다고 주장하고는 있지만, 정신분석은 미에 대해서 거의 이야기 할 수 없다. 따라서 프로이트 예술론은 예술가의 자율성의 문제를 논외로 한다. 둘째, 그의 이론은 예술의 형식에 대해서는 관심을 두지 않고 내용에 대해서만 관심을 둔다. 어조, 문체, 수식 등은 고려의 대상이 되지 않는다. 셋째, 정신분석은 일반인들이 주로 관심을 두는 두 영역, 곧 예술적 재능의 본질과 예술적 기법에 대해서는 해명하는 바가 없다. 이승훈, 「예술가와 프로이트」, 김열규 외 지음. 『정신분석과 문학비평』(고려원, 1992), p. 88.

32) 엘리자베드 라이트, 권택영 역, 『정신분석비평』(문예출판사, 1997), p. 25.

다. 그렇다면 작품 속의 이야기들은 작가의 내면이 전이된 내용들이다. 이러한 말은 작품 속의 이야기들은 현실 같지만 결코 현실이 아닌 작가의 환상이 반영된 것이라는 것이다.

그렇다면 작품은 단지 환상인가. 아니다. 앞서 말한 바 있듯이 작가란 자기의 환상을 독자가 받아들일 수 있는 방식으로 작품 속에 형상화한다. 따라서 작품은 마치 현실같이 독자에게 전달된다. 독자는 그것을 현실이라 믿고 있지만 사실은 환상이 묻어있는 현실이다. 이 현실은 따라서 현실 그 자체라기보다는 환상 속에 침윤되어 있는 현실이다. 그래서 독자는 작품을 보면서 현실이라고 생각해서는 안 된다. 그러나 대체로 독자들은 이것이 현실이겠거니 하고 읽는다. 이것이 작품이 주는 감염의 효과다. 만약 그것을 현실이겠거니 하고 받아들일 때 독자는 작가의 환상에 역전이 되는 것이다. 이러한 역전이 작가의 현실에 대한 진실한 이해를 방해할 뿐만 아니라 독자의 현실 인식 역시 일정하게 왜곡시키게 마련이다. 그러므로 작가의 전이를 독자는 비판적으로 바라볼 수 있어야 한다. 그것이 독자로 하여금 현실을 정확하게 볼 수 있게 하고 동시에 작가의 환상적 현실인식을 교정할 수 있게 하기 때문이다.

이제 문학에 있어 환상이 얼마나 중요한 역할을 하는가가 어느 정도 이해되었을 것이다. 이러한 환상은 결국 어디에 연결되어 있는가. 그것은 꿈에 연결되어 있다. 꿈 역시 인간의 이성이 미치지 못하는 무의식의 영역에 걸쳐 있기 때문이다. 환상이 이성으로 제어할 수 없듯이 무의식 역시 이성으로 파악할 수 없다. 이 무의식을 제대로 보기 위해서는 꿈을 해석하는 수밖에 없다. 프로이트는 이 꿈을 상당히 중요하게 생각한다. 꿈이 현실로 돌아올 때 생각나지 않는 것은 꿈 속에서도 무의식적 검열이 작용하기 때문이다. 꿈을 형성하는 요소는 낮에 있었던 충격의 잔재로부터 저 멀리 유아기의 오이디푸스 시기에 발생한 외상(trauma)에 이르기까지 무수한 영역에 걸쳐 존재한다. 이러한 것들이 기억에 남아있지 않은 이유는 그것이 시간적으로 오래되었기 때문이 아니라, 그러므로 결코 기억될 수 없기 때문이 아니라 무의식적 억압이 작용했기 때문이다. 그것들이 현실화되었을 때 그 꿈내용이 너무 끔찍하여 주체가 주체로서 존재할 수 없기 때문에 억압이 작용하는 것이다. 그것들은 대체로 부친 살해를 포함하여 이자(二者)관계—아이와 어머니— 에서 삼자(三者)관계 — 아이, 어머니, 아버지의 오이디푸스적 관계—로 전환할 때 주체가 입은 상처에 의해 발생한다. 그러니까 꿈 내용의 연원은 훨씬 오래 전으로 소급될 수 있다.

이 꿈의 작용은 문학과 불가분의 관련성이 있다. 꿈이란 프로이트에 의하면 억압된 소망의 표현이다. 이 소망이 억압되었다는 이야기는 그것이 현실로 표출되었을 때는 너무나 끔찍하여 주체가 스스로를 감당할 수 없다는 말과 같다. 우리가 꿈에서 깨어나 잠시는 꿈이 생각나기도 하지만 조금만 지나도 잊어버리는 것은 검열작용의 결과이다. 이처럼 꿈은 끔찍한 소망이 대부분이어서 항상 억압되어 있다. 그것은 꿈 속에서도 마찬가지이다. 꿈은 꿈 속에서도 검열작용을 피해 왜곡된 형태로 나타나게 되는데 이 때문에 꿈의 내용은 기괴함 투성이가 된다. 그런데 이 왜곡의 방식은 언어의 작동방식과 유사하다. 언어에서 은유와 환유라고 하는 것이 꿈에서는 응축과 치환으로 나타난다.

흔히 왜곡되기 이전의 꿈을 잠재몽, 왜곡되어 나타나는 꿈을 현재몽이라고 부른다. 따라서 꿈의 작업이란 잠재몽이 현재몽으로 나타나는 과정이라 하겠다. 이 작업이 바로 위에서 말한 응축과 치환이다. 응축이란 일종의 생략의 방법으로, 잠재몽의 여러 관념들이 하나로 합성되는 방법을 뜻한다. 이런 합성 방법은 공통점을 토대로 상이한 잠재요소들이 융합된다는 점에서, 아리스토텔레스가 지적하는 네 번째 은유의 형식, 곧 유추를 통해 행해지는 은유의 형식을 뜻한다. 치환이란 잠재요소가 자신과는 동떨어진 비유에 의해 다른 것으로 바뀌거나, 잠재몽의 중요한 요소가 중요치 않은 요소로 바뀌는 것을 뜻한다.

꿈의 개념과 작업을 이렇게 분석해 보면 그것은 언어의 법칙과 놀랄 만큼 유사함을 알 수 있다. 그리고 작품이란 곧 작가의 환상이란 앞서의 말과 연결시켜 보면 작품 분석에 있어 작품 내용의 무의식적 요소의 해석이 작품 해석에 얼마나 중요한 것인가를 아울러 알 수 있다.

2) 다른 정신분석학적 예술론

프로이트의 예술론의 파장은 점점 확대되는 추세이다. 프로이트의 이론이 성환원에 불과하다는 비판에도 불구하고 프로이트의 이론을 예술에 연결시키려는 시도는 다양하게, 그리고 깊이 있게 이루어지고 있는 실정인 것이다. 프로이트 자신이 이미 예술에 대한 수많은 비평을 한 바 있지만 그것은 전문적인 것이 아니었고 또 무게 중심도 예술에 있다기보다는 정신분석학에 있었기 때문에 예술에 대한 전문성은 다소 약한 편이었다고 할 수 있다. 그러나 이후의 정신분석학자들은 정신분석학에 무게중심을 두기보다는 상당히 예술에 무게중심을 두고 연구를 해 나갔다.

앞에서도 이미 언급했지만 작품이 무의식의 흔적으로 짙게 깔려 있고 작중 현실이 환상에 감싸여 있다면 어떻게 무의식에 도달하여 진실에 도달할 수 있는가가 문제된다. 프로이트에 의하면 무의식에 도달하는 길은 농담, 꿈, 말실수 등이라고 한다. 우리는 일상 생활을 영위하면서 자기도 의식하지 않는 중에 농담이나 말실수 등을 하게 되는데 이것이 무의식의 내용을 드러내는 것이 된다는 것이다. 가장 흔한 예로 드는 것이 국회의장의 말실수이다. 여당이 야당보다 국회의원 수가 적을 때 그리하여 여당에 불리한 법안을 통과시켜야 할 때 국회 개회 인사를 하면서 국회의장은 "제 xxx차 정기 국회를 폐회합니다"라고 말실수를 하였다면 이는 국회의장의 무의식을 드러내는 꼴이 된다. 농담의 경우도 유사하다. 누군가 어려운 시험을 통과했을 때 "야, 너같은 둔재가 어떻게 그 시험을 통과했냐?"고 말하는 것을 가끔 보게 된다. 이러한 말은 말하는 사람의 무의식, 그러니까 자기보다 못한 사람이 자기보다 나은 결과를 얻게 되었을 때 자기를 부정할 수밖에 없는 현실을 받아들이지 못해 나온 것이라 할 수 있다.

이처럼 텍스트 내에는 작가가 예기치 못한 말실수, 혹은 농담이 개재되어 있다. 정신분석학의 작품 분석은 이와 같이 작가의 무의식이 작동하는 지점을 찾아내 그것을 통해 작품 전체의 의미구조를 파악하는 방법이다. 문제를 이렇게 보면 기본적으로 허구일 수밖에 없는 소설의 성공이나 실패 여부는 어떤 생각을 일관성 있고 설득력 있게 제시하는가에 따라 주어지지 않는다. 또한 어치피 허구 속의 이야기는 당초 세획된 작품의 방향에 의해서가 아니라 '자신의 고유한 진행 방향' 속에서만 진전될 수 있다. 작품은 그것이 되고자 원했던 것의 '이면'에 존재한다고도 말할 수 있다.[33] 피에르 마슈레는 이러한 텍스트내의 무의식을 발견하는 방법으로 '빈 구멍'이라는 용어를 제시한다.

> 작품은, 그것의 신화적 깊이에 대해서가 아니라, 그것의 실제적 복합성에 대해서 캐물어야 한다. (중략) 작품은 단일한 텍스트의 관계 속에 분리될 수 없는 다양한 선들을 결집시킨다. 여기서 문제는 필연적으로 지속되는 것을 분리시키는 것이 아니라, 그것의 배열을 보게 하는 것이다. 작품이 '말하는' 것은 이 선들 중의 어느 하나가 아니라, 이들간의 차이와 대조, 즉 이 선들을 분리하고 연결하는 빈 구멍인 것이다.[34]

여기서 마슈레가 말하는 빈 구멍이라는 말은 프로이트의 무의식과 깊은 관련을 가지고 있다. 텍스트의 무의식을 발견하는 방법으로, 일상생활에서의

---

33) 홍성호, 『문학사회학, 골드만과 그 이후』(문학과 지성사, 1995), p. 252.
34) 홍성호, op. cit., p. 240 재인용.

농담이나 말실수 등과 관련되는 것이 바로 이 텍스트 내 빈 구멍인 것이다. 마슈레는 책이 말하는 것은 어떤 침묵으로부터 온다고 말한다. 왜냐 하면 무언가를 말하기 위해서는 무엇인가를 억압하지 않으면 안되기 때문이다. 다시 말해 텍스트는 말해야 할 것과 말해서는 안 되는 것과의 관계 속에서 탄생한다. 사실 우리는 이러한 경우를 일상생활에서도 얼마나 자주 느끼게 되는가. 대화를 하다가 이것은 말해도 된다, 안 된다 하는 갈등 속에서 결국 말해도 되는 것들만 말하게 되는데 그렇다는 것은 우리는 결국 말해서는 안 되는 것을 말하지 않는 방식으로만 대화하게 된다는 것이다. 작품도 마찬가지이다.

　이러한 논의의 예를 하나 들어보기로 하자. 50년대 대표작가의 한 사람인 오상원의 장편소설에 『백지의 기록』이 있다. 오상원의 이 작품은 단편 위주의 50년대 문학에서 장편이라는 점에서 일단 의미가 있다. 이 작품은 전쟁터에서 불구가 되어 돌아온 형 중섭과 신체적으로는 멀쩡하지만 정신적으로 황폐화한 동생 중서가 제대하여 전후의 현실에 직면했을 때 맛보는 혼란함이 주제이다. 50년대 문학이 전반적으로 허무주의의 늪에 빠져 있듯이 이 작품 역시 짙은 허무주의에 침윤되어 있다. 이 작품에서 동생의 에피소드에 초점을 맞추면 한 여자가 등장하는 것을 볼 수 있다. 이 여자—정연—는 전쟁 전 중서의 애인이었으나 전쟁을 거치면서 전쟁터에서 윤간을 당한 후 기억상실증에 걸린 상태이다. 그러다가 우연히 중섭의 친구가 의사로 있는 병원에 입원하게 되어 중서와 조우하게 되는데 이 장면에서 초점은 중서가 이 여자를 받아들여야 할 것인가, 말 것인가 하는 데에 있다. 결국 중서는 휴머니즘적 견지에서 이 여자에게 청혼을 하는 것으로 자신의 갈등을 마무리하려 하는데 그때 한 말이 "정연씨, 우리는 결혼을 합시다"로 표현되어 있다. 만약 이것이 적극적 의미를 띤다면 "정연씨, 우리, 결혼합시다"가 되어야 할 것이다. '-는'이나 '-을' 등의 조사는 말은 그렇게 했지만 사실은 그러고 싶지 않다는 무의식을 반영한다.

이것은 텍스트 내에 잠복해 있는 무의식을 드러내는 빈 구멍에 해당한다 할 것이다. 사실 오상원은 강한 가족주의에 감염되어 있다. 어떠한 고통이 오더라도 가족은 유지되어야 한다는 무의식이 강한 작가라는 것이다. 이러한 것을 작품 「난영」에서 엿볼 수 있다. 이 작품은 미군 부대에서 한국인임을 의식하고 사는 노무자가 주인공인데 그는 불의에 항거하여 실직한 상태이다. 그러나 가족이 있는 상황에서 자신의 실직은 가족에 대한 책임을 방기하는 것이 되고 따라서 가족은 붕괴될 수밖에 없는 처지이다. 이러한 상황에서 미군에게 자신의 몸을 파는 한 여자를 보고 처음에는 경멸의 눈초리를 보내나 그 여자가 그러한 짓을 통해 가족을 가난으로부터 구제하고 있음을 본 이후에는 "선 속에도 악이 있고 악 속에도 선이 있다"는 명제를 제시하면서 그 여자를 마침내 긍정하게 된다. 이러한 에피소드는 오상원이 얼마나 가족주의에 감싸여 있는가를 보여준다. 이러한 가족주의는 「부동기」에 이르러 소멸되게 된다.

『백지의 기록』에서 정연이 자살하는 것으로 마무리 되고 가족이 오랜만에 모여 "무너졌던 서로의 마음 속에 다시금 찾아온 따스한 입김"을 나누게 되는 것도 결국 가족주의의 변형이라 할 것이다. 이런 맥락에서 위의 중서의 청혼을 이해해야 할 것이다. 이렇게 빈 구멍을 통해 오상원 소설에 내재해 있는 가족주의를 보았는데 이 가족주의는 동시에 지배 이데올로기가 관철되는 통로라는 점도 주목해야 한다. 지배이데올로기는 국민들을 지배하기 위하여 다양한 이데올로기를 개발해야 하는데 가족주의는 이러한 지배에 효과적으로 기능하는 역할을 한다. 다시 말해 가족주의는 모든 사회적 혼란을 가족의 책임으로 여기게 하는 효과를 가지고 있다. 가족은 국가에 비해 소단위로서 사회적 혼란에 대처할 힘이 없다. 따라서 사회적 혼란 속에서 가족은 불안을 경험할 수밖에 없다. 사회적 혼란에 국가가 대처하는 것이 아니라 가족이 스스로 대처해야 할 때 가장 필요한 것은 누구도 우리를 도와주지 않는다는 절박한 현실 인식이다. 따라서 가족주의는 다른 가족과 배타적으로 존재한다. 여기서 다른 가족과 단절된 채 일종의 이기주의가 싹트게 된다. 우리 가족만 잘 되어야 한다는 생각이 그것이다.

이런 메카니즘 속에 가부장의식이 침투하게 되면 가족은 가장의 명령을 절대적으로 받아들이지 않으면 안 된다. 가장은 혼란한 사회 속에서 가족을 안전하게 이끌어야 할 의무가 있고 그러한 의무를 통해 가족에게 권리를 행사하게 된다. 권리를 행사하기 위해서라도 가족은 안전하게 유지되지 않으면 안 되는데 이러한 안전을 위해 가장은 사회에서 온갖 비굴함을 견디지 않으면 안 된다. 이 비굴함은 지배이데올로기가 침투될 수 있는 가장 큰 틈이다. 이렇게 하여 지배집단은 가족단위를 국가에 종속시키게 할 수 있다. 우리는 지금까지 작품 속에 잠재해 있는 자그마한 빈 구멍을 통해 가족, 국가, 이데올로기적 차원까지 비약할 수 있었다. 다시 말해 빈 구멍을 통해 작품 전체의 이해에 도달할 수 있었다는 말이다. 마슈레의 이러한 이론은 그 연원이 프로이트에 있음으로 하여 정신분석학과 밀접한 관련을 가지고 있음을 알 수 있다.

그러나 정신분석학과 관련하여 프로이트의 이론을 가장 정치하게 변형시켰고 대중적인 영향을 미친 사람으로 프랑스의 정신분석학자 자크 라캉을 들지 않을 수 없다. 라캉은 인간정신의 지형도를 이드, 자아, 초자아로 구분한 후기 프로이트 사상을 버리고 정신을 의식과 무의식으로 나누었던 초기 프로이트로 돌아가자고 주장하며 자신을 프로이트의 진정한 후계자로 자처했다. 그러나 후기 프로이트 사상을 정통으로 생각하는 프로이트주의자들에 의해 파계자로 지목되면서 그들과 뚜렷한 대립을 하게 된다. 라캉은 프로이트의 이론을 상상계, 상징계, 실재계로 나누어 설명한다. 상상계란 프로이트가 말한 오이디푸스 단계 이전의 유아가 처한 단계로서 일종의 거울단계라고도 한다.

거울단계란 유아가 거울을 보며 주체로 성장한다는 의미를 갖고 있다. 이 용어는 실제로 유아가 어느 단계에 이르면 거울을 보면서 대단히 만족해하며 서있는 것을 보았기 때문에 나타난 경험적 표현이다. 라캉에 의하면 이 단계에

자크 라캉

서 주체는 거울 속의 자기와 거울을 보는 자기를 일치시킨다는 것이다. 주체는 상당히 불안정한 상태임에도 불구하고 완전한 상태로 자신을 경험하게 되는데 이런 의미에서 주체는 근본적으로 오인(誤認) 구조를 가지고 있다. 우리는 현실을 살아가면서 이런 구조하에 있는 자신을 발견할 수 있다. 우리는 흔히 혼자 있을 때 거울을 보면서 자기를 만족해하는 구석을 찾아낸다. 실제로 현실 속의 우리는 이것저것에 의해 찢겨진 상태이면서도 이러한 혼자만의 시간에 이르면 거울을 보고 자기가 만족할 수 있는 요소—특히 눈—를 찾아 기뻐하곤 하는 것이다. 이것이 오인구조이다. 다시 말해 이러한 오인구조는 유아기에만 존재하는 것이 아니라 성인이 되어서도, 말하자면 상징계에 접어들어서도 여전히 우리에게 남아 있다. 상상계와 상징계는 변증법적 관련성 속에 있다.

이 단계는 다시 정리하면 거울과 나의 이자적 관계를 말한다. 여기에는 프로이트가 말한 아버지라는 존재, 즉 제3자의 개입이 전혀 개입되어 있지 않다. 이 단계는 여전히 어머니와 유아의 이자관계만 존재한다. 환언하면 거울은 다시 어머니로 고쳐 불러도 전혀 차이가 없다는 것이다. 유아는 어머니 속에서 자신의 완전함을 본다. 그는 어머니가 바라는 욕망의 대상이 자기라고 확신한다. 동시에 어머니의 욕망을 자신이 실현시킬 수 있다고 확신한다.

이것은 철저히 이자관계의 특징이다. 당신이 만약 성인이 되어 어떤 여성, 혹은 어떤 대상을 사랑하게 될 때 제 3자의 말이 귀에 들어오지 않는 것도 이 때문이다. 타인이 아무리 대상의 단점을 애기해도 본인은 그 단점까지 장점으로 보인다. 이러한 관계는 반드시 사랑의 관계로만 형성되어 있는 것은 아니다. 거기에는 사랑의 반대감정인 미움이나 증오도 반드시 개입한다. 그러므로 이 관계는 실제로 찢겨진, 분열된 관계인 것이다.

유아기의 이자관계는 오이디푸스단계에 이르면 상상계로부터 벗어나 상징계에 접어들게 된다. 상징계란 언어적 질서에 접어드는 단계를 말한다. 라캉의 업적은 무의식을 이러한 언어학과 관련시켰다는 데에 있다. 언어가 작용하지 않으면 주체도 없다. 언어가 사용됨에 따라서 무의식이 발생한다. 따라서 언어는 일종의 억압적 요소이다. 우리는 무엇을 규정할 때 그 규정에 의해 억압되는 어떤 것이 있을 수밖에 없다고 판단해야 한다. 라캉에 의하면 '나는 -이다'라는 문장이 가장 잘 이해될 수 있는 것은 '나는 내가 아닌 어떤 것이다'로 번역될 때이다. 나는 어머니와의 상상적 동일시, 혹은 일체감을 포기해야 하며 상징계 내에서 자신에게 할당된 위치를 받아들이지 않을 경우 주체로 성립될 수 없다. 다시 말해 어머니와의 관계를 억압하지 않으면 어른으로 성장할 수 없다는 것이다.

상징계로 진입한다는 것은 아버지의 법을 대표하는 것으로써 남근을 받아들인다는 것을 의미한다. 인간의 문화와 사회적 삶은 상징계, 곧 결핍의 기호인 남근에 의해 지배된다. 주체는 이러한 사물의 질서를 좋아할 수도 좋아하지 않을 수도 있지만 선택의 여지는 없다. 상상계에 남아있기를 고집하는 것은 정신병에 걸리거나, 인간사회에서 살 수 없다는 것을 의미하기 때문이다.35) 프로이트의 용어로 바꾸면 상상계는 쾌락원칙, 상징계는 현실원칙에 각각 상응한다고 할 수 있다. 라캉은 정신분석학을 언어학과 관련시켰는데

35) 토릴 모이, 임옥희, 이명호, 정경심 공역, 『성과 텍스트의 정치학』(한신문화사, 1994), p. 116.

그에 의하면 무의식은 언어처럼 구조되어 있다. 무의식 역시 언어의 법칙과 마찬가지로 은유와 환유에 의해 지배된다.

라캉에 의하면 상징계에 접어든 주체는 이제 어머니와의 동일시를 포기해야 하는데 대신 그는 그에 상응하는 대상을 추구하지 않을 수 없다. 그것이 장난감일 수 있고 인형일 수는 있지만 결코 어머니가 될 수는 없기 때문에 그의 욕망은 끊임없이 환유한다. 왜냐하면 어머니와의 일치가 이제는 불가능한 그가 욕망하는 대상이 결코 어머니 그 자체는 아니기 때문이다. 그는 장난감에 이자관계적 욕망을 불어넣지만 그 대상은 결코 어머니가 아니다. 그랬을 때 그는 장난감을 버리고 인형으로 자신의 욕망을 바꾼다. 인형 역시 어머니일 리가 없다. 그래서 그는 다시 이성친구로 욕망의 대상을 바꾸게 되는데 그렇지만 그는 하나의 이성친구를 만났을 때 그 욕망이 고갈되면 또 다른 이성친구를 욕망하지 않을 수 없다.

이처럼 주체는 끊임없이 환유하게 된다. 이렇게 환유하는 이유는 주체가 결핍되었기 때문이다. 어머니와의 충만한 관계는 어머니의 상실로 인해 결핍되게 되고 그 결핍이 다른 대상을 욕망하게 되지만 그 대상이 어머니 자체가 아닌 이상 또다른 욕망의 대상으로 자리를 바꾸지 않을 수 없다. 여기서 라캉의 유명한 명제, 주체는 결핍이고 욕망은 환유한다라는 명제가 도출된다. 사실 주체가 대면하는 대상이 충만할 리가 없다. 주체가 추구하는 욕망의 대상 역시 주체처럼 상징계로 진입한 이상 결핍이지 않을 수 없다. 그 결핍을 충만으로 착각하게 하는 힘이 바로 상상계적 욕망인 것이다. 라캉은 이렇게 상상계적 욕망을 불러일으키는 현실의 대상을 '오브제 쁘띠 a'라고 부른다.

이러한 라캉의 이론이 그러나 모든 사람에게 호응받는 것은 아니다. 그러나 그렇다고 라캉의 이론이 폐기처분되는 것은 아니다. 오히려 라캉의 이론을 통해 더 폭넓고 더 깊이 있게 현실과 문학을 분석하고 있는 것을 볼 수 있다. 특히 여성해방론자들은 라캉의 이론을 거부하면서 수용하는 이중적 모습을 보이고 있다. 엘렌 식수나 루스 이리가라이 등 여성주의자들은 여성의 해방을 위해서는—물론 이들 사이에도 차별성이 존재하긴 하지만—상상계적 유토피아를 추구해야 한다고 주장한다. 그들은 여성과 남성의 차이로 인한 여성의 질곡을 벗어나기 위하여서는 이러한 이분법(남/여)으로 접근해서는 안 된다고 주장한다. 일단 이분법으로 접근하게 되면 남성들이 세워놓은 남성중심적 체계에 반드시 포섭되기 때문이다. 남성들은 여성들을 지배하는 방식으로 이러한 차이의 체계를 지배방식으로 설정해 놓고 있어 이러한 체계를 전제로 한 어떠한 이론도 남성지배적인 담론이 될 수밖에 없다고 그들은 주장하고 있는 것이다.

물론 이러한 여성해방론자들의 이론은 데리다의 이론을 어느 정도 원용한 이후에 나온 것이다. 데리다는 서구의 철학사에서 지배적인 형이상학을 철폐시키려고 상당히 노력한 철학자이다. 그는 글과 말의 '차이'를 통해 말을 중시하고 글을 무시하는 경향에 대해서 비판한다. 그 비판을 통해 그는 말중심의 형이상학을 해체하고 있는 것이다. 서구에서 말이란 구체적인 언어활동을 통해 상당히 신뢰할 수 있다고 믿고 있다. 이에 반해 글이란 전달하고자 하는 바가 명확하지 못하고 오랜 우회과정을 거쳐야 하기 때문에 말처럼 현존하지 못하다고 비판되고 있는 것이다. 그러나 데리다는 말도 글처럼 그렇게 명확하게 현존성을 지니고 있는 것은 아니라고 비판하면서 글과 말의 오랜 차이체계를 부정한다. 이런 방식으로 그는 이성중심적 서구철학을 비판한다. 그동안 서구에서는 데카르트 이후 이성중심적 사고를 강화함으로써 이성이 모든 것의 기원이자 중심이라고 이해해왔다. 그러나 이러한 이성중심성의 부정성을 노정시킴으로써 그는 이러한 중심을 해체시키려 한다. 이러한 중심은 단지 이것 뿐만이 아니다. 여성담론에서 데리다가 중요한 이유는 그가 이러한 언어중심주의와 이성중심주의를 비판함과 동시에 남성중심주의도 해체하려고 한다는 점에 있다.

데리다는 이처럼 모든 중심, 혹은 형이상학을 해체하려고 한다. 그는 소쉬르의 이론을 수정하면서 자기의 견해를 정립해 나가는데 소쉬르는 언어와 지시대상이 자의적 관계이지만 잠정적으로는 일치되어 있다고 말한다. 예컨대 소나무라는 현실 속 대상은 소나무로 불리기도 하지만 pine tree라고 불리기도 한다. 소나무라는 현실적인 자연물을 반드시 소나무라고 표기할 필요가 없다는 것이다. 다시 말해서 동일한 대상이 이렇게도 불릴 수도 있고 달리 불릴 수도 있다는 것이다. 그러나 한국에서(또는 특정 시간대에서) 소나무라는 현실 속 대상은 소나무로 불리는데 그것은 마치 뗄래야 뗄 수 없는 관계처럼 우리에게 인식된다. 동시에 소쉬르는 지시대상을 일단 괄호 속에 넣고 시니피앙과 시니피에만을 다루고 있다. 기표와 기의로 불리기도 하는 이 기호는 표현과 의미로 바꿀 수도 있겠다.

소쉬르는 의미(기의)란 이 기표의 차이에 의해서 발생한다고 주장한다. 다시 말해 남자라는 기표의 의미는 여자라는 기표가 존재함으로써 비로소 의미를 띨 수 있다. 빛은 어둠이라는 기표에 의해서 빛의 의미가 도출될 수 있다. 안이라는 기표는 밖이라는 기표에 의해서 안의 기의가 도출된다. 이러한 것은 소쉬르가 의미 도출 방식을 이항대립으로 파악하고 있음을 보여준다. 그러나 데리다는 의미의 도출은 단순히 이항대립에 의해서만 나오는 것은 아니라고 파악한다. 예컨대 /b/라는 음소의 의미는 반드시 /k/라는 음소에 의해서 나오는 것이 아니라 /h/, /g/ 등 다양한 음소와의 차이에 의해서 발생한다는 것이다. 남자와 여자의 차이만 존재하는 것이 아니라 남자, 여자, 남자 같은 여자, 여자 같은 남자, 혹은 이 사이에 존재할 수 있는 다양한 형태의 남자 여자가 존재한다. 단순히 이항대립으로만 의미생산을 규정한다는 것은 모순을 은폐하는 기능을 하게 마련이라는 것이다. 지배이데올로기는 이항대립을 통해 지배를 강화하기 때문이다.[36]

36) 이에 대해서는 김진기 외, 『페미니즘문학의 이해』(건국대 출판부, 2002) 중 5장 「페미니즘문학이론의

여성해방론자들은 이처럼 데리다의 이론을 수용하여 남자와 여자의 이항 대립적 차이를 해체하려고 노력한다. 그리하여 그들은 라캉이 말한 상상계적 단계를 강조한다. 그 단계는 여성이 아니라 여성성을 가장 잘 드러낼 수 있기 때문이다. 하지만 여성성이란 것이 남성성이라는 것을 상정할 때에는 또 다시 여성/남성의 대립체계에 속하게 된다. 그들은 부단히 남성지배체계로부터 벗어나려고 노력하기는 하지만 결국 이러한 대립체계에 다시 귀속되게 되는 자신들을 발견하곤 하는 아이러니를 경험하고 있다. 어쨌든 중요한 것은 이들이 라캉의 이론을 통해 자신들의 이론을 강화하려 노력하고 있다는 것이다. 라캉의 이론은 무수한 담론에 영향을 미치고 있다. 프로이트가 개척한 정신분석학을 라캉은 더욱 더 확대하고 심화시키고 있는 것이다. 문학의 사회성을 정밀하게 파악하기 위해서는 이러한 정신분석학을 이해하지 않으면 도저히 불가능할 정도로 정신분석학은 상당한 대중적, 학문적 영향력을 발휘하고 있는 실정이다.

4. 한국문학의 사회적 관련성 - 카프를 중심으로

우리 나라에서 문학과 사회의 관련성을 이론의 대상으로 설정하여 활성화를 본 최초의 시기는 일제하이다. 일제하의 문학은 사회와 불가분의 관련성을 가지지 않으면 안되었다. 시대 자체가 식민지시대였기 때문이다. 나라를 상실한 상태에서 나라찾기는 작가, 시인이라고 예외는 아니었던 것이다. 근대문학의 시작이라 할 수 있는 이광수의 『무정』도 나라의 올바른 모습이 무엇인가를 고민한 결과라 할 수 있다. 이 소설에서 작가는 조혼의 폐습을 지적하고 지금이야 자연스럽지만 당시에는 엄청난 파문을 몰고온 자유연애를 강조하였다. 이러한 주제는 봉건주의에서 벗어나 근대적 인식을 달성하려는

정립」 참조

사회적 의도의 결과라 할 것이다. 이후 등장한 염상섭, 채만식 등도 그러한 맥락에 닿아있음은 물론이다.

그러나 본격적으로 문학과 사회와의 관련성을 탐구한 것은 1925년 창립된 카프에 의해서였다. 카프는 프롤레타리아예술동맹을 말하는 것으로서 사회주의적 이념으로 현실을 극복하려는 문학사상 최초의 단체라 할 수 있다. 이 단체는 문학성이 약하나 사회성이 강했던 염군사와 문학성은 강하지만 사회성은 염군사에 비해 상대적으로 약했던 파스큘라가 결합하여 만들어졌다. 이후 10여 년 간 한국문단을 장악하여 문학사적 발전을 가져온 카프는 여러 단계의 방향전환을 거쳐 상당한 비약을 이루었으나 1935년 10여 년의 고투 끝에 마침내 역사의 저편으로 사라졌다. 이 단체는 이후 해방이 되고 나서 다시 역사의 전면에 등장하게 된다.

문학과 사회와의 관련성에 대한 이들의 논의의 시발점은 박영희와 김기진의 논쟁에서 비롯된다. 박영희와 김기진은 배재고보의 동기동창으로 절친했으나 이 논쟁에서 크게 대립하게 된다. 먼저 박영희는 백조의 동인으로서 일본으로 유학간 김기진의 영향을 상당히 받게 된다. 김기진은 유학시 일본의 신흥세력에 크게 영향받고 박영희가 몸담고 있는 백조의 해체를 끊임없이 요구하게 된다. 박영희가 소속된 백조는 탐미주의와 낭만주의, 세기말사상이 결합된 감상주의와 허무주의가 주조를 이루고 있었는데 김기진은 상황에 대한 인식을 강조하면서 백조의 해체를 주장했던 것이다. 마침내 김기진은 한국에 돌아와 자진하여 백조 동인에 가담하여 백조를 해체하기에 이른다. 박영희, 박종화, 현진건, 이상화 등의 백조 동인시절의 작품과 백조 해체 이후의 작품을 비교해 보면 김기진의 영향이 어떠했는가를 짐작할 수 있다.

이러한 백조 해체는 곧 작가, 시인들을 신경향파로 이끌게 되는데 이 용어는 1927년 방향전환기에 박영희에 의해 명명된 것이다. 신경향파문학의 발생은 미시적 분석에 의하면 김기진의 노력에 의한 것이긴 하지만 거시적으로 보면 그러한 발생 원인은 사회적 동력을 무시한 것으로 좀 더 보완될 필요가 있다. 말하자면 신경향파문학은 사회적 거시적 틀로 본다면 1919년 3.1운동의 좌절(소자산계급의 개량화: 퇴폐적 현실부정), 그를 통한 민중의 성장으로부터 가능해진 것이었다고 할 수 있다. 시인이자 카프의 맹장이었던 임화는 분산된 계몽적 사상운동에서 전국적 정치행동화로 근로자의 운동이 확대되었고, 객관적 상황의 악화로 민족주의가 민족개량주의로 급격히 전화한 것이 일종의 계급분화를 결과하였기 때문에 신경향파가 등장한 것으로 파악하고 있다.[37]

흔히 신경향파가 카프의 목적성에 비해 자연발생적인 분노 표출로 나타나 대체로 방화, 살인 등의 극단적 탈출구를 찾았다고 지적되고 있지만 신경향파가 갖고 있는 장점도 간과할 수 없다. 무엇보다도 가난의 원인을 개인적 기질이나 개인적 환경에서 찾지 않고 사회적 관계 속에서 찾으려는 시도는 높이 사야 할 것 같다. 그러니까 신경향파 문학은 개인적 차원의 반항과 절규가 아니라 무산자라는 집단의식의 소산이라는 것은 주목할 만한 사항이라는 것이다. 뿐만 아니라 당시의 우리 문단은 일종의 현실 환멸, 혹은 도피의 문학이 절정을 이룬 때였으나 신경향파 문학은 이와 달리 현실개혁이라는 뚜렷한 방향성을 추구했다는 점에서 긍정적으로 평가된다.

이들이 이렇게 현실에 주목한 것은 근본적으로는 국가상실로서의 현실인식에 의한 것이라 하겠다. 나라를 상실한 상태에서 극도의 궁핍을 노정하고 있던 당시의 참상에 대한 문학적 응답이 신경향파문학으로 나타났다는 것이다. 이렇게 되면 문학의 미적 자질에 대한 분석은 결여될 수밖에 없다. 따라서 이들에게 중요한 것은 예술이 아니라 생활의 개조라 할 수 있다. 이러한 사회적 인식은 당시 '백조', '폐허' 등의 동인들의 미적 인식과 상당한 거리가 있는 것이다. 이 생활개조론에서 예술성보다 인민성과 진실성이 강조되게 되

---

37) 이에 대해서는 임화, 「조선신문학사론 서설」, 임규찬·한진일 편, 『임화 신문학사』(한길사, 1993), p. 358.

는 것이다.38)

그런데 이러한 논리의 맹점은 문학의 특수성에 대한 인식이 결여되어 있다는 것이다. 즉 작품이란 작가의 세계관의 산물이며 동시에 당대의 반영이라는 특수성이 사라지고 오직 생활의 직접적 반영물로만 축소 이해되고 있는 것이다. 그렇기 때문에 신경향파는 쉽게 두 경향으로 분열되어 나타난다. 박영희, 김기진, 이익상 등의 주관적, 시적 경향과 최서해, 주요섭, 이기영, 김영팔, 최승일, 염상섭, 김동인 등의 자연주의적 소설적 경향으로 나뉘어 나타나고 있는 것이다.39)

신경향파의 대표적 작가로 최서해를 꼽을 수 있는데 그는 체험문학을 실현한 작가로 조선의 고리키라는 평가를 받았으며 신경향파의 유행작가로 부각되었다. 그의 문학은 단순한 고발에 그치지 않고 직접적인 반항으로 행동화하고 있다는 특징을 깃고 있다. 뿐만 아니라 이를 통해 잘못된 세계를 전복하려는 의지로 가득 차 있으며 못 가진 자의 원시적인 폭력성이 그에 걸맞은 박진감 넘치는 묘사와 간결한 문체에 실려 있어 섬뜩한 대로 대단한 감동을 주고 있다. 「탈출기」는 그러한 반항의식이 계급의식으로까지 전화하고 있어 카프의 연장선에 있음을 보여준다. 임화는 "서해를 우리는 신경향파가 가진 최대의 작가, 또 그것이 달성한 예술적 수준의 최고점이라고 보아도 그리 과장은 아닐 것"40)이라 하여 높이 평가하고 있다.

이러한 신경향파를 거쳐 마침내 카프가 결성되었는데 신경향파와 카프의 차이는 무엇보다도 사회에 대한 자연발생적인 대응이냐 아니면 목적의식으로 무장한 대사회적 투쟁이냐로 갈라진다. 카프가 결성되자마자 마치 기다렸다는 듯이 논쟁이 치열해지기 시작한다. 박영희와 김기진의 논쟁은 카프의 성격을 알 수 있는 단초를 제공해 준다. 주지하다시피 박영희와 김기진의 논

38) 김기진, 「금일의 문학 명일의 문학」, 『개벽』, 大正13년 2월호.
39) 이 두 경향의 분화에 대해서는 임화, op. cit., p. 363.
40) 임화, 앞의 글, op. cit., p. 366.

쟁은 소설 서까래론과 소설 건축론이라는 명칭을 얻었다. 박영희가 투쟁기의 문학은 건축으로 치자면 일종의 서까래만 있어도 된다고 주장한 반면 김기진은 소설 역시 건축물과 같아서 서까래만 있어서는 안되고 대들보도 있어야 하고 지붕도 있어야 하며 마당도 있어야 한다고 주장한 것이 이 논쟁의 발단이다. 이 두 이론은 누가 보아도 김기진의 입장이 올바르다고 판단할 것이다. 그러나 이 논쟁의 승리는 박영희에게 돌아갔다. 이는 카프 초창기의 미숙성을 드러내는 것이면서 동시에 카프가 대응해야 할 객관적 정세(아나키스트와 민족주의자의 득세)의 악화로 비롯된 것이었다. 카프가 헤쳐나가야 할 현실의 엄혹성이 카프로 하여금 이러한 방식을 택하게 한 것이다.

이러한 과정을 거치면서 카프 제1차 방향전환(1927년 9월 1일)을 겪게 되는데 이 시기 카프논의의 기본은 문학의 사회적 도구화였다. 박영희의 소설 서까래론이 잘 말해주는 바, 이 문학의 도구화는 문학 특유의 특성을 무시하게 하는 결과를 빚었다. 사회는 바야흐로 투쟁기에 돌입하게 된 것이다. 이러한 문학의 사회적 도구화는 "'조선프롤레타리아예술동맹'은 무산계급 예술운동의 임무를 작품 행동에 국한시키는 것이 아니라 우리는 전운동의 총기관이 지도하는 투쟁을 실행하기 위하여 우리의 예술은 무기로서 되지 않으면 안"되며, "대중에게 이 투쟁의식을 고양하며 이것의 교화운동을 위하여 조직하며 그리하여 우리는 무산계급 예술운동의 역사적 임무를 다할 것"(「무산계급예술운동에 대한 논강」)이라는 문장에 잘 나타나 있다. 다시 말해 사회적 투쟁의 단순한 수단으로써의 문학을 강조했던 것이다.

그러나 이러한 입장은 문학의 특수성을 몰각한 것으로서 즉각 반박된다. 왜냐하면 작품에다 목적의식을 주입시키면 예술운동이 되는 것처럼 잘못 인식하고 있기 때문이다.[41] 따라서 논의는 자연스럽게 대중화논의로 연결되게 된다. 여기서 대중화론은 크게 두 가지 방향으로 전개된다. 이북만은 어떻게

---

41) 임규찬, 『일본프로문학과 한국문학』(연구사, 1990), p. 111.

구체적으로 대중 속으로 파고들 것인가 하는 문제와 동반자적 경향을 지닌 작가를 포함한 일단의 진보적 쁘띠 부르주아를 어떻게 지도 교육할 것인가 하는 문제를 제기하였다. 장준석 역시 프롤레타리아 예술은 프롤레타리아트 자신의 예술이어야 한다면서 공장으로, 농촌으로, 즉 대중(모든 피압박 대중) 속으로 예술이 침투되어야 한다고 강조한다.

　김기진은 이러한 '대중 속으로'라는 슬로건에 동의하면서도 다른 측면에서 이 문제를 풀어나가고 있다. 그는 대중화론에서 작품을 어떻게 만들것인가 하는 창작 방법의 문제로 축소하여 논의를 전개해 나간 것이다. 김기진은 리얼리즘에 대해 전문적 형식적 문제로, 다시 말해 소설의 양식문제로 파악하고 있는 것이다.42) 그는 작품을 두 가지로 나누어 설명하고 있는데 하나는 복잡하고 심오한 사회적 내용을 담은 본격적 프로문학작품이고 광범한 대중을 염두에 둔 비교적 단순하고 초보적인 내용을 가진 대중문학작품이 다른 하나이다. 그래서 광범위한 대중을 위해서는 후자의 대중문학작품에 초점을 맞추어야 하는데 왜냐 하면 대중의 흥미를 끌기 위해서는 대중심리에 영합해야 하고 의식이 낮은 대중을 위해 이데올로기를 희석화시켜야 하며, 이렇게 함으로써 검열에도 통과할 수 있게 되기 때문이라는 것이다. 다시 말해 그는 "현재보다도 더 심한 정세에 눌리우더라도 「춘향전」 중의 칠언(七言) 정도의 표현을 가지고서라도 작품을 내어야 한다"고 강변했던 것이다.

　이에 대해 임화는 사회민주주의적 대중화론, 대중적인 형식논리적 관점이라고 지적하면서 원칙의 치명적 무장해제적 오류, 합법성의 추수 등의 용어로 비판하였다. 이러한 비판과정에서 카프의 제2차 방향전환론이 전개되는데 이 시기를 볼세비키화 시기라 부른다. 이러한 전환은 속칭 ML당사건과 관련되어 있는데 공산당 재건설운동의 일환으로 카프가 재편되게 된 것이다. 이 시기 카프의 성격은 임화나 권환이 말했듯이 '당의 문학', '전위의 눈으로

---

42) 임규찬, op. cit., p. 113 이하 논의는 이 책을 요약하기로 한다.

사물을 보라' 등의 볼세비키화 관점으로 요약된다. 이 시기 대중화론은 따라서 이러한 원칙에 맞추어 전개되고 있다. 이 시기의 대중화론이 이전의 대중화론과 다른 점은 지도부에서 대중화 원칙을 결정하여 밑으로 하달하고 있다는 것이다. 총 10개항의 대중화 원칙을 선정했는데 물론 대부분 일본의 나프가 정한 내용과 대동소이하다. 그만큼 카프의 논의는 일본에서 벌어진 논의의 연장선상에 놓여있다고 할 수있다.43)

이렇게 밑으로 하달하는 방식은 권위주의적인 방식이고 이 방식으로 인해 많은 작가들은 의식의 가위눌림을 겪게 된다. 특히 카프 최고의 작품을 썼던 이기영 같은 작가는 오히려 카프의 강령에 따라 쓴 작품보다는 자신의 자발적인 현실참여 작품이었던 신경향파 시기의 작품이 더 마음에 든다는 말까지 했고 1930년대 중반의 사회주의리얼리즘이 수용되었을 때 적극적으로 그것을 수용하기까지 했다. 카프의 볼세비키화는 이처럼 경직된 도식 속에서 작가들에 내재해 있던 창조력을 압살하게 만들었고 이 과정 속에서 동반자작가 논쟁이 발생한 것은 따라서 당연한 일이었다.

식민지 치하에서 동반자작가란 카프에 가담하지는 않으면서 카프의 이념에는 동조한 작가군을 일컫는다. 카프가 볼세비키화로 전환하였다는 것은 어

---

43) 대중화의 10개 항목을 구체적으로 살펴보면,
   1. 전위의 활동을 이해하게 하여 그것에 주목을 환기시키는 작품.
   2. 사회민주주의 민족주의 자치활동의 본질을 폭로하는 것.
   3. 대공장의 xxxx 제너럴 xxx.
   4. 소작쟁의.
   5. 공장 농촌 내 조합의 조직, 어용 조합의 반대, 쇄신동맹의 조직.
   6. 노동자 농민의 관계를 이해케 하는 작품.
   7. xxxx의 조선에 대한 xxxx(예하면 민족적 xx, xxxx 확장, xxxxx결합 등의 역할) 등을 폭로시키며 그것을 마르크스주의적으로 비판하여 프롤레타리아트의 투쟁과 결부한 작품.
   8. 조선 토착 부르조아지와 그들의 주구가 제국주의자와 야합하여 부끄럼 없이 자행하는 적대적 반동적 행위를 폭로하며 또 그것을 마르크스주의적으로 비판하여 프롤레타리아트의 투쟁과 결부한 작품.
   9. 반파쇼 반제국주의의 투쟁을 내용으로 하는 것.
   10. 조선 프롤레타리아트와 일본 프롤레타리아트의 연대적 관계를 명확히 하는 작품. 프롤레타리아트의 국제적 연대심을 환기하는 작품.

떤 의미에서는 객관적 정세의 악화를 반영한다고도 할 수 있다. 소수정예로만 조직의 핵심을 장악한다는 것은 검열, 검거 등의 객관적 정세의 악화를 극복하기 위한 고육책이라고 볼 수 있기 때문이다. 이러한 과정에서 발생한 동반자논쟁은 현인 이갑기가 백릉 채만식을 방랑작가로 규정하면서 증폭되었다. 이갑기는 조직에 가담하지 않고 개인적인 활동을 하는 작가들은 일개 유랑작가에 불과하다고 비난하였고 이에 대해 채만식은 보잘 것 없는(당시 카프는 검거열풍으로 지리멸렬해지고 있었다) 조직의 가담 유무를 기준으로 하여 작가를 분류한다는 것은 가소로운 일이라고 코웃음쳤다. 카프는 조직원도 거의 검거되고 그들을 따르던 동반자작가들도 떠나버리자 자진 해산해 버리고 만다.

1935년 경기도경에 해산계를 제출함으로써 카프는 그 역사적 사명에 종언을 고했다. 카프는 수많은 한계에도 불구하고 문학을 사회와 관련시키려는 최초이자 치열한 조직체로서 이후 문학운동에 크게 기여하였다. 해방이 되자 카프는 다시 살아나게 된다. 그리고 한국전쟁이 터지자 이제 이념적 문학운동은 또다시 역사의 전면에서 사라지게 된다. 그러나 그 흔적은 계속 남아서 60년대 중반 이후 다시 참여문학이라는 형태로 되살아나게 된다. 이처럼 문학의 현실참여, 혹은 문학의 사회와의 관련성은 결코 사라지지 않고 미약하나마 현재에도 명맥을 유지하고 있다. 문학의 사회성은 어쩌면 본질적인 것인지도 모른다.

Ⅱ. 문학과 역사

1. 일제 식민지 시대와 문학

우리가 지금 이해하고 있는 개념의 '문학(文學, Literature)'은 20세기 이후에 들어서야 널리 알려진 것이다. 20세기 이전 시기에는 문학이라는 말이 지금 우리가 이해하는 문학의 뜻과는 다른 의미를 지칭했다. 여기서는 '소설'의 경우를 통해서 문학에 대한 인식이 어떻게 변화되어 왔는지 간략히 살펴보도록 하겠다.

우리나라에서 '小說'이라는 말이 처음 문헌상에 나온 것은 고려말 이규보의 『白雲小說』에서이다. 이때 이규보가 사용한 '소설'의 의미는 잡록(雜錄)을 총칭하는 것이었는데, 그와 같은 시기에 살았던 이제현의 『역옹패설(櫟翁稗說)』의 '패설'이란 말과 같은 의미로 쓰인 것이다. 여기서 '소설'이나 '패설'의 의미는 허구(fiction)로서의 의미보다는 논픽션(non-fiction)의 의미에 가까운 것이었다. 한편, 어숙권과 이수광은 일정한 '이야기의 선'을 가진 것이면 시화(詩話)나 지리지(地理誌) 등도 소설의 영역에 포함시켜서 오늘날 이해하는 소설과 비교할 때 상당히 넓은 범위를 포괄하는 의미로 사용했다. 즉 어숙권과 이수광은 허구라든가 소설적 구성이라든가 하는 개념에 대해서는 눈을 뜨지 못한 것이다. 한편, 김만중은 연의(演義)와 역사(歷史)를 구별하면서 연의(소설)가 역사보다 훨씬 구체적이면서도 호소력 있게 독자들에게 수용되는 것이라고 결론지었다. 여기서 김만중이 말하고 있는 연의(演義)는 역사를 소재로 한 역사소설에 근접되는 양식인데 그것이 독자들에게 큰 감응력을 가지고 있다는 점에서 높이 평가했다.

조선시대에 소설에 대해서 긍정적인 입장을 취한 선비들은 소설의 본질과 이유를 역사서술을 보충하려는 데에서 찾고 있었다. 즉 그들은 픽션의 요인보다는 논픽션으로서의 요인을 더욱 더 중시 여기고 있었던 것이다. 그러나 소설에 대해서 부정적인 입장을 취하는 사람들이 더 많았는데, 이들은 대체로 소설을 음란하고 황당한 이야기로 여겨 이러한 내용의 소설들이 혹시 유교주의적 질서를 해치지나 않을까 하는 염려를 갖고 있었다. 또 소설이 어느 정도 경전(經典)과 사서(史書)를 제치고 많은 사람들에 의해 수용되고 있다는 사실에 대해서도 바람직하지 않게 여기고 있었다. 이런 상황에서 긍정론자들조차도 소설을 역사서술의 보족관계로 파악하려는 입장에서 나아가지 못했던 것이다.[1]

이와 같은 소설에 대한 이해는 19세기 말로 접어들면서 변화의 모습을 보여준다. 개화기에 와서 신문·잡지 등의 매스 미디어가 출현하고 역사적·정치적 상황이 변화함에 따라 소설의 기능에 대한 기대가 높아졌기 때문이다. 나라의 존망이 위기에 처한 상황에서 소설은 변화하는 시대상황에 대응해야하는 임무를 맡은 것이다. 따라서 이 시기의 소설 혹은 문학이 변화하는 상황에 어떻게 대응하며 그 의미를 정착시키는지에 대한 고찰은 사회와 문학과의 관계를 알 수 있는 하나의 출발점이 될 것이다.

무릇 사회를 이루는 모든 부분들이 사회와의 관련성을 맺지 않은 것들이 없거니와, 문학은 특히 인간의 삶을 다루기 때문에 더욱 더 사회와의 관련성

---

1) 조남현, 『소설원론』(고려원, 1996), pp. 20-44 참조.

을 밀접히 갖지 않을 수 없다. 따라서 사회변동과의 조응관계 속에서 한국문학의 변화양상을 살펴봄으로써 문학과 사회와의 상호 역동적인 영향관계를 볼 수 있을 것이다.

1) 개화와 새로운 문학의 등장

1905년 9월 일본은 러일전쟁에서 강대국 러시아에 승리하여 조선에 대한 독점적 위치를 확고히 할 수 있었다. 그리고 곧이어 조선을 보호국으로 만들기 위해, 친일파인 송병준·이용구 등을 사주하여 일진회를 만들고, 이들로 하여금 한국에 대한 일본의 보호가 필요하다고 주장하게 하였다. 이를 통해 일본은 보호조약을 체결하는 것이 마치 한국인의 의사에 의한 것처럼 보이도록 조작한 후, 이등박문이 일본군대를 이끌고 왕궁을 포위하고 황제와 대신들을 위협하여 강제로 제2차 한일협약(일명 을사보호조약)을 체결하여 조선의 국권을 강탈하였다.

일제의 침략에 대항하여 국권을 수호하기 위한 적극적인 투쟁으로써 의병의 독립운동이 전개되기 시작하였고 다른 한편으로는 애국계몽운동이 일어났다. 애국계몽운동은 국민의 의식을 계발하여 애국심을 기르고 국가의 힘을 축적하여 주권을 회복하려는 자주적인 구국운동이었다. 애국계몽운동은 사상적으로는 개화사상과 연결되는 것으로, 특히 도시의 지식층을 중심으로 하여 근대적 의식을 가진 국민 대중에 기반을 두고 전개되었다. 처음 개화운동은 소수의 정치세력인 개화당에 의한 갑신정변으로 나타났다가 실패하였고, 이는 다시 보다 광범위한 국민적 기반을 확보한 독립협회의 활동으로 국민계몽과 함께 정치운동을 전개할 만큼 성장하였지만 독립협회의 강제해산과 더불어 역시 중단되고 말았다. 그러나 을사조약이 체결되자 민족의 위기를 국민 스스로의 힘으로 극복해야 한다는 자각이 일어났고, 이에 따라 광범한 사회적 기반 위에서 전국적 규모의 애국계몽운동이 전개되었던 것이다.

이 애국계몽운동은 밖으로 외세의 침략에 대하여 민족의 자주독립을 이룩하고, 안으로 전근대적인 사상을 타파하여 자유·평등의 민주적인 근대국가를 건설하려는 움직임이었다. 운동을 주도한 지식인들은 나라가 위기에 처한 것은 국력이 약하기 때문이라고 하면서 외국으로부터의 과학기술을 받아들이고 교육과 산업의 발전을 도모하여 부국강병의 기틀을 다짐으로써 국권을 회복하려 하였다. 이리하여 이들은 경제자립운동을 비롯하여 사회·문화 등 각 분야에 걸친 활발한 계몽활동을 전개하였다. 애국계몽운동은 민족의 역량을 경제면에서 증가시키기 위해 민족산업을 육성하여 자립적인 경제부강을 이룩하려는 경제자립운동으로 나타났다. 한편, 1907년에 비밀조직으로 만들어진 신민회는 그 활동목표의 하나를 경제의 증강에 두었다. 즉, 신민회는 각종 상공업기관을 만들어 국가의 재정과 국민의 부력을 증진할 것을 주장하는 동시에 스스로 평양에 자기회사를 설립하고 평양·대구에 태극서관을 차려 운영하였다.

일제의 무력침략에 직면해서 나라의 힘을 키우고자 하는 노력은 자연히 교육에 대한 관심으로 나타났고, 이에 따라 1905년 이후의 교육운동은 민족운동의 일환으로써 활발히 전개되었다. 19세기 말 개화운동과 더불어 일어난 근대교육은 물밀듯이 들어오는 신문화를 수용하고 외세의 침략에 대해 나라를 지키려는 국민의 자주의식과 애국심을 고취시키는 역할을 담당하였는데, 특히 이러한 교육운동은 정부에 의해서보다는 일반 민간의 손으로 더욱 활기차게 이루어졌다. 외세의 침략에 대하여 국권을 수호하려는 국민들의 자각은 국사와 국어를 연구하여 민족의식을 고취하려는 국학운동으로도 나타났다. 애국심과 독립정신을 불러일으키는 데 있어서 국사와 국어는 가장 적절한 학문분야였던 것이다. 일제의 침략이 격화되면서 전개된 민족교육운동에서 국사·국어의 교육에 특별히 힘쓴 것도 이 때문이었다.[2]

(1) 위기의 현실에 대한 탄식과 비판

1900년대에 들어서면서 일본은 조선을 침탈하려는 계획에 착수하여 러시아와 전쟁을 일으키고 그 결과 조선에 대한 보호권을 획득하여 조선의 국권을 강탈하였다. 이 시기에 우리 문학은 주변 강대국들의 조선 침탈 계획 등에 대해서 논설적 성격의 산문과 시들을 발표하여 사회적 관심을 표현하였다. 외부로부터 도래해 오는 신문명의 영향을 감지한 상태에서 국권을 수호하고 문화를 발전시켜야 한다는 이중적 과제에 당면한 당대 지식인들은 자주 독립과 문명개화의 두 가지를 동시에 성취해야만 했다. 그리고 이러한 시대적 과제를 『독립신문』, 『황성신문』, 『대한매일신보』, 『만세보』 등을 통해서 문학의 형식을 통해 표현하게 되었다. 우리의 근대문학을 이야기할 때 그 출발점에서 1900년대 개화기 문학이 차지하는 의미는 이 시기가 문학의 사회적 효용성이라는 측면에서 그 중요성이 크게 대두되었던 시기이기 때문에 중요하다. 이 시기에 각종 신문에 실린 작품들을 살펴보면, 우선 시가 쪽에서는 개화가사, 창가, 신시 등의 창작으로 나타났다. 작가들은 저널리즘에 실린 시가작품들을 통해서 당대의 문제로 제기되었던 시급한 민족적 문제들에 대한 발언을 제기했던 것이다. 이러한 개화기 시가는 결국 당대의 시대가 요구했던 시대정신을 문학적으로 형상화한 결과라고 할 수 있다.

개화기 문학의 시대정신의 반영은 산문양식을 통해서도 특징적으로 표현된다. 1905년에 「소경과 앉은뱅이 문답」(무서명), 「거부오해」(무서명) 등이 발표되었고, 1906년에는 「혈의 누-상편」, 「귀의 성」(이인직), 「잠상태」(이해조) 등이 나왔다. 「소경과 앉은뱅이 문답」(1905)은 지은이가 밝혀져 있지 않은 채 1905년 11월 17일부터 12월 13일까지 『대한매일신보』의 '잡보'란에

---

2) 변태섭, 『한국사통론』(삼영사, 1996), pp. 405-432 참조.

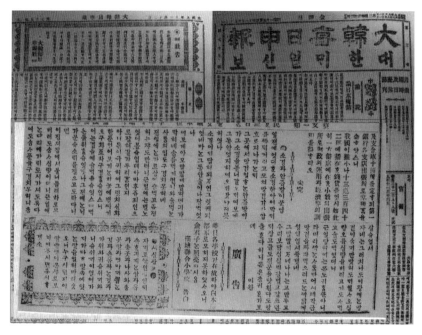

「소경과 앉은뱅이 문답」(대한매일신보 1905. 11. 17.)

연재되었다. 이 소설의 이야기 내용은, 살기 좋은 과거시절과 점차 살기 어려워지는 현재라는 대비적 인식을 기초로 하고 있다. 제목 그대로 소경과 앉은뱅이의 문답을 통해서 보여지는 세상의 모습은 다음과 같다. 소경은 자신이 점보는 일을 하면서 느낀 점을 말하는 데, 예전에는 점보는 사람들이 많았는데 요즘은 그렇지 않아 힘들어졌다고 말하고 있다. 앉은뱅이도 요즘 사람들이 망건을 사는 것이 아니라 머리를 깎고 그것을 내다팔려 해서 장사하기가 어려워졌다고 말한다. 이렇게 소경과 앉은뱅이는 자신들이 겪은 생활현실을 통해서 시대의 변화에 대해 말하고 있는 것이다. 당대 사회의 변화에 대해 말하면서, 이들은 현실의 변화에 대해서 비판적 견해를 드러내고 있다. 이들에게 비판의 대상이 되고 있는 것은 우선, 관리들의 매관매직에 관한 것 둘째, 개화의 허상에 대한 비판 셋째, 매국적 관리들에 대한 비판 등이다. 그러면서 후반부에서는 1905년에 체결된 을사보호조약에 대한 비판과 개탄이 제시되고 있다. 이처럼 「소경과 앉은뱅이 문답」은 변화하는 현실에 대한 인식과 비판의 시각이 잘 드러나고 있는 것으로, 사회현상에 문학의 대응이 매우 민감하게 진행되고 있음을 보여주는 한 예라 할 수 있다.

그리고 「거부오해」도 국권상실기에 처한 당대의 현실을 잘 보여주고 있는 작품이다. 이 작품은 『대한매일신보』에 1906년 2월 20일부터 3월 7일까지 11회에 걸쳐 연재된 작품으로, 그 안에서 무식한 인력거꾼[車夫]이 오해를 풀어가는 과정을 통해서 당대 현실의 침통한 모습을 탄식적으로 드러내고 있다.3) 이 작품이 다루고 있는 핵심적 소재와 주제는 앞의 「소경과 앉은뱅이 문답」에서도 보여진 것처럼, 할 일을 제대로 하지 못하는 무능하고 타락한 관리들에 대한 비판 및 한일신조약(1905)의 부당성에 대한 항의와 자탄이라할 수 있다. 이러한 현실에의 발언은 이 시기의 신문연재소설들이 사회현실을 다루는 하나의 시각을 잘 보여주며 사회적 의제에 대한 문학의 비판적 발언 양상을 잘 보여주는 예라고 할 수 있다.

이러한 신문연재소설과 함께 1900년대 소설의 한 축을 이루는 작가로 이인직을 들 수 있다. 1906년 발표된 이인직의 소설들은 이른바 '신소설'이라고 불리는 소설들이다. 여기서 신소설은 바로 전 시기에 있었던 세칭 '딱지본' 소설들과는 다른 소설임을 보여주기 위해 붙여진 이름이다. '신소설'이라는 이름은 우리가 알고 있는 고전소설들과도 다르고 딱지본 소설들과도 다르다는 것을 내세운 것이다. 이인직과 이해조가 표현하고 있는 신소설은 그 당시의 사회·역사적 상황, 즉 러일전쟁과 국권상실의 위기를 잘 보여주고 있다.

1900년대에 신소설이 성립하게 된 요인으로 다음과 같은 현상들을 들 수 있다. 우선, 간접적인 요인으로 들 수 있는 것이 국어운동의 대두와 독서대중

---

3) 김영민, 『한국근대소설사』(솔, 1997), pp. 59-72 참조.

의 확대가 그것이다. 신소설은 갑오경장 이후에 진행된 국문사용과 언문일치 사용의 국어운동이 바탕이 되었다. 그리고 이러한 국문의 보급은 독자층을 남성에서 여성으로 확대하는 데 큰 영향을 주었는데, 소설의 잠재적 독자층으로서의 여성들의 문자습득은 신소설 발흥의 기초조건을 마련해준 것이다. 특히 여성들에게는 특별한 여가 오락 기회가 적었는데, 이런 중에 독서는 여성들에게는 인기있는 오락거리였고 그 결과 신소설에서 가정소설이 많은 것은 우연한 현상이 아니다. 즉, 여성 독자의 확보와 미국 스탠다드 회사에 의한 석유의 수입판매로 인한 여가의 확대, 국어 운동에 의한 식자(識者) 분포의 확대 및 이에 수반되어 나타난 기업적 성격의 출판사와 책방의 족출(簇出)은 신소설 등장의 사회적 기반으로 작용되었던 것이다. 이러한 독서보급 통로의 기초조건과 함께 신문의 보급도 중요 요인으로 작용했다. 당시 신문은 앞서 말한 사회적 관심의 표출과 무관하지 않다. 그리고 민간신문이 등장함으로써 상업성도 무시할 수 없게 되었는데 이러한 상업주의는 독자들이 관심을 가지는 신소설을 필요로 했던 것이다.

이와 같은 간접적인 요인과 더불어 신소설이 나오게 된 직접적인 요인으로는 다음과 같은 것들을 들 수 있다. 첫째, 사회의 변화를 담을 수 있는 장르의 필요이다. 즉 신소설 자체가 함유하고 있는 새로운 문제를 사회적 문맥과 관련시켜 생각해야 한다는 것이다. 신소설이 제기하는 문제 가운데서 현저한 것은 자유연애, 신교육 및 과학사상이다. 신소설의 주인공들은 모두 이와 같은 필연성 위에서 행동하고 있다. 그런데 이 같은 문제는 바로 당대의 사회운동에서 연유되고 있는 것이다. 사실 자유연애의 요청은 가부장적인 사회질서의 모순적 존재에 대한 변화의 요구를 의식하고 있었던 당대 사회의식의 발로인 것이다. 또한 신교육은 문명개화를 실현하는 가장 구체적인 방법이었고, 개인의 사회적 지위의 상승을 획득할 수 있는 거의 유일한 방법이었던 것이다. 당시의 교육은 직업의 훈련, 사회적 성격의 연수 및 특별한 문명화의 훈련과 깊은 관계를 갖고 있었다. 그렇기 때문에 교육인구의 확대는 실질적으로 엄청난 시대적 변화였던 것이다. 한편, 유학생의 등장도 우연한 것이 아니다. 강화도조약을 체결시킨 일본은 한국인의 대일적대감정을 해소시키기 위해 일본의 유신변혁운동을 이해시키는 하나의 정책으로 조선의 양반자제들을 일본에 유학시키는 정책을 시행했다.

그리고 신소설작가들의 유학과정과 그로 인한 일본소설의 영향도 염두에 두어야 한다. 신소설 작가의 대부분이 일본유학을 하였기 때문에, 신문이나 잡지 그리고 그 밖의 단행본을 통해 일본의 소위 연파소설(軟派小說)을 접하여 영향을 받았던 것이다. 그런데, 당시 일본에서의 유학경험을 가진 신소설작가들은 주로 정치나 경제를 전공했는데, 이들의 이러한 관심은 새로운 시대정신과의 교섭과 경세적(經世的) 의식을 다분히 갖고 있었기 때문에, 개화사상의 대중적 전파를 강하게 의식하려는 의도가 있었음을 생각할 수 있다. 결국 이러한 의식에 기반하고 작가들이 가진 창작의욕과 직업적 생활의 수단 등의 요소가 복합적으로 작용하여 신소설은 등장하여 당대를 풍미할 수 있었던 것이다.4)

(2) 망국의 현실과 새로운 문학의 건설

1910년 국권이 일제에 의해 강탈5)당하고 난 직후 이광수는 「어린 희생」, 「무정」 등을 발표하며 1910년대 문학의 시작을 알린다.6) 최남선과 이광수가 각각 시와 소설에서 두각을 나타내기 시작한 1910년대에 일본에 유학하고 있던 조선유학생들의 친목단체인 동경유학생학우회는 1914년 4월 2일 『학

---

4) 신소설의 등장과 배경요인에 대해서는 이재선, 『한국개화기소설연구』(일조각, 1995), pp. 2-25 참조.
5) 1910년 8월 29일 한일 합방 조약 공포, 조선총독부 설치, 9월 30일 조선총독부 임시토지조사국 관제 공포(토지조사사업 시작), 12월 29일 회사령 공포 시행.
6) 물론 1910년 이후에도 이해조, 최찬식, 안국선 등의 신소설 창작은 계속된다.

▶「청춘」 창간호 속표지

지광』을 창간하여 우리 문학에 새바람을 불어넣었고, 같은 해에 최남선은 『청춘』을 창간했다. 1910년대가 이광수나 최남선으로 대표되는 이른바 2인문단시대라고 말해지는 것이 통설이지만, 이들 이외에도 현상윤, 최승구 등의 문인들이 여러 매체에 꾸준히 작품을 싣고 있다. 따라서 우리는 1910년대에 이루어진 다양한 작품들의 탐색방향과 그것을 꿰뚫는 정신은 무엇인지 살펴볼 필요가 있다.

1910년대에 발행된 『소년』, 『청춘』, 『대한흥학보』, 『학지광』, 『신문계』, 『여자계』, 『태서문예신보』, 『학우』 등의 매체에 실린 작품들을 살펴보면 이전의 작품들과는 구별되는 다양한 모습들을 보여주고 있다. 가령, 시의 경우 시형과 주제 및 성격이 서로 다른 여러 갈래의 시가들이 다채롭게 혼효하고 있다. 한시·가사·시조·사설시조·언문 풍월·민요·창가·신시·자유시·산문시 등이 나타나고 있는데, 이러한 신구장르의 공존은 신구문화의 접변기의 혼효 및 갈등의 반영이면서, 아울러 1910년대 시단의 주역인 최남선·이광수·현상윤·김억 등의 전문적 시인들의 대다수가 서구문화를 경험한 신세대들이라는 것과 무관하지 않다. 그 중에서도 신시·자유시·산문시는 전에 볼 수 없었던 새로운 형식이었는데, 이는 이전의 정형성에 대한 반명제이자 자유시 지향인 것이다.

한편, 이러한 새로운 시형의 시도와 함께 이전부터 지속되어온 시가 형식들도 많은 작품들이 만들어지고 향유되었는데, 이러한 유형의 작품들은 독자들에게 친숙한 형태적 특성을 갖고 있었고, 특히 그 내용에서 당시 사회현실을 날카롭게 보여주는 내용들 담고 있었다. 예를 들어, 다음의 「아리랑타령」

을 살펴보자.

> 이씨의 사촌이 되지말고 / 민씨의 팔촌이 되려무나 / 남산 밑에다 장총단 걸고 / 군악대
> 장단에 발들어총한다 / 아리랑고개다 정거장짓고 / 전기차 오기만 기다린다 / 문전의 옥토는
> 어찌되고 / 쪽박의 신세가 웬말인고 / 밭은 헐려서 신작로되고 / 집은 헐려서 정거장되네 /
> 말깨나 하는놈 재판소가고 / 일깨나 하는놈 共同山간다 / 아깨나 낳년 갈보질하고 / 목도
> 깨나 메는놈 부역을 간다

위의 「아리랑 타령」은 구비문학의 형태로 민중들에 의해 광범위하게 불려
지던 노래로 당대에 유행하던 동학가사, 애국가사, 의병항쟁가, 항일민요 등
과 서로 교호하면서 당대 민중들의 의식 상태를 반영함으로써 우리 현대시의
형성에 있어서 민중문학으로서의 밑바탕을 이룬 것으로 볼 수 있다.[7]

1910년대 우리 문학은 나라를 잃어버린 상황에서 문학이 무엇을 할 수 있
는지 그 효용성에 대한 물음이 더욱 커진 동시에 이들의 일본체험을 통해 우
리도 일본과 같은 문학을 건설해야 한다는 이중적 과제를 인식한 시기였다.
1900년대 이인직이 보여주었던 소설의 정치성이 1910년대의 이광수로 오면
보다 정교한 계몽주의의 모습으로 나타나게 됨을 알 수 있다. 이인직이 대표
하는 개화공간의 소설을 넘어 소설사의 새로운 단계가 펼쳐지게 된 것은
1910년대 중반에 이르러서이다. 이를테면, 개화공간에서 계몽주의기로 이행
되었다고 말할 수도 있겠는데, 그것은 정치성의 내면화를 특징으로 한다.[8]
이인직이 보여준 정치성의 특징은 일본의 정치소설에 큰 영향을 받아 이루어
진 것으로, 당시 일본에서 유행하던 것이었다. 즉, 당시 자신의 정치적 견해
를 소설이라는 형식으로 신문매체를 통해 보급하고 이를 통해서 자신의 정치
적 입지를 공고히 하려는 문학 외부적인 목적을 달성하기 위해 사용된 것이
일본의 정치소설이었고, 이를 배워온 이인직이 당시의 신문에 이를 실험한

---

7) 김재홍, 「한국현대시략사」, 이형기·조남현 외, 『한국문학개관』(어문각, 1997), pp. 224-227 참조.
8) 김윤식·정호웅, 『한국소설사』(예하, 1993), p. 61.

것이었다. 그런데 이인직은 일본식의 직접적인 정치성을 소설에 이입시키지 못했는데 그것은 일본과 같은 정치체제가 수립되지 못한 객관적 여건에 따른 것이었다. 이에 이인직이 개발한 논리가 이른바 간접적 계몽의 형식, 즉 흥미와 감동을 수반하는 형식이었던 것이다. 다시 말하면 처음에는 정치성을 전면에 내세우다가 나중에 가면 정치성의 강도는 약해지고 그 대신 사회의 풍속을 교정해 볼 목적으로 교화의 형식으로 소설을 이용했던 것이다. 이렇게 1900년대 개화공간에서의 소설은 처음에는 정치성의 성격이 두드러졌다가 후반으로 올수록 정치성은 약해지고 풍속교정의 간접적 계몽성으로 성격이 변화된 것이다. 이러한 개화기 소설의 특성은 당시 사회의 객관적 여건에 큰 영향을 받은 것이다. 1910년 일제의 강압에 의해 국권이 상실되고 일제는 조선을 식민지화하는 정책을 재빠르고 동시적으로 진행함에 따라 소설도 그러한 탄압의 자장권내에서 자신의 존재를 유지하기 위해 변화의 모습을 보이지 않을 수 없었던 것이다.

이러한 간접적 계몽성의 체험을 기반으로 이광수가 등장했던 것이다.

「무정」 1회(매일신보 1917. 1. 1.)

『무정(無情)』(1917)으로 대표되는 이광수의 소설은 문화적 계몽주의라고 말할 수 있으며 그것을 뒷받침하는 사상은 이른바 진화론적 진보주의 사상이다. 장편 『무정』은 『매일신보』에 1917년 1월 1일부터 6월 14일까지 총 126회에 걸쳐 연재되었다. 이형식, 박영채, 김선형, 신우선, 김병욱 등의 인물들이 얽어나가는 당대 사회의 모습을 바라보는 작가의 시선에서 우리는 식민지 조선이 작가 이광수에게 어떤 영향을 주었으며 다시 소설 『무정』을 통해 작가는 사회에 어떤 문제를 던지고 있는지 볼 수 있다. 우선 소설 속의 인물들이 맺고 풀어가는 사건들을 통해 작가의 계몽주의의 성격을 알 수 있다. 이광수가 이형식을 통해서 드러내는 점은 이른바 시대의 교사로서의 위치이다. 두 여인 사이에서 번민하는 이형식이 굳게 믿고 있는 것은 교육의 효용이며 그 교육은 곧 식민지의 현실을 이겨낼 수 있는 힘이다. 이형식의 이러한 믿음을 곧 이광수의 생각이라고 볼 때, 이광수가 생각한 시대적 과제는 교육을 통한 점진적 변혁이었다고 말할 수 있다. 이른바 도산의 준비론에 기반한 사고체계라 할 수 있다. 그리고 이러한 교육적 효용성을 자유연애와, 그리고 한 남자와 성격이 다른 두 여인 사이의 삼각관계 속에 위치시킴으로써 독자들의 흥미를 계속 유지할 수 있는 기본구도를 마련한 것이다. 『무정』 속에서 표면적으로 관심을 유도하는 사회·문화적 쟁점은 결혼관이다. 이광수가 설정한 봉건적, 보수적 의식체계와 합리적, 진보적 의식체계는 결혼관을 초점으로 하여 양극적인 대립을 이룬다. 여기서 전자를 대표하는 인물이 박영채이고, 후자는 이형식을 통해 나타난다. 소설 속에서는 물론 박영채가 전통적인 결혼관의 속박으로부터 해방되는 과정을 통해서 전자에 대한 후자의 승리를 웅변한다. 영채가 전통적인 가족주의의 체현자가 아니라 자유로운 의식과 행동의 주체로서의 자아를 발견하고 사회에 대한 새로운 자기조정의 경로를 밟아가는 과정을 통해서 이광수가 말하고자 하는 당대사회의 새로운 윤리관의 모습을 파악[9]할 수 있는 것이다.

2) 3·1운동의 체험과 문학의 전개

1920년대의 문학에 큰 영향을 끼친 사건은 한 해 전에 있었던 3·1운동이
었다. 1919년의 3·1운동은 국권을 상실한 이후 일제에 의해 억압받던 조선
민족의 독립에 대한 의지와 열망을 구체적이고 전민족적으로 표출한 역사적
사건이었다. 그리고 그 기반에는 19세기말부터 이어진 국권수호운동이 자리
잡고 있었다.

개항 이후의 위정척사사상은 1890년대 중반부터 의병운동으로 나타났고,
개화사상은 갑신정변·갑오개혁·독립협회로 이어져 애국계몽운동으로 확
산되었다. 한편 19세기이래 산발적으로 발생하였던 각지의 농민봉기는 민족
종교로 성장한 동학과 결부되면서 혁명적 성격을 강하게 띠어 동학혁명으로
발전하였으니, 이는 당시 민중의식의 성장과 궤를 같이하는 것이었다. 이와
같이 한말의 민족운동은 전통사회의 기본구조에서 비롯된 각 계층의 이해에
따라 각각 그 주장과 방법 및 방향이 일치하지 못한 채 다양하게 전개되고
있었다. 그러나 1910년 이후에는 국권상실이라는 공동의 운명에 직면하여
독립을 달성해야 한다는 하나의 목표가 형성되면서 점차 계층간의 구별과 이
해를 초월한 전민족적인 운동으로 발전해 나갔다. 이와 같은 역사적 흐름이
3·1운동의 중요한 배경이 되었던 것이다.

한민족이 자체적으로 독립을 위한 노력과 기반을 강화하고 있을 때, 마침
제 1차 세계대전이 끝나고 전후 처리를 위한 파리강화회의에서 윌슨 미국대
통령의 민족자결주의가 발표됨으로써 한국의 독립운동을 크게 고무시켜 주
었다. 이는 "각 민족의 운명은 그 민족 스스로가 결정해야 한다."는 내용으로
서 당시 전세계적으로 팽배해 있던 약소민족들의 민족운동에 호응한 것이었

---

9) 이형기·조남현 외, 『한국문학개관』(어문각, 1997), p. 34 참조.

으며, 실제로 과거에 독일이나 러시아의 지배를 받던 여러 약소민족들이 독립을 선포하였던 것이다. 이 소식은 곧 국내에 전해졌고 한민족의 독립운동도 더 활기를 띠게 되었다.

민족자결주의에 대해서 가장 빠른 반응을 보인 것은 중국에 망명하고 있던 독립지사로 이들은 1919년 1월 상해에서 신한청년단을 조직하고 김규식을 파리강화회의 대표로 파견하여 독립을 호소하였다. 또한 이 때 민족자결주의의 소식에 접한 일본의 한국인 유학생들은 크게 용기를 얻어 조선청년독립단을 조직하고 한국의 독립을 요구하는 선언서와 결의문을 발표하였다. 이 2·8독립선언의 소식은 곧 국내에 알려졌으며, 당시 태동하고 있던 대대적인 민족운동에 불을 붙이는 계기가 되었다.

국내에서는 1918년 말부터 이미 학생 및 종교단체를 중심으로 대대적인 독립운동이 계획되고 있었다. 먼저 천도교 측에서 독립운동의 대중화·일원화·비폭력 등 3대원칙을 세우고 다른 종교 및 학생단체와의 연결을 모색하였다. 이에 독자적으로 독립운동을 계획하고 있던 장로교와 감리교 등 기독교와 중앙학교를 비롯한 학생들이 합세하였으며, 불교계의 한용운과도 합의가 이루어지게 되었다.

이러한 가운데 고종이 서거하자 항간에는 일제에 의한 독살이라는 소문이 퍼져 한국민들이 크게 분노하고 있었고, 여기에 일본으로부터 2·8독립선언의 소식이 전해져 국내에서의 독립운동의 기운은 한층 무르익어 갔다. 드디어 천도교·기독교·불교 및 학생을 중심으로 단일화된 주도세력은 고종의 인산일이 3월 3일로 정해지자 그 때를 전후해서 지방에서 많은 사람이 서울에 모여들 것으로 예상하여 3월 1일을 거사일로 정하는 한편, 독립선언서를 작성하고 민족대표 33인의 이름으로 서명한 다음 이를 인쇄하여 비밀리에 전국에 배부하는 등 치밀한 사전계획을 마무리지었다.

1919년 3월 1일 민족대표 33인은 태화관에 모여 독립선언서를 낭독하였고, 같은 시간에 탑골공원에서는 학생과 시민들이 모여 독립선언서를 낭독한 후 대한독립만세를 외치며 가두시위에 들어갔다. 이 운동은 곧 전국적으로 확산되어 태극기를 흔들면서 독립만세를 외치는 소리가 방방곡곡에서 일어났다. 만세운동은 지방에 따라서는 4월말까지 계속되었는데, 여기 참가한 인원은 200만이 넘었고 운동 회수는 1500여회에 달하였으며 전국 218개 군 가운데 211개 군에서 활발한 시위가 일어났던 것이다.

이 때 독립선언서에는 민족자존의 정권과 인류평등의 대의를 천명하였으며, 자주정신을 발휘하되 배타적 감정에 흐르지 말 것과 질서를 존중하여 광명정대하게 평화적인 운동을 벌일 것을 천명하고 있었다. 그러나 평화스런 방법으로 독립만세를 부르는 민중에게 일제는 헌병경찰뿐 아니라 군대까지 동원하여 잔인한 탄압을 가하였다. 박은식의 『대한독립운동지혈사』에 수록되어 있는 통계에 따르면 3월 1일에서 5월 말 사이에 피살된 사람이 7,509명, 부상당한 사람이 15,961명, 체포된 사람이 46,948명이며, 파괴·소각당한 교회당이 47개소, 학교가 2동, 민가가 715호에 달하였다 한다. 특히 수원 부근의 제암리에서는 주민 모두를 교회에 가두고 총격을 가한 후 불을 질러 집단학살하고 마을에 불을 지르는 만행을 저지르기도 하였다.

일제의 비인도적인 진압에 의하여 3·1독립운동은 성공하지 못하고 말았다. 이것은 제1차 세계대전에서의 전승국인 일본의 국제적 위치가 공고하였고, 또 당시 민족자결주의 자체도 패전국에게만 적용되었으므로 3·1운동 당시의 주변정세가 우리에게 불리했기 때문이다.

그러나 3·1운동의 의의는 결코 작은 것이 아니었다. 우선 3·1운동은 모든 계층이 총망라되고 또 직업의 귀천에 관계없이 모든 국민이 참여하였으며, 이들이 하나의 목표 아래서 하나의 방법으로 전개한 민족운동이라는 점에 중요한 의미가 있었다. 전통사회의 신분적 제약이나 계층간의 이해를 초월하여 동일한 목표로 민족운동에 참가한 것은 그 동안에 잠재해 온 전통사회의 전근대적 성격을 일소시키는 중요한 계기가 되었다. 또한 지금까지 여러 갈래로 전개되었던 독립운동이 3·1운동을 계기로 일원화되어 앞으로의 독립운동에 있어 민족의 역량을 하나로 집결시키는 역할을 하였다. 이에 따라 3·1운동을 계승하면서 보다 조직적인 운동을 전개하기 위하여 3·1운동 직후에 상하이에서 민주적인 공화정체의 대한민국임시정부가 수립되어 이후 국내의 독립운동의 중추기구로 활약하였다.

3·1운동은 일제로 하여금 한민족을 지배하는 통치방식을 변화시키도록 하여 표현상 한민족에 대한 무단적 억압을 완화시켜 어느 정도의 자유스런 분위기를 부여한다고 하는 소위 문화정치로 나타났다. 그러나 실제로 문화정치는 한민족을 회유하여 보다 효율적으로 수탈을 하려는 고등적인 기만정책에 불과한 것이었다. 3·1운동 이후 교체된 새 총독은 "조선의 문화와 관습을 존중하고, 문화적 제도의 혁신으로써 조선인을 유노하여 그 행복과 이익의 증진을 도모한다"는 명분을 세우고 문화정치를 표방하였다. 그리하여 표면상 여러 가지의 변화가 일어났는데, 우선 이 때까지는 육해군대장으로만 임명되어 오던 조선총독에 문관도 임명될 수 있도록 하였고, 헌병경찰제 대신에 보통경찰제를 실시하였으며, 관리·교사들이 제복을 입고 칼을 차고 다니는 것을 그만두었다. 또한 한국인에 대한 대우에 있어서는 교육수준을 일본인과 같은 수준으로 끌어올리고, 총독부관리에 한국인을 임용하며, 한국인이 경영하는 한글신문의 간행을 허용하였다.

그러나 이와 같은 정책의 변화는 결코 식민통치의 완화를 의미하는 것이 아니라 오히려 회유를 통해 한국인의 반발은 줄이고 보다 철저한 수탈을 하기 위한 기만정책에 불과하였다. 실제로 일제가 패망할 때까지 단 한 사람의 문관도 총독에 임명된 적이 없으며, 경찰제도는 그 조직과 인원이 대폭 증가하여 한국인에 대한 감시와 억압이 더해졌고, 이에 따라 감옥이 증설되고 사상범도 증가하였다. 한국인의 총독부 관리임용도 형식에 불과하였고, 학교시설이 다소 늘어나 3개 면에 1개교의 비율로 보통 학교가 증설되었지만 이것도 식민지 교육정책을 추진하는 곳에 불과하였으며, 일본인과의 차별교육도 여전하였다.10)

일제가 내건 표면적인 유화책으로 1919년에는 『창조』가 속간되고, 『서광(曙光)』, 『서울』, 『삼광(三光)』 등의 월간종합지가 간행되었으며, 이듬해인 1920년에는 『조선일보』(3월 5일)와 『동아일보』(4월 1일)가 창간되었고, 천도교 청년회에서는 종합지 『개벽』(6월 25일)을 창간하여 발표지면이 대폭 확대되었다.

3·1운동은 문학에도 큰 영향을 주었지만, 다른 한편으로는 이러한 역사적 상황과 일부러 거리를 유지한 채 문학 자체에만 관심을 두려는 흐름도 대두하게 되었다. 3·1운동으로 독립에 대한 민족적 의지가 확인되었지만, 한편으로 일제에 의해 무자비하게 진압되는 실패를 겪자 이를 본 문학인들은 1920년대에 들어서면서 이 운동의 충격을 문학적으로 내화하는 모습을 보여주게 된다.

▶「창조」 창간호 차례

3·1운동을 고비로 하여 문학을 둘러싼 제반 요건의 변화는 발표지면의 확대와 함께 동인지의 등장에서 그 특징을 살필 수 있다. 1919년 이후로 우리 문학은 이른바 문학동인지 시대라고 말할 수 있을 정도로 동인지의 발간이 두드러지기 시작한 시기이기 때문이다. 우선 들 수 있는 것이 『창조』의 발간이다. 이 잡지는 1919년 2월에 일본 동경에서 김동인이 주도가 되어 발간한 순문예잡지이다. 당시 일본에 유학중이던 김동인·주요한·전영

---

10) 변태섭, op. cit., pp. 433-463 참조.

택·김환 등의 문학청년들은 자신들을 신문학을 개척하고 창조하는 선구자로 자처하며 잡지를 만들었던 것이다. 이들은 당대의 시대상황보다는 문학에만 관심을 기울이려 했던 것이다.[11] 김동인의 주도로 만들어진 『창조』에 의해 우리 문학은 바로 직전 이광수와 최남선에 의해 주도된 이른바 계몽주의 문학이라는 사회적 효용성 중심의 문학에 대한 반발이 이루어질 수 있었다. 그런데 여기서 『창조』의 의의를 문학의 사회적 측면에서 살펴볼 때, 우리는 사회적 상황에 대한 문학적 대응의 방식이 직접적이 아닌 간접적 형식으로 이루어지고 있다는 데에서 의미를 찾을 수 있겠다.

여기서 우리는 1910년대에 있어서 『창조』 이전에 문학 자체에 대한 관심을 표명하면서 서구 문학의 수용에 앞장섰던 잡지들이 있었다는 것을 생각해야 한다. 1913년 4월에 창간된 『신문계』와 『학지광』(1914. 4. 2), 『태서문예신보』(1918.9.26) 등에 의해서 우리 문학에 서구의 문예사조가 유입되었던 것이다. 특히 상징주의의 수용이 두드러졌는데, 이들을 통해 들어온 상징주의는 김억의 역시집 『오뇌(懊惱)의 무도(舞蹈)』(1921)에서 그 영향을 확인할 수 있었다. 1919년을 전후한 시기에 이루어진 이러한 일련의 흐름들은 3·1운동 이후에는 운동의 실패와 맞물리면서 우리 문학의 특징적인 한 현상을 빚어내는 요소들로 작용했던 것이다.

독립운동의 실패는 일제라는 거대한 폭력의 실체를 체감케 하였고, 그러한 거대한 폭력 앞에서 작가들은 식민지라는 객관적 현실 속에서 그러한 현실에 대응하는 나름대로의 방법을 문학 속에서 찾아나가기 시작했다. 1920년대라는 역사적 시기에 우리 문학이 보여주는 다양한 면모들은 그 자체로 작가적 세계관의 솔직한 표출이자 시대적 한계와 시대정신의 모습을 보여주는 한 단면이라고 말할 수 있겠다.

---

11) 이에 대해서 김동인은 다음과 같이 회상하고 있다. "'정치운동은 그 방면 사람에게 맡기고 우리는 문학으로─' 이야기가 문학으로 옮겼다. 막연한 「문학담」, 「문학토론」,보다도 구체적으로 신문학운동을 일으켜보자는 것이 요한과 내가 대할 적마다 나오는 이야기였다."(김동인, 『김동인전집 6』(삼중당, 1976), pp. 9-10)

1920년대의 문학을 살펴볼 때, 그 배경이 되는 역사적 사건으로 3·1운동이 자리잡고 있다는 것은 앞에서 언급했다. 그렇다면 3·1운동의 실패 이후에 이어진 문학적 현상들은 어떠했으며 그것의 의미는 무엇인가 생각해보자.

(1) 20년대 사회현실에 대한 문학의 입장

1919년 2월 일본의 요코하마(橫濱)에서 인쇄되어 동경에서 출간된 『창조』의 창간호는 서울과 평양에서 판매되었다. 모두 82면으로 나온 창간호에 글을 실은 기고자들은 주요한, 최승만, 김환, 전영택, 김동인 등이었다. 김동인의 주도로 만들어진 이 잡지는 이전의 이광수가 주도한 이른바 계몽주의 문학에 대한 반발을 표면적으로 드러내면서 자신의 존재의미를 확보하려 했다. 당시 동경에서 있었던 유학생들의 2·8독립선언과 거리를 두면서 자신들은 조선에 '순문학문장' 즉 예술성의 세계를 만들어갈 것을 표명했던 것이다. 이를 위해 김동인이 주장한 것이 이른바 '참예술가'론이고 '참소설'론이다. 김동인은 참소설을 "인생의 정신이요 사상이요 자기를 대상으로 한 참사랑이요 사회개량, 신인합일(神人合一)을 수행할 자"12)라고 규정하면서 "참예술작품은 신의 섭(囁)이요 성서(聖書)"라고 의미를 부여했던 것이다. 김동인에게 참소설이란 민족해방보다 월등히 앞서는 '성스러운 그 무엇'이었던 것이다. 즉 독립운동과 예술운동은 이 점에서 그 비중이 등가라고 생각했던 것이다.13) 김동인이 당시의 식민지 조선의 현실에서 이러한 과감한 논리를 내세울 수 있었던 배경이 무엇인가에 대해서는 세밀한 연구가 필요하다.14) 아무튼, 김동인이 내세운 논리는 이전 시기의 이광수의 논리와 견준다면 분명 새로운 것이었다. 국권을 상실한 상황에서 자신을 규정한 객관적 조건으

---

12) 김동인, 「소설에 대한 조선사람의 사상을」, 『학지광』 18호, 1919.8, p.46
13) 김윤식·정호웅, op. cit., p. 85 참조
14) 이에 대해서는 김윤식, 『김동인 연구』(민음사, 2000) 참조

로부터 일정한 거리를 유지하여 '문학'을 건설하
겠노라고 공공연히 말할 수 있는 김동인의 예술
관은 작가의 위치를 신과 같은 반열에 올려놓는
다. 김동인이 주장한 이른바 인형조종술이 여기
에 해당한다. 이러한 작가적 지위의 자리매김은
시대적 요구에 부응한 계몽성과는 다른 차원의
예술성의 추구라고 할 수 있다. 이를 통해, 20년
대 문학은 예술성이 부각되는 기반을 마련할 수
있었다.

『「폐허」 창간호 표지

　김동인의 이러한 시도와 함께 나타난 것이 염
상섭의 등장이다. 평양출신의 김동인과는 달리 서울 중인계층 출신의 염상섭
은 1920년 7월 창간된 『폐허』의 중심인물이면서 김동인과는 다른 차원의 문
학세계를 펼쳐 보이면서 1920년대를 김동인과 함께 이끌어나갔던 것이다.
동아일보 기자와 오산학교 교사를 거쳐 『폐허』를 통해 보여준 염상섭의 소
설세계는 이른바 개인의 내면 탐구라는 새로움의 등장으로 볼 수 있다. 염상
섭이 기자생활과 교사생활을 통해 나아간 문학의 세계가 개인의 내면 탐구였
다는 것은 우리 문학에서 보면 분명 낯선 것이었다. 정치적 지형의 변화에
민감할 수밖에 없는 서울의 중인 계층 출신의 염상섭은 삼부작인 「표본실의
청개구리」,「암야」,「제야」 등을 통해 식민지 시대를 사는 개인의 내면 문제를
보여주기 시작했고, 1924년 『만세전(萬歲前)』을 통해 식민지 상황과 그 상
황 속에서 살아야 하는 지식인의 내면세계를 보여주었다. 1922년 연재될 당
시 제목으로 달았던 『묘지』라는 말에서 당시 염상섭이 생각했던 조선의 상
황이 단적으로 드러난다. 작품 속 주인공인 이인화가 일본 동경에서 서울로
오는 과정에서 겪는 식민지 조선의 상황이 그에게는 '묘지'로 인식되었던 것
이다. 식민지 현실에 대한 인식이 없었던 주인공 이인화가 관부연락선을 타

고 조선에 내려 집으로 오는 과정에서 목격한 조선의 현실에 대한 인식은 인물의 내면적 성숙의 과정을 나타내는 것인 동시에 현실의 발견이라는 의미도 동시에 확보하는 성과였던 것이다. 『만세전』에서 보여준 염상섭의 이러한 현실과 문학의 묘한 균형감각은 그가 태어나면서부터 체득한 서울 중인계층의 정치적 감각과 상호관련된 것으로 볼 수 있으며, 염상섭의 식민지 발견은 우리 문학이 새로운 차원으로 나아감을 보여주는 표지라고도 말할 수 있겠다.

(2) 감상성 표출과 새로운 이념성의 대두

1920년대 문학의 특징으로 우선 낭만주의의 유행을 들 수 있다. 여기서 말하는 낭만주의는 서구문학에서의 로맨티시즘(romanticism)의 번역으로 그 특징은 서구의 개념과 정확히 일치하는 것은 아니지만 대략적으로 특징을 일별한다면, 이상세계와 현실세계의 대립, 개인의 주관성에 대한 강조, 개인 내면 세계의 강조, 감정의 자발적인 표출, 문학적 표현양식에서의 자유로움에 대한 추구 등으로 말할 수 있겠다. 이러한 문학적 경향은 주로 시 장르를 통해서 나타났는데, 그 주된 이유는 이러한 사조가 당시 간행되었던 잡지들―『학지광』, 『태서문예신보』, 『창조』, 『폐허』, 『장미촌』, 『백조』 등에 의해서 유입되고 보급되었다는 데에 있다. 상징주의의 수용으로 정지작업이 이루어진 후 낭만주의는 시대적 분위기와 상승작용을 일으켜 20년대를 풍미했던 것이다. 이때 20년대에 유행한 낭만주의는 세부적 특징에 있어서는 감상적 (sentimental)인 모습을 보여준다.

1920년대 낭만시에서 무엇보다도 두드러진 현상은 감정의 과도한 표출과 현실도피적 성향이라 할 수 있다. 특히 『백조(白潮)』 동인들이 보여준 밀실·동굴·죽음의 이미지들은 현실도피적 성격을 잘 보여주고 있다. 밀실이나 동굴은 모두 현실의 지금 여기의 공간이 아닌 현실 너머의 저기 어느 곳

▸「백조」 창간호 표지(우), 속표지(좌)

을 지칭한다. 이와 같이 자신이 몸담고 있는 현실보다는 '현실 너머의 저기'에 더 많은 관심을 표명하는 일은 현실과의 거리두기이며 철저한 현실 부정에 기인한다.15) 이러한 현상은 바로 전에 있었던 3·1운동의 체험과 무관하지 않다. 3·1운동은 민족의 독립열망의 강렬한 표출이었던 바 그것의 실패가 주는 충격은 매우 컸던 것이다. 이러한 충격으로부터 작가들은 자신이 현재 처한 시대적 상황에 대한 인식을 요구하였고, 그에 대한 대답이 이러한 이미지들로 표출되었던 것이다. 시대상황에 대한 부정적 인식에 기반한 당대의 문학은 김억이 번역한 역시집 『오뇌의 무도』에 큰 영향을 받았고, 당시 시단이 '오뇌의 무도화'되었다는 이광수의 언급은 이러한 상황을 잘 말해준다.

소설에 있어서 『백조』파의 특징적 작가로 현진건과 나도향을 들 수 있다. 이들은 염상섭과 마찬가지로 서울의 중인계층 출신이지만, 염상섭이 나아간 방향과는 다른 모습을 보여준다. 현진건이 「빈처」, 「술 권하는 사회」, 「타락

---

15) 김윤식·김우종 외, 『한국현대문학사』(현대문학, 1997), p. 131 참조.

자」에서 보여준 식민지 현실의 모습을 바라보는 태도와 그의 언어감각은 동시대의 김동인이나 염상섭의 그것과는 분명 다르다. 이들 작품에서 현진건은 전망이 부재한 식민지 현실을 살아가는 지식인의 좌절과 무기력증을 보여주고 있는데, 이는 그가 설치한 '아내' 형상과 맞물리면서 조선적 여인의 미덕에 대한 신뢰와 동시에 남성의 자존심 상실이라는 이중의 형상을 그려낸 것[16]으로 파악할 수 있겠다. 현진건이 보여준 이러한 특징은 나도향의 낭만주의 성향을 고려할 때 그 입각점이 더욱 두드러진다 하겠다.

염상섭, 현진건과 달리 나도향의 문학은 간단히 말해서, 낭만주의의 체현자로 말할 수 있겠다. 안정적인 한약방의 가업을 버리고 문인이 되기 위해 집은 나온 나도향은 소설가가 되었지만 동시에 폐결핵으로 생을 마감하여 그의 생 자체가 하나의 문단적 사건이 되기에 충분했다. 현진건이 식민지 지식인의 무기력함을 주로 보여주었다면, 나도향은 「물레방아」, 「뽕」 등을 통해 궁핍한 농촌의 현실과 그 속에서 살아가는 농민들의 삶을 본원적 욕망의 측면과 함께 다가가고 있다. 나도향이 그리고 있는 농촌의 세계는 그 외부적 현실, 즉 식민지라는 조건 속에 있기는 하지만 출구없는 식민지 현실에 보다는 인간의 욕망에 강조점이 두어짐으로써 그가 지향하는 세계가 낭만적 세계에 있음을 보여주고 있다.

이렇듯, 1920년대의 우리 문학은 식민지 현실의 발견과 그에 대응하는 다양한 모습들을 보여줌으로써 사회현실에 대한 문학적 접근이 다양하게 전개되는 모습을 보여주고 있는 것이다. 그런데 사회와의 관련성 면에서 볼 때, 이들이 발견한 식민지 조선의 문제는 단지 현실을 발견하는 차원에 머물지 않고 그것을 개변할 수 있는 방법을 찾는 단계에로 나아가게 된다. 식민지 현실이라는 민족모순을 극복하기 위해서 이들에게 주어진 임무는 그러한 현실의 모습을 바로 인식하고 그려내는 일이었다.

---

16) 김윤식·정호웅, op. cit., p. 108 참조.

이러한 생각을 가진 작가들은 이제 현실의 모습에 눈을 돌려 식민지 조선의 민중들이 어떤 삶을 살아가고 있는지에 관심을 집중한다. 1920년대 중반의 문학은 이러한 현실의 발견에 무게가 두어졌던 것이다.

(3) 이념을 내세운 사회운동과 문학운동

김동인, 염상섭, 현진건, 나도향 등에 의해 이루어진 식민지 현실에 대한 발견의 양식과는 다른 양상이 최서해, 이익상, 주요섭 등을 통해 나타나기 시작한다. 이들은 마르크스주의 세계관을 직접적으로 나타내지는 않았지만 식민지 현실의 궁핍상을 하층계급의 삶을 통해서 밀도있게 그려내고 있다. 최서해의 경우를 중심으로 살펴보자. 최서해가 「토혈」(1924)「기아와 살육」(1925) 등을 통해 그려내고 있는 현실은 비인간적 궁핍 그 자체의 현실이다. 최서해가 이들 소설에서 보여준 현실은, 극한적 궁핍의 상황이다. 주로 간도 이민·유랑민·막노동자등과 같은 사회의 최하층 계급에 속하는 인물들을 주인공으로 삼고 있는 최서해의 작품들은 인간적 생존조건이 위협당하는 모습을 생생하게 보여주면서, 동시에 그 결말에 있어서는 살인·방화·폭행 등으로 마무리됨으로써 1920년대 식민지 현실의 출구없음을 웅변으로 보여주고 있다. 이렇듯 최서해가 발견한 식민지의 현실은 사회 기반계층의 급속한 궁핍화의 모습을 증거하는 하나의 보고서로서의 의미를 가지지만, 동시에 그것을 해결할 수 있는 대안의 제시까지는 나아가지 못하는 한계를 드러내고 있다. 이는 그 결말에서 잘 나타나고 있는데, 최서해가 제시하는 살인·방화·폭행 등을 통한 자기 파괴적 사건해결방식은 그렇게밖에 할 수 없는 극한 상황의 제시이면서 그것을 풀어나갈 방법의 부재를 동시에 보여준다고 말할 수 있다. 한마디로 최서해에게는 극한적 궁핍 상황을 풀어낼 논리적 기반이 준비되어 있지 못했던 것이다.

이에 비해서 식민지 현실의 모순을 풀어내는 방법으로 한편에서는 이데올로기적 접근을 통한 해결방안이 제기되었다. 식민지적 궁핍상이나 무산대중에 대한 뚜렷하고 분명한 관심은 1920년 2월 김광제, 이병의 등의 노동대회조직을 시발로 같은 해 6월 조선청년연합회를 결성하는 것으로 이어진다. 이와 같은 조직화 움직임은 1922년 9월에 염군사(焰群社)의 조직화로 이어진다. 염군사가 내건 "무산계급해방을 위하여 문화를 가지고 싸운다"는 슬로건은 이 조직의 이념성을 잘 보여준다. 그리고 이듬해는 '인생을 위한 예술의 건설'을 내건 파스큘라가 조직된다. 염군사-파스큘라로 이어지는 계급주의 이념성의 문학운동은 식민지 모순을 극복하는 방안으로 프롤레타리아계급사상이 전면에 대두됨을 알리는 사건이었던 것이다. 사회운동에 비중을 두었던 염군사와 예술운동에 비중을 두었던 파스큘라는 1925년 8월 카프를 결성함으로써 계급주의 문학운동 조직의 일원화를 이루게 된다.

(4) 카프(KAPF)의 결성과 계급주의 문학운동

카프(KAPF)가 결성되면서 이전에 볼 수 없었던 강도의 이념성의 직접 강조와 조직활동을 드러내게 된다. 카프 결성과 활동이 가지는 의의는 문학적 측면에서 뿐만 아니라 사회조직의 측면에서 더욱 강조될 수 있다. 그렇기 때문에 카프는 우리 문학사에서 문학의 사회적 기능에 대한 강조의 한 본보기가 될 수 있을 정도로 사회성을 강하게 띠는 사건이었다.

문단권을 넘어선 영역에 걸친 사회주의 운동을 내걸었던 '염군사'와 문단권 내에서의 계급주의 문학운동을 표방한 '파스큘라'의 통합체인 카프의 발족은 표면적으로는 예술운동 전체를 아우르는 계급주의 문화운동단체를 내걸었지만, 실상은 문학을 중심으로 한 체제구성을 이루었다. 카프는 종래의 신경향파 문학운동의 한계를 극복하고 철저한 계급의식을 바탕으로 선명한 노선을 취할 것을 전면에 내세웠다. 즉, 신경향파문학이라는 프롤레타리아계급의 생활현실에 대한 리얼리즘적인 접근과 감상적인 휴머니즘의 어색한 결합이 지양되고 사회주의이념에 입각한 프롤레타리아문학의 선명성이 강조[17)되기 시작한 것이다.

이들은 1927년 자신들의 노선을 한층 분명히 하는데, '일체의 전제세력과 항쟁한다'든가 '우리는 예술을 무기로 하여 조선민족의 계급적 해방을 목적으로 한다' 등과 같이 그 행동강령의 선명성을 내걸고 계급모순 해결을 통한 민족모순의 타파를 위해 그들의 힘을 집중할 것을 내세웠던 것이다. 이러한 카프의 문학운동은 그 성격에 있어서 정치운동으로서의 특징을 강하게 보여준다. 문학단체의 정치성의 강조는 무엇보다 이론적 선명성과 조직의 체계적 관리가 필수적인 바, 카프는 이 두 가지에 힘을 기울였다.

1925년부터 35년의 공식적인 해체에 이르기까지 카프의 문학운동은 앞서 말한 정치성이 우세한 성격을 보였기 때문에, 이론투쟁을 통한 헤게모니 쟁탈전의 모습을 강하게 보여주었다. 카프가 보여준 여러 논쟁사에서 우리는 카프의 중심이 창작면보다는 이론면에 비중이 두어져 있음을 보게 된다. 그리고 이러한 이론 투쟁의 모습은 무엇보다 이들이 문학을 사회상황의 개변을 위한 하나의 도구로 인식하고 있음을 잘 보여주는 것이라 할 수 있다.

따라서 카프의 이러한 특징들은 일제의 탄압에 직면하게 되자 극도로 위축되는 모습을 보일 수밖에 없었던 것이다. 일제가 일체의 공산주의활동을 불법화하자 카프도 이에 따라 해산계를 제출하지 않을 수 없었던 것이다.

일제는 만주사변을 일으키고 대륙 침략전쟁에 광분하기 시작하면서 일본과 조선에서 거의 동시에 자유주의자는 물론 사회주의자의 체포에 나서고 일본의 나프(NAPF)와 조선의 카프를 탄압하게 된다. 카프는 1931년과 1934년의 제1,2차 일제검거사건으로 조직원의 상당수가 체포되었고 1935년에 당

---

17) 이형기·조남현 외, op. cit., p. 65.

시 서기장이었던 임화는 해산계를 제출하지 않을 수 없었다.

3) 식민지 체제의 공고화와 문학 내부의 세밀화

1930년대에 들어서면 우리문학이 한편으로는 20년대 중반에 조직된 카프를 중심으로 한 이념성의 문학이 그 위력을 계속 유지하면서도 다른 한편에서는 이념성과는 거리를 가진 문학의 흐름이 나타나기 시작하였다. 1930년대 문학의 지형도를 이념성 지향과 문학성 지향으로 대별할 수 있다면, 이러한 문학의 지형도를 형성할 수 있게 한 기반에 대해서 우선 살펴볼 필요가 있다.[18]

1910년대의 최남선과 이광수를 중심으로 한 문단의 형성이 1920년대에 들어서면서 다양한 동인지의 등장과 함께 문학활동의 본격화라고 말할 수 있는 단계에 이르렀다. 1920년대의 문학활동은 앞서 살펴본 『창조』, 『폐허』, 『백조』 등과 카프계열의 이론적 모색으로 말할 수 있겠는데, 그 주된 흐름은 이른바 문학동인지의 활동으로 말할 수 있다. 이러한 동인지를 통한 문학활동과 함께 종합지인 『개벽』이나 문예지인 『조선문단』 등도 문학활동의 기반이 되었다. 이처럼 1920년대의 문학이 성립하게 되는 배경에는 동인활동과 함께 직업 문인의 등장이 자리하고 있었다. 이러한 1920년대를 배경으로 성립된 1930년대 문학의 특징을 간추리자면, 우선 문학이 개인의 사사로운 취미의 영역을 벗어나 하나의 사회적인 상품으로 취급되기에 이르렀다는 점이다. 1930년대 이전까지는 문학작품을 하나의 상품으로 의식하고 제작하거나 향수한 경우가 매우 드문 편이었다. 오히려 그 시대의 문학활동은 자비(自費)의 부담을 무릅쓴 동인지 발간이 말해주듯 몇몇 사람들의 자족적인 취미의 일환이라고 말할 수 있을 정도였다. 그러나 1930년을 전후해서는 문학작

---

18) 이 부분은 이형기·조남현 외, Ibid., pp. 81-85 참조.

품이 엄연한 하나의 상품으로서 저널리즘에 진출하기 시작했다. 둘째, 공공성이 뚜렷한 상당수의 종합지가 발간되어 문학작품의 발표매체로 등장한 점이다. 1930년을 전후하면서부터 1928년에는 『신생』, 『신민』이 나왔고, 1929년에는 『삼천리』, 『여성지우』 등이 등장했으며, 1931년에는 『비판』, 『혜성』, 『신동아』 등이 그리고 1932년에는 『동방평론』, 『부인공론』 등 많은 매체들이 등장하게 되었다. 이렇게 등장한 많은 잡지들이 발간되고 문학부문에 할애된 지면이 늘어나자 이전의 동인지중심의 문단활동은 잡지중심의 활동으로 변화하게 된 것이다. 그렇다고 해서 이 시기에 동인지 활동이 위축된 것은 아니다. 이 시기의 대표적 문예동인지로 들 수 있는 것이 『시문학』(1930. 3)이다.

(1) 비이념적 문학의 대두

우리 문학사에서 『시문학』이 차지하는 비중은 매우 크다. 1930년 3월에 창간된 『시문학』은 동시대의 카프로 대표되는 이념성 지향과는 다른 차원의

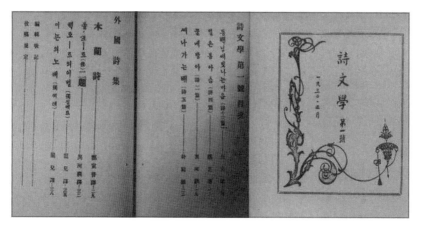

『「시문학」 창간호 속표지(우), 목차(좌)

문학을 개척한 의미를 가진다. 또한 1920년대에 풍미한 대중문학의 유행과도 성격을 달리하는 의미를 지니는 것이었다.

1920년대를 거치면서 이전의 이광수나 김동인 등은 그들의 초기 문제의식이 변화되는 양상을 보이면서, 이른바 대중문학의 길로 접어들게 되었다. 1920년대에 소설이 문학에서 주도적인 위치를 차지하게 되자, 소설 양식 본래의 개방성과 대중성이 활성화되는 추세를 보이면서부터 초창기의 순수문학에 대한 경도(傾倒)가 변화를 맞이하게 되었다. 즉 종전에는 계몽주의를 거부했던 작가들까지도 신문연재소설 혹은 대중잡지의 상업소설을 집필할 기회를 가지게 됨으로써 소설의 문학적 요소와 오락적 요소의 교착현상이 나타난 것이다. 이러한 경향의 대표자로 이광수와 김동인, 박종화를 들 수 있다. 이들은 대중적 인기를 누리면서 작품을 창작했으나 그 문학성의 평가는 대중적 인기와 비례하지 못했다. 대중소설은 오락적인 문학으로 치부되어 비평적 평가에서 거의 제외되었고 예술적인 의욕에서 창작된 순수소설만이 비평적 관심의 대상이 되었다. 이것은 문학의 예술적 측면과 오락적 측면에 대한 인식이 1930년대 전후에 와서야 확립되었음을 나타내는 것이다. 그 결과 신문연재소설은 그 성격상 자연히 대중의 요구에 영합하는 방향으로 나아갔고, 장편소설도 대중성의 방향으로 접어들게 되었다. 그리하여 소설에서는 단편소설이 순수한 문학적 가치의 창출을 지향하게 되었던 것이다.

한편, 1920년대에 들어서 한용운과 김소월에 의해 민족의 현실과 민족적 전통에 대한 새로운 문학화가 제기되었다. 20년대 중반에 시문학 자체 내에서 민족적 주체성을 확립하고 예술적 자존심을 성공적으로 고양한 것은 소월과 만해에 이르러서이다. 소월은 민요적인 가락과 민중적 정감에 바탕을 둔 민족적 서정을 발굴함으로써 문학의 예술성을 성취하는 전범을 보여주었다. 소월의 시는 전통적인 민족적, 민중적 정감에 뿌리를 두고 있다. 특히 전통적인 이별시학을 현대적인 가락으로 계승한 것은 식민지 당대의 비관적 분위기와 어울려서 폭넓은 공감을 불러일으킨 것으로 보인다.

이와 함께, 한용운은 1926년 『님의 침묵』을 통해 민족의 상황과 나아갈 길을 예술로 형상화하여 보여주었다. 이 시집을 관통하는 논리는 다음과 같다. 즉, 이별이 만남으로, 절망이 희망으로, 소멸이 생성으로 바뀌는 극적인 전환을 성취함으로써 개벽의 새아침, 역사의 새벽을 맞이하게 되는 것이다. 따라서 이 시집은 이별의 슬픔이나 사랑의 고통 그 자체를 노래한 것이 아니라 오히려 이별을 모티브로 하여 슬픔과 절망의 변증법적 갈등을 겪고 난 다음 사랑과 인생의 참다운 본성을 새롭게 발견하고자 하는 극복의 시, 구도의 시를 우리에게 보여주는 것이다. 더욱이 이것은 일제 식민지라는 암흑의 시기에 민족의 광복을 갈망하는 역사의식 또는 예언자적 지성의 발현으로 볼 수 있는 것이다.19)

이러한 다양한 상황 속에서 '문학 자체'의 고유한 영역을 만들어가려는 움직임이 『시문학』을 중심으로 나타나게 된 것이다. 문학에 있어서 예술성의 부각은 한편으로는 대중문학에 대한 대타의식으로, 다른 한편으로는 이데올로기적 목적문학에 대한 대타의식으로 제출되었던 것이다.

그런데 여기서 생각해야 할 문제는 이 시기가 어떤 객관적 상황에 있었던가 하는 점이다. 1930년대의 정치상황은 간단히 말해서, 일제 군국주의의 강화로 표현할 수 있다. 1931년 만주사변을 일으킨 일제는 1937년 중일전쟁에 이르기까지 군사대국화와 천황제 파시즘화를 이루는 과정에 있었다. 이러한 군국주의화를 바탕으로 일제는 이른바 대동아 공영권론을 내세우면서 아시아의 유일 맹주로서 동아시아 전체를 아우르는 제국을 건설하려는 야욕을 드러내게 된다. 일제가 내세운 이른바 '대동아공영권'은 아시아 각 민족이 서로 단결하여 서양의 침략에 대항해야 한다는 정치논리로 서양에 대한 적대감을 고취시켜 아시아 민족의 연합을 이루자는 것이었으나, 그 의도는 아시아의

---

19) 김재홍, op. cit., pp. 238-241 참조.

점령에 다름 아니었다.

이러한 세계구도 재편을 위해서 일제는 철저한 사상통제로 탄압의 강도를 높여나갔던 것이다. 그것이 현실로 나타나자 이른바 '무단통치'가 실시되었고, 언론·출판의 자유가 검열·압수·폐기 등의 방법으로 제한되고, 사상취체가 더욱 강경해져서 민족주의, 공산주의, 자유주의 등의 제반 사상운동이 경찰의 엄중한 감시와 탄압 아래 놓이게 되고, 집회·결사의 자유가 거의 전면적으로 억압되었던 것이다. 이러한 사회적 배경과 문학적 배경을 가지고 『시문학』이 나온 것이다.

1930년 3월에 창간호가 나온 시전문지 『시문학』에는 박용철, 정지용, 김영랑, 신석정, 이하윤 등이 참여했다. 이들 중에는 정지용이나 이하윤처럼 이미 문단에 나와서 활발한 활동을 하고 있던 시인들도 있었지만, 박용철이나 김영랑처럼 새로이 등장한 시인들도 『시문학』에 함께 동참했다. 이들이 이른바 '시문학파'로서 작품활동을 하면서 보여준 시적 특질 혹은 경향을 말하자면 다음의 두 가지로 집약될 수 있을 것이다. 우선, 하나는 반이데올로기 순수서정의 추구경향이고, 다른 하나는 언어에 대한 각별한 애정 또는 관심이다.[20] 이들이 시의 표현매체인 '언어'의 문제에 각별한 관심을 기울이고 있음은 『시문학』 창간호의 편집후기를 보면 확실히 알 수 있다.

> 한 민족의 언어가 발달의 어느 정도에 이르면 口語로서의 존재에 만족하지 아니하고 文學의 형태를 요구한다. 그리고 그 文學의 成立은 그 민족의 言語를 完成시키는 것이다.

이들 시문학파 시인들이 밝혀 놓은 우리 언어에 대한 관심은 이들이 처한 시대적 배경과 결부시켜 생각할 때 더욱 의미 있는 것이다. 그리고 이들이 내건 또 다른 방향인 순수서정의 지향도 그 당시의 배경과 함께 이해되어야 한다. 시문학파가 등장하기 전인 1920년대 중반 우리 사회와 문단은 사회주

---

20) 김용직, 「서정, 실험, 제목소리 담기」, 『한국현대문학사』(현대문학, 1997), pp. 182-183참조.

의 사상과 카프로 대표되는 사회주의 이데올로기 문학이 득세하던 시대였다. 카프는 문학이 계급주의 투쟁의 도구가 되어야 한다는 주장을 전면에 내세우며 계급주의 이데올로기에 편향된 시작품들을 내놓아 시의 예술적 완성보다는 정치적 효용성에 더 큰 비중을 두는 현상이 나타났다. 그 결과 카프 계열의 일부 시는 예술적 의장을 돌보지 않은 채 특정 이데올로기를 외치는 선전 전단화 했던 것이다. 이러한 카프의 이데올로기 편향성에 반기를 들고 국민문학파가 나와 反카프 진영을 형성했다. 국민문학파는 카프의 이데올로기 시녀화에 맞서 민족이라는 새로운 지향점을 제시했다. 그러나 국민문학파의 대응은 카프에 대한 적대의식이 앞서 있었던 것으로, 카프를 지양하는 방법에 있어서 작품을 통한 방법에까지는 나아가지 못했다. 그 결과 국민문학파는 카프의 계급에 대해 민족을 내세우는가 하면 조선정신을 외치고 시조부흥을 시도했던 것이나. 그런데 이러한 시기에 시문학파가 나와서 국민문학파가 하지 못했던 '시'를 통한 카프와의 대응을 보여준 것이다. 시문학파는 카프의 이데올로기 독주에 대해 이데올로기로 맞서지 않았다. 시문학파는 순수서정의 세계를 우리민족의 언어로 구현하는데 심혈을 기울였을 따름이다. 그 결과 우리 문학사는 1930년대에 '시문학파'의 시라는 새로운 문학적 성과를 얻을 수 있었던 것이다.

특히 김영랑의 경우에서 '시문학파'의 성취를 잘 볼 수 있다. 김영랑은 우리말의 리듬과 어감에 대한 섬세한 조탁을 통해서 우리시의 새로운 차원을 보여주었다. 이는 「끝없는 강물이 흐르네」나 「오-매 단풍들것네」 등의 작품을 통해 시인이 보여주는 시어에 대한 감각에서 알 수 있다. 시어와 리듬, 그리고 형태에 대한 의도적인 조탁을 통해서 시의 언어를 통한 예술성의 한 성취방법을 보여주고 있는 것이다. 더욱이 김영랑은 「毒을 차고」, 「春香」 등의 시를 통해서 저항적인 세계를 보여주고 있는데, 이때에도 정제되고 순화된 언어를 통해서 표현함으로써 시가 현실 사회를 반영하더라도 예술로서 형상화되어야 한다는 점을 강조하였다.

한편, 1930년대의 한국문학의 주요한 흐름 가운데 하나인 모더니즘은 영미문학과의 관계에서 이해되어야 한다. 모더니즘이라는 말은 기성도덕과 전통적 권위를 부정하고 새로운 감각과 방법론을 주장하는 사상적 예술적 사조를 의미한다. 대략 19세기 말경에 유럽에서 정치적 개혁운동으로 시작되어 차츰 예술사조로 전파되었으며, 문학에 있어서도 감수성의 혁명을 가져왔다. 모더니즘의 서구적 개념은 상징주의, 인상주의, 야수파, 미래파, 다다 및 쉬르레알리즘, 실존주의를 포괄하는 예술적 문학적 경향의 총칭으로 사용되며, 반사실주의로 규정할 때엔 사실주의 혹은 사회주의적 사실주의와 대극된다.21) 특히 영미문학에서의 모더니즘은 불연속적 세계관에 기초를 둔 흄(T. E. Hulme), 파운드(E. Pound) 및 엘리어트(T. S. Eliot) 등에 의해 전개된 주지주의 혹은 이미지즘의 개념으로 쓰인다. 1930년대의 한국의 모더니즘이 서구와 같은 배경에서 형성되거나 똑같은 개념으로 사용되고 있지는 않지만, 개념의 유입과 전개과정을 살펴볼 때 영미문학과의 관계에서 우리의 모더니즘이 이해되어야 할 것이다.

모더니즘의 한국적 전개는 1930년대 초의 문학적 상황과 조건에 깊이 관련되어 있다. 카프의 성립 및 전개과정과 이에 대한 반동으로서의 국민문학파의 문학운동, 그리고 '시문학파'의 성립과 활동 등을 배경으로 모더니즘 시운동이 자리하는 것이다. 그리고 일제 군국주의의 급격한 대두와 그에 따른 정치, 사회적 불안과 긴장 상황도 모더니즘 형성에 직·간접의 관련을 갖는다. 이러한 상황을 배경으로 나온 모더니즘 시인으로 김기림을 살펴보자. 김기림의 모더니즘 시론은 이전의 감상적 낭만주의와 카프의 편내용주의에 직접적으로 반발한데서 비롯된다. 그는 감상주의를 '필요이상으로 슬픈 표정을 하는 것'으로 규정하고, 이의 극복방법으로서 지성을 강조했다. 따라서 우울,

---

21) 김재홍, op. cit., p. 247.

권태, 감상, 도피 등을 버리고 '정오(正午)의 사상'으로서의 지적활동을 강조했던 것이다. 한편, 정지용은 '안으로는 열하고 겉으로 서늘한' 지적 제어와 반성을 통해 감정편향의 시에서 벗어나 프로문학의 선동적 경향을 극복하는 방법을 제시하여 새로운 감수성과 감각적 지성을 보여주었다.

모더니즘이라는 새로운 양식이 영향력을 확대할 무렵, 새로운 젊은 시인들이 등장하여 인간의 내면을 탐구하고 자연을 발견하려는 노력을 새롭게 보여주었다. 이른바 생명파로 불리는 서정주, 유치환 등과 청록파 시인들이 그들이다. 서정주와 유치환은 생명의 몸부림과 그 원상의 탐구를 생생하게 보여주었다. 한편, 30년대 말『문장』을 통해 등단한 박목월, 박두진, 조지훈 등은 이른바 청록파로 불리우며 우리 전통의 자연에 대한 향토적 서정과 고전의 세계를 보여주었다.[22]

지금까지 살펴본, 1930년대 문학의 비이념적 경도현상은 이전의 1920년대의 그리고 30년 중반까지 지속되고 있던 이념지향적 문학에 대한 반발에서 비롯된 것이다. 그리고 이념성 경도에 대한 반발은 문학자체에 관한 관심으로 그 방향이 돌아가서 그 과정에서 문학작품 생산과 문학론의 세밀화가 이루어질 수 있었다. 그런데 1930년대의 이러한 문학적 현상들은 그 원인과 과정과 결과를 종합적으로 판단할 때, 사회와의 관련성이 또다시 강조되지 않을 수 없다. 여기서 사회와의 관련성이란 단지 표면적인 직접관련성만을 말하는 것이 아니다. 1930년대에 나타난 순문학주의 내지는 비이념적 문학에의 지향은 그 대척점에 놓여있던 이념지향적 혹은 정치지향적 문학과의 구도에서 이해될 수 있기 때문이다. 그리고 또 다른 의미에서 30년대의 시문학이 보여준 비이념성이 결국은 식민지 현실을 바라보고 인식하는 효용론적 측면에서 어떤 역할을 하였는가 하는 논의의 초점이 놓여질 수 있다.

---

22) 김재홍, Ibid., pp. 246-257 참조

(2) 1930년대의 소설의 전개양상

1930년대는 작가들에게 문단 내·외적으로 어두운 그림자를 드리운 시기였다. 특히 프로문학의 구심체였던 카프가 1·2차 검거선풍에 휩쓸리고 그에 따른 김팔봉, 박영희, 백철 등의 전향, 작품의 이데올로기 도구화와 경직화에 따른 독자들의 외면 등으로 인해 카프의 문단적 비중이 점차 약화되기 시작했다. 그러나 이러한 가운데서도 김남천, 임화, 이기영 등의 사회주의문학에 대한 열정이 지속되었다. 계급주의 문학진영의 지형변화와 함께 나온 것이 이른바 '동반자 작가'론이다. 20년대 말에 카프에 가맹하지는 않았으면서도 작품으로는 카프측과 동일한 경향을 보인 것으로 판단된 유진오와 이효석을 겨냥한 이 용어는 30년대에 와서는 보다 많은 작가들을 끌어들이는 힘을 발휘하였다. 김팔봉이 1934년 1월에 「조선문학의 현재의 수준」(『신동아』)에서 제시한 계보에 따르면 유진오, 이효석, 장혁주, 이무영, 채만식, 유치진, 홍효민, 안덕근, 박화성, 한인택, 최정희, 김해강, 조용만 등이 들어 있다. 이들 동반자 작가들이 보여준 소설에서 발견되는 공통점은 다음과 같은 것들이다. 우선, 식민지치하에서의 한국인의 삶은 극도의 물질적 궁핍상과 정신적 무근거성으로 설명될 수 있다. 둘째, 현실을 파괴되거나 극복되어야 할 모순구조이며 불평등관계이다. 셋째, 소설에 있어 가장 중요한 것은 보다 나은 삶을 지향하는 작가의 적극적 현실인식이지만 예술적이며 형태적인 측면의 배려도 결코 도외시할 수 없다는 것 등이다. 이러한 동반자 작가들이 보여준 작품 세계의 특징을 간략히 살펴보자.

우선, 1930년대 소설에서 작중인물이 '주의자'로서 사상운동이나 저항운동을 한 혐의로 옥고를 치루고 나온다는 구성을 보여주는 작품이 적지 않다. 이른바 '옥살이 모티프'라고 말할 수 있는데, 유진오의 「兄」, 「上海의 기억」,

「行路」, 「수난의 기록」 등과 채만식의 「치숙」, 정비석의 「삼대」, 이효석의 「장미 병들다」, 최정희의 「지맥」, 김영수의 「海面」, 최명익의 「心汶」, 이무영의 「노래를 잊은 사람」 등 다수의 작품이 있다. 이때 옥살이 모티프를 썼느냐 안썼느냐 하는 점으로 작품의 우열을 가리는 평가 기준으로 삼을 수는 없는 것이지만, 이 모티프가 한 작가의 정직한 현실인식 여부를 판가름하는 척도의 하나가 됨을 부정할 수 없다. 고등교육을 마친 청년이 급진사상, 과격사상, 사회운동, 사회주의운동 등의 혐의로 옥살이를 한다는 것과 출옥 후 대부분의 인물이 폐인이 되고 만다는 것은 1930년대 식민지 현실의 엄연한 모습이었기 때문이다.

1930년대의 소설이 보인 또 한 가지의 특징은 역사소설, 가족사소설, 농민소설, 지식인소설, 도시소설 등의 세부적 유형이 뚜렷한 외연성과 내포성을 지니게 되었다는 점이다. 1930년내에 와서 이렇듯 여러 소설유형이 나름대로 골격을 갖출 수 있었던 것은 1920년대에 활동한 작가들의 모색 혹은 한계감에서 빚어진 결과라 할 수 있다. 이미 20년대부터 「마의태자」, 「단종애사」 등의 역사소설을 쓰기 시작한 이광수는 30년대에 와서도 「이순신」, 「이차돈의 死」, 「공민왕」, 「원효대사」 등을 발표했다. 이광수는 이러한 역사소설들을 통해서 민족정신을 고취하려 했다. 즉 이광수는 역사적 사실을 제대로 고증하는 터전에서 민족의식을 환기하려는 분명한 의도를 갖추고 있었다. 한편, 김동인도 역사소설을 창작했는데 이광수와는 달리 역사는 곧 해석이라는 입장을 고수한 것처럼 역사소설을 창작했다. 20년대 말에 발표한 「젊은 그들」에 이어 「운현궁의 봄」, 「대수양」, 「백마강」 등의 역사소설을 볼 때, 김동인은 기본적인 역사적 사실조차 무시해버리는 불성실을 드러내기도 했고, 옛 인물에 대한 통념을 뒤엎는 식의 과감한 역사해석의 단계로 나아가기도 했다.

박종화도 「금삼의 피」, 「대춘부」, 「다정불심」, 「아랑의 정조」 등을 발표하면서 역사소설의 한 장을 보여주었고, 현진건은 「무영탑」, 「흑치상지」, 「선화공주」 등을 통해서 민족의 정체성을 회복하려는 의지를 북돋우고 식민지하에서의 한국인의 몰락과정을 드러내 보이려 한 작가의식을 재확인시켰다. 그리고 조명희는 「임꺽정」에서 다른 역사소설들과는 차별되는 작가의식과 우리말의 풍부한 사용을 보여주었다.

이러한 1930년대의 역사소설은, 물론 김동인이나 윤백남의 경우처럼 통속적인 흥미를 자극하는데 목적을 둔 경우도 있기는 하지만, 그 시대적 정황으로 미루어 볼 때 현실도피의 산물이 아닌 현실인식의 우회적 제시로 보는 것이 더욱 설득력이 있는 것이다.

위에서 살펴본 '옥살이 모티프'를 사용한 소설들이나 역사소설 이외에도 농촌소설, 지식인 소설 등이 30년대에 주요한 소설의 흐름을 형성하고 있었다. 이러한 30년대 소설의 흐름에 대해 다음과 같이 간략히 요약할 수 있겠다. 우선, 1930년대의 동반자 작가들은 점진적 개량주의를 표방한 민족주의의 시각과 급진적 개혁논리를 앞세운 사회주의의 시각 사이의 절충을 꾀했다. 그리고 역사소설은 현실을 파악하고 그 타개의지를 암시하기 위해 과거를 끌어 들였던 것이다. 즉, 1930년대 소설들은 점진과 급진을 합성해보기도 했고 삶과 관념을 연결시키기도 했던 것이다. 뿐만 아니라 보다 적확하게 현재를 알기 위해 과거와 현재를 동질적 구조로 묶어보기도 했던 것이다.

그러나 1930년대의 후기로 가면 이러한 발전양태를 보여주는 대신에 퇴행의 모습을 보이고 만다. 유진오, 이효석, 채만식, 이무영 등의 동반자작가들이 공통적으로 보여준 바와 같이 쇄말주의, 일상성, 소재주의 그리고 긴장감도 의미도 없는 삶의 선택 및 묘사로 기울어지고 마는 현상을 보여준 것이다. 또한 이광수나 김동인의 경우도 역사소설을 야담이나 흥미 중심의 역사 이야기로 전락시키고 말았으며, 이기영, 한설야, 엄흥섭 등의 프로소설은 목적의식과 고정관념에 짓눌려버린 현상을 더욱 짙게 드러냈다. 리얼리즘 정신의 포기 또는 왜곡을 총칼로써 강요한 일제에 의해 작가들은 결국 '사상의 진공 상태', '고뇌의 증발상태'로 말해지는 지경에 이르게 되었으며 30년대 말의 문단은 통속화의 논리가 뒤덮게 된 것이다.23)

4) 제국주의 전쟁과 문학의 위축

1937년 일제가 중국에 대한 침략전쟁을 도발하고 이른바 '태평양전쟁'을 일으킴으로써 식민지 조선은 일제의 병참기지화가 더욱 심해졌다. 전시체제로 접어들면서 사회전반적인 경직화에 따라 일체의 비판적 논의도 철저하게 차단당하게 되었다. 일제는 자신들의 침략전쟁을 수행하기 위한 수단으로 이른바 황국신민화(皇國臣民化)를 강화하여 1940년에 창씨개명(創氏改名)을 강요하고, 지원병제도를 실시하여 1943년 8월에는 징병제도를 강행하여 국민징용법을 통해 조선인들을 일제의 침략전쟁에 이용하였다. 이러한 상황에서 식민지의 지식인들 역시 침략전쟁의 정당성을 선전하는 수단으로 이용당하는 상황에 처하게 되었다. 당시 유력한 조선의 문인들은 일제에 협력할 것을 강요당했고, 많은 문인들이 일제의 폭력 혹은 유혹에 굴복해 친일의 모습을 보여 주었다. 다시 말하면, 1940년대의 식민지 조선의 상황은 일제가 일으킨 침략전쟁의 병참기지화라는 강압적 폭압구조 아래 놓여있던 것이다. 전쟁상황에서 일제는 우리의 문화를 압살하려는 정책으로 이른바 민족말살정책을 실시했던 것이다.

(1) 군국주의 전쟁과 사회의 획일화 경향

일제의 황민화 문화공세는 1937년 5월의 '조선문예회'의 결성에서 시작되

---

23) 이형기, 조남현 외, 『한국문학개관』(어문각, 1989), pp.185~199 참조

었다. 총독부 학무국 사회교육과가 주동하여 조직하게 한 이 단체는 총독부 방침인 사회교화를 위해서 가요(歌謠)정화운동을 전개하였다. 이때 만들어진 시국가요들로는 「종군간호부의 노래」(김안서 작사, 이면상 작곡), 「김소좌를 생각함」(최남선 작사, 이종태 작곡), 「정의의 개가」(최남선 작사, 홍난파 작곡) 등이었는데, 이것들이 1940년대 국민문학운동의 초기적 출발이었던 것이다. 이후 1939년 4월에는 문학자들을 시국의 중심에 흡인하는 '황국위문작가단'이 만들어지게 되었다. 임화, 최재서, 이태준 등이 주동한 황군위문작가단은 범문단적인 협의를 거친 후 김동인, 박영희, 임학수 등 3명을 파견하기로 결정했다. 1939년 4월 12일 서울을 출발하여 5월 13일 귀경한 이들은 서울로 돌아온 후 「전선기행」(박영희), 「전선시집」(임학수)을 발표하여 친일문학에서 황국신민의 문학으로의 변모를 보여주었다.24)

그리고 몇 개월 후인 1939년 10월, 총독부 경무국의 지휘 아래에 있던 일본인 가라시마(辛島驍)와 쓰다(津田剛)의 조종하에 변절한 친일 문인들이 참여하여 '조선문인협회'25)가 결성되었다. 이 단체의 설립을 주도한 일본인 쓰다는 녹기연맹(綠旗聯盟)의 주관자로서 국민총력조선연맹의 문화부장이었고, 가라시마는 경성제국대학 교수와 연희전문학교 교장을 역임하였다. 이들은 '조선문입협회'를 결성한 직후 위문대(慰問袋) 모집, '문예의 밤' 행사 등 갖가지 친일·반민족적 행사를 주관하였다. 조선문인협회의 활동은 한마디로, 문인 전체가 대동단결하여 강력한 단체를 조성하여 일제의 군국주의적 국책수행에 이바지하자는 것이었다. 이에 따라 1942년 10월에는 전쟁에 더욱 협력하도록 문단을 개조 강화하기 위해 작품을 일본어로 쓰는 정책이 촉진되었다. 일어문학상을 만들고 월간지에 일어란(欄)을 확충하고 일어로 작

---

24) 김병걸·김규동 편, 『친일문학작품선집1』(실천문학사, 1988), pp. 414-415 해설부문 참조.
25) 이 단체의 발기인에는 정인섭, 이태준, 사토(佐藤淸), 이광수, 김동환, 김억, 유진오 등이 참여하였다. 회장은 이광수, 간사는 박영희, 이기영, 유진오, 김동환, 정인섭, 주요한 등과 3명의 일본인이 선출되었다. 이후 조선문인협회는 1943년 4월 조선하이쿠작가협회(朝鮮俳句作家協會), 조선천류협회(朝鮮川柳協會), 국민시가연맹(國民詩歌聯盟) 등과 함께 해체되어 조선문인보국회에 흡수·통합되었다.

품을 창작하도록 지도하는 등의 일이 벌어졌다.

이 시기, 『문장』과 『인문평론』이 통폐합되어 창간된 『국민문학(國民文學)』은 일제의 "황도정신(皇道精神) 앙양에 협력하라"는 강요에 따라 일제의 침략전쟁에 협력하는 친일문학가들의 작품활동 무대가 되었다. 『국민문학』은 처음에는 연 4회 일문판, 8회는 국문판으로 발행하였으나 제2권 제5호부터 1945년 2월 종간될 때까지 계속 일문판으로 간행되어, 우리말을 통한 우리문학 활동은 공식적으로 이루어질 수 없었다.

『국민문학』은 일본정신에 입각한, 일본정신을 선양하는 문학을 지향했다. 따라서 그 요건은 우선 일본정신을 근간으로 한다는 것이다. 이는 한마디로 이른바 만세일계(萬世一系)인 천황을 중심으로 하는 제정일치의 국가 즉, 천황제 파시즘을 근간으로 하는 것이었다. 그리고 일본정신을 선양한다는 것은 일본국민으로서의 자각과 긍지를 근간으로 하여 조선에서의 문학도 결국은 내선일체의 철저한 구현을 실현해야 한다는 것을 의미한다. 그리하여 조선 문단의 일어화는 국민문학의 본질적인 요구였던 것이다. 황민문학으로 말할 수 있는 이러한 흐름은 필연적으로 작가의 어용화에 연결될 수밖에 없었다. 더욱이 그러한 문학의 창작이 반강제적으로 요청되었을 때, 친일작가들은 그 자신의 예술적 각고와 노력은 방기하게 되었고 많은 작가들이 황민화 정책의 계몽과 선전에 종사하게 되고 말았던 것이다.26)

이 시기의 친일문학 혹은 황민화문학의 모습이 어떠했는가를 잠시 살펴보면 다음과 같다.27) 「무정」 등의 작품으로 우리 문학의 새로운 장을 열었던 이광수는 '가야마 미쓰로'(香山光郎)로 창씨개명을 한 후 '조선문인협회'의 회장으로 활동하면서 일제의 침략전쟁을 미화하고 우리 민족을 일제의 전쟁

---

26) 김병걸 · 김규동 편, op. cit., pp. 411-413 해설부문 참조.
27) 여기에서 논의되는 작품들은 김병걸 · 김규동 편의 앞의 책을 기준으로 함. 이 책에는 다음과 같은 작가의 글들이 실려있다. 이광수, 최남선, 김안서, 김동인, 주요한, 박종화, 박영희, 김팔봉, 김동환, 김소운, 이무영, 이효석, 백철, 유치진, 이석훈, 최재서, 김해강, 정비석, 유진오, 조용만, 모윤숙, 김용제, 최정희, 장덕조, 장혁주, 김상용, 노천명, 함대훈, 김문집, 서정주, 김종한, 오영진, 곽종원, 조연현, 양명문, 홍효민 등.

에 참가하라고 독려하는 작품을 창작 발표했다.

> 그대는 벌써 지원하였는가
> ―특별지원병을―
> 내일 지원하려는가
> ―특별지원병을―
>
> 공부야 언제나 못하리
> 다른 일이야 이따가도 하지마는
> 전쟁은 당장이로세
> 만사는 승리를 얻은 다음날 일.
> (중략)
> 이 성전의 용사로
> 부름받은 그대―조선의 학도여
> 지원하였는가, 하였는가
> ―특별지원병을―
> 그래, 무엇으로 주저하는가
> 부모 때문인가
> 충 없는 효 어디 서리,
> 나라 없이 부모 어디 있으리
> (중략)
> 가라 조선의 6천학도여,
> 삼천만 동향인(同鄕人)의 앞잡이 되라,
> 총후(銃後)의 국민의 큰 기탁(寄託)과
> 누이들의 만인침(萬人針)을 받아 띠고 가라.

『매일신보』 1943년 11월 4일자에 실린 이광수의 「조선의 학도여」란 시의 일부이다. 이 시를 작가는 11월 2일 새벽 네 시에 썼다고 부기하고 있다. 이광수의 이 시를 통해서 잘 알 수 있듯이, 이 시기 일제에 협력하여 조선의 학생들에게 전쟁터의 사지(死地)로 나아가서 천황을 위해 성스럽게 죽으라는 내용의 글들이 많은 작가들에 의해서 발표되었다. 일제를 위해 협력한 작가들의 행적은 작품 창작 발표 이외에도 시국강연회의 연설 등을 통해 직접적인 형태로도 전개되었다.28)

이러한 시대적 상황에서 대다수 문인들은 일제에 의해 협력을 강요받았거나 혹은 자발적으로 협력하였다. 이른바 친일문인들로 불리는 이들의 활동은 문학이 시대적 조건에서 자유롭지 못할 경우에 어떻게 권력의 시녀로 전락할 수 있는지를 잘 보여준다.

(2) 문화 활동의 위축과 문화 지키기

일제의 폭압적인 민족말살과 전쟁동원정책 속에서도 우리 민족의 정체성과 문화를 지키기 위해 끝까지 의연한 자세를 보인 작가들도 있었다. 일제에 굴복하지 않고 끝까지 기개를 지킨 이육사(李陸史, 본명: 源祿)는 독립투사로서 그리고 시인으로서 굳센 의지와

「이육사(우)와 그의 육필 원고(좌)

정신을 보여주었다. 중국에서의 독립투쟁과 3년간의 옥고를 치르고 1933년 귀국하여, 육사란 이름으로 시 『황혼』을 『신조선』에 발표하여 시단에 데뷔한 그는 1937년 윤곤강(尹崑崗)·김광균(金光均) 등과 함께 동인지 『자오선(子午線)』을 발간하고 「청포도」, 「교목」, 「절정」, 「광야」 등의 저항시들을 발표했다.

> 매운 계절의 채쭉에 갈겨
> 마츰내 北方으로 휩쓸려오다

---

28) 여기에 대한 자세한 내용은 임종국, 『일제침략과 친일파』(청사, 1982), pp. 137-197 참조.

하늘도 그만 지쳐 끝난
서리빨 칼날진 그 우에 서다

어데다 무릎을 꿇어야하나
한발 재겨 디딜곳조차 없다

이러매 눈감아 생각해볼밖에
겨울은 강철로 된 무지갠가 보다

　　위의 시 「절정(絶頂)」에서 보이는 이육사의 현실인식과 치열한 대결정신
은 동시대의 다른 문학인들의 행동을 염두에 두고 볼 때, 그 의미가 더욱 뚜
렷이 드러난다. 절망의 극한 상황 속에서도 그것에 맞서서 상황을 초극하려
는 굳은 의지가 이육사의 정신세계를 관류하고 있는 것이다. 이러한 이육사
의 초극정신과 함께 윤동주는 조국을 잃고 떠도는 망국민으로서의 정서를 저
항시의 모습으로 보여주고 있다. 북간도에서 태어나 식민지 조선과 일본에서
공부하다가 일제에 의해 사상범으로 체포되어 옥사하기까지의 윤동주의 삶
과 시는 나라를 잃고 떠도는 망국민으로서의 비애와 그러한 망국민의 존재론
적 물음에 다름 아니다.

바닷가 햇빛 바른 바우 위에
습한 肝을 펴서 말리우자

코카사쓰 산중에서 도망해온 토끼처럼
둘러리를 빙빙돌며 肝을 지키자

내가 오래 기르든 여윈 독수리야!
와서 뜯어 먹어라, 시름없이
너는 살지고
나는 여위어야지, 그러나,

거북이야!
다시는 龍宮의 유혹에 안떨어진다.

푸로메디어쓰 불쌍한 푸로메디어쓰
도적한 죄로 목에 맷돌을 달고
끝없이 沈澱하는 푸로메디어쓰

　1941년 11월 29일에 씌어진 위의 시 「肝」은 윤동주의 저항의식을 잘 보여주고 있다. 여기서 '푸로메디어쓰'는 윤동주의 저항의식을 보여주는 자기 동일시의 표상으로 이해될 수 있다. 윤동주의 저항의식의 핵심은 기독교적 속죄양의식에 뿌리를 둔 내면적이고 절제된 형태의 것이다.

　이렇듯, 윤동주와 이육사로 대표되는 이 시기의 저항문학의 흐름은 일제의 간악한 식민지 지배와 침탈의 와중에서도, 더욱이 많은 지식인 작가들이 일제에 굴복한 상황에서도 의연하게 이어지고 있다는 것을 생각할 때 더욱 높이 평가할 만한 것이다. 그리고 이들의 문학에서 보여지는 '저항'도 문학이 시대적 상황에, 특히 존재 자체를 위협하는 극한적 시대적 상황에 대해서 인간의 존재론적 의미를 확인할 수 있게 하는 중요한 역할을 하는 예술임을 잘 보여주는 증거라 할 수 있다.

2. 해방, 전쟁과 전후문학의 모습

　1945년 8월 15일의 일제로부터의 해방은 연합국의 힘이 크게 작용한 불완전한 것이었다. 평생을 조국의 완전한 독립을 위해 몸바친 김구 선생은 조국이 해방되었다는 소식을 듣고 땅을 치며 한탄했다고 한다. 김구 선생은 우리 힘으로 해방을 쟁취하지 못하고 또 다른 외세의 힘에 의해 해방을 얻음으로써 오는 불완전한 독립이 안타까웠던 것이다. 해방과 함께 조선은 2차 세계대전의 승전국인 미국과 소련이 남북을 분할점령하고, 민중은 건국준비위원회와 인민공화국을 만들어 자주적 민족국가를 세우려 했으나 미군정이 실시

『1945년 8월 15일 오전 11시, 서대문형무소에서 나온 독립투사들의 모습

되면서 많은 어려움을 겪게 되었다.

1945년 8월에 일제 패망이 눈앞에 다가오자 조선총독부는 일제의 항복 이후 일어날지도 모르는 조선 내에서의 요동과 일본인의 반전과 재산보호, 군대 해산과 철수 등의 문제를 원만히 해결하기 위해 조선민중으로부터 신망을 받는 지도자와 접촉하여 그 협력을 타진하였다. 이에 1944년 일본의 패배를 확신하면서 전국동맹을 결성하여 해방 이후를 준비해 온 여운형은 총독부의 제의를 조건부로 승낙하였다. 여운형은 해방 전부터 건국을 대비해 준비해 오던 건국동맹을 중심으로 8·15 이후 석방된 정치범들과 민족주의자들을 포함하여 조선건국을 준비해 나갔다. 일제가 항복하자 여운형은 8월 15일에 안재홍 등과 함께 조선건국준비위원회(이하 건준)를 결성하였다. 건준은 친일파 부일협력자 등을 제외한 모든 정치세력이 참여하여 민족연합전선의 성격을 띠고 있었다. 우익적 성향을 지닌 인물들까지 참여할 수 있었던 것은 건준의 활동이 질서유지 차원에 머물러 있었기 때문이다.

국민의 광범한 지지를 얻어 해방 직후 어려운 정치상황에서 치안을 유지하고 물자를 확보하는 등 미군이 진주하기에 앞서 8월 31일까지 전국적으로 145개의 지방조직이 건설되었다. 도 단위에는 거의 다 건준지부가 있었고, 군 단위에도 대개 설치되었으며, 면 단위까지 조직된 곳도 많았다. 건준지부는 자발적으로 조직한 것이 대부분이었으며, 지방의 건준지부는 주로 치안과 식량문제 등을 다루었다. 미군정은 친일파를 비롯한 우익세력의 힘을 키워 남한을 반소·반공 군사기지로 삼으려 했다. 일제하부터 조선에는 많은 공산주의자들이 민족해방투쟁을 전개하고 있었기 때문에 미군정의 좌익탄압은 계속되었다.

당시 사회의 모든 분야에서 식민지 잔재를 청산하는 일은 곧 자주적 독립국가의 기틀을 튼튼히 하는 것이기 때문이다. 미국은 반공친미 국가를 한반도에 구축하는 것은 대한정책의 가장 중요한 목표였기 때문에 미군정은 미국의 대한정책이 한반도에서 실행될 수 있는 유리한 상황을 조성하기 위하여 38선 이남의 정치에 적극적으로 개입하였다. 미군정은 물리적인 통치기구로서 경찰, 군대를 창설하여 한반도 민중들의 변혁적인 요구를 적극적으로 제어하고 친일파와 보수 반공세력을 육성하였다. 해방 이후 자발적인 민중들의 건국노력은 건준위와 인민위원회의 결심으로 나타났지만 미군이 진주하면서 자발적인 민중조작들은 해체의 위협에 직면하게 되었다. 미군정의 진주를 이틀 앞두고 건준위를 해체하고 인민공화국(이하 인공)을 수립한 것은 미군정에 하나의 정부로서 대처하기 위해서였다. 또한 과거 일본 총독부의 지위와 체계를 그대로 인수하였다.

미군은 1945년 9월 8일 인천에 상륙하여, 남한에 미군정을 선포하였다. 이 무렵 국내 정치는 식민지 시기 친일활동을 했던 우익보다는 주로 좌익세력이 이끌고 있었다. 좌익세력은 민중의 광범한 지지를 받으며 건준위를 인공으로 바꾸고 적극적인 활동을 벌였다. 미군정은 10월 10일 아놀드 군정장관의 성명을 통해, 남한에는 미군정이라는 '단 하나의 정부가 있을 뿐'이라고 발표했다. 이는 곧 인공을 완전히 부정하는 것을 뜻했다. 미군정은 남한 혁명세력을 제거하고 남한사회질서를 자신의 뜻에 맞게 만들려는 정책들을 펴나갔다. 이를 위해 미군정은 자신의 지지기반으로 보수세력이 모여 있던 <한민당>을 선택했다. 이리하여 일제시대 친일행각 때문에 숨죽여 지내던 친일파가 다시 힘을 얻었다. 미군정은 일제식민지배에 협력하였던 친일관료, 식민경찰, 일제 군인 등 반민족적 인사를 군정청에 고용하였다. 또 친미적이거나 영어를 할 줄 아는 지주출신의 보수적 인사들을 행정고문이나 군정관리로 들어 앉혔다. 친일경력을 가진 이들은 미군정의 보호를 받아 또 다시 일제 밑에서 누려온 기득권을 유지할 수 있었다.

1946년 현재 군정경찰의 경우 경위 이상 간부 82%가 일제경찰 출신이었다. 미군정은 일제시기 치안유지법과 같은 악법을 없애고 일부 새로운 정책을 시행하기도 하였다. 그러나 신문법과 보안법 등 일제의 많은 악법들을 그대로 이어받아 군정통치를 강화하는데 이용하였다. 또 미군정은 1945년 12월 6일 법령 제33호를 공포하고 조선에 있는 일본인 재산을 적산으로 규정하여 모두 군정청 소유로 삼았다. 미군정이 일본인 재산을 적국이 재산, 즉 적산으로 규정한 조치에 대해 민중은 거세게 반대하였다. 민중은 일제의 재산이란 일제가 조선을 식민지로 지배하면서 착취한 것이므로 우리 민족의 재산이라는 생각을 갖고 있었다. 이 법령으로 해방 뒤 민중이 자발적으로 일제와 일본인을 상대로 벌였던 토지획득투쟁과 공장관리운동이 불법화되었다. 미군정은 토지정책과 귀속재산불하과정을 통해서도 진보세력을 제거하고 친미보수세력을 안정시키려 하였다. 미군정은 1946년 3월 일제시기 농민수탈기구인 동양척식주식회사에 소속되었던 토지를 관리하려고 신한공사를 설치하였다. 신한공사는 남한전체 농가 가운데 약 26%인 55만여 호의 소작농지를 거느린 남한 최대의 지주가 되었다. 신한 공사가 관리하는 토지만 해도 남한 경지면적의 13.4%에 이르렀다. 미군정은 여기서 생기는 13억원이 넘는 소작료를 군정경비로 썼다.

그 뒤 1946년 3월 북한에서 '무상몰수, 무상분배'의 토지개혁을 실시하자 미군정은 농민의 불만을 무마하려고 1948년 3월부터 신한공사가 관리하던 토지를 먼저 분배하였는데 그 방식은 농민이 요구하였던 무상분배가 아니라 유상분배였다. 이는 남한 단독정부수립을 앞두고 5·10선거를 원만히 치르려는 목적에서 나온 것이었다. 미군정은 1947년 7월 적산으로 빼앗은 재산을 불하하였다. 그리고 귀속재산을 일제시기 공장과 회사에 연고가 있는 한국인 간부나 관련 인사들에게 나누어주고 친미파를 키워나갔다. 이렇듯 미군정은 처음부터 좌익을 중심으로 진행된 국가건설 운동을 철저히 탄압하고 일본의 식민통치에 협력했던 관료계층과 보수정치세력을 자신의 동맹자로 키워나갔다. 이를 통해 남한에 자본주의 체제를 세워 반공기지를 만들려고 하였다. 결과적으로 미군정은 통치와 소련의 지원에 힘입은 북한성권의 수립은 8·15해방 뒤 친일파를 청산하고 민족경제를 확립하여 완전한 자주독립국가를 건설하려던 민족주의 계열의 통일민족국가 수립의 노력을 좌절시키게 되었다.29)

1945년 8월 15일 해방과 함께, 우리 민족을 억눌렀던 폭력이 사라졌다. 그러나 일제가 떠나간 자리에 소련과 미국이 점령군으로 들어오자 남과 북은 다시 이념성에 의해 새로운 판짜기를 하지 않을 수 없었다. 해방 직후 3일 만에 건설된 좌익계열의 문학가동맹은 이전 시기의 사회주의 문학을 다시 공식적으로 내걸고 활동하기 시작한다. 그러나 미국에 의해서 공식적으로 불법단체로 규정된 이후에 이들은 월북하거나 다른 방법으로 자신들의 문학을 추구하게 된다.

1948년 남과 북이 서로 다른 체제를 내걸고 각기 다른 정부를 수립하게 되자 문학도 그 정치 체제 내에서 가능한 것들만이 인정받게 되었다. 남한에

---

29) 변태섭, op. cit., pp. 471-479 참조.

'대한민국 정부 수립(1948. 8. 15.)

서는 공산당이 불법화되었고, 북한에서는 자본주의가 불법화되었다. 이제 남과 북은 서로가 서로에게 적인 민족 대립의 상황이 만들어진 것이다. 이와 같은 대립 구도의 불안정성은 결국 1950년 전쟁의 발발로 이어지게 된다.

1950년 6월 25일 일요일 새벽에 일어난 북한의 무력남침은 우리 민족에게 민족 사이의 전쟁과 대량살상·이산가족 발생이라는 크나큰 상처의 시작이었다. 소련군의 지원을 받은 북한군은 단 기간 내에 남한 면적의 대부분을 점령하게 되었고, 이에 남한 정부는 유엔군의 지원을 받아 다시 역공세를 취하게 된다. 그리하여 3년이 넘는 전쟁이 끝나고 다시 휴전이 되었을 때, 우리에게 남겨진 것은 상처와 폐허뿐이었다. 이러한 전쟁체험은 이른바 전후문학을 낳게 하였고, 우리의 전후문학은 세계문학에서 말하는 의미에서의 전후문학과는 다른 특징들을 보여주게 된다. 전쟁이 인간에게 끼치는 영향을 말하기 전에, 우리의 전후문학은 전쟁의 이데올로기적 특징을 상당부분 반영하여 이데올로기적 대립구조를 그 기조양식으로 구축하게 된다.

1) 해방기의 분열과 대립

제2차 대전의 소용돌이 속에서 극심한 민족 생존의 위기상황에 놓여있던 조선은 일제의 패망과 함께 생존의 길을 얻게 되었다. 그러나 해방과 함께 우리에게 주어진 것은 곧 이념적인 분단이었다. 이는 해방 전에 이미 예비되었던 것으로 볼 수 있다. 수면 아래에 잠복해 있던 계급과 민족이라는 좌우익의 대립은 해방과 함께 수면 위로 분출되었다. 이때 조직화의 선편을 잡은 것은 좌익쪽이었고, 이들은 해방 바로 다음날 <조선문학건설본부>라는 간판을 걸고 문단의 주도권을 잡기 시작했다. 1935년 해산한 카프의 조직원이었던 임화는 김남천, 이원조 등과 함께 박헌영의 지원을 받아 이 조직을 건설하는데 주도적인 역할을 하였다. <조선문학건설본부>가 남로당의 지도자였던 박헌영의 지원을 받았다는 것은 이들 좌익계 문학단체의 정치지향성을 잘 보여준다. 한편, 카프의 비해소파에 속했던 이기영 등은 <조선프롤레타리아예술동맹>을 조직(9월 17일)하고 임화쪽과 대립하게 된다. 그러나 이 같은 대립은 장안파 공산당이 박헌영의 남로당 계열에 흡수되는 과정을 거치면서 임화를 중심으로 통합되어 <문학가동맹>을 건설하게 된다.(1945.12.13)

이와 같은 좌익측의 발빠른 조직화 행보에 위기를 느낀 우익측 문인들은 박종화, 오상순, 이헌구 등을 중심으로 <전국문필가협회>(1946. 3. 13)를 결성하게 되는데, 그 조직면에서 청년 문학인들을 수용할 만한 조직까지는 되지 못하였다. 이에 젊은 우익의 문학인들은 정태용, 조연현, 김동리, 서정주 등을 중심으로 <청년문학가협회>를 결성(1946.4.4)하여 문단은 조직중심의 재편을 하게 되었다. 그러나 우익측의 이러한 단체들은 좌익에 비하면 그 조직의 결속력이나 힘에서 열세를 면치 못하였다.

문단의 양분화라는 구도 속에서 해방기의 작품활동은 크게 이념성과 탈이

녑성의 흐름으로 나누어볼 수 있겠다. 물론 이러한 도식화는 해방기의 복잡한 문학지형을 지나치게 단순화한다는 염려가 있지만, 우선 이렇게 나누어 살핌으로써 그 맥을 잡을 수는 있을 것이다.

해방과 함께 우리 문학은 문학을 옥죄던 외부적 조건에서 벗어날 수 있다고 생각했지만 실상은 전혀 그렇지 못했다. 외부로부터 주어진 해방은 다시 이데올로기에 의해서 양분되었고, 그 와중에서 문학도 양자택일의 선택을 강요받았던 것이다. 따라서 해방기의 문학은 이데올로기를 표면적으로 내세운 문학과 이데올로기를 내면화하고 문학성을 표면에 내세운 문학으로 대별할 수 있다. 전자에 속하는 문학은 물론 계급주의 사상을 부각한 쪽이고, 후자의 경우는 계급주의 정치성보다는 민족의 고유성을 담지하겠다는 의지를 보인 쪽으로 볼 수 있다. 이 경우 후자의 경우도 이 반대쪽에 있던 계급주의에 대한 대타의식이 강하게 작용했기 때문에 역시 정치성을 띤다고 말할 수 있다. 그러나 이들은 표면적으로는 계급문학과 같은 정도의 정치성을 노골적으로 드러내지는 않았다.

2) 계급주의 문학과 비계급주의 문학의 대립

해방 직전 일제에 의해 일체의 비판적 논의가 탄압되던 상황에서 8월 15일의 해방은 그 동안 숨죽이고 있던 물꼬가 일시에 터지는 계기가 되었다. 1910년부터 1945년 8월까지 조선을 지배했던 일제는 그 존재 자체가 우리 문학의 모습을 결정짓는 주요변수였다. 말그대로 폭압적 통치체제였던 일제 하에서 문학은 그것의 존재의의를 마련하기 위해 정치성으로 문학성으로 매달려야만 했다. 이러한 상황은 지속되어 해방 후에도 연속적인 모습을 보여준다.

해방 전 우리 민족의 지상 과제가 조국독립이었다면 해방이 주어진 후의 과제는 나라만들기였다. 그리고 나라만들기는 곧 이념의 문제로 나타났다. 따라서 문학의 경우도 이러한 객관조건에서 결코 자유로울 수 없었다. 왜냐하면 일제하의 체험으로 객관적 정세의 조건이 문학에 어떤 영향을 준다는 것을 대부분의 문인들이 체감하였기 때문이다.

그렇기 때문에 해방 직후의 문단의 모습과 문학적 대응을 파악하기 위해서는 문단의 정치적 지향의 지형도를 살펴보아야 하는 것이다. 특히 문학에 종사하는 지식인의 경우는 더욱 무엇이 지금의 시대정신인가 하는 것에 민감할 수밖에 없기 때문이다. 이런 점을 생각할 때, 해방 직후의 우리 문단의 모습은 곧 정치성에 따라 그 지형도가 그려진다는 것을 알 수 있다. 앞서 말한 바대로, 해방 직후 등장한 좌익과 우익의 여러 문인단체들이 그들이 지향한 정치성을 잘 보여주는 것이다. 다른 어느 시기보다 정치성에 따른 문단지형도의 형성이 해방기 만큼 뚜렷한 시기는 없었다. 왜냐하면 해방기에서 정치적 선택은 곧 문인 자신의 존재를 규정하는 가장 강력한 변수로 작용했기 때문이다.

그리고 이 시기의 정치성은 계급주의노선과 비계급주의노선으로 크게 유별될 수 있다. 우선 계급주의노선에 따른 문인들은 <조선문학건설본부>와 <조선프롤레타리아예술동맹>을 중심으로 결속했고, 비계급주의노선의 문인들은 <전국문필가협회>와 <청년문학가협회>를 중심으로 모여들었다. 물론 당시 문단의 지형을 이렇게 도식화하는 것은 위험성이 크다. 왜냐하면 그 속에서 작품활동을 했던 작가들의 지향과 작품의 성격이 이 도식에 모두 들어맞는 것은 아니기 때문이다. 따라서 여기에서는 해방직후 문단의 일반적 흐름으로 이것을 이해하고 나서 각각의 작가·작품의 경향은 세밀한 고찰을 통해 이해하는 것이 필요하겠다.

해방 직후에 풍미한 계급주의 이데올로기성향의 작품들은 시 분야에서는 30년대의 모더니즘에서 출발한 김기림이 내놓은 『새노래』(1948), 오장환의

『병든 서울』(1946), 『나 사는 곳』(1947), 이용악의 『오랑캐꽃』(1947) 등이 있고, 임화의 『찬가』(1947), 박아지의 『심화』(1946) 등이 있다. 이와는 달리 조지훈 · 박목월 · 박두진은 1946년에 『청록집』을 내놓음으로써 이데올로기에 경도되지 않은 자연의 세계를 보여주었으며, 유치환은 『생명의 서』(1947), 서정주는 『귀촉도』(1948)를 통해 혼란기의 시류에서 벗어난 세계를 보여주었다. 한편, 소설분야에서는 좌익측에 해당하는 작가들인 이태준, 박태원, 안회남, 박노갑 등이 계속 성과를 내놓았으며, 염상섭, 채만식, 김동리, 계용묵, 정비석, 박영준, 황순원 등의 작가들은 그와는 다른 성격의 작품을 내놓았다.

그런데 소설 분야에서 특기할 점은 일제말기의 친일행각에 대한 반성적 성찰을 다룬 작품들이 많이 나오고 있다는 점이다. 채만식은 「민족의 죄인」에서 일제말기에 일제를 위해 부역한 지식인의 자기비판을 보여줌으로써 식민지를 살았던 지식인(혹은 자신)의 모습에 대한 반성적 성찰을 보여주고 있다. 이와는 다른 차원에서, 해방이 되어도 친일파들이 여전히 득세하고 있는 현실을 비판하고 있는 계용묵의 「바람은 그냥 불고」를 통해서 우리는 당대의 삶의 지형이 소설영역에 빠질 수 없는 하나의 주제로 작용하고 있음을 볼 수 있다. 또한 해방직후의 새로운 질서 형성의 혼란기를 그린 작품으로 주목해야 할 것으로는 채만식의 「맹순사」, 「미스터 방」 등이 있다.

3) 전쟁과 상처 – 이데올로기 대립과 분단의 고착화

1948년의 남북한 각각의 단독정부의 수립과 2년 뒤 1950년에 일어난 전쟁은 식민지의 억압체제에서 해방된 민족이 겪은 또 다른 재앙이었다. 우리나라의 해방은 우리의 힘으로 이루어진 해방이 아니라 다른 나라에 의해서, 특히 미국과 소련에 의해서 이루어졌다고 해도 과언이 아니다. 또한 해방이

된 후에도 미국과 소련에 의해서 우리 나라는 남북으로 갈라지고 말았다. 이로 인해 해방운동 과정에서부터 존재하던 좌우익세력의 대립을 통일 민족국가의 수립으로 해소시키려는 노력은 수포로 돌아가고 말았다. 이들은 각각 정부를 수립했고 결국 분단국가가 성립되었다. 이후 나누어진 분단 국가들은 그들의 이데올로기로 통일을 하기 위해 많은 노력을 시도하게 되었다. 이렇게 해방된 후 남한에서는 이승만 정권이 들어서게 되며 이들은 남한에서 좌익운동을 탄압하기 시작한다. 이때 일어난 사건으로는 제주도 4·3항쟁과 여순군반란 등을 들 수 있다.

한편 북한에서는 김일성을 중심으로 하여 정권을 다져나가게 된다. 이러한 상황에서 미국 국무장관 애치슨은 「도서방위선전략」을 발표한다. 이 전략의 내용 안에는 도서방위선에서 한국을 제외한다는 것이 포함되어 있었다. 이러한 여러 가지 해방 이후의 상황은 한국 전쟁의 원인이 되기도 한다. 해방 이후 38선에서는 군사의 대립으로 인해서 크고 작은 충돌이 있었는데 이것이 1950년 6월 25일 새벽을 계기로 전면적으로 확대되었다. 이것이 한국전쟁의 시작이었다. 한국전쟁은 초기에 인민군의 총공격으로 인해 대구와 부산 일원을 제외한 전 국토가 그 점령 아래에 들어가게 되었다. 이때 인민군은 개전 4일만에 서울을 점령하였고 이어서 대전을 점령했다.

이후 유엔군에서는 참전결정을 논의하였는데 이때 소련은 중국공산당정부와 국민당정부의 유엔의석 교체문제로 안보이사회에서 참석을 거부하였다. 유엔군은 한국전쟁에서 북한의 군사행위를 침략행

「서울 시내로 진입하는 북한군 전차부대

위로 규정하고 유엔군의 파견을 결정하였다. 그리하여 미국군을 중심으로 유엔국들이 참전하게 되었고 유엔의 지휘권을 미국이 장악하게 되었다. 이들은 이승만정권에게서 한국의 군사권을 넘겨받았다. 이들은 인천상륙을 계기로 하여 전세를 일시에 뒤집어 서울을 탈환하고 평양을 점령하게 되었다. 유엔군은 38선을 넘을 때 미국 정계일각에서는 중공군의 개입을 우려하였으나 유엔군의 사령관인 맥아더가 중공군의 개입이 없을 것이라고 판단하고 북진을 계속하였다. 이때 중국이 한국전쟁에 참전하게 되어서 상황은 반전되었다.

그럼으로써 한국전쟁은 국제전으로 확산되었다. 유엔군은 전체 전선에서 총퇴각하여 평양, 흥남, 서울에서 차례로 철수하고 오산 근처까지 후퇴했다가 반격에 나서 서울을 다시 수복하고 38선을 다시 넘어 중부전선의 요지인 철원, 김화 등을 점령하였다. 이러한 교전상태가 지속되어 휴전을 제기하기에 이르렀으며 이것은 미국정부와 유엔군 사령부 사이의 전쟁확대론과 그 반대론의 대립으로 치닫게 되었다.

자신의 판단과는 달리 중공군의 개입으로 전쟁이 전혀 새로운 국면으로 접어들게 되자 맥아더는 전쟁확대론을 내세워 만주지방을 폭격하며 타이완의 장개석군을 한반도 전쟁에 이용하고 또 중국의 남부지방에 상륙시켜 제2전선을 설정할 것을 주장하였다. 하지만 이러한 맥아더의 전쟁확대론은 영국과 미국 등의 강력한 반대에 부딪혀 무산되고 휴전은 양쪽에서 받아들여 휴전교섭이 이루어지게 되었다. 양쪽에 휴전회담이 어루어지지만 포로교환 문제로 인하여 어려운 상황까지 가게 되었다. 여기에서 포로 교환문제란 포로송환의 과정에서 유엔군 측은 포로 개개인의 자유의사에 따라 남북한과 제3세계를 선택하여 갈 수 있도록 할 것을 주장하였고 북한측은 모든 포로가 그 본국으로 돌아가야 한다고 주장해서 생긴 문제였다. 이러한 이유로 인하여 1년 6개월 동안이나 휴전은 미뤄지지만 결국 1953년 7월 27일에 휴전협

정이 체결된다.

이때의 휴전을 이승만정권은 강력히 반대했다. 하지만 미국은 「한미상호
방위조약」의 체결, 장기간의 경제원조, 한국군의 증강 등을 조건으로 내세워
이승만정권의 반대를 물리칠 수 있었다. 이러한 과정을 거치면서 한국전쟁은
종결된다. 한국전쟁을 치르면서 남북한은 모두 자신의 정권을 중심으로 한
통일국가를 수립하려고 했으나 유엔군과 중국공산군이 참전하고 그 결과 휴
전이 성립됨으로써 통일 민족국가를 수립하려는 것은 수포로 돌아가게 되었
다. 이 전쟁으로 인하여 국내적으로 남한과 북한에서는 인명적, 경제적으로
많은 피해를 입게 되었다.

인명적으로는 많은 사람들이 죽거나 이산가족이 되어 뿔뿔이 헤어지게 되
었으며 경제적으로는 제조업, 광업, 농업 등 거의 모든 산업에 큰 손실을 입
었다. 국내외직으로 본다면 안으로는 민족분단이 더욱 공고화되고 남북의 두
분단 정권이 독재체제로 나아가게 하는 계기가 되었으며 밖으로는 동서 양
진영의 냉전을 격화시키는 역할을 하였다.

전쟁으로 시작된 1950년대는 1960년의 4 · 19에 이르기까지 우리 사회와
문학의 구도를 철저한 반공이데올로기로 옥죈 시기였다. 3년이 넘는 오랜 기
간 동안 치러진 전쟁과 그 이후의 전후 복구과정에서 우리 사회는 같은 하늘
을 이고 살 수 없는 원수인 '빨갱이'에 대한 적개심을 공공연히 드러낼 것을
요구하는 경직된 체제의 사회였다. 특히 전쟁의 성격이 이데올로기를 전면에
내세운 이데올로기 전쟁이었기 때문에 사람들의 가슴 속에 새겨진 반공주의
의 기억은 깊이 각인될 수밖에 없었다. 1950년대를 관통하는 논리로 반공주
의를 꼽을 수 있는 것은 바로 이러한 이유 때문이다.

남한의 이승만 정부는 반공(反共)이라는 절대명제를 통해서 권위주의적이
고 독재적인 권력을 구축했고, 북한도 역시 김일성의 독재권력의 공고화에
매진한 시기였다. 이러한 남북한의 대결상황에서 해방기에 있었던 좌익과 우

익의 공존은 있을 수 없는 일이었다. 그렇기 때문에 1950년대 문학은 이데올로기에 의해 허용된 부분만 말할 수 있는 제한된 모습을 보일 수밖에 없는 것이었다. 남북분단이라는 역사적 상황이 사회 전체를 규정했는데 문학도 근본적으로 그 자장권에서 벗어날 수 없었다. 그런데 이러한 50년대도 전쟁의 직접 체험한 전반기와 전후복구의 기간인 후반기로 나누어 살펴볼 수 있다.

우선, 전쟁을 직접 체험한 전반기 문학의 특성을 살펴보면 다음과 같다. 전쟁이 발발하자 민족은 생명의 직접 위협으로 말미암아 정상적인 사회생활의 패턴이 깨지고 전시체제에 돌입하지 않을 수 없었다. 그 과정에서 문인들은 이에 대응하여 격시를 쓰고, <문총구국대>를 편성하여 활약하였다. 그러나 이들의 체계적인 조직은 1·4후퇴를 전후한 시기였으며, 유치환, 조지훈, 박목월, 구상 등은 직접 종군하였다. 9월 28일에 서울이 수복되기 전 이광수, 김동환, 김억, 정지용, 김기림 등은 이미 납북되었고, 좌익계 시인들은 월·납북하였으며 김동명, 구상, 박남수, 양명문 등은 월남하였다. 이처럼 1950년 여름은 전쟁으로 인한 남북 문인의 강제적 혹은 자발적 이동을 통한 재편성의 기간이었고 이후 우리 문학은 단절과 대립의 분단문학이 시작된 것이다.

전쟁 현장을 직접 노래한 시집으로는 이영순의 『연희고지』(1951), 장호강의 『총검부』(1952), 김형기의 『용사의 무덤』(1953) 등과 조영암의 『시산(屍山)을 넘고 혈해(血海)를 건너』(1951), 유치환의 『보병과 더불어』(1951) 등이 있는데, 전쟁 중에 출간된 이러한 시집들은 작가들의 종군 체험을 소재로 한 전쟁시들이면서 민족적 비극의 고통스러운 현장을 형상화하는 데 중점을 두고 있다.[30]

한편, 소설에서는 전선문학보다는 전후문학의 성격이 더욱 강하다. 이는 전쟁이라는 극한 상황의 속에서 그러한 현실을 산문으로 표현하기 위해서는 그것을 객관적으로 바라볼 수 있는 시간적 거리가 필요하다는 것을 생각할

---

30) 유종호 외, 『한국현대문학 50년』(민음사, 1995), p. 41 참조.

때 이해할 수 있는 일이다. 그래서 소설에서는 휴전이 되고 난 이후, 전쟁이 남긴 의미에 대해 성찰하는 시도가 나타나기 시작한다. 그런데 이러한 일반론 속에서 염상섭은 1952년과 1953년에 걸쳐 「취우」를 연재함으로써 염상섭 특유의 현실감각을 보여준다. 「취우(驟雨)」라는 제목 자체가 암시하듯이, 전쟁을 한순간 지나가는 소나기로 봄으로써 염상섭은 일상성의 엄중한 무게를 보여주고 있는 것이다. 염상섭이 보여준 '취우'의 세계는 전쟁 속에서도 '살아야 하는' 일상의 세계를 보여준다는 점에서 의미가 있는 것이다. 하지만 많은 작가들은 전쟁에 의해 상처받은 삶과 정신의 문제에 주목했다.

김동리의 「흥남철수」나 박영준의 「용초도근해」는 작가의 이념, 즉 휴머니즘과 반공이데올로기의 관념이 전면에 내세워짐[31]으로써 전쟁이라는 객관현실의 탐구와는 거리를 가질 수밖에 없었다. 김동리의 「흥남철수」는 이를 잘 보여준다.[32] 이 작품은 '흥남철수' 직전을 배경으로 국군에 의해 수복된 북한 지역에서 주민 선무 활동을 하는 시인 박철 일행이 겪는 사건을 그리고 있다. 여기서 중심 내용은 박철이 흥남에서 만난 정인수와 윤시정 일가의 전쟁으로 인한 가족의 이산에 관한 것이다. '사회단체 연합회'가 파견한 '종군 문화반'의 일원으로 시인 박철, 음악가 김성득, 화가 이정식 등은 함흥을 목적지로 하여 원산에서 사흘을 묵은 뒤 흥남에서 일주일을 보내고 함흥으로 떠난다. 그들의 임무는 수복지구의 동포들에 대한 계몽 선전 위안이었다. 박철 일행은 일주일간 흥남에서 주민 선무활동을 하고 함흥으로 떠났다가 12월 2일 다시 흥남으로 돌아온다. 이때는 이미 동북 전선의 철수가 시작된 때이고 박철 일행도 서울로 돌아갈 준비를 한다. 그러나 박철은 정인수의 부탁에 자신의 비표를 정인수에게 넘겨주고 자신은 흥남에 남는다. 박철은 자신의 행동에 번민하지만 결국은 수정이 찾아와 서울로 가고 싶다는 말에 다시 한번 마

---

31) 김윤식·정호웅, op. cit., p. 327.
32) 정창범 편, 『전후시대 우리문학의 새로운 인식』(박이정, 1997), pp. 442-447 참조.

음을 다잡는다. "자기는 특별한 사람이거나, 돌아가는 데도, 우선적인 대우를 받아야 할 것같이 생각했던 자기의 본위의 생각을 버리고, 여기 있는 수십만의 자유 국민들이 모두 그와 동행이요, 그와 운명을 같이 해야 할 사람"이라는 마음으로 박철은 시정, 수정과 함께 떠나기로 결심한다. 이러한 생각의 바탕에 깔린 김동리의 낭만적이고 휴머니즘적인 인식은 좌익 혹은 공산당의 세계가 이미 하나의 실체가 아닌 일종의 풍경 혹은 배경과 같은 존재로 치환되어 있다. 이를테면 공산주의자들은 "야수 같은 놈들"에 불과한 것, 자연 속에 깃든 설명될 수 없는 악과 같은 것이지 역사적 사회적 맥락을 가진 구체적 실체로 취급될 성질의 것이 아닌 것이다. 현실에 대한 객관적 인식을 저해하는 안이한 낭만적 태도는 사건의 후반부에서 더욱 잘 드러난다. 박철은 강대위를 통하여 시정, 수정을 자신과 함께 군인가족으로 등록시키고 떠날 작정을 한다. 이남으로 떠나는 배를 타기 위해 부두로 향하다가 간질병 환자인 수정이 발작을 일으키고 결국은 바다에 빠진 아버지와 아버지를 향해 뛰어가다가 배를 놓친 시정의 모습이 강렬하게 부각되며 소설을 끝맺고 있다. 여기서 김동리에게 이데올로기의 문제는 중요하지 않다. 그에게 중요한 것은 가족의 비극적 운명이며 그것은 그의 휴머니즘이 뿌리를 내린 지점이기도 하다. 작가 자신의 종군 체험을 바탕으로 윤시정 일가의 이산의 아픔을 형상화하고 있는 이 작품에서 개개인의 삶의 방식의 모색이나, 전쟁의 본질적인 비극의 발단에 대한 해명이나 객관적 현실에 대한 냉철한 투시 등은 오히려 미미한 요소로 자리잡고 있다. 작가가 여기서 선명하게 부각하는 것은 지식인의 애상적 허위 의식과 고귀한 사랑이며 휴머니즘이다. 결국, 김동리는 이 작품에서 객관적 현실의 구체적 탐구와 형상화보다는 반공 이데올로기와 휴머니즘이라는 추상적 관념을 절대화함으로써 역사적 사건(현장)의 역사성을 약화시키고 있는 것이다.

해방전에 등장한 이들 작가들과는 달리, 이른바 전후세대[33]에 속하는 작가들은 전쟁에 대해서 좀 다른 측면에서 접근했다. 우선, 손창섭은 전쟁이라는 객관현실의 탐구에 비중을 두기보다는 황폐화된 개인의 내면탐구에 초점을 맞춤으로써 이른바 '무의미'에의 탐구를 통해서 이성적인 인간의 모습이 아닌 동물적이고 원초적인 인간이라는 새로운 인간형의 탐구를 보여주었다. 손창섭의 이러한 시도는 인간의 본원적 모습은 무엇인가에 대한 탐구이면서 동시에 한국전쟁에 의해 파괴된 현실을 살아야만 하는 불구적 현실을 보여주는 시도라고 할 수 있다. 손창섭과 함께 전후문학에 빼놓을 수 없는 작가인 장용학은 전쟁으로 조각난 현실의 모습을 알레고리의 수법을 통해 보여줌으로써 이데올로기의 문제에 대한 비판적 시각을 드러내고 있다.

이렇게 전쟁으로 인한 정신적인 상처의 드러냄을 주로 하는 소설과는 달리, 전쟁이 준 삶의 현실적인 무게에 주목한 작가들로는 최일남, 이호철, 박경리 등의 작품이 있다. 이들의 작품에서는 전쟁으로 겪어야하는 궁핍함, 고향을 등지고 떠나야하는 뿌리뽑힘, 생존을 위해 서로가 서로를 속이는 불신의 팽배 등 황폐한 삶의 모습을 사회적 조망으로 보여주고 있는 것이다.

3. 새로운 사회의 건설과 재편

1) 분단상황의 조각난 현실

남과 북이 서로 죽이고 죽는 열전(熱戰)을 치르는 과정에서 서로에게 씻을 수 없는 불신과 적개심을 남긴 6 · 25전쟁은 우리 민족의 삶의 방식을 뒤

---

33) 여기서 전후세대란, 전쟁이전에 등단한 오영수, 김성한, 손창섭, 장용학, 한무숙, 유주현, 정한숙, 강신재, 박연희, 손소희 등과 전쟁이후 등단한 이호철, 김광식, 오상원, 서기원, 최상규, 하근찬, 박경리, 송병수, 선우휘, 이범선, 전광용, 추식, 강용준, 한말숙, 박경수, 오유권, 곽학송, 최인훈 등을 말한다.(김윤식 · 정호웅, op. cit., p. 328)

바꿔놓았다. 식민지 시기 꿈꾸었던 독립된 조국의 모습은 이데올로기에 의해
분단된 반쪽짜리 나라의 형국으로 나타났고, 각기 다른 정치체제를 표방하면
서 불신과 대립을 일상화했던 것이다. 그 결과 남한에서는 이승만과 그를 따
르는 정치세력이 득세하고, 북한에서는 김일성의 유일지배체제를 공고히하
는 정치세력이 지배함으로써 분단상황은 점점 고착화되었던 것이다. 이런 상
황에서 자유민주주의를 표방하며 출발한 이승만 정부는 점점 반공주의를 내
건 독재화의 길로 나아가고 있었다. 이승만 대통령의 3선을 위해 강행된 사
사오입을 통한 개헌안 통과(1954), 『대구매일신문』의 피습사건(1955), 장면
부통령 저격사건(1956), 국가보안법 파동(1958), 『경향신문』 폐간(1959),
3·15부정선거(1960) 등의 일련의 정치사건을 통해서 이승만 정권은 그 정
당성과 도덕성에 치명상을 입었다. 정부수립 후 전쟁을 거치면서 반공을 내
걸어 미국의 지원을 얻고, 식민지 시기 일제의 편에 섰던 친일파들을 자신의
정치적 후원자로 배치한 이승만 정권의 독재화의 말로는 결국 1960년의 4·
19혁명으로 그 막을 내리게 되었다.

(1) 4·19혁명과 한국사회의 모습

35년 동안의 일제의 강압적 식민지 치하에서 해방된 조선은 해방의 기쁨
과 동시에 분단의 쓰라림을 겪어야 했다. 해방과 함께 찾아온 분단은 결국
남북 각각의 정부수립으로 가게 되었고, 민족간의 분단과 대립은 전쟁으로
이어졌다. 그 결과, 수많은 전쟁고아들이 생겨났으며, 우리 경제는 자생력을
잃고 외국의 원조에 의존함으로써 물가는 자꾸 오르기만 하였고, 사람들은
일자리를 찾지 못해 거리를 배회해야 했다. 그러나, 국가를 재건하고 국가경
제를 일으켜야 할 이승만 자유당 정권은 자신들의 장기집권을 꾀하며 부산
정치파동, 사사오입 개헌, 반대세력에 대한 폭력 등 온갖 정치적 부정과 탄압

을 일삼았다. 이승만 정부에 실망한 국민들이 1956년 민의원 선거에서 야당인 민주당에게 압도적인 지지를 보내게 되자 이에 불안해진 자유당은 1960년 3월 15일에 있을 정·부통령 선거를 대비해 선거 일 년 전부터 대대적인 부정선거를 획책했다. 그러나 시민들은 이러한 부정선거에 대해서 더 이상 그냥 넘어가지 않았다.

1960년 2월 28일, 대구에서 개최될 민주당 선거 유세에 학생들이 참석하지 못하도록 일요일임에도 불구하고 학생들을 등교시켜 영화관람, 토끼사냥 등에 동원하자 대구지역 고교생들은 부정선거를 규탄하는 거센 항의 시위를 벌였다. 이 2·28대구학생의거는 불의와 부정선거에 대한 최초의 항거로 4·19혁명의 시발점이 되었다. 그리고 1960년 3월 15일의 선거는 사상 유례없는 추악하고 불법적인 부정선거로 얼룩졌다. 이 때 저질러진 부정선거의 사례를 들면 나음과 같다. 첫째, 세 사람 또는 다섯 사람씩 짝지어 기표하고 자유당원에게 검사 받는 3인조, 5인조 공개 투표 실시. 둘째, 투표소 주변에 자유당 완장부대를 동원해 민주당 지지자에게 위협을 주는 완장부대 등장. 셋째, 있지도 않은 사람을 유권자로 둔갑시켜 자유당에 투표하게 하는 유령 유권자 조작. 넷째, 총 유권자의 40%에 달하는 자유당 표를 미리 투표함에 넣어두는 4할 사전 투표 등 부정과 폭력이 난무했다.

이에 항거하여 민주당 마산지부의 선거무효 선언과 함께 시작된 부정선거 규탄시위가 전국으로 확산되자, 이승만 정부는 무차별 진압에 나섰고 마산에서는 경찰의 사격으로 학생과 시민이 쓰러졌다. 무고한 시민, 학생의 죽음을 공산당의 책동으로 무마하려고 애쓰던 이 무렵, 마산시 중앙부두 앞바다에 눈에 최루탄이 박힌 소년의 시체 한 구가 떠올랐다. 3월 15일 부정선거 항의 시위에 참가했던 김주열군이 실종 20여일 만에 참혹한 시체로 발견된 것이다. 분노한 마산시민들은 격렬한 시위를 벌였다. 그러나 이승만 정권은 진실 규명은 외면한 채 무고한 시민들을 연행, 고문하였고, 이에 자유당의 만행을 규탄하는 시위가 전국에서 일어났다. 4월 18일, 국회의사당 앞에서 구속된 동료 학우들의 석방과 학원 자유를 요구하며, 평화적 시위를 벌인 후 귀가하던 고려대생들이 청계천 4가를 지날 때 경찰과 모의한 반공 청년단이라는 정치깡패들이 무차별 테러를 가해 수 십 명의 학생이 부상당하는 사건이 발생했다. 학생들의 평화시위마저 폭력으로 진압한 정권에 대해 국민들의 분노가 마침내 폭발했다. 이 고대생 피습사건을 계기로 자유당 정권은 걷잡을 수 없는 국민의 저항에 직면하게 된다.

"피의 화요일"이라 불리는 1960년 4월 19일, 학생들은 이른 아침부터 선언문을 낭독하고 거리로 뛰쳐나왔다. 국회의사당에 모인 학생 시위대열은 경무대 방향으로 치닫기 시작했다. 부정선거 규탄과 학원의 자유를 요구했던 시위가 경찰의 무자비한 탄압으로 혁명의 대열로 바뀌고 있었다. 젊은 학생들은 전우와 애국가를 부르며 앞으로 달려나갔다. 시민들도 학생들의 대열에 합류했고, 서울시내는 온통 민주를 외치는 시위대열로 뒤덮였다. 이 무렵 시위대의 숫자는 이미 10만 명을 넘고 있었다. 경무대로 향하는 학생들과 이를 저지하려는 경찰과의 공방은 치열했다. 최루탄과 공포 사격으로 저지하던 경찰의 1차 저지선은 민주신념에 불타는 학생과 시민들을 막을 수가 없었다. 시위대는 경찰의 최후 저지선인 경무대를 향해 달려갔다. 소방차를 앞세운 시위대와 경찰의 간격이 10여 미터로 좁혀졌을 때, 경찰의 총구가 일제히 불을 뿜었다. 경무대 사격을 시작으로 서울 시내 곳곳에서 시위대를 향해 무차별 사격이 가해져 꽃다운 젊은 학생과 시민들이 수 없이 희생되었다.

분노한 시민들은 반공청년단 본부와 왜곡보도를 일삼았던 신문사를 불태웠으며, 시위를 진압하기 위해 출동한 소방차를 뺏고 경찰관서를 습격하는 등 항의 시위를 전개했다. 혁명의 불길이 걷잡을 수 없이 번져가자, 자유당 정권은 계엄령을 선포하며 사건 무마에 온 힘을 기울였지만, 민심은 보다 근본적인 개혁을 요구하고 있었다. 4월25일에는 독재정권의 종말을 결정짓는 시위가 일어났다. 제자들의 희생에 가슴 아파하던 대학교수들이 시민과 학생들의 호위를 받으며 이승만 대통령의 하야를 요구하는 시위를 전개한 것이다. 온 국민이 궐기했다. 부산과 마산에서는 할머니, 할아버지, 노동자, 농민, 구두닦이까지 민주를 향한 외침에 참가했다.

「4·19혁명
대학교수들의 시위(위)
초등학생들의 시위(아래)」

4월 26일, 서울 시내엔 삼엄한 경계태세가 취해졌고 시위대의 규모도 엄청나게 불어났다. 교수단 시위 이후 국민들의 요구는 이승만의 하야로 모아졌다. 4·19혁명 때 경찰의 발포로 친구를 잃은 초등학교 학생들도 어깨동무를 하고 시위에 참여했다. 경무대를 지키던 계엄군은 실탄을 장전한 상태였지만, 처음부터 엄정중립의 입장을 지켜 군은 더 이상 국민의 희생을 원하지 않았다. 사태수습이 불가능함을 알아차린 이승만 대통령은 마침내 하야 성명을 발표했다. 이승만 대통령은 이화장으로 거처를 옮겼다가 부통령 이기붕일가가 스스로 목숨을 끊자 미국으로 망명하였다. 이승만의 하야 후 허정 내각수반이 과도정부를 이끌었고, 학생들은 파괴된 질서를 회복하는데 힘썼다. 그리하여 1960년 8월, 의원내각제의 장면 내각이 새롭게 출범하게 되었다.34)

식민지 시기의 나라찾기, 해방기의 나라 만들기, 그리고 민족간 전쟁을 겪으면서 상처받고 좌절해야했던 사람들에게 4·19혁명은 자신들의 의지를 확인한 역사적 사건이었다. 이로 말미암아 국권상실 이후 50년만에 우리 사회

---

34) 4·19혁명의 진행과정에 대한 내용은 국립 4·19묘지 홈페이지(http://419.bohun.go.kr/)의 「4·19혁명의 전개과정」 참조

는 시민의 힘으로 시민사회를 건설할 수 있다는 자신감을 얻은 것이다. 이에 문학에서도 이러한 역사적 흐름을 반영한 작품들이 생산되기 시작했다.

그동안 전쟁으로 인한 반공이데올로기가 드리운 그림자 아래에서 숨죽이고 있던 이데올로기의 문제가 「광장」(최인훈, 1960)을 통해서 햇빛 아래로 나온 것이다. 최인훈이 이 작품을 통해 보여준 밀실과 광장의 인식방법론은 당시 한국 사회를 짓누르고 있던 반공이데올로기에 대한 성찰의 시도이며, 반공이데올로기 아래에서 막혀있던 전후소설의 진로탐색에 길을 트는 획기적인 사건이었다. 한편, 신동엽은 4·19의 체험을 바탕으로 우리 역사 속에서 민중의 힘은 무엇인가에 대해서 서사시 『금강』을 통해 보여주었다.

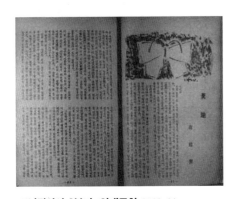

「남정현의 「분지」(현대문학 1965. 3.)

1960년 이후 작가들은 현실에 대해서 본격적인 비판작업을 수행할 수 있다는 자신감을 얻을 수 있었다. 그 대표적인 경우를 남정현에서 찾을 수 있다. 남정현이 1965년 3월에 『현대문학』지에 발표한 「분지(糞地)」가 이른바 반공법 위반에 걸리게 된다. 남정현은 이미 「부주전상서(父主前上書)」에서 이미 미국의 문제를 정면으로 제기했고, 정치권력과 사회부조리에 대한 비판을 과감하게 보여주었다. 특히 「분지」에서는 외세문제를 표면화시켰는데 당시의 사회분위기를 감안하면 매우 예외적인 경우였다. 즉 여기서 남정현은 미군 주둔에 의해 파괴된 한 가족의 삶을 통해 외세문제를 민족 전체의 문제로 끌어올리려 시도35)했던 것이다. 그런데 당시 중앙정보부는 이

---

35) 김윤식·김우종 외, op. cit., p. 394.

소설이 북괴의 대남 적화 전략의 상투적 활동에 동조함으로써 북괴의 노동당 기관지인 「조국통일」에 소설 전문이 실렸다는 혐의로 작가를 구속하기에 이른다. 당시 작가를 기소한 검찰은 재판정에서, 「분지」가 강간·살인·착취·오물 등 과감한 표현으로 남한사회를 왜곡시키고 반미감정과 계급의식을 고취시켰다고 주장했고, 이에 작가는 상징적 또는 우화적 수법으로 가상의 세계를 그릴 수도 있고 문학이란 인간과 민족을 사랑하기 위한 작업이며, 그러므로 작가는 정치·경제·사회의 메커니즘을 터득, 이를 표현할 수밖에 없다고 반박했다. 이에 재판부는 작가의 반공법 위반의 유죄를 인정하고 정상참작의 선고유예의 판결을 내렸다. 이후 남정현은 절필하고 침묵하다가 74년 민청학련사건과 관련된 긴급조치 1호 위반으로 구속되어 5개월간 구금당한 후 풀려나게 된다. 남정현의 「분지」필화사건은 이후 박정희 정권의 탄압이 시작되는 신호탄이 되었다.

한편, 이호철은 이산가족의 문제와 도시의 소외문제, 소시민의 삶의 문제 등에 대해 관심을 집중하여 「판문점」, 「서울은 만원이다」, 「소시민」 등에서 작가 자신의 월남 체험을 바탕으로 전쟁이 보통사람들의 삶에 어떤 문제를 남겼는지에 대해서 비판적으로 표현했다.

2) 새로운 질서의 강요와 사회의 재편

전쟁이 남긴 상흔의 치유 과정이 반공주의라는 이름으로 불구적으로 진행될 수밖에 없는 상황에서 한국사회는 전후 복구와 건설의 과정에서 독재체제라는 비민주적 사회

「5·16군사쿠데타(한강을 넘어 서울을 점령한 박정희 소장과 그 일행)

현실을 강요당할 수밖에 없었다. 그리고 정치체제의 비리와 비민주성은 결국 4·19의 혁명적 분출을 계기로 그 막을 내렸다. 1960년 4월 19일부터 1961년 5월 16일까지의 기간 동안 한국 사회를 지배했던 것은 또다른 유형의 혼란이었다. 기존의 질서가 부정되고 새로운 질서를 만들어가는 이 시기는 그러나 성숙해보지도 못하고 박정희 소장이 주도한 일부 군부세력에 의해 다시 통제체제로 들어가게 되었다. '반공'을 국시의 제일의로 내건 '군사혁명위원회'는 모든 헌법을 정지시키고 무소불위의 권력을 행사하면서 민주주의를 완전 부정하게 된다. 정부조직을 장악한 쿠데타군부는 용공분자의 색출을 내걸며 일제 검거선풍을 일으켜 1961년 말까지 혁신세력 인사들을 일제 잡아들인다. 이어 군사정부는 계엄포고령, 국가재건비상조치법, 반공법, 노동자의 단체활동에 관한 임시조치법, 집회에 관한 임시조치법, 정치활동정화법 등 수많은 탄압법을 만들어 그들의 존재를 확인시켰다. 한편으로는 경제개발 5개년 계획을 발표하여 동요하는 민심을 잡으려 하였고 한일회담을 추진하여 일본으로부터 지원을 받아 경제를 살리겠다는 계획을 발표했다. 일체의 정당활동이 중단된 가운데 쿠데타군부는 민주공화당을 만들고 1963년 12월 17일 대통령 중심제의 신헌법 아래에서 박정희를 대통령으로 한 제3공화국을 출범시키게 된다. 1960년 4·19의 실험은 이로써 군부의 군화발 아래 무참히 짓밟히고 말게 된 것이다. 이후 박정희 독재 정권은 경제성장 제일주의를 내걸고 외자를 들여와 경제개발계획을 실천에 옮기는 한편, 정치적으로는 1972년의 유신 개헌을 통해 박정희 일인 지배체제를 완성하였고, 이를 위해 각종 긴급조치를 발동하여 비판세력의 비판을 원천적으로 봉쇄하는 조치들을 단행했다. 1961년부터 박정희가 김재규의 총탄에 숨을 거둘 1979년 10월 26일까지 한국은 말 그대로 박정희 1인독재체제에 놓여있었던 것이다.

박정희로 대표되는 군부세력이 지배한 1960년대는 우리 사회의 모습을 뒤바꾸는 변화의 기간이었다. 박정희 정권이 내건 경제개발제일주의는 말 그대로 '잘 살아 보세'라는 구호로 경제개발을 위해서는 모든 것이 희생되어도 괜찮다는 일방주의에 다름 아니었다. 그 결과로 사회계층의 이동과 인구의 도시 집중, 대규모 공업단지의 조성 등의 기본 여건이 마련된 시기였다.

이렇게 일방적으로 실행된 박정희 정권의 경제개발계획과 이를 위한 통제체제는 경제성장이라는 가시적 성과를 가져왔지만 그 이면에는 수많은 문제들을 배태하기 시작했다. 비약적인 경제발전을 이룩하기 위해서 강요된 수많은 노동자 농민의 희생은 경제발전이라는 휘황한 구호에 가려 표면에 드러낼 수 없었던 것이다. 이러한 노동자와 농민의 문제는 70년대에 들어서면서 문학적 관심의 중심에 놓이게 된다.

3) 4·19세대의 등장과 사회의 재인식

4·19의 실패와 군부에 의한 독재체제는 사회를 경제논리의 자본주의적 근대화로 몰아갔다. 1961년 이후 사회의 모습이 변화하는 근본동인이 경제논리에 있는 만큼 자본주의화로 인한 산업화, 도시화, 이농현상 등의 현상에 대해 작가들은 민감한 반응을 보여주게 된다. 더욱이 20대 초반에 4·19를 겪은 이른바 4·19세대들에게는 더욱 그러했다. 그리고 이 점에서 우선 김승옥을 살펴볼 필요가 있다. 1962년 『산문시대』란 이름으로 얼굴을 내민 김승옥, 김현, 최하림, 강호무, 서정인, 김치수, 염무웅, 곽광수 등의 산문시대 동인들은 자신들을 4·19세대라고 일컬으며 새로운 문학의 포부를 표방한다. 그 중에서 김승옥은 자본주의화하는 한국사회에서 소외와 물신화의 문제에 대해서 민감하게 반응한 작가이다. 「무진기행」에서 보여준 지식인의 자의식은 자본주의화 초기에 들어선 한국사회의 문제가 무엇인지를 잘 보여주고 있다.

「무진기행」에서 작가가 보여주는 세계는 '일상성'의 마력이 지배하는 세계이다. 안개만이 명물이 공간인 '무진'은 서울이라는 삭막한 공간으로부터 탈출하여 안식을 얻으리라 기대되는 유일한 공간이다. 그러나 주인공이 무진에서 발견한 것은 역시 '일상'을 향해 몸부림치는 군상들뿐이다. 주인공이 도망쳐온 안식 혹은 도피의 공간 무진은 그에게 더 이상 어떠한 위안도 주지 못한다. 무진을 지배하는 것 역시 일상성인 것이다. 이를 깨달았을 때 주인공은 다시 자신이 떠나온 도시인 서울로 향하게 된다. 주인공이 서울을 떠나 무진을 거쳐 다시 서울로 돌아간다는 원점회귀형의 여로에서 우리에게 보여주는 것은 그 세계를 지배하고 있는 현대사회의 일상성의 힘이다. 주인공은 그 일상성으로부터 도망쳐왔지만 결국 돌아갈 곳은 일상성이 지배하는 공간인 것이다. 김승옥은 「무진기행」에서 그 일상성의 마력을 보여주고 있으며, 우리 사회가 일상성이 지배하는 세계에 이미 진입했음을 보여주고 있는 것이다.

자본주의적 근대 세계로의 진입은 소외문제와 물신화의 문제를 동반했지만, 다른 한편으로는 궁핍화의 문제를 수반한 것이기도 했다. 화려한 도시를 지탱하기 위해서 강요된 농촌의 구조적 궁핍화와 도시변두리의 삶이 그것이다. 초기 산업화의 단계에서는 낮은 생산력의 수준에서 급속한 경제발전을 이루어내기 위해서 민중의 희생을 강요하기 마련이어서 궁핍화의 정도는 더욱 극심하게 된다. 경제가 발전했다고 해서 궁핍화의 문제가 해결되는 것은 아닌 것이다. 경제가 발전하더라고 실업으로 인한 고용의 불안이라든가 양극화에 따른 상대적 박탈감은 오히려 고조되는 것이다. 이 점에서 궁핍화는 자본주의체제 하에서는 항상적으로 발생할 수밖에 없는 구조적 현상이다.[36] 자본주의적 발전 단계에 있는 사회에서의 궁핍화의 구조적 문제에 대해 김정한은 「모래톱 이야기」에서 농촌 궁핍화의 구조를 예리하게 파헤치고 있다. 김정한이 보기에 농촌의 궁핍문제는 단순한 농촌 경제의 문제가 아닌 전(全)경제체제에 대한 근본적 성찰을 통해야만 해결할 수 있는 문제인 것이다.

---

36) 민족문학사연구소 현대문학분과, 『1960년대 문학연구』(깊은샘, 1998), pp.36-37참조.

이처럼 박정희 정부가 내건 경제개발의 논리는 우리 사회가 어디로 나아가고 있으며 그로 인해 발생하는 문제는 무엇인지에 대한 작가들의 관심으로부터 자유로울 수 없었으며, 작가들은 이후 지속적으로 이 문제에 관심을 기울이게 되었다.

1960년의 4·19혁명과 이듬해인 1961년의 5·16 반혁명의 경험은 전쟁 이후 누적된 사회적 문제들을 다시 생각하게 하는 하나의 계기로 작용하였다. 4·19혁명을 통해 불의한 세력에 대한 정의의 승리를 느끼자마자 엄습당한 군부쿠데타의 경험은 누적된 모순의 해결은커녕 또 다른 모순의 배태로 나아가게 만들었다. 즉, 반공을 국시의 제일의로 내건 군사혁명위원회와 그것의 후신인 박정희 정부에 의해 계획·실천된 경제개발우선주의는 분단상황에서의 경제적 근대화를 목표로 하였다. 이 과정에서 60년대 한국사회는 분단의 고착화라는 민족모순과 경제개발의 그늘에 가려진 계층간의 불균등발전이라는 계급모순의 심화를 겪을 수밖에 없었다. 시대적 요구라는 상황논리에 의해 강행된 이러한 흐름으로 인해 한국사회는 이후, 겉으로는 '눈부신' 발전의 초석을 마련하는 것으로 보였지만 그 내부적으로는 갈등과 대립의 악순환을 계속할 수밖에 없었다. 그렇기 때문에 가려진 사회 모순에 대한 고발과 비판은 문학이 수행할 중요한 몫으로 남겨질 수밖에 없었다.

민족의 분단상황이라는 모순과 개발논리에 의해 빚어지는 모순을 잘 보여주는 작가로 이호철을 꼽을 수 있다. 월남작가인 이호철은 소설 속에서 개인의 차원을 넘어 사회와 역사로 나아가는 60년대의 도정을 보여주고 있다. 50년대과 60년대의 사회체험에 기반한 그의 소설들은 작가의 관념이나 의식보다는 대상 세계의 객관성을 앞세우는 표현방법을 통해서 이를 수행하고 있는 것이다. 「탈향」, 「판문점」, 「소시민」, 「부시장 부임지로 안가다」, 「1965년, 어느 이발소」 등을 통해서 이러한 점이 잘 드러나고 있다. 전쟁의 폐허 위에

서 개인이 겪는 생존의 문제를 다룬 「탈향」이나 분단의 문제를 일상과 결합
시킴으로써 개인성을 시대적이고 역사적인 차원으로 확장시킨 「판문점」, 그
리고 전쟁 이후의 경제사적인 재편 과정의 형상화를 통해서 개인성을 사회경
제적인 문제로 확대한 「소시민」 등37)은 앞서 말한 민족의 모순과 경제적 모
순의 복합관계를 보여주고 있는 예들인 것이다.

　한편, 농촌 붕괴의 가속화와 도시로의 인구집중으로 인한 도시문제도 작가
들의 관심권에서 중요하게 다루어지고 있다. 경제개발 우선주의정책이 빚은
도시문제와 농촌문제는 도시변두리의 하층민들의 삶에서 극명히 드러난다.
도시화의 과정에서 자본주의 경제체제에 적응하지 못하고 주변부를 떠돌게
되는 도시빈민층의 삶의 조건은 발전초기단계에 있는 자본주의사회의 구조
적인 문제인 것이다. 생존을 위협받으면 살아가는 도시빈민층의 문제에 대해
서 박태순은 '외촌동' 연작으로 그려내고 있다. 박태순은 도시빈민층의 생존
을 위한 몸부림을 원초적 차원에서 그려 보임으로써 자본주의 하에서의 도시
빈민의 속악성과 동물성을 그대로 보여주고 있는 것이다. 박태순의 「정든 땅
언덕 위」의 배경이 되는 외촌동은 서울의 도시계획에 따라 무허가 집들을
철거한 후 그 철거민들을 수용하기 위해 만든 말 그대로 '바깥마을'이다. 공
업화에 필수적인 저임금 노동력의 확보는 농촌노동력의 이동을 통해 이루어
졌고, 그들을 수용하기 위해 도시는 팽창할 수밖에 없었다. 저임금 저곡가 정
책에 기반한 수출주도형 경제모델은 농민과 노동자들의 생존조건을 위협하
는 근본원인이었던 것이다. 저곡가 정책으로 인해 농촌노동력은 대도시로 이
동할 수밖에 없었고, 가진 것이라고는 맨몸뚱이뿐인 저임금 노동자나 일용날
품팔이로 살아야하는 그들이 도시에서 생활할 수 있는 공간은 도시 외각 변
두리나 산동네의 무허가촌이었던 것이다. 산업화로 인한 도시의 팽창은 대규
모 무허가촌의 확장에 다름 아니었던 것이다. 박태순은 이러한 도시팽창의

---

37) 민족문학사연구소 현대문학분과, 「1960년대 문학연구」(깊은샘, 1998), p. 70 참조.

그늘진 현실을 비추고 있는 것이다.

분단상황과 개발논리의 지배는 사람들에게 일사불란한 행동 모델을 요구했다. 군부세력은 자신들이 내건 목표를 완성하기 위해 일체의 비판적 발언을 통제하려 했으며, 그것은 사람들이 인식체계를 지배하기에 충분했다. 개발독재기의 시작으로 말할 수 있는 60년대는 이른바 '사회 병영화'라는 일방주의의 시기였던 것이다. 서정인의 「후송」은 이러한 권위주의 통제체제 속에서 살아가야 하는 개인의 불안을 보여주고 있다. 성중위의 이명(耳鳴) 진단의 과정에서 보여지는 것은 개인이 사회라는 전체에 의해 그 존재의미가 확인된다는 전체주의의 한 단면이다. 개인과 사회와의 쌍방향 소통이 막혀버린채 사회라는 거대한 권력이 개인의 존재의미를 판별하는 구조는 권력의 일방주의적 모습을 드러내는 것이라 할 수 있다. 이러한 일방통행적 구조는 「나주댁」의 교장의 논리를 통해서 분명히 드러난다. 여기서 교장은 "학생들이 동원되면 당연히 교사가 따라가야 한다는 교육자적 양심은 잠시 차치하고라도, 국가적 대행사에 불참하는 것이 우선 국민된 도리로서 되었소?"라고 말하고 있는데38), 이 말이 보여주는 일사분란한 동원체제의 요구가 곧 그 시대의 소통체계의 핵심인 것이다. 이처럼 서정인은 사회체제와 그 속에서 살아가는 개인의 관계를 문제삼음으로써 획일화와 동원체제로 나아가는 사회의 모습을 보여주고 있는 것이다.

박정희 군사정부의 독재체제가 초래한 이러한 사회적 부조리와 불합리의 문제는 1970년에 터진 이른바 '오적 필화 사건'에서 잘 드러난다. 김지하는 1970년 5월 『사상계』에 「오적(五賊)」을 발표한다. 그런데 이것이 문제되어 『사상계』가 탄압을 받자, 다음달 6월 1일 신민당 기관지인 『민주전선』에 다시 실리게 되었다. 이에 대해서 박정희 정권은 6월 2일 「오적」을 쓴 김지하와 작품을 게재한 『사상계』 발행인 부완혁과 편집장 김승균 등을 반공법 위

---

38) 민족문학사연구소 현대문학분과, 『1960년대 문학연구』(깊은샘,1998), p.88 참조.

반혐의로 구속하였다. 김지하의 담시 「오적」은, 박정희 정권의 독재체제에 맞서 활동하던 김지하 시인이 당시 부정부패의 주범들을 '오적'이라 규정하고 이들의 행태를 풍자한 담시이다. 「오적」에서 시인의 풍자 대상은 재벌, 국회의원, 고급공무원, 장성, 장차관 등이다. 이들은 사회적 기득권층이고 권력층인데, 시인은 이들의 삶의 모습을 다음과 같이 풍자하고 있다.

> 국회의원 나온다
> 곱사같이 굽은 허리, 조조같이 가는 실눈,
> 가래끓는 목소리로 응승거리며 나온다
> 털투성이 몽둥이에 혁명공약 휘휘감고
> 혁명공약 모자쓰고 혁명공약 배지차고
> 가래를 퉤퉤, 골프채 번쩍, 깃발같이 높이들고 대갈일성, 쪽 째진 배암 샛바닥에 구호가 와그르르
> 혁명이닷, 舊惡을 新惡으로! 改造닷, 부정축재는 축재부정으로!
> 근대화닷, 부정선거는 선거부정으로! 重農이닷, 貧農은 離農으로!
> 건설이닷, 모든 집은 臥牛式으로! 社會淨化닷, 鄭仁淑을, 鄭仁淑을 철두철미 본받아랏!
> 궐기하랏, 궐기하랏! 한국은행권아, 막걸리야, 주먹들아, 빈대표야, 곰보표야, 째보표야,
> 올빼미야, 쪽제비야, 사꾸라야, 幽靈들아, 표도둑질 聖戰에로 총궐기하랏!
> 孫子에도 兵不厭邪, 治者卽 盜者요 公約卽 空約이니
> 愚昧국민 그리알고 저리멀찍 비켜서랏, 냄새난다 퉤―
> 골프 좀 쳐야겠다.39)

위의 시에서 보듯이 김지하는 당시의 부패한 권력층에 대한 신랄한 비판을 풍자적으로 보여주고 있다. 또한 풍자의 내용을 판소리와 탈춤 등의 전통적인 기법에 바탕을 두어 형식면에 있어서도 새로운 효과를 주었다. 당대의 부조리한 현실을 판소리 등의 전통형식에 접목시켜 문학의 비판적 기능과 미적 기능의 통합을 노린 이 작품은 박정희 정권에 의해 시인과 출판관계자가 구속되고 재판에 의해 사형까지 선고되는 등 세계적으로도 유래가 없는 필화

---

39) 김지하, 『五賊』(동광출판사, 1985), p. 24.

사건으로 확대되었던 것이다. 「오적」에서 보여지는 '다섯의 적'들은 그 외양부터가 일그러지고 괴기적인 모습으로 그려지고 있다. 그런데 이것은 그들이 표방하는 정신적 가치와는 상반되는데 여기서 해학이 발생한다. 「오적」이 보여주는 해학은 고위 권력층이 표방하는 정신적 가치와 육체와의 심각한 괴리에서 발생하며, 이차적으로는 겉으로 내세우는 구호(말:혁명, 근대화, 건설 등)와 그 구호 뒤에 숨겨져 있는 갖가지 부정부패와 도덕적 타락 사이의 모습에서 야기된다.[40] 「오적」은 이러한 이중적인 지배계층의 부패상에 대한 비판을 드러냈지만 그로 인해 필화사건이 일어남으로써 당시 한국 사회의 부패상태와 경직성이 어느 정도였는지를 역설적으로 보여주었다. 이 사건으로 김지하는 세계적으로 널리 알려졌으며, 이후 당대 정치·사회 문제를 풍자한 시를 계속 발표하다가 전국민주청년학생총연맹사건으로 다시 체포되어 긴급조치 4호 위반혐의로 사형을 선고받았다. 이 소식이 세계에 알려지자 사르트르·보부아르 등 유명작가들이 김지하 석방을 요구하는 호소문에 서명해 김지하는 무기징역으로 감형될 수 있었다. 김지하가 「오적」을 통해서 풍자한 당시 사회 권력층의 부패한 현실은 특권과 특혜로 점철된 것이었고, 이것에 대해 김지하는 부도덕하고 억압적인 정치권력과 그에 따른 사회모순에 대해서 시를 통한 일침을 가했던 것이다.

4. 산업화의 진행과 문학의 변화

박정희 군사정부에 의해서 시작된 경제개발을 통한 근대화 정책은 우리 사회의 모습을 근본적으로 바꾸는 실험이었다. 전근대적 농촌경제체제에서 근대적 공업경제체제로의 전환은 사회구조의 획기적 변화를 수반할 수밖에

---

40) 서준섭, 「현대시와 민중」, 문학사와 비평연구회, 『1970년대 문학연구』(예하, 1994), p. 46.

없었다. 공업부분의 개발에 집중된 경제개발정책은 상대적으로 성장속도가 더딘 전통적 농업생산체계보다는 수출주도형의 집중화된 공업화를 선택하였고, 그 결과로 농촌인구의 도시이동이라는 사회구조개편을 가져왔다. 이른바 '조국근대화'라고 명명된 이러한 개발정책은 사람들의 삶의 방식에 지대한 영향을 끼치기 시작했다. 급격한 도시화로 인한 난개발, 농촌의 이농현상으로 인한 농업생산구조의 위기에 따른 농촌문제, 성장우선주의 정책에 의한 부의 불균등재분배와 그로 인한 빈부격차의 심화, 공업단지의 조성과 환경보호시설의 미비로 인한 환경문제 등이 배태되기 시작하였다. 우리 사회는 공업화로 인한 여러 사회모순을 배태하면서도 수량적 성장에 치중하여 산업화에 수반된 문제들이 사회 곳곳에서 사람들의 삶의 지배하게 되었던 것이다. 산업화가 가져온 여러 문제 중에서 삶의 공간인 도시와 농촌의 문제는 작가들의 관심권에서 비중 있게 다루어지고 사람들은 자신들의 문제를 소설화한 것들에 대해서 큰 관심을 보였는데, 이는 시대적 과제로 제기된 사안과 그것들이 일으킨 문제들에 대한 비판적 논의가 억압당하는 시기에 문학이 수행한 의미 있는 작업이었다.

1) 경제개발의 논리와 사회구조의 변화

1970년대 우리 사회 변화의 근본동인은 관주도의 경제개발이었다. 60년대 초 등장한 군부정권은 이른바 '조국근대화'라는 의제를 내걸고 산업생산구조의 개편을 내걸고 수출주도형 경제체제로의 변화를 이끌었다. 그 결과 1970년대의 한국사회는 이전에 경험하지 못한 속도로 변화되었고, 전근대적인 농업생산국에서 공업생산국으로의 변화가 가시적인 성과를 내기 시작했다. 그러나 이러한 공업사회로의 전환은 긍정적인 면과 함께 부정적인 부작용을 동반하고 있었다. 우선, 생산의 현장에서 그 부작용들이 나타나고 있었다. 청계천 피복공장의 노동자 전태일의 분신사건은 생산현장의 열악한 근로조건이 살인적 상태임을 보여준 사건이었다. 그러나 박정희 정권은 이러한 노동자들의 절규에 귀를 기울이지 않고 성장우선주의 강경 정책을 지속했다. 경제성장 우선주의 아래에서 노동자들의 근로조건과 처우개선은 받아들여지지 않았다. 그리고 산업화를 담당할 노동자계층의 형성은 도시의 확장과 더불어 도시주거환경의 문제를 동시에 수반하고 있었다.

(1) 노동현장과 노동의 문제

70년대를 짓누르던 군사정권 아래에서 기층 민중들의 열악한 생존조건에 대한 관심은 작가들에게 결코 지나칠 수 없는 문제였다. 우선, 황석영은 「객지」에서 노동자들의 근로조건과 불합리한 노동현장의 문제를 제기하였다. 간척지 공사장의 뜨내기 노동자들의 이야기를 다루고 있는 이 작품에서 황석영은 불합리한 근로조건이 어느 정도이며 어떤 구조로 임금 착취가 이루어지고 있는지 적절히 보여주고 있다. 「객지」가 보여주고 있는 노동의 현장은 공업생산의 일반적 의미에서의 노동현장과는 거리가 있는 간척지 공사장이다. 그러나 그곳에서 일어나고 있는 착취의 구조와 실태는 산업화초기의 현장의 모습과 그리 거리가 있는 것이 아니다. 사용자의 노동력 착취에 덧붙여 중간관리자의 착취, 그리고 인부들과 공생관계에 있는 함바집 주인의 이익추구에까지 나아가면 맨몸뚱이 하나로 자신의 삶을 지탱해나가는 인부들은 그야말로 다중적 착취구조 속에서 노동하고 있는 상황이다. 그 속에서 대위와 동혁은 자신들의 요구사항을 관철시키기 위해 치밀한 사전계획에 따라 행동의 계획하지만, 쟁의를 벌여보지도 못하고 현장소장의 각서를 믿은 인부들의 수용으로 결국 자신들이 처한 착취구조를 변화시키지 못하고 만다. 인부들의 지지를 얻지 못하고 실패로 돌아간 쟁의에 대해서 말하는 동혁의 "꼭 내일이

「「난장이가 쏘아올린 작은 공」

아니라도 좋다"라는 독백은 당시의 노동자들의 각성상태를 잘 보여주고 있다. 이 소설에서 황석영이 보여준 노동현장의 문제는 노동의 문제가 단지 개인차원의 문제가 아니라 사회구조적인 차원에서 접근해야할 문제임을 보여준다. 여기서 사회구조적 차원이라 함은 노동의 문제는 산업사회에서 필연적으로 발생하는 문제이고, 그것은 어느 한 사람의 노력으로는 해결이 불가능한 집단적 갈등이라는 것이다.

초기산업화 시기에 발생하는 이러한 노동현장의 문제는 조세희의 이른바 <난장이>연작을 통해서도 잘 나타난다. 『난장이가 쏘아올린 작은 공』이라는 연작소설집에 실려있는 '영수' 가족의 이야기를 통해서 조세희는 소외계층의 도시변두리의 삶의 문제와 공장노동의 문제를 집중적으로 다루고 있다. 조세희 특유의 섬세한 문체와 기법을 통해 드러나는 세계는 그러나 암울한 회색의 세계이다. 평생 열악한 생존조건 속에서 살다가 그곳으로부터의 탈출을 꿈꾸던 난쟁이는 결국 벽돌공장 굴뚝에서 떨어져 죽고, 그가 물려준 가난은 아들 영수에게로 대물림된다. 난쟁이의 자식들이 겪는 노동현장의 열악한 근로조건은 결국 영수로 하여금 자신을 고용한 사용자를 죽이려는 계획을 생각하게 한다. 그러나 영수가 꿈꾸던 세상을 이루기 위해 '살인'이라는 방법을 생각했다는 것은 여러 의미를 함축한다. 그것은 우선, 영수가 살인이라는 극단적인 방법을 생각할 수밖에 없을 정도로 노동자들의 생존조건이 살인적임을 잘 보여주고 있다. 조세희가 <난장이>연작을 통해서 묘사하고 있는 공업도시 '은강'의 생태적 환경은 말 그대로 살인적이다. 작가는 성장우선주의정책에 가리워진 어두운 부분을 사실적으로 보여주고 있는 것이다.

이렇듯, 1970년대의 주요 관심사로 등장한 산업사회의 모순에 대한 소설화는 노동현장의 문제에서 생활환경의 문제까지 전반적인 관심의 대상이 되었다. 황석영과 조세희가 보여준 세계와는 약간 다른 차원에서 윤흥길은 도시소시민을 통해 그 시대의 문제를 보여주고 있다. 『아홉 켤레의 구두로 남은 사내』에 등장하는 권기용이라는 인물을 중심으로 엮어가고 있는 윤흥길의 관심은 '광주대단지'사건으로 삶의 터전을 읽어버린 소시민의 생활을 통해 70년대 개발시대의 문제를 조명한다. 여기서 말하는 광주대단지 사건은 1971년 8월 10에 일어났다. 서울시의 판자촌 철거조치에 의해 서울에서 광주대단지(성남시)로 밀려난 3만여 주민들의 불만은 토지불하가격문제가 도화선이 되어 폭발하게 된다. 주민들은 경찰과 격렬한 충돌을 빚으며 6시간 동안 광주내단시 선역을 상악하는 능의 집단행동으로 자신들의 요구를 표출하였다. 윤흥길은 이 사건을 소설 속에서 묘사하면서 인간의 기본적 요구가 받아들여지지 않을 때 어떻게 그것에 반발할 수밖에 없는가를 보여주고 있다. 시위대를 피해 직장이 있는 서울로 출근하려던 주인공 권기용이 목격한 현장은, 시위를 하다말고 쏟아진 참외를 주워먹기 위해 몰려든 사람들이 보여준 적나라한 모습이었다. 그것을 본 자신도 모르게 권기용이 시위의 선봉에 서게 되고 경찰의 관찰대상자가 된 후 발견하는 사회는 가식과 속임수가 횡행하는 기득권층과 소시민들의 속악한 삶의 현장이다. 권기용이 우연한 교통사고로 취직에 성공한 공장에서 발견한 노동조건의 문제도 생명을 위협하는 살인적인 상황임을 보여주고 있다.

이렇듯, 70년대 노동현장과 도시의 문제를 다루고 있는 소설들이 공통적으로 보여주고 있는 세계는 산업화 초기단계인 그 시대의 문제가 본격적인 의미에서 소설의 영역에 영향을 미치고 있다는 증거인 것이다.

(2) 농촌의 변화와 농민들의 삶의 변화

경제구조의 산업중심체제로의 변환은 공장에서 일할 노동력의 절대수요를 요구한다. 따라서 공장이 밀집해있는 도시로의 인구이동은 필연적인 현상이었고 그 결과 도시는 급격히 팽창하였다. 그러나 도시의 팽창은 계획된 수순에 따라 순차적으로 이루어진 것이 아니라 말 그대로 급격하게 이루어졌다. 그렇기 때문에 급격한 도시화가 동반한 여러 문제는 산업도시의 태생적인 문제가 될 수밖에 없었다. 한편, 도시로의 인구집중은 곧 농촌인구의 감소이기도 했다. 농촌을 떠난 사람들이 도시로 몰려들면서 생기는 도시문제에 관심을 보인 소설로 앞에서 박태순의 '외촌동' 연작을 살펴보았다. 그리고 이호철도 「서울은 만원이다」에서 서울로 상경한 농촌처녀가 서울이라는 대도시의 체험 속에서 삶의 건강성을 잃어가는 과정을 그리고 있다. 한편, 사람들이 서울로 떠나고 난 자리의 농촌의 풍경을 그린 작가로 이문구가 있다. 이문구는 『관촌수필』(1977)에서 도시로의 이농으로 인한 농촌의 해체과정과 공동체의 황폐화되어가는 인심을 보여주고 있다. 「일락서산(日落西山)」, 「화무십일(花無十日)」, 「행운유수(行雲流水)」 등 모두 8편의 중편 및 단편 연작으로 이루어진 이 작품집에서 작가는 유소년기의 체험과 성인이 되어 다시 찾은 고향의 모습을 대비적으로 보여줌으로써 산업화로 접어든 시기의 농촌의 풍경을 사실적으로 보여준다. 작품 속에서 보여지는 과거의 농촌은 봉건적 신분질서가 유지되는 공동체로 거기에는 인정과 평화가 있었다. 그러나 전쟁을 겪으면서 농촌의 질서는 깨어지기 시작하고 급기야 산업화의 바람이 밀려오자 이전의 공동체는 붕괴되고 도시의 속된 유행이 번지는 변화된 양상이 팽배하게 된다. 성인이 된 작가가 돌아간 농촌에서 발견한 농민들의 삶은 도시인의 속악한 삶의 양태와 많은 거리를 갖지 않는다. 작가가 생각하기에 농촌은 평화로운 인정의 세계여야 하는데, 현실은 이러한 미덕들을 이미 과거의 추억으로만 간직하고 있는 공간일 뿐이다. 나아가 농민들은 서로를 인정으로 아끼고 순박함을 간직한 사람들이 아니다. 변화된 농촌의 일상을 좀더 잘 보여주고 있는 작품이 「우리동네」 연작이다. 농촌인 '우리동네'에 살고 있는 여러 사람들의 일상과 그들의 삶에 대한 생각을 통해서 작가는 도시의 병폐가 이미 농촌에도 급격히 번지고 있음을 풍자적으로 보여준다. 예를 들어, 「우리동네 황씨」에는 농협과 짜고 고리대금업을 하는 황선주라는 인물이 갖은 비리를 일삼자, 농민들이 이에 대항하여 싸우는 내용을 주내용으로 하고 있다. 이 과정에서 작가는 황선주가 가진 재력이 부정과 모략을 통해 이루어진 것임을 폭로하고 결국 황선주가 농민들과의 대결에서 패배하는 것을 보여준다. 그런데, 문제는 이 과정에서 드러나는 농민들의 일상의 삶이다. 그 속에서 보여지는 것들은 농촌으로 침투한 텔레비전의 위력, 농약의 괴대한 사용 문제, 농협의 비합리적 운영실태, 농촌경제의 불합리한 상황, 송충이잡이로 나타나는 변모된 농민들의 인심 등이다. 소설 속에서 제시되는 이러한 농촌의 현실은 농촌이 그저 인정스럽고 순박한 농민들이 평화롭게 살아가는 공간이 더 이상 아닌 것이다. 작가는 여기서 전통적인 농촌의 모습은 이미 붕괴되고, 산업화시대를 살아야 하는 '현실적인' 농촌의 변모된 풍경을 보여주고 있는 것이다.

그 과정에서 도시의 병폐가 고스란히 농촌으로 침투, 전이되고 있음을 작가는 풍자하고 있다. 예를 들어, 크리스마스와 망년회 유행, 부녀회원들의 관광계, 고고춤 열풍, 도박, 모내기에 동원된 학생들의 새참요구 데모, 이쁜이게 유행, 부동산투기 등은 변화된 농촌의 모습을 단적으로 보여주고 있다. 작가가 포착한 이러한 농촌의 부정적 모습은 근본적으로 산업화와 도시화의 바람에서 기인하고 있다. 이러한 농촌의 변화와 그 의미에 대해서 김우창은 다음과 같이 진단하고 있다.

모든 문명의 발달은 농촌에 대하여 매우 착잡한 의미를 가질 수밖에 없다. 소위 문명이란 대체로 도시 생활의 편의나 문화 또는 제도의 복합화를 의미하고 이러한 복합화는 근본적으로 인간 생존의 기본을 이루고 있는 농업 생산의 잉여의 도시 이동을 요구한다. 이때 농촌은 불공평한 이동 과정의 희생이 되기 쉽다. 특히 정치, 경제, 문화의 주체적 결정권을 상실한 농촌의 경우 이러한 불공평한 관계는 더욱 심화될 수밖에 없다. 그리고 이러한 불공평한 관계는 사회적, 경제적 변화를 통하여 무작위적으로 일어날 수도 있고, 또는 정치적으로 강요될 수도 있다. 우리나라 농촌의 경우 1960년대, 1970년대의 변화는 자본주의적 근대화와 그것을 촉진하는 정책적 결정이 가져온 것이다. 그리고 이러한 변화는 (중략) 적어도 1970년대까지의 농촌 현실로 보아서는, 많은 부정적인 부작용을 낳는 방향으로, 농촌의 문제를 해결하기보다는 심화하는 방향으로 이루어진 것으로 보인다.41)

이 같은 지적에서도 볼 수 있지만, 우리 나라 농촌 변화의 근본 동인은 산업화 경제정책과 그로 인한 경제구조의 변화에 있는 것이다. 이러한 시대적 흐름 속에서 우리 농촌은 이전의 모습과는 분명히 다른 모습으로 변화하였고 지금도 변화하고 있는 것이다.

그렇다고 해서 농민들이 언제나 수동적으로 자신들의 삶에 방관적 자세만을 보인 것은 아니다. 농민들은 자신들이 공동체를 유지하고 삶을 주도적으로 개척하려는 노력도 함께 가지고 있었다. 농민들의 이러한 저항의 전통을 잘 표현한 작가가 송기숙이다. 송기숙은 『자랏골의 비가』와 『암태도』등을 통해서 농민들의 건강하고 진보적인 생각과 행동을 그림으로써 이문구와는 다른 방식으로 농촌의 삶을 재조명하고 있다. 특히 송기숙은 역사적 사실을 소설적으로 형상화함으로써 수탈과 억압에 저항했던 우리 농민의 삶을 통해서, 역사를 이끌어가는 주체의 하나로 농민의 힘을 보여주고 있다. 『암태도』에서 작가는 일제 식민지시기의 성공한 소작쟁의였던 암태도 소작쟁의를 소설로 재구성하여 부당한 현실과 맞서 싸우는 능동적이고 건강한 농민의 모습을, 『자랏골의 비가』에서는 3·1운동부터 4·19혁명까지 3대에 걸쳐 이어진 자랏골의 수난과 그에 대한 농민들의 저항을 보여주었다. 이를 통해 송기

---

41) 김우창, 「근대화 속의 농촌」, 이문구, 『우리동네』(민음사, 1997), p. 415.

숙은 농촌과 농민이 그저 역사에 끌려 다니는 수동적인 모습만 가진 것은 아님을 보여주고 있는 것이다.

한편, 김춘복은 『쌈짓골』(1978)에서 산업화로 망가져가는 농촌의 현실을 관찰자적 입장이 아닌 참여적 입장에서 표현하고 있다. 이는 작가 스스로 서문에서 밝혀놓은 발언으로도 확인할 수 있다.

> 나(작가 김춘복-인용자)는 이 책을 통해서 오랫동안 소외되어 온, 오늘날 우리 농촌이 근대화 과정에서 이렇게 변모되고 있는가를, 또한 농민들의 진정한 고통과 분노가 무엇인가를 그들의 편에 서서 대변하고 싶었다. 그리고 그것이 농촌·농민이라는 한정성을 벗어나 우리 시대의 일반적 상징성까지 부여하고 싶었음을 고백한다.[42]

작가가 서문에서 밝히고 있듯이, 『쌈짓골』에서 작가는 농민의 현실에 대한 자각과 현실에 대한 주체적 대응을 통해서 문제상황에 처한 농민의 현실을 극복하려는 의지를 보여주고 있다. 이 작품의 주무대는 쌈짓골에서도 가장 가난한 농민들이 모여 사는 암마 마을이다. 암마 마을 사람들의 삶은 하루하루를 이어가기 힘들 정도로 궁핍하다. 그러한 절대빈곤의 상태에 설상가상으로 근대화의 바람이 밀려들어와 마을 사람들의 삶은 더욱 곤궁을 강요당하게 된다. 이러한 현실 속에서 새마을 운동의 문제, 토지소유관계로 인한 갈등, 이농현상, 농촌의 풍속문제 등 당시 농촌이 당면한 문제들이 조목조목 제시되고 있는 것이다.

그 중에서도 농촌경제문제의 근본 원인이 토지소유에 있음을 잘 보여주고 있다. 지주인 달중은 일제시대에는 고등계 형사로, 해방 직후에는 우익청년단으로 활동하다가 토지 브로커 노릇을 하여 돈을 모아 쌈짓골 논의 대부분과 도유림(道有林)을 소유한 인물이고, 영달은 빈농이었으나 달중을 고모부로 맞이하면서 달중의 마름이 되어 소작인들 위에서 군림하는 인물이다. 이

---

42) 김춘복, 『쌈짓골』(창작과 비평사, 1978)

에 맞서는 팔기는 전형적인 빈농으로 설정되어, '지주–마름–빈농(소작농)'이라는 농업생산관계를 보여주고 있다. 이러한 농촌의 생산-분배 관계는 1970년대 농촌에서도 일상화된 것으로 이것이 농촌문제의 핵심이다. 그런데 이러한 구조적 문제를 해결하려는 인물인 팔기의 현실인식과 행동은 한계를 보이고 있다. 팔기는 그들이 처한 상황을 해결하기 위해서 필요한 구조적 해결방안의 모색보다는 자신이 열심히 살면 해결할 수 있다는 생각을 갖고 있다. 팔기는 개인의 의지, 즉 자주적 노동으로 절대적인 가난을 극복할 수 있다고 생각하여, 영달로부터 구입한 6천평의 야산에 밤나무밭을 일구고, 수박을 재배한다. 그래서 다른 사람들에게 선망의 대상이 되기도 하지만, 팔기의 이러한 행동은 말그대로 '잘살아보'려는 노력이지만, 불합리한 농촌구조에 대한 근본적인 모순해결과는 거리가 있는 현상해결 차원의 것이기 때문에 한계를 가질 수밖에 없는 것이다. 팔기의 의식은 새마을 운동의 본질을 놓치고 있는 것이다.

새마을 운동은 박정희 정권이 사회전체의 안정을 해칠 만큼 심각한 수위에 도달한 농촌문제를 완화하고 10월 유신과 영구집권에 필요한 대중동원운동이었기 때문에 농민들의 자조성·주체성·창의성의 신장을 저해했다. 그리고 소득증대에는 거의 기여하지 못하고 겉치장에 주력하여 과중한 농민부담과 소비조장으로 농가경제를 더욱 압박하는 외화내빈(外華內貧)을 초래하였다. 결국 새마을운동은 일제시기의 농촌진흥운동과 유사하게 농촌문제를 사회구조적인 이유에서 찾지 않고 농민의 나태, 농민정신의 결여에서 찾았다는 것에서 기본적인 한계를 가지고 있는 것이다. 이런 점에서 보면 팔기의 자주성은 새마을 운동의 논리와 부합된다고 볼 수 있다. 즉 팔기의 의지는 영달을 폭행한 혐의로 경찰서에 끌려가는 것으로 좌절된다. 이제 팔기에게 남아 있는 것은 '미친놈이란 소리까지 들어가면서 누구든지 노력만 하면 힘차게 일어설 수 있다는 평범한 진리를 몸소 실천해 보이고 싶었던 자신의 종말이 너무나 비참하게 되어버린' 자신의 처지에 대한 서글픈 장탄식(長歎息) 뿐이다.43) 결국 이 작품에서 작가는 애초에 생각했던 의도, 즉 농민의 현실과 문제를 농민의 입장에서 표현하려했던 것에 한계가 있음을 보여주고 있는 것이다.

그러나 우리는 이러한 작품들을 통해서 70년대 농촌사회를 풍미한 새마을운동의 본질과 시대상황이 사람들의 삶에 얼마만큼 지대한 영향을 끼치며, 작가가 그러한 것들에 영향을 받는 동시에 작가의 현실인식정도에 따라 그 진단과 전망이 달라질 수 있다는 것을 알 수 있다.

2) 상업적 소설의 의미

1970년대 문학을 말할 때 흔히 '소설의 시대'라고 한다. 이 말 속에는 문학성과 사상성의 양 측면에서 성취를 보인 문제작들이 양산되었다는 의미와 대중적·상업적으로 성공한 작품들이 많이 나왔다는 두 가지의 의미를 모두 포함한다. 쉽게 말하면 소설이 문학적 성취와 상업적 성취의 양면에서 두각을 나타낸 시기라는 말이다. 1970년대의 소설은 박경리·방영웅·황석영·윤흥길·조세희 등의 소설 유형과 최인호·조해일·한수산·박범신 등의 소설 유형으로 대별되어 논의되어 왔다. 여기서 앞의 유형은 문학성과 사상성을 지닌 것으로, 즉 현실문제를 진지하게 탐구하는 작품군으로, 한편 뒤의 유형은 상업성·통속성과 영합하여 현실을 왜곡시킨 작품군으로 평가되어 왔다.44) 그러나 후자의 유형에 대해서 그것이 대중소설이라고 하여 현실을

---

43) 이봉범, 「농민문제에 대한 문학적 주체성의 회복」, 민족문학사연구소 현대문학분과, 『1970년대 문학연구』 (소명, 2000), pp. 176-179 참조.
44) 김현주, 「1970년대 대중소설 연구」, 민족문학사연구소 현대문학분과 『1970년대 문학연구』(소명, 2000), pp. 182-183참조. 여기서 김현주는 이러한 분류에 부분적으로 동의하면서, 이를 본격소설과 대중소설로 구분하는 것에는 반대하고 있다. 그 이유로 그는 '대중문화 시대의 문학적 양상이 대중소설이라고 할 때, 이들 작품 모두는 대중성을 확보한 작품이라고 볼 수 있기 때문'이라고 말하고 있다.

왜곡시킨 작품군으로 부정적 가치평가를 내리는 것에는 신중한 검토가 요구된다. 여기서 신중한 검토가 요구된다고 말한 것은, 문학과 사회와의 관계에 있어서 문학이 사회의 어떤 면에 집중하여 그 면의 진실을 드러내려 할 때, 그 표현과 내용의 판단에는 역사·사회적 제반 조건들에 대한 검토가 병행될 필요가 있기 때문이다. 예를 들어, 우리 근대 소설의 초기 형태인 신소설 등이 보여준 저널리즘과의 관계와 상업성 내지는 통속성의 문제를 생각할 때, 1970년대의 소설이 보여주는 상업성과 통속성의 문제도 그 시대적 특징이 어떻게 영향을 미치는지에 대한 검토가 선행될 필요가 있는 것이다.

1970년대 한국사회는 본격적인 산업화의 궤도에 올라선 시기였다. 60년대 중후반에 시작된 이른바 월남 특수로 인해 한국은 미국으로부터 경제적인 이익을 보장받을 수 있었고 수출 주도형 경제성장 정책이 성과를 보이면서 외형적 경제성장을 이룩하고 있었다. 물론 이 과정에서 이농과 농촌파괴, 인구의 도시집중과 노동착취문제, 분배의 불평등과 정치적 억압 등 많은 사회문제를 배태하였다. 그러나 1970년대의 한국사회의 근대화과정은 자본주의의 모순이 심화되는 과정이었지만 한편으로는 도시 대중들에게 시간적·경제적 여유를 가져다주는 계기가 되었다. 그 결과 대중들은 개인의 삶에 대해서 관심을 갖게 되었고 이러한 관심은 자본가의 상업적 전략을 다양하게 만들고, 다시 그런 상업적인 문화전략에 의해서 그들의 구매력도 상승하게 되었다.45)

그런데 박정희 독재 정권이 국민들에게 강요한 것은 집단주의였다. 전국민에게 '국민교육헌장'과 '국기에 대한 맹세'를 암기시키고, '장발'이나 '미니스커트'를 단속하며 젊은이들이 즐겨 부르는 노래를 금지곡으로 지정하는 등의 문화적 억압은 70년대가 집단주의의 시대였음을 잘 보여준다. 그 속에서 작가들은 앞서 논의한 대로 노동문제나 농촌문제 등에 관심을 기울여 비판적 저항의 모습을 보여주었고, 다른 한편에서는 이른바 '상업소설' 등을 통해 당

---

45) 김현주, Ibid., pp. 185-186 참조.

대 현실을 보여주기도 하였다.

1970년대의 상황에서 사람들의 삶은 안정적인 일상의 세계에 진입했느냐 그렇지 못했느냐에 따라서 그 삶의 조건이 결정되는 양상을 띠고 있었다. 새롭게 짜여지는 산업화사회에서 일정한 직업과 생활공간을 갖는다는 것은 곧 삶의 일상성에 진입한 것이 되고, 이것들이 보장되지 않은 사람들은 그 일상성으로부터 격리된 불안정한 삶을 살아갈 수밖에 없는 것이다. 안정된 일상성에의 욕구는 최인호의 『별들의 고향』(1973)을 지배하는 핵심 코드이다. 주인공 오경아가 원하는 것이 바로 이러한 일상성인 것이다. 그런데 여기서 경아가 추구하는 일상성은 '가족'에 의해서 얻어질 수 있는 것인데, 그것은 경아에게는 요원한 것이다. 경아가 원하는 일상성의 세계는 아버지의 죽음, 애인의 배신, 남편의 의처증 등으로 인해 번번이 좌절되고, 결국 경아는 성적인 일탈로 치닫게 된다. 경아가 보여주는 이러한 일탈은 시대 상황과 결부시켜 이해하면, 산업사회에서 주변인의 피폐에 다름아니다. 경아가 원한 것은 좋은 남자를 만나 가족을 이루고 사는 일상적인 세계였지만, 경아는 그 일상적 세계에 들어가지 못하고 만다. 여기서 일상성의 세계에 진입하지 못한 경아는 산업화 시대에 안정적 일상의 세계에 진입하지 못한 주변인들의 얼굴에 다름아니다. 한편, 경아의 애인인 김문오 역시 일상성에서 비껴나 있는 도시의 룸펜이다. 그는 경아와의 관계를 젊음의 일시적인 열기 혹은 치기라고 규정하고, 도시적 일상에 안주하고 물질적인 명예나 부를 축적하는 도시인으로 변모한다. 문오는 일상성을 획득하였지만 다르게 말하면 일상성이 지배하는 구도에 편입된 것이다. 여기서 우리가 일상성으로부터 거부당한 경아나 일상성에 편입당한 문오에 대해 느끼는 동정과 연민의 감정은 곧 그 시대를 살아가는 대중들의 위치에 대한 확인에서 나오는 것임을 알 수 있다. 이러한 일상성에 대한 문제는 조선작의 「영자의 전성시대」나 조해일의 『겨울여자』 등에서도 중심축을 이룬다.

더욱이 이들 작품에서는 여주인공이 모두 성을 수단으로 자신의 삶을 밀고 가고 있는데, 이는 당대적 상황에서 여러 의미를 함축하는 요소이다. 1970년대는 성행위가 활자로 노골적으로 묘사되고, 성적 욕망이 결코 부끄러운 것이나 숨겨야 할 것이 아니라 일상생활에서 자연스럽게 드러나는 것이라는 담론이 지배적인 문화적 현상으로 자리잡는 시기였다. 또한 일상생활에서 성적 욕망은 '일상성'에 대한 욕구나 경험처럼 자연스러운 것임을 인정하는 시기였다. 이 시기에 와서 장발이나 미니스커트 등에 대한 규제가 강력하게 행해졌지만, 아이러니컬하게도 육체적 쾌락, 관습으로부터의 일탈 행위는 도덕적인 심판의 차원을 넘어서는 것으로 인식하게 된다. 일탈행위는 규범의 취약성 내지 개성의 자유와 관련이 있다. 즉 1970년대는 개성의 자유가 정치권력에 의해서 억압받던 시기였기 때문에 규범의 정당성, 정권 획득에 있어서의 타당성 논의가 성담론으로 은유적으로 표출된 것이다. 정치적 자유에 대한 욕망은 법적 강제성에 대한 양심의 표현인데 이런 욕망이 거부당하게 되자 성적인 자유분방함으로 드러난 것이다.

소설에서 성적 자유는 언어의 감각성, 가벼운 일상적인 행위로서의 성행위와 성적 욕망, 일상적인 성담론, 노골적인 성적 본능의 표현으로 형상화되는데, 이것이 바로 통속성의 요소가 된다. 이러한 통속성은 1970년대의 시대적 상황에서 정치적 자유에의 갈망과 관련된다. 정치적 자유의 박탈은 개개인의 억압으로 나타나고, 이 억압은 개인과 개인간의 긍정적인 유대관계를 단절시킨다. 그리고 이 단절로 인하여 개인들은 타인으로부터 소외당하거나 소외감을 느끼게 되고, 이러한 소외감에서 벗어나려는 노력이 성적인 자유의 추구로 표현되는 것이다. 이러한 복합적인 구도 속에서 여성은 정치 사회적 모순을 복합적으로 보여주는 존재로 부각된다. 권력을 갖지 못한 여성은 권력을 가진 남성의 타자로서 남성의 시선을 받기 위해 자신의 육체를 가꾸도록 강요받고 심지어 그것이 상품화된다. 여성의 상품화를 가장 적나라하게 보여주는 존재가 창녀이다. 『별들의 고향』의 경아, 「영자의 전성시대」의 영자의 직업이 창녀이고, 『겨울여자』의 이화 역시 창녀는 아니지만 자신의 몸을 이용한다는 점에서 이들과 유사하다. 성을 도구화하는 인물들이 지향하는 세계는 '일상성'의 세계이다. 그리고 일상성의 세계는 곧 도시의 공간이다. 이들의 도시적 일상성에 진입하려는 시도와 그것의 좌절은 70년대적 상황의 이중적 모순을 잘 보여준다. 즉 일상의 삶에 진입하려했지만 좌절할 수밖에 없는 상황은 사회적 주변인 혹은 소외인으로서의 한계를, 그리고 그들이 진입하려는 일상적 도시의 성격은 자본주의화하는 도시의 비정성을 보여주는 것이다.46)

---

46) 김현주, lbid., pp. 191-203 참조, 이재선, 『현대한국소설사』(민음사, 1996), pp. 247-317 참조.

Ⅲ. 서구 문예사조의 형성과 전개

    역사는 그 이전 시대와 확연히 구별되는 '차이'를 생성함으로써 자신의 동일성을 유지한다. 우리가 '역사'라고 부르는 시간적 구획은 정치·경제·문화·사상 등 내부분의 영역에 걸쳐 과거와 구별되는 그 무엇이 존재하기 때문에 가능한 것이다. 그러나 이것은 모든 영역에 걸쳐 동일하게 적용될 수 있는, 비현실적이고 총체적 '차이'는 아니다. 본고에서 다루는 문학의 역사는 소위 "사람들로 하여금 인간에 있어, 한 세기 이전부터, 계속 그를 비켜갔던 모든 것을 복구할 수 있도록 해주는 역사의 이데올로기"[1)]의 의미는 아니다. 역사는 미래에 완성될 뿐, 현재에 쓰여진 역사는 그것을 돌아보는 수많은 다양성 가운데 하나의 관점일 따름이기 때문이다. 이러한 의미에서 문예사조 또한 미래에는 반드시 수정될 현재의 시각을 반영하고 있다. 이는 필연적으로 인간의 문예사에 대한 계보학적 탐색을 요구하게 된다.

    문예사조를 살펴보기에 앞서 우리는 문예사조가 야기할 수 있는 두 가지 오해를 지적하고자 한다. 첫째 한 시대를 풍미하는, 그리하여 모든 문학 작품의 의미를 결정하는 문예사조는 결코 존재하지 않는다는 것이다. 고전주의

---

1) 미셸 푸코, 『지식의 고고학』(민음사, 1992), p. 36. 여기서 푸코는 특수성이 거세된 역사의 이데올로기화에 대해서 강한 비판을 하며, 계보학적인 접근법을 강조하였다.

시대에도 고전주의 형식을 신날하게 풍자한 작품이 적지 않게 만들어졌다는 사실만 보아도, 문예사조를 절대적 사상으로 간주해서는 안 된다. 둘째, 문예사조는 과거의 사실에 대한 객관적 접근은 아니라는 것이다. 다시 말해, 문예사조는 한 시대에 쓰인 작품의 미학적 측면을 보편화시킨 것이다. 따라서 문예사조는 작품을 보는 시야를 정교하게 다듬는 해석의 영역이다. 좀더 비판적으로 말하자면, 문예사에서 존재하는 것은 작품이다. 그 외의 것은 해석일 뿐이다.

1. 고전주의(*Classicism*)

1) 절대왕정의 성립과 문학의 규범화

프랑스의 부르봉 왕조를 이끌던 앙리 4세는 1610년 프랑스의 안전과 영구 평화의 유지를 위하여 그리스도교 국가의 국제연맹을 결성하려는 이른바 "대계획"을 추진하던 중 구교도 광신자에 의해 암살당하고 말았다. 앙리 4세의 죽음 이후 프랑스의 역사는 종교적 분쟁과 권력의 분산을 왕에게 집중시킬 수 있도록 하는 '절대 왕정'으로 급격하게 재편되기 시작한다. 우리가 흔히 부르는 고전주의*classicism*[2]는 보통 앙리 4세가 죽은 1610년대를 출발점으로 하여, 이후 루이 14세가 죽은 1715년까지의 문학적 경향을 일컫는 말

---

[2] 17-18세기에 걸쳐 나타난 고전주의를 다른 고전주의, 특히 르네상스기의 고전주의와 구별하기 위해 신고전주의라는 용어를 쓰기도 하나, 본고에서는 고전주의로 통칭하기로 한다. 그러나 고전주의와 신고전주의에는 고전에 대한 태도에 있어서의 간과할 수 없는 차이가 있다. 고전주의와 신고전주의는 그리스·로마 시대의 고전을 발굴하고, 그 작품의 특질과 규범을 배우려는 점에 있어서는 같지만, 고전주의가 "고전에서 자유로운 정신, 다방면의 지식을 흡수하려고 함으로써 지적으로나 정서적으로 자유롭고 개방적인 기질을 근간으로 하고 있던 것"과는 다르게, 신고전주의는 "자연의 진리를 발견하거나 질서 있고 조화로운 작품을 창작하기 위해서는 고전을 직접적으로 모방하고 거기에 나타난 법칙을 준수해야 한다고 주장하고 있다"(최유찬, 『문예사조의 이해』(실천문학사, 1995), p. 80.

이다. 이 시기에는 중세 유럽의 정치적 통일성이 해체되는 종교개혁이 단행되었으며, 경제적 부를 거머쥔 부르주아의 급격한 성장과 권력화로 인해 봉건제적 사회체제는 그 뿌리부터 흔들리기 시작했다. 진취적인 개척정신으로 시작된 지리적 팽창, 이로 인해 파생되는 경제적 효과, 그리고 상인들의 거대한 부의 축적은 신흥 계급인 부르주아로 하여금 자신의 경제적, 문화적 권리를 지키고 신장시킬 수 있는 막강한 정치권력을 필요로 하게 하였다. 이들에게 중세 봉건제의 구태적이고 관습적인 정치 체제는 자신들의 부(富)를 지키고 축적시킬 수 있기에는 역부족이었던 것이다.

영국에서도 스튜어트 왕조의 성립으로 인해 역시 절대주의 시대로 접어들게 된다. 제임스 1세와 찰스 1세는 종교계와 지방의 귀족들의 권력을 복속시키면서, 왕권 강화를 꾀하게 된다. 프랑스에 비해 상대적으로 안정된 정치적 변화를 겪게 되지만, 청교도혁명, 공화제 선언, 왕정복고, 명예혁명, 권리장전 선포 등 역사적인 진통을 수반하면서 민주주의의 기초가 만들어지기 시작한다. 이 같은 정치적, 사회적 변화는 자국의 예술적 패러다임의 근본적인 변화를 야기하게 되었다. 영국의 작가들도 그리스 시대와 르네상스에서 촉발된 인본주의적 정신에 관심을 갖기 시작했다.

프랑스와 영국의 예에서 알 수 있듯이 서구 유럽은 하나의 근본적이고 방대한 영역에 걸쳐 정치·경제·문화적 변화가 시작되었다. 절대 왕정은 이같은 시대적 흐름을 타고 형성된 정치적 구심점이자, 사회 시스템의 중심체로 기능하게 된다. 신흥 계급의 욕구와 귀족 계급의 권력을 독점하려는 욕구가 서로 상승작용을 일으켜 만들어진 것이 바로 절대 왕정이라고 할 수 있는 것이다. 요컨대 절대 왕정은 상업자본주의와 과학적 합리주의를 통해서, 경제적 기반을 구속하였고, 고전주의라는 거대한 흐름을 만들게 되었다. 우리가 고전주의를 절대 왕정이라는 '강력한 군주통치체제의 정치적 상황 속에서 개화된 것'3)으로 볼 수 있는 이유가 여기에 있는 것이다.

절대 왕정과 고전주의 사이의 상관관계는 당시 작가와 독자층에 대한 하우저의 언급에서도 짐작할 수 있다. 하우저는 다음과 같이 말하고 있다.

> 18세기까지는 작가란 자기 독자층의 단순한 대변인에 불과했다. 하인과 宮吏들이 그들의 물질적 재산을 간리하듯이 작가들은 독자의 정신적 재산을 관리했었다. 그들은 당대에 통용되던 일반적 도덕원리와 취미표준으로 받아들이고 이를 확인했지, 그런 것들을 새로 만들어 내거나 개혁하지 않았다. 그들은 한계와 윤곽이 엄격하게 확정된 독자층을 위해서 작품을 썼으며, 새로운 독자를 얻으려고 구태여 애쓰지 않았다. 그러므로 현실의 독자와 이상적 독자(혹은 잠재적 독자) 사이에는 아무런 긴장도 생기지 않았다.[4]

여기서 '독자'란 절대 왕정기의 지배계급을 말하는 것임은 물론이다. 고전주의 시대의 작가들은 당대의 도덕적, 정신적 지표를 작품에 수용했으며, 작가는 자신의 작품이 당대의 사상적 흐름에 역행하지 않도록 세부적으로 규범화하였던 것이다. 이상적 독자와 현실적 독자 사이에 아무런 긴장이 생기지 않았다는 말을 이를 잘 반증해 주고 있다. 이러한 현상은 아이러니하게도 작가가 독자의 요구로부터 자유롭지 못하다는 것을 의미한다.

2) 고전주의 문학 이론과 주요 작품

(1) 주요 이론가

앞에서 우리는 고전주의는 근대적 의미의 국가체계를 갖추기 시작하는 절대 왕정의 정치적·경제적·사상적 기반에 부응하여 형성된 만들어진 문예사조로 간주한 바 있다. 이 말은 고전주의가 절대 왕정이라는 강력하고 통합된 국가가 지향하는 '질서'와 '안정'과 '조화'라는 가치를 반영하는 문예이론[5]

---

3) 김준오, 「고전주의」, 오세영 편, 『문예사조』(고려원, 1983), p. 16.
4) 아놀드 하우저, 백낙청·염무웅 공역, 『문학과 예술의 사회사(현대편)』(창작과비평사, 1996), p. 6, 강조는 필자.
5) 심민화, 「고전주의의 형성 과정과 기본 명제」, 오생근·이성원·홍정선 엮음, 『문예사조의 새로운 이해』

의 역할을 했다는 것을 함의하고 있다. 그런데 고전주의는 르네상스에서 촉발된 인본주의를 사상적 전범으로 삼고 있는 바, 고전주의의 패러다임이라 할 수 있는 '이성의 존중', '보편성', '규칙성' 및 '형식성', '교훈성' 등은 르네상스의 주요한 특징인 '개인주의의 확장', '비평의 재생', '자연의 신성을 믿는 사상', '예술의 감정'[6] 등을 문학적으로 이론화한 것이다.

브륀테에르(F. Brunetiére)는 르네상스의 성과를 자연미(自然美)의 새로운 발견으로 실현과 연관시키면서 "자연을 다시 발견하고, 개인을 해방하였을 때, 문예부흥은 자연의 신장이나 개성의 확장을 결코 우연이나 자의에 맡겨 두어서는 안 된다는 것을 깨달았던 것이다. 마침내 문예부흥은 자연의 모방과 개성의 신상을, 미의 실현에 종속시키기 시작했다"[7]고 말한다. 그에 따르면, 고전주의는 르네상스 시대에 다져진 그리스・로마의 문학 이론과 창조의 기술을 이어받고, 과학적 합리주의와 맞물리면서 보다 정교한 이론화 작업의 결과물이라는 것이다.

고전주의를 정착시킨 대표적인 사람인 브왈로(Boileau, 1636-1711), 드라이든(Dryden, 1631-1700), 포프(Pope, 1688-1744) 등은 이론가이면서 동시에 고전주의에 입각한 문학 작품을 창작한 사람이기도 했다. 이 같은 등식은 당시의 작가들은 구조, 문체, 주제, 제재 등 문학의 구성요소에 대한 나름대로의 체계적인 견해를 갖고 있었다는 것을 의미한다.

프랑스의 브왈로는 자신의 주저인 『시법(詩法)』에서 자연의 모방과 이성 중심의 문학이론을 주창하면서 고전주의 문학이론의 발판을 마련하였다.[8] 그의 첫째, 시를 '감성(感性)'이 아닌 '이성(理性)'의 산물로 보았다. 때문에 시의 목적은 개인의 내면에 존재하는 '정서(情緖)'의 표현에 있는 것이 아니

(문학과지성사, 1996), p. 18 참조.

6) 문덕수・황송문, 『문예사조사』(국학자료원, 1997), p. 21.

7) Ferdinand Brunetiére, 關根秀雄 譯, 『佛蘭西文學史序説』(岩波; 1926), p. 72, 문덕수・황송문, op. cit., p. 21 재인용.

8) 김석호, 『문예사조사』(대학사, 1965), p. 216 참조.

라, '진리(眞理)'를 드러내는 데에 있다는 결론을 내리게 된다. 곧 진리만이 선하고 아름다운 것으로서, 그 진리는 공상이나 내세에 존재하는 것이 아니라 구체적인 '현실'과 '자연' 속에 존재한다는 것이다.

둘째, 시는 영원한 진리인 '자연'을 모방해야 한다고 주장한다. 아리스토텔레스의 "시는 자연의 모방이다"라고 말한 바 있는데, 여기서의 자연은 "살아있는 유기체"로서의 자연을 의미한다. 유기체란 곧 생명체를 말하는 것으로, 한 생명체의 전체를 구성하고 있는 여러 부분들이 적재적소에, 적절하게 분배되어 활동하는 상태를 지칭한다. 브왈로가 주장하는 자연의 모방이란 유기체의 구성 원리를 모방해야 한다는 뜻으로 해석할 수 있다. 그에 따르면, 자연의 모방이란, "인간본성human nature과 질서order의 모방"[9]인 것이다. 이로부터 고전주의는 영원한 진리로서의 "자연의 모방"이라는 서구 문예 비평의 오랜 경구를 지속시키고 있다는 점이 드러난다.

한편 영국의 드라이든과 포프도 고전주의의 이론적 틀을 마련하는 데 결정적인 기여를 하게 된다. 드라이든은 영국 비평의 아버지로 일컬어지고 있는데, 자신의 『극시론』에서는 희곡은 보편적 인간성의 모방이라고 말한다. 곧 "희곡은 인간 본성의 정확하고도 생생한 이미지로서, 그 감정과 기질, 그리고 그것이 겪게 되는 운명의 변화들을 재현하며, 사람의 즐거움과 가르침을 목적으로 한다"[10]는 것이다. 또한 포프도 총 744행의 운문으로 구성된 『비평론』에서 "고대의 규칙에 대한 정당한 존경을 배워야하며, 자연을 모사한다는 것은 그것(그리스의 규칙)을 모사함을 의미한다"[11]라고 말하며 그리스의 문학을 자신의 이론적 토대로 삼고 있음을 밝히고 있다. 고대, 곧 그리스의 규칙이란 앞서 언급한 아리스토텔레스의 유기체론을 염두에 두고 있음

---

9) 조신권, 「고전주의」, 이선영 편, 『문예사조사』(민음사, 1986), p. 20.
10) W. J. Bate, ed., *Criticism: The Major Texes*(New York: Harcourt Brace Jovanovich, Inc., 1952), p. 132., 조신권, op. cit., p. 22 재인용.
11) 김석호, op. cit., p. 220 재인용.

은 명백하다.

(2) 고전주의 문학이론

고전주의 문학이론은 정치적 배경과 문학이론에 있어 두 가지의 특징을 갖고 있다. 첫째, 고전주의 문학 작품 및 이론은 당대의 정치적·사회적·문화적 관계가 서로 복잡하게 얽혀 있는 상황을 반영하고 있다. 이는 귀족과 부르주아지가 향유층의 대다수를 차지하는 시기에, 여전히 패트론 제도에서 자유롭지 못한 작가들은 "궁정과 살롱의 요구를 받아들이고, 군주와 절대 국가 이념의 영광을 빛낼 수 있는 방편"12)을 창작활동의 핵심으로 간주하였던 것이다. 가령 "고전주의 비극의 초석을 놓은 코르네이유의 합리주의적 비극 이후에 나타나는 바로크식의 고양된 문체와 화려한 수사적 문체는 군주의 후광을 형성하기 위한 절대주의 시기 문학의 사명"13)이었다.

둘째, 고전주의는 이론이 창작에 선행한다.14) '고전주의'라는 미학적 체계는 우선 작품이 생산되고, 그 작품들을 관류하는 하나의 공통적인 미학의 구축에서 비롯된 것이 아니다. 이러한 사실은 고전주의 이론이 르네상스의 인본주의에 상당 부분 기대고 있다는 사실로부터 알 수 있는 것이고, 또한 고전주의 이론이 본질적으로 문학의 형식주의적 사유를 지향하고 있음을 알 수 있는 것이기도 하다. 20세기 초 러시아 형식주의 문학론이나 미국의 신비평에서처럼 문학을 하나의 자족적 실체로 인식하고, 그 실체를 체계화하여 규명하려는 엄밀한 의미의 형식주의는 아니지만, 문학을 객관적인 실체로 간주하고 이상화된 미적 체계를 이끌어내려는 시도를 하고 있다.

이 같은 요소를 통해서 우리는 고전주의 문학이론의 본질적 요소인 자연

---

12) 최유찬, op. cit., p. 85.
13) 최유찬, 같은 곳.
14) 심미화, op. cit., pp. 22-24 참조.

의 모방과 이성의 존중, 문학의 규범성, 내용에 있어서의 도덕적 측면을 살펴볼 수 있다.

가. 자연의 모방과 이성의 존중

고전주의는 르네상스의 인본주의를 토대로 시작하였으며, 르네상스는 그리스·로마 사상을 모태로 삼고 있는 것임은 앞서 말했다. 직·간접적으로 르네상스의 문학이론은 고전주의 문학이론에 영향을 미치고 있다. 아리스토텔레스(Aristoteles, B.C. 384-B.C. 322)가 모방의 대상으로 의미를 부여했던 자연은 보편적이고 불변적인 속성을 가진 실체이다. 따라서 고전주의적 관점에서의 자연의 모방은 단순한 대상으로의 모방을 벗어나서, 보편적 실체로서의 자연, 나아가 인간의 본성을 모방한다는 것을 의미한다. 곧, 문학은 '보편적인 실체로서의 자연의 모방이다'인 것이며, 이는 고전주의 문학이론의 기본 명제로 정립하게 된다. 포프는 『비평론』에서 문학이 자연을 모방해야 함을 강조한다.

> 먼저 자연을 따르라. 그리고 언제나 동일한
> 자연의 올바른 기준으로 판단을 내려라.
> 틀림없는 자연! 언제나 성스러이 빛나는
> 한 맑고 변함없고 보편적인 빛, 그것은
> 모든 사람에게 생명, 힘, 그리고 美를 주며
> 동시에 예술의 원천과 목표, 그리고 시금석이 된다.[15]

그에게 자연은 우선 '판단의 기준'이며, 예술의 '원천'과 '목표', 그리고 '시금석'이다. 그런데 여기서 우리가 주목해야 할 것은 자연이 곧 판단의 기준이 된다는 점이다. 자연이 판단의 기준이 될 때, 자연은 인간의 본성을 비출 수 있는 거울이 되는 것이며, 이데아와 그림자, 원본과 복사본, 선과 악을 구분

---

15) 김준오, op. cit., p. 24 재인용.

할 수 있는 근거가 되는 것이다. 요컨대 자연은 인간의 정신으로부터 독립된 실체이며, 아름다움의 객관적 규준을 가진 것으로 간주된다.

고전주의 시대의 작가들은 자연 속에 항구적인 진리가 존재한다고 생각했던 것처럼, 가변적인 인간의 삶에도 보편적인 그 무엇이 있다고 믿었다. 이러한 믿음에 따라 작가들은 모방의 대상 곧, 문학적 표현의 대상으로 삼은 것은, "역사적 상대성이나, 개인성을 떼어버린, 그 역사적 조건과 개인성의 안에 내재하고 있는 보편적 속성"16)이었다.

영국의 사무엘 존슨(Samuel Johnson, 1709-1784)의 경우에는 이 같은 경향이 보다 분명하게 나타나고 있는데, 그는 자신의 소설『래실러스』10장에서 시인은 "언제나 동일하고 일반적이고 초월적 진리"를 파악하여 표현해야 한다는 주장을 했다.17) 그래서 존슨에게 시인의 임무는 '개체'가 아니라 '종'을 탐색하는 것, 일반적 특성과 거대한 외관을 관찰하는 것에 있다고 보았다.

이로 미루어 자연의 모방은 단순히 자연을 작품의 대상으로 간주한다는 것을 의미하는 것이 아니라, 자연에 내재해 있는 항구적인 보편성을 모방한다는 의미가 되는 것이다. 이 시기의 소설에 나타난 작중 인물은 어느 시대에도 속하지 않고, 따라서 어느 시대에도 존재할 수 있는 보편타당한 인물, 추상적인 인물, 전형적인 인물로 제시되고 있다. 예를 들면, 세르반테스(Miguel de Cervantes Saavedra, 1547-1616)의『돈 키호테』에서 돈 키호테는 과격한 이상주의자의 한 전형으로, 세익스피어(Shakespeare, 1564-1616)의『햄릿』에서 햄릿은 갈등하는 인간형의 한 전형으로 제시되고 있다.

---

16) 심미화, op. cit., p. 26. 이에 대해서는 최유찬의 다음 글을 참고할 것. "그들에게 자연은 영원하고 불변적인 것이었다. 그리고 그것은 질서와 조화를 지닌 합리적 실체로서 인지되었다. 따라서 자연은 인간이 따라야 할 모범이기도 했다. 이때 자연의 개념 가운데서 핵심은 인간의 본성이었다."(최유찬, op. cit., p. 86)
17) 김준오, op. cit., p. 25 참조.

자연이 모방이 보편적 진리에 대한 모방이라면, 이는 필연적으로 감성(感性)보다는 이성(理性)에 의존하는 사유체계가 절대적으로 우위를 차지하는 결과를 초래하게 된다. 고전주의자들이 보는 자연의 항구적 본질은 이성의 눈을 제외하고는 그 어떤 것으로 볼 수 없기 때문이다. 또한 자연이 제시하는 판단의 기준을 수용하고, 올바른 판단을 내릴 수 있는 것도 이성뿐이다. 이성은 가변적이고, 덧없는 사건·사물의 현상에서 영속적인 질서를 발견할 수 있게 하며, 그것을 타인에게 논리적인 언어로 설명할 수 있는 안내자이다. 브왈로는 『시법』(1674)에서 "그러니 이성을 사랑하라. 당신의 글은 / 이성으로부터 빛과 가치를 얻지 않으면 안 된다"[18] 고 말하면서, 이성의 중요성을 강조하였다.

나. 규범 및 형식

고전주의의 미학적 기초가 객관주의를 근간으로 하고 있음은 앞에서도 언급한 바가 있다. 이성을 존중하는 당대의 풍토가 문학에서도 합리적 이성을 요구했던 것이다. 이는 문학의 규범화 경향을 초래했으며, 작품의 비평에서도 비교적 철저하게 지켜졌다. 고전주의의 문학적 규범을 잘 나타내는 것은 연극의 '삼일치의 법칙'과 '적합성의 법칙'을 들 수 있다.

우선 삼일치의 법칙(三一致, *Régle de trois unités*)을 살펴보기로 한다. 이 법칙은 아리스토텔레스가 『시학』에서 언급한 '행동의 일치*unity of action*'에 장소와 시간의 일치를 추가하여 만든 것이다. 삼일치의 법칙이란 행위의 일치, 시간의 일치, 공간의 일치를 말한다. 행위의 일치는 극의 사건 곧 플롯이 단일한 것으로 통일되어서 진행되어야 한다는 것이고, 시간의 일치는 그 사건이 1일 24시간 이내로 완결되어야 한다는 것이며, 마지막으로 장소의 일치는 사건이 전개되는 장소가 전체적으로 동일한 장소에서 시작되

---

18) 조신권, op. cit., p. 25, 재인용.

고 끝나야 한다는 것이다. 이 법칙은 17-18세기 프랑스를 비롯한 유럽 전반에 걸쳐 극작법의 기본 법칙이 되었으며, 코르네이유(Pierre Corneille, 1606-1684), 라신(Jean Racine, 1639-1699), 몰리에르(Moliére, 1622- 1673) 등의 작가들이 자신의 작품을 창작하는 데 창작 규범으로 작용한다.

드라이든은 『극시론』에서 시간과 장소의 일치는 자연에 가장 가까운 모방, 곧 자연스러운 모방이라고 했지만,[19] 그것을 엄격히 지

「라신

키면 내용의 빈약성을 면할 수 없으며, 상상력의 폭도 좁아진다고 지적하고 있다.[20] 드라이든이 적절하게 지적한 바와 같이 삼일치의 법칙은 문학 작품의 구성에 통일적인 질서를 부여하는 수단이 되기도 하지만, 행위와 시간, 장소를 미리 정해놓음으로써, 작가의 자유로운 상상력을 구속하는 결과를 가져오기도 했다.

한편, 적합성의 법칙(適格, Decorum)은 작중 인물의 신분에 어울리도록 행위와 태도, 말씨 등을 묘사하는 것을 말한다. 드라이든이 지적한 것처럼 "유쾌한 과부가 상복을 입은 채 웃는 것"[21]은 연극에서는 허용될 수 없었던 것이다. 유쾌함은 엄숙함을 요구하는 상복과 어울릴 수 없는 것이기 때문이다.

이 같은 적합성의 법칙은 고대 로마의 시인인 호라티우스(Horatius Flaccus, Quintus, B.C. 65-B.C. 8)에게서 이미 나타나고 있다. 그는 『시론Ars poetica』에서 "각 등장인물은 그의 대사로 자기의 성격을 묘사하게

---

19) 김준오, op. cit., p. 32.
20) 조신권, op. cit., p. 29.
21) 조신권, op. cit., p. 31.

하라 / 확실히 현저한 차이가 있다 / 등장인물이 신인가 영웅인가에 따라"22) 행위와 태도, 옷차림, 말씨 등을 구별해야 한다고 주장하면서, 만일 그렇지 않다면 작품은 실패작이 될 것이라고 한다. 곧 문학 작품에 등장하는 어릿광대는 자신의 사회적 신분에 따라 어울리는 적절한 행동과 말씨를 갖추어야 하며, 군왕은 그 지위에 어울릴 수 있도록 우아하고 위엄 있는 행동과 말씨를 갖추어야 한다는 것이다. 이 같은 적합성의 법칙은 문학의 개연성이라는 측면에서 매우 유용한 구실을 한다. 일상의 규범 및 규칙이 상당히 어긋나버리면, 청중들은 작품에 몰입하거나 받아들이기 어려울 수 있기 때문이다.

그러나 호라티우스가 제시한 적합성의 법칙은 르네상스 시대를 거쳐 고전주의 시대에 더욱 넓어지고, 경직화되고 만다. 신과 영웅, 혹은 평범한 인간과 노예라는 신분적 위계질서에 따라 그에 맞는 옷을 입혀야 한다면, 절대왕정 시대의 왕이나 귀족에게도 동일한 법칙이 적용되기 마련이다. 이러한 관점에서 본다면, 적합성의 법칙은 문학의 개연성의 문제를 떠나서 당시 사회의 계급의 엄격한 신분 질서를 반영하는 것이라 할 수 있다.

다. 도덕성

문학의 기능이 무엇에 있는가 하는 논쟁은 고대로부터 18세기 말까지 거의 변함없이 이어져 왔다. 문학의 효용성 논쟁이 그것이다; 문학은 인간에게 도덕적 교훈을 가져다주는가, 아니면, 쾌락을 주는가. 전자는 플라톤에, 후자는 아리스토텔레스에 역사적 기원을 둔다. 플라톤(Platon, B.C. 429-B.C. 347)은 "시인이 사물의 실재인 이데아와 거리가 먼 현상의 허상만 모방할뿐더러 독자의 감정을 흥분시키는 일만 조성함으로써 도덕적인 해를 끼친다는 이유로 그의 '공화국'에서 추방되어야 한다"23)고 주장하였다. 반면 아리스토

---

22) 김준오, op. cit., p. 28, 재인용.

23) 김영철, 『현대시론』(건국대학교출판부, 1993), p. 31. 그러나 플라톤의 시인추방론은 무조건적인 시무용론은 도덕적으로, 교육적으로 유익한 말을 들려줄 시인이 필요하다고 말하고 있기 때문이다. "유익한 이야

텔레스는 "시의 기원을 모방에서 찾았고, 모방은 인간의 본능이며 이 본능의 충족은 자연히 쾌락을 수반한다"[24]고 보았다.

이러한 문학의 효용성 논쟁은 대한 중세와 르네상스를 거쳐 고전주의에도 지속되고 있는데, 고전주의에서는 문학의 교훈적 기능이 상대적으로 더 강조되고 있다.[25] 존 데니스(John Denis, 1657-1734) 또한 『시비평의 기초』에서 "시의 종속적 목적은 즐거움이요, 궁극적 목적은 가르침이다"[26]라고 말하면서 시의 교훈성을 강조하였다. 또한 영국의 비평가인 시드니(Sidney, 1529-1586)는 『시의 옹호』에서 '시가 자연의 모방이며 자연은 인간이 이상을 관조하도록 영혼을 고양시킴으로써 인간을 개선하는 데 기여한다'고 강조하였는 바, 이는 시가 구체적 사례와 연결시켜 감성에 호소함으로써 인간의 정신을 고양할 수 있다는 것이다.[27] 때문에 시는 역사나 철학과 함께 인간을 교육할 수 있는 유용한 역할을 맡게 되는 것이다.

(3) 주요 작가 및 작품

가. 라신의 『페드르(Phédre)』

『페드르』는 코르네이유, 몰리에르와 함께 3대 고전극작가로 꼽히는 라신의 대표작 중의 하나이다. 『페드르』는 그리스 신화를 모티브로 하고, 그것을 당시의 분위기에 맞도록 각색하였다. 아테네의 왕 테제의 왕비인 '페드르'는 왕이 전쟁터에 나가고 없는 궁전에서 전 왕비의 소생인 '이폴리트'를 사모하게 되고, 마침내 그에게 사랑을 고백하게 된다.

기를 들려주고 덕 있는 사람의 말을 모방하여 인간과 사회에 도움을 줄 수 있는 엄숙한 시인은 필요하며, 아울러 교육적 효과를 고려하여 검열에 통과된 시만을 대중에게 공급해야 한다고 하였"던 것이다(김영철, 같은 곳)

24) 김영철, Ibid., p. 31.
25) 김준오, Ibid., p. 34.
26) 조신권, op. cit., p. 34 참조.
27) 김준오, 같은 곳.

"나는 그 사람을 보았다. 보고 얼굴을 붉히고 그만 빛을 잃고 말았다."

「1981년 상연된 「페드르」
(이폴리트와 페드르)

'이폴리트'는 양어머니로부터 사랑의 고백을 듣고는 아연실색하고 만다. '이폴리트'가 왕실 처녀인 '알리시'를 사랑하고 있는 것을 안 '페드르'는 질투심에 사로잡혀 광란의 상태에 이르게 되고 만다. 남편은 모든 사실을 알게 되고, 가족의 로맨스는 처절한 비극으로 끝난다.

이렇듯 라신은 고대 비극에서 다루었던 그리스 신화를 소재로 삼았는데, 위의 작품처럼 대부분 '신들에게 저주받은 일족의 이야기'들이 주된 소재가 되었다. 그런데 소재의 차원에서는 비슷한 이야기가 전개되지만, 등장인물의 성격, 분위기, 그리고 특히 '운명'을 처리하는 방식에서는 매우 차이가 난다. 신화의 주인공은 외부의 힘에 의해 자신의 운명이 전개되어 가지만, 라신의 작품 속의 주인공은 자신의 '운명'이 스스로의 힘에 의해, 곧 내면의 의지에서 출발한다. 소포클레스의 『오이디푸스』의 주인공들은 신이 만든 운명 속에 자신도 모르게 빠져 들어갔고, 모든 것은 보이지 않는 운명의 힘의 결과였다. 그러나 라신의 비극은 '육체적'인 현존재로부터 시작된다.

나. 몰리에르의 『인간 혐오자』

『수전노』는 희극과 민중극을 쓴 몰리에르의 대표작 중의 하나로, 당시 프랑스의 봉건적 체제의 비합리성과, 교회의 전횡, 사회에 횡행하던 황금만능주의를 날카롭게 비판하는 작품이다. 이외에도『위선자 타르튀프』,『인간 혐오자』 등의 작품이 있다. 이 작품은 몰리에르가 불혹의 나이로 쓴 작품으로, 운문 5막으로 구성되어 있으며, 당대 사회를 날카롭게 풍자 비판하였다.

사회의 부패와 허위에 격분한 나머지 증오벽에 빠진 아르세스뜨는 "존경이라고 하는 것은 무언가의 선택에 의해서 이루어진다. 아무나 할 것 없이 존경하는 것은 그 어느 누구도 존경하지 않는 것이다. 단도직입적으로 말하면, 모든 인류의 친구라고 하는 것은 나로선 전혀 문제 밖의 일이다"라고 생각한다. 이 아르세스뜨를 중심으로 사교가인 친구 피랑뜨, 아름다운 과무 셀리메느, 경박한 오롱뜨 따위가 등장한다. 아르세스뜨는 약한 성격 때문에 주위의 조소를 받으며, 셀리메느와의 숙명적인 사랑에도 실패하고, 모든 사람에게 반항한다. 바로 이 반항에 작자의 비웃음이 들어 있다. 그러나 몰리에르의 비웃음은 비웃음 그것으로 끝나는 것이 아니라, 거기에는 눈물이 뒤따르는 것이다. 말하자면, 주인공의 슬픔이 웃음이 되고 또 그 웃음이 슬픔이 되는 것이다. 바로 여기에 이 작품의 가치가 있는 것이다.28)

다. 밀턴의 『실낙원』

영국의 고전주의를 연 밀턴은 『실락원』이라는 작품에서 밀턴은 '왕정복고'에 대해 불만을 품고, 체제 전복의 희망을 우회적으로 표현하였다. '낙원 상실'이 의미하는 바는 아담이 사탄의 힘을 빌어 이루어낸, 인간성 회복으로 이어지는 최초의 자각이라는 것이다. 사탄이 주인인 하느님에 항거하여 스스로 주체성을 되찾으려 했던 인간을 상징하고 있었으니, 중세라면 결코 씌어질 수 없는 작품이었다.

---

28) 김상선, 『문예사조론』(일신사, 1987), p. 162.

2. 낭만주의(*Romanticism*)

1) 두 혁명

낭만주의[29]는 고전주의가 만개하고 계몽주의가 그 절정에 이르렀지만, 쇠락의 기미가 보이기 시작하는 18세기 중반에 발생하고, 유럽 전체에 퍼져 한 시대의 사상을 대표하는 사조로 발전했다. 18세기는 우리가 근대사에서 '혁명의 시대'라고 부르는 시기로, 1776년 미국의 독립선언, 1789년 프랑스 대혁명, 1848년 혁명, 17세기 말-18세기 초에 걸쳐 일어난 유럽의 크고 작은 전쟁 등이 일어났다. 이 시기를 거치면서 서구 사회는 중세의 봉건적 사회구조를 타파하고, 근대적 의미의 정치·경제·사회적 체계를 형성하기 시작했다. 낭만주의는 바로 이 '혁명의 시대'를 배경으로 하는 일체의 사상적·문학적 경향을 일컫는 말로 정의할 수 있을 것이다.

고전주의의 종말을 암시하는 사건이 1715년에 발생했다. 이른바 '태양왕'으로 불리던 루이 14세가 72년간의 재위 끝에 숨을 거두었던 것이다. 루이14세에서 절정을 누리던 프랑스의 절대 왕정은 이후 수많은 전쟁과 혁명을 겪으면서 근대적 국가로 재편되게 된다. 절대 왕정의 성립과 불가분 관련을 맺고 있는 고전주의는 절대 왕정의 몰락과 더불어 쇠잔의 기미를 보이게 되었던 것이다. 18세기 초 프랑스의 사회적 상황은 바르세이유 궁전의 외적 화려

---

29) 우리가 낭만주의 발생을 설명하고자 할 때 맨 처음 고려해야 할 것은, 낭만주의가 각 나라마다 상이하게 나타났다는 점이다. 독일의 낭만주의는 질풍노도 운동(*Sturm und Drang*)이 시작된 18세기 중후반으로 보고 있으며, 영국의 경우는 18세기 후반 경으로 보고 있다. 때문에, 낭만주의의 시대적 구분이 용이하지 않은 것이다. 이러한 현상은 연구자에 따라 다른 시대적 범주를 구획하게 하였으니, 이를 정리하면, 대체로 두 시기로 가지 시대로 나누어질 수 있다. 첫째, 낭만주의는 1798년부터 1832년까지 발생한 문학적 경향이다. 둘째, 낭만주의는 18세기 중후반에서 19세기 전체를 포함하는 문학적 현상이다. 전자의 경우 낭만주의의 시대 구분 및 개념 규정이 용이하다는 장점이 있지만, 고전주의 이후의 문학적 현상을 포괄하기에는 부족하다. 본고에서는 흄, 루소 등의 낭만주의 운동의 전조가 나타나는 18세기 중반을 낭만주의의 시작으로 간주하는 후자의 입장을 취할 것이다.

함과는 달리 속으로는 부패하
고 있었다. 왕족과 귀족들의 향
락은 극에 달해 있었으나, 대다
수의 프랑스 시민들은 기아에
허덕이고 있었다.

이러한 경제적 궁핍함은 프
랑스 시민들의 정치적 의식을
각성하게 했으며, 18세기가 거
의 저물 무렵인 1789년 기존의
질서 체계를 단숨에 붕괴시켜
버리는 거대한 혁명이 일어난

**『프랑스혁명(「민중을 이끄는 자유의 여신」,
외젠 들라크루아 작, 1830년)**

다. 소위 '프랑스 대혁명'30)으로 일컬어지는 이 혁명은 인류 역사상 처음으로
인권을 앞세운 것으로서 봉건제도로부터 탈피하여 인간의 자유와 평등을 존
중하는 민주제도의 형성을 가능하게 만들었다. 혁명의 결과 자아의식 확립,
개인주의 승리, 창조적 자아란 개념이 확고해졌다. 이제 사람들은 신하에서
시민으로 그 지위가 격상되었을 뿐만 아니라 취향, 감성, 창조적 가능성에 대
한 독립성을 자각하게 되었다.

한편, 오랜 시간동안 생산의 합리화와 경영의 합리화를 지향했던 노력으로
서구에서는 산업혁명이라는 거대한 경제적 변화가 일어나기 시작했다. 산업
혁명이란 18세기 중엽 영국에서 시작된 기술상의 혁신과 이에 수반하여 일
어난 사회·경제 구조상의 변혁을 일컫는다. 산업혁명은 생산도구의 일대 혁

---

30) 최유찬, Ibid., p. 111-114 참조. 그에 따르면, 프랑스혁명은 "사회체제의 문제를 집단적 차원에서 해결하려
고 하는 움직임"으로써, "사회의 물적 기반에서 주도권을 장악한 부르주아지가 현실적인 제도권력을 장악
하기 위해 민중과의 연대 하에 변혁을 꾀한 것"이다. 때문에 보수 혁명의 색채를 띠고 있다. "이것은 자본
의 운동에 장애가 되는 기성체제를 사회의 실질적인 세력을 확보하고 있던 부르주아에게 적합한 형태로
변화시키는 작업의 의미를 지녔다"는 것을 의미한다.

신을 가져와 경제성장의 결정적 기여를 하게 된 긍정적인 면도 있으나, 자본의 집중화 현상을 초래하였으며, 이로 인한 부의 편중화 현상도 더욱 깊어가게 되는 부정적인 면도 없지 않았다.

산업혁명은 경제구조상에서만 혁명적인 변화를 가져온 것이 아니라, 정치적 구조에도 커다란 변화를 가져왔으며, 사람들의 생활양식에도 막대한 영향을 미쳤다. 정치적 변화로서 주목할 만한 것은 산업 부르주아지가 발흥한 결과 종래의 귀족·지주 지배의 정치 체제가 흔들리기 시작했다는 점이다. 영국의 신흥 산업 부르주아지는 1832년의 선거법 개정에 의해 피선거권을 얻었으며, 이에 자극을 받은 노동자 계급도 일반 남자의 보통 선거권을 요구하는 '차티스트 운동'을 전개해 나갔다.31) 또한 산업혁명은 사람들의 삶의 방식에도 커다란 영향을 미치게 되었는데, 광범위한 영역에 걸쳐 기계가 도입됨으로써, 그로 인한 노동의 소외를 경험해야 했으며, 거대 도시와 대중의 출현으로 인한 고립된 개인적 삶의 방식에 적응해야 했다.32) 산업혁명과 프랑스혁명이란 두 개의 혁명에 대한 낭만주의의 반향은 부르주아사회의 물질주의, 물화현상에 대한 거부감과 자유 평등 사회의 희망이 멀어진 데 따른 환멸감의 표현으로 나타났다. 이러한 양상은 문학에도 커다란 영향을 끼치게 된다.

---

31) 또한 자유주의를 표방하는 산업 부르주아지는 정부가 취한 종래의 중상주의적인 모든 규칙과 통제가 그들의 자유로운 경제활동을 방해한다고 하는 입장에서, 이의 철폐를 위한 강력한 캠페인을 전개했다. 그 결과 지주적·중상주의적인 모든 규칙은 점차 폐지되었다. 그 주요한 것으로 엘리자베스 도제법(徒弟法)의 폐지(1813~14), 구빈법(救貧法) 개정(1834), 곡물법 폐지(1846), 항해조례(航海條例)의 폐지(1849) 등이 있다. 그 밖에 수출입 관세가 인하되었으며, 1860년에는 거의 자유주의 경제체제가 국내뿐 아니라 국제적으로도 완성을 보게 되었다.

32) 일례로, 1811~12년과 16년에 일어난 러다이트 운동은 기계로 직장을 잃은 노동자들의 기계 파괴운동이었다. 1824년에 단결금지법이 철폐된 이후 스트라이크가 빈발하고 노동조합 결성이 전국적으로 확대되었다.

2) 낭만주의 형성의 내적 요인

(1) 고전주의에 대한 반동

중세의 모순이 첨예화 되는 18세기 중반 르네상스를 거쳐 고전주의에 이르는 동안 세속화된 문학의 규범주의를 비판한다. 낭만주의자들은 작품을 작가의 창의력과 상상력의 산물로 보지 않고, 규범화된 틀에서 만들어지는 것으로 간주하던 18세기 초의 고전주의에 염증을 느꼈다.

낭만주의는 우선 고전주의에 대한 반동으로 시작되었다. 프랑스를 비롯한 대부분의 유럽에서 그 절정기를 맞이하였던 고전주의는 이성을 존중하고, 자연을 모방함으로써 보편적인 진리를 파악하려 하였으며, 이러한 고전주의자들의 노력은 당대 팽배한 계몽주의와 과학적 합리주의에 영향을 받게 되면서부터, 문학에 있어서도 객관적 진리를 곧, 문학의 규범과 법칙을 정교하게 다듬게 형식화하게 되었다. 그러나 문학이 작가의 개성과 상상력에서 발현되는 것이 아니라, 미리 주어진 규범과 법칙을 통해 만들어지게 된다면, 문학은 작가의 사상을 전달하기 위한 수사적 도구로 취급되며, 결국에는 기능주의·기교주의로 전락하게 된다.

고트세트(Gothsched, 1700-1766)는 프랑스 고전주의자 부왈로가 주장한 문학의 규범들을 독일 문학에 적용한 논문인 『독일의 비평적 시론에 관한 소론』(1730)에서 비극의 작법을 단순히 창작법상의 문제로 취급하고 있다. 곧 작가는 우선 도덕적 교훈을 선정하고, 그 교훈의 진실성을 높이기 위한 일반적인 이야기를 꾸며내야 하는데, 여기에는 작가가 꾸며낸 이야기와 비슷한 사건을 경험한 역사상의 인물의 이름을 빌리고, 이야기의 전후가 바뀌는 일이 없이 5막으로 구성하라는 것을 제시한다.[33] 이 같은 고트세트의 작법은

---

33) "작가는 자기의 감각적 수단을 통하여 청중들에게 감명을 주고자 하는 도덕적 교훈부터 우선 선정하여야 한다. 그것이 정해지고 나면 그는 그 교훈의 진실성을 밝혀 줄 일반적인 이야기를 하나 꾸며낸다. 그 후에

고전주의가 얼마만큼 기교주의에 침윤되고 있었는가를 반증하는 것이다. 지나친 기교나 형식에 얽매이면, 그것이 주는 무게에 눌린 작가는 자신이 표현하고자 하는 바를 제대로 표현하지 못하게 된다. 기교와 형식은 작가의 자유로운 상상력을 표현할 수 있는 수단이 되는 것이지, 결코 그것이 목적이 될수는 없는 것이다. 또한 고전주의 시각에서 보면 작가는 객관적 진리의 전달자일 뿐이다. 숨겨진 진리 혹은 도덕을 일정한 질서를 통해 말하는 사람인 것이다. 말하는 주체는 작가가 아니라, 진리 그 자체가 되는 아이러니한 상황이 연출되었다.

자연을 모방함으로써, 그 가운데 숨은 진리를 파악하고자 했던 고전주의의 이상은 작가의 개성과 상상력을 통제하려고 함으로써, 스스로를 내리막길로 밀어내게 되었다. 결국 낭만주의는 고전주의의 경직된 문학관에 반기를 들면서, 신선한 상상력과 개성 및 주관적 세계인식에 토대하여 문학에 생명력을 불어넣고자 하는 운동인 것이다.

(2) 계몽주의와 낭만주의

프랑스 대혁명은 낭만주의자들에게 현실에 대한 거대한 열정을 불러일으켰다. 낭만주의의 사상적 선구자인 루소는 자유민권사상을 주장하여 혁명가들의 사상적 지도자가 되었으며, 워즈워드, 콜리지, 사우디 등의 영국 시인들은 혁명에 고무되어 열정적인 작품을 창작하기도 했다는 것은 널리 알려진 바이다. 이 같은 사실로 보아 초기 낭만주의와 계몽주의는 절대 왕정을 타파하고, 고전주의를 넘어서려는 점에서 비슷한 길을 걷고 있었다. 그러나 대혁

그는 역사를 뒤져서 비슷한 사건을 겪었던 유명한 사람들을 찾아내고 그들로부터 빌린 이름들을 이야기 속의 등장인물들에게 붙임으로써 그 이야기가 실제 있었던 사건처럼 보이게 한다. (중략) 이때 작가는 이 모든 것을 길이가 비슷한 다섯 토막으로 나누고 이야기의 선후가 바뀌는 일이 없이 자연스럽게 진행하도록 이 토막들을 배열"해야 한다.(Lilian R. Turst, 이상옥역, *Romanticism*, (서울대학교출반부, 1978), p. 18, 오세영, op. cit., p. 80 재인용)

명 직후 공포정치가 시작됨으로써, 대혁명의 진보적인 힘을 잃어버리기 시작했을 때, 낭만주의 계몽주의로부터 멀어지기 시작한다.

낭만주의와 계몽주의적 사유 체계는 본질적인 면에 있어서 다르다. 일반적으로 계몽주의는 근대 자연과학을 토대로 발생한 세계관의 표현이며, 자연과학이란 감관을 통한 경험을 합리적으로 풀이한 것이라 정의할 수 있다. 계몽주의의 근본 신념에 의하면, 세계란 우리의 감관에 수용되는 그대로의 사물, 우리의 이성이 인식하는 사실 이상의 아무것도 아니며, 따라서 계몽주의는 가장 강조하는 것은 이성을 통한 감각 세계의 인식을 가장 강조한다.[34]

계몽주의는 보통 30년 전쟁이 끝나는 시점(1648)부터 프랑스 혁명(1789)까지의 서구 정신사를 지배한 사상적 흐름을 가리킨다. 계몽주의는 르네상스의 인본주의적 정신을 모태로 하여, 17-18세기의 과학적 발전을 통합하면서 근대적 사유체계를 만들었으며, 계몽주의의 특징은 자율, 이성, 자연, 낙관주의, 진보에 대한 믿음으로 요약할 수 있다.

> 첫째, 계몽주의는 자율(Autonomy)성에 기초한다.
> 둘째, 계몽주의는 합리적 이성을 존중한다.
> 셋째, 계몽주의는 자연의 상태를 존중한다.
> 넷째, 계몽주의는 낙관주의와 진보에 대한 신념을 주장한다.

이 같은 세계관에 기초한 계몽주의의 문학은 고전주의적 세계관을 지향하고 있었는데, 볼테르(Voltaire, 1694-1778)는 "시는 이성의 장식물이 되고 있는 한도 내에서만 그 가치를 인정할 수 있다"고 하여 고전극의 예술의 본질 즉 "훌륭한 취미, 절제, 전아 및 범절"을 강조한 바 있으며, 라르프(La Harpe) 역시 『고대 및 현대 문학 강의』에서 여전히 문학의 영원한 원리 및 규칙을 특성으로 고집하는 재래(在來)의 문학관을 강조하였다.[35]

---

34) 김진수, 『우리는 왜 지금 낭만주의를 이야기하는가』(책세상, 2001), p. 31 참조.
35) 오세영, Ibid., p. 87.

어떤 면에 있어서 고전주의 문학이론은 계몽주의의 사유체계와 유사한 면이 있다. 희극에 있어서 행동, 시간, 장소의 세 요소는 반드시 일치해야 한다는 '삼일치의 법칙'이나, 작중인물의 행위와 태도, 말씨 등은 모두 그의 신분에 어울려야 한다는 '적합성의 법칙' 등은 문학적 보편성을 추구하려 했던 태도는 계몽주의자들이 자연 현상을 되풀이되는 질서로 이해하여 거기서 일반적인 법칙을 수립하려고 했던 것과 유사하다.

그러나 계몽주의자들과는 달리 낭만주의자들은 세계를 논리적인 법칙으로 파악하지 않는다. 다시 말해 계몽주의들은 오로지 자신의 감각 기관을 통해 감지할 수 있고, 자신의 이성이 파악할 수 있는 것만을 믿는 반면, 낭만주의자들은 세계를 꿈과 환상을 통해 인식한다. 곧 "세계를 진정으로 이해할 수 있는 길을 열어주는 것은 언제나 세계의 불충분한 표면에만 머물게 되는 감관과 이성에 의한 자연과학이 아니라, 이성적 인간에게는 전혀 보이지 않는 상상력과 환상의 길을 따라가는 문학과 예술"36)이라는 것이다.

실례로 슐레겔(Schlegel, Friedrich von, 1772-1829)은 낭만주의 문학이 '진보적인 보편성의 문학'이라고 규정하면서 다음과 같이 말한다.

> 낭만적 문학이 의도하고 있는, 또 마땅히 해야 할 것은, 시와 산문, 창의성과 비판, 창작시와 자연시를 때로는 혼합, 때로는 융합시켜 문학에 생동감과 친근감을 줌으로써 삶과 사회를 시화하는 것이며, (중략) 모든 현실적 또는 이념적 관심에서 벗어나 시적 반영이라는 날개를 타고 묘사하는 자와 묘사 대상 사이를 자유롭게 떠다니며, (중략) 낭만적 문학만이 오직 무한하며 또 자유롭다.37)

마지막 인용문장인 "낭만적 문학만이 오직 무한하며 또 자유롭다"는 "극단적으로 환언하면, 낭만성을 지니지 않는, 낭만주의 이외의 문학은 아직 문

---

36) 김진수, Ibid., p. 31.
37) F. Schlegel, "Athenäum Fragment 116," in K. K. Polheim, *Der Poesiebegriff der deutschen Pomantik*, S. 80, 김주연, 「독일 낭만주의의 본질」, 오생근·이성원·홍정선 엮음, 『문예사조의 새로운 이해』(문학과지성사, 1996), pp. 44-45 재인용.

학으로서의 독자성을 갖고 있지 못하다는 인식일 수 있으며, 이 인식은 계몽주의에 대한 도저한 거부와 그 극복의 문맥에서 파악"[38]할 수 있다. 요컨대, 낭만주의 문학의 "'진보성'은 계몽성으로부터의 탈피라는 의미가 강하고, '보편성'이란 구체성·실용성·현실성이 아닌 문학 자체가 지닌 보편적 가치라는 의미로 해석될 수 있다"[39]는 것이다. 따라서 우리는 낭만주의가 16세기와 17세기에 걸쳐 꽃을 피운 과학적 합리주의, 곧 계몽주의적 사유체계가 그 한계를 드러내는 순간, 그 모습을 드러내기 시작했다는 것을 알 수 있다. 이는 고전주의가 정초한 모방, 이성의 존중, 규범의 형식성 등의 합리주의적 세계관을 거부하고, 작가의 자유로운 상상력과 독창성에 바탕을 둔 절대적인 창조의 자유를 강조하는 새로운 문예사조가 출현했음을 의미하는 것이다.

3) 낭만주의 문학이론

(1) 창작 주체의 재발견

고전주의 작품들은 18세기로 올수록, 지나치게 규범과 형식에 얽매임으로써 르네상스의 진취적이고 열정적인 사상을 잃어버리기 시작한다. 작품의 창작은 작가의 창조력과 상상력에 의존하는 것이 아니라, 선험적으로 주어진 일정한 이론적인 틀이 일차적 요건이었고, 그것을 얼마나 잘 지켰는가에 따라 작품의 질이 결정되었다. 작가는 작품 생산의 주체가 아닌, 규범을 지키는 자였던 것이다.

이에 비해 낭만주의는 무엇보다 작가의 "미적 주관성"[40]을 옹호함으로써,

---

38) 김주연, 같은 곳.
39) 김주연, 같은 곳.
40) 김진수, op. cit., pp. 15-16 참조. 여기서 김진수는 낭만적 주관성을 '미적 주관성'으로 명명하고 있는데, 미적 주관성이란 "세계의 중심에 선 나로서의 절대적 주관성"으로, "세계와 융합된 전체성 속에서의 자아"를 가리키는 용어이다.

고전주의를 넘어서려고 했다. 독일의 철학자이자 시인인 하만(Hamann, Johann Georg, 1730-1788)은 우리 삶의 모든 풍요로움이 무의식에 있다는 점을 강조하였다; "우리 구상들의 완벽함, 그것들을 실행하는 활기, 새로운 사상과 새로운 표현들의 수태와 탄생, 현자의 노동과 휴식, 그가 거기서 얻는 위안과 혐오, 정열의 풍요로운 품안에 묻혀 있는 이 모두는 우리의 감각을 벗어난다."41) 노발리스(Novalis, 1772-1801) 또한 인간의 주관성에 큰 의미를 두었다; "신비의 길은 내부로 향한다. 영원이 그의 세계들, 과거와 미래와 함께 있는 곳은 우리의 내부이지 그 외의 어느 곳도 아니다."42)

낭만주의는 개인의 무의식, 주관을 작품 창작의 주체로 삼았다. 규범과 형식으로부터 작품이 나오는 것이 아니라, 작가의 미적 주관성에 의해 만들어진다는 것을 강조한 것이 바로 낭만주의였던 것이다.

'미적 주관성'은 칸트(Immanuel Kant, 1724-1804)에 이르러 철학적 체계를 갖추게 된다. 그는 인간 주체에 창조적 능력을 부여함으로써, 낭만주의의 철학적 기초를 마련했다. 그는 인간이성이 현실을 모사하고 재현하는 수동성을 갖고 있기 보다는 주체의 자유로운 활동에 의해 대상을 새롭게 구성하여 객관성을 생산한다고 봄으로써 인식이 창조적 자아의 영역으로 변화될 수 있는 여지를 만들었다.43) 칸트는 『판단력 비판』에서 미적 판단에 대하여 다음과 같이 말하였다.

> 취미 판단은 따라서 인식판단이 아니다. 그것은 그러니까 논리적이지 않고 미적이다. 사람들이 그 개념 하에 이해하고 있는 것은 그 판단의 결정적 근거가 주관적일 수밖에 없다는 점이다.
> (중략)
> 취미 판단은 하나의 개념에 기초하고 있기는 하나 (중략) 그 개념은 스스로 결정할 수 없고 또 인식에 이용될 수 없기 때문에, 내가 그 개념으로부터는 객체에 관해서 아무것도 인식

---

41) 알베르 베갱, 이상해역, 『낭만주의의 영혼과 꿈』(문학동네, 2001), p. 106 재인용.
42) 알베르 베갱, 같은 곳.
43) 최유찬, op. cit., p. 116.

할 수도, 입증할 수도 없다고 말한다면, 모든 모순은 사라질 것이다. 하지만 그 판단은 동시에 바로 그 개념을 통해서 역시 누구에게나 통하는 타당성을 얻는 것이다.[44]

칸트에 의하면, 미적 판단은 "부분적인 취미와 얽혀 있지만, 다른 한편으로는 보편타당성을 요구하고 있기 때문에,"[45] 이율배반성을 갖고 있는 것으로 전제된다. 미적 판단은 쾌감이나 불쾌감 같은 감정에 의존하는 것이지만, 이것이 타당성을 얻기 위해서는 객관성을 동시에 갖고 있어야 하 기 때문이다. 그런데, 문제는 미적 판단이 '주관성'에 근거를 두고 있다는 점이다. 이러한 주관성에 근거하여, 낭만주의는 사유에서 직관으로, 재현에서 상상력·환상의 영역으로 나아간다.

> 낭만주의 예술관 속에서 심화된 미적 인식의 성과들은 초월적 이성 개념을 미적 직관의 개념과 결합하려는 노력에서 생겨난다. 사로를 통해서는 이를 수 없는 의식의 통일성을 형상화하고 표현할 수 있는 능력이 환상이다. 추상적인 원리들에서 근거하는 사고 과정과는 달리 환상은 미적 창조력의 통일성을 보증해준다. 말하자면 상상력의 선험적인 종합에 상응하는 순수한 직관의 능력이 환상이라는 것이다.[46]

'직관'과 '상상력', '환상'은 낭만주의 문학을 이해하는 데 중요한 개념들이다. 직관은 판단과 추리 등의 사유에 의존하지 않고 대상을 직접적으로 파악하는 것을 말하는 것이고, 직관의 한 형식인 상상력은 낭만주의자들에게는 "사물을 보는 눈을 제공하는 것으로서 표면적 현실을 넘어서서 거기에 들어 있는 내재적 이상을 보여주는 힘"이 되는 것이며, 동시에 "유한한 세계에서 무한한 세계를 보여주는 것"[47]이 된다. 때문에 '순수한 직관의 능력'은 곧 상상력으로, 상상력은 환상으로 연결될 수 있는 것이다. 낭만주의는 유독 꿈과

---

44) I. Kant, *Kritik der Urteilskraft* (Hrsg. W. Weischedel), Frankfurt a.M., Suhrkamp, Werke Bd. 10, 1968, S. 281; 115. 페터 지마, 『문예미학』(을유문화사, 1993), pp. 37-38 재인용.
45) 페터 지마, Ibid., p. 36.
46) 김진수, op. cit., p. 95.
47) 최유찬, op. cit., p. 122.

환상, 밤과 죽음 등의 이미지를 동경하고 있
는데, 이는 낭만주의자들이 직관과 상상력에
의해 세계를 바라보고 있기 때문이다. 독일
의 낭만주의 시인인 휠덜린은 꿈에서 인간
존재의 본질을 찾기도 했다; "오! 꿈을 꾸는
인간은 신이지만 생각하는 인간은 거지와 다
를 바 없다. 영감에서 깨어났을 때, 인간은
아버지에 의해 집에서 쫓겨난 행실 나쁜 소
년과 흡사하다."48) 휠덜린은 현자의 지혜보

▞휠덜린

다 '밤'의 이미지가 주는 '환상'과 '꿈'이 세계의 본질을 알 수 있게 해 준다고
하며, 다음과 같이 열정적으로 '밤'을 찬양한다.

> 수풀의 꼭대기 나뭇잎들에서 미풍이 태어나 전율한다.
> 보라! 우주의 유령, 달이
> 신비롭게 떠오르는 것을. 그리고 열렬한 여자, 밤이 온다.
> 별들로 총총히 장식을 하고, 인간사에는 무심한 채로;
> 경탄의 분배자, 인간들 사이의 이방인이
> 저기 산곡대기에 올라, 애조를 띤 화려함으로 빛을 발한다.
>
> 오 숭고한 밤의 기적적인 호의로다! 어느 누구도 알지 못하리,
> 한 존재가 그로부터 얻을 수 있는 재능의 근원과 위대함을.
> 이렇게 밤은 세계와 희망으로 가득 찬 인간들의 영혼을 움직인다.
> 현자들조차도 그의 의도들이 보이는 총명함을 지니지는 못한다.
> 큰 사랑으로 너를 사랑하시는 최고의 신의 의지가 그러하니까, 그래서
>
> 밤보다는 사고가 군림하는 낮이 너에게 더 소중하다.
> 하지만 우리는 너무 늦게 왔다. 친구여. 그렇다, 신들은 살아 있다.
> 하지만 우리의 이마 저 너머에, 다른 세상의 중심에.
> 거기서 그들의 행위들이 영원히 행해진다. 그들이 인간사에 가지는
> 관심은 가벼워 보인다. 그만큼 하늘의 주인들은 우리를 조심스럽게 대한다.

---

48) 알베르 베겡, op. cit., p. 266, 재인용.

깨어지기 쉬운 그릇이 그들의 영속적인 현존을 담아낼 수 없기에:
인간은 오직 순간을 통해서만 신적인 충일함을 견뎌낼 수 있다.[49]

고전주의 시대에 미(美)는 자연 속에 내재해 있고, 자연을 모방함으로 얻어질 수 있다고 믿었다. 다시 말해, 현실에서 미가 획득될 수 있는 것은 미의 이데아를 모방함으로써 가능하다는 것이다. 이러한 믿음은 문학에 있어서도 규범과 형식의 확립으로 이어졌다. 문학의 보편성은 미의 보편성으로 확대되면서, 작가를 미의 생산자가 아닌 '구성자'의 지위로 격하시켰다. 그러나 낭만주의에 이르면, 미는 우선 개인의 주관에서 일어난다. 낭만주의에 이르러 창작의 주체는 작가의 개성의 영역이 되며, 직관에 의한 상상력과 환상, 그리고 꿈이 그 근본이 되었다. 프랑스의 시인이자 소설가인 네르발(Gérard de Nerval, 1808-1855)은 『오렐리아, 꿈과 인생』의 종반부에서 다음과 같이 말한다.

> 나는 대담한 시도를 하도록 스스로를 격려했다. 나는 꿈에 집중해, 그 비밀을 알아내기로 결심했다. 내 온 의지로 무장한 채, 그 신비의 문들을 억지로 열지 못할, 내 감각들을 받아들이기보다는 그것들을 지배하지 못할 이유가 어디에 있단 말인가? 매력적이고도 위험스러운 그 환상을 길들이는 것이, 우리의 이성을 농락하는 밤의 정령들에게 하나의 규율을 강요하는 것이 가능한 것은 아닐까? 잠은 우리 삶의 3분의 1을 차지한다. 그것은 우리가 낮에 겪는 고통들에 대한 위안이거나 낮에 맛본 쾌락들에 대한 고통이다. 하지만 나는 잠이 휴식이라고 느껴본 적이 없다. 몇 분간의 마비 후에, 시간과 공간의 조건들로부터 해방된, 아마도 죽음 후에 우리를 기다리고 있는 삶과 비슷할 새로운 삶이 시작된다. (중략) 이후로 나는 내 꿈들의 의미를 찾으려고 노력했고, 이러한 염려는 깨어 있는 상태의 내 성찰에 영향을 끼쳤다. 나는 외적인 세계와 내적인 세계 사이에 어떤 관계가 존재한다는 것을 이해한다고 믿었다.[50]

네르발은 꿈을 '매력적이고도 위험스러운 환상'이라고 말하고 있다. 왜냐하면, 그에 의하면 꿈의 상태는 '시간과 공간의 조건들로부터 해방된, 아마도

---

49) 알베르 베갱, Ibid., pp. 272-273, 재인용.
50) 알베르 베갱, Ibid. p. 584 재인용.

죽음' 후의 삶과 같기 때문이다. 그로부터 현실적 존재는 초월적 존재로 탈바꿈하게 되며, 몽상의 지배자가 된다.

(2) 내면의 미(美)와 천재의 등장

낭만주의자들에게 '감정'은 인간본성에서 가장 중요한 특성이 된다. 인간이 사물의 질서를 파악하고, 그 내적 본성과 의미를 알 수 있게 되는 것은 '이성'에 의해서가 아니라 '감정'에 의해서 이루어지는 것이라고 보았다. 낭만주의의 대표적인 사상가인 루소(J. J. Rousseau, 1712-1778)는 인간과 자연이 서로 유리되어 있다는 인식에서 자연으로 돌아갈 것을 주장하였으며, 동시에 과감히 자신을 표현의 대상으로 삼고 있고 자신이 다른 어느 누구와도 다르다는 점을 공언하기도 했다. 또한『고백론』에서는 인간의 기본 성정이 이성보다는 감정에 있음을 다음과 같이 말하였다; "나는 생각하는 것보다 먼저 느꼈다."51)

콜리지와 함께『서정민요집Lyrical Ballads』를 출간하여 영국 낭만주의

의 선구자가 된 워즈워드(W. Wordsworth, 1770-1850) 역시 루소의 경우처럼 감정의 유출을 문학의 출발이라고 보았다. 하지만 루소에게 문학은 생생한 인간의 기록, '울부짖고 고백하고 적나라하게 드러내놓은 상처가 되는 것'임에 반해서 워즈워드에게서 감정표현은 깊은 성찰과 회상에 의해서 이루어져야 하는 것이다. 워즈워드는『서정민요집』2판 서문에서 시를 "강렬한 감정의 자연스러운 충일"로

「워즈워드

---

51) 최유찬, op. cit., p. 115, 재인용.

정의한 바가 있다. 또
한 그는 시인은 상상
력을 통해 감정, 인
상, 대상물을 보다 큰
전체로 통일시켜 감
각적으로 지각할 수
있는 세계에 대한 비
전을 제시해 주어야

키츠와 그의 육필

한다는 입장을 펼치기도 했다.

키츠(Keats, John, 1795-1821)도 개인의 내면에서 우러나오는 열정과
환상, 욕망을 시로 승화시켰는데, 그의 한 편지에서 "나는 이제 내 가슴속에
차오르는 감동의 신선함과 심상의 진실성 밖에는 아무 것도 믿을 수 없다.
심상이 포착한 아름다움이 곧 진실된 아름다움임에 틀림이 없다"고 말하였
다.

결론적으로 말해 낭만주의 작가들은 그들에게 미지의 세계였던 인간 내면
에 매혹되었고, 그것의 신비함에 깊은 인상을 받기 시작하였으며, 차가운 논
리와 명석함보다는 감정에 의해 고양된 영혼의 내적인 고백이 더 중요하게
여겼다. 예술 활동에서는 고전주의적 안목의 중심이 되어왔던 이성보다는 감
정과 상상력에 의존하기 시작하였다. 고전주의의 논리와 이성은 환상과 감정,
상상력으로 대체되었다. 이는 현실적이고 합리적인 것만이 존중되었던 세계
로부터 벗어나 꿈과 환상의 세계로 가는 것을 암시한다.

시적 주체로서의 개인의 발견은 필연적으로 그 개인을 초월한 초인, 곧 '천
재'의 개념52)으로 발전된다. '천재의 개념'은 칸트에 의해 미학적 차원에서

52) 칸트는 천재란 예술가의 주관이 여러 인식능력들을 구사하여 규칙들의 속박에서 해방된 자유를 행사함으
로써 독창성을 획득하는 것이라고 보고 있다. 칸트가 제시하는 천재는 다음과 같다. 첫째, 천재는 예술에
대한 재능이요 학문에 대한 재능이 아니다. 둘째, 천재는 예술의 재능인 만큼 목적으로서의 산물에 관한

규정되고 있다. 들뢰즈는 『칸트의 비판철학』에서 칸트가 제시한 천재의 개념을 다음과 같이 요약하고 있다.

> 예술에서 상상력과 지성의 일치는 오로지 천재를 통해서만 생명을 얻는다. 천재 없이는 이 둘은 단절된 상태로 남을 것이다. (중략) 천재는 모든 능력의 초감성적 통일을 표현하며 그 통일을 살아 있는 것으로 표현한다. 그러므로 천재는 자연에서의 아름다움의 결과들이 예술에서의 아름다움으로 확장될 수 있는 규칙을 제공한다. 또한 자연 속의 아름다움은 선의 상징일 뿐 아니라, 천재 자신의 종합적 발생적 규칙 아래서 예술 속의 아름다움도 선의 상징이다.53)

들뢰즈에 따르면, 칸트는 천재를 '상상력'과 '지성'을 일치시킬 수 있는 능력을 가진 자로 정의하고 있다. 다시 말해, 이성과 감성의 통일성을 구축할 수 있는 것은 바로 '천재'의 능력을 통해서인 것이다. 이처럼 "낭만주의에서의 천재 개념 속에는 낭만주의의 비합리적이고 주관적이며 주정적인 성격이 잘 나타나 있다. 그것은 예술을 신적인 영감, 순간적 인상과 직관에 의해서 일상에서는 이해할 수 없는 실재의 깊이에 도달하는 일과 연관시키는 견해이다."54)

이 같은 맥락에서 노발리스는 인간의 감각적 세계를 초월할 수 있는 존재, 감각적 현상들을 극복할 수 있는 초월적 존재를 갈망한다. 물론 초월적 존재라 함은 인간의 범속성을 넘어서는 '천재'임은 말할 나위가 없다. 그는 다음과 같이 말한다.

일정한 개념을, 따라서 오성을 전제하지만, 또한 이 개념을 현시하기 위한 소재, 즉 직관에 관한 하나의 표상을 전제하며 따라서 천재는 구상력과 오성과의 관계를 전제한다. 셋째 천재는 풍부한 소재를 내포하고 있는 미감적 이념들을 제시하거나 현시하여 소기의 목적을 표현하는 데서 발휘된다. 넷째 구상력이 오성의 법칙과 자유롭게 화합할 때에 절로 이루어지는 무의도적인 주관적 합목적성은 이 양능력의 균형과 조화를 전제하는데 그 균형과 조화는 규칙들을 준수함으로써 성취될 수 있는 것이 아니라 주관의 자연적 본성만이 산출할 수 있다.(최유찬, Ibid., p. 117)

53) 들뢰즈, 서동욱 역, 『칸트의 비판철학』(민음사, 1995), p. 103.
54) 최유찬, Ibid., p. 123.

인간은 언제나 감각의 세계를 초월한 존재가 될 수 있다. 그렇지 않다면 그는 우주의 시민이 아니라 한 마리의 짐승에 불과할 것이다. 물론 현 상태에서 반성의 의식, 자기 자신에 대한 평온한 시선을 얻기란 힘든 일이다. (중략) 하지만 우리가 그러한 의식에 도달하게 되면, 거기서 유래되는 확신, 즉 정신의 진정한 발현에 대한 믿음은 점점 더 생생하고 강하고 저항할 수 없는 것이 된다. 그것은 보이는 것도 들리는 것도 느껴지는 것도 아니다. 이 세 가지를 합한 것을 넘어서는 그들의 합성이다. 그것은 즉각적인 확신감, 가장 진실되고, 가장 개인적인 내 삶의 통찰이다. 생각은 법칙으로, 욕망은 실현으로 변한다.[55]

(3) 자연의 재해석

낭만주의시대에 자연은 계몽주의 시대의 자연관―자연을 단순히 사물의 영역 곧, 대상의 영역에 머무는 존재로 보는 것―을 거부하고, 인간과 교섭하는 존재이자 스스로 호흡하고 활동하는 유기적인 자연으로 간주하였다. 다시 말해, 자연은 기계장치가 아니라 생기에 찬 유기체인 것이다. 여기서 중요한 것은 단순히 생명체와의 비교가 아니라, 외적 현상들의 다양성에서 하나의 기본적인 통일성을 찾고자 하는 직관이다.[56]

생명을 구성하는 모든 쌍의 성향들 사이에 하나의 방대한 유사 체계가 세워진다. 낮과 밤의 리듬에 여러 가지 층위에서 성의 대립, 중력과 빛, 힘, 물질 등의 원리들이 상응한다. 하지만 하나의 거대한 힘이 모든 존재를 서로서로 그리고 전체와 연결시키며 전 우주적 생명을 관통한다. 자기에 대한 발견들에 영향을 받아 이 힘은 친화력이라고 명명된다.[57]

알베르 베겡에 따르면, 낭만주의자들이 자연에서 보고자 했던 것은, 인간의 삶과 자연 현상의 유사성이었다. 이러한 유사성 속에서 인간은 자신의 영혼이 우주적 보편성과 연결되어 있다는 것을 알게 된다. 따라서 독일의 철학자이자 박물학자였던 슈테펜스(Steffens, Henrik, 1773-1845)가 다음과 같이 말하는 것은 낭만주의자들의 자연관을 극명하게 보여주는 것이다; "자연의 신비는―인간의 형태 속에 전체적으로 표현되어 있다. 인간은 지구의 멀

---

55) 알베르 베겡, op. cit., pp. 330-331 재인용. 강조는 필자.
56) 알베르 베겡, Ibid., p. 126 참조.
57) 알베르 베겡, Ibid., p. 129 재인용.

고 먼 과거의 심연 속에서 만들어졌다. 인간은 지구의 전 운명 그리고 무한한 우주의 운명을 자기 자신의 운명처럼 그 내부에 지니고 있다—우주의 전 역사가 우리 각자 속에 잠들어 있다."58)

브렌타노의 시를 통해 이를 확인해 보자.

> 사랑하는 도금양아, 속삭이렴!
> 세상은 얼마나 평온한지!
> 별들의 목자, 달이
> 하늘의 창백한 벌판에서,
> 이미 한 떼의 구름들을 이끌고 있구나
> 빛이 쏟아져나오는 곳을 향해.
> 쉬렴. 오 내 친구여, 푹 쉬렴.
> 머지않아 내가 다시 돌아올 때까지.
> — 브렌타노, 「도금양아」 부분59)—

독일 후기 낭만주의60) 시인의 한 사람인 브렌타노(Brentano, Clemens, 1778-1842)에게 '별', '달', '하늘'은 관찰이나 관조의 대상이 아니다. 시인과 함께 호흡하며, 시인의 내면을 비추는 거울이 되는 것이다. 이처럼 자연은 낭만주의의 주요한 관심사가 된다. 낭만주의에 이르러 문학 작품은 더 이상 기교 있는 사람들에 의해 만들어지는 객관적인 형체가 아니라, 예술가들 자신의 투영체로 여겼고, 예술가들은 자신의 영혼을 담은 작품, 즉 자기 자신을 세상에 내보내고 있다고 생각하게 되었던 것이다.

---

58) 알베르 베겡, Ibid., p. 133 재인용.
59) 알베르 베겡, Ibid., p. 461 재인용.
60) 낭만주의는 문화적 경향에 따라 크게 전기와 후기로 나뉘어 진다. 후기 낭만주의는 19세기에 접어들면서 시작되며, 문화적 민족주의와 함께 나타난다. 나폴레옹의 유럽 전쟁으로 인해 유럽의 여러 나라들은 자국의 문화를 보호하기 시작했으며, 이 결과 낭만주의는 민담, 민요풍의 발라드와, 민속춤, 그리고 민족의 기원 등에 관심을 갖게 된다. 후기 낭만주의에 접어들면서, 나라마다 역사적 유물과 문화유산을 연구하거나 비범한 인물들의 정열과 투쟁을 조사하는 데 노력을 기울이게 되었다. 역사소설의 창시자로 알려진 월터 스콧(Sir Walter Scott, 1771-1832)경은 그의 작품에서 전지적인 서술기법, 지방어, 지방색을 가진 배경 등을 작품으로 형상화하였다.

3. 사실주의와 자연주의

1) 문학 환경의 변화와 사실주의적 경향

프랑스 대혁명 당시 다른 나라로 혁명이 수출되는 것을 두려워한 유럽의 여러 제국은 동맹을 결성하여 프랑스 혁명군과 대결하였으나 패배하고 말았다. 쿠데타에 의해서 제1집정관과 황제로 변신하며 프랑스 국민에게서 인기를 얻은 나폴레옹은 신속하게 움직이지 못하는 유럽 열강의 연합군과 전투로 국력을 확장하여 이탈리아, 스위스, 네덜란드, 스페인을 점령하였다. 1789년 프랑스 대혁명은 나폴레옹의 등장으로 막을 내린다. 유럽 사회를 혁명적 열기로 들끓게 했다. 이 끝난 직후, 일반적으로 문예사조로서의 리얼리즘은 프랑스 대혁명이 공포정치, 나폴레옹의 집권, 왕정복고로 막을 내리면서 시작된다. 프랑스 대혁명을 이끈 낭만주의적 힘이 어긋나기 시작했을 때, 그리고 혁명을 이끈 부르주아지와 노동자의 계급적 대립이 첨예화 되는 시기에 촉발되었던 것이다. 하우저는 19세기의 역사적 상황을 다음과 같이 기술하고 있다.

> 부르주아지는 완전히 권력을 소유하고 또한 그 사실을 잘 의식하고 있다. 귀족은 역사의 무대에서 퇴각하여 순전히 私的인 생존을 지속한다. 중산계급의 승리는 의심할 여지없이 명백해진다. 승리자들은 사실 옛 귀족정치의 지배형태와 통치방식을 부분적으로는 그대로 이어받으면서 철저히 보수적이고 편협한 자본가계급을 형성하는데, 그러나 그 개개인들의 생활형태와 사고방식은 전적으로 비귀족적이며 비전통적이다. (중략) 그러나 중산계급의 해방이 완수되는 것과 때를 같이해서 이미 정치참여를 위한 노동자계급의 투쟁도 시작한다. (중략) 프롤레타리아트의 계급의식이 각성됨과 동시에 사회주의 이론이 그 최초의 다소 구체적인 형태를 갖추게 되고 또한 과거에 있었던 비슷한 종류의 어떤 운동보다도 급진적이고 일관된 예술적 행동주의 운동의 프로그램이 성립된다.[61]

부르주아지의 승리는 중세 봉건체제의 완전한 종말을 의미하는 것이다. 토지를 매개로 하여 왕과 귀족, 농노로 구성되었던 중세의 경제적 관계는 이제 자본을 매개로 부르주아지와 프롤레타리아로 바뀌게 된다. 정치 무대에서도 왕과 귀족은 퇴각함과 동시에 부르주아지가 권력을 잡게 된다. 이 같은 과도기는 프랑스의 경우 매우 급진적으로 나타나고 있는데, 프랑스는 대혁명 이후에도 '집정정치시대', '제1제정', '왕정복고', '7월 왕국', '제2공화국', '제2제정', '제3공화국' 등 7번의 정치체제의 변화를 겪게 된다. 그런데, 부르주아지의 권력 집중은 노동자의 소외를 동반하게 되면서, 또 하나의 대립적 갈등관계를 만들게 된다. 하우저는 이러한 갈등관계를 자본주의적 메카니즘의 확립과 불가분 관계를 맺고 있다고 말한다.

> 르네상스 이래 점차 드러나는 근대 자본주의의 근본경향은 이제, 어떤 전통에 의해서도 완화되지 않는 그 뚜렷하고 비타협적인 명료성 속에 나타난다. 가장 현저히 눈에 띄는 것은 비인격화의 경향, 즉 경제기업의 전 메카니즘에서 개인의 환경에 대해서 고려하는 모든 직접적 인간적 영향을 제외시키려는 노력이다. 그리하여 기업은 자치의 이해와 목적을 추구하고 자체의 논리법칙에 따라가는 하나의 자율적 유기체로 되며, 자기와 접촉하는 모든 사람을 노예로 삼는 폭군이 된다. (중략) 원래 사람이 만든 체제가 이제는 그것을 지탱하는 사람들에게서 독립하게 되며, 사람의 힘으로는 그 움직임을 막을 수 없는 하나의 메카니즘으로 변한다.[62]

부르주아지가 역사의 무대에 주도적 위치를 차지하기 시작한 1830년대 이후 자본주의 역시 독자적 메카니즘 속에서 자기증식을 하기 시작했던 것이다. 그러나 자본주의가 발달하면 할수록, 자본주의의 두 계급 즉 부르주아지와 노동자의 대립은 더욱 첨예하게 되었다. 부르주아지는 경제적 부와 함께 정치적 권력을 소유하게 되었으나, 노동자들은 비참한 생활환경에 허덕이며, 정치적으로도 약자의 위치에서 회복될 기미를 보이지 않았다. 생산의 합리화

---

61) 아놀드 하우저, 백낙청·염무웅 공역, 『문학과 예술의 사회사(현대편)』(창작과비평사, 1996), pp. 4-5.
62) 아놀드 하우저, Ibid., p. 11.

를 위한 거대 공장이 도시 곳곳에 만들어지며, 확산되었다. 거대 공장의 폭력은 어린아이들까지 노동자로 고용하고, 장시간 노동에 시달리게 하였다. 인간은 노동을 통해 더욱 쇄약해지며 궁핍으로부터 헤어 나올 수 없게 되었다. 거대 공장의 확산은 기업의 자율적 기제를 더욱 공고하게 만드는 것으로, 여기에 속한 노동자는 이윤추구라는 자본주의적 욕망을 충족시키는 부산물로 전락했다. 이러한 비인간화 현상은 사회전반으로 확대되며, 인간의 인격 및 가치까지 구속하게 된다. 한마디로 자본주의는 사회전반의 경제 논리인 동시에 정치적, 문화적 논리로까지 발전하게 된 것이다.

이 시기에는 과거 어느 시기보다 "생활의 정치화"63)가 진행되었는데, 이는 문학에 있어서도 정치적 성향을 강화시키는 결과를 초래하게 되었다. 다시 하우저의 말을 빌면, 1830년부터 1848년 사이의 사회적 흐름은 문학적 재능과 정치적 경력을 동일시하였다. 이와 더불어 1830년대 후반부터 급속히 발달하기 시작한 인쇄술과 식물성 섬유를 소재로 한 종이의 보급, 그리고 시민 왕정이 문맹퇴치를 위한 대중교육의 확산으로 발생한 '대중의 문예 욕구'64)가 팽창하기 시작했다. 이러한 정치적, 경제적 흐름은 저널리즘의 활성화를 초래하게 되었으며, 직업적 문필가 즉 저널리스트를 양산하게 되었다.65) 그리하여 문학과 저널리즘의 결합은 자연스러운 것이었으며, 오늘날까지도 이어지고 있다. 이로써 신문들은 문예란에 연재소설을 게재하기 시작했다. "저널리즘은 당대의 사회적 현상을 전달함으로써 사회적 문제에 대중의 관심을 유도함으로써 소위 사회적 문학이 발전할 수 있는 소지를 제공했"66)던 것이다. 문학적 지형도는 이제 자본주의 사회 걸맞게 바뀌게 된다. 소위

---

63) 아놀드 하우저, op. cit., p, 13,
64) 최유찬, op. cit., p. 166. 당시 시대적 풍속을 보면, 싼 값에 책을 대여할 수 있는 독서실이 빠르게 확산되고 있는 것을 볼 수 있는데, 노동자들로서는 감당할 수 없이 비싼 책값을 독서실을 통해 대리 충족하였던 것이다.
65) 아놀드 하우저, Ibid., p. 13-14 참고; "재산이 없어서 정치에의 출구가 막힌 유능한 청년들은 저널리즘에 투신하는데, 이것은 문필업의 관례적 시작이며 전형적 형태로 된다."
66) 최유찬, Ibid., p. 166.

신문소설이 출현하게 된 것이다.

　　신문은 전문가의 기고뿐만 아니라 일반적인 흥미기사들, 3즉 여행기와 스캔들 스토리와 재판보고 등을 실린다. 그러나 가장 인기 있는 것은 연재소설이다. 귀족과 부르주아, 사교계와 지식인, 주인과 하인 등 남녀노소 누구나 이것을 읽는다.「프레스」지는 발자크와 외젠느 쉬의 작품을 가지고「문예면」연재를 시작하는데, 발자크는 1837년부터 1847년까지 매년 소설 한 편씩을 여기에 넘겨주고 외젠느 쉬는 자기 작품의 대부분을 여기에 내놓는다.「씨에끌」지는「프레스」지의 작가에 대항해서 알렉상드르 뒤마를 내세우는데, 그의「삼총사」는 비상한 성공을 거두어 그 신문으로 하여금 상당한 수입을 올리게 해 준다.[67]

「발자크(러시아옷을 입은 모습)

　　하우저의 지적대로, 신문은 문학과 정략적으로 결합함으로써 상당한 수입을 올릴 수 있었으며, 또한 작가들은 신문이라는 유용한 수단으로 자신의 재능을 펼치며, 아울러 사회적 명성을 얻게 되었다. 신문소설의 의의는 무엇보다 문학을 '환상'에서 '현실'로 끌어내린 데 있다고 할 수 있다. 발자크(Honore de Balzac, 1799-1850)의『노처녀』(1836)가 최초의 신문소설로 등장하고 위젠 쉬의『방랑하는 유태인』과『파리의 비밀』등이 인기를 얻었다. 지금까지 낭만적 환상이나 꿈같은 사랑으로 시종하던 소설은 이제 그러한 환상과 꿈에서 벗어나 현재의 사실을 제시할 수 있었다. 그것은 단순히 있는 현실을 모방하는 것이 아니라 '이것이 현실이다'라고 새롭게 주장하는 의미가 있었던 것이다.[68] "연재소설은 문학의 유래 없는 대중화, 독자대중의 거의 완전한 평준화를 의미한다. 한 예술이 일찍이 그렇게 다른 여

---

67) 아놀드 하우저, Ibid., p. 15.
68) 최유찬, Ibid., pp. 166-167

러 사회층과 교양층에게 그렇게 일치된 공인을 받고 비슷한 느낌으로 받아들여진 적은 없"[69])던 것이다. 그러나 신문소설은 소위 인가작가에게 엄청난 부담을 주기도 하였으니, 앞서 인용한 뒤마의 경우 자신의 문학적 경향을 표준화시키고 이를 대량생산할 수 있는 "문학공장"을 설립하여, 대리작가로 하여금 '뒤마'표 소설을 기계적으로 생산하였던 것이다. 오늘날의 경우와 비슷한 문학산업의 첫발이 시작된 것이다.

사실주의는 이 같은 문학적 환경의 변화에서 촉발된 문예사조로 공상이나 이상을 배격하고 자연과 인생 등을 객관적인 상태 그대로 충실히 그려내는 태도를 말한다. 이 말은 '재현'과 '반영'이라는 단어로 다시 설명할 수 있는데, '재현'과 '반영'은 서로 약간의 차이는 있지만, 모두 낭만주의적 산물인 '환상'을 거부하고, 인간이 살아 숨쉬는 '지금', '이곳'의 현실을 충실히 그려낸다는 것을 의미한다. 사실주의에서 문제가 되는 것은 역사적 사실을 얼마나 실감나게 재현했는가, 당대의 문제들을 얼마나 사실적으로 그려냈는가 하는 것에 있다. 이제 낭만주의의 '환상'은 사실주의의 '현실'과 불가피한 대립을 만들어낸다.

2) 고전주의와 낭만주의를 넘어서

앞서 언급했듯 사실주의는 작가가 처해 있는 당대의 객관적인 사실을 '있는 그대로 충실히 그려내는 것'을 근본으로 하는 문예사조이다. '사실주의'realism는 실물을 뜻하는 라틴어 'realis'에서 유래하였는데, '관념' 혹은 '상상'에 대립되는 이 말은 원래 '실재론'을 의미하는 데, 애초부터 철학적인 용어였다. 실재론의 기원은 플라톤의 이데아론으로 거슬러 올라가는데, 플라톤의 언급한 이데아의 의미와 근대 문예사조로써의 리얼리즘은 상반된 의미

---

69) 아놀드 하우저, Ibid., p. 17.

를 갖는다. 플라톤의 '실재'는 우리가 살고 있는 현실을 가변적이고 비본질적인 것, 곧 그림자 세계로 여기고 이 그림자 너머에 본질 곧 실재가 있다고 주장한 반면, 근대 사실주의는 우리가 살고 있는 '지금', '여기'의 세계를 재현하려고 하기 때문이다.

사실주의에서는 고전주의가 추구했던 이상미(理想美)에서처럼 조화되고, 완결된 것에서 오는 형식미를 배제하고, 추악하고 불쾌한 현실의 모습을 사실적이고 있는 그대로의 객관적인 묘사로 그려내었다. 그리하여 우리는 사실주의의 문학적 경향이 작품내용의 진실성을 확보하는 데 있다고 우선 말할 수 있다. 이를 위해서는 사회적 현상과 인생의 문제를 명확히 분석·해부할 수 있는 냉철한 작가정신이 수반되어야 한다. 이러한 의미에서 고찰한다면 사실주의는 반드시 한 시대에만 국한되는 사고방식이라기보다는 시대를 초월한 하나의 작가정신이라 해도 과언은 아닐 것이다.

낭만주의 또한 사실주의와는 전혀 다른 태도를 보인다. 강인숙 교수는 낭만주의적 경향과 사실주의적 경향을 대별하고 있는데, 일별하면 다음과 같다.70) 첫째, 낭만주의 문학이 주관주의적 경향으로 내면성을 존중한데 반하여 사실주의 문학은 외면성을 존중한다. 둘째, 낭만주의 문학이 주정주의적 경향으로 개성과 상상력을 중시한데 반하여 사실주의 문학은 주지주의적 경향으로 보편성 및 객관적 자료를 중시한다. 셋째, 낭만주의 문학은 천재를 찬양, 비범성을 존중하는 데 반하여 사실주의 문학은 범인을 존중하고 평범성을 그린다. 넷째, 낭만주의 문학의 배경은 현실도피적 경향이 있지만, 사실주의는 현실을 재현한다. 다섯째, 낭만주의 문학은 반문명성을 가진다. 곧 시골, 원시림, 어린이, 동물을 예찬하지만, 사실주의 문학은 친문명성을 보인다. 곧 도시, 성인을 주로 묘사한다. 여섯째, 낭만주의 문학은 무한성을 동경하여 종교적 성향까지 가지지만, 사실주의 문학은 유한성을 추구하여, 반종교적, 현

---

70) 이하의 차이는 강인숙, 『자연주의 문학론』(고려원, 1987), p. 40 참조.

세적, 감각적, 물질주의적 성향을 띤다. 일곱째, 낭만주의 문학이 스타일의 혼합으로 숭고성과 기괴성을 결합시켰다면, 사실주의 문학은 비속성과 진지성을 결합시켰다.

3) 사실주의의 문학적 경향

발자크는 『인간희극』의 서문에서 자신이 작품을 쓰게 된 동기를 당대의 사상적 흐름을 대표하는 실증주의적 태도와 연결하면서,

> 다만 하나의 생물만이 존재한다. 창조주는 유기적인 모든 존재에 대하여 오직 하나 그리고 동일한 수호신을 사용한 데에 불과하다. 생물은 외적 형태를 가진 하나의 원시적인 힘이다. 더 정확하게 말하면 그 힘이 발전할 수 있도록 놓여 있는 외계에 있어서 여러 가지 다른 형태를 취한 것이다. 생물의 종류는, 그것의 상이한 형태에 불과하다. (중략) 그러한 관계에서는, 사회도 자연계도 같은 것으로 나는 보았다. 사회도 인간을, 마치 동물계에 있는 동물의 종류처럼, 각기 활동하는 외계에 따라 다양한 인간들을 만든 것이 아닐까.[71]

라고 말하고 있다. 작가는 동식물학자와 같이 인간의 삶과 사회를 관찰하며 분석해야 한다. 발자크는 인용된 곳의 다음 부분에서 자신이 이 같은 사명을 완수하겠다는 것을 은연중에 암시하고 있다; "뷔퐁은 동물계 전체를 한 권의 책으로 훌륭하게 저술했으나, 사회에 관해서는 이런 종류의 저술이 없지 않은가."[72] 이 같은 태도는 인물묘사에 있어서도 매우 사실성을 유지하도록 했다. 그의 작품 『고리오 영감』을 보도록 하자.

> 장 조아셍 고리오는 대혁명 전에는 수완이 좋은 절약가로 일개 제면 직원이었으나, 꽤 진취적 기상이 풍부했기 때문에 마침 1789년의 최초의 봉기에서 희생자가 된 주인의 가게를 사들였다. 그는 소맥 시장에 가까운, 라 쥐시엔느 거리에 가게를 열고, 자기의 장사를 이 위

---

71) 문덕수·황송문, 『문예사조사』(국학자료원, 1997), pp. 115-116 재인용.
72) 문덕수·황송문, 같은 곳.

험한 시기에서 가장 유력한 사람들에게 보호받으려고 그 거리의 위원장직을 담당한다는 빈틈 없는 계획성을 발휘했다. 이 지혜는 좋건 나쁘건 간에 그 식량 기근 후에 파리의 양곡이 대단한 고가를 부르게 되었을 때 재산을 모으게 했던 것이다. 민중이 빵집 앞에서 맞붙어 싸우는 속에서도 어떤 종류의 한패는 몰래 식료품상에 가서, 스파게티라든가 마카로니를 샀기 때문이다. 이 한 해 동안에 시민 고리오는 착실하게 자본을 축적하고, 그것이 나중에는 거액의 돈이 되어 그것을 소유하는 인간에게 주는 우월성을 마음껏 이용해서 장사를 넓히는 데 도움이 되었다. 어느 정도의 노력밖에 없는 모든 인간에게 일어나는 일이, 그의 신상에도 일어났다. 결국 평범한 중용이 그를 구해 주었던 것이다. 게다가 그의 재산은 이미 부자인 것이 아무 위험도 없는 시기가 되고 나서야 비로소 사람들이 알게 되었기 때문에 누구의 질투도 모략도 받지 않았다. 곡물의 거래가 그의 지능을 전부 빨아먹을 것같이 보였다. 밀이나 밀가루나 낱알에 대한 것, 그것들의 품질이나 산지를 분간 하든가, 그 보존에 신경을 쓰던가, 상장의 변동을 예상한다든가, 수확의 다과를 예견하던가, 싼값으로 곡물을 사들이거나 시칠리아 섬이나 우크라이나에서 매입하는 경우에 있어서는 고리오의 오른편에 앉을 사람이 없었다. 그가 장사의 지휘를 하고, 곡물의 수출입에 관한 법률을 설명하고, 그 정신을 연구하고, 그 맹점을 꼬집어 내는 것을 보면, 사람들은 그가 장관이라도 할 수 있는 역량의 소유자임에 틀림이 없다고 판단했다.

고리오 영감의 성장 과정, 그를 성공으로 이끈 장사수완, 성격 및 평판 등 그와 관련된 모든 것이 사실적으로 묘사되고 있다. 프랑스 대혁명의 혼란기를 거치며, 부르주아지로 성장하는 고리오 영감은 1800년대 역사 속에서 살고 있는 인물이며, 현실을 벗어나서는 존재할 수 없는 구체적 인물이다. 이 같은 경향은 그의 대표작인 『인간희극(La Comedie humaine)』에서 드러나고 있다. 이 작품에 등장하는 2천여 명의 인물들 속에서 독자들은 자신과 주변사람의 모습을 발견하게 된다. 당대의 사회전체가 『인간희극』 속에서 다시 살아나게 된 것이다. 이 같은 문학의 사실주의적 경향은 스탕달이나 플로베르, 모파상 등의 작가를 거쳐 현대소설의 큰 흐름으로 정착된다.

아우얼 바하는 발자크와 함께 사실주의 문학의 대표자로 손꼽히는 스탕달의 문학적 경향을 분석·평가하면서 사실주의의 문학적 경향을 다음과 같이 언급하고 있다.

등장인물의 성격, 태도, 인간관계는 당시의 역사적 상황과 아주 밀접하게 연관되어 있다.

당시의 정치적, 사회적 상태는 그 이전의 어떠한 소설에서보다 훨씬 상세하고 리얼한 방식으로 줄거리 속에 짜여져 있다. (중략) 가장 구체적인 당대 역사 속에 사회적 신분이 낮은 사나이(여기서는 줄리앙 쏘렐)의 비극적인 생애를 논리적, 체계적으로 집어 넣고 나서 발전시키는 것은 전혀 새롭고 매우 뜻깊은 현상이다. 줄리앙 쏘렐의 다른 생활권 즉 그의 아버지 집안, 베리에르 시장 레날씨의 집, 브쌍송의 신학교 등도 라 몰家의 경우와 마찬가지로 예리하게 사회학적으로 규정되어 있는데, 그것은 당시의 역사와 일치되어 있다. 군소 등장인물, 예컨대 쉘링老司祭, 부랑즈 수용소장 발레노 등도 하나같이 왕정복고 시대라는 특정한 역사적 상황 밖에서는 상상할 수도 없는 인물들로서 그런 역사적 상황 속에 놓여짐으로 해서 우리가 보는 바와 같은 모양이 된 것이다.73)

아우얼 바하에 따르면, 사실주의는 우선 작품이 쓰여 지는 당대의 역사적 상황과 밀접한 연관을 맺고 있어야 한다. 주인공은 물론이고, 다른 등장인물까지도 그들이 처한 역사적 상황을 벗어나서 묘사하면 안 된다는 것이다.

이러한 의견은 르네 웰렉의 정의에서 매우 구체적으로 다루어진다. 그에 따르면 사실주의는 "당대 사회 현실의 객관적 묘사"로, 이는 "환상적인 것, 동화적인 것, 우의적인 것, 상징적인 것, 고도로 양식화된 것, 전혀 추상적이고 장식적인 것을 거부한다. 그것은 우리가 어떠한 신화도 동화도 꿈의 세계도 원치 않는다는 것을 뜻한다. 그것은 또한 있을 성싶지 않은 것, 단순한 우연, 극히 예외적인 사건의 배제를 은연중에 뜻"74)한다. 당대 사회를 객관적으로 그리되, 구체적으로 그려야 한다는 문학적 원칙은 사실주의라는 용어가 정착된 과정에도 잘 나타나 있다.

사실주의는 문학용어이기 이전에 미술용어였다. 렘브란트 작품 세계에 대한 서술로 1835년에 프랑스에서 처음 '레알리슴'이라는 말이 사용되었던 것이다. 이 용어가 문학의 용어로 쓰인 것은 1856년에 『레알리슴』이란 잡지가 창간되면서부터이고, 같은 해 비평용어로 확립되었다. 초기에 통용된 '리얼리

---

73) 아우얼 바하, 『미메시스』(민음사, 1991), pp. 164-165.
74) René Wellek, *Concepts of Criticism* (New Haven: Yale Univ. Press, 1963), pp. 240-241, 유종호, 「근대 소설과 리얼리즘」, 오생근·이성원·홍정선 엮음, 『문예사조의 새로운 이해』(문학과지성사, 1996), pp. 73-74 재인용.

즘'은 어떤 관찰된 대상을 정확하고 생생하게 그린 것을 가리키는 말이었고, '영웅적', '전설적', '낭만적' 등의 반대말로 쓰였다. 시간이 지남에 따라 이 용어는 불쾌한 것, 폭로적인 것, 누추한 것을 가리켰고, 부분적으로는 부르주아 세계관에 대한 반항, 부르주아 예술가가 무시하려는 평범한 소재의 선택과 관련되었다.[75] 그런데 최초로 사용된 사실주의라는 어휘는 낭만주의의 대립어가 아닌 노미널리즘의 대립어를 의미하였으나, 시간이 지남에 따라 낭만주의의 환상적 경향에 대립하는 용어로 정착되었다. 따라서 초기 사실주의는 소박한 모사론의 수준을 벗어나지 못했으며, '진부한 生'을 나타내는 때 묻은 어휘로 천대받게 된다.[76]

단순한 재현 혹은 모사의 범주를 벗어나지 못하던 초기 사실주의 문학은 사회주의 이론과 공유되면서, 좀더 정교하게 이론화된다. 특히 마르크스는 소위 '지킹엔 논쟁'을 벌이면서, 사실주의 문학의 커다란 윤곽을 그리는데, 사실주의 문학이론의 가장 중요한 부분이라 할 수 있는 '형상'과 '전형'의 문제이다. 마르크스는 라살레의 『프란츠 폰 지킹엔』을 비판하면서, 비극의 갈등이 단순한 성격이나 기질의 문제에서 비롯되는 것이 아니라 그 심층부에 사회적 모순을 내포하고 있어야 하며, 등장인물이 집단이나 계급의 대표자여야 한다는 견해를 밝히고 있다.[77] 엥겔스는 마르크스의 견해를 받아들여 좀더 핵심적이며 구체적인 정의를 내리고 있다; "내 생각에 리얼리즘이란 세부의 진실성 외에도 전형적 상황에서의 전형적 인물을 진실하게 재현하는 것을 의미합니다."[78] 이 말이 의미하는 것은 리얼리즘은 세부적 진실성을 바탕으로 하되, 전형적인 상황에서 활동하는 전형적인 인물을 형상화하는 것이다. 다시 엥겔스의 말을 들어보자.

---

75) 유종호, 「근대 소설과 리얼리즘」, 『문예사조의 새로운 이해』(문학과지성사, 1996), pp. 72-73 참조.
76) 김현, 「리얼리즘론의 형성과정」, 김용직·김치수·김종철편, 『문예사조』(문학과지성사, 1977), pp. 129-133 참조.
77) 최유찬, op. cit., p. 174 참조.
78) 최유찬, Ibid., p. 175 재인용.

첫째 세부의 진실성은 세부의 충실성이나 세부묘사의 생활적 진실성이 아니라 세부의 진실성이다. (중략) 작가는 묘사의 진실성이나 박진성이 아니라 존재(세부 또는 세부묘사)의 진실성을 추구해야 하기 때문이다. 즉 세부의 진실성은 세부묘사에서 '본질적인 규정들을 가능한 한 올바르게, 가능한 한 명확하게 일반화'하여 규정한 덕택으로 이루어진다. 둘째, 전형성은 세부의 연속 속에서 형성되어가는 어떤 실체들이 분립하여 관계하고 운동함으로써 반영되는 현실의 전형적 특수성, 또는 개별자와 일반자를 매개하는 실체의 특수한 성질을 말한다. 이것을 관념론에서는 일반자의 분화 또는 분절화에 의해 이루어진다고 보는 것이지만 리얼리즘 이론은 개별자들의 객관적 상호관계를 규정함으로써 형성되는, 개별자와 사회적인 것의 결합, 개별적인 것과 일반적인 것의 통일로서의 특수자의 본질로 파악한다. 그러므로 전형성의 기초 역시 세부묘사에서 구체성을 획득하는 문제에 연결되고 좀더 나아가서 그 구체성들 사이에 연속되고 확장하는 관계가 성립될 것을 요구한다.[79]

엥겔스는 리얼리즘을 세부의 진실성과 전형성이 통일된 형식으로 간주한다. 만일 세부적 진실성을 갖추고는 있으나, 그것들을 통일성을 보증하는 전형성이 없으면, 각각의 부분들은 서로 연관성을 잃고 개별적으로 흩어지게 된다. 엥겔스의 표현을 빌면, 전형성이란 "세부묘사에서 이루어지는 대상의 본질적 계기들의 규정을 통해 개별적 계기들의 연관관계를 형성함으로써, 나아가서 그 연관관계에 기반을 둔 개별적인 형상이나 그것들의 결합이 구체적이고 역동적인 체계를 형성함으로써 작품에 나타나게 되는 현실의 좀더 고양된 전형적 특수성을 말"[80]하는 것이기 때문이다.

4) 주요 작가와 작품

(1) 발자크(Balzac, Honoré de, 1799-1850)

고전주의가 극을 중심으로 전개되며, 낭만주의가 시에서 가장 뚜렷한 흔적을 남기고 있는데 비해 사실주의는 소설에서 꽃을 피운다. 사실주의의 거장

---

79) 최유찬, Ibid, p. 176 재인용.
80) 최유찬, 같은 곳.

인 발자크는 사회를 움직이는 인간의 심리에 대한 탐구와 함께 사회를 전체로서 파악하는 방법을 개척하여 사실주의의 전형적인 수법을 보여 주었다. 그는 『고리오 영감』, 『인간희극』 등 여러 소설에서 프랑스의 풍속을 묘사했을 뿐 아니라, 인간의 욕망을 내밀한 심리가 벌이는 인간 드라마를 재현하고자 하였다. 그의 대표작 중 하나인 『고리오 영감』을 간단히 살펴보도록 하자.

왕정복고의 시대, 정확히 1819년 파리의 하숙집 보게르 부인의 집에는 온갖 계층의 하숙인이 살고 있었다. 학생 라스티냐크, 정체불명의 보트렝, 그리고 고리오 영감 등. 젊은 야심가인 위젠느 드 라스티냐크는 파리 정복을 꿈꾸고 고향을 떠나온 학생인데, 그는 하숙집에서 만난 고리오 영감에게 흥미를 갖는다. 고리오 영감은 아나스타니 드 레스토 남작부인과 데르핀느 드 뉘싱겡 남작부인의 아버지이다. 영감은 이 두 딸을 위하여 쌓아올린 재산을 탕진하고 있었다. 라스티냐크는 사교계에서 고리오 영감의 두 딸을 만나 알게 되는데, 그는 그 여자들을 마음속으로는 경멸하면서도 한편으로는 환심을 사려고 한다. 보트렝은 수수께끼와 같은 사나이이다. 그는 라스티냐크에게 정당한 방법으로는 명예도 재산도 손에 넣을 수 없다고 설명하고, 어떤 수상한 수단으로 돈벌이 할 것을 제안하는데, 나중에 탈옥한 죄수라는 것이 발각되어, 경찰에 체포당한다. 고리오 영감은, 사랑하는 두 딸의 행복을 위하여 마지막 연금까지 털어준다. 그러나 두 딸은 아버지의 임종에 나타나지 않는다. 고리오 영감은 딸들의 이름을 부르며 숨을 거둔다. 젊은 라스티냐크는, 도덕이라는 가면 밑에는 격렬한 인생의 생존경쟁이 있음을 알고, 고리오 영감이 묻힌 묘소로부터 파리의 휘황한 등불을 바라보면서 "파리여! 이제 너하고의 승부다!"라고 말하며 파리 정복에 나선다.

이 작품에 묘사된 시대는 왕정복고의 시대, 정확하게 1819년부터 1820년 2월까지의 3개월간이다. 극히 짧은 시기에, 많은 긴박한 사건을 담고, 그것을 치밀한 풍속표시와 독특한 성격분석으로 두드러지게 부각시키고 있다. 표면적으로는 화려해 보이지만, 실은 퇴폐적 운명에 놓인 상류사회와 언뜻 보기에 탐욕스럽고 비속하지만, 그러나 강렬한 힘을 가진 서민계급과의 대비가 매우 선명한 작품이다.

(2) 스탕달(Stendhal, 1783-1842)

▶스탕달

발자크와 함께 창작 활동을 한 스탕달은 "소설을 쓸 때에는 언제나 나폴레옹 법전을 옆에 놓고 읽어가면서 창작했다는 말이 있을 정도로 나폴레옹의 신봉자"[81]였다고 한다. 그의 대표작인 『적과 흑』에서 야심과 연애와의 갈등을 그려 성격 묘사와 심리해부의 극치를 보여주었다. 줄거리를 살펴보자. '1830년 연대기'라는 부제가 붙어 있는 이 작품은, 1829년 가을 「줄리앙」이라는 제목으로 착상되어, 1820년에 완성, 현재의 제목 『적과 흑』이란 이름으로 바뀌어 지고, 7월 혁명 직후 인쇄되었다.[82] 이 작품에서 '적'은 나폴레옹 군대를, '흑'은 신부를 상징하는 것임과 동시에, 평민이 사회적인 지위를 얻으려면 이 두 가지 길 밖에는 없다는 것을 뜻한다. 가난한 톱장이 아들로 태어난 줄리앙은 자기의 재주와 아름다운 얼굴로 시장(市長) 집 가정교사가 되었을 뿐 아니라, 그 집의 부인과 사랑하는 사이가 된다. 그러나 줄리앙은 사랑도 수단이었을 뿐이다.

사랑도 그에게는 야심의 일부분에 불과했다. 줄리앙처럼 불우하고 그토록 남의 멸시를 받

---

81) 김상선, op. cit., p. 197.
82) 이 작품의 주인공인 줄리앙의 실제 모델이 되었던 앙트완느 베르테의 사형집행이 1828년에 있었다. 1827년 7월, 전 신학생 앙트완느 베르테라는 젊은이가 가정교사로 들어가 있던 그의 집 부인을 총으로 쏘아 상처를 입히고, 다음해 25세의 젊은 나이로 사형을 당했던 것이다. 베르테는 그 부인을 유혹하였고, 후에 신학교에 들어갔다. 몸이 약한 베르테는 퇴학하여 다른 집의 가정교사로 들어갔다가 그 집 딸을 유혹하다가 쫓겨나게 된다. 베르테는 자신의 불행을 최초의 부인 탓으로 여기고 그녀를 죽일 결심을 했던 것이다.

아 온 가난한 자에게는 사랑도, 그렇게 아름다운 여인을 소유할 수 있다는 일종의 소유의 쾌감이었다. (중략) 줄리앙에게는 부인의 신분이 그 자신의 신분까지도 높여 주는 것처럼 생각되었다. 한편 부인은 부인대로 이 천재적인 청년에게, 모든 사람에게서 장차 위대한 인물이 되리라고 촉망받고 있는 이 청년에게 이것저것을 가르치는 일에 더없이 흐뭇한 정신적 쾌감을 느끼고 있었다.

레날 부인과의 밀회를 안 남편은 줄리앙을 신학교로 보낸다. 가난한 사람이 성공하는 길은 군대보다는 신학교였다. 파리로 나와 승직에 있으면서 입신 출세의 길을 달리던 중 어느 후작의 딸과 사귀게 된다. 마침내 후작의 딸이 임심하게 된다. 하는 수 없이 후작은 줄리앙을 사위로 삼지만, 시장 부인이 중상으로 출세가 수포로 돌아간다. 분노를 침지 못한 줄리앙은 고향으로 급히 내려가서 성당 안에서 그 부인을 저격하고, 마침내 줄리앙도 단두대의 이슬로 사라진다.[83]

(3) 플로베르(Flaubert, Gustave, 1821-1880)

플로베르는 사실주의 운동의 거두라고 할 만큼 현실을 철두철미하게 묘사하려고 하였다. 그는 조르쥬 상드에게 보낸 편지에서, "나는 언제나 사물의 혼에 이르러 가장 커다란 일반성에 머무르려 노력하여 왔습니다. 그리고 특히 우연한 것이라든가, 극적인 것을 피해 왔습니다. 괴물도 안 되고 영웅도 안 된다고 생각해 왔습니다"[84]라고 고백하였다. 플로베르의 대표작 중의 하나인 『보봐리 부인』(1861)은 1856년부터 1861년까지 6년 동안에 걸쳐 완성하였다. 이 작품은 객관적 묘사로 시종 일관했으며, 평범한 제재를 택했다는 특징이 있다. 그는 이 작품에서 우리 주위에서 볼 수 있는 평범한 인물과 평범한 배경을 통해 평범한 사건을 다루고 있다. 작가의 정서나 개성은 배제한

---

83) 김상선, Ibid., p. 197.
84) 김상선, Ibid., p. 198 재인용.

채, 오직 있는 그대로의 현실을 객관적으로 관찰하려고 하였던 것이다.[85] 외간 남자와 간통한 불행한 중산층 가정주부의 심리 변화를 낱낱이 검토하고, 부르주아의 정신적 경향을 객관적으로 묘사한 이 소설은 사실주의의 걸작으로 꼽히고 있다. 작품의 줄거리를 살펴보자.

플로베르

아버지의 말대로 나이 많은 과부와 결혼한 샤를르는 매우 불행한 사람이었다. 그러나 부인이 죽고 엠마와 결혼하여 처음으로 결혼의

행복을 맛보게 된다. 그러나 엠마는 이와 반대로 신혼 생활에서 권태에 사로잡히게 된다. 남편은 그녀를 사랑하지만, 남편의 말은 편편한 길처럼 평범하여 거기에는 감동도, 웃음도, 꿈도 없어서 엠마는 이에 못 견디게 된다. 그리하여 레옹의 사랑을 받아들여 둘이서 도망치고 싶은 유혹에 사로잡혔으나, 레옹이 파리로 떠나는 바람에 사고는 발생하지 않는다. 어느 날 그녀는 남편에게 치료를 받으러 온 로돌프를 만나는데, 그는 엠마에게 반하고 만다. 로돌프에 비친 엠마는 매우 독특하게 묘사되어 있다.

> 그녀의 아름다운 곳은 눈이었다. 갈색이지만 속눈썹 때문에 검게 보였다. 그 눈은 그늘에서는 검게 보이고 햇볕에서는 짙은 청색으로 보였다.

로돌프는 농업공진회를 이용하여 엠마를 유혹하는 데 성공한다. 사랑에 못 견디게 된 엠마는 로돌프에게 자기를 데리고 도망쳐 달라고 애원하지만, 로돌프는 한 때의 어리석은 행동으로 자신의 명예를 더럽히고 싶지 않았다. 새로운 생활에 기대를 걸고 꿈을 꾸던 그녀에게 로돌프는 절교를 선언한다. 엠마는 슬픔으로 인하여 병든다. 선량한 샤를르는 열심히 부인을 간호하고 극

---

85) 김상선, Ibid., pp. 198-200 참조.

장에도 데리고 다니며 위로하지만 헛수고였다. 그때 레옹이 파리에서 돌아온다. 처음에 엠마는 그를 멀리 했으나 결국 일주일에 한번씩 밀회를 한다. 어느 날 밀회에서 돌아왔을 때 24시간 안에 빚을 지불하라는 편지가 온다. 남편 몰래 남발한 수표에 대한 결산이다. 수치스러움을 무릅쓰고 엠마는 로돌프를 찾아가서 애원하나 그는 돈이 없다고 잡아뗀다. 만일 돈이 조달되지 않으면 남편 모르게 내일 재산을 모두 차압당하고 남편의 명성도 땅에 떨어지게 된다. 마지막으로 엠마는 레옹의 편지를 기다렸으나 답장도 오지 않는다. 엠마는 모든 것을 단념하고 비소를 먹고 자살한다.

5) 에밀 졸라와 자연주의 문학

사실주의와 자연주의의 공통점은 그 문학적 경향에서 찾을 수 있는데, 그들은 모두 예술이란 근본적으로 외적 진실의 묘사적, 객관적 재현에 있다고 주장하며, '지금', '여기'의, 그리고 가까운 주변에 있는 범상한 소재를 취했다.86) 그러나 이 같은 문학적 경향의 공통점은 문학이론으로 들어가면 매우 판이한 양상을 보인다. 사실주의와 자연주의는 결정론의 수용 유무에서, 그리고 예술과 과학과의 관계설정에서 극명히 차이를 보인다.

첫째, 결정론의 수용 유무를 살펴보자. 자연주의 문학론의 창시자인 에밀 졸라(Emile Zola 1840-1902)는 자신을 스스로 실증주의자로, 진화론자로, 물질주의자로 부르고 있다; "나는 主義(왕당파, 천주교) 대신에 法則(유전, 선천성)을 택한 사람이다. (중략) 발자크는 남자와 여자와 사물들을 그리고 싶다고 말하고 있다. 나는 남자와 여자를 사물에 종속시킨다."87) 나아가 졸라는 인간 정신과 물질이 똑같이 결정론의 지배를 받고 있다고 말한다; "인

---

86) 신곽균, 『서양문예사조』(건국대학교출판부, 1993), p. 156.
87) 강인숙, op. cit., p. 231 재인용.

간의 두뇌나 길가의 돌멩이가 모두 똑같이 결정론의 지배하에 놓여 있다."[88]

발자크는 사실주의를 주창하면서 생리학이나 병리학을 언급하고 있으나, 결정론까지는 말하고 있지 않았다. 그러나 졸라는 과감히 결정론을 자신의 철학적 근거로 들고 나온 것이다. 결정론이란 인간의 행위를 포함하여 이 세상에서 일어나는 모든 일은 그것이 정해진 때와 장소에서 일어나도록 미리 정해졌다고 생각하는 철학적 입장이다. 인간의 감각은 피와 신경 체계에 의해 결정되고, 인간의 삶은 철저하게 환경의 영향일 뿐이라는 극단적인 주장을 한다; "생리학적인 면에서 볼 때, 이 집안은 최초의 인물이 지닌 생리적 장애의 요인이 피와 신경의 체계를 통하여 서서히 작용하며 영향을 끼치고, 거기에 환경의 결정요인이 첨가되어, 모든 인물의 감정, 욕망, 정열 등 모든 자연적이고 본능적인 인간다운 표시 위에 작용하는 것인 것이다."[89] 이 같은 결정론에 입각하여 그는 발자크의 『인간희극』에 대비되는 『루공마카르 총서』라는 20권에 달하는 소설을 썼다. 그는 이 총서에서 "제2제정시대의 어느 가족의 자연적 및 사회적 역사"라고 말하고, 그 서문에서 "개인의 집합에서 구성되는 가족과 사회와의 관계교섭을 명백히 하기 전에 첫째 묶은 가족이 새로운 10여 명의 자손을 남기고 절멸한다고 가정하라. 그리고 이 10여 명의 남녀 자손은 각자가 전(前) 가족에서 전승한 유전성과, 그 박명(薄命)한 경우와의 결과로 말미암아 여러 가지의 비극이 발생된다고 가정하라. 그러한 경우에는 우리들은 첫째 이 유전과 환경과의 두 가지 면을 연구하여, 하나가 다른 타(他)를 발생케 하는 까닭을 정세(精細)하게 연구하지 않으면 안 된다"라고 역설하였다.

둘째, 예술관의 차이이다. 강인숙 교수는 이를 다음과 같이 요약하고 있다.

> 졸라는 '眞'을 존중하고 '美'를 격하시킴으로써 예술을 과학에 종속시켰다. (중략) 수사학

---

88) 강인숙, 같은 곳.
89) 강인숙, Ibid., p. 238 재인용.

을 거부함으로써 졸라는 예술을 과학보다 열등한 것으로 만들어 버린 것이다. 그러나 플로베르와 공쿠르는 졸라와 달랐다. 그들은 과학자가 아니라 예술가(artiste)이다 졸라도 이 점을 인정하여 "플로베르와 함께 자연주의의 공식은 완벽한 예술가의 수중에 들어갔다"고 말하고 있다. 플로베르의 예술성을 자연주의 속에 포용할 자세를 취한 것이다. 그러나 플로베르에게는 졸라의 반형식성에 대한 관용이 없었다. 그에게 있어서 예술은 종교와 같은 것이다. 그는 마치 고행을 하는 승려처럼 모든 욕망을 억제하고 작품의 미적 완벽성에 심혼을 경주하였다. 그는 無의 책(livre sur rien), 주제가 없는 책을 꿈꾼 예술가이다. 이 점에서 그는 자연주의와 대척된다.90)

졸라는 사실주의와는 다르게 예술을 과학에 종속시켰다. 이는 그의 극단적인 결정론의 필연적인 결과라 할 수 있는데, 『테레즈 라켕』(1867)의 제2판 서문에 "악덕과 미덕은 다같이 황산이나 설탕과 같은 화합물이다"라는 텐느의 말을 인용하기도 하였다. 졸라는 거기에 덧붙여 "두 등장인물의 살아 있는 몸뚱이에 해부의(解剖醫)가 시체를 해부하듯 분석하였다"라고 자신의 창작태도를 밝히고 있다. 그의 선배 공쿠르는 "소설은 연구다"라고 말하여 사실주의 작가로서의 면모를 나타내었는데 비해 졸라는 "소설은 과학이다"라고 단언하여 과학에 대한 극단적인 태도를 보였다. 졸라의 과학주의적 태도는 자신의 창작 태도에도 고스란히 반영되고 있는데, 그는 소설을 쓸 때는 주인공의 성격을 명백히 하기 위하여 그 인물의 기질과 그가 출생한 가족과 그로부터 받은 감화와 생활하는 환경을 깊이 생각하고, 그 인물이 관계를 맺고 있는 다른 인물들의 성질, 습관 환경 등을 연구한다. 이러한 졸라의 자연주의가 실제로 어떻게 작품화 되어 있는지, 그의 대표작 중의 하나인 『목로주점』을 통하여 생각해 보자.

세탁소에서 일하는 제르베스는 조금 절름발이지만 미인이다. 모자직공인 랑띠에와 동거하여 두 아들을 갖게 되지만, 어느 날 남자가 도망쳐 버린다. 그녀는 말할 수 없는 슬픔에 잠기지만 이윽고 한 브리키 직공인 구뽀와 알게

---

90) 강인숙, Ibid., p. 47.

되어 그의 청에 의해 결혼을 하게 된다. 그들 부부는 열심히 일해서 세탁소를 하기 위해, 집을 빌리기까지 한다. 그런데 구뽀는 일을 하다가 지붕에서 떨어져 다리를 다치게 된다. 제르베스는 헌신적으로 간호해서 그를 고치지만 그 비용 때문에 집을 빌릴 만한 돈이 다 없어져 버린다. 그러나 그녀를 사모하는 대장간쟁기 구제가 돈을 빌려 주어 그녀는 마침내 바라던 가게를 빌릴 수 있게 된다. 고용인을 셋이나 두고 가게도 번창하게 된다. 그녀는 행복의 절정기를 맞이한 것이다.

그러나 그녀의 남편인 구뽀는 병상에 있는 동안에 게으른 버릇이 붙고, 옛날에 마시지 않던 술을 마시게 된다. 이윽고 제르베스도 일과 남편에 지쳐서 행복에 대한 꿈을 버리게 된다. 꾸준히 하던 저축은 그만두고, 맛있는 것을 먹는 데에 삶의 보람을 찾게 된다. 그리하여 그녀는 완전히 타락의 길을 걷기 시작한다. 그때 랑띠에가 돌아왔다. 이미 타락할 대로 타락해버린 구뽀의 권유로 랑띠에와 구뽀와 제르베스의 동거생활이 시작되었다. 이제 제르베스는 두 게으름뱅이 남자를 양육해야만 했다. 빚도 점점 늘어가고 손님도 줄게 되자 제르베스 또한 술을 마시기 시작한다. 마침내 빚 때문에 유지할 수 없게 된 가게를 팔고, 7층의 조그만 방으로 이사하게 되자 제르베스는 옛날 포꼬니에의 가게에 근무하는 세탁여자로 되돌아간다. 그러나 이제는 기력도 없고 여전히 술을 가까이 하게 된다. 게다가 남편은 알콜 중독으로 생앙뚜안느 정신병원을 들락날락 한다. 제르베스는 너무 게으름을 펴서 포꼬니에의 가게에서도 쫓겨나 옛날 자신의 가게였던 곳의 마룻바닥을 걸레질하는 사람을 전락한다. 이제는 희망도 기력도 자존심도 없다. 남은 가구를 팔고, 값싼 술을 마시고 남편과 때리고 싸우는 날이 되풀이된다.

겨울 어느 날 모든 재산을 전당포에 실어가고 남은 것이라고는 짚으로 된 이불 뿐인 찬 방에서 남편이 가지고 오는 돈을 기다리던 제르베스는 그 희망조차 잃고 굶주림을 때우기 위해 지나가는 손님을 끈다. 그러나 옛날에 그녀를 그리워하던 구제 밖에는 손에 걸리지 않는다. 그는 그녀를 집으로 데려가 빵을 준다. 그러나 그녀는 자기를 사랑하는 그 남자의 곁을 도망친다. 구뽀는 마침내 발작증세를 일으켜 죽어버린다. 그리고 제르베스 또한 아사직전의 상황에 놓이게 된다. 어느 날 아침 아파트에 사는 사람이 이틀 동안 그녀의 모습이 보이지 않아서 무슨 일이 있나 하고 가보니, 그녀는 죽어가고 있었다.

4. 모더니즘(*modernism*)

A. 아인스테인손에 따르면,[91] 모더니즘은 "기능적으로 '모던'하지 않는 것, 즉 '전통'과는 변증법적 대립" 관계에 있는 것으로, 이 같은 특성으로 인해 "지배적인 전통에 대한 맹렬한 공격"을 모더니즘의 중요한 특질로 들 수 있다고 말한 바 있다.

모더니즘의 반전통성은 모더니즘이라는 단어의 어원을 거슬러 올라가도 나타난다. 모더니즘의 용어는 중세까지 거슬러 올라간다. 형용사이자 명사인 모데르누스 modernus라는 낱말이 모도 modo("최근에, 바로 지금")라는 부사로부터 만들어진 것은 중세 때였다. 『라틴어사전』에 따르면, 모데르누스는 "qui nunc(다소 최근의), nostro tempore est(우리 시대에 속하는), novelus(새로운), praesentaneus(현재의)"를 의미하며, 그 주요 반의어들로는 "antiqus(고대의), vetus(옛날의), priscus(예전의)" 등이 나타나 있는 것을 볼 수 있다.[92] 언어학상으로 보아도, 모더니즘은 분명 전통에 대한 대립으로부터 시작되었던 것이다.

모더니즘의 시대는 일반적으로 1910년대부터 1930년대에 걸쳐 있다. 이

---

91) A. 아인스테인손, 임옥희역, 『모더니즘 문학론』(미학사, 1996), p. 15.
92) M. 캘리니쿠스, 『모더니티의 다섯 얼굴』(시각과언어, 1993), pp. 23-24 참조.

시대는 세계적인 경제적 공황과 제1차 세계대전이 있었던 혼란과 고통의 시대였다. 기계문명의 발달로 전통적인 가치가 붕괴되면서 전래되어 오던 여러 삶의 방식과 예술 양식도 그 절대성이 무너져 내렸다. 특히 제1차 세계대전은

▼제1차 세계대전

인류의 문명을 잿더미로 만들었을 뿐만 아니라 모든 기성의 가치관이나 도덕을 붕괴시켰다. 그러나 전쟁은 오히려 모더니즘이 성장하는 데 더할 나위 없이 좋은 문화적 토양을 마련해 주었다. 모더니즘은 19세기 말부터 싹이 트기 시작했지만, 제1차 세계대전의 종식과 더불어 비로소 그 꽃을 피우기 시작했던 것이다.93) 시문학에서는 엘리어트(T. S. Eliot, 1888-1965)의 『황무지』, 예이츠(W. B. Yeats, 1865-1939)의 『탑』, 에즈라 파운드(E. Pound, 1885-1972)의 『모벌리』, 소설에서는 제임스 조이스(J. Joyce, 1882-1941)의 『율리시즈』, 로렌스(D. H. Lawrence, 1885-1930)의 『사랑하는 여인들』, 버지이아 울프(A. Virginia Woolf, 1882-1941)의 『등대로』 등의 작품이 나와 현대문학을 더욱 풍성하게 하였다. "이 시기의 문학은 19세기적인 문학과 비교할 때 단순한 수법상의 차이나 기교의 발전이 이루어진 것이 아니라 인간과 예술 전반에 걸쳐 근본적인 사상과 이념의 변화가 있"94)었던 것이다.

한편, 사실주의와 자연주의의 사상적 토대가 되었던 과학적 합리주의와 확실성은 19세기 말엽으로 접어들면서부터 도전을 받기 시작한다. 인문과학분야를 살펴보면, 다윈의 진화론을 서곡으로 해서, 프레이져의 문화인류학적 탐색, 니체의 이성 중심의 서양철학의 비판, 마르크스의 유물사관에 바탕을

---

93) 김욱동, op. cit. pp. 131-133 참조.
94) 김훈, 「이미지즘」, 오세영편, 『문예사조』(고려원, 1983), p. 251.

둔 공산 혁명론, 인간의 무의식을 중요시하는 프로이트의 정신분석학, 소쉬르의 구조주의 언어학 등 혁명적 변화가 일어났다. 또한 자연과학 분야에서는 아인슈타인의 상대성 이론에 의해 뉴톤의 절대주의적 세계가 무너지기 시작했으며, 보오르와 드 브로글리는 양자론, 하이젠베르크는 불확실성 이론으로 인해 현대인의 세계관의 일대 혁신이 일어났다.

1) 모더니즘 문학의 태도

(1) 전통과의 단절

모더니즘 문학은 과거의 전통이나 인습으로부터 해방된 문학을 추구한다. 이때, '과거의 전통과 인습'은 19세기 이전의 모든 과거를 통칭하는 것은 아니다. 모더니즘이 반대하는 전통은 바로 19세기의 가치관이다. 곧, 모더니즘은 "19세기의 부르주와 사회가 신봉하고 있던 사회적·경제적·도덕적 가치관을 모두 배격한다. 19세기의 기성 가치관은 이제 더 이상 20세기 현대인들에게 걸맞지 않은 것으로 생각되기 때문이다."95) 이러한 모더니즘이 반대하는 기성 전통과 인습은 바로 19세기의 문학의 사실주의적 전통이다.

사실주의의 문학적 성향을 대표하는 자연주의는 19세기 초, 중반에 태동한 이래 가장 영향력 있는 문학적 경향으로 성장한다. 자연주의가 노력한 인간의 이해와 탐구가 없었다면, 프루스트의 심리소설과 같은 현대 소설의 가장 큰 부분은 존재할 수 없었을 것이다. 그러나 자연주의는 그 전성기인 1870년대부터 서서히 몰락의 길을 걷는다. 자연주의의 위기는 19세기를 휩쓴 실증주의적 태도가 무너지기 시작하는 전조가 된다. 하우저는 다음과 같이 말한다.

95) 김욱동, 「모더니즘」, 이선영편, 『문예사조사』(민음사, 1986), p. 134.

자연주의의 위기는 실증주의적 세계관의 위기를 말해주는 한 징후로서 1885년경에야 뚜렷해지지만, 그 전조는 이미 1870년 경에 벌써 나타난다. (중략) 보들레르나 플로베르에 못지 않게 부르제와 바레스도 이러한 삶의 권태에 빠져 있는 것이다. 그것은 19세기 전체에 스며든 낭만주의적 병의 일부로서, 1885년의 세대에게 속죄양 취급을 당한 졸라의 자연주의는 실로 사람들의 마음을 사로잡았던 허무주의를 극복하려는 불충분하나마 유일한 진지한 시도를 대변한다. 1880년대 후반기 이래의 문학계는 졸라에 대한 공격과 주도적 운동으로서의 자연주의를 해체하려는 움직임이 휩쓴다. (중략) 그들의 주장에 따르면 자연주의는 거칠고 야비하고 음탕한 예술이며, 무미건조한 유물론적 세계관의 표현이요, 서투르고 과장된 민주주의의 선전도구이며, 범속하고 조잡하고 진부한 것의 집합이었다. 인간을 단지 야수적이고 방자한 짐승으로 그리며, 사회를 오직 파괴과정의 면에서, 인간적 관계의 해체라는 면에서, 가족과 국가과 종교의 붕괴라는 면에서 묘사한다는 것이며, 요컨대 자연주의가 파괴적이요 반자연적이며 인생에 적대적이라는 것이다.[96]

모더니즘 문학은 바로 자연주의와 사실주의가 추구해온 재현 혹은 반영으로서의 문학이라는 기본 원칙에 대한 부정이다. 사실주의가 만들어 놓은 '실재'는 과연 현실에 대한 적확한 '재현'인가? 일례로 버지니아 울프는 아놀드 베니트와의 논쟁에서 작중 인물의 사실성에 대해 모더니즘적 입장을 확고히 한다. 아놀드 베니트는 소설의 성패를 작중인물이 사실적으로 그려져 있느냐 그렇지 않느냐에 달려 있다고 주장하고 있는데, 이에 대해 울프는 다음과 같이 반론을 펼친다.

실재란 무엇인가? 하고 나는 나 자신에게 물어본다. 그리고 도대체 누가 이 실재를 판단한다는 말인가? 어느 한 작중인물은 베니트씨에게는 사실적으로 보일지 모르지만, 나에게는 전혀 그렇게 보이지 않을 수도 있다. 예를 들어 베니트씨는 이 글에서 『셜록 홈즈』에 등장하는 왓슨 박사는 사실적으로 그려졌다고 말하고 있지만, 나에게 왓슨 박사는 밀짚을 가득 채워 넣은 부대, 마네킹, 익살꾼으로밖에는 보이지 않는 것이다.[97]

울프의 눈에는 실재를 왜곡하고 있는 것은 오히려 19세기 사실주의 문학이다. 사실주의에 반영된 실재는 작가의 의식에 비친 '반영물'에 대한 묘사일

---

96) 아놀드 하우저, 백낙청 · 염무웅 공역, 『문학과 예술의 사회사-현대편』(창작과비평사, 1993), pp. 179-181.
97) Woolf, "Mr. Bennett and Mrs. Brown," p. 325, 김욱동, Ibid., p. 136 재인용.

뿐이며, 때문에 현실의 적확한 묘사일지라도 작가의 세계관이 이미 반영된 것이다. 여기서 작가의 상상력과 주관성을 강조하는 모더니즘의 기본 입장이 나온다.

그렇다면, 모더니즘은 작가의 주관적인 상상력의 산물일 뿐, 현실은 개입 될 여지가 없는가? 아니다. 모더니즘은 당대 현실을 특수하게 반영한다. Huge Kenner는 조이스의 『율리시스』를 평하면서, 모더니즘과 현대도시의 리듬 사이의 깊은 관계가 반영되어 있다고 말했으며,[98] 브래드 베리와 맥팔레인은 모더니즘을 일컬어 우리 시대의 혼돈상을 반영하고 있다고 했다.[99] 모더니즘은 다만 객관적인 현실이 존재하고, 문학을 통해 그 실재를 적확하게 반영할 수 있다는 사실주의의 테제를 비판하고 있는 것이다. Scott-James는 모더니즘이 현실의 어느 부분을 반영하고 있다는 것을 인정한다; "모더니즘이라는 단어로 집약할 수 있는 현대 생활의 일반적인 특징이 있다."[100] 그리하여 『미메시스』 저자 아우얼 바하는 대표적 모더니스트인 버지니아 울프의 소설 『등대로』를 새로운 리얼리즘의 시작으로 간주하면서, 버지니아 울프와 프루스트, 조이스 등의 소설적 경향을 다음과 같이 분석하고 있다.

그러나 근년에 가까이 오면서, 소설에 있어서의 강조점의 위치가 바뀌어서, 많은 작가들이 한 인물의 인생을 비추어 볼 때 별로 중요하지도 않은 외부적 사건들을 소설 가운데서 다루고 있다. 어떤 때는 이런 작은 사건들이 그것들 자체의 테두리 안에서 묘사가 되지만, 또 어느 때에는, 모티프의 전개를 위한 출발점으로 다루어지기도 하며, 어떤 사태나 의식, 또는 역사적 배경 같은 것을 새로운 관점에서 비리볼 수 있을 만한 통찰력을 얻는 계기의 역할을 하기도 한다. 이 작가들은 자기들 작품에 나오는 등장인물들이 자기들 작품에 나오는 등장인물들에 대해서 확실한 정보를 제공함으로써 이야기에 표면적인 완벽을 부여한다든가, 연대순에 따라 이야기한다든가, 인물들의 인생에서 어떤 중요한 외부적 전환점을 찾아서 그것을 크게 부각시켜 묘사한다든가 하는 따위의 방법은 이미 포기해버린 것이다.[101]

---

98) A. 아인스테인손, op. cit., p. 30
99) A. 아인스테인손, Ibid., p. 32.
100) A. 아인스테인손, Ibid., p. 27.

모더니즘 작가들의 태도는 사실주의가 자신의 문학적 토대로 삼고 있는 객관적 현실, 시간의 질서를 작가의 시각에 따라, 주관에 따라 변형한다. 이 때문에 루카치(Lukács, György, 1885-1971)는 모더니즘 작가들의 주관성을 비판하면서, 모더니스트들이 믿을만하고 지속적인 전형을 창조하기는커녕 등장인물을 그림자 속으로 사라지게 만들고 유령과 같은 불합리성으로 응고시키는 효과를 창출한다고 말한다.[102] 그러나 모더니즘이 창조하는 현실이 사실주의자의 시각에서 보기에 왜곡, 변형되어 보인다고 해도, 모더니즘은 현실 인식의 한 측면이며, 현실 부정의 한 방법임에는 틀림없다.

(2) 문학의 자율성과 형식주의적 경향

일부 모더니스트들은 형식주의와 신비평의 '순수주의'적 관점을 공유하면서 무역사적인 문학의 자율성 개념을 강조한다.[103] Robert Onopa는 『영혼의 기획으로서 예술의 종언』이라는 논문에서 모더니즘과 종교의 유사성을 지적하면서, 동시에 종교적 기획과 신비평의 유사성을 다음과 같이 언급한다; "예술작품이 역사로부터 벗어나 있으며 역사 바깥에 있어야만 한다는 유기체 이론은 신비평에 의해 가장 완벽한 관점으로 정교화 되었다. 왜냐하면 예술은 자족적인 것이며, 스스로 법칙을 생성하기 때문이라는 것이다. 일단 역사로부터 벗어나면, 작품은 천국의 패러다임, 즉 타락한 세상의 안티테제로 이용 가능해진다."[104] 물론 이 같은 관점을 모더니즘 전반에 적용할 수는 없다. 다른 모더니스트들은 창작의 에너지를 역사에서 차용했기 때문이다. 그럼에도 불구하고 모더니즘은 형식주의와 신비평에서처럼 문학의 자율성을

---

101) 아우얼 바하, 김우창·유종호 역, 『미메시스』(민음사, 1991), pp. 266-267.
102) 또한 루카치는 「오해된 리얼리즘에 관하여」라는 글에서 모더니즘을 비판하고 있는데, 그에 따르면 모더니즘은 현실의 왜곡하여 혼란을 창출하고, 독자들에게 지각상의 위기를 초래한다. 결국 모더니즘의 파편화된 현실은 부르주아지를 옹호하는 것으로 귀결될 수밖에 없다는 것이다. (A. 아인스테인손, op. cit., p. 34 참조)
103) A. 아인스테인손, Ibid., p. 20.
104) A. 아인스테인손, 같은 곳.

옹호한다.

모더니즘의 이런 입장은 사실주의적 문학태도에 비추어 볼 때, 매우 커다란 차이를 보여준다. 사실주의는 자연의 모방이나 재현을 원칙으로 삼았고, 이러한 와중에 독자를 도덕적 측면에서 계몽시킨다는 목적 문학의 성격을 가지게 되었다. 그러나 19세기 말엽에 들어서면서부터 사실주의는 상징주의나 탐미주의 문학에 의해 심각한 도전을 받게 된다. 그리고 모더니즘에 와서 문학의 자율성은 확립되기에 이르렀다.105)

그런데 이 같은 문학의 자율성은 문학의 매체인 언어의 관심으로까지 나아가게 된 바, 김욱동 교수는 이를 다음과 같이 요약하고 있다.

> 이제까지 언어는 자연을 모방하는 것이건 아니면 자아를 표현하는 것이건 간에 어디까지나 수단이나 매체에 지나지 않았다. 그러나 모더니즘에 이르러서는 언어를 단순히 매체 기능이란 관점에서 보지 않고 언어 그 자체에 대하여 보다 많은 관심을 갖게 되었다. 더욱이 모더니즘에서는 이른바 "언어적 유희"를 문학의 중요한 주제로 삼고 있다. 뿐만 아니라 모더니즘 작가들은 언어를 한 나라의 고유한 문화 유산으로만 보지 않고 보다 넓은 차원에서 언어를 이해하려고 시도하였다.106)

모더니즘 문학의 자율성은 문학 외적인 요소로부터 완전히 독립하게 되며, 하나의 유기체로서 간주되게 되었던 것이다.

2) 모더니즘의 문학적 경향

(1) 심리소설(*psychological novel*)

대부분의 소설은 어떠한 방식으로든 인간의 심리를 표현하고 있다. 즉, 문학은 인간의 삶을 언어로 형상화하는 것이며, 인간의 삶을 형상화한다는 것

---

105) 엘리엇의 다음 진술을 참조할 것: "우리가 시를 간주할 때면 무엇보다 시로서 간주해야 되지, 시 이외의 다른 것으로 간주해서는 안 된다"(T. S. Eliot, "Introduction," *The Sacred Wood: Essays on Poetry and Criticism* (London: Methuen, 1960), p. viii, 김욱동, op. cit., p. 143 재인용)

106) 김욱동, op. cit., pp. 134-145.

은 인간의 행위와 내적 심리를 표현한다는 것이다. 따라서 모든 소설은 심리
소설적 요소를 다소간 갖추고 있다고 보아야 하며, 그럴 경우 하나의 장르적
개념으로서의 '심리소설 *psychological novel*'을 규정한다는 것은 매우 어
려운 일이 된다.107) 때문에 심리소설을 "작품의 주된 표현 제재가 인간 심리
그 자체로서, 심리 묘사 위주로 이루어진 소설"108)로 보는 것은 매우 폭넓은
개념규정으로 심리소설이 아닌 다른 종류의 소설과의 구별이 용이하지 않게
된다. 왜냐하면 일인칭 화자에 의한 심리고백이건, 관찰자적 외부 묘사에 의
한 심리의 암시이건, 권위적 화자에 의한 심리분석이건 대부분의 소설에서
작중인물의 심리가 제시되고 있기 때문이다.

심리소설과 여타의 소설을 구별하는 기준이 "인간 심리 그 자체"라는 애
매한 말보다는 표현되는 심리의 질(質)과 심리를 표현하는 기법, 작가의 세
계관의 차원에서 설정되어야 할 것이다. 여기서 심리의 질이란 심리영역이
확대되고 비극적인 소외의식을 다룬다는 의미이다. 그리고 심리표현 기법이
란 작중인물의 심리를 표현하는 작가의 기법이 설명적 요소를 제거한 극적
제시로 변화되었음을 의미한다. 그리고 이렇듯 심층심리의 극적 제시를 통해
소외의식을 표출하게된 것은 작가의 세계관의 변화를 의미하는 것이다.109)

이러한 맥락에서 L. 에델이 제시한 20세기 심리소설의 특징은 심리소설의
개념규정을 위해 시사하는 바가 많다. 그는 19세기의 심리소설과 20세기의
심리소설의 차이점을 다음과 같이 제시하고 있다. 즉 19세기의 심리소설은
단순히 밖으로 표현된 인간 행위의 이면에 숨어 있는 동기의 분석을 꾀하는
정도에 그쳤으나, 20세기의 소설가들은 무의식 또는 잠재의식의 영역을 포착
해서 그것을 작품으로 형상화하고자 했다.110) 곧 19세기의 심리소설이 내면

---

107) 이종화, 「1930년대 한국 심리소설 연구」(전남대박사학위논문, 1994), p. 11.
108) 이종화는 심리소설을 광의와 협의의 두 개념으로 구분하고 있다. 전자는 "작품의 주된 표현 제재가 인간
　　심리 그 자체로서, 심리 묘사 위주로 이루어진 소설"이며, 후자는 20세기에 들어와 새로 등장한 모더니즘
　　소설의 하위범주로서 '의식의 흐름' 소설을 가리키고 있다. 이종화, Ibid., p. 11 참조.
109) 이종화, Ibid., pp. 12-13.

묘사에 치중했다면, 20세기의 심리소설은 보다 적극적으로 의식의 심층까지 파고들어 '의식의 흐름'을 묘사했던 것이다.111)

보통 서구의 경우 심리소설은 '의식의 흐름 소설'로 통칭되며, 모더니즘 소설의 한 하위범주로 구성된다. '의식의 흐름'이란 용어는 소위 '깨어있는 마음'(의식) 속에 떠오르는 무작위적인 생각의 파편들, 혹은 끊임없이 이어지는 의식의 흐름을 지칭하는 것으로 현대소설에서는 중요한 기법으로 채택되고 있다. 험프리Robert Humphrey는 이 '의식 흐름'이라는 용어가 함의하는 바를 '작중인물의 심리적 측면을 묘사하기 위한 방법' 또는 '내적 의식성'을 표현하는 방법으로 간주하고, 작중인물의 내면세계를 생생하게 묘출(描出)하는 것이야말로 심리소설의 주요 관심사가 된다고 주장하고 있다.112) 이러한 '의식의 흐름'을 토대로 한 심리소설은 헨리 제임스가 썼던 '외부 사건들이 개인의 의식에 미치는 영향에 대한 자세한 기록', 프루스트의 '연상적인 기억들', 제임스 조이스와 윌리엄 포크너가 사용한 '의식의 흐름 기법', 버지니아 울프에게서 볼 수 있는 '경험의 끊임없는 흐름' 등을 통해 가능성을 넓혔다.

이상의 논의를 종합해 보면, 심리소설은 의식의 유동, 곧 연속적이며 끊임없이 변화해 가는 의식, 곧 '심적 경험의 흐름'을 다양한 기법적 장치를 통하여 묘사한 것으로 규정할 수 있다.113)

---

110) L. 에델, 이종호 역, 『현대심리소설연구』(형설출판사, 1991), pp. 9-37.
111) 이강언, 『한국현대소설의 전개』(형설출판사, 1992), pp. 181-188.
112) R. 험프리, 이종호 역, 『현대 소설과 의식의 흐름』(형설출판사, 1989), pp. 11-17.
113) 심리소설은 의식의 구조를 실제 그대로 묘출해야 하는 동시에 독자를 위해서 거기에서 어떤 의미를 추출해 내야 한다. 사적 내밀성의 특성을 유지해 가면서 의식을 실감나도록 표출하기 위해서는 특수한 기법적 장치를 필요로 한다. 그러므로 이것은 어떤 다른 유형의 소설보다도 기법상의 실험을 거듭해 왔다고 볼 수 있다. 심리소설은 논자에 따라 「의식의 흐름 소설」, 「내성소설」, 「내적 독백의 소설」 등으로 지칭되기도 한다. 이러한 용어들은 심리나 의식의 특질과 관련되어 명명된 것으로 기법적 특질을 규명하는 데 중요한 준거가 된다. 심리소설의 주요한 기법적 측면으로는 의식의 흐름, 시간과 공간의 몽타쥬, 내적 독백 등을 들 수 있다. 김진석, 『한국 심리소설 연구』(태학사, 1998), pp. 26-39.

(2) 초현실주의(surrealism)

서구 정신사의 몰락의 징후가 발견되기 시작한 것은 제1차 세계대전 직후
였다. 전쟁은 유럽 전역을 황무지로 만들었을 뿐만 아니라, 유럽의 정신사까
지도 황무지로 만들어버렸다. 르네상스에서부터 서서히 꽃피기 시작하여
1800년대 후반에 정점을 이루던 합리주의와 실증주의가 뿌리부터 흔들리게
되었던 것이다. 이러한 혼돈의 시대에, 문학도 문학사를 통해 가장 격렬하고
대담한 자기 변화를 시도하게 된다. 소위 '초현실주의 문학'의 출현이다.

제1차 세계대전은 서구 문명이 추구해온 합리주의적 전통의 이면에 존재
하는 야만성을 적나라하게 보여주었다. 진보의 상징적 믿음이었으며, 동시에
그 실천적 지평이던 '과학'은 결코 인류의 희망이 될 수 없음을 여실히 깨닫
게 된 것이다. 실증주의 또한 같은 운명을 겪게 된다. 서구문명의 위기와 몰
락의 징후가 곳곳에서 발견되면서, 실증주의에 기반을 둔 인식론의 한계를
지적하는 사상가들이 출현했다. 베르그송은 사물의 본질적이고 영구한 것을
인식하기 위해서는 정신의 자연적 직감 곧 '직관의 형식'이 과학적 인식만큼
중요하다고 말한다. 또한 『사유와 운동』에서 문학적 언어 또한 인식의 한 방
법임을 언급하고 있다; "표현될 수 없는 것은 비유와 은유가 암시해준다. 그
렇다고 해서 이것이 길을 우회하는 것은 아니다. 그것은 목적지로의 직선 대
로이다. 만일 어떤 사람이 추상적인, 이른바 '과학'인 언어를 계속 말한다
면, 그는 정신에게 물질에 의한 정신의 모사만을 제공하고 있는 것이다."114)

프로이트 또한 서구 문명의 이성중심주의적 전통에 반기를 들고, 인간의
내면에 잠재해 있지만, 인간의 의식을 추동하는 거대한 에너지를 발견한다.
이는 신대륙의 발견에 버금가는 발견으로, 인간 내면에 존재하는 '무의식의

---

114) 앙리 베르그송, 이광래역, 『사유와 운동』(문예출판사, 1993), p. 51.

대륙'이 인류의 눈앞에 펼쳐진 것이다. 초현실주의자들이 말하는 꿈의 세계는 프로이트의 무의식의 세계, 리비도가 가득한 욕망의 세계와 유사하다. 앙리 브르통은 「초현실주의 선언」에서 프로이트에게 감사의 뜻을 전한 뒤, 프로이트의 영향력을 다음과 같이 말한다.

> 프로이트가 그의 비평을 꿈과 결부시킨 것은 지극히 당연한 일이다. 사실, 정신활동에서도 큰 부분을 차지하고 있는 이 꿈이 오늘날까지 별로 관심을 끌지 못했다는 것은 믿기 어려운 일이다(왜냐하면 적어도 사람이 태어나서 죽을 때까지 思考는 단절되는 법이 없기 때문이며, 또 시간상으로 따져 잠자는 때만을 순수한 꿈이라고 고려한다 치더라도 꿈꾸는 시간의 總和는 현실적 시간, 즉 좀더 엄격히 말해서 깨어 있는 시간보다 적지 않기 때문이다.[115]

이처럼 무의식의 진실을 탐구한 프로이트의 이론에 심취해 있었던 브르통은 인간 내면에 감추어져 있는 사고의 원천적 존재를 밝히려 했고, 무의식은 그 근거가 되었던 것이다.

1919년 브르통은 수포와 함께 『자장(磁場)』이라는 책을 내어 초현실주의적 문학론을 개진한다. 이 책에서 그들은 의식적 창작 태도를 거부하면서 무의식이 명령하는 대로 글을 쓰는 실험을 하는데, 인간의 내면에 감추어진 무의식적이고 원시적인 힘을 의식의 여과과정 없이 표현함으로써 인간의 진정한 자유를 회복하려는 의도에서였다. 후에 자동기술법*automatism*으로 명명된 이 방법은 사고와 언어의 관계에 대한 근본적인 반성을 시도한 것으로 과학적이고 논리적인 언어를 거부하고, 꿈이나 광기의 상태에 드러나는 무의식의 언어를 중요시하였다.[116] 브르통의 초현실주의의 정의는 이 같은 기술법의 실체를 잘 보여주고 있다.

---

115) 앙드레 브르통, 송재영역, 「쉬르레알리슴 宣言」, 김용직 · 김치수 · 김종철 편, 『문예사조』(민음사, 1977), p. 272.
116) 오생근, 「초현실주의-꿈과 현실의 綜合」, 김용직 · 김치수 · 김종철편, 『문예사조』(문학과지성사, 1977), pp. 260-261 참조.

쉬르레알리슴 남성명사. 마음의 순수한 自動現象으로서, 이것으로 인하여 사람이 입으로 말하든 붓으로 쓰든 또는 다른 어떤 방법에 의해서든 간에 사고의 참된 움직임을 표현하는 것. 이것은 또 理性에 의한 어떠한 감독도 받지 않고 심미적인, 또는 윤리적인 관심을 완전히 떠나서 행해지는 사고의 口述117)

브르통의 자동기술법은 말이나 대상을 관습적인 틀로부터 벗어나게 함으로써 주체를 완전히 해방하는 데 목적을 둔 것으로, 합리적·이성적 사고를 토대로 형성된 사회의 모든 규범과 제도를 거부하는 실천적 행위이다. 따라서 자동기술법으로 만들어진 언어는 정서적 충격을 주기 위해 만들어진 시적 표현의 일종이 아니라, 인습적 언어로 왜곡된 인간의 현실을 벗어나 인간 본연의 모습을 회복시키고 인간을 자유롭게 해방시키기 위한 실천의 한 방법으로 볼 수 있다.118) 이렇게 자동기술법으로 쓰여진 작품은 우리가 관습적으로 받아들인 '문학 규범'들을 전복시키는 효과를 가져 온다. 전통적으로 문학은 그것이 예술을 위한 예술로서의 문학이건, 현실의 재현으로서의 문학이건 간에 문학을 자신의 지평으로 수용할 수 있는 독자와의 의사소통을 전제로 한다. 최소한의 대화를 바탕으로 문학은 쓰여지는 것이다. 그러나 초현실주의는 이러한 문학의 최소한의 논리마저 거부한다. 이러한 전복의 효과는 생각지도 않은 충격적인 이미지를 생산하기도 한다. 의식에 의해 통제되지 않은 언어가 창조적 능력을 발휘하는 때인 것이다. 브르통과 수포가 합작으로 쓴 『자장(磁場)』의 일부분을 보자.

아프리카의 중앙에는 숫곤충이 사는 호수가 있으며 이것들은 석양이 되면 죽을 뿐이다. 훨씬 멀리 거목이 있으며 가까운 산들 위로 드리워 있다. 새 울음소리는 베일의 빛깔보다 더 음산하다.

사막 가운데서 극장을 건설하고 있는 광부들을 너는 모르겠지. 그에게 붙어 있는 神父들은 더 이상 그들의 모국어를 말하지 못한다.119)

---

117) 앙드레 브르통, op. cit., p. 286.
118) 오생근, 「자동기술과 초현실주의적 이미지」, 오생근·이성원·홍정선 엮음, 『문예사조의 새로운 이해』 (문학과지성사, 1996), p. 255 참조.

윗글에서는 논리적 연관이 배제된 채, 무관한 이미지들이 나열되어 있다. 한 이미지가 다른 이미지의 모태가 되거나 '영토화'하지 않기 때문에, 모든 이미지는 '탈영토화'되어 자신의 존재성을 유감없이 드러낸다. 이질적인 이미지들의 충돌은 그 자체로 '낯설게 하기'라는 문학적 효과를 가져오는 것이다.

앙드레 브르통, L. 아라공, P. 엘뤼아르, F. 수포, A. 페레, R. 데스노스, 크르베르 등의 초현실주의자들은 꿈이 가지고 있는 리비도적 에너지를 찬양했으며, 자동기술에 대한 깊은 신뢰를 보였다. 또한 그들은 개인에게 강제하는 모든 사회적 억압과 제도를 반대하고 혁명을 통한 인간해방을 실천하려고 했다. 주요한 문학작품으로는 아라공의 『파리의 농부』, 『문체론』, 엘뤼아르의 『고뇌의 수도』, 브르통의 『나자』 등이 있다.

(3) 이미지즘(*imagism*)

이미지즘은 이미지를 표현기법의 중요한 항목으로 인식하고 그러한 방향으로 창작을 도모하는 문학운동으로 정의되고 있다. 이 운동은 흄(T. E. Hulme)의 반낭만주의 사상과 파운드(E. Pound)의 고전주의 시론이 모체가 되어 1910년대 영·미를 중심으로 활발하게 전개되었다. 우리는 흄의 철학에서 이미지즘 운동의 사상적 토대를 볼 수 있다.[120]

흄의 사상은 비연속성의 원리principle of discontinuity로 부르는 불연속적 세계관으로부터 정초된다. 데카르트가 코키토를 정립한 이후 인간은 세계에 대한 주체로서 자신의 정체성을 확립하기 시작했으며, '자연'은 주체에 대한 타자의 지위로 전락하게 된다. 과학적 합리주의는 '자연'을 인간 주체의 '밖'에 존재하는 대상으로 취급했던 것이다. 이때 중요한 것은 인간과 자연은

---

119) 김영철, 『현대시론』(건국대학교출판부, 1992), p. 341-342 재인용.
120) 김영철, Ibid., p. 303.

주체와 객채로 서로 연관성을 맺게 된다. 19세기 세계관을 지배한 것은 연속의 원리였던 것이다. 그것은 불연속과 간극을 인정하지 않는다. 그러나 흄은 자연 속에 놓여진 실재를 객관적으로 이해하기 위해서는 연속과 불연속의 양 범주를 인정해야 함을 지적한다.

흄에 따르면 세계는 ① 수학 및 물리학의 무기적 세계 ② 생물학, 식물학 및 역사학에서 취급되는 유기적 세계, 즉 생명의 세계 ③ 윤리적 가치 및 종교적 가치의 절대적 세계와 같이 세 부분으로 나뉘어 진다. ①과 ③은 자연의 법칙과 신의 영역을 다룬다는 점에서 절대적 세계에 속하며, 반면에 ②는 상대적 세계에 속한다. 이 세 영역은 서로 혼동될 수 없는 절대적 단절의 세계인데, 이 세 개의 영역의 혼란이 일어난 것이 19세기 사상의 특질이며 과오라고 흄은 생각했던 것이다.[121]

> 곧 19세기의 낭만주의는 ①, ②, ③의 세계가 서로 연속되어 서로의 가치관도 동일시하였는데, 낭만주의는 연속적 세계관을 갖고 생명적 예술을 지향하였다. 그러나 20세기의 예술은 불연속적 세계관에 의해 지배되고 ①, ②, ③ 사이에 절대적인 단절이 야기되었다. 세 영역 사이에 분열이 생겨 상호간에 어떤 연속이나 교량이 존재하지 않게 되었다. 이러한 불연속적 세계관이 지배되는 20세기 예술은 결국 비생명적이고 기하학적인 예술을 생성하게 된다. 그 비생명적 예술의 표본이 되는 것이 바로 이미지즘인 것이다.[122]

이제 흄의 휴머니즘 비판을 살펴보도록 하자. 그리스·로마 시대 이후 인간은 두 가지 상반된 태도로 인간관을 정립한다. 이는 근대의 세계관이 성립되는 것으로 볼 수 있는 바, 그것은 신 중심의 세계관 곧 중세의 종교적 태도이며, 인본주의적 세계관 곧 휴머니즘적 태도이다. 이 두 가지 세계관은 매우 이질적인 태도로 전자는 중세를 구획하는 것이며, 후자는 근대를 정초하는 것이다. 흄의 휴머니즘 비판은 르네상스의 인본주의적 세계관의 비판에서 출

---

121) 김훈, 「이미지즘」, 오세영편, 『문예사조』(고려원, 1983), pp. 251–254 참조.
122) 김영철, Ibid., p. 304.

발한다. 르네상스의 인본주의적 세계관은 본질적으로 인간에 대한 낙관론에 기초해 있다. 인간의 무한한 가능성을 인정하는 휴머니즘은 인간을 모든 가치의 근본적인 것으로 간주하고 있으며, 동시에 인간에 의한 세계의 진보의 가능성을 숭배한다. 자연은 여전히 인간의 타자가 되며, 인간이 향유하고 정복할 대상이다. 이 같은 휴머니즘은 휴머니즘의 세계 인식을 잘못된 것이라고 말하며, 인간에게는 해당될 수 없는 완전성을 인간성 속에 정립시켰다는 점을 비판하고 있다. 흄의 철학 이미지즘 운동의 사상적 배경이 된다.

흄은 시에서의 지성작용을 중시하고, 객관성을 강조하여, 명료하고 견고한 이미지 *dry and hard image*가 중심이 되어야 할 것을 주장하였다. 그가 주장하는 시는 기하학적 예술로 '간결하다'austere, '뚜렷하다'clear-out로 표현되어야 하는 것이며, 표현되는 시어도 추상적이고 개념적인 언어가 아니고 시각적이며 구체적인 언어를 사용해야 한다고 한다.123) 나아가 자신의 이론을 자신의 작품에 직접 실현하고 있다. 다음을 보자.

> 가을 밤의 싸늘한 감촉 —
> 나는 밤을 거닐었다.
>
> 얼굴이 빨간 농부처럼
> 불그스름한 달이 울타리 너머로 굽어보고 있었다.
>
> 말은 걸지 않고 고개만 끄덕였다.
> 도회지 아이들같이 흰 얼굴로
> 별들은 생각에 잠기고 있었다.
>   — 흄, 「가을」 —

위의 인용시는 이미지즘 시의 한 전형으로 일컬어지고 있다. 시적 자아의 주관적인 감정을 배제하고 대상의 한 측면을 시각적이고 구체적인 언어로

---

123) 김영철, Ibid., pp. 305-306..

관찰하는 이미지즘의 특성이 잘 드러나 있는 바, 작자의 감정은 극도로 절제되어 있고, 싸늘한 가을밤의 정경만 회화적(繪畵的)으로 묘사되어 있을 뿐이다.

흄의 시학은 파운드에 계승되며, 이미지즘의 특성을 정교하게 만들어낸다. 그는 1912년 봄 리챠드 올딩턴(Richard Aldington), 힐다 두리틀(Hilda Doolittle)과 함께 이미지스트라는 명칭으로 활동할 것에 합의하였으며 다음과 같은 그 세 가지 실천 강령을 제정한다.124)

1. 주관적이든 객관적이든 '사물'을 직접 다룰 것.
2. 表象에 기여할 수 없는 말은 절대적으로 사용하지 말 것.
3. 기계적인 박자의 연속이 아니라, 음악적 구절의 연속에서 리듬을 찾을 것.

또한 파운드는 이 원칙들과 관련하여 시어의 사용에 있어 이미지스트들이 범해서는 안 될 항목들을 추가함으로써 이미지즘의 언어 운용 전략을 구체화한다. 그 몇 가지를 간추려보면 다음과 같다.125)

「에즈라 파운드

1. 불필요한 언사, 즉 무언가를 드러내 주지 않는 형용사를 사용하지 말 것.
2. 추상적인 것과 구체적인 것을 혼용하지 말 것. 이는 자연 물상이 언제나 충분한 상징임을 깨닫지 못한 데서 비롯된다.
3. 추상적인 것을 경계할 것.
4. 타인이 사용한 그럴듯한 수사적 표현을 모방하지 말 것.
5. 장식적 표현은 사용하지 말 것.

---

124) 김영철, Ibid., p. 309.
125) 이하 파운드에 관한 내용은 윤희수, 「수사적 절제의 시학: 현대 미국시에 대한 한 관점」, 『새한영어영문학』 제42권 2호, 2000, pp. 489-527 참조.

이상으로 볼 때, 파운드는 시적 대상으로서의 자연물상이나 이에 대한 시인의 체험을 군더더기 없이 구체적으로 제시할 수 있는 언어를 이상적인 시적 언어로 보았으며, 언어와 실제의 정합성 있는 합치라는 이 시적 이상을 실현하기 위해 시인은 수사적 표현을 삼가야 할 것을 중시했음을 알 수 있다. 파운드의 이러한 시적 이상은 그와 함께 이미지즘 시학을 선도한 흄의 그것과 합치됨은 물론이다. 에즈라 파운드의 시를 보자.

> 군중 속에 홀연히 나타난 이 얼굴들;
> 축축한, 검은 가지에 매달린 꽃잎들.
> ─ 파운드, 「지하철역에서」─

이 시는 파리의 어두운 지하철역에서 사람들이 차에서 갑자기 줄지어 승강장으로 내리는 모습을 보고 쓴 시이다. 어두운 지하철역에 홀연히 나타났다 사라지는 사람들의 '축축한, 검은 가지에 매달린 꽃잎들'의 이미지로 표현했다. 파운드에 따르면 순간적으로 마음에 새겨진 얼굴들의 영상을 일체의 설명을 배제하고 적합한 이미지로 바꾸어 애초에 30행이었던 시를 단 두 줄로 압축하는데 1년이 소요되었다고 한다. 사람들이 발을 내딛는 어두운 승강장이 검은 가지에 견주어지고, 홀연히 드러났다가 사라지지만 시인의 인상에 선명하게 각인된 얼굴들이 '꽃잎들'과 중첩된다.

5. 신비평과 러시아 형식주의

러시아 형식주의와 신비평은 이전에 행해지던 문학 연구의 비본질적이고 외재적 접근*the extrinsic approach*을 버리고, 본질적이며 내적인 연구*the intrinsic approach*를 해야 한다는 관점에서 출발하고 있다. 사실 반(反) 역사주의와 반(反) 심리주의를 제일의 가치로 내세운 형식주의적 비평은 단연 작품 자체에 내포되어 있는 문학적 요소를 강조한다. 즉 작품 각 부분들의 배열관계 및 전체와의 구조상 문제나 문체, 상징, 은유 등을 찾아내고 그 의미와 가치를 분석, 평가한다. 요컨대, 형식주의 문예 비평의 목적은 문학 작품이 독자들에게 감동을 가져다주는 열쇠를 언어의 특수 조직 형태와 그 의미 분석을 통하여 발견하는 데 있다. 따라서 문예 비평은 형식주의 비평에 이르러 비로소 문학 고유의 가치와 의미를 탐구하기 시작했던 것이다.

1) 신비평(*New Criticism*)

제1차 세계대전이 끝난 직후인 1922년 미국의 J. C. 랜섬, A. 테이트, R. P. 워렌, C. 브룩스 등의 소장학자들이 모여 『탈주자Fugitives』란 제하의 문예 잡지를 발간하였다. 이들은 끊임없이 문학을 전기나 역사에서 구출하여야 한다고 주장하고 있다. "시는 시로 보아야지 다른 것으로 보아서는 안 된다"126)는 엘리어트의 주장대로 신비평은 문학을 도덕, 종교, 또는 시인의 마음에 관한 심리학적 자료와는 독립된 것으로 취급하였던 것이다. 따라서 신비평은 문학 형식 특히 작품의 구조와 언어에 대해 집중할 것을 주장한다. 신비평은 전기나 역사, 작가 등을 통해 문학에 접근하는 외재적 방법을 버리고, 작품의 구조, 언어, 수사 등의 작품의 내재적 방법을 택하였다. M. H. Abrams의 주장대로 신비평은 문학작품의 존재론적 측면을 강조했던 것이다.127) 문학작품에 대한 신비평의 태도는 리차즈의 '포괄의 시'128)로부터 출

---

126) 이명섭, 「뉴크리티시즘 시론」, 『신비평과 형식주의』(고려원, 1991), p. 25 재인용.
127) 그는 신비평의 특징을 네 가지로 제시하고 있다. 첫째, 시는 그 자체로서 취급되어야 하며, 독립적이며 자기 충족적인 객체로 취급되어야 한다. 둘째, 신비평의 특징적 연구절차는 정해(精解) 또는 정독(精讀)인바, 이는 한 작품을 구성하고 있는 요소들의 복잡한 상호관계와 애매모호성을 상세하고 정밀하게 분석하는 것을 의미한다. 셋째, 신비평은 언어의 문제에 집중한다. 넷째, 신비평에 있어서 문학 장르의 구별이 주지되기는 하지만, 필수적인 것은 아니다. (김영철, op. cit., pp. 317-318 참조)
128) 김영철, Ibid., p. 318. 다음을 참조할 것. "리차즈는 시의 소재가 되는 일상의 잡다한 체험과 충돌들이

발해, 유기체시론, 애매성의 원리, 세계·시인·독자 배척, 객관적 상관물, 아이러니 등의 핵심적 이론에서 시적 자율성의 확립에 노력한다. 주요한 이론을 살펴보도록 하자.

(1) 애매성*ambiguity*의 원리

애매성은 시에서 하나의 시어나 문장이 여러 가지 의미로 해석되는 것을 지칭하는 것이다. 이는 일종의 다의미성으로서 의미의 중층성 또는 풍요성이라고 할 수 있다. 예전에는 애매성이 지양해야 할 것으로 여겨졌지만, 신비평 이후 애매성이 의미의 풍요함이나 위트와 비슷하게 해석됨으로서 창작의 미덕으로 인식되었다. 애매성은 "과학적 언어에서 요구되는 명료성은 시에서 꼭 요구될 수 없다"는 리차즈의 이론과 이를 발전시킨 엠프슨에 의해 긍정적인 기능을 갖게 된 것이다. 애매성은 의미의 이중성을 갖는다는 점에서 텐션이나 아이러니, 파라독스와 유사한 개념이 되며 어떤 의미에서는 애매성이 이러한 것들을 포괄하는 개념이 되기도 한다.

엠프슨은 시 작품이 시어의 정서적 환기 기능에 의해 의미의 애매성을 드러낸다는 사실을 오히려 긍정적인 면으로 간주했다. 그는 시의 근저에는 애매성의 책동이 들어 있다고 선언하고 시에 있는 애매성을 파헤치기 위해 시어에 대한 현미경적인 분석 방법을 적용하였다. 그는 애매성의 성격을 무엇에 관해서 말할 것인가에 대한 미결정 상태, 여러 가지 사물을 동시에 말하고 싶어하는 의도, 이것과 저것 혹은 그 두 개를 동시에 말할 수 있는 가능성, 하나의 진술이 여러 가지 의미를 갖는 것 등으로 설명하고 있다. 엠프슨은

시에 어떻게 수용되는가에 대해 관심을 기울였다. 그는 이 상반된 체험과 충동을 조화하고 조직하는 데 있어 두 가지 방법을 설정했는데, 그 하나는 포괄의 원리이고, 또 하나는 배제의 원리이다." 포괄의 시는 "시에 나타나는 경험과 상반된 충동들이 균형과 조화를 이루는 시를 일컫는 것"이다. 이에 반해 배지의 시는 "이질적인 경험을 배제하고 유사한 경험만을 간추린 시"라고 말한다. 물론 좋은 시는 전자이다.

애매성의 유형을 다음 일곱 가지로 분류하고 있다.

ㄱ) 하나의 단어 또는 문장(문법 구조)이 동시에 여러 방향으로 효과를 미치는 경우

ㄴ) 두 개 이상의 의미가 모두 작자가 의도한 단일 의미를 형성하는 데 공동으로 참여하는 경우.

ㄷ) 한 단어로 두 가지의 다른 뜻이 표현되는 경우(동음이의어).

ㄹ) 두 개 이상의 의미들이 서로 모순되면서 결합되어 작자의 복잡한 정신 상태를 나타내는 경우.

ㅁ) 작자가 글을 쓰는 과정에서 자신의 생각을 찾아내던가 그 생각 전체를 한 묶음으로 딱 떨어지게 파악해 내지 못하는 경우(그러한 경우에 한 서술에서 다른 서술로 옮기고자 한다면 그가 사용한 비유는 그 어디에도 정확히 들어맞지 않게 된다. 그리하여 그 양자의 중간에 머물러 있게 되는 경우가 발생한다).

ㅂ) 한 서술이 모순되거나 적절치 못하여 독자가 스스로 해석을 해야 하는 경우(동음반복, 모순, 불합리한 진술 등으로 하나의 진술이 아무것도 언급하지 못하는 경우에 발생한다).

ㅅ) 하나의 낱말이 가지는 두 가지 뜻이 문맥에 의하여 두 개의 상반된 의미로 되어 전체 효과가 시인의 마음에서 근본적으로 분열하는 경우.

(2) 객관적 상관물 *objective correlative*

객관적 상관물이란 감정을 객관화하고 감정을 표현하기 위한 공식 역할을 하는 대상물을 가리킨다. 엘리어트는 시를 '정서의 해방이 아니라 정서로부터의 도피이고, 개성의 표현이 아니라 개성으로부터의 도피'[129]라고 말한 바 있는데, 이는 어떤 특별한 정서를 나타내도록 제시된 외부적 사실들로, 구체적인 사물을 통하여 간접적으로 정서를 환기시키게 된다고 보았던 것이다. 요컨대, 예술의 형식으로 정서를 표현하는 방법으로서, 일상 생활의 감정이 그대로 문학 작품에 나타나는 것이 아니라 그 정서와는 직접적인 관계가 없는 어떤 이미지, 상징, 사건, 사물 등에 의해 구현될 때 그때 이용된 이미지, 상징, 사건, 사물 등이 바로 '객관적 상관물'인 것이다.

---

129) T. S. Elot, "Traditional and Individual Talent,"(1917), *The Sacred Wood*(London, 1957), p. 58, 김영철, op. cit., pp. 151-152 참조.

(3) 시적 자율성

시의 진리란 객관적인 관계를 지시하는 '대응적 진리'가 아니라, 시적 사물의 유기적 관계에서 생기는 '내적 통일'의 진리라면, 다시 말해 추상 명제로 진술할 수 있는 내용이 따로 있는 것이 아니라, 형식이 곧 내용이라면, 시는 명제로 진술할 수 있는 내용의 세계로부터 독립한 자율적이며 자기 목적적인 세계, 무목적인 세계이다. 여기서 '무목적'이라 함은 두 개의 중요한 함축을 지니게 되는데, 첫째 사물의 존재에 무관하다는 뜻으로 작품과 세계 간의 단절을 의미하고, 둘째는 주관적, 객관적 목적, 곧 유용성이 없다는 뜻으로, 작품과 독자 사이의 단절을 의미한다.130)

엘리어트의 비개성 시론을 발전시킨 윔셋과 비어즐리의 유명한 '의도론적 오류'에서는 작가 배척을 다음과 같이 설명하고 있다. 시를 평가하는 기술은 시를 창작하는 기술과는 달리, 시 자체의 공적 언어가 지닌 공적, 내재적 증거에 의존해야지 일기, 편지 등과 같은 사적, 외적 증거에 의존해서는 안 된다. 그러므로 시는 "탄생하면 작가로부터 분리되어 세상에 돌아다니기 때문에 시인은 그 시에 관해 의도할 힘도, 통제할 힘도 없어진다. 시는 대중에게 귀속된다. 시는 언어로 형상화되어 있".131)는 것이다.

'영향적 오류'는 의도적 오류와는 달리 독자를 배척하는 것이다. 윔셋과 비어즐리는 다음과 같이 정식화 시킨다; "의도적 오류란 시와 그 근원을 혼돈한 것이다. (중략) 그것은 비평의 기준을 시의 심리적 원인에서 끌어내리는 시도에서 출발하여 전기와 상대주의로 끝난다. 영향적 오류란 시와 그 결과를 혼돈하는 것이다. (중략) 그것은 비평의 기준을 시의 심리적 원인에서 끌어내리는 시도에서 출발하여 인상주의와 상대주의로 끝난다."132)

---

130) 이명섭, op. cit., pp. 23-26 참조.
131) 이명섭, Ibid., p. 28 재인용.

2) 러시아 형식주의

　초창기 형식주의자들이 기본적으로 강조한 것은 이른바 문학 과학의 건설이다. 로만 야콥슨은 문학 과학의 주제가 "문학이란 무엇인가?"를 넘어서서 "문학성이란 무엇인가?"에 있다고 강조한다; "문학 연구의 대상은 총체로서의 문학이 아니고, 문학성, 즉 다시 말해서 특정한 작품을 문학 작품이게끔 만드는 것이다."133) 이 같은 태도는 문학이 어떠한 요인으로 인해 문학이 아닌 다른 것이 될 수 없고, 바로 '문학'이 되는가 하는 물음으로 귀결된다. 따라서 형식주의자들은 문학의 사실주의적 요소나 모더니즘적 요소에는 관심을 보이지 않고, 문학이 문학적이라고 간주되는 요소들에 초점을 맞춘다.134)

　아이헨바움은 러시아 형식주의의 작업을 '문학성의 탐구'로 요약하고 있다.

> 　원칙적으로 형식주의자에게 던져진 질문은 문학의 연구 방법이 아니라 문학 연구의 주제는 실제로 무엇인가 하는 것이었다. (중략) 형식적 방법의 발전에 있어서 그 체계적 우리는 오직 문학적 자료를 특수하게 연구하는 문학의 독자적인 과학성을 창조하려는 시도에 의해서만 특징지워질 수 있다.135)

　문학성의 탐구는 첫째, 언어적 측면에 대한 탐구로, 둘째, 문학의 기법의 문제에 대한 탐구로 모아졌다.136) 문학작품을 생산하는 원동력으로 전통적

---

132) 이명섭, Ibid., p. 29 재인용.
133) 빅토르 어얼리치, 박거용역, 『러시아 형식주의』(문학과지성사, 1983), pp. 220-221.
134) 그러나 이는 예술의 자율성을 극대화시킴으로써 문학의 고립화를 초래하는 것이 아니다. 로만 야콥슨은 러시아 형식주의의 작업을 예술의 자기 충족성의 연구가 아니라, 미적 기능의 자율성에 대한 연구라고 말한다; "우리는 다만 예술이 사회 구조의 불가결한 한 부분으로서 다른 모든 부분과 상호 작용 관계에 있으며 예술의 영역과 사회 구조의 여타 다른 요소와의 관계가 끊임없는 변증법적 흐름의 상태에 있으니만큼, 그 자체가 가변적이라는 사실을 보여주려 노력해왔을 뿐이다. 우리가 주장한 것은 예술의 고립화가 아니라 미적 기능의 자율성 autonomy of aesthetic function이다."(로만 야콥슨, 「시란 무엇인가?」, 신문수 편역, 『문학 속의 언어학』(문학과지성사, 1989), p. 158)
135) 보리스 아이헨바움, 「형식적 방법의 이론」, 『러시아 형식주의 문학이론』(청하, 1984), pp. 146-147.
136) Ann Jefferson, *Russian Formalism, Modern Literary Theory*, B.T. Batsford Ltd(London, 1986), pp.

인 이론들이 '영감', '상상력', '천재' 등을 꼽았는데, 러시아 형식주의자들은 이에 관한 모든 공론들을 일소에 붙였다. 그들은 문학성을 작가나 독자의 정신 속에서가 아니라 작품 그 자체 내에서 찾아야만 했다. 형식주의자들이 문학을 심리학적 과정의 견지에서 설명하려는 경향을 거부했다면 그들은 문학작품 속에 구체화된 경험의 차원 또는 양식 속에서 '문학성'의 근거를 찾으려는 태도도 역시 반대했다. 문학과 비문학 간의 차이점은 제재, 즉 작가가 다룬 현실의 영역에서가 아니라 표현 양식에서 찾아야 하기 때문이다.

그래서 형식주의자들은 문학언어와 일상어의 차이에 집중한다. 첫째, 문학언어는 미학적 효과를 위해 철저히 조직된 담화이나 일상어는 미학적으로 중성적이며 특성이 없다. 둘째, 문학언어는 발화음을 신중하게 사용한다. 그러나 일상어는 언어로 구성된 '기호'의 소리나 결에 주의를 기울이지 않는다. 셋째, 문학언어는 표현 양식을 지향하는 발언으로서 내재적 법칙들의 지배를 받지만, 일상어는 메시지의 전달에 따라 평가를 받는다. 넷째, 문학언어에서 언어가 언어 자체로 지각되며 언어와 배열, 의미, 내적 외적 형식의 무게와 가치를 획득하지만, 일상어에서 언어는 지시된 사물이나 감정 폭발의 대응으로 사용되기도 한다. 다섯째, 문학언어는 언어체적 구조가 자율적인 가치를 획득한 언어체계의 하나이지만, 일상어는 정보전달적 산문으로서 자율적 가치가 없다. 여섯째, 문학언어는 의미의 모호성, 내포성, 상징성, 암시성 등을 중요하게 여기지만, 일상어는 외면적, 정확성, 지시적, 표시적 기능을 중요시한다. 말하는 대상이 확정되어 있지 않아 복합적 의미가 있다. 일곱째, 문학언어는 어려운 비유, 지각하기 힘든 리듬, 독특한 문체를 사용하여, 언어의 경제 원칙을 위해하지만, 일상어는 습관적 무의식적 연상을 사용하며 경제원칙이 적용될 수 있다.

한편 문학의 기법상의 문제는 문학의 미학적 원리이자, 수사적 원리라 할

24-45를 토대로 재구성하였음.

수 있는 '낯설게 하기'에 집중된다. 시적 이미지는 낯선 것을 낯익은 용어로 번역한다기보다, 시적 이미지는 습관적인 것을 새로운 견지에서 표현하거나 또는 그것을 예기치 않은 문맥 속에 넣음으로써 '낯설게 만든다 *makes strange.*'137) 대상을 '새로운 인식 영역'으로 이동시키는 것, 즉 비유가 가져다 주는 독자적 '의미론적 전환'은 시의 근본적 목적이며 존재 이유라고 형식주의자들은 주장한다. 쉬클로프스키는 다음과 같이 주장한다.

> 바닷가에 사는 사람들은 점점 파도의 속삭임에 익숙해져서, 그들은 그것을 듣지 않는다. 이런 사실로 비추어 볼 때, 우리도 우리들이 말하는 언어를 거의 듣지 않는다. (중략) 우리는 서로 바라보지만, 우리는 더 이상 서로를 주의 깊게 쳐다보지는 않는다. 세계에 대한 우리의 인식은 시들어 버려서, 남아 있는 것이라고는 단순한 인정recognition뿐이다.138)

결국 작가는 일상어와 관습적 언어에 대해 싸워야 한다. 작가는 시적 대상을 관습적인 맥락에서 뜯어내고, 다른 대상들과 함께 묶음으로써, 새로운 질서를 만들어내고, 의미를 생성해야 한다. 소위 이러한 문학적이고 창조적인 변형 행위는 우리 주위의 세계에 깊이 있는 '밀도'를 부여함으로써 우리의 인식력을 새롭게 만들어 준다. '낯설게 하기'는 대상을 낯설게 하여 새로운 경험을 하게 하고 그를 통해 인식의 전환을 가져오게 하는 데 목적이 있다.139) 모든 예술의 존재원리이기도 한 '낯설게 하기'를 쉬클로프스키는 다음과 같이 말하고 있다.

> 예술의 목적은 사물에 대한 감각을 알려져 있는 대로가 아니라 지각된 대로 부여하는 것이다. 예술의 기법은 사물을 "낯설게" 하고 형식을 어렵게 하며, 지각을 힘들게 하고 지각에 소요되는 시간을 연장한다. 왜냐하면 지각의 과정은 그 자체가 미학적 목적이고 따라서 되도록 연장돼야 하기 때문이다. 「예술은 한 대상의 예술성을 경험하는 방법이며, 그 대상은 중요한 것이 아니다.」140)

---

137) 빅토르 어얼리치, op. cit., p. 226.
138) 빅토르 어얼리치, 같은 곳.
139) 김영철, op. cit., pp. 331-332.

예술은 대상의 잠재되어 있는 예술성을 경험하는 것이기 때문에, 대상의 예술성을 끄집어낼 뒤틀림의 방법, 곧 낯설게 하기가 필수적이라는 것이다. 이어 그는 톨스토이 작품에 나타난 낯설게 하기 요소를 분석한 후 다음과 같이 결론을 내리고 있다.

> 톨스토이는 친숙한 대상물을 命名하지 않음으로써 친숙한 것을 낯선 것으로 만든다. 그는 하나의 대상을 마치 그가 그것을 처음 본 것처럼, 하나의 사건을 그것이 최초로 일어난 것인 양 묘사한다. 어떤 것을 묘사할 경우 그는 그 대상의 어느 부분에 대한 수락된 명칭을 피하고 대신에 다른 대상에서 그에 상응하는 부분의 명칭을 갖다 붙인다.141)

'낯설게 하기' 이론은 형식적인 측면을 통해서도 미적 체험이 가능하다는 것을 보여주는 이론이다. 때문에 러시아 형식주의자들은 예술에 있어서 '형식과 내용'이라는 전통적 이분법을 배격한다. 한 단어에서 의미가 소리와 분리될 수 없듯, 예술에 있어서 '내용'은 '형식'이란 매개체를 통해서만 표현되므로, 그것의 예술적 구체화와 분리해서는 유익하게 논의될 수도 진정으로 인식될 수도 없다는 것이다. 쉬클로프스키는 형식으로부터 분리 가능한 '내용'을 비난하면서, 형식을 '필요악', 그리고 '진정한 사물'을 위한 의복으로 다루었다. 작품의 형식은 내용과 밀접한 관련을 맺고 있는 것이기 때문에 결코 무시될 수 없다는 것이다. 형식주의자들은 '형식과 내용'이라는 전통적인 이분법에서 파생될 수 있는 여러 오해를 일소하기 위해 '재료material'와 '기법device'이라는 역동적인 개념 쌍으로 대체하였다. 이 개념쌍은 동전의 양면처럼 두 개이면서, 분리 불가능한 하나의 통일성을 구축한다.142) 물론 이것은 작품 가운데 내포되어 있는 '미학 이전'의 것과 '미학적인 것'을 동시에 드러내는 개념이기도 하다.

---

140) 쉬클로프트키, 「기술로서의 예술」, 서울·문학과 사회연구소 편집, 『러시아형식주의 문학이론』(청하, 1986), p. 34.
141) 쉬클로프스키, Ibid., p. 35.
142) 빅토르 어얼리치, op. cit., pp. 238-245 참조.

IV. 문화와 사회

　앞선 논의와 고찰을 중심으로 이 장에서는 기타 여러 가지 문화와 사회와의 관계를 고찰하여 보기로 하겠다. 기타 문화적 장르라고 하면 여러 가지를 생각하여 볼 수가 있다. 오늘날 우리에게 심각한 문화적 무게로 다가오는 것은 실로 사회의 다양화, 멀티미디어화 경향에 맞추어 여러 층위의 문화들이 있기 때문이다. 그 중 대표적인 것으로 영화와 연극이 있다. 다음으로는 연극, 영화의 보편적 경향을 대변하는 텔레비전 드라마가 중요한 사회적 의미로 파악될 수 있겠고 정보화시대인 만큼 광고의 역할과 무게도 무시할 수 없을 것이다. 사실 이들은 오늘날에 있어서 문학과의 구분을 명확히 하지 않는다. 확대된 문학의 범주에 들어간다고 보아 무방하겠다.

　여기에서는 영화, 연극, 드라마, 광고 등의 사회적 의미 파악에 주안점을 두기로 한다. 특히 영화, 드라마, 광고 등은 모두 '기술복제시대의 예술'인 만큼 예술작품의 아우라의 문제에서는 많은 논의의 가능성을 갖는 공통점을 가지고 있다. 누구나 시를 읽고 소설을 읽는 것은 아니지만 영화, 연극, 드라마, 광고는 다양한 매체를 통하여 보다 많은 사람들에게 노출된다. 그렇다면 이들의 사회적 의미 역시 무시하여서는 안 될 것이다.

　이들 장르와 사회와의 관계를 논의하려면 먼저 우리 나라의 사회 상황을 현대사를 중심으로 간략히 짚어보아야 할 것이다. 우리 나라의 현대사는 구한말시대, 일제시대, 해방과 한국전쟁시대, 자유당시대, 군사정권 시대, 문민정부 시대로 흘러왔다.

구한말 일제 강점기 직전의 우리 사회는 혼돈과 모색의 시기였다. 문명개화론에 입각한 자강론과 을사보호조약 아래의 국권회복을 주장하는 입장이 팽팽히 맞선 시기였다. 불평등조약에 의한 일부 개항이 있기는 했지만 아직 서양과 일본의 문물이 본격적으로 우리 나라에 들어오지는 못했다. 일제 강점기, 우리 문화는 굴절된 하에서 여러 변화를 겪는다. 영화가 들어오고 신극운동이 일어나며 매체를 통한 광고에 있어서도 눈을 뜨기 시작한다. 그러나 내용도 형식도 자유롭지 못한 불구적 발전이었다. 해방과 한국전쟁의 시기는 좌익과 우익의 대립이 극에 달한 시기이다. 당연히 표현에 있어서도 극적이며 이분법적인 요소가 많이 나타난다. 자유당시대는 한국이 독립하고 전쟁이 끝났지만 아직 민주적 사회는 이루지 못한 시기이다. 전쟁기의 이분법이 잔재한 가운데 안보 위주의 공권력이 우세하였다. 이것은 군사정권기에도 이어지고 80년 광주항쟁과 87년 6월 항쟁으로 얻어낸 민주화의 물결 이후에 우리 문화는 커다란 변화를 겪게 된다. 그러한 사회적 제현상을 예술작품을 통하여 어떻게 읽어낼 수 있는가 하는 것이 이 장의 화두가 된다.

1. 영화와 사회

1) 영화의 장르적 속성1)

눈앞에 대형화면이 펼쳐지고 그 안에 인물들이 살아 있는 듯이 움직인다. 그것은 바로 우리의 곁에서 일어나는 사실만 같다. 파노라마의 효과를 십분 발휘하여 눈과 귀를 비롯한 다양한 감각기관으로 우리에게 던져지는 메시지는 그 설득력과 생생함으로 인해 우리로 하여금 기꺼이 대형화면이 주는 동참에의 강요에 매료당하게 만든다. 이것이 영화라는 장르의 매력이자 영화가 주는 사회적 중요성이다.

연극과 달리 영화는 대중적 장르이다. 영화산업의 대상이 대중이기 때문에 영화는 번식력 강하고 유행 빠른 대중문화로 발전하며 기업의 예술로 성장할 가능성을 미리 예측하게 하였다. 이것이 영화 산업을 발전시키게 된다. 이러한 대중적 힘을 가진 영화는 사회를 반영하기도 하고 사회를 이끌기도 하는 강한 설득력을 갖는 매체이다. '보다', 그것도 대형화면으로 여럿이 '보는' 이 행위는 영화의 사회적 설득 가능성을 알게 한다.

영화는 이미지에 의한 영상과 동화기술에서 동작과의 연관성이 한 축을 이루고 현실과의 연관성 즉 외형으로 채택된 일상생활이 다른 한 축을 이루게 된다. 그만큼 사회현실은 영화의 중요한 구성 요인이 된다.

---

1) 아놀드 하우저는 영화에 대하여 '예술의 민주화'라고 표현한 바 있다. "매일 공연하는 전속극단, 그러다가 연속극을 상연하는 극장, 그리고 영화, 이러한 순서로 예술의 민주화가 이루어진다. 그것은 또한, 정도의 차는 있어도 항상 연극상연에 따르던 축제적 분위기가 차츰 사라지는 것을 뜻하기도 한다. 이러한 저속화 과정이 영화에 이르러 절정에 달한다. (중략) 영화는 입은 옷 그대로, 연속 상영 도중 아무 때나 지나는 길에도 들를 수도 있는 것이다."(아놀드 하우저, 백낙청·염무웅 역, 『문학과 예술의 사회사』(창작과 비평사, 1983), pp. 251-252.

(1) 영화의 기원과 갈래

영화의 기원은 19세기 후반으로 거슬러 올라간다. 1891년 에디슨이 암상자를 통해 움직이는 그림을 들여다보는 '키네토스코프'를 발명하였고 4년 후인 1895년 프랑스 한 카페에서 뤼미에르 형제에 의하여 활동사진 기계 '시네마토그래프'가 발명, 단편영화 몇 편이 상영되었는데 이것이 영화의 시작이다. 「공장의 출구」, 「베이비의 식사」, 「열차의 도착」, 「물세례 받는 살수부」 등 수 편의 아주 짤막한 단편이었다. 아주 짧은 영상이었지만 동영상을 처음 본 관객들에게 그것은 문화적 충격이 아닐 수 없었다. 움직이는 동영상의 효과는 글이나 말과는 다른 감동을 주는 것이기 때문이다. 육안으로 보는 것과 똑같은 움직임이 스크린을 통해 재현되는 것에 대한 신기함과 놀라움으로 영화의 첫 작품은 흥행에 대성공을 하였다.

단순히 역에 기차가 들어오고 사람들이 타고 내리는 것을 찍어 보인 뤼미에르 형제의 영화는 분명 다큐멘터리였다. 이때 영화는 조작되지 않은 현실 세계의 거울이며 현실 재현에 있어 왜곡의 한계를 극소화시키고 영화 속 현실을 현실인 듯 착각하게 한다.

이러한 사실주의적 입장에서의 기록에 반해 비다큐멘터리, 환상적 영화의 시초는 조르쥬 멜리어스에 의하여 이루어진다. 마술사 출신인 조르쥬 멜리어스는 영화라는 매체를 통하여 마술을 보여 주게 된다. 이것은 우연히 발견된 사실을 기반으로 이루어졌다. 거리에서 마차가 지나가는 것을 촬영하고 있던 멜리어스는 갑자기 고장난 카메라 때문에 촬영을 중지해야만 했다. 고쳐서 다시 찍기 시작했을 때 마차는 이미 지나갔고 영구차가 그 자리를 지나가고 있었는데 현상을 해보니 마차가 갑자기 영구차로 변한 것처럼 보였다. 멜리어스는 여기에서 힌트를 얻어서 트릭영화의 길을 열었다.

영화의 종류는 매우 다양하다. 애초에 그것은 사실기록과 환상이라는 단순한 이분법으로 출발했으나 이분법적인 두 갈래는 나누어지기도 하고 제휴하기도 하면서 분화되어 오늘날까지도 정착되지 않은 채 자꾸 분화하는, 매우 복잡한 갈래형식을 보여준다.

(2) 한국 영화의 흐름[2]

가. 영화의 전파

한국에 영화가 전래된 시기와 경로에 대하여는 여러 가지 설이 분분하다. 김정혁은 『조선영화사』(1946년)에서 1897년 한성의 남대문 중국인 창고에서 영화상영이 최초로 이루어졌다고 주장하였고, 일본 영화사가인 이치가와 역시 『조선영화사업발달사』(1941년)에서 1897년 한성 이동의 남대문 중국인 창고에서, 또는 1898년 영국인 아스트 하우스의 소개로 영화가 상영되었고, 빈 담뱃갑을 가지고 오면 무료로 입장시켰다고 밝혔다. 김정옥(『한국영화사연구서설』(1976년) : 1898~99년 설), 윤봉춘(1899년 설) 등은 19세기의 끝자락을 한국영화의 태동기로 잡고 있는 이들이다. 이에 비해 이중거(『한국영화사연구』(1973년) : 1901~02년 설)나 한성 구리개 부근 전 한성은행 자리의 영미연초회사에서 일본의 요시사와 상회의 장비를 가져와 영화를 상영했다는 박루월(『조선영화발달사』(1939년) : 1904년 설), 서울 충무로의 한 창고에서 최초로 영화가 상영되었다는 노만(『한국영화사』(1962년) : 1904년 설), 그 외 안종화(『한국영화측면비사』(1962년) : 1905년 설) 등은 그보다 늦게 전래되었다고 주장한다. 그런데,

동대문 내 전기회사 시계창에서 시술하는 활동사진은 일요 및 음우(陰雨)를 제하는 외는 매일 하오 여덟 시부터 열 시까지 설행되는데 대한(大韓) 및 구미(歐美)각국의 생명도시(生命都市), 각종 극장의 절승(絶勝)한 광경이 구비(具備)하외다. 허(許) 입장료금 동화 십 전

---

2) 이에 관하여는 호현찬, 『한국영화 100년』(문학사상사, 2000)에서 많은 참고를 하였다.

(錢)-『황성신문』, 1903년 6월 23일

위 광고에 의하면 우리 나라에 영화가 전래된 것은 1903년 무렵이거나 그 이전임이 드러난다. 이를 우리 나라에서 일반에게 공개된 영화의 확실한 검증자료로 인정하고 많은 영화사가들이 이 설을 지지한다. "1903년 영미연초회사가 담배선전을 겸하여 영화를 상영했으며, 1904년에는 원각사에서 프랑스 자테 사(社)의 작품을 상영했다"는 임화의 『조선영화발달소사』를 비롯하여 이창용(『조선영화 30년사』), 이영일(『한국영화전사』), 유현목(『한국영화발달사』) 등의 저서와 이청기의 「한국영화전사시대 및 발생기의 특성에 관한 연구」라는 논문 등에서 그것이 주장된다.

뤼미에르의 시사회가 1895년이니 영화가 아시아와 조선에 상륙하기까지는 10년도 걸리지 않았던 것이다. 영화라는 장르의 신속한 번식력을 다시 한 번 상기하게 된다.

나. 한국 영화의 발달

1910년 무렵, 조선에서의 영화는 더 이상 요술처럼 신기한 것이 아니라 대중들의 즐기는 대상이었다. 일본의 자본과 손을 잡아 개화하게 된 당시 한국의 영화문명은 특히 국가의 주권을 빼앗기는 미증유의 비극 앞에 선 대중들에게 매력적인 일종의 우민화, 혹은 유인책이었고 대중들의 호응 속에 많은 발전을 하게 되었다. 그 결과 영화 전래 10여년 만에 우리 손으로 영화를 만들기에 이른다.

기록에 의하면, '한국 최초의 영화'는 1919년 김도산의 「의리적 구토」라는 연쇄극이다. 연쇄극은 '키노 드라마'라고도 불리는데, 무대극 사이사이에 무대에서 표현하기 어려운 야외신이나 특수 장면을 필름에 찍어 무대극과 영화를 복합한 것이다. 「의리적 구토」 이후로 영화계는 더욱 발전을 하게 된다.

1919~25년까지 모두 28편이 제작되었다. 이중 연쇄극이 6편, 기록·문화영화가 11편이다.

1923년부터는 연쇄극이 자취를 감추고 영화형식을 갖춘 것들이 나타났다. 영화사가들은 1923~34년까지를 무성영화시대로 구분한다. 이 기간에 제작된 무성영화는 무려 90편에 이른다. 1923년 최초의 「춘향전」 영화가 하야가와 고슈에 의하여 제작되었다. 「춘향전」은 조선시대부터 한국인들이 가장 즐겨하는 이야기였는데 일본인에 의해 처음으로 영화화되었다. 제작사는 동아문화협회로, 일본 자본 회사였는데 흥행은 대성공이었다. 1924년 「장화홍련전」이 김영환 감독에 의해 만들어졌다. 촬영은 한국의 영화기술 개척자인 이필우가 맡았으며, 녹음과 편집도 역시 그가 맡아 했다. 이 영화는 순전히 한국인들의 손으로 제작되었다는데 큰 의미를 갖는다. 이어 11월에는 「해의 비곡」이 개봉되었는데 이 영화에서 프랑스제 바로보 카메라가 처음으로 사용되었다.

1926년 조선총독부령 제59호로 '활동사진필름 검열규칙'이 공포되었다. 한국영화의 검열에 관한 최초의 법령이자 최초의 영화법이었다. 위헌이라고 판정되면서 사실상의 사전검열제도가 없어진 것은 1996년의 일이니 70여년간이나 우리 영화는 사전 검열을 받아 왔던 것이다.

세계적으로 유성영화는 1927년 뉴욕의 「재즈 싱어」를 그 효시로 보는 것이 통론이다. 하지만 영화의 탄생 만큼 유성영화가 혁신적인 것이라고 평가되지는 않는다. 무성영화에서도 나레이션 기법을 통하여 말할 것은 충분히 이야기될 수 있었기 때문이다. 우리나라에서 유성영화는 1935년의 「춘향전」에서 비롯되었으며 이후 해방과 전쟁 무렵, 격변의 사회 속에서 영화도 많은 변화를 겪는다.

1980년대에 오면 한국영화는 주제와 기법 면에서 많은 변화를 겪는다. 85년 후반부터 단편영화, 다큐멘터리에 관한 젊은 세대들의 관심 높아지면서 언더그라운드영화나 비상업적 독립영화들이 지표로 나타나게 되면서 영화는 다양화의 길을 겪게 된다. 자유화 선언 이후 보다 다변화된 영화계에 대기업이 뛰어들게 되면서(1994년) 영화는 보다 대작화, 전략화하게 된다. 기업들은 앞다투어 영상산업의 발전을 약속하는 영화에 뛰어듦으로서 케이블 티비 시대의 개막, 비디오시장의 확대, 장차 예상되는 위성방송 등 멀티미디어 시대에 대비하게 되었다. 1997년 한국 사회에 IMF라는 커다란 변수가 생기고 이로써 영화계를 비롯한 문화계 전반의 사정이 악화 일로에 놓이게 되지만, 오늘날 한국영화는 질적, 양적인 면에서 많은 발전을 거듭하고 있다.

다. 한국의 다큐멘터리

한국에서도 최초의 연쇄극 「의리적 구토」가 개봉된 이래 다큐멘터리는 계속적으로 만들어져 왔다. 1924년 동아일보사에서 주최한 전 조선 여자 정구대회를 기록한 35mm 2권짜리 다큐멘터리, 1927년 YMCA에 의해 월남 이상재 선생 장례식을 기록한 다큐멘터리 등이 제작되었다. 1929년에 조선일보사가 최초의 민간 뉴스영화를 만들기 시작했으나, 그리 오래 지속되지는 못했다. 1937년을 전후하여 조선총독부가 제작한 선전, 계몽 다큐멘터리영화가 전국 극장에서 상영된다. 물론 이 당시의 뉴스영화는 일본 메이저 영화사들, 다큐멘터리사들이 만든 뉴스, 다큐멘터리, 선전계몽영화로서 일본의 식민통치를 정당화시키고 강화하는 도구로 십분 이용된다. 이는 진실을 추구하고 사회 정의와 인간의 평화 질서를 위한 다큐멘터리의 본 뜻을 어기고 이데올로기나 정책 목적으로 이용되어 오히려 진실을 왜곡하고 조작하였다. 다큐멘터리는 그 위력적인 호소력으로, 세상을 흐리게 만들고 사람들의 눈을 멀게도 하는 것이기 때문에 만드는 이의 공정한 시선과 냉철한 역사의식이 필수 조건이라 할 것이다.

1945년 8월 15일 광복 이후 처음 등장한 영화가 이구영 감독의 「안중근

사기」(1946)라는 세미 다큐멘터리인데, 항일 민족투사 안중근의 일대기를 다큐멘터리 터치로 엮은 영화였다. 1947년에 제작된 윤봉춘 감독의 「백범 국민장 실기」도 뉴스 다큐멘터리였다.

6·25전쟁이 일어나자 영화인들은 종군하여 전쟁 다큐멘터리, 선전계몽영화, 뉴스영화 등을 만들기 시작했다. 그 당시 영화는 주로 반공 성향의 다큐멘터리였고, 전의를 고양시키는 역할을 했다.

1960년대부터 다큐멘터리는 하향 일로에 놓인다. 다만 정부에서 문화영화를 장려하기 위하여 극장에서 영화를 상영하기 전에 문화영화 상영을 의무화했기에 문화영화라는 이름 아래 새마을 성공사례, 국책홍보 계몽영화 등 유사 다큐멘터리가 만들어지고 상영되었으나 순수한 다큐멘터리는 상업성이 없어 관객을 찾지 못했다.

뉴스영화는 미국공보원이 미군정 시대 때부터 만들어 온 리버티뉴스가 1980년대 자취를 감추었고, 국립영화제작소가 만들어 온 「대한뉴스」도 2000호까지 계속 제작되었으나 1998년 8월에 영화에 대한 행정규제완화 조치로 문화영화와 함께 극장 의무상영이 중단되었다. 「대한뉴스」는 군사정권 하에서 대통령에 관한 충성심을 보이기 위하여 제작 상영되기도 하였던 만큼 국가적 정책홍보에 우선하였기에 관객으로부터 외면 당해 왔고 텔레비전뉴스에 기능을 완전히 빼앗겨 존재할 명분이 없었던 것이다.

한국 다큐멘터리는 1990년대 후반부터 영상기술의 발전과 큰 자본의 도움을 힘입어 새로이 주목을 받을 수준에 이르게 되었다.

기록영화든 허구로 된 영화든 간에 서로는 서로의 발전과 무관할 수 없다.3)

---

3) "픽션이란 세상 한가운데로 가서 역사를 서술하는 것이다. 다큐멘터리는 세상 끝까지 가서 이야기할 것이 없게 하는 것이다. 그러나 화석이 된 바위에 곤충이 있는 것처럼 증거자료 속에도 허구는 있으며 카메라(허구보다는 강하지만)도 그 앞에 놓인 모든 것을 찍기 때문에 허구 속에도 증거 자료는 있기 마련이다."라는 말을 상기하여 볼 일이다.(세르주 다네, 『영화신문』, 166쪽, 장 루이 뢰트라, 곽노경 옮김, 『역사적 관점에서 본 시네마』(동문선, 2002), p. 75 재인용)

2) 영화 속 사회 읽기

우리 민족은 전통적으로 '한(恨)'의 민족이라고 한다. 한이라는 것이 가지지 못한 것에 대한 안타까움, 억울하거나 원통하거나 원망스러워 쉽게 잊히지 않고 마음속에 단단히 응어리가 진 감정을 말한다면 우리 민족은 억울함, 원통, 원망이 많다는 말이 된다. 다른 나라를 침략하기보다 침략 당하고 남의 것을 빼앗기보다 내 것을 빼앗기면서 살아온 과거의 역사로 인해 그러한 민족성이 형성되었다는 이론도 있다. 그런가 하면 우리 민족은 풍류를 알고 정도 많고 눈물도 많다. 우리 민족의 한, 풍류, 정, 눈물, 이것이 우리의 다양한 문화영역을 지배하게 되는 공통분모가 된다.

제작자의 면에서, 한풀이를 직접적으로 발산하는 예술이 있다. 그런 예술은 만드는 이의 응어리와 맺힌 것을 풀어줄 수 있다. 그러나 언제나 직접적 한의 발산이 가능한 것은 아니고 때로는 사회나 국가에 의하여 제지당하기도 한다. 그럴·때 작가는 그러한 분노와 한을 뒤로 숨기고 다른 쪽으로 시선을 돌리게 하는 방식을 취하거나 아예 다른 방면으로, 간접적으로 승화시키게 된다.

감상자의 측면에서, 한을 직접적으로 노출하는 예술을 추구하기도 하고 한과는 무관한 듯 보이는 예술을 추구하는 경우가 있다. 후자의 경우 감상자는 한의 발산을 뒤로하고 예술이 주는 심리적 이완감을 통하여 한을 풀어내려 하는 것이다. 사회가 척박하고 개인에게 억압기제로 작용할수록, 혹은 한의 대상이 모호할 경우에 있어 감상자는 예술작품에 참가하여 한의 직접적 노출을 시도하기보다 예술작품이 주는 이완감에 의지하려 한다. 예술작품이 주는 심리적 이완감을 'coasting'이라고 하는데 이는 긴장 상태에 있는 정신에서 긴장을 풀고, 언덕에서 미끄럼을 타듯이 마음을 편안하게 풀어주는 상태를 말한다. 우리 나라의 일제시대에 그리고 유신정권과 군사정부 하에서 영화가 인기를 끌었다면, 그것은 우리 민족이 긴장과 불안의 정국 속에서 개인에 대한 사회적 차단감을 판단정지하고 일종의 자구책으로 예술작품의 심리적 이완감에 매달렸기 때문이다. 사회의 직접적 욕망은 보류되고 간접적 욕망이 드러나는 것이다.

흔히 한(恨)이라고 하면, 개인적 차원의 한과 민족적 차원의 집단적 한으로 나눌 수 있겠다. 우리의 경우 개인적 한이 인간관계 혹은 제도적인 문제와 연관되는 문제들이라고 한다면, 민족적 차원의 한은 식민치하라는 것으로 상징되는 이민족에 대한 것과 공산주의나 군사정권 등의 한민족 내부적인 문제가 야기하는 여러 갈등으로 나눌 수 있을 것이다. 민족적 한이든 개인적 한이든 예술과는 긴밀한 관계를 갖게 되는데, 위에서 논의하였듯이 그것은 때로는 직접적 저항의 형식으로, 때로는 예술적 우회의 방법으로 표현된다.

영화는 "변화와 불의와 세기의 위대함"과 긴밀히 연관되어 있으며 (특히 미국의 경우를 들어) "권력은 한번도 영화와 무관하지 않았다"는 말에서 알 수 있는 것처럼 영화는 사회와 긴밀한 연관 속에 논의할 만한 가치를 갖는다.[4)]

(1) 민족, 국가의 문제-「아리랑」과 「아름다운 시절」 사이

우리 나라 영화의 문법은 우선적으로 거대담론으로 읽힐 수 있다. 한국영화의 출발시기에 한국은 일본 식민지 치하였다. 그렇기 때문에 한국영화는 의식하였든 의식하지 않았든 간에 그 초창기부터 민족이라는 문제에서 자유로울 수가 없었다. 최근까지 존재하는 이른바 민족영화, 국민영화라고 일컬어지는 작품들은 바로 이런 역사적 전통을 갖는 것이다.

---

4) 장 루이 뢰트라, 앞의 책에서는 이러한 논의가 계속적으로 나타나고 있다.

여기에서는 영화와 민족, 국가의 거대담론 문제를 짚어보겠다.

가. 일제치하의 '민족'

「춘사 나운규

우리의 영화에서 사회적으로 중요한 의미를 갖는 초창기 작품 「아리랑」은 1932년 나운규에 의하여 만들어졌다. '무성영화기의 가장 위대한 작품'인 「아리랑」은 나운규가 직접 쓴 각본을 그의 제안으로 일본인 쓰모리 슈이치가 제작자 요도에게 권고하여 조선키네마에서 제작한 영화이다. 그러나 「아리랑」은 현재 오리지널 시나리오 원본이나 복사본이 없고 영화의 일부조차 없다고 한다. 다만 당시에 살았던 영화인 원로들이 거의 세상을 떠났기 때문에 그와 동향으로 가깝게 지냈던 고 윤봉춘 감독의 회고담이나 나운규와의 대담록, 그리고 당시의 신문이나 잡지에 나타난 글 등을 통해서 막연하게 추정만 할 뿐이다. 한국 영화사에서 '전설적인 영화', '환상의 명화'로 이름 매겨져 온 이 작품을 이렇듯 신문 기사나 나중의 영화사가의 글에 기대어서나 윤곽이나마 알아볼 수 있다니, 근대화의 초기에 나라를 빼앗겼던 민족의 문화적 심각성을 다시 한번 상기하게 된다.

그 줄거리를 인용하면 다음과 같다.

어느 마을에 영진(나운규 분)이라는 광인(狂人)이 있었다. 그는 서울의 전문학교 2학년 때 3. 1 운동에 가담했다가 일경의 고문을 받아 정신이상이 되었다고 설정되고 있는데, 이 대목이 영화에는 확실하게 나타나지 않는다. 변사들은 일본 순사들의 눈치를 살피며 임기응변으로 해설했다고 한다. 영진에게는 사랑하는 누이동생 영희(신일선 분)가 있는데, 그 마을의 악덕 지주의 앞잡이인 기호라는 청년이 누이동생에게 흑심을 품는다. 한편 영희에게는 영진 오빠의 친구인 현우가 있어 두 사람 사이에는 사랑이 싹튼다. 마을에 풍년잔치가 한창 벌어진 어느 날, 기호가 찾아와 영희를 겁탈하려 하고, 영진은 이 광경을 목격하지만 제정신이 아닌지라 그저 실실 웃으며 손뼉까지 치고 있었다. 때마침 영희를 사랑하는 현우가 나타나 기호와 처절한 싸움이 벌어진다. 순간 영진은 발작이라도 한 듯이 낫을 들어 기호를 내리찍는다. 기호는 그 자리에서 숨을 거두고 영진은 제정신으로 돌아간다. 그러나 곧이어 일본순사가 달려와 영진은 쇠고랑을 차고 아리랑 고개를 넘어간다. 이 대목에서 아리랑 민요가 구슬프게 울리면서 막을 내린다.5) (밑줄-인용자)

이 영화에서 생각해 보아야 할 것을 위의 밑줄 친 부분을 중심으로 정리하여 보겠다. 우선 주인공 영진이 광인이 되었다는 설정이다. 광기라는 것은 사회적 욕망과 개인적 욕망의 코드가 맞지 않아 개인의 욕망이 좌절되는 경우에 발생하는 것이다.6) 그렇다면 영진은 왜 광인이 되었을까. 그것은 그가 광인이 된 배경을 살펴보면 알 수 있다. 민족적 큰 기대 속에 기미독립만세를 불렀지만 한국민족주의 발전에 심대한 영향을 끼칠 정도로 엄청난 그 사건은 아무런 소득 없이 좌절되고 만다. 심리적 혼돈의 그에게 육체적 고통까지 수반된다. 가혹한 고문, 그 과정에서 영진은 미치게 된다. 미치지 않고 살 수 없는 일제 치하 올곧은 지식인의 전형이 바로 영진인 것이다. 영진이 미치게 된 배경은 영화 내에서는 나타나지 않고 변사의 임기응변으로 이야기되거나 지나가거나 했다고 한다.

다음으로 악덕 지주의 앞잡이 기호의 문제이다. 이때 '땅'이 단순한 토지를 넘어서 국토와 우리 주권을 의미한다고 볼 때, 악덕 땅 주인과 그 앞잡이는 남의 땅을 강탈한 일제와 친일파를 은유한다. 기호에 의해 겁탈의 위기에 봉착하는 영진의 동생 영희는 당연히 민족의 순수성을 상징하는 것이다.

---

5) 호현찬, op. cit., p. 38-39.
6) 미셀 푸코는 그의 『광기의 역사』에서 자기 집착이 광기의 첫 번째 증상이라고 하면서 동물성이고 가장 순수하고 가장 총체적인 형태의 착오가 광기라고 말하였다. "광기는 인간의 자유에 광기의 모든 의미를 부여하는 하나의 심연이 나타나도록 한다. 광기 안에서 모습을 보이는 이 심연은 야생 상태의 악의이다." 「아리랑」에서 영진의 광기는 악을 물리치기 위한 장치이다. 한편 그가 앞잡이라고는 하지만 사람을 죽이는 행위는 푸코가 말한 바 '야생 상태의 악의'의 발로라고 볼 수 있겠다. 식민지 작품들에 빈번히 설정되는 광기와 광인은 푸코의 말처럼 "인간의 기본적인 진실을 폭로"하고 "원초적인 욕망, 단순한 메커니즘, 육체의 완강한 결정론으로 환원시키"며 "인간의 최종적인 진실도 폭로"하기 위해서일 것이다. 영진의 광기를 통하여 알아내야 하는 인간의 기본적인 진실을 읽는 일이 이 영화를 읽는 코드가 될 것이다.

「아리랑」(1923)의 한 장면

민족적인 문제로 광인이 되었던 영진이 민족의 순수성을 상징하는 영희가 겁탈 당하려 하는 상황에서 실실 웃으며 손뼉을 치는 행위는 일제에 의하여 민족적인 의식이 통째로 마비된 당시 지식인의 면모를 반영, 고발하는 것이다. 그러다가 영진이 발작을 하듯이 기호를 죽이는 행위는 광인이 된 지식인, 그의 광기에 의하여서라도 이루어져야 할 민족적 반항을 암시하는 것이라고 해석할 수 있겠다. 단순한 치정과 살인을 다루는 이 영화에서 지나치게 너무 많은 것을 읽어내려는 확대해석이 아닌 것은 사이사이에 포함되어있다고 전해지는 여러 몽타주들로 알 수 있다.

「아리랑」과 함께 무성영화시대의 명작, 민족 영화의 표본이라 할 수 있는 또 다른 작품은 「임자없는 나룻배」이다. 이 영화에서는 농지를 착취당하고 가난에 허덕이는 한 농민 일가의 비극적인 삶이 그려지는데, 어려움 속에서도 딸을 사랑하는 부성애와 살아 보려고 안간힘을 쓰는 주인공의 절망적 인생의 비극이 서정적이면서도 사회에 대한 강한 비판으로 그려지게 된다. 특히 이 영화는 1930년대의 사회상을 리얼리즘으로 승화시켜, 일본 제국주의에 대한 강한 항거의식과 문명의 교체기에서 빚어진 농민들의 고달픈 삶을 감동 깊게 묘사했기 때문에 그 주제가 항일을 암시한다고 찍혀 검열당국으로부터 상당히 시달렸다고 한다.[7] 30년대는 20년대 카프가 끼친 영향으로 소설에서도 비판적 리얼리즘이 일던 시기였던 만큼 영화에서도 비판적 리얼리즘이 제한적이나마 나타나게 되었던 것이다.

본격적인 항일영화는 광복이 된 후, 1946년 10월에 나온다. 최인규 감독의

---

7) 호현찬, op. cit., p. 61 참고.

「자유만세」가 그 예이다. 조국 광복을 위하여 지하공작을 하던 전창근이 일경에 쫓기다 총을 맞고 어느 집에 숨어들게 되는데 간호사였던 그 집의 딸과 사랑하게 되지만 일경에게 발각되어 총에 맞고 장렬히 죽는다는 이야기이다. 장제스 총통이 이 영화를 보고 '자유만세'라는 휘호를 선사했다[8]고 할 정도로 당시 인기몰이를 했던 이 영화는 과거의 역사를 돌아보고 그 역사 속에서 현대를 읽는다는 의미와 비극이 주는 장렬함 등의 매력을 가지고 있는 것으로 파악된다. 여느 저항적 영화에서 주인공이 죽는다면 비전 제시에 실패하였다고 할 것이지만 이미 광복이 된 후이기 때문에 주인공의 죽음은 장렬함만으로 작용해 관중들을 사로잡는 매력으로 받아들여졌을 것이다. 해방 후 영화산업의 가능성을 보여준 이 영화로 인해 대중들은 영화의 매력과 재미를 다시 찾게 되었다.

나. 광복 이후의 '민족'

다분히 외세에 의하여 이루어진 독립이었기 때문에 우리 민족에게 있어 민족 자주라는 문제는 일본이 물러간 뒤에도 여전히 숙제로 남게 된다. 일본군을 무장해제시킨다는 명목으로 한반도를 밟은 미군과 소련군은 각기 지정학적으로 유리한 한반도에서의 세력 굳히기에 들어갔고 특히 인천에 상륙한 뒤 남한의 전지역을 장악하기 시작한 미군은 좌익과 함께 민족주의 세력을 억압하게 된다. 그들은 좌익과 민족주의 탄압을 위해 친일파 재등용에도 거리낌이 없었으며 전범인 일본에도 시행하지 않는 미군정 직접통치를 실시한다.[9] 그러한 미군의 횡포는 민족적인 문제와 맞부딪쳐 종종 불거졌지만 은인으로 설정되어 있는 미군에게 대하여 어떠한 대항도 할 수가 없었던 것이 우리의 실정이었다.

그러나 부조리한 미군에 대한 한국인들의 반미감정은 차차 무르익어 갔다.

---

8) 호현찬, Ibid., p. 86 참고.
9) 노태돈 외, 『시민을 위한 한국역사』(창작과 비평사, 1997), p. 379-380 참고.

소설에서도 60년대 남정현의 「분지」 이후 여러 작품들에 크게 혹은 작게 미군의 문제가 제기된다. 보이지 않지만 크고 나쁜 권력, 그에 대해 온 시민이 궐기해야 한다는 투쟁론을 극단적이고 단순화된 대립구도를 통해 우의적인 방식으로 발현하여 온 조해일도 그의 중편 「아메리카」에서 직접적인 문제제기를 보이게 된다. 여기에서 그는 미군부대 기지촌을 중심으로 일어나는 이야기를 통해 미군 폭력의 사회적 문제들을 보다 가시적으로 제시하고 있다.

미군에 대한 정부의 알레르기적인 반응은 80년대 이후 여러 영화에 대한 제재에서 볼 수 있다. 일례로 반미감정이 운동권학생들을 중심으로 높아지던 시기에 이원세 감독의 영화 「여왕벌」 사건을 들 수 있다. 영화에서 일군의 청년들이 상여를 메고 외국인의 횡포를 항의하는 의식을 벌이는 장면이 문제가 되는데 반미감정을 선동하는 '듯'하다는 이유로 검열에서 제동이 걸리고 개작을 하게 되었다. 「아리랑」에서 일제 치하 변사의 얼버무림 같은 직설적 표현의 제어가 해방 이후 자국에서도 일어날 수밖에 없었던 것이다.

1990년대 말에 이르면, 평자들에 의하여 '근래 영화의 백미'로 일컬어지는 「아름다운 시절」이 발표된다.

「아름다운 시절」의 한 장면

1952년 연풍리, 전쟁이 지나간 한 마을, 매우 조용한 이 마을은 조용한 듯하나 앙금과 상처가 응고되어 있었음을 알게 된다. 과거인 이 시기를 회고하고 있는 작품상 나레이터인 성민의 가족을 중심으로 한 이야기가 펼쳐지는데, 성민의 아버지 최씨는 딸 영숙이 미군장교와 사귀는 덕분에 미군부대에서 일하면서 형편이 좋아진다. 한편 그 마을에는 좌익에 가담했다가 행불이 되어 버린 남편 때문에 마을 사람들로부터 따돌림받는 한 여인이 있는데, 그녀는 최씨의 주선으로 미군에게 몸을 팔며 생계를 연명하게 된다. 친구들과 장난스레 어른들이 성행위하고 있는 창고를 우연스레 들여다 본 그 여인의 아들 창희는 방앗간에 불을 내고 미군에게 끌려간다. 동네 아이들은 끌려가 죽은 친구를 위하여 상여를 꾸미고 묘지를 만든다. 불구로 돌아와 창희의 실종 이유를 알고 괴로워하는 창희 아버지, 임신한 영숙은 미군에게 버림받고, 부대 물건을 빼돌리다 들켜 빨간 페인트를 뒤집어쓴 채 가족과 야밤에 마

아름답기는커녕 '아프기만 한 시절'의 회고가 아닐 수 없다. 영화 「아름다운 시절」은 처음부터 끝까지 상처받고 아파하는 이들에게서 한 걸음 물러서서, 그리고는 구석구석 빠뜨리지 않고 냉정히 응시하는 시선을 보이고 있다. 카메라는 거의 움직이지 않으며 어떤 사건, 인물도 이 영화의 주제, 주인공이 되지 않는다. 하나하나 살펴보면 모두가 상처받은, 모두 우리들의 이야기인데 영화는 우리 앞에 그 흔한 통곡 한번 보이지 않는다. 영화의 중요한 요소인, 감정의 절제가 매우 뛰어난 작품이 아닐 수 없다.

너무나 조용한 듯한 마을에는 사실 많은 이야기가 숨어 있다. 이념의 문제, 미군정의 문제 등. 특히 좌익이라는 이념의 문제를 안고 살아가는 한 가족의 가슴아픈 이야기는 사실상 이 영화의 중앙에 놓임직도 하건만 스쳐 지나가는 일화처럼 조용히 다루어진다. 그런데 남편이 좌익이었다는 이유만으로 사회에서 철저히 외면 당하는 여인이 호구지책으로 마련한 삶의 방편이 미군에게 몸을 파는 행위였다는 것은 의미심장한 설정이 아닐 수 없다. 동네의 촌부인 한 여성이 좌익인 남편을 무마하기 위하여 철저 우익의 제스추어를 취해야 했고 미군에게 몸을 팔아야 했던 것이다. 몸을 파는 것은 이 여인뿐이 아니다. 이 땅의 주인인 우리 민족은 이 땅의 '손님'에 지나지 않는 미군의 군복을 염색하며 살아가기도 하고 심지어 미군의 정부가 되기도 하며 그들에 의해 버려지기도 한다. 어쩌면 우리 민족 모두가 미군이라는 외세의 이름에게 어떤 의미로의 몸을 팔면서 살아왔던 것은 아닐까 하는 것이 이 영화가 던지는 문제제기로 볼 수도 있을 것이다.

몸을 팔고 사는 장소 또한 유곽이나 여관방 같은, 특별한 장소가 아니다. 아주 평범한 동네의 허름한 방앗간, 그것은 우리들이 살고 있는 바로 이곳-우리의 국토-이다.

어른들의 성행위 장면을 무심코 들여다보는 아이들, 그 중에 한 아이의 충격을 생각해 보자. 장난 삼아 훔쳐본 금기의 성벽 너머에 자신의 어머니가 몸을 팔고 있다. 성행위를 훔쳐보는 금기를 넘는 순간 소년은 오이디푸스 콤플렉스마저 잃고 마침내 '어머니'마저 상실하게 된다. 아무 생각 없이 장난으로 한 사소한 훔쳐보기로 인해 어머니와의 이자관계인 상상계에서 갑작스레 성인, 아버지-그에게는 부재한-의 질서인 상징계로 내팽개쳐진다. 그 혼돈은 그로 하여금 견뎌내기 어려운 무게였고, 소년은 방앗간에 불을 지를 수밖에 없었다. 그것은 어린 그가 할 수 있는, 그 혼돈에 대한 저항의 전부였다.

역사에 빠져 객관성을 잃어버리지 않도록 하는 새로운 리얼리즘이라고 평가되는 이 작품에서는 가족의 이야기처럼 민족의 이야기를 하고 있다. 민족의 문제, 그것은 가벼운 감정으로 분출해버리고 소멸시켜 버려서는 안되는 냉철한 리얼리즘이어야 한다는 것이다.

2002년 미군 장갑차에 의하여 여중생들이 압사당하는 사건이 불거진다. 이 사건은 하나의 기폭제가 되어 60여년간 이땅에서 점령군 아닌 점령군 노릇을 하고 있는 미군의 문제를 범민족적인 담론으로 끌어올리게 된다.10) 민족의 독립과 자주라는 문제는 힘겨운 싸움을 수반하는 것이 아닐 수 없다.

민족문화라는 것은 한 나라의 문화혈통과 순수함을 지키려는 취지의 문화이다. 나라를 침략하고 문화적 전통을 파괴, 훼손하는 세력에 대하여 민족적으로 저항하는 것은 당연한 일일 것이다. 일제치하와 해방 직후 민족적인 것을 잊지 말자는 취지를 갖고 나타났던 민족문화운동은 오늘날 미군 주둔군에 관한 문제에서 뿐 아니라 외국영화 직배반대의 스크린 쿼터제11) 사수를 위

---

10) 그 이전에도 우리나라에서 윤금이 사건 등 미군의 폭력성과 폐해 등에 대한 문제의식을 구체화할 계기가 없었던 것은 아니다. 그러나 북한과 경계선을 같이 하고 있는, 세계 유일의 분단국가인 우리나라에서 그런 논의는 안보논리에 위축되게 마련이었고 적극적 민족적인 담론으로 끌어올릴 계기가 없었던 것이다.

11) 스크린 쿼터제는 영화에 관한 논의에서 필수적인 사항일 것이므로 잠시 살펴볼 필요가 있다. 한 마디로 말하자면, 극장이 자국의 영화를 일정기준 일수 이상 상영하도록 하는 제도적 장치인 이 제도는 국산영화 의무상영제라고도 한다. 영국에서 처음 실시되었으며 이후 프랑스, 이탈리아 등 유럽 일부 국가와 남아메

해 계속적으로 제기되어 영화계의 뜨거운 이슈로 작용하고 있다.

우리의 경우 한민족 내에서 좌우익의 대립도 커다란 문제였다. 흑백논리 안에서 우익이 아니면 좌익이 되어야 했던 시절에 금기시되었던 이념과 민족 분단의 문제가 진지하게 다루어진 것은 비교적 최근의 일이다. 이데올로기 상의 경직됨을 벗어나게 된 것은 무엇보다 중요한 일이고 그런 관점에서 다 양한 영화가 만들어졌다는 것도 기뻐해야 할 일일 것이다. 99년을 크게 장식 한 「쉬리」에서 북한 게릴라들의 기습 침투와 우리 군의 소탕 작전, 축구대회 와 통일문제 등의 이야기를 할리우드 영화에 길들여진 관객들의 입맛에 맞게 픽션화해서 보여주는가 하면, 2000년대에 들어서는 「공동경비구역 JSA」와 같은 굵직한 민족 동질성의 문제적 제기 영화가 등장하게 된다. 사회의 커다 란 변화를 보여주는 일이 아닐 수 없다.

(2) 사회, 인습에 대한 저항

가. 여성의 자유, 「자유부인」

우리 나라는 전통적인 유교 국가이다. 그렇기 때문에 개인의 자유보다 관 습 우선, 공동체 위주의 관념이 팽배해 왔다. 개인을 억압하는 사회적 관습은

리카, 아시아 일부 국가들에서 이 제도를 시행했으나 현재까지 계속하고 있는 나라는 한국을 비롯하여 브라질, 파키스탄, 이탈리아 등이다. 그 중에서 한국의 스크린 쿼터제는 가장 구체적인 모습을 띤다. 우리 나라 영화진흥법은 모든 극장이 연중 5분의 2에 해당하는 1백46일 이상 한국 영화를 상영하도록 의무화 하고 있다. 문화관광부 장관이나 시·구청장이 20일씩 줄여주는 재량권을 감안하면 실제론 1백6일이 의무 상영일수이다. 1967년부터 실시되고 있는데 기본적으로 외국영화의 지나친 시장잠식을 방지하는 한편 자 국영화의 시장확보가 용이하도록 해줌으로써 자국영화의 보호와 육성을 유도하기 위한 제도이다. 1985년 9월부터 미국영화수출협회가 한국정부는 불공정한 무역규제와 과도한 검열 등으로 수입장벽을 쌓고 있 다고 미국통상대표부에 제소한 것을 계기로 한미간 스크린 쿼터 논쟁은 해가 갈수록 가열되기 시작한다. 정부는 1986년 영화법 개정으로 외국영화의 전면 수입 개방을 단행하였다. 그후부터 홍수같이 밀어닥친 외국영화는 급작스럽게 증가하게 되었고, 이러한 상황에서 스크린 쿼터제도만이 국산영화를 보호하는 유 일한 장치였다. 스크린 쿼터의 축소 또는 폐지는 미국영화의 불공정한 독점배급을 불러온다. 미국은 막강 한 배급망을 통해 80퍼센트 이상의 세계시장을 장악하고 있고, 스크린 쿼터와 같은 적절한 제도를 마련하 지 못했던 대부분의 나라들은 미국영화의 시장 독점 앞에 자국 영화의 붕괴라는 결과를 낳고 말았다. 스 크린 쿼터제는 자국 영화의 생명선이라 할 수 있다.

개인의 의식 자각 등 자연발생적인 반성과 회의를 거치면서 수정되고 발전적 변화를 겪는 것이 마땅하지만 우리의 경우 그런 일은 불가능했다. 식민지 시대를 겪으면서 자연발생적인 의식의 자각은 굴절되고 사회적 통로는 차단되어 있었던 것이다. 해방이 되었어도 그럴 겨를은 없었다. 좌우익의 대결 구도 끝에 분단이 되고 또 한국전쟁이 일어났다. 전쟁의 상흔이 아물 무렵 비로소 일기 시작한 현대적인 의식의 본격적 자각은 한국 뿐이 아니라 당시 세계적인 추세인 전후·세기말적 데카당, 그리고 아나키즘, 다다이즘을 배경으로 하여 나타나게 된다. 이것이 한국의 50년대 모습이다.

이러한 사회적 격동기를 반영한 것이 1954년 1월부터 8월까지 서울신문에 연재되었던 정비석의 소설이고 그를 원작으로 하여 같은 제목으로 발표된 영화 「자유부인」이다. 6·25전쟁 직후의 퇴폐풍조와 전쟁미망인 등 여성의 직업전선 진출 등 당시의 절실한 사회 단면을 파헤침으로써 지성의 힘을 각성시킬 의도로 쓴 이 소설에는 우선 대학 교수와 그의 아내의 탈선이 그려진다.

대학의 국문학 교수인 장태연의 부인 오선영은 정숙한 가정주부였다. 남편과 가정 밖에 모르던 그녀는 친구를 따라 동창회에 나갔다가 집 외의 세계를 깨닫게 된다. 공부밖에 모르는 성실한 교수 남편은 이제 아내에게 답답하게 생각되기 시작한다. 오선영은 가계에 보탠다는 명목으로 양품점에서 아르바이트를 시작한다. 남편의 학교 제자인 옆집 총각 신춘호에게 춤을 배우고 양품점주인의 남편에게 유혹도 받으며 짜릿한 자유를 맛보지만 그녀는 처절한 대가를 치르게 된다. 한편 장태연은 타이피스트 박은미에게 접근하고 사랑의 감정을 느끼게 된다. 그러나 박은미는 다른 사람과 결혼을 하게 되고 신춘호도 오선영의 조카와 결혼하여 미국유학을 간다. 부부 모두가 제자리로 돌아오는 일만 남은 것이다.(밑줄-필자)

1950년대 후반부터 60년대 전반은 한국여성들에게는 특히 커다란 변화의 시기였다. 한복 입은 전통적 한옥의 안주인 오선영이 '25시 다방'과 '최고급 양품점', '댄스홀'이라는 새로운 공간, 곧 새로운 세상을 체험하면서 다리를 드러내는 양장차림으로 갈아입는다. 뉴똥 소재의 한복 등 옛날옷차림과 마릴린 먼로 점을 찍는 당시의 화장법, 지금 북한에나 남아 있는 독특한 억양, 전차가 지나다니는 서울거리 등 당시의 풍속이 영화에 나타난다.

전통적인 사회가 부과하던 삶만 영위해 온 여성에게 집밖의 세계는 금단의 열매 같은 것이었다. 그런 여주인공이 마침내 금기를 넘고 집밖의 세계를 알게 된다. 전통적인 여성에게 가사노동과 현모양처의 의무만 있는 가정과 달리 그곳은 음악이 있고 춤이 있으며 사회에의 소속감을 주는 곳이다. 양품점에서 하는 아르바이트는 그녀에게 여자도 돈을 벌 수 있다는 것을 가르쳐줌으로써 영화는 여성의 사회적 참여의 자유를 들먹인다. 동시에 영화는 여자의 성적 자유까지도 문제삼는데 이 영화의 결말 부분이 주의를 요한다. 전통적인 사회에서 남성의 간통은 용서되면서 여성의 외도는 인정되지 않았던 것이 사실인데 이 영화에서는 남편의 이해라는 다소 옹색한 가부장적 설정일지언정 바람난 여성의 가정회귀가 이루어진다. 전통적 인습을 고수하고 있던 당시의 윤리관에 충격을 주는 것이 아닐 수 없었다.

이 작품의 사회적 파장은 매우 컸다. 교수와 제자의 사랑 문제를 비롯하여 주인공인 대학 교수를 너무 희화화하고 그의 탈선을 다루었다는 점이 현직 교수들에게 언짢게 비쳤던 것이다. 원작에서 이미 그것이 교직 모독이냐의 여부를 놓고 서울대 법대 교수 황산덕과 저자 정비석 사이에 논쟁이 벌어지기도 하였던 만큼 영화화된 다음에는 더 많은 문제제기를 보였다. 어떻든 불사이군, 일부종사 등 전통적 유교윤리가 여성을 억압하던 당시에 여인의 '자유'를 보여준 이 충격적인 작품이 당시 큰 선풍을 일으켰다는 것은 이 작품이 관객들의 가려운 곳을 긁어주고 그간 억눌려온 욕구를 분출시키는 기능을 하였음을 시사한다.

나. 인습에 대한 젊은이들의 저항, 「맨발의 청춘」

식민지시대가 종말을 고하고 전쟁도 끝이 나면서 비로소 우리 사회는 인습에 대한 저항을 표면화하기 시작하고 그것은 50년대의 말이자, 60년대 초에 4. 19라는, 우리의 삶을 억압하는 것들에 대한 총체적 저항으로 나타난다.

1950년대까지만 해도 한국의 젊은이들은 기성세대에 순종하는 세대여야만 했다. 장유유서가 엄격한 전통적 유교사회인 우리나라에서 젊은이들은 발언권이 없이 억눌려 있었다. 그런 우리 사회에서 4.19 혁명이라는 위정자, 기득권에 대한 저항은 매우 이례적인 것이었다. 이로써 그간 억눌려만 살아온 젊은이들은 숨통을 트일 여지와 당위성을 얻게 되었고 기성 세대에 대한 분노와 탈권위 의지를 본격화하기 시작했다. 이런 현상은 세계적인 것이었는데, 이 무렵 한국사회를 주름잡는 청춘영화의 범람은 그것과 유관한 것이었다.

▶「맨발의 청춘」의 한 장면

1964년 「맨발의 청춘」이 발표되었다. 일본 영화를 표절한 데 지나지 않는 이 작품12)으로 한국 영화는 '청춘'이라 불리는 젊은 관객을 극장으로 모으는 데 성공한다. 젊은이들의 고민과 방황을 그 특유의 영화적 미장센으로 그려낸다는 점에서 이

---

12) 이 무렵의 청춘영화들은 당시 일본에서 유행하던 이른바 '태양족 영화'의 모작, 또는 표절이라는 혐의에서 벗어날 수 없었다. 당시 평단과 언론에 의해 '국적불명의 문화'로 비난 받는 데에도 이유가 있었던 것이다. '태양족 영화'는 1950년대 일본 최고의 베스트셀러 작가 이시하라 신타로의 소설 「태양의 계절」에서 비롯된 일련의 영화 경향을 말한다. 1956년 나카히라 고는 이시하라 신타로의 동생인 이시하라 유지로를 주인공으로 한 영화 「미친 과실」을 발표하는데 이것이 이후 일본의 청춘을 대변하는 대표적인 장르가 되었다. 이 영화들은 대개 폭력에 대한 찬미와 사회에 대한 불량 섞인 태도, 젊은이들의 허무주의적 초조감을 기반 내용으로 하고 있으며 「미친 과실」의 두 남녀 주인공 이시하라 유지로와 기타하라 미에는 일약 청춘의 상징 같은 존재로 떠오르게 되었다. 「맨발의 청춘」은 이러한 일련의 청춘영화 중 「미친 과실」의 나카히라 고가 만든 「진흙 속의 순정」을 번안한 것이며 신성일과 엄앵란 콤비 역시 태양족 영화의 심볼이 된, 「미친 과실」의 이시하라 유지로와 기타하라 미에 콤비와 닮아 있다고 한다.

영화는 한국 영화사에 중요한 획을 그은 작품으로 평가받고 있다. 소품까지 철저히 문학적인 구성으로 이용하는 구성의 치밀함은 빈부의 격차로, 인물간의 거리로 이어진다.

한국 영화의 수준을 높인 동시에 영화의 대중화에도 충분히 기여한 것으로 평가받는 이 영화에는 어두운 도시 뒷골목과 담배 연기 가득한 명동의 '빠', 두수의 방 여기저기에 붙어있는 여배우들의 사진, 트위스트 김의 현란한 춤, 가죽 잠바 등이 어지러이 등장하는데 이는 당시 젊은이들이 머무르던 공간이었으며 문화에 다름아니다. 조직과 경찰에 쫓기는 두수와 요안나의 출구 없는 처지는 막 근대화의 과정에 접어든 60년대 서울에 사는 젊은이들의 미래에 대한 불안과 답답한 현실을 대표하는 것이다.

무엇보다도 「맨발의 청춘」에서는 하층 계급의 남자와 상류층 여성의 만남이라는 설정을 통해 계급간의 갈등을 첨예하게 드러낸다. 그것은 「맨발의 청춘」의 마지막 장면에서 특히 잘 나타난다. 요안나의 장례식에 참석한 고급 승용차의 끝없는 행렬 옆으로 트위스트 김이 가마니에 둘둘 만 두수의 시체를 수레에 담아 끌고 간다. 이 장면은 죽음으로도 깨뜨릴 수 없는 계급간의 단절과 높은 벽을 상징적으로 보여주는 것이다.13)

이어령의 지적처럼 '조각보의 세기'인 20세기에 와서 역사는 이어져 내려가지 않고 조각난 채로 이어지는 듯 보였다. 특히 한국에서는 더욱 그럴 수밖에 없었다. 19세기가 1830년대부터로 볼 수 있듯이 1920년대에 이르러서야 20세기적 사고의 진전을 볼 수 있는 것이 사실이다.14) 그런데 우리나라에는 지체된 문화가 더욱 늦게 당도했다. 게다가 다른 파괴적 경향이 같이 들어왔다. 혼돈과 격랑, 당시의 젊은이들의 문화는 바로 그것이었다. 20세기의 젊은 세대를 비트 제너레이션이라 일컫는데 '비트'는 '치다, 때리다'라는 파괴

---

13) 영화의 이 장면은 한국 영화사에 길이 남을 훌륭한 장면이라는 평을 받고 있다.
14) 아놀드 하우저, op. cit., p. 4-9, p. 229 참고.

적, 분출의 의미 외에, '녹초가 되다'라는 은어적 의미가 있어 젊은이들의 암울한 정신적 상태를 보여주기도 한다.15) 역사에 대한 부정적 관념, 그리고 불안의식은 젊은이들의 반항으로 분출되었다.

그러나 이 무렵 나타난 한국의 청춘영화들에서는 당시 세계적으로 만연했던 동시대 앵그리영맨 같은 도전의식은 없이 단지 젊은 세대의 개인적 불만, 저항, 사랑, 갈등 등이 담겨진 표피적인 유행성만 담고 있다는 평을 받고 있다.16)

다. 가부장제 사회의 비판, 「미워도 다시 한번」

60년대 젊은이들의 사회인습에 대한 암울함, 저항의지와 미래에 대한 불안함을 청춘영화를 통하여 볼 수 있다면 중장년층에서는 과거 신파조의 멜로드라마가 인기를 끌게 된다.

멜로드라마라는 것은 남녀간의 사랑, 이루지 못한 사랑, 사랑의 삼각·사각 갈등 등의 사랑이야기가 주종을 이루는 가운데 이별의 슬픔과 만남의 환희 그리고 해피엔딩 등의 구조를 갖는 이야기를 말한다. 그 기원이 18세기 이탈리아에서 음악을 반주로 대사를 낭독한 극에서 비롯되었다는 설도 있고 중세의 기사도 이야기가 원형이라는 설도 있는 만큼 첫째, 가극에서 많이 사용되고 둘째, 신비적이고 낭만적인 분위기와 주제가 특성이다. 지금은 지극히 감상적이고 행동적인 통속극을 일컫는 말로 쓰이며 주인공은 의례 미남미녀이다. 스타 시스템을 구축하여 영화사업을 육성시킨 것도 멜로드라마의 공이라 할 수 있다. 멜로 드라마에서 전형적인 우연과 엇갈림으로 인물들이 운명이 바뀌는 일은 드라마의 흥미를 고조시키지만, 지나친 우연성과 안이한 엇갈림은 극적 감동을 떨어뜨리게 되므로 적절한 장치로 이루어져야 할 것이다.

---

15) 호현찬, op. cit., p. 192 참고.
16) 호현찬, Ibid., p. 183 참고.

60년대, 우리나라에서 멜로물은 매우 인기를 끌었다. 당시 극장의 중요 관객을 이루는 것은 주부들이었는데 그들은 가정의 권태로움, 일상생활의 스트레스를 해소하기 위하여 극장을 찾았던 것이다. 예전 같으면 동네 우물가에서 모여 수다를 떨고 더러는 험담하며 이웃집 비밀을 소곤거리면서 카타르시스를 느끼던 당시의 주부들은 가정에서 있을 수 있는 여러 문제를 다루고 있는 「로맨스 빠빠」, 「아낌없이 주련다」, 「미워도 다시 한번」을 보기 위해 극장으로 모여들었다.17)

당시 멜로 드라마의 대표격인 작품 「미워도 다시 한번」을 살펴보겠다.

시골에서 올라온 처녀 혜영은 김교수를 사랑한다. 김교수는 자신이 유부남이라는 것을 혜영에게 숨겼고 혜영은 그것을 모른 채 김교수에게 빠져들어간다. 시골에서 엄하게 자란 혜영은 김교수의 빨래와 밥을 해 주는 전통적 여성상을 보인다. 반면 그녀는 사랑하는 남자 김교수에게 같이 방을 얻어 쓰자고 하거나 혼전 임신을 무릅쓸 정도로 개방적이기도 하다. 그러나 김교수의 아내가 나타나면서 그가 유부남이라는 사실이 드러나고 혜영은 당황해한다. 사랑과 임신, 그 때문에 혜영은 다니던 직장을 그만두고 시골로 내려가지만 시골에서 가부장의 이름을 대표하는 그녀의 오빠에 의해 쫓겨나게 된다. 몇 년의 세월이 흐르고 김교수는 안정된 직장과 단란한 가정을 꾸리게 된다. 함께 사랑을 나누고 함께 책임져야 할 남자가 자신의

---

17) 여기에서 우리나라에 매우 독특한, 최루성 멜로물 유행의 시대적 의미는 무엇일까 생각해 볼 필요가 있다. 그것은 오랜 식민과 전쟁의 경험, 그리고 그것들이 지나간 자리에 아직 남아 있는 가난과 고독과 허무에 눌려 있던 60년대의 한국사회의 분위기와 연관지어 생각해 볼 수 있을 것이다. 막 전쟁을 벗어나고 산업화되기 시작한 당시, 가난과 무거운 노동의 어려운 삶을 영위하면서 우리 민족은 힘겨운 삶을 벗어날 감정적 출구를 원했다. 그 방편 중 하나가 영화를 보면서 우는 일이었을 수도 있을 것이다. 오늘날도 사랑이야기를 다루는 멜로물은 이어져 내려오지만 60년대처럼 눈물샘을 자극하지는 않는다는 것이 60년대라는 사회와 오늘날의 사회적 차이에서 비롯된 것임을 생각해 볼 수 있다. 삶이 척박할수록 최루성 멜로영화가 인기를 얻는다.

그런 점에서 생각해 보면, 오늘날과 같은 사회에서는 최루성 영화가 당시처럼 큰 성공을 얻기는 매우 어려운 일일 듯 싶다. 오늘날은 최루성 성격보다는 감각적이고 가벼운 이야기를 즐기는 편이다. 시공을 초월하는 불변의 사랑을 컴퓨터 그래픽을 이용하여 색다른 멜로로 그려내는 「은행나무 침대」나 가벼운 터치로 밝고 가벼운 사랑을 그려낸 「결혼이야기」, 「미스터 맘마」는 그 예가 된다. 관객 동원에 성공한 이 작품들은 오늘날이 신선한 아이디어와 성공적 기획, 가족 중심의 작은 이야기가 성공하는 시대임을 보여준다. 그 외에도 컴퓨터 통신을 통해 만난 두 남녀가 서로 사랑의 상처를 어루만지며 점차 조금씩 마음을 열고 사랑하게 된다는 이야기를 다루고 있는 「접속」이나 한국판 러브스토리 같은 깔끔하고 서정적 정감으로 다루어진 청춘 멜로드라마 「편지」 등은 어려운 당시 한국 사회에서 많은 관객 동원에 성공하여 영화계에 희망을 부활시키는 계기로 작용하니 한국에서의 멜로드라마의 위상은 여전히 매우 높은 것임을 알 수 있다.

양옥집에서 아내와 아이와 행복할 때, 혜영은 울산으로 경주로 전국을 떠돌다 강원도 묵호에 서 근근히 생계를 이어나간다. 가부장적 사회에서 아이는 마땅히 아버지에게 보내져야 했기 에 혜영은 눈물을 삼키며 아이를 아버지에게 보낸다. 그러나 평화로운 가정의 이단자와 다름 없는 아이는 김교수에게 거추장스러운 존재이고 결국 그는 아이를 고아원으로 보내려고 한 다. 이때 혜영이 다시 나타나 '내 아이는 내가 키워야겠다'는 결심으로 아이를 데려간다. (밑 줄-필자)

일제 시대 신파조 연극의 대명사가 「사랑에 속고 돈에 울고」였다면, 6.25 전쟁 후 멜로 영화의 대명사 격인 영화가 바로 「미워도 다시 한번」이었다. 신파조의 감정 과잉 노출이 영화 내내 이어지는 이 영화는 1968년도라는 상황이나 당시 한국인들의 입맛에 맞아 떨어졌다. 가부장의 모순까지는 미처 인식할 여력이 없었다고 해도 사회 곳곳에 만연한 여자들에게 내려지는 불평 등과 모순을 관객들은 알고 있었기에 그토록 영화에 빠져들어갈 수 있었고 공감의 눈물을 흘릴 수 있었던 것이다.

이 영화에서 관객에게 눈물을 흘리게 하는 인물은 두 여성이다.

먼저 혜영은 사랑한다는 이유로 앞 뒤 가리지 않는 맹목적 낭만 이데올로기의 피해자이다. 앞 뒤 안 가리고 사랑한 끝에 실수를 하고 말지만 고의적으로 거짓말을 하고 여성을 유린한 가해자 김교수에 비해 틀림없는 피해자인 혜영. 그녀에게 내려지는 부조리한 사회의 인습, 심지어 그녀는 가족에게조차 버림받고 일방적으로 무너져간다. 그것은 혜영 한 사람의 문제가 아니라 모든 여성이 받는 고통이었고 따라서 영화상의 혜영은 모든 여성의 대표가 되어 버린다. 혜영은 그러나 운명에 의해 굴복되고 쓰러지는 듯하면서도 어느 순간은 의사표현을 분명히 하는 혼란스런 모습을 하고 있다. 이를 통해 급격히 변화하는 가치관의 혼란 속에서 당대 여성들의 아노미적 정신 분열을 볼 수 있다.

또 한 여성은 김교수의 부인이다. 영화의 초기에 매우 촌스런 모습으로 등장하는 그녀는 남편 뒷바라지를 위해 자신을 돌아보지 않고 헌신하다 남편을 다른 여자에게 잃고 마는 우리 사회의 많은 아내들의 상황을 대표하고 있다. 그녀는 전통적으로 여성을 억압해 온 악습 '칠거지악'에 저촉되지 않기 위해서, 또 가부장제 사회에서 한 가정과 가부장을 지키기 위해서 안간힘을 다한다. 바람을 핀 남편을 인정

『「미워도 다시 한번」의 한 장면

하고 남편의 혼외정사의 증거인 그 소생까지 받아들여야 하는 상황을 견뎌내는 그녀는 한국형 현모양처의 전형이다.

무조건 참는 것이 여자의 미덕으로 강조되었던 당시 전통적 가부장 위주의 한국 사회, 그 안에서 고통 받는 여성들의 모습, 그 삶의 굴레는 영화를 보는 이들에게 공감을 주는 동시, 커다란 카타르시스를 제공하였던 것이다. 동시에 여성의 정체성을 다시 한번 떠올리고 엄격한 가부장제 사회에 대한 부조리함을 인식하게 하였다.

라. 군사정권에 대한 비판, 「장밋빛 인생」

70년대에 들어서면 청년문화가 본격적으로 대두된다. 통기타와 포크송, 청바지로 상징되는 개인의 자유와 개방화 분위기 속에서도 연일 데모가 끊이지 않는 젊은이들의 정치의식 노출의-향락과 엄숙이 공존하는 동전의 양면 같은- 시대였다[18].

경제 우선 정책을 표방하며 '앞으로 나아가는 경제, 뒷걸음치는 정치'를 보였던 유신정권으로 숨통이 막혔던 민주주의에의 열망은 박정희 정권의 몰락과 함께 되살아나는 듯했었다. 그러나 광주 민주항쟁을 피로 짓밟으며 그 위

---

18) 이런 모순된 상황은 정당성이 부족한 권력과 그 권력의 비호 아래 성장한 독점 자본주의 경제체제가 안정적으로 유지되기 위하여 대중의 탈의식화가 필요했었고 그러기 위해서 소비, 향락사업이 더욱 기승을 부린 때문이라고도 볼 수 있다.

에 세워진 전두환 군사정권의 보다 극심한 독재가 7년간 이어지게 된다. 영원할 것 같이 암담한 계엄 하의 시대, 그 안에서도 80년 광주항쟁 같은 크고 작은 저항이 계속되었기에 87년의 민주화항쟁이 가능했을 것이다. 박종철 고문치사사건이 기폭제 역할을 하고 전두환 정부의 4. 13 호헌 조치가 도화선이 되어 6월 들어서면서부터 전국적인 규모로 시위와 저항이 연이은 87년의 항쟁, 그것으로 우리나라에는 비로소 민주화의 봇물이 터지게 되었다. 그 결과로 금지곡19), 금서 등의 해금이 이루어지고 영화계에서는 식민치하의 관행이었던 시나리오 사전검열제가 폐지되며 외국영화 수입 개방이 이루어졌고 정치적으로는 대통령 직선제로 개헌되는 등 본격적인 의미에서의 민주화가 진행되게 되었다.

군사정권 하였던 82년, 이동철의 소설 「꼬방동네 사람들」이 배창호 감독에 의해 만들어진다. 이 작품은 빈민들이 잡초같이 모여 사는 산비탈 동네 꼬방동네를 무대로 힘겹고 고달픈 삶을 살아가는 필부필부들의 이야기를 다루면서 인간적인 그들의 진실과 숨결을 그려내려고 하였다. 그런데 이 작품은 서유럽의 한 영화제에 출품하려다가 당국의 제지로 무산되었다고 한다. 그 이유는 가난을 지나치게 드러내었다는 것이었다. 웃을 수도 없는 이 에피소드는 가난을 드러내지 않고 포장해야만 했던 군사정권 하의 시대상황을 보여주는 것이다.

88년도에 발표된 「칠수와 만수」는 군사정권이 물러난 뒤 민주화 바람을 타고 나타난 사회성 짙은 영화이다. 그림 그리는 재능을 가진 도공 칠수와 반공법 위반으로 장기복역하고 있는 아버지 때문에 취업할 수 없는 숙련 도장공 만수 두 페인트공이 빌딩에 매달려 페인트칠을 하며 세상에 내뱉는 절절한 한풀이가 압권인 이 영화는 80년대 사회상을 매우 극명하게 보여주면

---

19) 1975년 한국 예술문화 윤리위원회는 국내 대중가요를 심의하고 금지곡 목록을 발표한다. 이때 금지곡의 선정 기준은 ①국가안보와 국민 총화에 악영향을 줄 수 있는 것 ②외래 풍조의 무분별한 도입과 모방 ③패배, 자학, 비탄적인 것 ④선정 퇴폐적인 것 등이다.

서 민주화라는 당위적 명제 앞에 놓여 있는 비민주적 삶의 두 주인공의 실상을 보여주는 것이다.

1994년 발표된 「장밋빛 인생」은 우리에게 80년대란 무엇이었나 하는 문제를 다루고 있는 영화이다.

사고를 친 깡패 동팔과 노동운동가 기영, 그리고 작가 지망생 유진, 세 사람의 도망자들은 우연히 같은 만화방으로 도망한다. 마담으로 불리는 미모의 여인이 주인으로 있는 이 만화방은 심야 영업을 하기 때문에 이런 저런 사연의 갈 곳 없고 돈 없는 사람들이 모여들어 지내게 된다. 동팔은 만화와 비디오로 하루하루를 보면서 자기와 같이 사고를 치고 사라진 빵코와의 연락을 시도하나 오히려 함정에 빠져 곤욕을 치른다. 기영은 만화방 주변을 오가며 잠적 생활의 하루하루를 보내고, 유진 역시 하릴없는 나날을 보내던 중, 근처 다방의 레지 미스 오를 만나 사랑에 빠진다.

가난한 서민 동네의 만화가게를 무대로 그곳에 사는 부초 같은 무리들이 벌이는 너무나도 무력하고 무의미한 삶, 그 안에 숨어있는 진실을 치밀한 구성으로 엮고 있는 이 영화에서 말하는 '장밋빛'이란 무엇인가. 80년대는 전혀 장밋빛이지 못했다는 시대적 반성을 보여주는 이 영화에서 감독은 마땅히 장밋빛이 되어야 할 서민들의 삶을 구가하고 있는 것이다.

90년대에 들어서면 「아름다운 청년 전태일」과 「누가 용의 발톱을 보았는가」와 같은 거대담론 영화화가 이루어진다. 「아름다운 청년 전태일」, 너무 들어서 식상할 정도가 되어버린 전태일의 이야기, 70년대를 상징하는 청계천 한 노동자의 죽음, 노동자의 생존과 인권에 대한 저항은 20여년이 지난 뒤에서야 비로소 이야기될 수 있었던 것이다. 70년대의 폭압적 정치 현실을 상기시킨다는 점에서, 민주적 삶의 의미를 고구한다는 면에서 의미를 부여할 수 있다. 민주화의 분위기에 편승하여 「누가 용의 발톱을 보았는가」 등의 정치적 이슈를 다루는 영화들도 속속 발표되기에 이른다.

장선우 감독에 의하여 「꽃잎」이 발표된 배경도 이런 것에 있다. 5. 18 광주 민주화 항쟁에 희생되어 한떨기 꽃잎처럼 시들어간 한 소녀를 통해서 역사의 아픔을 재조명하고 있는 이 작품은 민주화의 흐름이 빨라지면서 그동안 터부시되어 왔던 소재들에 대한 리얼리즘적 조명이 가속도가 붙었기 때문에 가능했다.

마. 여성의 권리 찾기, 「단지 그대가 여자라는 이유만으로」

　민주화는 모든 비민주적인 상황에 대한 저항을 의미한다. 산업화시대에서 비민주적인 대우를 받아왔던 노동자, 농민의 문제뿐만 아니라 마찬가지로 오랜 사회적 억압의 삶을 감내해 왔던 여성의 문제도 드러나게 되는 것이다.[20]

　1990년 만들어진 영화 「단지 그대가 여자라는 이유만으로」는 당대 사회를 발칵 뒤집어 놓는 역할을 하였다. 이 영화는 '변월수 사건'이라는 실화를 바탕으로 하고 있다. 1988년 9월 10일 주부 변월수씨가 한밤의 귀가 길에 강간범의 혀를 잘라 자신을 방어한 사건이 일어났다. 자신의 정조를 지키기 위한 정당방위였음에도 불구하고 가해 남성의 혀를 손상시켰다는 이유로 구속, 기소되었다. 과잉방어라는 이유였다.

---

20) 이러한 과정에서 '부천서 성고문 사건'은 여성 문제에 있어 매우 획기적인 자극원이 되었다. 1986년에 인천사태 위장 취업문제로 취재 발견 한 여성이 고문 과정에서 강제 추행을 당했다고 고발하였다. 여성의 성 문제에 있어서 추행당한 피해자가 가해자로 되는 시절, 친고죄가 아니면 묻어지는 성범죄의 특성으로 많은 여성들은 자신의 성을 지키는 데 적극적일 수 없었다. 선구적인 일을 감행한 여성 권인숙을 돕기 위해 여성단체들은 '여성단체연합 성고문대책위'를 구성했으며, 여성단체·시민단체·종교단체 등이 연합한 '부천서성고문사건공동대책위'를 꾸려 운동을 펼쳐나갔다. 그러나 당시 경찰은 이 사건이 세상에 알려지고 난 뒤에도 문귀동에 대한 처벌은커녕 피해자인 권인숙을 공문서 위조죄로 체포하였으며, 문귀동 역시 가해 사실을 은폐한 채 권인숙을 명예훼손 및 무고혐의로 맞고소했다. 이러한 정부와 문귀동의 처사에 더욱 분노한 여성단체들의 투쟁은 더욱 격렬해졌다. 성고문 사건에 대한 분노는 전 국민들에게 퍼져나갔고, 거의 매일 성고문·용공조작·폭력정권 규탄대회가 열렸다. 변호사 166명이 변호인단으로 참석하여 공개재판을 요구하였고, 많은 여성들이 재판정으로 몰려드는 등 독재정권 하에서 보기 드문 투쟁을 전개하였다. 그 결과 피해자인 권인숙씨는 풀려나고, 사건발생 3년만인 1989년 대법원은 문귀동에게 징역 5년의 실형을 선고하였으며 권인숙씨에게 위자료를 지급하라는 판결을 내렸다. 피해 여성의 용기 있는 결단으로 성폭력의 실상이 폭로되고, 공론화 되었으며 공권력에 의한 여성 인권 유린을 처음으로 폭로한 중요한 사건이라고 할 수 있다. 이 사건으로 인하여 군사독재정권의 반인륜성과 야만성은 전국민에게 폭로되었으며 이 사건의 의의는 단지 여성의 문제에 있어서의 의식 각성에 국한되는 것이 아니라 전국민의 의식 각성, 87의 민주항쟁의 기폭제가 되었던 것이다.

이 사건은 성폭력 사건의 처리과정에서 나타나는 성차별성을 여실히 드러내는 일이 아닐 수 없다. 가해자측 변호사는 변월수가 사건 당일 술을 마셨다는 점, 동서와 불화했던 점 등을 계속 거론하면서 그를 부도덕한 여자로 몰아세웠고, 담당검사는 폭행 당시 행위의 순서를 진술하는 과정 중에 진술 때마다 증언이 바뀐다며 피해자인 그녀를 호통치기도 하였다. 이는 오히려 '피해자가 죄인으로 취급되는' 성폭력 재판과정의 전형적 모습을 보여주는 것이다. 여성운동단체를 비롯한 각계각층의 비난에도 불구하고 사법부는 '정당방위로서 인정될 수 없는 지나친 행위'라며 변월수에게 징역 6월, 집행유예 1년을 선고했다. 이 사건은 여성에 대한 사법부의 편견을 보여주는 동시에 여성의 인권이나 정조보다 남성의 '혀'를 더 중시하는 사법부의 가부장적 태도를 여실히 드러내는 것이다.21) 그러나 이 사건은 2심에서 무죄판결을 얻어냄으로써 사회적 반향을 다시 한번 일으켰다.

결과적으로 변월수 사건은 성폭력의 위기에 처한 여성이 취할 수 있는 '정당'한 자기 방어가 무엇인가에 대한 논쟁을 일으켰으며 법적으로 여성의 자위권이 인정된 중요한 사건인 것이다. 김유진 감독이 메가폰을 잡고 영화화한 「단지 그대가 여자라는 이유만으로」는 페미니즘 영화의 신호탄 역할을 하게 된다.

이후 여성 영화의 전성기를 맞이한다. 「개같은 날의 오후」, 「무소의 뿔처럼 혼자서 가라」, 「엄마에게 애인이 생겼어요」 등의 영화들은 여성의 삶과 성차별에서 오는 여성들의 아픔을 묘사하고 있다. 이 무렵 사회 각계에는 여성들의 목소리가 커지기 시작하였다. 여성의 사회적 지위, 사회참여, 여성폭력, 성차별들의 토론이 티비나 출판물에서 성행하였고 여성에게 가해진 공권력의 압박 문제가 뜨거운 쟁점이며 화두가 되었다.

영화에서 여성 정체성에의 의식이 나타나는 것은 대가족제도가 몰락하고

---

21) 이 사건은 「혀」라는 제목의 연극으로도 발표되었다.

핵가족 시대에 들어서면서 가부장의 권위가 무너지는 시기와 맥을 같이한다. 반면 '고개숙인 남자들'이라는 유행어가 돌고 「남자는 괴로워」, 「누가 나를 미치게 하는가」 등의 남성의 왜소성을 부각하는 영화가 만들어진다.

(3) 성의 개방과 포르노그라피화 -「별들의 고향」과 「거짓말」 사이

> 미국적 '행복의 근본적인 비현실성이 지나칠 정도로 포르노세계를 포위한다. 마치 전적으로 승화된 감성 영화-심성의 열반-에서 분리되어 희미해진 이상주의가 오로지 도발적으로 성적인 영화-섹스의 열반-의 관능적인 견실주의 위에 반론이나 변모 없이 놓이는 것 같았다. 비열함, 육체적·심리적 상실이 없는 세계, 그곳에서는 생리적 구속이 사악한 기쁨의 근원(해방되는 대신 그 필요성으로 인해 복권이 인정되는)으로 회복되고, 상상할 수 있는 유일한 기쁨이란 무제한적인 성행위에 있으며, 남녀모두, 심지어 동성애자들까지 신호 하나로 떠날 준비를 하고 첫눈에 빠져든다. 또한 실패, 감정의 진정, 비동시성(非同時性)이 없는 세계, 그곳에서는 성욕을 자극하는 구역 어디에서나 어떤 행위로든 즉시 끝없는 황홀함에 빠진다.[22]

위의 인용처럼 세계의 포르노영화는 다른 영화와 마찬가지로 할리우드 영화의 영향이 크다 할 것인데 어느 나라에서나 포르노영화가 유행하는 현상은 그 나라의 사회적 환경과 밀접히 결부된다.

한국에 있어 「맨발의 청춘」에서 제기되었던 젊은이들의 암울하고 퇴폐적인 60년대적 경향은 70년대로 가면 당시의 산업화 자본주의화 분위기와 맞물려 정신적 아노미 현상[23]으로 나타난다. 그러한 사회 상황을 반영한 것이

---

22) 바르텔르미 아맹귀알, 「관능적인 현실의 구원으로서의 포르노 영화」, 『오늘날의 영화』, 1975-6년 겨울, p. 32, 장 루이 뢰트라, op. cit., pp. 65-66 재인용.
23) 70년대의 사회적 분위기를 정리하자면 우선적으로 경제사정의 호전을 들 수 있다. 국민소득이 증가하고 산업사회가 되면서 자본주의 사회의 병리 현상도 나타나게 된다. 급변하는 정세 속에서 과거에 대한 불신이 깊어지고 유교적 가치관이 급격히 무너지며 개방사회의 병리현상으로 금기되었던 성 시장은 매우 넓어진다. 호스티스들이 등장하고 술집과 룸싸롱이 우후죽순처럼 번창하게 되었다. 이런 배경에는 독재정권이 정치나 이념에 반해 성 개방에는 조금 관대한 탓도 있었을 것이다. 표면상으로는 장발 단속이니 퇴폐 풍조 일소를 표방하면서도 스페인의 독재자 프랑코처럼 3공화국의 박정희는 퇴폐적 사회풍조에는 너그러웠다. 그것은 일종 사회적 우민화 정책이라 할 수 있는데 어쨌든 암담한 사회환경에 질식할 것 같은 이들에게는 일종의 사회적 탈출구로 기능하였던 것이 사실이다.

바로 「별들의 고향」, 「영자의 전성시대」 등의 호스티스 영화이다. 당대 번성하게 된 대중들의 성 배설 공간인 유흥업소, 사창가를 다룬 영화가 이때 인기를 누리는 것은 당연했던 것이다.

유신정권 하 암울한 정치 현실 속에서 돌파구를 찾던 수준 있는 지식인들은 통속소설과 본격소설의 중간 지점으로 평가받는 이른바 '중간소설'의 독자가 된다. 당시의 지식인들은 닫힌 현실 속에서 보상받지 못하게 되자 허구의 세계로 뛰어들게 된 것인데, 독자층이 확보된 이런 작품들을 골라 영화화하는 일은 다시 어느 정도 관객층을 확보하게 되었다. 본격소설의 작품성을 살리면서 현실을 교묘히 피하고 통속성을 살리려 노력하고 있는 이 작품들은 하나같이 당대 암울한 사회에서 눈을 돌려 개인의 비밀스런 공간으로 시선을 향하고 있다. 사회적 통로가 차단된 이들이 몰입하는 곳, 바로 성과 욕망의 세계이며 그것은 성욕의 긍정으로 나타나게 된다[24].

「별들의 고향」은 첫사랑에 실패한 한 여인의 불행한 방황을 그린 것이다.

> 오경아는 간이역의 역부인 아버지와 양조장집 셋째딸이었던 어머니 사이에서 태어난 맏딸로서 아버지의 갑작스런 죽음 이후 학업을 포기한 채 취직을 하게 되었다. 알뜰한 직장 생활을 해 오던 그녀는 강영석과 사랑에 빠지고 결국 임신을 하게 되었다. 하지만 소파수술에 뒤이은 강영석의 변심과 어머니의 반대로 인하여 그녀는 버림을 받게 되었다. 이후 새로 남자를 만나 결혼을 하게 되지만 유달리 결벽증이 심한 남편에게 경아의 과거가 발각되면서 경아는 다시 버려지게 된다. 당대의 사회에서 과거 있는 여자는 당연한 코스처럼 술집여자가 되어 버린다. 대학 미술과 강사이며 독신인 김문오는 늘상 술독에 파묻혀 지내던 중 당번 아가씨를 불렀고, 그때 경아와 문오는 만남을 갖게 된다. 그녀와 동거를 시작하고 김문오는 그녀를 모델로 창작 의욕을 불태웠고 그녀는 신접살림처럼 집안을 꾸몄지만 문오가 다시 대학 친구인 혜정을 만나면서 경아를 버리게 된다.(밑줄-필자)

이기적인 남성들에 의해 버려지고 배반당하면서 순수했던 여주인공은 굴절을 경험한다. 영화에서 한 여성의 사랑과 낭만 이데올로기에 의한 무너짐,

---

24) 이것은 마치 일제 시대 「빼앗긴 들에도 봄은 오는가」의 이상화가 「나의 침실로」를 썼던 것과 같은 맥락으로 이해 가능할 것이다

곧 그녀의 주체적이지 못한 삶은 사회의 남성 중심 이데올로기의 문제점을 인식하고 성찰하지는 못하고 거대한 인습에 눌려 자신의 삶을 팽개치게 만들고 그것이 굴절된 성개방으로 이어지게 만든다.

이 영화는 우리 사회가 산업 사회로 접어들면서 나타나기 시작한, 이른바 소비 사회의 현실을 배경으로 하여 여성의 개방적인 성 의식을 그려내고 있다. 영화에서 성의 개방 문제는 삶의 상징적인 표현 수단으로서 기여한다고 볼 수 있는데 그것은 성 개방에 대한 한 사회의 수용 양상을 통해 그 삶이 어떤 것인지 파악하는 데 크게 기여할 수 있기 때문이다. 결국 70년대 한국 사회에서 이 영화가 많은 인기를 끌었다는 점은 당대가 시대적으로 매우 혼돈스럽고 격변하는 시대였음을 알게 한다.

한편으로 여기에서 흥미있게 볼 점은 여성의 성 개방을 통해 당대 사회에 내던지는 화두 속에 감추어져 있는 주인공 남자의 호프만 콤플렉스적인 삶의 태도이다. 술이 아니면 살 수 없는 젊은 지식인, 그것이 당대 사회의 정체를 알게 하는 열쇠로 작용한다. 유신정권 하에서 지식인이 할 수 있는 것은 저항하다 감옥에 가느냐, 못 본 체 딴청을 부리느냐의 양자택일의 문제였고 술에 탐닉하는 김문오는 그러한 상황에서 분열하는 지식인의 모습을 보이고 있다고 해석해 볼 수 있다.

어떻든 이 영화는 당대 호스티스 창녀물의 유행을 일으키게 하여 「내가 버린 여자」, 「O양의 아파트」, 「아침에 퇴근하는 여자」, 「꽃띠 여자」, 「태양을 훔친 여자」 등등 '여자'가 제목인 영화들이 대거 등장하게 만든다. 이것들은 현대 여성들의 윤리관 변화를 짐작케 하는 보다 자극적이고 에로틱한 영화들이었다.

박정희 정권이 무너진 뒤 다시 들어선 80년대 군사정권은 유신정권을 보다 강화한 개념의 독재적인 방식으로 정권을 펼쳐나갔다. '사회가 바이털리티를 상실하면 퇴폐문화가 기승을 부린다'고 했던가. 군사정권 하에서 사회적 퇴폐화는 점점 기승을 부리게 되어 퇴폐이발소와 술집, 마사지 룸이 점점 늘어갔다. 이러한 퇴폐적 사회 분위기에 맞추어 에로티시즘은 차차 포르노그라피화되어 갔다. 그것은 억눌린 사회 하에서 하나의 탈출구였던 것이다.

「애마부인」이 나오고 그것이 35만명이 관람할 정도로 인기를 끌었으며 시리즈물로 계속 만들어질 수 있었다는 것은 그것의 사회적 영향력을 가늠하게 한다. 제목을 짓는 과정에서 「엠마뉴엘」이라는, 수입이 금지되었던 프랑스 영화를 연상시키기 위해 '애마(愛馬)'라는 제목을 했던 것이 어감이 나쁘다 하여 '애마(愛麻)부인'으로 바뀐 것이라고 한다. 이 영화는 「자유부인」에서 한 걸음 더 나아가 여성의 적극적이고 행동적인 성의 자유를 지적하여 사회적 반향을 일으켰다. 여성의 육체를 보이는 데 주력했던 이 영화는 여성에게 남성의 육체는 자신의 욕망의 상징(상징이어서 분할이 불가능)인 반면 여성의 육체는 남성에게 욕망의 원인이고 남성의 욕망은 곧 여성의 충족이 되므로 여성과 남성 모두에게 여성의 육체는 성적 흥분을 일으킨다는 프로이드류 이론과 함께 당시 사회의 남근 중심적 시선을 반영한다.

시리즈물로 발표된 이 영화는 대중의 말초신경 자극을 위해 불륜의 장면을 크게 부각시켜 보여주다가 끝으로 가면 갑작스레 도덕과 윤리로 무장된 가부장제적 가치로 주인공들을 단죄하는 위선적인 구조로 일관된다. 그러고 보니 이 영화는 '성의 자유'나 '여성의 해방' 등의 주제의식은 기대할 수도 없고 신파조의 통속성에서 벗어나지 못했다는 비난을 받는다.

이러한 에로티시즘 영화가 만들어지는 배경은 무엇일까. 앞서 이야기한, ①닫힌 사회에서 사회적 탈출구로서뿐 아니라 ②스크린을 통한 섹스문화의 전파라는 지배층의 교묘한 정책으로 말미암아 더욱 활성화되었다고도 볼 수 있다. 그리고 제작자의 측면에서 보면 ③70년대 이후로 시청자를 사로잡아 '안방극장'이 되어버린 텔레비전 드라마에 대항하기 위하여, 또한 ④안정된 어느 정도의 관객 수를 확보할 수 있다는 점, ⑤비교적 제작비가 적게 든다는 점 등이 제작자들을 사로잡아 에로티시즘 영화는 지속적인 유행으로 이어지게 된다.

2000년대에 들어서면 포르노에 관한 시비가 거세진다. 「섹스, 거짓말 그리고 비디오테이프」25)라는 외국 영화를 다분히 연상시키는 「거짓말」이 발표된다. 이것은 장정일의 원작소설 「내게 거짓말을 해 봐」를 영화화한 것이다.26)

「거짓말」의 내용을 간략하게 살펴보면,

주인공은 잘 나가는 조각가인 38세의 제이와 시골 중소도시의 <u>고등학교 3학년짜리</u> 여학생 와이이다. 주인공들의 이름부터 다분히 성적 뉘앙스를 담고 있는 명명이다. 공부를 잘하던 와이의 친구 우리는 어느날부터 공부가 하기 싫어졌다며 제이의 작품집만 천착한다. 친구를 위해 제이에게 전화를 한 와이는 제이의 목소리를 듣는 순간 그에게 빠져들고 만다. 한달 간의 폰섹스로 이어지던 두 사람은 만나자마자 오랫동안 알고 지내왔던 것처럼 강렬한 섹스에 몰입한다. 제이는 가볍게 와이의 엉덩이를 때리는데 그것은 그의 아내와도 그랬던, 섹스의 전

---

25) 사랑의 상처를 가진 불감증 환자, 불륜을 즐기는 타락한 그의 친구와 지극히 정상적인 그의 아내, 그리고 형부와의 불륜에 탐닉하는 그녀의 동생의 이야기를 다루는 영화

26) 장정일은 1962년 경북 달성에서 태어나 1984년 「언어세계」 3집으로 등단하고 1987년 첫시집 「햄버거에 대한 명상」을 시작으로 「길안에서의 택시 잡기」, 「서울에서 보낸 3주일」, 「통일주의」 등의 시집을 발간하였다. 시집에서 보여졌던 실험적 의식은 소설로 전환하면서 성적 노골화 경향으로 나타나게 되는데 그 예가 「아담이 눈뜰 때」, 「너에게 나를 보낸다」, 「내게 거짓말을 해 봐」 등이다. 한국 사회 도덕과 가치관을 다룬 이 작품 모두 전통적인 서사체를 고려하지 않으며 직설화법의 사용을 담은 것으로 매우 강렬한 방식으로 성을 다루고 있다. 1996년 10월 초순에 「내게 거짓말을 해봐」를 출간한 김영사는 예술이 아닌 음란 외설물로 규정한 간행물 윤리위원회에 의하여 규제를 받고 모든 책들을 폐기하는데 동의하였다. 작가 장정일은 재판장에 섰고 재판부는 장정일에게 징역 6개월을 선고하였다. 장정일은 2개월간 교도소에 수감되었고, 한국 역사상 '음란 외설물'이라는 혐의로 감옥에 간 첫 번째 작가였다. 이 무렵 문인들은 성명서를 통해 '개방적 상상력과 창조·도전의 정신이 중대한 위기에 처했음을 선언'하였다. 또 이들은 당국의 처사를 '문화적 자폭 행위'라고 규정한다. 혹자는 당시 영화 사전심의가 위헌 판정을 받아 사실상 외설 시비가 발생할 여지조차 없어지게 된 점을 빌어, 예술 장르간의 형평성 문제를 주장하며 소설에도 그만한 자유를 줄 것을 주장하기도 한다. "상식 있는 시민단체라면 「내게 거짓말을 해봐」는 청소년이 읽을거리가 아니다라고 말해야 옳지, 청소년이 읽을 수도 있다는 가능성만으로 성인이 쓰고 읽을 권리를 빼앗아서는 안 된다."(「시사저널」, 1996 .12. 5. 98쪽)라고 주장하면서 작품을 통해 말세기적 현실과 그 고통을 냉소적으로 표현하고자 했다고 덧붙인 그의 변명에도 불구하고 '문학의 이름으로 사회 윤리와 미풍양속의 요구가 허락하는 선을 넘어 선 때문'에 그의 문학은 비난을 받았다. 마광수와 함께 문학적 논쟁의 한가운데 서있었던 그는 결국 실형을 살기까지 한다. 작가를 실형 살게 만들었던 이 작품이 영화화되고 세계적 공론의 대상이 될 수 있었던 것은 시대의 빠른 변화상을 보여주는 예이다.

희였다. 일요일 오후마다 여관방을 찾아 서
로를 탐닉하던 사이 와이는 성숙한 여대생
이 된다. 가벼운 엉덩이 터치로 시작되었지
만 <u>그들의 폭력적 섹스는 회초리, 철사줄,
대걸레 등 매질을 중요한 전희로 삼게 된
다. 와이가 맞고 제이가 때리던 관계는 나
중에는 뒤바뀐다. 제이가 맞고 와이가 때리
면서 제이는 숨이 멈출 것 같은 고통 속에
커다란 주이쌍스를 느낀다.</u> 보수, 평범을
은유하는 와이의 오빠가 둘의 관계를 알게

「거짓말」의 한 장면

되고 커다란 소란 속에 둘은 헤어진다. 제이는 파리에 있는 아내에게 돌아간다. 제이를 찾았
던 와이는 제이와의 재회 후 브라질로 떠난다. 아내는 허벅지에 쓰여진 '내님'이 누구냐고 물
었고, 제이는 거짓말을 하기 시작한다.(밑줄-필자)

    지금까지의 금기에 도전하여 금단의 성을 넘어서고 있는 이 영화는 외설
이냐 예술이냐의 논쟁으로 심의 유보 중에 베니스 영화제의 초청을 받게 되
고 영화제의 화제작이 되면서 논란을 세계적으로 일으켰다. 개방화의 시대상
을 극명하게 보여주는 것이다.

    2002년 금기 무너뜨리기의 예가 되는 영화가 또 하나 등장한다. 노인들의
성생활. 「죽어도 좋아」는 다큐멘터리 형식을 빈 영화로 실제 인물이 배우가
되어 70대 커플의 일상 생활(성생활에 집중된)을 보여준다. 우연히 만난 70
대 노인들, 사회에서 이제는 죽을 날만 남은 듯 보이는 이들은 실상 인권 사
각지대의 어엿한 사람들이다. 그들의 살아 있음을 보여주기 위한 몇 안 되는
장치 중에 하나가 바로 섹스였던 것이다. 잠자리를 가진 날 달력에 동그라미
를 치고, 다세대 주택 옥상에서 국민 체조를 하는 할아버지는 어엿한 남성이
다. 그러나 노인 잔치에서 받은 아이스박스를 들고 산동네 계단을 오르는 모
습에서나 할머니 영양보충을 위해 닭을 잡으면서 안간힘을 다해야 하는 모습
에서는 어쩔 수 없는 70대의 노인일 수밖에 없다. 그렇기에 이들의 생생한
연기는 깊은 연민을 자아내면서 동시에 오늘날 노령화사회가 요구하는, 노인

에 대한 고정관념의 탈피를 강하게 요구한다.

최근 들어 「결혼은 미친 짓이다」, 「밀애」 등 가정을 조명하면서 불륜을 노골적으로 다루는 영화들의 배경에는 이러한 에로티시즘의 오랜 역사가 놓여 있다. 그런데 이들 영화는 영화 속에서 불륜이라는 문제에 대하여 사회적 결정적 잣대를 들이대기보다 그에 이르는 주인공의 심적 과정의 경로와 타당성에 집중한다. 그러다 보니 그간 가족 중심주의에서 강조되어 온 불륜의 부정성조차 어느 정도는 상쇄시키는 듯한 뉘앙스를 띠게 된다. 이것은 그간 당연한 것으로 여겨왔던 간통죄의 존속 문제가 뜨거운 논제가 되고 있는 사회의 구조적 변화를 반영하는 동시에 사회의 통념 변화를 유도하고 있는 것이라고 볼 수 있다.

이상으로 중요한 영화를 중심으로 영화와 사회의 관계를 짚어보았다. 영화는 사회를 알아 볼 수 있는 중요한 키워드인 동시에 사회를 변화시키는 데도 중요한 역할을 하고 있음을 부연한다. 또한 에로티시즘을 비롯한 여러 측면에서 영화사는 여러 금기에의 도전과 변화의 역사이며 시대의 다양성을 보여주는 것임을 알 수 있다.27)

---

27) 이런 면에서 세르주 다네의 "우리는 항상 옛 영화와 조화를 이루며 영화의 개념을 변화시킬 새로운 영화를 기다리고 있다"(장 루이 뢰트라, op. cit., p. 138)라는 말을 음미할 필요가 있다.

2. 연극과 사회

1) 연극의 장르적 속성

희곡을 전제로 한다는 점에서 연극은 시나리오를 전제로 하는 영화나 대본을 전제로 하는 드라마, 콘티를 전제로 하는 광고처럼 문학과의 관계를 긴밀히 갖는 장르이다.

영화가 근대적인 장르라고 한다면 연극은 매우 오랜 역사를 가지고 있는 장르이다. 그것은 영화처럼 근대적 기계의 발명이 필요한 것도 아니었고 한꺼번에 모인 많은 사람이 전제되는 것도 아니었다.

사전에 의하면 연극이란 '배우가 연희 장소에서 희곡 속의 인물로 분장하여 관객 앞에서 몸짓과 대사로써 만들어내는 예술'이다. 보통 음악이나 무용과 같이 공연의 형태를 취하기 때문에 공연예술 또는 무대예술이라고 한다.

연극을 구성하는 본질적 요소로서 흔히 배우, 무대, 관객, 그리고 희곡의 4가지를 든다. 물론 이외에도 연극에는 많은 부수적 구성요인이 따른다. 무대장치(미술)나 조명, 음향효과 등의 부수적 구성요인은 기술적 요소의 발달에 따라 매우 다양한 발전을 보이게 된다.

연극은 기술적 효과가 크게 좌우되는 영화와 달리 배우의 비중이 보다 크다고 할 수 있다. '매일 죽어서 다시 살아나는' 일회성을 지니기 때문에 연극의 생명은 언제나 새롭다. 공연이 되풀이된다 해도 동일한 것이 있을 수 없기 때문에 영화같이 영상에 바탕을 둔 복제예술과는 성격이 기본적으로 다르다. 바로 여기에 배우(무대)와 관객 사이의 살아 있는 관계가 성립된다.

그렇기 때문에 연극이 주는 감동은 아무리 판에 박힌 것이라 하더라도 직접적이며 무대와 객석 사이의 상호작용에 바탕을 두는 것이 특색이다. 연극이 흔히 정서를 과잉 방출하여 배우나 관객으로 하여금 감정의 절제를 잃게 하고 지성과 판단의 객관적 능력을 상실케 한다는 비판을 받게 되는 것은 바로 이런 이유 때문이다.

연극은 그 오랜 역사의 흐름 속에서 위대한 극작가에 의한 뛰어난 비극·희극 등의 작품을 얻어낼 수 있었기 때문에 다른 공연예술과는 달리 깊이 있는 지적·사상적·사회적 내용을 담을 수 있었고, 인간을 변하지 않는 근원적 모습에서뿐만 아니라 변전하는 역사의 양상에서 포착하는 데도 성공하였다.

(1) 연극의 기원과 갈래

서양연극의 시작은 기원전의 그리스 도시국가에서 찾을 수 있다. 원래 농경신으로서 소아시아 지방에서 그리스로 건너와 포도와 포도주의 신이 된 디오니소스를 찬양하는 디티람보스에서 출발하였다는 것이 통설로 되어 있다. 동양연극과 마찬가지로 서양연극도 원시적인 제천의식에서 시작되어 무대예술로 발전된 것이다.

그리스 극은 B.C. 5세기경에 연극형태를 완전히 갖추게 되었고, 아테네 도시국가에서 디오니소스 제전을 봄에 연 것이 비극으로, 겨울에 연 것이 희극으로 발전되었다. 전자가 장대하고 엄숙한 신화적 주제를 다루는 데 반해 후자는 골계와 익살을 주로 한 토속적 내용을 담게 되는데, 이 두 가지가 서양연극의 기본형태로 굳어진다.

첫째, 연희방식은 야외의 원형극장에서 둘째, 연중 일정한 시기에 한하여 셋째, 작가에서 배우 그리고 코러스에 이르는 일체의 관리를 도시국가(공동체) 자체가 맡았으며 넷째, 가무적 요소가 농후했다는 것 등 그리스 고전극의 주요한 특성은 연극이 제의에 바탕을 둔 공공적 행사였음을 잘 말해준

다.28)

　동양연극 역시 원시 신앙체계에 바탕을 둔 제의적 연희에서 출발한 것은 서양연극과 다를 바 없다.

　그러나 일반적으로 동양연극의 특성을 요약하면 대체로 다음과 같다.

　첫째, 서양처럼 극문학이 독립되어 있지 못하고 주로 서사성이 강한 신화·전설·민담 등 구비문학에 의존하는 편이다. 둘째, 화극이라기보다 가무를 주로 하는 극의 형식을 취하고 있어 동작이나 소리의 정형화·양식화가 특징적이다. 셋째, 민속극적 무형식 또는 즉흥적 성격이 많고 배우와 관객의 사이가 미분화된 상태에서 참여적 성격이 강하다. 넷째, 갈래가 비교적 다양하다. 예컨대, 가면극(한국·인도·인도네시아·타이), 인형극(한국·일본·중국), 그림자 인형극(인도네시아 및 동남아시아 일대), 가무극(일본·중국·인도·인도네시아) 등이 그것이다. 다섯째, 연희 장소가 옥내뿐 아니라 광장·장터·왕궁 또는 사원·사랑방· 정원 등 무대가 다양하고 따라서 언제든 이동할 수 있고 장소 적응력이 강하다.

　거기에다 동양연극은 전통단절을 경험하는 공통점까지 가져야 했다. 근대 이후 서양문명의 유입과 함께 동양 어느 나라에서나 전통연극이 단절되고 서구적 모방에 의한 새로운 근대극이 주류를 이루었다. 대체로 20세기초에 동양에서 이루어진 근대화는 토착적 전통문화의 거부, 부정이라는 극단적 반응을 보였으며 연극 역시 그러한 길을 걸어야 했던 것이다.

　연극은 그 본래의 성격과 발전해 나온 역사적, 지역적 요인으로 매우 뚜렷한 형식을 지니고 있는데, 시대 또는 유파에 의한 분류로 고전극·중세극·근세극·근대극(현대극) 등 서양역사의 시대구분에 따르는 방법도 있고 고전주의·낭만주의·사실주의·상징주의·표현주의 등의 사조별 분류나 서

---

28) "가장 오래된 예술 작품들이란, 우리가 아는 바와 같이, 儀式Ritual에 사용되기 위해서 생겨난 것으로 처음에는 魔的인 의식magisches Ritual에, 나중에는 종교적인 의식에 사용되었다."(발터 벤야민, 차봉희 편역, 『현대 사회와 예술』(문학과 지성사, 1998), p. 55)

사극·부조리극 등의 분류법도 있다. 이 밖에도 옥내극, 야외극, 마당극, 원형연극, 거리연극 등의 연극하는 장소에 따른 분류도 가능하고 대사가 없는 팬터마임, 노래와 춤이 주가 되는 뮤지컬, 무용이 위주가 되는 무용극, 인형에 의한 인형극, 탈을 쓰고 나오는 가면극 등도 연극의 종류에 포함된다.

그러나 보다 보편적인 방법은 그리스극에서부터 비롯된 희극과 비극이라는 이분법적 갈래로 분리하는 일이라고 하겠는데 오늘날은 이분법을 토대로 더욱 분화되어 비극·희극·희비극·소극·멜로드라마 등으로 다양화되었다.

(2) 한국 연극의 흐름

가. 한국 연극의 기원

한국 연극의 기원은 고대로 거슬러 올라갈 수 있다. 삼국시대 고구려악, 백제 기악, 신라 처용무 등이 있었다고 하는데 그것들은 음악과 무용, 연극적 요소가 분리되지 않은 상태의 종합예술이었다. 오늘날까지 모습이라도 전해지는 것은 처용무뿐이다.

고려시대의 연극은 팔관회와 연등회 등의 국가적 행사나 산디놀음과 백희 등의 의식과 오락의 두 가지 요소가 혼합된 행사 등을 통하여 대략의 모습을 생각해 볼 수 있다. 재인이니 광대라는 말들이 처음 등장한 것도 이 무렵이었다. 조선에 와서도 산디놀음과 나례는 성행하였고 조정에는 사신 영접과 공식 의식 등을 위한 산대도감까지 둔 일이 있었으나 조선 중기 이후로 폐지되었다.

산디놀음 계통의 연희는 그것이 서민들에게 넘어간 이후의 가면극들로, 양주별산대놀이, 봉산탈춤, 경남 일대의 오광대·야류 등이다. 비슷하게 연극적 요소가 많은 판소리도 그 성립 경위는 뚜렷하지 않다. 이 밖에 사당패 등

유랑예인 집단에 의한 꼭두각시놀음(인형극)이 명맥을 유지해 오늘날까지 전승되고 있다.

개화기 이전과 이후의 한국연극은 뚜렷한 차이를 보이게 된다. 개화기에 들어오기 시작한 서양 문화의 충격은 우리 연극의 전통적인 것을 부정하게 하였고 그 결과 서구적 문화 형태가 대신 자리를 잡았다. 개화기 이전에 생성되고 발전했던 연극은 흔히 민속극 또는 전통극이라 부르고, 개화기 이후 서양문화의 영향하에 형성·발전되어 지금까지 연극의 주류를 이루는 것을 근대극 또는 신극이라 부른다.

서양연극은 일찍부터 예술로 발전해 오면서 여러 문예사조의 과정을 겪게 되었던 데 반해 한국연극은 그러한 문예사조의 발전과정을 겪을 수가 없었다. 따라서 문학사에서와 마찬가지로 한국연극사에서도 서양과 같은 고전주의극이니 바로크극이니 낭만주의극이니 하는 것은 발견할 수 없다. 역시 개화기 이후에 물밀 듯이 들어온 서양의 여러 연극 유산을 한꺼번에 통으로 받아들였을 뿐이다. 전통연극의 여러 형태는 조선시대의 종식과 더불어 소멸의 길을 걷게 되었고 신문화의 도입과 함께 신극이 시작되었다.

나. 신극운동

서양연극이나 희곡을 우리에게 처음 소개한 것은 1895년 유길준의 『서유견문』이다. 1902년까지 국내에는 연극을 전문적으로 상연할 극장이 없었다. 그러던 중 1902년 정부에서 고종 등극 40년을 기념하기 위해 봉상사 구내(지금의 종로구 새문안교회 자리)에 칭경예식장을 세운다. 이것은 로마식 극장을 본떠 만든 것으로 2,000여 명을 수용할 수 있는 큰 연회장소이다. 이것이 원각사의 전신이다.

한국 신극운동의 요람인 원각사는 이인직의 주동으로 1908년 창설되었으며, 그해 11월 이인직의 「은세계」를 처음으로 신극화하여 상연하였다. 그러나 이 연극은 성공을 거두지 못하여 원각사는 한때 휴연하기에 이른다. 1909년 5~6월에 이인직이 일본 연극계를 시찰하고 돌아와 「천인봉」 등의 새 극본을 연극화하여 상연하려 했으나 실행치 못하고 「춘향가」를 공연하였으며 다시 일본에 다녀와서 「수궁가」를 공연하였다.

원각사에 이어 어성좌[29], 단성사, 연흥사 등의 극장이 건립되었으며 원각사의 신극운동은 약 1년 반 계속되다가 1910년 막을 내렸다.

우리나라의 경우 식민지라는 시대적 특성상 신극의 형식을 일본에서 도입하지 않을 수 없었다. 1910년대 신파라는 대중적 전시대 연극이 먼저 자리를 잡게 된 것은 바로 이 때문이다. 한국 신파극은 일본 신파극을 직수입한 것이기 때문에 초창기 신파극은 언어만 달랐을 뿐 연극 내용부터 무대장치, 의상, 소도구에 이르기까지 모든 연극 양식이 일본색이었다. 일본 신파극의 발전 순서를 따라 우리나라에도 나중에야 신극이 도입되었는데 그 시기를 대체로 토월회 창설로, 본격화는 극예술연구회의 발족 이후라고 보는 것이 통설이다.

1920년에 일본 유학생들을 중심으로 최초의 신극운동을 전개한 극예술협회의 정신을 이어받아 조직된 연극단체인 극예술 연구회는 1931년 홍해성·유치진·서항석·김진섭 등이 결성하였다. 창립 취지는 극예술에 대한 일반민중들의 이해를 넓히고 진정한 의미의 신극을 수립하는 데 있었다. 처음에는 여름 연극강좌를 개최하여 이 방면의 계몽에 노력하였으며, 뒤에 실험무대를 조직하여 실제로 공연활동을 전개하게 되었다. 고골리의 「검찰관」과 입센의 「인형의 집」 등 세계 명작이 이때 상연되었고, 5~6년 동안 20여 회 공연하여 서구 사실주의의 도입을 통해 신극운동에 기여하였다. 또한 기관지 「극예술」을 발간하였다. 특히 이 무렵의 연극 「춘향전」은 매우 호평을 받게

---

29) '좌'라는 말은 일본말로, '직업 전문 극단'을 일컫는다.(서연호·이상우, 『우리 연극 100년』(현암사, 2000), p. 108 참고)

된다. 영화에 이어 「춘향전」이 연극에까지 자주 등장하게 되는 것은 이 작품이 식민지 치하 우리 민족의 한을 풀어주는 무엇인가가 있기 때문으로 보인다.[30]

일본은 1940년을 전후하여 식민지 조선에 대한 문화탄압을 가혹하게 하였으며 결국 이 시기 한국연극은 어용화의 길을 걷게 된다. 광복과 더불어 비로소 생기를 되찾은 한국 연극은 6·25전쟁까지의 좌우대립에서 빚어진 혼란으로 다시 주춤했으나 50년대에 겨우 발전의 실마리를 잡고 극단 신협이 중심이 되어 재건, 정비기를 맞이한다.

(3) 현대극의 발달[31]

1960년대부터 한국현대 연극은 매우 색다른 변화를 보여 이때를 한국현대 연극의 기점으로 설정하는 것이 통론이다. 서연호·이상우의 『우리 연극 100년』에서는 다음과 같은 이유로 60년대 한국 연극의 현대성을 설명한다.

> 첫째, 연극사적 관점에서 볼 때, '근대연극'의 주류 양식은 사실주의극이고 이에 대한 반성적 성찰과 새로운 양식의 모색이 우리 연극계에서 본격적으로 나타난 시기가 1960년대라는 점이다. (…) 연극의 새로운 경향이 주류 양식인 사실주의극에 대한 도전과 극복정신에서 기원한다면 우리는 현대 연극의 중요한 특징을 '탈(脫) 사실주의'경향으로 요약할 수 있다.(…) 둘째, 오늘날 한국 연극의 관점에서 볼 때, 연극의 동시대성이 뚜렷하게 나타난 시기가 1960

---

30) 그것은 이 작품 내에 등장하는, 신분을 초월하는 사랑이라는 주제가 암담한 현실을 잊게 해주는 요소가 있다는(매우 낭만적인 것이라는) 사실 뿐아니라 악덕 변사또를 통한 대리억압 해소, 그리고 일제 치하에서 우리 것을 즐기는 것에 대한 심리적 그리움, 혹은 안정감 등이 작용한 것으로 볼 수 있겠다. 김사량은 「극연좌의 춘향전을 보고」(『비판』, 1939, 5)에서 "조선의 연극도 이만큼이라도 진보하였다"고 놀라는 동시 "이제 얼마든지 진보할 좋은 맹아를 가지고 있"다고 감탄하면서 극연좌의 작품 「춘향전」은 "영화보다 5년, 신파보다 3년은 앞선 것"으로 평가하였다.

31) 예술에 있어서 '근대'니 '현대' 등의 표현을 거부하는 사람들도 있다. 장 루이 뢰트라는 "예술에는 진보가 없으며 기술적인 완성이나 다소 느린 변형, 경우에 따라 갑작스럽게 이루어지는 변화만이 있"다고 하면서, '원시적' '고전적' '현대적'이라는 단어들은 불가피할 때만 사용해야 한다고 하였다. 그것은 '현대적'이라는 말이 가장 최신을 의미하는 것도 아니고 '원시적'이라는 말이 시간적으로 오래됨을 의미하는 것도 아니기 때문이라는 것이다.(장 루이 뢰트라, op. cit., pp. 9-10 참고)

60년 이후 재능 있는 신인들의 참여를 얻어 세대교체를 실현한 한국연극은 극단활동, 극장시설, 극작가 배출, 비평활동, 인재양성 등 여러 면에서 도약의 기틀을 마련하였다. 동인제 극단의 탈사실주의적 경향을 비롯하여 전통연희의 원용, 실험극의 시도, 소극장 운동을 중심으로 한 연극 문화의 성장, 70년대 이후의 마당극을 비롯한 사회풍자극의 등장, 음악극의 활성화 등 여러 가지 경향으로 한국 연극은 성장 발전하게 된다.

2) 연극 속 사회 읽기

(1) 고전극과 사회

영화, 드라마와 달리 고전적 전통을 갖는 연극에서 고전극을 배제할 수는 없다. 그러나 다른 장르들의 경우처럼 중요한 작품들을 찾아 논의하기보다 종류별 개략적인 설명으로 대신하려 한다. 그것은 고전극의 경우, 대중문화라고 할 수 없을 정도로 소놀이문화였고 대중적 인기를 통한 사회 읽기도 뚜렷하지 않는 난점 때문이다.

가. 가면극

우리 고전극의 대표격인 연극은 가면을 쓰고 춤을 추면서 하는 가면극이

---

32) 서연호·이상우, op. cit., pp. 190-193 참고.

다. 서역 계통의 가면희를 받아들여 삼국시대에 형성된 것으로 알려진 가면극은 고려와 조선시대를 거쳐 오늘날까지 전승된다.

『「봉산탈춤」의 한 장면

우리 나라의 가면극은 지역 이름이 앞에 붙고 지역적 특성을 살리며 발전해 온 것이 중요한 특징이다. 대체로 중인, 양반, 천민 등 조선시대를 대표할 만한 20여 명의 인물들이 등장하는 각 지역의 가면들은 전국적으로 270여 가지나 된다. 한국의 가면은 다른 나라의 가면들에 비해 소박하고 인간적이며 자연미를 풍기면서도 해학적이고 풍자적이며 낙천적인 표정이 특징적이다. 그 대표적인 것이 하회가면이다.

에피소드식으로 구성된 가면극은 한국 가면극의 기본사상은 관념적인 사고방식보다 현실주의와 비판정신이 기조를 이룬다. 이를 주제별로 분류하면 첫째 양반에 대한 반항, 둘째 부부(남녀)의 갈등, 셋째 파계승에 대한 풍자, 넷째 의식무와 벽사진경, 다섯째 서민생활의 실상 등을 다루고 있다. 이와 같은 주제들을 여러 마당으로 나누어 다루되, 내용 줄거리에 있어 전 마당이 연결되어 있는 것이 아니라 거의 각 마당이 독립성을 유지하고 있기 때문에 하나의 주제로 일관되는 연속성은 결여되었다. 그러나 다양한 사회적 시각을 견지한다는 점은 높이 평가되지 않으면 안될 듯하다.

우선 양반과장은 사회적 문제를 극화하는 것으로 주로 하인인 말뚝이의 재담을 통하여 조선 후기의 정치 부패와 가치관의 전도, 사회계층의 붕괴를 희화화한다. 양반에 대한 평민의 반항의식을 날카롭게 드러내면서 양반계급에 억압된 서민들의 잠재의식의 폭발을 보여준다.

말뚝이 : "팔도 걸뱅이 같은 것이 양반이라니, 어느 놈은 양발로 댕기지 외발로 댕기나. 내 비록 지금은 돈이 없어 하인이 되었지만 내 성은 꼴씨이고 내 근본은 양반이다. 이 놈아!"

일 동 : "말뚝아 말뚝아 킁망켕켕 호르륵 삐쪽" (자진모리 장단에 춤을 춘다)

양 반 : "네 이놈, 말뚝아! 입춘대길도 써 붙이지 못하는 무식한 하인놈이 양반을 몰라보다 니"

말뚝이 : "지기미 시발. 양반이라카면 니 본을 대봐라. 이 걸뱅이 같은 놈아"

일 동 : "말뚝아 말뚝아 킁망켕켕 호르륵 삐쪽"

양 반 : "이놈 말뚝아, 잔소리 마라, 나는 명가문 채씨 출신 양반인데 부모 재산 다 탕진하 고 경주 신라 유적 두루두루 구경하고, 태백산 따라 문경새재를 넘고 단양팔경을 둘 러 정선에 들어가서 '아리랑 아리랑 아라리오 아리랑 고개로 날 넘겨주소' 이렇게 기생들과 한바탕 논 후 함경도에 들어서니 명사 십리 해당화 어느 계집 닮았을까?"

일 동 : "좋지"

양 반 : "대동강 을밀대 좋기만 했고, 경기도 용문산 지나니 한양의 삼각산이 우뚝했고, 인 왕산, 북악산, 청룡, 백호 완연하더라. 종묘사직 참배한 후 한양 한바탕 구경하고, 천안삼거리 거쳐 오작교를 건너니 춘향이 모습이 아른거리더라"

일 동 : "좋지"

양 반 : "목포로 내려가니 삼학도가 가물가물, 지리산 천왕봉이 구름 속에 가려 있고, 진주 촉석루에 올라 논개 절개 흠모했다"

일 동 : "좋지"

양 반 : "그래서 나도 팔도 유람하는 양반이다"

말뚝이 : "관동팔경도 구경 못한 주제에 양반이라니, 나도 그런 팔도유람은 십년 전에 해봤다"

일 동 : "말뚝아, 말뚝아, 킁망켕켕 호르륵 삐쪽" (자진모리 장단에 춤을 춘다)

양 반 : "이놈아! 내 9대 조부께선 경주 부사를 지내신 채자천님 이시다"

말뚝이 : "그런교, 정말 몰랐심더"

양 반 : "쌍놈이 양반을 몰라 뵙고 양반 욕을 한 죄, 사하기는 어렵다만 죽을 죄를 지어도 빌면 사해주는 것이 양반의 법도이니 내 너를 용서 해 주마"

말뚝이 : (다시 큰절을 하며) "정말 고맙심더, 어르신네"

일 동 : "좋다 좋아 킁망켕켕 호르륵 삐쪽" (굿거리 장단에 맞추어 춤을 춘다)

인용부분은 경상북도 자인면의 지정문화재인 자인팔광대의 한 부분이다. 여느 가면극과 마찬가지로 직설적인 말뚝이를 통하여 양반을 놀리는 대목은 억눌리고 짓밟힌 민중들의 답답함이 해소되는 부분이다. 그러나 비판의 역할 을 하고 있던 말뚝이가 상대방의 '양반'이라는 단어 하나에 갑작스런 굴복을 보이는 부분은 이 작품이 당시 사회에서 어느 정도 통과되고 인정되어야 한다는 현실인식을 반영하고 있는 것이다.

가면극에서는 이 외에 가정적·종교적 문제도 아울러 짚고 있다. 미얄할미과장은 가정극으로 조강지처가 젊은 첩에게 패배하는 이야기이다. 인생무상의 가정극 요소를 지니면서도 남녀차별에 대한 자각이 엿보이는 마당이다. 봉건시대의 남권우월사상과 가부장적 가족제도를 풍자·비판하고 그를 넘어 사랑과 결혼, 삶과 죽음 등에 대한 초월적 사상도 담겨져 있다. 노장과장은 한국인의 종교관 및 세계관을 표현하는 것이다. 이는 승려로 표현되는 종교적 권위마저 배제하려는 시대조류를 반영한 것으로 볼 수 있다.

가면극들의 공통점은 희극적이며 초월적이라는 점이다. 가면극 속에 줄기차게 흐르는 것은 권세라든지 재물, 사랑 등도 물거품같이 별 것 아니며 죽음과 종교, 심지어 삶 자체까지도 한 바탕의 폭소거리에 불과하다는 영원무애의 초월사상인 것이다. 가면극은 극히 어두웠던 봉건시대에 민중의 삶과 꿈을 표출했고 살아가는 데 있어 감정을 해소시켜주는 생존철학이 되었다고 하겠다. 그리고 그러한 사회풍자적 요소는 전통적인 가면극으로 하여금 오늘날에 되살아나게 하였고 그것은 마당극과 마당굿으로 표현된다. 조금은 우스꽝스럽고 신명나는 방식으로 사회에 대한 강한 풍자를 보이는 성격 때문에 마당극은 70년대 이후의 민중극으로 전승된다.

나. 꼭두각시극

다음으로는 꼭두각시와 더불어 박첨지·홍동지가 주역이 되는 민속인형극이 있다. 꼭두각시놀음의 기원에 관해서도 몇 가지 이설이 있지만 대체로 대륙전래설이 지배적이다. 독일의 연극학자인 피셸이 인형극의 본고장을 고대 인도로 밝히고, 거기에 살던 집시족이 처음 시작했다는 주장이 정설처럼 되어왔으나 근자에는 중국발생설도 나왔다. 삼국시대부터 있어온 꼭두각시놀음이 오늘날과 같은 형식과 내용을 갖춘 것은 대체로 고려시대로 추측된다.

꼭두각시놀음도 가면극과 비슷한 주제를 지녔지만, 가면극과는 달리 박첨지라는 한 가족의 이야기가 중심이 되면서 박첨지의 일대기를 에피소드식으로 엮은 것이다. 주인공 박첨지는 가정을 버리고 방랑하는 유랑예인인데, 첩을 얻고서도 자기를 찾아다니는 본처를 만난다. 그러나 다시 처와 첩을 버리고 방랑하다가 온갖 고난을 다 당한 후 절을 짓고 허는 것으로 대단원의 막이 내린다. 내용으로 볼 때, 꼭두각시놀음도 어두운 봉건시대의 삶의 실상과 꿈, 그리고 구원에 관한 문제를 다루면서 봉건사회의 가족윤리로부터 정치부패까지를 비판하면서 동시에 세속적 삶의 허상과 덧없음을 인형이라는 환상을 통해서 이야기하고 있다. 꼭두각시놀음은 남사당패가 가지고 다니던 여러 레퍼터리 중의 하나이며 가설 무대 위에서 크기 20cm 가량의 인형 20여 개가 등장하여 연기하게 된다.

다. 그림자극

그림자극은 1920년대까지 사찰을 중심으로 연희되었으며 우리나라에는 없어졌지만 중동과 동남아시아 일대에서는 아직도 중요한 고전극 장르로 존재한다. 주로 십장생 등 동물이 많이 등장하는 그림자극은 가죽으로 만든 인형을 막에 비춰서 연희하는 것으로 '만석중놀이'라고도 한다. 그림자극 역시 세속의 영화 모두가 별것이 아니라는 불교적 주제를 담고 있다. 세속의 영화를 부정해야만 하는 대다수 가난한 민중들의 바람이 담겨져 있는 것으로 볼 수 있다.

라. 판소리

이상의 연극양식과는 다른 음악극 형식의 판소리가 있다. 파생장르가 창극이라는 점이나 작품의 구조, 운문적인 문장 등으로 볼 때 연극으로 보아도 좋을 듯하다.

판소리의 기원에 대해서도 한두 가지 주장이 있지만 무의 기원설이 유력하다. 소리하는 이와 북을 치는 고수, 2인극 형태인 판소리는 창·아니리(사설)·발림·추임새 등으로 구성된다. 18세기 이전에 이미 완벽한 음악극 형식으로 정립된 판소리는 열두 마당이 전래되다가 19세기에 이르러 신재효에 의해 「춘향가」, 「심청가」, 「흥부가」, 「수궁가」, 「적벽가」, 「변강쇠타령」 등의 여섯 마당으로 재정리되었다.

「흥부가」의 박타령의 일부를 인용하여 보면,

> (아니리)흥부가 지붕으로 올라가서 박을 톡톡 퉁겨 본즉 팔구월 찬이슬에 박이 꽉꽉 여물었구나. 박을 따다 놓고, 흥부 내외가 자식들을 데리고 박을 타는데.
> (진양)"시르룽 실근 당겨 주소 에이 여루 당기어라 톱질이야, 이 박을 타거들랑 아무것도 나오지를 말고 밥 한 통만 나오너라. 평생에 밥이 포한(抱恨)이로구나. 에이 여루 당기어 주소"시르르르르르르르르르르르. "큰자식은 저리 가고, 둘째 놈은 이리 오너라. 우리가 이 박을 타서 박 속이랑 끓여 먹고, 바가지는 부잣집에 팔아다가 목숨 보명(保命) 살아나자. 에이 여루 받소" "톱 소리를 받자 한들 배가 고파 못 받겠소" "배가 정 고프거든 허리띠를 졸라매고 기운차게 당겨 주소"
> (휘모리)실근 실근 실근 실근 식삭 시르렁 시르렁 실근 실근 식삭 실근 실근 시르렁 시르렁 시르렁 시르렁 식삭 식삭.

이상 살펴본 고전극의 사회적 의미는 가난하고 억눌린 삶에 대한 풍자와 함께 어렵고 고단한 현세가 전부가 아니라는 현세초월 사상이 주조를 이루는 가운데 삶에 대한 의욕을 북돋는 것으로 볼 수 있다.

(2) 신극과 사회

가. 신파와 사회, 「사랑에 속고 돈에 울고」

식민지 치하, 대중들은 슬픔을 달래기 위하여 혹은 비참한 현실에서 눈을 돌리기 위하여 극장을 찾고 영화에 탐닉하였다. 그런 것은 이 당시 연극, 영화의 주류가 감상적이고 염세적인 신파극이었다는 것으로도 확인될 수 있다. 염세적이고 감상적인 경향을 보이는 신파극은 일본 고관들과 친일파 조선인 귀족들의 비호를 받으며 한국 연극 초창기를 형성한다.

「홍도야 우지 마라」라는 제목으로도 널리 알려져 있는 이 작품은 1936년 7월에 한국 최초의 연극 전용 상설극장인 동양극장에서 청춘좌에 의해 초연되었고 1938년 1월 설날에 부민관에서 전·후편이 공연되었다. 상연된 첫날부터 대만원을 이루어 광복 전 한국 연극사에서 가장 많은 관객을 동원한 작품으로 알려져 있다.

초연 때는 살인을 저지른 홍도가 순사인 오빠에게 끌려가는 가정비극이었는데, 재연 이후로는 살인미수죄로 재판정에 선 홍도를 오빠가 변론하여 무죄석방시키는 내용으로 개작이 이루어졌다. 연극 내용에 사회 대중의 열망이 반영된 예이다.

> <u>오빠 철수의 학비를 벌기 위해 기생이 된 홍도</u>는 오빠의 친구인 광호를 만나 집안의 반대를 무릅쓰고 결혼하는데 시어머니의 멸시와 시누이 등의 음모로 시집에서 쫓겨나고 <u>남편으로부터도 버림받게 된다</u>. 절망의 끝에 몰린 홍도는 <u>제정신이 아닌 상태</u>에서 남편을 가로채려는 약혼녀에게 우발적으로 칼을 휘두르고 <u>순사가 된 오빠</u>에게 끌려간다. 이 작품에서 결정적 역할을 한 것은 서생인 월초인데, 그의 야비한 계략에 의해 비극이 시작되고 그의 고백에 의해 극중 사건이 해결되면서 결말을 맞는다. (밑줄─필자)

여기에서 생각해 볼 것은 한 가정의 희생양적 성격을 띠고 있는 홍도이다. 가부장적 사회에서 오빠를 출세시키는 것이 가족 전부를 위한 것이었기 때문에 홍도는 자기 한 몸 희생을 무릅쓴다. 그런데 홍도가 벌어온 돈으로 공부한 오빠는 순사가 된다. 이것으로 일제시대 출세의 의미를 알 수 있다. 문제는 여자의 전력을 문제삼는 전통적 가치관의 사회이다. 사회의 통념에 비추어보면 화류계의 여성이 여염집 부인이 된다는 것은 이렇듯 어려운 일이었다. 한많은 여자가 겪는 눈물 없이 볼 수 없는 비참함, 음모와 반전 등 멜로

드라마의 전형적인 구조를 가지고 있는 이 연극은 당대의 가장 중요한 관객인 화류계 여성들의 처지를 대변하는 것이어서 그들의 심금을 울리고 큰 호응을 일으키게 된다.

이 연극은 식민지하에도 존재하는 신분상의 장벽, 사랑보다는 지위·신분을 따지는 결혼제도를 비판하면서 동시에 일제강점기 우리 민족의 애환을 담고 있다. 또 하나 문제삼을 수 있는 것은 홍도의 광기이다. 「아리랑」의 영진처럼 미치지 않고서는 살아갈 수 없는 당대를 암묵적으로 비판하게 한다.

나. 일제시대 허세의 의미, 「맹진사댁 경사」

"우리 민족만이 가지는 특유의 해학과 풍자성을 살리"려고 썼다는 「맹진사댁 경사」는 오영진이 1942년에 쓴 시나리오를 1943년 작자가 직접 2막 5장의 희곡으로 개작, 1944년 태양극단에서 초연하였다. 그 후 신협(1951)과 실험극장(1969, 1972)에서도 공연하였다. 1964년 국제극예술협의회 파리본부에서 영어와 프랑스어로 번역되고 영화로는 1957년 도쿄에서 열린 제5회 아시아영화제에서 최고 희극상을 받았다.

한국의 연극은 신극 이후부터 현대극에 이르기까지 희극에 소홀했는데, 오영진의 이 작품으로 한국의 현대 희극이 지향할 이정표를 제시했다고 할 수 있다.

> 무남독녀를 둔 맹진사는 <u>돈으로 벼슬을 산 사람</u>으로 지체높은 부자 김대감집과 사돈이 되려는 허영에서 사위될 사람은 보지도 않고 혼인승낙을 한다. 그런데 그 사위는 다리 병신으로 알려진다. 이에 놀란 맹진사는 몸종 입분이로 하여금 자기 딸 갑분이 대신 혼인하게 한다. 그러나 정작 혼인날 나타난 신랑은 멀쩡하게 잘 생긴 건강한 청년이었다. 신랑은 안절부절못하는 이쁜이에게 자기가 절름발이라고 거짓말한 것은 마음씨 고운 여인을 맞기 위한 기지였다면서 <u>그녀가 비록 하녀지만 당당히 아내로 맞을 것을 선언한다.</u>(밑줄-필자)

이 작품은 우선 전통결혼제도가 갖는 사회모순과 병폐를 고발한다. 얼굴도

보지 않고 상대를 결정하고 정작 결혼 당사자는 결혼식 날이나 되어야 상대를 볼 수 있는 전통적 결혼제도의 맹점, 개인의 사람됨보다 가문의 권위와 배경을 위주로 택하는 당시 결혼제도의 허구성이 드러난다. 뿐만 아니라 일제하 그 혼돈기에 개인적 영예를 위해 돈으로 벼슬을 사는 기회주의자의 모습을 볼 수 있다. 돈으로 산 양반 직위의 허점을 양반과 사돈을 맺음으로써 채우고자 하는 맹진사의 허영은 하녀와 양반을 결혼시키는 데에서 극점을 이룬다. 자신이 그토록 열망하는 양반이라는 직위가 별것이 아님을 자신 스스로 확인한 꼴이 되는 것이다. 주인공 맹진사는 인륜지대사인 혼인을 출세의 도구로 사용하려는 세속적 욕망의 인물을 대표한다면, 입분이는 마음만 착하면 얼마든지 신분 상승도 가능하다는 이야기를 증명하는 인물이다. 고전「춘향전」과 같이 권선징악과 서민의 신분상승 구조를 갖는 이야기 구조는 서민들에게 강하게 어필되게 마련이어서 이 연극 역시 매우 성공적이었고, 작품이 가지는 고전적 우아함과 유희적인 언어의 어우러짐은 당시의 연극의 수준을 한 단계 올리는 역할을 하였다. 연극 속에서 한국의 고유한 생활·풍속·사상을 잘 보여주는 동시에 과객을 가장해 등장한 김명정의 헛소문 장면, 신부가 교체되는 장면, 결혼식날 등장하는 신랑의 멋진 모습 등의 서구적인 희극 요소의 도입은 한국적인 것과 서구적인 것의 연극 내 바람직한 결합을 제시하는 것이다.

(3) 현대극과 사회

가. 객관적인 시각으로 '우리' 보기, 「지하철 1호선」
　「지하철 1호선」은 독일 그리프스 극단의 「Linie 1-Das Musikal」을 한국적 상황으로 완벽하게 번안한 라이브 록뮤지컬이다. 94년 초연 이후 6년간의 끊임없는 수정, 보완작업을 거쳐 완성도를 높여온 이 작품은 라이브밴드를 동원, 역동적인 연주로 뮤지컬 보는 재미를 배가시켜주었고 다양한 영상을 활용한 멀티미디어적 연출로 소극장 뮤지컬에 새바람을 몰고왔다고 평가된다.

형식 면에서는 춤·노래·음악·마임·풍자극 등 다양한 표현 수단을 사용하면서 서로 직접적인 연관이 적은 장면들을 연결하는 '레뷰 연극'과 당대의 사회상과 정치인들을 풍자·비판하는 내용의 노래를 부르며 춤과 음악이 곁들여지는 즉흥극의 일종인 '카바레 스타일'을 혼합하고 있다. 한 사람의 배우가 7~8가지 배역을 맡아 끊임없이 역할 바꾸기를 하는 공연이어서 배역 수로 보면 등장인물이 80여 명에 이른다.

백두산에서 풋사랑을 나눈 한국남자 제비가 건네준 주소와 사진만을 들고 만날 수 있으리라는 희망에 부풀어 한국을 찾은 연변처녀가 등장한다. 이른 아침 서울역에 도착한 연변 처녀 선녀는 하룻동안 지하철 1호선과 그 주변에서 부딪치게 되는 서울 사람들의 모습을 보게 되는데 연극은 그것을 웃음과 해학으로 다루고 있다. 서울역·청량리역 주변을 스쳐 지나가는 인간군상, 즉 회사원·소매치기·취객·청소부·잡상인·가짜운동권·노숙자·조선족 처녀·사이비 전도사·가출 여고생·구걸하는 소녀가장·창녀·구청단속반·깡패·군인 등이 등장하여 산업소비 사회에서 그늘지고 소외된 사람들과 우리 사회의 부조리한 현실을 날카롭게 풍자한다.

나. 「명성황후」

1995년 명성황후 시해 100주년을 기념하여 만든 초대형 뮤지컬로서 이 뮤지컬을 통해서 '민비'는 비로소 '명성황후'라는 이름을 되찾는다. 1993년에 '극단 에이콤'이 기획했고 작가 이문열이 1994년 봄에 원작 대본인 「여우사냥」을 발표하였으며 이것은 작품 전체를 노래화한다는 연출자의 의도에 따라 61곡의 노래로 짜여진 「명성황후」로 재창조되었다.

서막은 1896년의 히로시마 법정 장면. 명성황후를 시해한 주범 12명에게 재판장은 증거 불충분으로 석방 판결을 내린다. 이를 지켜보던 대원군은 며느리 명성황후를 추억하기 시작한다. 1막은 민자영이 왕비로 간택되는 1866년부터 임오군란 후 행방불명되었다가 환궁하는 1882년까지의 이야기이다. 조선을 넘보는 서양 오랑캐들, 세자가 탄생하고 고종은 친정을 선포하며 개화파와 수구파의 갈등이 심화되는 등 국내외 정세는 어수선하다. 1막과 2막 사이에는 12년의 틈이 있고 2막은 민비 시해가 벌어지는 1895년이다. 대신들과 외교관 부부들의 성대한 초청 연회로 시작되는 2막에서 민비는 노련한 정치가로 자리를 굳힌다. 그런데 러시아를 끌어들여 일본을 견제하려는 민비의 지략에 당황한 일본은 민비 시해를 모의하고 잔혹한 '여우사냥'을 시작한다. 민비를 보호하려는 상궁들이 다급하게 몸부림치는 장면, 궁녀들은 일본 낭인들의 칼에 무참히 쓰러진다. 종막에서 민비는 다시 일어나 '백성이여 일어나라'를 힘차게 노래한다.

초연 당시에 총 12억원의 제작비가 투입되었으며 1997년 8월 15일, 뉴욕 링컨센터 안에 있는 뉴욕주립극장(New York State Theatre)에서 웅장한 막이 올라 대성황을 이루었다. 특히 유명한 배우를 주연으로 썼다가 가창력이 뛰어난 배우로 대체 기용한 점은 이 연극의 완성도를 높이는 결과를 가져왔고 계속적인 재연을 예상할 만큼 좋은 반응을 얻게 하였다. 이 연극은 우리 민족의 새로운 역사 읽기라는 사회적 성숙도를 보여주는 동시에 여자를 부각시키기를 꺼려하는 남성 중심적 사회 문화의 변화, 곧 여권 성숙 분위기와 맞아떨어졌다. 또 IMF 한파로 상징되는 국내외적으로 어려운 시기에 '백성이여 일어나라'라고 외치는 조선시대 왕비의 부르짖음은 민족적인 반향을 크게 일으키기에 충분하였을 것이다. 대외적으로도 난국을 헤치고 세계 속에 우리 민족의 웅혼을 보여줄 것이라는 의지의 표명으로도 읽을 수 있을 것이다. 이 연극의 성공은 사회의 강한 응집력과 관계 있다고 보인다.

다. 포스트모더니즘 시대적 연극, 「난타」

「난타」는 대사 없이 리듬과 비트 중심으로 이루어진 한국형 뮤지컬 퍼포먼스이다. '비언어적 공연'을 표방하면서 오프브로드웨이에서 장기 흥행에 성공한 「스톰프」와 「튜브」 등을 혼성 모방한 것으로, 국내에 처음으로 비언어적 공연이라는 장르를 도입하였다. 연극에서 대사는 거의 없고 사물놀이 리듬을 바탕으로 피아노, 재즈 등 서양음악이 가미된 연주와 몸동작, 알아들을 수 없는 의성어로 대화하는 장면만으로 이루어진다.

이 작품은 인간의 일상 공간인 주방을 무대로 네 명의 요리사가 급히 결혼 피로연을 위한 요리를 만드는 과정에서 벌어지는 소동을 다루고 있는데, 칼·도마·냄비·프라이팬·접시 등 온갖 주방기구와 일상용품이 풍물놀이처럼 다루어지면서 매우 흥겨운 장단을 만들어낸다. 음식점인데도 제대로 나오는 음식은 없고 요리사들도 음식은 만들려 하지 않는다. 요리를 위한 도구들은 내팽개쳐지고 주방은 난장판이 된다. 세 명의 요리사 앞에 지배인이 말썽꾸러기 조카를 데려와 같이 음식을 만들라고 하는데 요리사들은 그가 마음에 들지 않아 골탕을 먹이지만 번번이 지배인에게 들키고, 어쩔 수 없이 함께 음식을 만드는 과정에서 정이 쌓아진다. 주방장과 지배인이 나와 관객들과 함께 박수로 호흡을 맞추고, 서로 전혀 모르는 관객 중에서 고른 신랑·신부가 족두리를 쓰고 옷을 입고 결혼식 장면을 연출하게 된다. 요리가 다 끝나고 난 후 파티가 벌어진다. 관객들에게 공을 던져주고, 또 다시 관객들은 무대 위로 공을 던지며 노는 공연이 이루어진다. 연극은 더 이상 배우의 것이 아니고 정해진 룰에 맞춰 이루어지는 것이 아니며 한바탕 신명나게 노는 놀이마당인 것이다.

연극 「난타」는 풍물놀이의 적극적인 무대화라는 기치를 내걸고 리듬을 중심으로 코미디·드라마적인 요소를 많이 강화해 남녀노소 누구라도 신나게

「난타」 공연

즐겁게 볼 수 있는 대중적인 공연을 지향한다. 이는 다분히 전통 연극에 관한 통념에 도전하는 포스트모더니즘적 성격을 가지고 있다.

라. 우리 고전극의 부활, 마당극

마당극은 우리의 고전극의 전통을 계승 발전시키려는 노력에 의해 70년대 이후로 다시 등장한 한국적인 연극 양식이다. 우리의 근대극이 서양 근대극의 이식으로 이루어진 것에 대한 반성으로 1970년대 탈춤부흥운동과 함께 시작되었다.

오늘날은 70년대부터 학생들 중심으로 이루어진 아카데믹한 양식과 전문 배우들 중심의 상업적 양식으로 나누어 볼 수 있다.

1970년대의 마당극은 대학가에서 학생운동 형태를 띠면서 시작되었고 이것이 민중의 연극으로 이행해갔다. 공연의 대부분이 행사적 공연의 성격을 지니며 관중이 익숙하게 받아들이고 공감할 수 있는 이야기들을 다루다 보니 많은 마당극들이 사회참여적 성격을 갖는다. 70년대의 마당극은 시대의 현실과 상황의 문제에 대해 진지하게 고민하는 '풍속의 연극', '상황의 연극', '시위의 연극', '행동의 연극', '축제의 연극'이었다.[33]

아카데믹 마당극의 사회적 의미는 젊은이들을 중심으로, 당시의 무비판적 외국 문물에 대한 문화적 반성이 전통 문화 계승에 대한 관심으로 나타나게 되었다는 것과 관계가 있다. 형식만이 아니라 주제 면에서 고전극의 사회 풍자적 성격과 해학을 발전적으로 계승하는 가운데 당시 마당극은 사회적 직설법이 통하지 않는 시대에 사회에 대해 해야만 하는 비판을 담는 그릇으로 사용되었다는 것이다. 오늘날은 그 주제가 사회, 국가 체제에 대한 비판이라는 거대담론 뿐 아니라 소외된 계층의 조명이라는 세부적 문제까지도 천착하고 있다. 이것은 더 많은 계층으로 확산되어 오늘날에는 어린이들의 마당놀이까

---

33) 서연호·이상우, op. cit., p. 303 참고.

지도 있다.

다음으로는 잘 알려진 고전을 소재로 한 상업적이고 대중적인 마당놀이[34]
가 있다. 사회에 참여적인 성격보다는 즐김의 성격이 더 큰 것으로, 여기에서
는 색다른 풍자와 만담이 주조를 이루게 된다. 주로 연극·영화의 배우들이
등장하여 전문적인 공연을 보인다.

등장 인물 면에서, 마당극은 인물의 움직임이 중요한 연극이므로 자연히
하층민들이 많이 등장한다. 주인공들은 흔히 약간의 결함을 지닌 가운데 낙
관적이고 해학적이다.

주제 면에서, 서민적 비애·풍자와 해학이 두드러진다. 그러다보니 낭만적
이나 귀족적인 취향의 숭고미보다는 기괴함이 드러나게 된다.

무대 면에서, 땅바닥이나 마룻바닥 같은 곳에 관중이 둘러앉는 열린 원형
판은 관중의 적극성과 자발성을 유도하게 된다.

배우와 관객의 호흡 면에서, 열린 무대 위에서 연기하는 배우들은 극 전체
의 흐름을 깨뜨리지 않으면서 현장성을 살리는 가운데 적절히 애드립을 사용
하게 된다. 그러다 보니 배우와 관중이 서로 집단적인 대화를 하듯 호흡하는
데서 집단적 신명이 유발된다.

마. 기타 외국 작품[35]

---

34) 오늘날까지도 「홍도야 울지 마라」, 「불효자는 웁니다」, 「심청전」 등의 소재가 계속 마당놀이의 소재가
   되고 있다.
35) 연극사에서 실험극장은 중요한 자리를 차지한다. '우리는 삶을 실험한다'라는 명제 아래 실험적인 연극
   공연을 주도해 온 실험극장은 우리 현대 연극사의 중요한 자료가 된다. 1960년 10월 3일에 창단되었으며
   실험극장이라는 명칭은 단원 각자가 연극을 위한 실험도구가 될 것을 자원한데서 비롯되었다. 서울대학
   교, 고려대학교, 연세대학교 연극부 출신들이 중심을 이루었으며, 모든 단원이 극단에 대한 권리와 의무를
   동시에 지는 '동인제' 운영 방식을 채택했다. 1960년 11월 27일 동국대학교 소극장에서 창단작으로 유진
   이오네스꼬의 「수업」을 공연한 이래 「안도라」, 「맹진사댁 경사」, 「허생전」 등을 공연하며 한국의 대표적인
   극단으로 성장하였다. 70년대 국립극장에서 「동천홍」, 「심판」, 「오셀로」 등을 공연하며 관객들의 열띤 호
   응을 받으며 성장한 이 극단은 1975년 9월 5일 종로구 운니동 운현궁 모퉁이에 전용 소극장을 마련하고
   개관 기념 공연으로 피터 쉐퍼의 「에쿠우스」를 공연하여 엄청난 화제를 불러 일으켰다. 한국 사회에 충격
   을 준 「관객모독」, 「신의 아그네스」 등 많은 작품을 공연하였다.

우리 나라에 상연되었고 상연 당시 사회에 충격을 주었던 중요 외국 작품 가운데에는 「관객모독」, 「에쿠우스」, 「신의 아그네스」 등을 꼽을 수 있겠다.

연극에 대한 고정관념을 깨는 작품 「관객모독」은 연극자체가 관객에 의해서 주도되게 만들고 있다. 무대에서만 비춰지던 조명을 관객석에서도 켜고 기존의 고립된 무대에서 열려진 무대에로의 확장을 작가는 도모한다. 시간 면에서도 현재의 시간성을 주장하고 스토리의 전개 자체를 부정함으로써 '관객'은 '모독'을 경험한다.

영국의 한 시골마을에서 알런이라는 소년이 하룻밤 사이에 마구간에 있는 말 6마리의 눈을 쇠꼬챙이로 찌르게 된 실화를 소재로 하고 있는 「에쿠우스」에서 관객과 배우는 거리감에서 시작해 일치와 혼돈, 경계 파괴를 경험하게 된다. 말굽파개로 말 여섯 마리의 눈을 찌르고 자신의 눈까지 찌르는 사건을 벌인 소년을 정신과 의사 다이사트가 원인분석을 하게 되는데, 작가는 이 연극에서 인간을 정상과 비정상으로 구분하는 것이 무슨 의미가 있는지, '비정상'적 인간에 대하여 정신과 의사가 치료한다는 것은 인간의 '정열'을 파괴하는 것이 아닌지를 묻는다. 현대문명과 기성도덕, 또 그에 따른 기성세대의 위신(이성과 합리·정돈 등을 상징하는 아폴로적 세계)을 비판하여 현대인의 절망과 고뇌(정열·몽상·충동 등을 상징하는 디오니소스적 세계)를 상징적으로 그린 「에쿠우스」는 당대 사회적 반향을 크게 일으키게 된다.

아그네스라는 수녀가 사생아를 낳아 숨지게 한 사건을 추적해 가는 미국 연극 「신의 아그네스」에서는 위선적 종교의 허구성이 파헤쳐짐으로써 사회에 충격을 준다. 고집스레 종교적인 구원만을 맹종하는 원장수녀, 고결한 순수를 가진 아그네스, 그리고 현대인의 전형적인 모습을 한 의사 등이 등장하여 그들의 번뇌와 고민을 통해 신과 인간의 상호관계를 다루게 된다. 사생아를 죽이게 된 아그네스의 어린 시절의 강박관념의 징후, 억압된 관능 등의 전말이 알려지면서 아그네스는 법정에 서고 며칠 후 정신 병원으로 옮겨져 숨을 거둔다.

이상으로 연극과 사회의 관계를 대략적으로 고찰해 보았다. 다 만들어진 다음에 관객에게 주어지는 영화와 달리 연극은 현장성이 강하여 강한 현장감 속에 관객과 함께 대화식으로 만들어가는 성격임을 알 수 있다. 관객과 배우의 변증법적 관계 속에 연극은 보다 직접적이고 생생한 사회 참여가 가능하고 장르의 사회적 성격도 완성되어 갈 수 있다고 할 것이다.

3. 텔레비전 드라마와 사회

1) 텔레비전 드라마의 장르적 속성

드라마drama란 연출가의 총괄적 감독 하에 배우, 탤런트, 성우 등이 극본에 따라 연기하고 제작진이 보조적 역할을 하여, 극장 무대에서 공연하거나 텔레비전이나 라디오에서 방송하는 예술을 이른다. 당연히 드라마는 텔레비전이나 라디오라는 매체의 발전이 전제되는 장르인 것이다.

이 장에서는 영화, 라디오 예술에 이어서 등장한 텔레비전 드라마로만 한정하여 논의하기로 한다. 라디오 드라마나 영화와 마찬가지로 텔레비전 드라마 역시 기계매체를 필요로 하는 기계예술, 순간예술이면서 텔레비전이 생기기 이전의 무대극, 영화, 라디오 등의 요소를 융합한 종합예술이다. 연기예술이란 점에서는 연극적이며 카메라에 의해서 촬영되어 브라운관 매체를 통해서 송출된다는 점에서는 영화적이고 전파에 실어서 각 가정에 전달된다는 점에서는 라디오적이다.

영화에 비해 수용자의 범위나 계층이 넓다는 특성과 수용공간이 가정이라는 점은 이 장르의 보편적 수용 가능성을 보여준다. 보편적 대중예술이라는 것이다. 소재 면에서 보면 특이하고 충격적, 자극적인 것을 지향하는 영화와 달리 보편적인 소재를 사용하고 가치 면에서는 영화보다 보수적인 특성을 갖는다. 텔레비전 드라마의 또 하나의 독특성은 친근감을 갖게 하는 예술이라는 점이다. 영화나 무대극은 극장과 같은 특수 분위기를 필수요건으로 하기 때문에 공연되는 극은 허구로밖에 받아들여지지 않으나 텔레비전 드라마는 동시성과 조화를 이루어서 그 사건들이 마치 현실적으로 어디에선가 지금 일어나고 있다는 현장감을 갖게 하고 이것은 심리적인 친근감을 시청자에게 주게 된다.

초기에는 텔레비전 드라마와 텔레비전 영화가 엄격히 구분되었다. 즉, 스튜디오에서 생방송되는 것을 텔레비전 드라마라 하고, 필름에 수록하여 편집 과정을 거치는 것을 텔레비전 영화라고 했다. 그러나 요즈음은 스튜디오에서 제작되는 드라마도 비디오테이프에 녹화할 수 있을 뿐만 아니라 편집도 마음대로 할 수 있게 되어 텔레비전 드라마와 텔레비전 영화의 한계나 구분은 거의 없어졌다.

(1) 드라마의 기원과 갈래

라디오 드라마는 영국에서 방송을 개시한 처음부터 프로그램의 첫 종목으로 꼽혀, 1924년 리처드 휴즈의 「위험」이 방송되면서 자리를 잡기 시작하였고 텔레비전 드라마는 1950년대 초에 틀이 잡히게 되었다. 영국에서는 「아처가와 데일즈가」, 「이스트엔드 사람들」, 「크로네이션거리」 등이 화제를 모았고, 미국에서는 「달라스」가 크게 인기를 끌었다. 미국에서는 주부 취향의 라디오・텔레비전 드라마의 스폰서가 주로 비누 회사였다는 데서 이를 '솝 오페라'라고 한다.

텔레비전 드라마의 분류 역시 다양한 방법으로 하는 것이 가능하다. 방송

형태에 따라 일일 드라마·월화 드라마·수목 드라마·주말 드라마 등으로, 길이에 따라 단편 드라마·장편 드라마·대하 드라마 등으로 나누어 볼 수 있다. 장편 드라마의 경우에는 비교적 일상성과 리얼리즘을 다루고 단편 드라마일 경우에는 환상성과 모더니즘을 보이는 경우가 많다. 이 외에도 내용과 주제에 따른 분류를 할 경우에는 영화와 비슷한 방식으로 다양한 분류가 가능하다.

(2) 한국 텔레비전 드라마의 흐름

한국에 텔레비전 드라마가 처음 선을 보인 것은 1956년 5월 상업방송인 HLKZ-텔레비전가 개국 때이다. 첫 작품은 홀워시 홀 원작의 「사형수」가 최창봉 연출로 방송되었다. 61년 12월 말 KBS-텔레비전이 개국되면서 텔레비전 드라마도 활기를 띠기 시작했고 1964년 12월 동양 TV가 개국되면서 텔레비전 드라마 방송은 양적으로 부쩍 팽창하게 된다. 1966년 12월 말 문화방송이 텔레비전 방송을 개시하여 민간 텔레비전 방송 2개 국과 관영 텔레비전방송 등 TV 3개국 시대의 막이 오르면서, 주간연속극 또는 일일 연속극의 홍수기를 맞이하게 된다.

64년 12월 동양 TV의 개국으로 텔레비전 드라마의 방송은 양적으로 부쩍 팽창하였다. 또, 68년 12월 말 문화방송이 텔레비전 방송을 개시함으로써 민간 텔레비전방송 2개국과 관영텔레비전방송 등 TV 3개국 시대의 막이 오르자 텔레비전 드라마도 단막극의 1회성 테두리를 벗어나 주간연속극 또는 일일연속극의 홍수기를 맞는다. 텔레비전 일일연속극의 첫 시도는 68년 동양 TV에서 방영한 한운사 작, 황은진 연출의 「눈이 내리는데」였다. KBS-TV는 69년 5월 임희재 작, 이남섭 연출의 「신부 1년생」을 일일연속극 첫 번째 작품으로 방영하였다.

초창기의 텔레비전 드라마로는 「나도 인간이 되련다」, 「불빛이 섬멸하는 설경」, 「가족회의」, 「인간검사」, 「결단」 등이 있다.

70년대로 접어들면서부터는 3개 TV국이 벌이는 연속극의 경쟁시대를 맞게 된다. 동양 TV에서는 임희재 작 「아씨」, KBS-TV에서는 이남섭작 「여로」로 일일연속극의 장기화 양상을 띠게 되어 시청률을 높이는 데는 성공했다. 일일연속극의 홍수 속에서 KBS-TV가 방영한 김희창 「탑」은 한국적인 고유한 분위기와 극적인 감동을 크게 안겨준 작품으로 기록되었다.

80년대 초의 방송공영화로 제도와 체질을 크게 탈바꿈함에 따라 한국의 텔레비전 드라마도 급격한 변모를 겪었다. 군부에 의하여 방송이 통제되고 동양 방송국이 KBS로 통합되어 방송 양사 체제로 후퇴하게 된 적이 있었다. 하지만 87년 자유화 선언 이후 방송망도 점점 확대되어 갔고 프로그램도 다양화, 다면화하게 된다.

세계적인 텔레비전 드라마의 대형화 추세에 따라 한국의 텔레비전 드라마도 대형화 경향을 뚜렷이 나타내기 시작하였다. KBS-TV의 'TV 문학관'과 MBC-TV의 '기업 드라마' 등이 그 예가 될 것이다. KBS-TV의 「개국」, MBC-TV의 「조선왕조 500년」, 「여명의 눈동자」, 「모래시계」 등 대하드라마의 경향도 두드러지게 부각되었다.

컬러TV 시대로 들어서자 실록 다큐멘터리가 화려하게 부상하였다. 그러나 실존인물의 이야기를 다루는 것은 정치적인 금기로 미묘한 어려움을 보이는 것이 사실이어서 오랫동안 정체를 보였다. 그러던 중 '제1공화국', '제2공화국'을 MBC-TV가 극화하면서 이 금기는 깨어지게 된다. 이후 다큐멘터리를 극적 감동으로 심화시켜 급속한 발전을 보였다.

한편 단막극을 비롯한 한국의 드라마들이 외국 작품의 모방이나 단순한 오락, 흥미추구에서 탈피하지 못한다는 비난을 받아 온 가운데 한국적인 가치를 추구하는 작품들이 시도되고 「전원일기」와 같이 22여년 간을 롱런한 작품을 갖게 된다.

오늘날은 바야흐로 케이블 티비 시대이다. 이것은 텔레비전 드라마의 양적 팽창을 결과하였다. 드라마 전문 채널까지 생기고 그간 주요 드라마들을 다시 보여주기만 하는 것이 아니라 새로운 작품을 만들어 나가고 있기 때문이다. 이것은 텔레비전 드라마의 사회적 영향력이 더욱 커져 갈 것임을 보여준다.

2) 텔레비전 드라마 속 사회 읽기

텔레비전 드라마는 영화나 연극에 비해 보다 넓은 계층에게 보다 자주 접해지는 장르이다. 텔레비전 드라마가 사회를 통해 수용되고 해석되는 방식은 시대적 배경이나 가치와 무관하지 않고, 역으로 텔레비전 드라마의 형식과 내용은 그 시대의 사회문화적 가치 및 요구들을 반영하고 설명하기 때문에 텔레비전 드라마와 사회와의 관련은 보다 밀접하다 할 것이다.

지난 10년간 전파를 탄 텔레비전 프로그램 중 시청률이 가장 높았던 20개의 프로그램 중 11개가 드라마라고 한다. 그만큼 우리 국민들은 드라마를 좋아하고 즐겨본다. 이러한 사실은 드라마의 심각한 사회적 영향력을 알게 한다.

드라마의 사회적 기능을 살펴보면 오락과 휴양 기능, 가치관의 공고화 기능, 대화 소재 제공 기능 등의 순기능을 갖는 반면 현실망각을 조장한다거나 가치 정체적인 역효과를 준다거나 여타 순수예술 기능의 왜소화를 결과한다는 역기능도 아울러 가지고 있다. 특히 가치 정체적 역기능은 매우 심각하다. 도식화된 텔레비전 드라마의 '단순하고 뻔한 스토리'로 인해 인간성이 왜곡되고 자신의 정체성을 제대로 잡아가는 일에 어려움이 가해지기도 하기 때문이다. 이런 점에서는 다음과 같은 자크 데리다의 말을 인용해 볼 필요가 있겠다.

> 공동체라는 단어에서 두려워하는 것은 동일화의 도식입니다. 분명 동일화가 존재하며, 우리는 이를 단순히 부정할 수도, 이에 맞서 싸울 수도 없지만, 동일성의 재구성이라는 이름 아래 지역적이거나 민족적인 것이 아니라, 예컨대 유럽적이거나 심지어는 세계적인 단순한 동일성에 대해 말하는 것은 제가 보기에는 문제가 있을 뿐만 아니라, 정치적으로—우리가 조금 전에 이 단어에 부여했던 가공할만한 의미에서—염려스러운 것이기도 합니다. 따라서 가능한 한 최대다수의 사람들—주체들이나 시민들이라고 규정하지 않기 위해 모호하지만 그냥 「사람들」이라고 말하겠습니다—을 연결하고 형성하여 이러한 프로그래밍을 경계하고 그에 응답하고 궁극적으로는 그에 맞서 싸우려고 시도해야—항상 그래야 한다면 그렇게 해야 합니다— 하지만, 여기에서 동일화, 재동일화를 과제로 전제하거나 설정해서는 안됩니다.[36]

(1) 한국의 어머니상, 희생양 설정 모성 이데올로기

우리나라 텔레비전 드라마 가운데 가장 먼저 인기를 모으면서 사회적 반향을 일으킨 작품은 1930년대에서 50년대에 이르는 역사의 격동기 속에서 자기를 희생하며 살아가는 전형적 한국 여인상을 그린 1970년의 「아씨」이다. 자기 희생을 미덕으로 알고 살아가는 전형적 한국 여인상을 그린 작품으로 이후 드라마의 한국적 여인상의 표본이 되기도 하였다. 그런가 하면 일제 강점기에서 6·25전쟁까지를 배경으로 한 여인의 기구한 인생역정을 그린 1972년[37]의 「여로」에서도 여인의 끝없는 자기 희생이 그려진다. 약간 모자르고 불구이나 마음은 순박한 신랑에게 시집온 가난한 집 색시가 주위의 놀림과 시어머니의 학대를 받으면서도 착한 성정을 잃지 않고 살아간 끝에 행복을 찾게 된다는 내용이다. 드라마사의 초창기에 인기를 끌었던 두 작품이

---

36) 자크 데리다 베르나르 스티글러, 김재희·전태원 옮김, 『에코그라피-텔레비전에 관하여』(민음사, 2002), p. 128.

37) 1970년에서 1980년에 이르는 시기는 이전 시기 가정이나 가족이 '행복한 가정' 그 자체에만 있던 것에 비하여 가족 구성원 '개인'이 강조되는 시기로, 한국의 드라마가 한국 전통적 감정구조인 '한'을 담아내기 시작했다는 점에서 '낭만적 전유기'라고 할 수 있다.(김승현·한진만, 『한국사회와 텔레비전 드라마』(한울아카데미, 2001), p. 51 참고)

모두 여인의 자기희생이라는 것을 바탕으로 하고 있다는 것을 우연으로 볼 수만은 없을 것이다.

「여로」의 경우 한자 표기로 '여로(旅路)'이지만 주제가상의 의미는 다르다. '그 옛날 옥색 댕기 바람에 나부낄 때 범나비 나래 위에 꿈을 실어 오갔는데 (…) 무심한 강물 위에 잔주름 여울지고 아쉬움에 돌아서는 여자의 길', 결국 여로(女路)이다. 두 드라마에서 강조하는 것은 여성의 일방적인 헌신 속에 가정이 지켜진다는 것이다. 헌신을 강조하고 가정을 중시하는 당대 사회적 반영이다. "한국적 여성상의 재발견이자 찬미가"로 일컬어지는 이 작품들은 텔레비전 드라마사에서, 드라마가 여성 취향으로 정착해 가는 '낭만적 전유기'를 대표할 만큼 선명하고 강렬한 여주인공들을 그려내고 있다. 그러나 그것이 무조건적인, 희생양적 모습이라는 것은 문제이다.

1980년대 이후 민주화 시기를 맞으면서 사회를 새로운 시각으로 보려는 노력들이 속속 나타나기 시작한다. 아버지의 권위적인 가부장으로서의 모습은 약화되고 어머니는 무조건 참고 희생하는 존재가 아니라는 변화가 나타나기 시작하였다.

그런 추세에 역행하는 듯한 드라마 「사랑이 뭐길래」의 유행은 중요한 사회적 의미로 읽을 수 있다. '현대판 자린고비' 이사장과 평화적이고 민주적인 박이사 집안이 사돈이 되면서 나타나는 양쪽집의 대비는 부모세대의 전통적 가치관과 자식세대의 자유분방한 가치관의 공존 상황을 보여주게 된다. 드라마 등장인물들은 다양한 개성을 가지고 다양한 세대-할머니 세대, 전통적 가부장 세대, 변화하는 아버지 세대, 자식 세대-를 대변하고 있기 때문에 시청자들은 그 중에서 자기와 유사한 집단으로 편가르기가 가능하여 자연스러운 공감대를 형성할 수 있었고 그 때문에 많은 인기를 끌 수 있었다. 한편 전통적 가치의 고수와 변화의 물결에의 순응이라는 문제에 관하여 사회적 찬반 논쟁을 일으켰던 것이다.

민주화 이후로 일어나는 가부장적 권위의 약화 시대에 아내를 호통하는 '대발이 아버지'의 모습은 전통적 가치를 회고하는 40-50대에게 향수와 같은 그리움과 바람을 보여주는 것이었다면 그런 전통적 가치에서 신음하고 있는 40-50대의 주부들은 '대발이 어머니'의 모습에서 동일시·공감을 느끼고 그녀의 저항에 힘을 실어주려고 하였을 것이다. 참고 인내하는 데에서 불만도 내던지고 한탄도 하면서 과감히 일어나고 도전·저항하는 여성상의 변화, 드라마를 통하여 얻을 수 있는 결과이다.

그런가 하면 이 드라마에 관하여 "진실이 전혀 없고 구성의 치밀함, 내용의 풍부함도 결여되어 있으나 흥행의 필수요건인 위안과 재미는 가히 입신의 경지에 이르러 대중에게 왜곡된 친화력을 제공한다"는 비판도 있다.[38]

(2) 여성 드라마와 남성 드라마

70년대부터 텔레비전 드라마는 주요 시청자층을 여성으로 잡고 여성들의 낭만적 감수성을 자극하거나 여성 인물의 인생과 한을 중점적으로 다루는 방식의 작품에 몰입했었다. 가정사에 얽힌 비극적인 이야기, 삼각 연애 관계 등을 주로 다루는 것은 여성 시청자들의 감상적 취향을 고려한 때문이라고 한다.

그러나 점점 전문적인 분야를 소재로 하거나 스케일이 큰 작품이 드라마화하면서 30대 고학력 남성층이 텔레비전 앞에 앉게 된다. 그것은 90년대 들어서 특히 두드러지는데 「제 4공화국」, 「코리아게이트」, 「모래시계」와 같은 정치드라마이다. 특히 광주항쟁이나 삼청교육대와 같은 무거운 주제 속에 남성들의 사랑과 우정을 잘 융합한 것으로 보이는 「모래시계」에서는 남성 시청자들의 흥미를 끌만한 것들이 많았다. 이 작품은 하나의 유행이 되어 이후

---

38) 김승현·한진만, op, cit., pp. 141-143쪽 참고.

「아스팔트의 사나이」, 「바람의 아들」 등의 파노라마적 배경 속의 터프가이의 유행을 낳기도 한다.39) 여기에서 여성들도 이런 드라마를 외면하지 않았다는 점을 생각하면 흥미롭다. 여성들이 일방적으로 감상 취향의 드라마만 좋아한다는 통념을 깨고 「모래시계」나 「아스팔트의 사나이」를 즐겨 시청하였다면, 여성들이 근거 없는 폭력이나 전투 장면을 꺼렸을 뿐, 폭력이 가미되고 역사·민족 등의 거대 담론의 이야기라 하더라도 매끄러운 구성과 장치의 적절한 사용이 결부된다면 받아들인다는 이야기가 된다. 그렇다면 굳이 남성 드라마, 여성 드라마로 나눌 필요가 있을까는 의문거리이다.

그러나 이러한 작품들은 안방극장에서 보기에는 껄끄러울 정도로 폭력적인 장면이 많았다는 점, 조직폭력배나 폭력이 미화되고 조장될 소지를 가지고 있다는 점, 7, 80년대에 대한 막연한 허상을 심어줄 우려가 있다는 점 등은 드라마의 사회적 영향력을 생각할 때 충분히 고려되고 발전되지 않으면 안 된다.

(3) 콩쥐팥쥐형, 여성의 이분법의 변화

드라마에서는 아름다운 여인들이 등장한다. 아름답지 않은 작중인물이라 하더라도 주요인물인 경우에는 아름다운 배우를 등장시킨다. 그리고 아름다운 여인만이 남자주인공에게 여러 난관을 거쳐 선택되는 것을 보여준다. 여성의 성격, 능력은 논외이고 단지 아름다움만 있으면 '간택'되어 졸지에 신분상승을 이루게 된다.

이런 드라마들의 영향으로 계속되는 취업난 속에서 취업보다 결혼을 선택하려는 여성들의 경우 아름다움에 몰두한다. '사랑'보다는 '돈 많고 능력 있는 사람'을 찾아 어렵고 험난한 현실에서의 탈출과 신분상승을 꿈꾸는 것이

---

39) 김승현·한진만, Ibid., p. 133 참고.

다. 동화책이나 텔레비전 드라마에서 하나같이 '여자 팔자는 남자 만나기 나름'이며 이것만이 유일한 출구이자 신분상승의 기회라고 속삭여왔기 때문이다.

드라마에서 아름다운 여성은 착하고 순종적인 미덕의 소유자로 그려진다. 고전소설에서처럼 초창기 드라마나 영화, 소설에서는 외모에 의해 사람의 심성이 결정되었다. 예쁜 사람은 착하고 얼굴이 못난 사람은 악한, 선:악=미:추의 고전소설적 공식이 그대로 적용되었던 것이다. 그러니 실생활에서도 자신의 선함을 증명하기 위해서라도 아름다움에 매달릴 수밖에 없게 된다.

착하고 예쁜 '콩쥐'형의 인물은 항상 착하고 순종적이며 누군가가 찾아와 도움을 주고 구원해 줘야 하는 수동적인, 청순가련형의 인물이다. 그에 반해 자신의 행복을 위해 주체적으로 움직이며 스스로의 운명을 독자적으로 개척하는 강한 캐릭터로 대두되는 인물은 '팥쥐'이다. 전통적인 여성 이분법에 의하면 팥쥐는 악녀이다. 적극적이고 주체적인 여성이 악녀가 되려면 그녀는 욕망 지향형의 인물로 치닫게 된다. 적극=욕망의 공식이 다시 만들어진다. 자신의 욕망과 성취를 위해서라면 모든 것, 심지어 자신의 육체까지도 수단화하고 자기가 낳은 자식마저 아무렇지 않게 저버린다(「얼음꽃」, 「황금마차」 등의 2003년의 드라마에서도 이런 일들이 나타난다). 이런 공식은 오로지 자신을 믿고 의지하여 강한 자의식을 확립하고 자신의 행복을 자기 스스로 책임질 줄 아는 적극적이고 진취적인 여성을 꺼리는 사회적 분위기를 야기한다. 고전적인 '마녀'의식의 소산인 것이다.

이런 여성에 대한 도식적 이분법은 여성으로 하여금 나이드는 것을 두려워하게 하고 더이상 아름답기 어려운 나이많은 여성을 마녀, 악녀로 설정하게 한다. 그런 결과 시어머니나 직장 여상사를 악하게 설정하고 그에 의해 착한 주인공은 굴곡을 겪으며 살아가야 한다는 것이 드라마에서 종종 볼 수 있는 여자 대 여자 관계였다. 여기에서 나아가면 여자의 적은 항상 여자라는

식의 드라마들을 볼 수 있다.[40]

　오늘날의 몇몇 드라마에서는 착한 여성이 일방적으로 당하고 있지만은 않다. 콩쥐팥쥐형의 인물설정에 변화가 오고 있는 것이다. 최초로 골프를 소재로 삼아 화제를 모았던 「라이벌」에서는 착하지만 일방적으로 음모에 빠지기만 하는 것이 아니라 사랑을 지키고 자신의 일도 지킬 줄 아는 적극적인 여성이 등장한다.[41] 「내 사랑 팥쥐」를 보면 '팥쥐'라고 불리는 여성이 사실은 적극적이고 명랑 쾌활한 여성임을 강조한다. 현대는 '팥쥐'도 인정받는 시대임을 보여주는 것이다.

　텔레비전 드라마는 대중에게 친숙감을 준다는 점에서 사회적 영향력을 실감할 수 있다. 옆에서 일어나는 일 같은 드라마에서 보여주는 사회상, 인물상의 역할이 그만큼 중요하다는 것이다.

4. 광고와 사회

1) 광고의 장르적 속성

　미국 마케팅 협회는 1963년에 "광고란 누구인지를 확인할 수 있는 광고주가 하는 일체의 유료형태에 의한 아이디어, 상품 또는 서비스의 비대개인적 nonpersonal 정보제공 또는 판촉활동이다"라고 정의 한 바 있다. 또한 1969

---

40) 예를 들면 「당신 옆이 좋아」에서 여동생은 언니의 남자친구를 빼앗기 위해 편지를 감추고 거짓말을 하는 등 온갖 술수를 벌인다. 「그 여자 사람잡네」의 두 여주인공 상아와 복녀는 20년 친구지만 한 남자를 두고 치열히 싸운다. 출생이 뒤바뀐 사이인 두 사람은 결국 한 사람은 그 남자의 아내로, 다른 한 사람은 결혼한 남자를 계속 유혹하며 가정을 파괴하려는 사람으로 되어 살아간다. 두 여자 사이에 있는 남자는 결혼기에 흔히 있을 수 있는 권태기마저 두 사람의 문제가 아닌 세 사람의 문제로 받아들인다.

41) 물론 여기에는 주인공이 라이벌 여자와 같은 아버지의 자식이었다는, 결국 둘 사이가 자매였다는 설정이 필요했다.

년에 미국 일리노이 대학의 S. W. 던 교수는 그의 저서 『Advertising, Its Role In Modern Marketing』에서 "광고란 광고 메시지 속에 어떤 형태로든 밝혀져 있는 기업이나 비영리기관 또는 개인이 여러 매체에 유료로 내는 비대개인적 커뮤니케이션이다"라고 정의하였다.

한 마디로 말하자면, 광고란 기업이나 개인, 단체가 자기의 상품, 서비스, 이념, 신조, 정책 등을 세상에 알려 소기의 목적을 거두기 위해 투자하는 정보활동이다. 전달이 목적인 만큼 효과적인 전달을 위하여 이미지를 강조하고 글, 그림, 음성 등 시청각 매체가 동원된다.

(1) 광고의 기원과 갈래

가장 오래 된 광고는 BC 196년 경이집트 나일강변에서 발견된, 이집트왕 프톨레미를 숭앙하는 내용을 광고하는 로제타석으로 볼 수 있겠다.

17세기 중엽 영국 신문에는 커피, 초콜릿, 차 등의 광고가 보인다. 영국에서 광고에 세금을 부과하기 시작한 것은 18세기이다. 1712년 영국정부가 언론통제의 수단으로 모든 신문과 잡지 판매에 세금을 부과하였는데 광고에도 세금을 부과하여 광고계는 타격을 받게 되기도 하였다.

미국에서는 B.프랭클린이 1729년 「펜실베이니아 가제트」 창간호 1면에 광고를 게재하였다. 영국 식민지시대의 미국 신문광고에는 과장된 의약품 광고가 많았으며, 이 때문에 미국 내 광고에 대한 인상은 좋지 않았다고 한다.

산업혁명이 일어나고 대량생산이 가능해질 때 광고는 공장생산품의 대량 유통에 기여하게 된다. 수송수단의 발달로, 미국에서는 잡지의 전국 배포가 가능해지고, 1830년경에는 800종의 신문, 잡지가 발행되었다. 1867년 약 6천만 달러이던 미국 광고비는 1890년에는 3억 6천만 달러로 늘었다. 20세기 초에 전세계 광고비는 약 10억 달러에 이르렀다고 한다.

1920년대 초에는 미국에서 라디오 방송이 시작되면서 라디오 광고가 나타났고, 제2차 세계대전 후 역시 미국에서 텔레비전 방송이 시작되어 신문, 잡지, 라디오, 텔레비전의 4대 매체를 갖춘 시대에 들어서 광고는 보다 활성화의 길에 들어선다.

동양의 경우를 살펴보면, 중국에서는 일찍이 간판광고가 발달했다. 「청명상하도」를 보면, 북송시대의 수도 카이펑의 생활상이 나오는데 그림의 시가 상점에는 수많은 간판이 있다. 이로 미루어 동양에서도 상가를 중심으로 광고가 비교적 일찍부터 발달하였음을 알 수 있다.

광고의 종류는 매우 다양하다. 4매체 광고는 물론이고 간판광고, 옥외광고판과 벽보를 통한 광고들이 있다. 오늘날 광고의 양상은 점점 분화·발달되면서 최근에는 고객에게 우편으로 판촉물을 보내는 우송광고, 지하철이나 버스 등 대중교통수단을 이용한 교통광고(내부에서 시작하여 아예 외부에까지 광고가 사용됨), 성냥갑이나 달력과 같은 판촉물, 전시장을 비롯한 다양한 매체 등에 광고가 이용되고 있다. 바야흐로 아이디어에 의한 광고의 시대인 것이다.

(2) 한국 광고의 흐름

우리 나라의 경우 고려, 조선시대에도 광고가 있었겠으나, 이에 대한 연구는 아직 이루어진 바가 없다. 우리 나라에 '광고'라는 낱말이 처음 등장한 것은 구한말 시대 신문, 잡지가 발행되면서이다. 신문, 잡지 광고와 더불어 전차, 전단, 전주, 옥외광고 등이 나타났는데 광고요금제도는 빈도와 광고량에 따르는 서구식 제도가 도입되었다. 독립신문, 대한매일신보, 황성신문, 제국신문 등 주요신문이 발간되었고 4×6배판 크기이던 신문은 차차 커져서 현재 신문보다 약간 작은 크기로 바뀌게 된다.

알릴 것은 이번 독일상사 세창양행이 조선에서 개업하여 외국에서 자명종시계, 들여다보는 풍경(Deep Show), 뮤직박스, 호박, 유리, 각종 램프, 서양단추, 각색 서양직물, 서양천을 비롯해 염색한 옷과 선명한 안료, 서양 바늘, 서양실, 성냥 등 여러 가지 물건을 수입하여 물품의 구색을 맞추어 공정한 가격으로 팔고 있으니 모든 손님과 상인은 찾아와 주시기 바랍니다. 소매상이든 도매상이든 시세에 따라 교역할 것입니다. 아이나 노인이 온다해도 속이지 않을 것입니다. 바라건대 저희 세창양행 상표를 확인하시면 거의 잘못이 없을 것입니다.

1886년도 구한말 신문에 실린 세창양행의 광고이다. 교역을 광고목표로 기술하고 있으며 아이나 노인이 온다해도 속이지 않는다는 광고주의 정직함을 강조하고, 세창양행 상표를 확인하라는 대목이 광고주의 신뢰도를 강조하고 있다. 상품에 대한 정보 제공만을 목표로 정직한 진술을 하고 있는 이런 광고는 세련된 맛은 없지만 과장이 없어 소박한 느낌을 준다.

일제시대가 되면, 1910년 한일합병 뒤 유일한 국문 일간지 대한매일신보만이 총독부 기관지로 변신한 채 남고 다른 신문들은 폐간된다. 광고에 있어서도 일본의 영향을 심각하게 받게 되면서 점차 일본식 광고 제도가 정착하게 된다. 신문은 현재와 같은 배대판으로 커지고 광고표현은 퍽 세련되었다. 1919년 3.1운동의 영향으로 무단정치가 문화정치로 바뀌게 된다. 조선, 동아일보가 창간되고 이 기간에 4면 발행에서 12면으로 신문 지면이 늘어나면서 광고의 지면도 많아진다.

1920년대 광고문안의 가장 두드러진 특성은 일반적 대중 계몽성과 함께 '동포', '형제', '조선인' 등의 민족 개념에 호소하는 표현이 자주 등장한다는 것이다. 시대가 어려워도 그 시대를 외면하지 않으려는 광고인들의 노력을 볼 수 있는 부분이 아닌가 본다. 그런 가운데 일제를 뛰어 넘으려는 의지를 보이는 광고도 등장한다. 1923년 9월 25일자 동아일보에 실린 경성방직의 '삼성표'와 '삼각산표' 광목은 "조선을 사랑하시는 동포는 옷감부터 조선산을 씁시다. 처음으로 조선사람의 작용과 기술로 된 광목"이라는 카피를 썼다. 이 무렵은 일본 제품의 범람에 대처하기 위한 사회적 자성이 일어나 국산품 애용을 권장하는 물산장려운동이 일어났던 때였다. 국산품의 애용을 주장한 광고는 당연히 총독부의 탄압을 받게 된다. 1927년 2월 5일자 중외일보에 실렸던 광고 가운데 "아국품(我國品)의 동양목(東洋木=金巾)은 실용적이고 경제적이므로 아(我) 국민들은 누구나 아(我) 동포의 옷에 이 동양목을 사용하도록 전국 도처의 포목점에서 판매함. 우리 국산 동포의 의류 동양목을 발매함"이라는 내용이 있다. 일제는 이 광고에서 '아국품', '아(我) 동포의 옷' 이라는 표현을 지적하며 이는 일본을 외국으로 규정하고 조선을 독립국가인 양 인식케 하여 나아가 내선일체를 부인하는 것이라 보고 이를 금지시켰다.

시대의 흐름에 따라 광고에서 한자사용은 점점 줄고 영어 등의 외국어가 자연스럽게 사용되게 된다. 한자는 관념적이어서 대중들에게 파고들기는 어렵다. 이보다는 보다 직접적이고 빠른 이해가 가능한 우리말을 쓰는 것이 효과적이다. 그렇기 때문에 사회가 개방되고 광고가 보다 대중적인 대상에게 어필하려 할수록 한자 사용은 점점 줄어든다. 그리고 그 자리를 같은 음성문자인 일본어나 영어들이 차지하게 된다. 광고의 속성상 감각적이고 새로운 표현을 시도하려다 보니 외국어 표현은 빈번하게 된다. 1910년 9월 21일자 매일신보에 실린 한양상회의 광고는 '가장 완전한 데파트먼트 스토아'라는 캐치 프레이즈와 함께 'Importers & Exporters Hanyang & Co.'라는 영문을 사용하였다. 이미 한말부터 수입품 담배는 물론이고 국산 담배의 명칭도 대부분이 영어였다. 독립신문에 실린 양담배 히어로(Hero)를 비롯하여 데국신문과 황성신문의 담배 광고는 수입품, 국산품 가릴 것 없이 영어로 사용하였다.

1937년 일본의 중국 침공에서 시작된 중일전쟁은 1941년 12월 드디어 미일전쟁으로 확산되었고 문화 전반적인 쇠퇴기를 겪으면서 광고도 쇠퇴기를 맞이한다. 40년이 되면 조선, 동아일보는 강제로 폐간되고 45년에는 유일한 국문 일간지 매일신보마저 축소되는 등 언론의 축소책으로 광고는 거의 사라지게 된다. 일제시대 35년간 한국에서는 광고대행업이 거의 없었다.

1945년 ~ 1959년 광복과 한국전쟁 시기를 소위 인쇄매체 시대라고 하는데 신문이 복간되고 방송국이 생겨났지만 아직 광고는 미약했다. 제약과 영화공고가 광고의 주요 업종인 가운데 광고 대행업은 아직 없었다.

해방 이후에는 영어의 표현이 더욱 많아진다. 태평양화학의 'ABC포마드' 광고문안을 보면 '에레칸트', '씨크', '디자인', '틴에이저', '로맨스그레이', '데이트' 등이 여러 곳에 쓰이고 있다. 이와 아울러 일제를 의식적으로 견제하는 광고가 등장하게 된다. 그런 광고의 예를 하나 들어보겠다.

> 남 : 여보, 왜 이렇게 밥상이 허전할까?
> 여 : (애교있게)아이, 당신두 잔소리.....
> 남 : 아냐, 뭐가 빠진 것 같아서....
> 여 : 아이참, 조미료 미원을 잊었군요
> 여자아나운서 : 식욕은 곧 건강을 의미합니다. 여러분의 단란한 식탁에 조미료 미원을 잊지 않으셨어요? 국내 최고의 조미료 미원은 우리들 가정의 훌륭한 요리삽니다.
> 남자아나운서 : 그리고 조미료 미원은 <u>영양가치가 풍부한 영양소일 뿐더러 뇌신경 발육에 특효가 있어 건뇌제로서도 사랑을 받고 있습니다.</u> 식탁에는 언제나 조미료 미원. 음식맛을 낼 때는 신선로표 미원. 일제 '아지노모도'를 능가하는 조미료 미원(밑줄-필자)

위의 광고는 전반에 부부가 상황을 제시하고 후반에 아나운서가 효능을 제시하는, 구체적 삶에서 추상화로의 귀결 형식이다. '영양가치가 풍부한 영양소', '뇌신경 발육에 특효가 있어 건뇌제로 사랑받고' 등의 표현은 약간의 상식만으로도 허구임을 알 수 있는 과장과대표현이다. 흥미 있는 것은 일제 '아지노모도'와의 비교 문제이다. 아지노모도는 일제 기간에 조미료의 대명사처럼 되어 있었으며 신문과 잡지를 망라하여 가장 큰 광고주였던 회사의 식품이다. 신문에 전면광고를 게재할 정도로 광고에 공을 들였고 그것은 막강한 영향력으로 우리 사회에 작용했다. 20년대와 30년대에도 다양하고 세련된 기법으로 지속적으로 광고를 게재하였다. 이런 아지노모도에 대한 비교는 일제 시대를 벗어나 그를 뛰어넘고자 하는 욕망의 표현이라고도 볼 수 있겠다.

1959년에서 1981년은 이른바 인쇄·전파매체시대이다. 방송국이 생기고 라디오와 텔레비전을 통한 광고도 이루어진다. 1960년 4.19 학생혁명 후 급증했던 신문, 통신, 잡지는 1961년 5.16 군사혁명 후 이루어진 언론의 정비로 급감했다. TV광고는 1963년 1월부터 국영 KBS TV에서 본격화되었다.

우리 나라 근대광고의 초기인 1860년대 이후의 광고에서는 문자만을 사용해서 광고를 만들었지만 그 후 점진적으로 시각적인 효과가 중요시되면서 광고에 도안과 장식 등의 요소가 더해졌다. 문안 중심에 도안이 종속되는 현상이 해방 이후 1960년 이전까지 이어져 오다가 약품광고가 주류를 이루게 되자 도안 중심이 되고 문안이 종속되는 변화가 생긴다. 제품에 대한 소비자의 관여도를 높이기 위해 유명모델을 광고에 사용하게 되면서 광고에서 도안의 비중이 커지고 문안은 광고지면의 대부분을 도안 쪽에 내주게 되었다.

이 기간에는 MBC, TBC, DBS 등 민간 라디오 등장으로, 이들 언론 매체를 배경으로 한 3개 대행사의 출범으로 70년대 초에는 광고대행업이 신종 기업으로 대두되었다. 국제화 물결에 편승하여 세계적인 콜라회사들이 한국에 상륙하게 되고 이로부터 광고대행업은 새로운 전기를 맞게 되었다.

1970년대에 들어서면서 한국에는 외국의 광고이론서가 소개되고 본격적인 광고대행사들에 의해 카피라이터가 하나의 직종으로 위치가 정립된다. 이후 광고의 대부분은 전문 카피라이터들에 의해 이루어지게 된다. 제품간의 차별화에 역점을 두기보다 기업이미지 광고가 등장하고 속효성 제품광고 외에 기업과 제품의 자리잡기를 하는 포지셔닝 광고나 소비자 지향의 전략적 마케팅에 기반을 둔 광고들이 나타나기 시작했다.

80년대에는 광고회사 시대가 본격적으로 열리게 된다. 카피라이터들의 역할은 더욱 증대되고 외국광고대행사들과 제휴하는 광고대행사가 늘어나면서 외국의 광고기법을 받아들인 카피라이터들에 의해 새로운 카피들이 선보이면서 카피의 세련화에 몰두하게 된다. 1981년 이후는 컬러 광고 시대이다. 한편 제5공화국이 출범하고 언론에 대한 통제는 강화되면서 언론 기본법이 제정되었고, 모든 방송은 공영화된다. 방송의 공영화와 함께 한국방송광고공사가 설립되어 모든 방송광고 판매를 독점하게 되었다.

그러나 1988년의 서울올림픽은 우리 나라에 있어 1961년 5 · 16군사혁명 이후 계속된 언론통제의 막을 내리는 자극이 되었다. 자유에 대한 욕구는 언론 기본법의 폐기를 가져왔고 언론자유가 회복되었으며 광고시장은 개방되었고 민영방송이 10년만에 부활했다. 방송의 민영화는 광고에 커다란 영향을 미치게 된다.

90년대에 이르면 기업이 벌이는 통합마케팅 전략에 의해 카피에 의한 광고는 강력한 커뮤니케이션 요소로써 그 기능이 강화된다. 조사를 바탕으로 한 과학적인 광고가 등장하고 논리적인 카피와 창조성이 뛰어난 카피들이 속속 등장하여 지적인 소비자들까지도 사로잡게 된다. '도대체 어떤 특징으로 설명해야 하는지를 모르겠다' 하여 신세대를 지칭하는 말로 쓰인 'X세대'라는 새로운 소비세대의 등장은 포스트모던 광고를 부추겼고 일면 감성적이고 파편화된 카피들이 의미 없는 기호처럼 광고에 등장하기도 했다. 심지어는 아무런 대사 없는, 카피 없는 광고가 생겨나기도 했다.

2) 광고 속 사회 읽기

광고의 1차적인 역할은 소비자에게 정보를 제공하여 광고주의 마케팅 목표를 달성시키는 것이다. 단순히 여기에서만 그친다면 광고의 사회적 효과나

파장은 크지 않겠지만 그렇지 않기에 광고의 사회적 효과는 크게 두 가지로 파악될 수 있다. 첫째는 이미지를 통하여 그 사회의 본질적인 통념을 선전한다는 것이다. 광고는 그 시대의 풍속도이고 사회를 반영한다. 곧 광고는 그 시대를 살아가는 사람들의 의식주와 생각을 그 안에 담고 있다. 때문에 광고를 살펴보는 일은 당대 가치관과 세계관을 고찰하는 중요한 작업이 된다. 광고의 두번째 사회적 의미는 그것이 사람들의 생활양식을 변화시키고 문화형성에 크게 기여한다는 점이다. 광고는 1차적 역할을 위하여 강한 이미지를 주안점으로 하게 되는데, 그렇게 강하게 심어진 이미지는 광고를 접하는 이들에게 직접적으로 작용하고 사회의 가치 규범, 태도와 행동양식을 규정하는 데 중요한 몫을 차지하게까지 된다.

광고는 실로 다양한 기법으로 다양한 주제로 나타나는데 그것을 몇 가지 대표적인 유형의 상업광고를 중심으로 사회와의 관련을 문제삼기로 하겠다.

(1) 주제의 문제

광고의 목적은 그림이나 글, 여러 수단을 사용하여 소비자의 구매욕을 자극하고 결과적으로는 물품구입을 하게 만드는 일이다. 오늘날 광고에서는 소비자의 의식을 어떻게 자극하고 있는가를 몇 가지 광고를 중심으로 살펴보기로 하겠다.

가. 신분상승욕구 충동

인간의 욕망 가운데 신분 상승에의 욕망도 매우 큰 것임에 틀림없다. 그렇기 때문에 고전소설 속 춘향이는 죽어서라도 이루고자 했을 것이다. 야망을 위해 전력을 다하는 인물은 춘향이 이래 많은 인물들에게서 나타난다. 그런 인간의 욕망을 자극하는 광고는 매우 많다.

카드 회사의 광고에서는 이런 주제가 종종 찾아진다. 카드를 쓰면서 "당신의 능력을 보여주세요"라고 말하는가 하면 카드로 레저와 쇼핑을 자유로 하는 인물을 부각시키면서 소비를 강력하게 촉구하기도 한다. 부자가 되어야한다고 강조하기도 하고 마음껏 떠나 쉴 수 있도록 '열심히' 일하라고 말한다.

'부자'에 대한 강조, 이런 광고의 추세는 자본주의적 사회의 반영이다. 이윤추구를 목적으로 하며 자본이 지배하는 경제체제인 자본주의는 베버의 말처럼 이미 우리들의 근대생활에서 피할 수 없는 운명적인 힘이며 현실이다. 우리 나라에서 자본주의의 발달은 일제 식민지시대에 일어났고, 때문에 한국에서의 자본에 대한 어쩔 수 없는 거부감은 매판 자본에 대한 거부감이 원인이었다. 광복이 된 후에도 여전히 그런 문제들이 남아 있었기에 한국민들은 자본, 돈에 대하여 어딘지 떳떳하지 못한 느낌을 가졌고 돈을 긍정하는 솔직한 감정 표현에 서툴렀던 것이 사실이다.

그런 점에서 생각한다면 오늘날 부에 대한 강조는 넓어진 중산층과 노력으로 부의 획득 가능성에 대한 신뢰 등, 확실히 변화된 사회상을 보여준다.

광고에서 계층 대립을 유발하는 경우도 종종 찾아진다. 고가의 상품일 경우 품질이나 성능의 차별성을 강조하기보다 오늘날 '명품족'이라 불리는 부류의 차별화 욕구를 충족시키려는 듯 주위의 부러운 시선 부각에 초점을 맞춘다. 여유 있어 보이는 여인들이 앉아서 새로 들인 가구, 가전제품, 장식품, 심지어 아파트를 자랑하려고 안간힘을 쓴다. 심지어 사물이 가족보다 더 강조되기도 한다. "애들 공부 잘하는 것보다 남편 성실한 것보다 마루가 더 부럽다."

나. 성적 이미지 자극
광고표현의 자유화 추세는 1994년 이후 가속화되어 에바스 화장품의 밀크

샴바드 나체광고를 시작으로 1995년 1월 하순 신문에는 안티구아의 어린이와 흑, 백인 남녀 뒷모습 나체광고가 등장했다. 아울러 1994년 여성잡지에는 칼빈 클라인의 섹시한 광고도 나타났다. 그런가 하면 청소년과 주부를 대상으로 한 은유적인 성표현 광고가 등장해서 광고효과와 함께 비속성이 화제가 되기도 하였다.42)

오늘날 광고의 성적 대담성은 매우 다양하게 나타난다. 아예 광고의 컨셉트를 '섹시함'에 맞추고 있는 광고도 있다. 어떻게 하면 성적인 은유에 성공하는가가 광고의 관건이 되고 있는 시대인 듯하다.

무선인터넷을 광고하면서 속옷과 동일시를 유발하기도 하고 다분히 성적연결이 이루어지도록 "밖에서 하니까 흥분되지"라고 말한다. 아름다운 여성모델이 등장하여 여러 인물들의 엉덩이를 툭툭 치고 지나간다. 남성들을 거쳐 남장을 한 여성의 엉덩이를 치는 장면은 동성애를 연상시키려는 의도인듯하다. 슬립형 핸드폰 광고에서는 우주복을 입은 남녀 모델이 나란히 원모양으로 회전하다가 여성 모델이 위로 올라가 둘은 마주본다. 화장품 광고에서는 남녀 할 것 없이 노출을 시도한다. 어떤 여성 모델은 아예 나뭇잎으로만 살짝 가린 채, 남성 모델은 상의를 벗고 마찬가지로 상의를 벗은 다른 모델과 경쟁하듯 지나간다.

여성만이 노출되던 시대에서 남성도 노출(심지어 소주 선전에서는 단체나체가 등장하기도 하였다)하는 시대에로의 변화는 여성만이 보여지는 존재가 아니라는 것, 여성이 보여진다면 남성 역시 보여질 수 있다는 사고의 변화를 보여주는 것이라 할 수 있다. 그리고 인간의 '몸'에 대한 현상학적 새로운 해석이 이루어지는 시대임을 보여주는 것이다.

---

42) '부드럽다. 음. 황홀한 맛', '늘어나면 쭉쭉, 줄어들면 쪼글쪼글', '단 한번에 끝내줘요', '많이많이 해줘요 매일매일 하세요', '강한 걸로 넣어주세요' 등이 논란이 되었던, 광고표현에서의 성적 은유의 예이다.

다. C.I.P-기업 이미지의 통일을 위한 계획.

오늘날 한 기업의 이미지는 기업이 생산하는 제품은 물론, 공장과 건축물, 사원의 복장, 서식, 광고, 수송수단, 명함 등의 집적으로 이루어지게 된다. 따라서 기업이 지닌 모든 것에서 통일된 이미지가 부각되도록 모양과 색, 음성을 이용해서 기업 이미지와 연결되도록 계획을 세우게 되는데 그 연계선상에서 광고의 역할이 중요하다. 오늘날 환경과 예절 등을 강조하며 우회적인 방법으로 기업을 광고하는 것들은 바로 그러한 기업의 전략에 의한 것들이다.

1976년 3월에 창간된 「뿌리깊은 나무」는 한글만을 고집한 잡지로 '궁금한 것은 많은데 알려주는 사람은 드물다', '여자 어째서 사람대접을 받아야 하나?'라는 문제 제기식 광고로 광고의 새변화를 일으켰다. 한동안 광고계에 뿌리깊은 나무식의 광고를 유행시키기도 한 이 광고는 대중의 의식 전환을 문제 삼은 것이다. 이 무렵 정부 주도하에 소비 억제 등의 공익을 추구하는 광고가 시작된다. 소비자 단체의 활동이 활발해지고 광고의 사회적 책임과 윤리적 한계가 본격적인 문제로 떠오르기 시작한 것도 이 무렵이다. '뿌리없는 나무없고 절약없는 저축없다', '남용하는 풍요보다 절약하는 미덕찾자', '엄마, 아빠 물자절약, 집안튼튼 나라튼튼', '사치낭비 몰아내고 저축으로 생활유신'과 같은 공익적 문구가 광고의 한 부분을 차지하는 것이 필수적인 사항이 되었던 것이다. 광고에 심의가 강화되면서 81년도에는 공익광고협의회가 생기고 이후 정부주도 하의 공익광고가 실시된다.[43]

특히 환경을 화두로 하는 카피의 예는 90년대 이후에 본격적으로 대두된다. 90년대 초 페놀유출사건은 환경문제를 가장 큰 사회적 관심사로 부각시키는 계기가 되었고 거의 모든 언론매체가 환경문제를 크게 다루게 되었는데 마케팅과 광고에서도 유행처럼 환경에 대한 관심을 표명하였다.

---

43) '장애인, 그들을 볼 수 없는 우리가 장애인인지도 모릅니다', '친절은 표현할 때 더욱 값진 것이 됩니다', '투표! 올바른 선택이 좋은 세상을 만듭니다' 등이 공익광고의 예이다.

'TV 광고

후손에게 빌려쓰고 있는 지금의 환경. 깨끗하게 가꾸어 되돌려 줍시다. -환경처
자연은 일회용이 아닙니다. -공익광고협의회
자연이 있고 우리가 있습니다. -한국암웨이
우연일지는 몰라도, 우리가 사는 행성은 푸른 별입니다. 푸른 색은 도전이며, 창조이며, 희
망이며, 그리고 생명입니다. -한솔(Hansol)
우리 강산 푸르게 푸르게. -유한킴벌리
흔히 볼 수 있는 참새도 천연기념물이 될 수 있습니다. -제일기획
물은 반드시 돌아옵니다. -공익광고협의회

(2) 형식의 문제

오늘날 광고의 다양한 형식을 전부 고찰하기는 어려울 것이다. 다만 두드러지는 몇 가지 주요한 형식을 중심으로 살펴보겠다.

가. 노래를 이용한 광고-시엠송

우리 나라 광고에서 노래가 등장하는 것은 '진로소주'가 최초라고 전해진
다. 라디오광고는 1959년 부산 MBC 라디오가 창립되고 나서부터인데 이
무렵에 노래로 광고효과를 극대화하려는 노력이 나타난다.

> 야야야 야야야 야야야
> 야야야 야야야 차차차
> 진로 진로 진로 진로
> 야야야 야야야 차차차
> 향기가 코끝에 풍기면 혀끝이 짜르르 하네
> 술술 진로 소주 한 잔이 파라다이스
> 가난한 사람들의 보너스
> 진로 한잔이면 걱정도 없다.
> 진로 한잔 하고 '크' 하면 진로 파라다이스

이는 당시 유행하던 '차차차' 음악을 사용하여 '차차차'를 후렴으로 사용하
였다. 가사내용, 광고길이, 제품 등에 규제가 없던 시절에 만든 50초 정도 분
량의 이 광고는 극장광고로 만들어져 대단한 호평을 받았다고 한다.

이후로 가락이 있는 정보가 대중에게 비교적 손쉽게 전달되고 익혀진다는
점을 이용하여 시엠송(Commercial Song)은 급속도로 발달하게 되고 하나
의 대중음악의 영역을 만들기에 이른다. 상업적인 목적을 가진 노래이니만큼
시엠송의 곡조는 보다 대중적인 편안한 흐름을 지향하게 되고 가사는 대중들
에게 어필하기 위하여 보다 감성적이고, 감각화되는 경향을 보인다.

오늘날까지도 시엠송의 인기는 높은 편이다. 일류 작곡가들과 가수들이 시
엠송에 관여하여 질적으로 양적으로 발전을 가능하게 하였는가 하면, 때로는
유명한 곡들을 패러디하는 기법44)을 사용하여 보다 더 일상적인 따라부르기
를 가능하게 하는 등 다양한 방법의 대중화 노력을 보이고 있다.

---

44) '엘지 발코니전용창'과 '하이마트'의 시리즈 광고노래가 노래가사 바꿔부르기 패러디기법을 사용한 예이다.

나. 바쁜 시대, 빠른 인식-캐치 프레이즈의 인기

카피라는 말은 원래 모사, 복사 등을 뜻하는 말이지만 광고용어로서 카피는 광고원고를 가리킨다. 그것은 광고 본문을 가리키는 경우도 있고 일러스트레이션·레이아웃·로고타입(상표) 등을 포괄한 일체의 광고원고 등으로 해석되기도 하며 캐치 프레이즈와 서브타이틀 등을 포함하는 경우도 있다. 여기에서 우리가 주목하려는 것은 캐치 프레이즈와 서브타이틀만을 포함하는 마지막의 경우이다.

사회가 급변하여 속도가 중요한 시대로 변화한다. 움직이면서 받아들이는 것이 가능한 소리나 말이 정착을 전제하는 그림과 글보다 더욱 강력한 시대가 되었고 공간보다 시간이 더욱 중요하게 된 것이다. 그러다 보니 간단한 문장, 특히 구어체 문장이 텔레비전, 라디오에 등장하고 그것이 유행어가 되어 인구에 회자되기까지 한다. 이를테면 '순간의 선택이 십년을 좌우한다'(LG), '우리 것은 소중한 것이야'(솔표) 등의 경우를 들 수 있다. 이런 환경이고 보니 가능하면 짧고 인상적으로 물건을 인식시키려는 광고가 유행하게 된다. '7센티미터 발을 들고 세상을 내려다보면 다리가, 엉덩이가, 가슴이, 세상이 아름다워진다 슈발리에', '세종대왕의 문맹없는 나라, 세진컴퓨터의 컴맹없는 나라', '꿈을 꾸는 맥주 카프리' 등은 그러한 예이다.

한편 네거티브 어프로치 카피도 볼 수 있다. '눈물 젖은 빵을 먹기 전에는 인생의 진리를 말할 수 없다(인생을 이야기하지 말라)'는 괴테의 말을 다분히 떠올리게 하는 표현법으로 소비자에게 '~ 하지 마십시오' 하고 외치는 것이다. '이 책을 읽기 전에는 해외여행을 떠나지 마십시오', '이 타자기를 보기 전에는 메모리 타자기를 선택하지 마십시오'. 강한 자신감으로 소비자를 끌어들이는 방식이라 할 수 있다.

오늘날의 소비자는 필요 충족보다는 감성 만족을 위하여 구매하는 특성이 있다고 한다. 필요해서 제품을 구매하는 것이 아니고 좋으니까, 원하니까 구매하는 세대가 등장하였다는 것이다. 그것은 신세대이고 그들을 주요 소비자로 삼고 있는 광고의 경우, 그들의 관심사인 '나'를 강조한다. '저의 하루는 늘 새로운 선택이에요', '세상은 지금 나를 필요로 한다', '내가 지배하는 세상'과 같은 식으로 자기의 주체성과 차별성을 강조하는 것이다.

'늘 애인같은 아내', '애브리데이 뉴 페이스'라는 카피는 여성에 초점을 맞추는 광고이다. 상품이 여성 제품이기 때문이기도 하지만 화장품을 사용하는 여성의 욕망을 직접적으로 반영하는 것이다. 여성을 주요 대상으로 하는 상품은 화장품에 국한되지 않는다. '남잔 여자 하기 나름이에요'라는 광고는 전자제품의 광고이다. 가전제품의 구매에 있어 여성이 보다 직접적이라는 점에서 여성을 광고의 타겟으로 삼아 시리즈물로 만들었고 그것은 유행어가 될 정도로 크게 인기를 끌었다. 여성의 가정 내 발언권이 커지고 여성의 사회적 위상도 높아졌음을 보여주는 것이다. 여성의 사회적 일과 아름다움을 강조하는 광고들이 등장하는 것도 바로 그러한 맥락에서 이해가 가능하다. '그녀는 프로다 프로는 아름답다', '미인은 잠꾸러기'와 같은 광고가 그러한 예이다.

카피 중에는 직접적인 상품 이름 노출의 광고를 지양하고 우회적인 방법으로 강한 인상과 함께 상품에의 관심을 유도하는 것도 있다. '기본이 강하다', '세계일류, 기본은 함께 나누는 것입니다', '세상 모든 것이 안(內)이 문제다. 안을 보라!', '자신에 대한 믿음이 더 큰 세상으로 나아가게 합니다'와 같이 기본을 강조하며 자신감을 표현하는 광고가 있는가 하면 '같은 모습으로 살지 않는다', '넓게 보세요. 세상이 달라집니다' '창조하는 현재'와 같은 변화에의 권유 속에 간접적인 방식으로 상품을 선전하는 것이 그 예가 된다. 광고로 인상을 심어주고 상품을 사게끔 유도하는 것이다.

'인생은 도전과 응전의 반복입니다', '가슴이 따뜻한 사람과 만나고 싶다', '전화는 작지만, 큰 사랑을 전합니다', 'Just Do It'과 같은 광고는 간접적 방식의 광고로 일종의 캠페인의 효과를 거두게 된다.

그런가 하면 대통령 선거 등의 정치적 광고의 예도 카피와 관련이 깊다. 특히나 1987년 이래 대통령 선거전은 광고, 홍보전의 양상을 띠게 되었다. 1992년 대통령 선거에서 '신한국'이라는 컨셉트의 사용은 이후 광고에 '신'자를 크게 유행시켰다. '신 귀족주의', '신 표현주의', '신 대우가족' 등이 그 예이다. '새롭다'라는 것은 과거와의 단절성, 차별성을 강조하는 것으로 소비자들에게 흥미를 유발시키게 되는 것이다.

다. 패러디 양식의 다양화

다음으로 생각해 볼 것은 패러디 형식의 문제이다. 이것은 사실 카피나 노래 등의 다른 광고기법과 같이 사용되기도 하는 것이다. 문학작품에서 '기성작품의 내용이나 문체를 교묘히 모방하여 과장이나 풍자로서 재창조하는 것, 곧 앞선 시대나 작품에서 작가가 보지 못한 어떤 것, 말하지 못한 어떤 것을 풍자나 교훈을 위하여 드러내는 방식'을 뜻하는 패러디는 때로는 원작에 편승하여 자신의 의도를 효과적으로 표현하기 위해 사용되기도 한다. 오늘날 숭고한 것, 절대 불변의 진리에의 도전이 사회적 담론인 시대인 만큼 이 방법은 다양한 장르에서 볼 수 있다. 앞서 논의한 연극, 영화, 드라마에서도 나타난다. 그리고 광고 제작에 있어서도 흔히 쓰이는 기법이 되어 유명한 미술작품을 변형한 일러스트레이션, 유행가를 모방한 커머셜 송, 유명한 영화장면을 재현한 커머셜, 혹은 타 광고를 풍자한 커머셜 등으로 나타난다.

라. 자유화, 포스트모더니즘적 광고

오늘날의 광고를 보면 매우 다양한 방법을 두루 사용하고 있다. 광고표현의 다양한 기법은 자유화 물결과 극대화된 소비 시대에서 상품간의 치열한 경쟁 등이 배경이 된다. 특히 컴퓨터를 비롯한 여러 가지 기술상의 진보는 광고의 다양화를 더욱 촉진시키게 된다. 오늘날의 텔레비전 광고는 말할 것도 없고 인터넷의 배너 광고를 보아도 컴퓨터 그래픽이 주는 광고적 효과를 생각할 수 있다. 이것은 인간의 상상력 한계에 도전할 만큼 표현의 영역을 확대했다.

게다가 복잡한 현대적 사고의 반영은 광고의 무형식화를 꾀하기도 하였다. 딱히 광고의 원칙에 충실하기보다 이미지 중심의 모호한 광고를 통하여 광고의 목적과 내용이 해독 불가능할 정도에 이르게까지 한다.

광고와 사회의 관계를 생각해보자면 기술과 의식의 발달과 연관시켜 보아야 할 것이다. 광고가 매체예술인 만큼 매체를 수반하는 기타 여러 장르에서의 기술의 발전이 전제된 상태에서 의식의 다각적 변화가 이루어져야만 광고의 다양화가 가능할 것이다.

광고는 소비자의 본능이나 욕구를 자극해야 한다는 점에서 사회적인 욕망을 읽는 잣대가 될 수 있고 또한 사회의 구성원을 선도하기도 한다는 점에서 사회와의 주고받는 관계를 다시 한번 생각해 볼 수 있다.

Ⅰ. 유폐된 자아의 현실인식
- 황동규 초기 시를 중심으로 -

1

　문학작품이 존재하는 한 그 작품이 생성된 시대와 그 시대의 정신적 소묘는 작품 가운데 고스란히 반영된다. '반영'된 시대와 정신은 해석 과정에 의해 그 원형을 투사할 수 없을 정도로 변형되어 현대에 존속하게 됨은 물론이다. 곧 작품의 원초적 배경이 되는 시대와 정신은 투명하게 작품 가운데 내재하게 되는 것은 아니며, 단지 작품형성의 동인으로 작동하는 것이다. '반영'의 주체가 과거를 풍미했던 두 문학적 규범의 외연에 따라 재단되기도 했지만, 문학작품의 존재론적 의의가 일차적으로는 텍스트라는 사실, 그리고 언어로 직조되고 언어와 독자간의 교감에 따라 내포되는 의미가 달라진다는 해석학적 측면에서 볼 때, '반영'의 주체는 역사와 탈역사를 반복하면서 우리의 사유 가운데 흘러오는 것임이 틀림없다.

　그렇기 때문에 모든 문학은 역사적 해석을 통해 존재한다는 의미에서 '리얼리즘'적인 것이며, 아울러 규범적 해석의 일탈과 반정립을 통해 탈역사적인 계보를 가진다는 의미에서 '모더니즘' 문학이다. 이처럼 모더니즘과 리얼리즘의 교합점은 모더니즘 문학의 계보를 설정하는 데 새로운 입점을 가져다

줄 수 있을 것이다.

기존의 언어 관습과 시적 대상에서의 일탈은 대부분의 모더니즘 문학이 갖는 기본적 욕망의 실체이다. 그러나 이 같은 전통에 대한 반규범적 태도는 모더니즘을 움직이게 하는 근본적인 동력인 해체적 욕망과 동시에 새로운 질서를 만들려는 정신이 작동한 결과이다. 따라서 모더니즘은 부정과 창조의 정신을 배태하고 있으며, 때문에 외연화의 과정은 당대의 현실과 밀접하게 맞닿아 있다. 이러한 의미에서 70년대라는 본격적 의미의 '근대 사회' 속에 노출된 일군의 모더니스트들이 '근대 사회'의 이중적인 모습에 민감하게 반응을 하고, '근대'에 대한 반성과 모색, 그리고 성찰에 대해 집요하게 탐구했던 것은 우연이 아니다.

다시 말해 모더니즘 문학이 사회와 유리된 작가들이 쏟아내는 영감의 소산이 아니라 작가들이 살아 숨쉬고 있는 동시대의 독특한 사회적 분위기와 구조와 맞물려 만들어지는 것이기 때문에, 급격한 산업화에 따른 사회 체제와 생활 양식의 변화, 그리고 그로 인해 발생한 제반 문제는 70년대 시인들의 정신적 배음(背音)을 형성하며, 독자적인 시 세계를 구축하는 데 중요한 동인(動因)이 된다.

이 같은 70년대 모더니스트들의 문제 의식은 산업화 시대의 역기능을 저항할 수 있는 독자적인 언어의 층위와 이것이 가능한 공간을 생산해내는 것으로 집중된다. 이들은 시적 표현 방법의 확대와 시적 대상의 인식변화에 예민한 감수성을 집중하여 이전과는 구별되는 독특한 언어 미학을 구축하였던 것이다. 이들이 추구한 언어의 미학은 "어떤 우화의 방식 또는 새로운 상징의 체계라고 부를 수 있는, 구상적인 듯하면서도 사실은 추상적이고 일반적인 시어"45)로 대변된다. 이러한 언어 층위에서 '일상'은 자연스럽게 수용되고 70년대 모더니즘 시의 새로운 풍경으로 나타나게 된다.

---

45) 김우창, 「괴로운 良心의 시대의 詩」, 세계문학, 1979 여름호, 참조.

황동규, 정현종, 오규원, 이승훈 등의 모더니스트들이 당대 현실에 대한 비판의 수위가 추상적이고 간접적인 우회로를 통해 진행되었다는 지적은 70년대 다른 시인들과 비교해서 이들이 당대 현실을 바라보는 태도의 변별성을 확인해주는 것이기도 하다.[1] 김지하, 신경림, 이성부, 조태일 등 동시대의 시인들은 '정치'가 작용하는 공간을 사회적 맥락 속에서 파악하여, 농촌, 도시 빈민, 분단 현실 등 직접적으로 사회적 모순이 드러나는 곳을 저항의 대상으로 삼았다면, 70년대 모더니스트들은 '개인'의 맥락 속에서 사회적 모순이 나타나는 곳을 대상으로 했다.

그 중심적인 공간이 '언어 미학적 층위'와 '일상의 세계'였던 것이다. 이들은 언어와 형식에 대한 실험을 지속적으로 추구하고, '일상'을 시의 공간으로 포섭함으로써 새로운 시의 미학을 확립했다. 관념의 세계를 감각적 언어를 통하여 구체화하는 작업이나, 언어 자체에 대한 지적 추구, 산업 사회에서 파생되는 인간 존재와 가치의 왜곡화에 대한 지적 비판을 추구함으로 모더니즘의 비판적 정신을 적극적으로 구축했던 것이다. 따라서 모더니즘 시 가운데에서 제기된 '일상성'과 '언어 미학 추구'의 문제는 다분히 70년대적 현실에 대한 부정을 내포하고 있으며, 70년대 모더니즘 시가 결코 신변잡기적 사변의 층위나 난해성으로 수렴되지 않음을 반증하는 것이라 하겠다.

2

황동규의 첫 시집 『어떤 개인 날』에는 그의 데뷔작인 「十月」과 「즐거운 편지」, 「소곡」, 「기도」 등의 연애시 부류와 「겨울날 단장」, 「삐에타」, 「새벽빛」 등 방황의 정서를 드러낸 시편들이 주류를 이룬다. 자아의 내면 세계와 타자('당신')에 대한 그리움의 정서가 복합적으로 존재하고 있기 때문에, 초

---

1) 황정산, 「70년대의 민중시」, 『1970년대 문학연구』(소명, 1999) 참조

기시에 나타나는 이미지는 주로 개인의 추상적이고 모호한 정서를 강하게 환기하는 시어로 가득하다. 이 시기에는 대상에 대한 시인의 인식이 구체적인 계기를 얻지 못하고 단지 우울함이나 좌절, 방황의 몸짓을 수동적으로 보여주고 있다. 더욱이 적요하고 쓸쓸한 마음의 풍경은 어떤 모호하고 몽환적인 정서를 유발시킨다.2)

그 풍경 속의 인물들은 어떠한 구체적인 대상이나 의식을 지시하고 있다기보다 고뇌하고 방황하는 슬픔의 정황을 드러내는 '기호'로 사용되고 있다. 김우창의 적절한 지적을 빌리면, "풍경은 슬픔의 기호이다. 그리하여 풍경에서 중요한 것은 구체적인 시공간이 아님은 물론, 객관적이고 구체적인 특징도 아니며, 주로 내면화된 느낌의 일반성에 대응하는 일반화된 암시적 효과이다."3)

> 내 그처럼 아껴 가까이 가기를 두려워했던 어린 나무들이 얼어 쓰러졌을 때 나는 그들을 뽑으러 나갔노라. 그날 하늘에선 갑자기 눈이 그쳐 머리 위론 이상히 희고 환한 구름들이 달려가고, 갑자기 오는 망설임, 허나 뒤를 돌아보고 싶지 않은 목, 오 들을 이 없는 고백, 나는 갔었다. 그 후에도 몇 번인가 그 어린 나무들의 자리로
> —「이것은 괴로움인가 기쁨인가」 부분 —

> 누가 와서
> 나를 부른다면
> 내 보여주리라
> 저 얼은 들판 위에 내리는 달빛을
> 얼은 들판을 걸어가는 한 그림자를
>
> —「달밤」 부분 —

> 나에게는 지금 엎어진 컵
> 빈 물 주전자
> 이런 것들이 남아 있습니다
> 그리고는 닫혀진 창

---

2) 이광호, 「기행의 문법과 시적 진화-황동규론」, 『작가세계』 1992년 여름호, p. 52.
3) 김우창, 「내적 의식과 의식이 지칭하는 것」, 『熱河日記』 해설(지식산업사, 1986), p. 225.

며칠 내 끊임없이 흐린 날씨

— 「祈禱」 부분 —

이제 누가 나의 자리에 온다고 하면, 보리라, 각각으로 떨어지는 해를, 어둑한 나무들을, 그 앞에 그대를 향해 두 팔 벌린 사내를, 그의 눈이 잠잠히 드는 地平을, 그리고 그의 웃음을, 그대를 보리라

— 「겨울날의 斷章」 부분 —

이 '풍경'은 사물을 보는 시인의 인식 구조를 만들고 있다는 점이다. 내면으로의 응고는 사물을 보는 법의 주관화를 뜻하며, 주관화된 풍경 속에서는 사물과 기호의 일반적인 동일성이 와해되고 새로운 질서가 문제된다. 즉, '배치'가 중요한 인식틀로 작용하게 되는 것이다. 사물이 만들어내는 풍경은 단순하면서도 철저히 주관적이다. 시어의 나열을 통해 정황이 제시되고 있기 때문이다. 그러나 각각의 시어들이 가지는 이미지는 생경하다. '겁', '빈 물 주전자', '닫혀진 창', '흐린 날씨'가 비유하는 것은 생략되어 있으며, 그것에서 의미를 유추해내기란 쉽지 않다. 그러나 위의 시에서 황동규는 사물-기호의 익숙한 배치를 거부하고 있다. 이러한 사물-기호의 낯선 배치는 일종의 '낯설게 하기'로 정서적 충격을 유발한다. 황동규는 사물과 세계를 사물-기호의 특수한 배치를 통해 인식하며, 이러한 '낯선' 배치에서 유발되는 의식의 확장을 모색하고 있다.

3

황동규는 내면에 자리 잡은 '부끄러움'을 솔직히 고백하는 과정에서 나타나는 나르시즘적 삶의 태도를 통해 '당신'으로 소통할 수 있는 길을 연다. 60년대의 시에서 보이는 '나르시시즘적 태도'는 70년대에 들어 '타자성'을 경험함으로 인식의 확대를 가져온다. 요컨대 70년대의 황동규 초기시의 바탕을

이루는 '비극적 세계인식'과 그로 인한 '자기 정서에의 폐쇄적 몰입'의 상태에서 벗어나 현실의 폭력성에 눈 떠가는 시기인 것이다.

그래서 그는 "내 언제 **주저앉은 나를 되찾아** / 허리 새로 껴안고 / **인간의 문을 모두 열고** / 땅에 박고 떨며 흐르는 저 물의 맛을 볼 것인가"(「물」부분, 강조는 필자)라고 노래함으로써, 60년대에 구축했던 견고한 내면의 문을 반성하고, 타자와의 교감이 가능한 현실의 영역으로 확장하려고 한다. 황동규는 실존적 자아에서 공동체적이고 역사적인 자아로 나아가려는 의지를 고통스럽지만, 아름답게 묘사하고 있는 것이다. 그는 시집 『나는 바퀴를 보면 굴리고 싶다』의 서문에서 "지난 몇 년 간 부끄러움에서 나는 자신이 인간임을 확인했고 정열에 살아가는 일의 살만함을 깨닫곤 했다"고 고백하고 있다. 이 '부끄러움'이란 "주저앉은 나를 되찾아" "인간의 문을 모두 열"고자 하는 자신의 열망의 근원이다. 또한 황동규는,

> 내 사랑한다, 아 사랑하지 않은들
> 눈물 없이는 사랑할 수 없는
> 몇 마리의 순한 닭, 몇 순간의 새벽을
> 정거장마다 날지 못하는 내 이웃들,
> 시들 때
> 소리내지 않는 꽃들,
> 그 삶의 가파른 물매를.
>
> —「열하일기 2」 부분 —

라고, "정거장마다 날지 못하는 내 이웃들 (중략) 그 삶의 가파른 물매를" 사랑한다고 고백한다. 그가 애정 어린 눈빛으로 바라보는 사람들은 "삼각산보다 작은 평화를 위해 / 평화의 한 골목을 위해 / 소리내지 않고"(「입술들」) 우는 사람들이며, "뒤돌아보면 아무도 없"을 정도로 각박한 삶의 현실에 쫓기고 있고, "입이 틀어막혀서"(「입술들」) 소리조차 낼 수 없는 "부서진 군중"(「봄 제사(祭祀)」)이다. 그러나 황동규의 진정성은 70년대의 정치적 폭

력이 강제하는 사회적 모순과 공포스러운 현실을 소리 없이 견디는 사람들에 대해 야유와 조소를 보내기보다는 그들의 처지에 서서 그들의 숨은 내면을 솔직하게 보여주는 데 있다.

> 아아 병든 말(言)이다.
> 발바닥이 식었다.
> 단순한 남자가 되려고 결심한다.
> 마른 바람이
> 하루종일 이리저리
> 눈을 몰고 다닐 때
> 저녁에는 눈마다 흙이 묻고
> 해 형상(形象)의 해가 구르듯 빨리 질 때
> 꿈판도 깨고
> 찬 땅에 엎드려
> 눈도 코도 입도 아조아조 비벼버리고
> 내가 보아도 내가 무서워지는
> 몰려다니며 거듭 밟히는
> 흙빛 눈이 될까 안 될까.
> ―「계엄령 속의 눈」 전문 ―

이 시에서는 계엄령이라는 외부의 구체적인 정황이 명시적으로 드러나고 있다. 이 시에서 문제가 되는 것은 그와 같은 억압적 상황 속에서 화자의 대응이다. '계엄령'이라는 시어는 단순한 소재의 차원을 넘어 직접적으로 정치적 현실을 드러내고 있다. 이 시에서 황동규는 70년대의 절박하고 극심한 외압으로부터 발생하는 자의식을 보여주고 있고 아울러 그러한 상황으로부터의 의식의 돌파구를 모색하고자 하는 의지 또한 보여주고 있다.

4

70년대 모더니즘 시에서 나타나는 '죽음'은 현실 인식의 한 계보로 등장한다. 황동규를 비롯한 정현종, 오규원, 이승훈 등의 모더니스트들은 '죽음'을 통해 당대 현실을 내면화하고 저항하는 방법적 영역을 확보한다. 이를테면 정현종은 70년대의 전체주의적 사회에 저항하기 위한 한 방법으로 실존적인 죽음 의식을 택하고 있으며, 오규원, 이승훈도 자본주의 사회의 익명화되고 물질화된 죽음을 더욱 극단화시켜 괄호 속에 넣음으로 '판단 정지'의 효과를 창출하는 현상학적 죽음 의식을 보이고 있다.

황동규는 본질적으로 이들의 인식론적 틀에서 크게 벗어나고 있지는 않다. 그가 "가방에는 자살도구 / 아내의 편지 / 혹은 딸이 우는 사진 / 그리고 오늘 죽는 꽃 / 싸고 있던 담요를 벗어버리고 / 뜨거운 이마로 꽃잎을 차례차례 떨어뜨린다"(「아이오와 일기 1」)고 진술할 때, 죽음은 실존적 차원의 죽음으로 표현되어 60년대 죽음에 대한 태도를 답습하고 있는 것처럼 보이지만, 가족이라는 자아가 확대된 공간 속에서 자신의 죽음을 생각한다는 인식론적 전도가 보이고 있다. 더욱이 타자와의 유대를 강조함으로 죽음의 익명성을 넘어선다.

황동규의 죽음의식은 우선 폭력과 공포의 체험 속에서 나타난다.

> 나는 요새 무서워져요 모든 것의 안만 보여요 풀잎 뜬 강에는 살 없는 고기들이 놀고 있고 강물 위에 피었다가 스러지는 구름에선 문득 암호만 비쳐요 읽어봐야 소용없어요 혀 잘린 꽃들이 모두 고개 들고, 불행한 살들이 겁 없이 서 있는 것을 보고 있어요 달아난들 추울 뿐이에요 곳곳에 쳐 있는 세(細) 그물을 보세요 황홀하게 무서워요 미치는 것도 미치지 않고 잔구름처럼 떠 있는 것도 두렵잖아요
>
> ─「초가(楚家) 전문 ─

'살 없는 물고기', '혀 짤린 꽃', '불행한 살'들이 보여주는 것은 현실에 가해진 폭력적인 힘이다. 또한 현실의 곳곳에 드리운 '세(細) 그물'은 현실로부터 벗어날 수 있는 길을 차단하고 있다. 이러한 불가해한 현실의 폭력에 대응할 주체의 내적 힘이 부재할 때 세계와의 긴장은 깨지고 자아는 '무서움'에 사로

잡히게 된다. 그러나 시인은 "황홀하게 무서워요"에서 보이듯 '무섭다 / 황홀하다'의 술어 사이의 간극을 무너뜨림으로써, 공포의 현실로부터 내면의 황홀 세계로 귀환한다. '공포'의 세계에 고착되지 않으려는 이러한 태도는 현실의 공포를 승인하는 쪽으로 기울어 감으로써 현실의 힘에 훼손되지 않으려는 자기 보존의 의지를 드러내고 있다.4) 동시에 황동규는 자신의 내면에 존재하는 죽음과 타자의 생에 존재하는 죽음의 '동시성'을 인식함으로 자아를 넘어선 공동체적 죽음의식으로 나아간다.

> 두 송이 꽃이 함께 죽어가고 있다
> 혼자 죽음을 생각할 때보다
> 사뭇 가벼운 이 죽음의 입술들
> 두 송이 꽃은 벌써 지워지고
> 바람 속에 남아 있는 우리의 얼굴
> —「입술들」 부분 (강조는 필자) —

'함께' 죽어가고 있음을 느끼는 것은 타자의 체험에서 비롯된다. 타자의 죽음을 경험할 때 우리는 우리 자신의 죽음의 문제에 있어 보다 근본적인 문제에 부딪히게 된다. "죽음에 직면하고 있는 현존재로서, 죽음은 나와 어떠한 관계를 맺고 있는가, 그리고 그 관계 속에서 제기되는 죽음의 의미가 무엇이기에 나는 죽음과 본래적인 행동관계를 맺게 되는가?"5)라는 문제의식이 그것이다. 이러한 물음이 가지는 의의는 죽음의 삶에 대한 불가능성의 영역을 생생한 삶의 영역으로 끌어들이고, 경험적 차원에서의 제기되는 죽음을 나에게 내면화된 고유한 죽음으로 변화시키게 된다. 현존재란 탄생과 죽음의 '사이'에서 실존하는 존재이기 때문이다.

'사이'에 실존하는 존재는 매 순간 자신의 모든 의지와 행동을 죽음이라는

---

4) 이기성, 「공포에의 눈뜸과 가면의 시」, 『1970년대 문학연구』(소명, 1999) 참조.
5) F-W. von Herrmann, 이기상·강태성역, 『하이데거의 예술철학』(문예출판사, 1997), p. 320.

자신에게 순전히 미래적이고 필연적인, 그리고 자기 내적인 사실과의 연관 속에서 규정짓게 된다. 죽음이 단지 인간에게 존재해 있다는 보편적이고 객관적인 사실 속에서의 죽음은 그러므로 그 의미를 상당히 잃어버리게 된다. 죽음이 순전히 내면화되고 고유한 죽음으로 승화될 때, 그때야 비로소 죽음은 나의 것이 되며, 과일처럼 내 속에서 자라나는 과정에서 풍요로운 열매와 같은 삶의 마지막을 이룰 것이다. 현존재가 자신의 삶의 유한성을 깨달을 때 그는 보다 삶에 대하여, 자신에 대하여 긍정적이고 적극적인 존재로 세우는 것이다. 죽음이란 단지 삶의 종말로서의 의미가 아닌, 존재를 기획하고, 스스로 (자신의) 존재에 대해서 책임져야 한다는 사실을 강조한다. 이런 의미에서 인간은 죽음의 가능성에 직면해서 스스로 자신의 자유를 주장할 수 있는 것이다.

황동규는 60년대 시에서 자기를 투사할 세계(타자)를 상실한 자의 내면에서 비롯되는 '존재론적인 죽음의 징후'를 드러내고 있지만, 70년대의 시에서는 세계의 폭력성 앞에 노출된 자아의 내적 인식으로서의 '죽음'이 역사적 자아의 죽음으로 혹은 공동체적 죽음의식으로 확대시키고 있다. 또한 다음 시에서 황동규는,

> 한마디로 멸종, 아니면 함께 살 밖에 없는
> 함께 있을밖에 함께 있을밖에 없는
> 兄弟
> 너와 내가 서로 등을 노릴 때
> 호흡의 마디마디가 손에 만져지는
> 그 가까움에 거듭 떨며
> 네 등을 미리 애무하는 나의 一刀
> 아니 내 등 가득히 받는 풍성한 亂刀
> 그러나 함께 사랑할밖에 없는
> 兄弟
> ―「눈」 부분 ―

라고 노래함으로써, 공동체 의식에 더욱 가까이 다가선다. 공동체의 테두리 내에 존재하는 '너'와 '나'의 삶과 죽음의 동질성을 암시하고 있다. 이는 공동 체적 삶 가운데에서 철저한 자기 각성 없이는 좀처럼 인식하기 쉽지 않는 것 이다. 황동규의 죽음 의식은 당대의 암울한 정치적 현실로 인해 공포의 이미 지가 끊임없이 변용되고 있지만, 타자성의 체험으로써의 죽음은 여전히 중심 축으로 작용하고 있다. 그것은 역사적 자아로서의 주체가 현실의 폭력적 본 질을 자각하게 되었다는 것을 말한다.

5

황동규는 60년대 말에서부터 서서히 변모하기 시작한다. 그 변모의 단초 는 『평균율』에서 보이는 데, 종래의 온실 속의 연가풍에서 보여주던 차분한 분위기라든가 애상적인 성조는 반감된다. 이는 「열하일기」 연작이나 「전봉 준」, 「허균」 연작 등에서처럼 역사성이나 현실적 진술 등을 보이는 시어들을 통하여 반증된다. 70년대에 들어서면서 황동규는 사회적 정치적 현실에 대한 직접적인 충돌보다는 암시와 간접화의 원리를 활용하거나 상황을 풍자하는 한계에 정지하는 특성을 드러내고 있다. 이는 어느 의미에서 상황을 꼬집으 면서도 지혜롭게 살벌한 현실을 비켜 가는 자세를 통하여 이미지와 자세를 동시에 성취하려는 의도일 것이다. 요컨대, 70년대 황동규의 시는 문명과 현 실성에 대한 회화화의 농도를 가속화시키고 있다. 현실이나 문명성의 치부를 직접적으로 질타하기보다는 암시와 우화적 모형으로 반영함으로서 대상에 대한 아이러니 또는 풍자의 경이감을 축조한다. 이러한 축조 양식은 시적 구 조의 전체성에서 성취되어지는 것이 아니라 개별 언어의 충돌과 대비를 통하 여 구현되고 있다. 그러한 결과로서 항시 수사 자체가 탄력성을 지니게 되며 잔잔한 역동성을 함축하게 되었던 것이다.

Ⅱ. 산업사회의 삶과 작가의식

1. 70년대를 바라보는 소설의 한 시각

　1970년대는 정부 주도의 산업화를 통한 경제발전이 국가의 핵심과제로 제기된 시대였다. 이 시기 한국사회는 경제를 발전시켜야 한다는 과제를 중심으로 거의 모든 사회 요소들이 집중되기를 요구받았다. '잘 살아 보세'라는 구호로 표방된 경제성장 우선주의 정책은 한편으로는 정치적 탄압의 방패막이로 다른 한편으로는 사회체제는 일사불란한 병영체제로 만들어갔다. 이러한 시대상황 속에서 당시 정권은 여기에 반대하는 일체의 논의는 국가적으로 이롭지 못한 행위로 단정하고, 산업화로 인해 드러나는 문제들을 애서 모른 척하거나 문제제기 자체를 탄압했다. 그러나 덮어둔다고 해서 문제가 사라지는 것은 아니었다. 최소한의 생존조건도 보장받지 못한 채 살인적인 노동으로 하루하루 삶을 이어가기에도 힘든 노동자계층은 말로는 '수출역군'으로 대우받았지만 실제로는 노동조합을 꾸리는 것마저도 탄압당하는 열악한 조건에 내몰렸다. 이러한 시대상황을 배경으로 조세희는 소외를 강요당하며 살아가는 변두리 사람들과 노동자의 삶을 문제 삼은 소설을 발표한다. 이른바 '난쏘공'으로 약칭되는 작품을 내놓은 것이다.

『난장이가 쏘아올린 작은 공』이라는 연작소설집에 실린 12편의 작품을 관통하는 서사의 중심은 '소외된 사람들'과 그들을 '소외시킨 사람들'의 삶이 어떤 형국으로 진행되고 있는지에 대한 대비이다. 작가는 이 연작들 속에서 소외된 사람들에 대한 애정과 그들을 소외시킨 사람들에 대한 분노를 나타내고 있다. 그런데 이 작품들은 이렇게 간단히 요약될 수 없는 부분을 상당 부분 보유하고 있다. 작가가 사회현상을 진단하는 기준은 간략히 '도덕주의'라고 말할 수 있다. 그런데 조세희의 소설이 가진 힘은 그것에만 있는 것이 아니라, 작가의 도덕주의적 가치관을 표현하는 방법상의 새로움이다. 그리고 그것이 이 소설을 지금까지도 꾸준히 읽히게 하는 힘의 하나인 것이다. 기법은 그것을 담고 있는 내용과 하나이다. 쇼러(Mark Schorer)는 기법이란 '작가의 주제인 그의 경험이 작가로 하여금 그것에 도달하도록 강요하는 수단이며, 그의 주제를 발견하고 탐험하며 발전시키는 수단이며, 그것의 의미를 전달하고 평가하는 유일한 수단'이라고 말하고 있다. 쉽게 말해서 기법은 작가가 가진 문제의식을 가장 효과적으로 표현하는 방법이라는 말이다. 따라서 같은 사회문제를 다루고 있다고 하더라도 작가가 생각하는 문제의식이 무엇이냐에 따라 그것을 표현하는 기법도 달라질 수밖에 없는 것이다. 그렇기 때문에 작품을 이해할 때 기법과 내용은 별개의 것으로 다룰 수 없는 것이다. 그렇다면 조세희의 경우에 기법과 작가의 문제의식은 어떤 관계를 갖는 것인가? 결론부터 말하면, 조세희가 가진 도덕주의적 관점이 기법적 측면에서도 고스란히 드러난다고 할 수 있다. 그런데 이 글에서는 우선, 작가가 형상화하고 있는 사회현실의 내용에 초점을 맞추어 말해보려 한다. 왜냐하면 그 과정에서 조세희가 보여주는 기법적인 특징들이 동시에 보여질 수 있기 때문이다.

앞에서 조세희가 보여주는 시선을 두고 도덕주의라고 했는데, 여기서 말하는 도덕주의는 세계를 '선/ 악'의 이분법적 대립구도로 파악하려는 가치관을 말하는 것이다. 세상은 '선' 아니면 '악'으로 명쾌하게 구분되지 않는 경우가 많다. 그런데 사회의 대립구도가 첨예화할 때 우리는 무엇이 선이고 무엇이 악인지 대립적으로 파악하려 한다. 왜냐하면 사회의 대립구도가 첨예화한다는 얘기는 어느 쪽이든 선택해야 하는 상황에 놓이기 쉽고, 더욱이 생존의 문제가 걸렸을 경우에는 더욱 그러하기 때문이다. 그리고 선택의 상황에 놓이면 어느 것이 선한 것이고 어느 것이 악한 것인지 판단해야 하기 때문이다. 그리고 이러한 선택의 판단에는 항상 선/악의 가치판단이 작용하기 마련이다.

70년대 한국사회를 도덕주의적 관점으로 파악한 조세희의 작품 세계가 어떤 특징을 보이는지 살펴보는 것은 당대의 사회현실에서 알아보는 하나의 방법이면서 동시에 사회상황에 작가의 의식에 어떤 영향을 주어서 작품에 반영되는지를 알아보는 계기가 될 것이다. 그리고 이것은 후기 산업사회로 접어든 현재 우리 사회의 은폐된 모순이 무엇인지 생각해보는 계기도 될 수 있을 것이다.

2. 산업사회의 양면적 현실

난쟁이 연작은 김불이와 그의 가족의 삶이 중심축을 이루고 있다. 여기에 은강그룹 경영자 가족인 경훈이네, 그리고 아버지가 변호사인 윤호네, 그리고 변두리 주택가에 사는 주부인 신애네의 삶이 맞물려 진행된다. 우선 난쟁이네 가족의 삶을 살펴보자. 수도수리를 하면서 생계를 이어가는 난쟁이는 어느 날 신애의 집 수도를 고쳐주고 신애와 알게 된다. 그런데 신애네 수도를 고쳐준 난쟁이는 펌프집 사내에게 흠씬 두들겨 맞는다. 힘센 펌프집 사내에게 맞으면서도 대항하지 못하는 난쟁이의 행동에 신애가 오히려 화가 치밀

어 손에 잡히는 대로 식칼을 잡아 쥐고 펌프집 사내로부터 난쟁이를 구해낸
다. 주택가에 사는 신애는 방죽가에 사는 난쟁이와 서로 같은 사람이라고 느
낀다. 난쟁이가 사는 방죽가 무허가 판자촌은 정식으로 허가를 얻어 지어진
주택가와는 단절된 공간이다. 무허가 판자촌에서의 삶은 헐어서 내다버린 물
건을 다시 쓰는 공간이다. 그리고 판자촌에서의 난쟁이가족의 삶은 물질적으
로는 궁핍하지만 서로를 배려하는 따뜻함이 있는 공간이다. 하지만, 물질적
궁핍은 난쟁이 자식들에게 공부할 기회를 주지 못하고 인쇄소와 빵집에 나아
가 일을 하게 만든다. 그러한 자신들의 삶을 큰아들 영수는 지옥이라고 생각
한다.

> 사람들은 아버지를 난쟁이라고 불렀다. 사람들은 옳게 보았다. 아버지는 난쟁이였다. 불행
> 하게도 사람들은 아버지를 보는 것 하나만 옳았다. 그밖의 것들은 하나도 옳지 않았다. 나는
> 아버지, 어머니, 영호, 영희, 그리고 나를 포함한 다섯 식구의 모든 것을 걸고 그들이 옳지 않
> 다는 것을 언제나 말할 수 있다. 나의 <모든 것>이라는 표현에는 <다섯 식구의 목숨>이 포
> 함되어 있다. 천국에 사는 사람들은 지옥을 생각할 필요가 없다. 그러나 우리 다섯 식구는 지
> 옥에 살면서 천국을 생각했다. 단 하루라도 천국을 생각해 보지 않은 날이 없다. 하루하루의
> 생활이 지겨웠기 때문이다. 우리의 생활은 전쟁과 같았다. 우리는 그 전쟁에서 날마다 지기만
> 했다.[1]

큰아들 영수가 말하고 있듯이 그들의 생활은 지옥과 같다. 영수 남매들이
가지고 있는 것들은 모두 주워온 것들이고, 그들이 살고 있는 집도 구청에
의해서 철거될 처지에 놓여 있기 때문이다. 철거당하는 집들에는 아파트 입
주권이 주어지지만 입주금을 마련할 수 없는 사람들에게는 한갓 그림의 떡일
뿐이다. 입주금을 마련할 수 없는 난쟁이 가족은 부동산 업자에게 입주권을
팔 수 밖에 없다. 집이 철거되던 날 밤 난쟁이는 벽돌공장 굴뚝에 올라가 하
늘로 뛰어내린다. 한편, 입주권을 찾으려고 부동산 업자를 찾아간 영희는 부
동산업자의 요구를 들어주고 입주권을 되찾아 온다. 이미 가족이 떠나간 동

---

1) 조세희, 『난장이가 쏘아올린 작은 공』(문학과 지성사, 1978), p. 83 이하 작품 인용은 페이지만 표기.

네에 찾아온 영희는 난쟁이 아버지가 벽돌 공장 굴뚝 위에서 하늘을 향해 까만 쇠공을 쏘아올리고 손을 흔드는 꿈을 꾼다. 그리고 꿈속에서 영희는 영수 오빠에게 "아버지를 난쟁이라고 부르는 악당은 죽여 버려."라고 말하고 영수는 "그래. 죽여 버릴께."라고 대답한다. 난쟁이 가족에게 세상은 우리편 아니면 적뿐인 생존의 전쟁터였던 것이다. 살아남기 위한 생존의 전쟁터에서 '도덕'은 한갓 사치일 뿐이다. 영희는 부동산업자의 요구를 받아들이고 자신이 얻고자한 입주권을 되찾아온다. 그 과정에서 영희에게는 순결은 문제되지 않는다. 오직 자신의 것을 '부당하게' 빼앗은 자로부터 자신의 것을 되찾아 오는 것만이 있을 따름이다. 여기서 작가는 빼앗긴 사람들의 분노에 초점을 맞춰 서술하고 있다. 이것은 난쟁이를 구하려고 식칼을 휘두르는 신애의 경우에서도 찾아볼 수 있고, 소설의 뒷부분에서 영수가 은강 그룹 경영자 가족을 살인하는 것에서도 볼 수 있다. 물론 영수의 살인이 가지는 의미는 다시 논의되어야 하지만, 이러한 대항폭력에 대해서 작가는 일단 그것이 도덕적으로 정당화될 수 있다는 의식을 깔고 있음을 발견할 수 있다. 이러한 작가의 판단은 작가가 당대 현실을 어떻게 인식하고 있나를 알 수 있는 단서가 된다. 작가는 난쟁이 가족으로 대표되는 소외된 사람들을 억압하는 폭력을 최대의 악으로 규정하고 있는 것이다. 그리고 그 악에 대항하는 폭력은 불가피한 상황에서 발생하는 정당방위로 보고 있는 것이다. 이렇게 작가는 당대 현실을 거대한 악과 그것에 대항하는 선의 이분법으로 생각하고 있는 것이다. 그리고 이것은 자본가인 은강 그룹 경영자 가족의 삶과 윤호네 가족의 삶의 속악성을 통해서 더욱 뚜렷이 대비되고 있다. 은강 그룹 경영자의 가족인 경애네와 아버지가 변호사인 윤호네 가족의 모습은 철저히 물질적 이해관계에 의해 구성된 것으로 표현되고 있다. 그들은 가족 사이의 정이 말라버린 삭막함으로 드러난다. 이른바 '가진 자'들로 말해지는 이들 계층의 삶이 부도덕함으로 점철되었다고 작가는 생각한다. 그래서 그들은 자신들의 이익을 위해서 형제

사이에도 경쟁하고 서로가 적으로 생각한다. 이러한 가족 속에서 살아가는 윤호와 윤호로부터 자기 가족의 잘못을 지적받은 경애가 고백하는 다음의 말 속에서 작가가 '가진 자'들을 어떻게 생각하고 있는지를 알 수 있다.

> 경애가 쓴 할아버지의 묘비명을 윤호는 읽었다.
> <화를 쉽게 냈던 무서운 욕심장이가 여기 잠들어 있다. 돈과 권력에 대한 욕심 때문에 그는 죽었다. 평생을 통해 친구 한 사람 갖지 못했던 어른이다. 자신은 우리의 경제 발전을 위해 큰 업적을 남겼다고 자랑하고는 했으나 국민 생활의 내실화에 기여한 것은 하나도 없다. 그가 죽었을 때 아무도 울지 않았다.>
> 경애는 다음날 까만 옷을 입고 할아버지의 장례식을 지켜보았다. 경애는 아직 어렸다. 윤호도 마찬가지였다. 그러나 윤호는 대학에 들어가는 대로 경애와 결혼하겠다고 생각했다. 셋째 해를 보내면서 윤호는 저희들이 가져야 할 어떤 과제를 떠올리고는 했다. 그 과제란 사랑·존경·윤리·자유·정의·이상과 같은 것들이었다.(p.190)

경애의 묘비명을 통해서 작가는 당시 경제를 이끌어가던 사업가들이 어떤 가치기준에서 경영을 했으며, 그것이 왜 문제인지를 보여주고 있는 것이다. 이러한 경제운영의 문제는 여기서 그치는 것이 아니라 공업도시의 공해문제에 대처하는 것에서도 잘 보여지고 있다. 난장이가 죽고 집도 잃어버린 영수네 가족은 공업도시 은강으로 들어와 대규모 공장체제의 노동자로 살아가게 된다. 영수네가 이주한 공업도시 은강에서의 삶은 생존을 위협당하는 환경과 살인적인 노동조건을 견뎌야만 하는 상황이었다. 작가는 여기에서 공장노동의 구체적 현장을 묘사하고 있다.

> 한 달이 채 못되어 권총 모양의 손드릴을 받았다.(중략) 나는 승용차 시이트 뒤에 달려 있는 트렁크에 구멍을 뚫었다. 드릴로 구멍을 뚫은 다음 십자나사못을 틀어넣는 것이 나의 일이었다. (중략) 일을 하면서 처음으로 기계에 의한 속박을 받았다. (중략) 콘베어를 이용한 연속 작업이 나를 몰아붙였다. 기계가 작업 속도를 결정했다. 나는 트렁크 안에 상체를 밀어넣고 두 가지 작업을 동시에 해야 했다. 트렁크의 철판에 드릴을 대면, 나의 작은 공구는 꽝꽝 소리를 내며 튀었다. 구멍을 하나 뚫을 때마다 나의 상체가 파르르 떨었다. 나는 나사못과 고무 바킹을 한입 가득 물고 일했다. 구멍을 뚫기가 무섭게 입에 문 부품을 꺼내 박았다.(pp. 215-216)

위의 인용문에서처럼, 영수가 공장에서 체험한 노동은 대규모 생산라인에서의 '속박된' 노동이다. 그것은 속도의 속박이었으며 속도의 경제는 생산과정에서 노동자의 노동을 계량화한다. 그 속에서 노동자는 자신의 노동으로부터 소외될 수밖에 없는데 노동자가 소외된 자기를 차지하는 것은 이윤의 추구이다. 이러한 자본주의의 속성을 작가는 노동현장의 사실적인 묘사를 통해서 보여주고 있는 것이며, 이점은 당시로서는 새로운 것이었다. 산업화 이후에 등장한 대규모 공장노동의 현장과 그곳의 노동현장이 비로소 작품 속으로 들어온 것이다. 가혹한 노동조건에서 열심히 일을 하지만 노동의 대가로 받는 임금은 겨우 목숨을 유지시킬 만큼의 생존비에 그칠 뿐이다. '좋지 못한 음식을 먹고, 좋지 못한 옷을 입고, 건강하지 못한 몸으로 오염된 환경, 더러운 동네, 더러운 집'(p.167)에 살며 공장에 나가서는 청력장애를 일으키는 소음 속에서 졸음을 쫓기 위해 핀으로 팔을 찔러가며 기계의 부속처럼 일한다. 대규모 공장의 노동을 통해서 작가는 한 사람의 노동자가 자신이 생산의 주인이 아닌, 단지 하나의 부속에 불과할 수밖에 없는 산업사회의 생산구조를 단적으로 보여주고 있는 것이다. 기계에 의한 노동의 방식과 강도가 결정되는 생산구조 속에서 영수는 자신이 생각했던 보람 있는 노동이 단지 생각 속에서만 가능한 허상이라는 것을 알게 되고, 강도 높은 노동의 결과로 주어지는 임금도 생명을 연장시킬 만큼의 생존비의 수준을 벗어나지 못함을 확인하게 된다. 모든 식구가 일을 하지 않으면 생존자체가 불가능한 현실 속에서 살아남는 일이 절대명제인 노동자들에게 경제개발로 인한 생활수준의 향상은 단지 듣기 좋은 구호에 그칠 뿐이다. 열악한 노동조건에서 강도 높은 노동을 감수하면서 생존할 수밖에 없는 70년대 노동현실은 경제성장의 이면에 가려진 그늘이었던 것이다.

더욱이 작가는 공장노동의 현장에 그치지 않고 공업단지의 환경도 작품 속에서 문제삼고 있다. 단기간의 비약적 경제성장을 가능케 했던 주역이면서도, 성장의 열매는 일부 계층에게만 주어지고, 대다수의 노동자들은 정당한 대가는 고사하고, 생존을 위협하는 임금과 생활환경을 강요당한다. 소설집 속에서 제시되고 있는 공업도시 '은강'의 현실은 인간다운 삶을 위협하는 환경이 상존하는 죽음의 도시로 묘사되고 있다. 생명을 위협하는 환경을 감수하면서 살아가야 하는 '은강'의 노동자들은 자신들이 처한 악조건을 개선해 보겠다고 나서지만 곧 벽에 부딪치고 만다. 인간으로서의 삶을 누리기 위한 최소한의 권리주장도 봉쇄 당한 채, 강도 높은 노동과 최저임금으로 목숨을 연명하는 것이 '은강' 노동자들의 현실인 것이다. 이러한 노동자들의 현실은 영수가 말하는 것처럼 '정말 불행하게도 무엇을 선택할 기회를 한 번도 가져 본 적이 없는' 삶을 강요당하며 살아온 사람들의 삶인 것이다.

3. 현실모순을 바라보는 작가의 눈

작가는 노동자들의 삶을 생활과 생산의 현장의 열악성을 통해 보여주고 있다. 그리고 당시 사회의 또 다른 측면인 '가진 자'들의 삶도 묘사하고 있다. 은강 그룹의 경영자 가족인 경훈을 통해 제시되고 있는 이들의 생각은 한마디로 자신의 이익을 위해서는 가족 간에도 경쟁하면서 이윤추구투쟁을 행하는 적자생존의 장이다. 그리고 그 속에서 도덕은 자리할 곳이 없다. 어려서부터 형제 사이에 서로 경쟁하며 이기는 자만이 가질 수 있다는 교육을 받으며 자란 경훈에게는 다른 사람을 향한 사랑이 있을 없다. 작가는 그러한 경훈의 마음상태를 「내 그물로 오는 가시고기」에서 그려내고 있다. 형제간의 경쟁, 나아가서는 사회전체가 불평등한 경쟁의 체제 속에서 진행되고 있다고 생각한 경훈은 자신이 약해져서는 안 된다고 생각하며 스스로에게 강해질 것을 요구한다. 그 과정에서 '사랑'은 미덕이 아니다.

내가 약하다는 것을 알면 아버지는 제일 먼저 나를 제쳐 놓을 것이다. 사랑으로 얻을 것은 하나도 없다. 나는 밝고 큰 목소리로 떠들 말들을 떠올리며 방문을 열고 나섰다.(p. 323)

이 장면은 경훈이 자신에 대해서 고민하다가 결국엔 자신의 이익을 지키기 위해서는 사랑을 버리고 철저한 자기통제로 살아가야한다는 것을 보여준다. 경훈도 역시 사랑의 힘에 대해서 공감하고 있다. 그러나 그것이 물질적 이익을 보장해주지 않는다고 생각한다. 그것은 그가 가족 속에서 체험한 것이었다. 따라서 경훈이 이렇게 결심하는 것은 그에게는 당연한 것이다. 이것을 통해서 작가는 이른바 '가진' 계층의 삶이 얼마나 정신적으로 황폐한 것인가를 보여주고자 한 것이다. 이들 계층의 삶이 부정적이라는 것은 소설 전반에 걸쳐 지속적으로 나타나고 있다. 그리고 그들의 부정성은 난쟁이가족으로 대표되는 '못 가진' 계층의 삶과 대비되면서 더욱 부각된다. 이렇게 작가는 '가진' 계층과 '못 가진' 계층을 이분법적으로 대립화시키고 있는데 여기에 선/악의 이분법을 적용시키고 있는 것이다.

조세희는 당시 현실을 선과 악의 대립체계로 보았는데, 그 문제를 해결하는 방법이다. 작가의 도덕주의에 의해 파악된 현실의 모순구조를 극복하는 방법은 다시 사랑을 회복하는 것이다. 작가는 사랑의 회복을 작품의 서두에서부터 일관되게 보여주고 있다. 예를 들어, 신애가 난쟁이에게 보여준 동류의식이라든가 윤호가 지섭을 통해 사회현실을 배우면서 사랑과 정의로 세상을 바꿔야 한다는 생각을 하게 된 것, 그리고 경애가 자신의 가족에 대한 회의를 하는 것, 사랑을 거부하는 경훈의 생각을 통해서 역설적으로 사랑의 힘이 부각되는 것 등등이 그것이다. 작가가 사랑이 구현된 대안으로 제시하고 있는 것이 난쟁이가 꿈꾸는 '달나라'나 영희가 말한 '릴리푸트 읍'이다. 그곳에서는 서로간의 대립이나 갈등이 아닌 배려와 사랑으로 충만할 뿐이다.

그러나 여기서 작가의 도덕주의가 어느 곳을 향하고 있는지 그 지향점을 알 수 있다. 작가가 난쟁이나 영희가 꿈꾸는 사랑의 공간은 현실에서 이루어질 수 없다. 현실은 전혀 그렇지 못할뿐더러 앞으로도 그러할 가능성은 거의 없다. 따라서 그러한 세계를 꿈꾼다는 것은 추상의 세계로 들어가서 구체적 현실을 눈감을 것밖에는 되지 못한다. 한마디로 추상적 낭만의 세계라는 것이다. 그런데 난쟁이나 영희와 같이 약하고 힘없는 사람들이 그것을 바람으로써 그것에 대한 동경과 갈망이 더욱 커져서 독자들도 거기에 동감하게 되는 구조를 만들고 있다. 이렇게 구체적 현실에서 추상적 관념의 세계로 넘어가는 것이 이 작품집이 가지는 강점이다. 독자들은 노동자들의 열악한 현실에 연민을 느끼면서 그렇게 만든 '가진' 계층의 몰인간적 사고와 행태를 비판하고 분노한다. 선/악 이분법적으로 세계구도를 만든 후에 작가는 핍박받는 선한 사람들이 더 이상 고난을 당하지 않기 위해서는 어떻게 해야 하나를 사랑으로 찾고 있는 것이다. 그런데 조세희의 문제는 여기에서 발생한다. 당시 시대상황과 노동현실은 과연 '사랑'으로 그것들이 해결될 것들이 아니었기 때문이다. 그렇다면 작가가 선택한 문제해결방법은 무엇인가? 앞서도 잠깐 이야기했지만, 그것은 바로 '살인'이다.

이 작품집에서 살인은 두 번 나온다. 하나는「뫼비우스의 띠」에서 앉은뱅이와 꼽추가 부동산업자인 '사나이'를 불에 태워 죽이는 것이고, 다른 하나는 영수가 경훈의 숙부인 은강 그룹 총수의 동생을 죽인 것이다. 두 가지 살인의 공통점은 자신들의 권리를 되찾는 과정에서 발생했다는 점이다. 앉은뱅이와 꼽추의 경우는 자신들이 속아선 판 입주권을 다시 되찾기 위해, 영수의 경우에는 공장의 근로조건과 노동문제를 해결해서 노동자들의 권리를 되찾기 위해 살인을 한 것이다. 그렇다면 작가는 왜 살인이라는 극단적인 방법을 사용한 것일까?

결론부터 말하면, 조세희는 자기의 인식체계로 구축한 도덕주의 위에서 세상을 바라보고 사회의 문제를 진단하고 그것을 해결하려 했기 때문이다. 작가의 도덕주의는 사회의 모순을 부각시키고 대비적으로 묘사하는 데에는 효과적으로 사용되었다. 그 과정에서 작가는 소시민들의 속악한 삶의 풍경, 가진 계층의 부도덕한 행태들, 그리고 소외되고 못 가진 계층의 열악한 생존조건 등을 효과적으로 대비시켰다. 그리고 이를 통해서 70년대의 사회문제를 집중적이고 단층적으로 보여주었다. 난쟁이 연작이 가진 중요한 미덕의 하나가 여기에서 나오는 것이다. 그런데 이러한 미덕으로 기능한 도덕주의가 소설 속에 제시된 문제상황을 해결하는 데까지는 미치지 못하고 있는 것이다. 예를 들어, 영수가 공장에서 노동조합을 만들어 문제를 해결하려 하다가 어느 날 경영자를 죽여서 문제를 해결하기로 생각한 것은 결코 문제를 해결하는 방법이 아님에도 작가는 그것을 선택할 수밖에 없었던 것이다. 왜냐하면 노동조합을 만들어내고 그 과정에서 경영자측과 협상을 벌이고 투쟁을 하고 하는 등등의 과정을 그려내기에는 70년대는 시기적으로 성숙한 시대가 아니었기 때문이다. 시기적 미성숙의 문제보다 더욱 중요한 것은 폭압적 정치구조에 있다. 일체의 노동자들의 요구를 용공으로 몰아붙이고 국가의 안보와 안녕질서를 위협하는 행위로 단죄한 당시 시대상황에서 노동조합운동은 아직 싹도 틔우기 어려운 정치현실이었기 때문이다. 이러한 시대적 특성과 함께 작가의 도덕주의가 복합적으로 작용해서 결국 살인이라는 해결방법으로 나가게 된 것이다.

작가 조세희는 70년대라는 문제의 시대를 도덕주의라는 기반 위에서 바라보았고, 그것을 통해 제시된 산업사회의 제 문제들이 극명하게 드러남으로써 사람들은 난쟁이 연작에 꾸준한 관심을 보여준 것이다. 작가가 보여준 산업사회의 제반 문제들, 즉 도시 변두리의 삶의 조건, 대규모 공업도시의 생태환경과 공장의 노동조건과 노동강도, 도시 주택가 사람들의 속악한 삶의 양태, 가진 계층의 부도덕성 등은 당대 사회의 그늘이었던 것이다. 그리고 작가는 그러한 문제들을 '증언'하는 '증언자'의 입장에 서서 소설을 쓴 것이다.

조세희는 1985년에 내놓은 『침묵의 뿌리』라는 세 번째 작품집에서 다음과 같이 지난날을 말하고 있다.

> 지난 70년대에 나는 어떤 이의 말대로 '가만히 있을 수가 없어' 책 한 권을 써냈다. 「난장이가 쏘아올린 작은 공」이 그 책이다. 그때 나는 긴급하다는 한 가지 생각밖에 할 수가 없었다.[2]

작가가 말하고 있듯이, 70년대는 긴급한 시기였다. 정권과 자본측에서는 경제성장이 긴급하다고 생각한 시기였고, 못 가진 사람들은 살아가는 것 자체가 긴급한 시기였고, 보통 월급쟁이들에게는 빨리 저축해서 내 집을 갖고 안정되게 살아가는 것이 긴급한 시기였다. 이렇게 긴급했던 시기에 작가 조세희는 그러한 현실을 그려내는 것이 긴급했다. 소설이 할 수 있는 일이 여기에 있다. 당대 사회현실의 전형적 장면을 소설을 잡아낼 수 있다. 그런데 조세희의 한계 또한 여기에서 발생한다. 작가는 당대 현실을 선/악의 이분법적 대립구도로 보여줌으로써 사회 모순의 현장을 효과적으로 소설화하는 데는 성공했지만, 그러한 문제의 원인을 사랑의 부재로 파악하고 그것을 도덕으로 해결하려 함으로써 결국엔 살인이라는 방법으로 나아갈 수밖에 없었던 것이다. 이렇게 사랑과 도덕을 통해서 문제를 해결할 수 있다는 인식은 조세희가 결국엔 체제 내적인 사고체계를 벗어날 수 없었음을 보여준다. 여기서 체제 내적인 사고체계란 사회모순의 근본적인 원인을 치유할 수 있는 방법을 고민하는 것이 아니라, 현실의 드러난 현상들을 해결하려는 태도를 의미한다. 그런데 이러한 방법은 현상의 판단과 현상적 문제 해결에는 당장 쓸모가 있을지 모르지만, 본질적 문제해결이 아니기 때문에 문제해결에는 근본적 한계를 가질 수밖에 없다. 조세희의 문제는 바로 여기에 있는 것이다. 산업사회의 제문제, 특히 독재정권과 유착한 경제개발 초기단계의 한국사회의 모순은 사

---

2) 조세희, 『침묵의 뿌리』(열화당, 1985), p. 11.

랑이나 도덕으로 해결할 수 있는 문제가 아니었던 것이다. 그것을 위한 해결은 정치·경제적 역학관계의 사회과학적 이해에 기초한 정치적 방법을 통해서만이 접근될 수 있는 것이었다. 그런데 작가는 자신이 말 한대로 긴급한 요구에 의해서 작품을 내놓았던 것이다.

그렇다고 해서 난쟁이 연작이 가진 의미가 축소되는 것은 결코 아니다. 난쟁이 연작은 당시 한국사회의 모순들을 효과적으로 보여주는데 성공했다. 그리고 이는 당시로서는 획기적인 사건이었다. 작품 속에서 보여진 노동자들의 현실과 그들이 자신들의 삶을 개척하려고 노력하는 등의 모습은 당시 노동자들에게 큰 영향을 주었다. 이러한 점들이 난쟁이 연작이 가지는 미덕이다.

하지만, 이렇게 비중 있는 작품을 내놓은 조세희는 이후의 소설에서 현실로부터 추상적 과거의 시간으로 돌아가 버린다. 『시간여행』(1983)에서 작가는 중산층이 된 신애를 통해서 현실의 문제를 벗어나 과거의 역사로 돌아가고 있는 것이다. 왜 이렇게 되었을까? 이 물음에 대한 답은 조세희가 출발한 지점이 사랑과 도덕에 기반한 것임을 생각할 때 자명한 것이다. 조세희는 중산층적 기반 위에서 어렵게 살아가는 못 가진 계층의 삶에 대해 슬픔과 분노를 느꼈던 것이고 그것을 사랑의 힘으로 극복하고자 했던 것이다. 그러나 현실을 사랑의 힘으로 바꿀 수 있는 것이 아니었다. 그것을 깨달은 지점에서 작가는 현실의 모순이 어디로부터 나온 것인가를 찾아가는데 그것으로 제시된 것이 과거이다. 문제는 조세희가 찾아간 과거의 시간이 극히 개인적이라는 데에 있다. 그것도 중산층의 시각에서 본 것이다.

이러한 점들을 생각할 때, 우리는 작가 조세희는 양심적 중산층이 당대 사회현실을 증언하려는 차원에서 난쟁이 연작을 발표했고, 그가 가진 세계인식 방법은 도덕주의라는 것을 알 수 있다. 그리고 그 결과로 나온 『난장이가 쏘아올린 작은 공』은 한국의 1970년대가 낳은 대표작의 반열에 올랐으며, 그 작품을 통해서 우리는 70년대 한국사회와 그 시대를 살아간 사람들의 삶과 오늘을 살아가는 우리들의 삶을 생각할 수 있는 계기를 마련해주고 있는 것이다.

Ⅲ. 문학읽기와 영화로 바꾸기
- 프라하의 봄 vs 참을 수 없는 존재의 가벼움 -

1

영화와 소설의 관계는 어떤 것일까. 아마도 언어와 영상의 차이가 가장 본질적이리라. 따라서 언어로 된 문학작품을 영상으로 처리하기 위하여서는 문학에서 중요하다고 생각되는 것들을 상당부분 포기해야 하리라. 아마도 이것은 음악과 시의 관계와도 유사할지 모르겠다. 예컨대 정지용의 향수를 노래로 바꿀 때는 노래이면서도 시적 맛이 사라지지 않는다. 그러나 김영랑의 시를 노래로 바꾸기는 쉽지 않다. 그 이유는 이미 김영랑의 시 속에 노래가 잠재해 있기 때문이리라. 김영랑은 소문난 고수라지 않는가. 김영랑의 시는 이미 그 자체로 음악적이다. 음악적인 시를 음악으로 바꿀 때 실패하게 되는 경우는 장르의 특성이 각각 존재하기 때문이다. 다시 말해 회화적인 정지용의 시는 음악적이 아니기 때문에 오히려 음악으로 승화될 수 있다. 거기에는 음악으로 보완할 여지가 충분히 존재하기 때문이다. 그러나 김영랑의 시는 그자체로 음악적이어서 음악성이 이미 충족되어 있다. 음악적 보완이 불필요할 때 음악적 기량을 거기에 발휘할 여지는 상당히 줄어든다. 이는 유홍준이 한 말이지만 상당히 설득력이 있다고 판단된다.

그래서 그런지 밀란 쿤데라의 노벨문학상 수상 작품인『참을 수 없는 존재의 가벼움』을 영화화한『프라하의 봄』은 원작과 상당부분 다르다. 그런데 이 다름은 단지 장르적 차이에서 비롯된 것만은 아니다. 이 차이의 결정적 요인은 감독의 성향에 크게 좌우된 면이 없지 않다. 이 작품의 감독 필립 카우프만은 인간과 성의 관계, 사회적 금기의 경계에 있는 사람들—예컨대 사드와 같은 인물들—의 형상화에 주력했던 작가이다. 그는 이 작품 역시 남녀 간의 성적 일탈에 초점을 맞추고 있다. 뿐만 아니라 감독이 성적 금기의 타파를 통해 권력에 대한 도전을 꿈꾸는 성향을 가졌으므로 이 작품 역시 원작과 달리 1968년 소련의 체코 침공을 강하게 부각시키고 있다. 이 과정에서 원작의 상당부분, 심지어 주제까지 변모되는 현상을 보이고 있다. 그러나 그렇다고 해서 이 작품이 원작에 못 미친다는 말은 아니다. 원작을 상당부분 수정했음에도 불구하고 이 작품은 필립 카우프만 감독과 대니얼 데이루이스, 쥴리엣 비놋, 레나 올린 등의 뛰어난 연기로 새로운 작품으로 탄생했다. 흔히들 원작을 영화화할 때 영화가 원작에 못 미친다는 말을 많이 하는데 이 작품은 그런 점에서 성공한 작품이라 할 만하다.

2

　이 작품을 제대로 이해하기 위하여서는 체코의 역사를 약간은 일별해 보아야 하리라 본다. 이 작품의 배경은 1968년 체코슬로바키아에서 발생한 민주화운동이다. 주지하다시피 체코는 2차대전이 끝난 후 소련의 지배 하에 들어간다. 이때 체코의 노보트니 정권은 소련의 지배를 통해 자신의 권력을 강화하고 있었다. 그러나 1956년부터 발생한 스탈린 격하운동으로 당시 자연스럽게 받아들이고 있었던 정치체제에 대한 비판이 쏟아지기 시작하자 노보트니 정권은 이를 무력으로 탄압하기 시작한다. 그러나 무력이 있는 곳에 항상 저항이 있게 마련이다. 1960년부터 민주와 자유를 주장하는 체코슬로바키아의 지식층들이 점점 늘어나게 되었고 마침내 조직적인 운동을 펼쳐나가기 시작했던 것이다. 이러한 엄청난 자유화물결에 의해 1968년 노보트니 당제1서기가 실각하고 개혁파들, 이를 테면 두브체크, 체르니크, 스보보다 등이 각각 당제1서기, 수상, 대통령직을 맡게 되었다. 이들은 과거와 달리 경직된 공산주의체제보다는 인간의 얼굴을 가진 사회주의 노선을 강령으로 채택하여 많은 환호를 받았다. 이에 따라 각종 법률이 개폐되기에 이른다.

재판의 독립, 의회제도의 강화, 사전 검열제의 폐지, 선거법의 민주적 개정, 언론 출판의 자유, 자주독립의 천명 등의 조치가 속속들이 제시되기에 이르고 논의와 비판이 활발해 지기 시작한다. 영화 속에서 토마스가 오이디푸스론을 투고하게 되는 것도 이런 배경속에서 이루어 진 것이다. 이렇게 자유의 물결이 넘실거리자 당시 국민들은 자기들의 시대가 계절적으로 만물이 소생하는 봄에 해당한다며 '프라하의 봄'이라고 스스로 명명했다. 이러한 물결이 지속되자 소련은 무력으로 침공하여 계속 자기들 지배하의 공산주의 체제를 고수하려 하였다. 1968년 8월 20일 소련군을 비롯한 바르샤바조약기구 5개국군 약 20만명을 동원하여 탱크와 장갑차를 몰고 프라하를 짓밟기 시작한 것이다. 이같은 계엄상황 속에서 소련군은 자유화물결을 일거에 잠재우고 개혁파 지도자들을 숙청하여 프라하는 다시 냉기류 속에 갇히게 된다. 1969년 4월 소련은 두브체크를 강제 해임시키고 후임 서기장에 후사크를 임명하였으며 개혁파를 추종한 50만여명의 당원을 제명 혹은 숙청하였다. 원작 속에서 토마스의 오이디푸스론을 게재했던 기자가 훗날 토마스의 아들과 함께 토마스를 찾아와 정치범 석방을 위한 서명을 부탁하게 된 것도 이러한 냉기류 속에서였다. 실로 수많은 사람이 실종되고 혹은 죽어갔던 것이다.

그러나 원작은 이러한 정치적 맥락에서 상당히 벗어나 있다. 이러한 정치성을 복원시키고자 한 것이 카우프만 감독의 의도였다고 할 수 있겠다. 그렇다면 원작의 주제의식은 어떤 구조를 갖고 있는 것일까. 원작에서 강조되는 것은 삶이 일회성인가 영원회귀 하는가 하는 질문이다. 이 작품에서 작가는 삶은 일회성일 뿐이지 니체가 말한 대로 영원회귀하지는 않다고 보고 있다. 영원회귀 한다면 우리는 우리의 실수투성이의 체험을 보다 나은 단계로 발전시킬 수 있다.

> 한 번은 세어질 수 없다, 한 번이란 영원이 아니다, 란 뜻이다. 유럽의 역사와 마찬가지로 보헤미아의 역사도 두 번 다시 반복되지 않을 것이다. 보헤미아의 역사와 유럽의 역사는 인류의 치명적 미체험이 그려낸 두 개의 초벌그림이다. 역사란 개인의 삶만큼이나 가벼운, 참을 수 없을 정도로 가벼운, 깃털처럼 가벼운, 바람에 날리는 먼지처럼 가벼운, 내일이면 사라질 그 무엇처럼 가벼운 것이다.
> 토마스는 다시 한번 일종의 노스탤지어, 거의 사랑에 가까운 감정을 느끼며 구부정한 큰 키의 기자에 대해 생각했다. 이 남자는 역사가 초벌 그림이 아니라 완성된 그림인 것처럼 행동했다. 그는 자신이 하는 일이 영원회귀 속에서 셀 수 없을 정도로 무한히 반복되어야만 한다는 듯이 행동했으며 자신의 행위에 대해 한 번도 의심해 본 적이 없는 것이 틀림없다. 그는 자기가 옳다고 확신했고 그것이 편협한 정신의 징후가 아니라 미덕의 표식이라고 생각했다. 그는 토마스와는 다른 역사 속에서 살고 있었다. 초벌 그림이 아닌(혹은 그런 의식이 없는) 역사 속에서.[1]

여기서 기자는 과거에 토마스의 오이디푸스론을 기고하게 해준 인물이다. 그는 소련의 침공으로 인해 해직되어 지하운동을 하는 인물이다. 그는 자기가 하는 행동은 삶에서 할 수 있는 유일한 것이고 모든 사람이 따라야 할 보편적인 규범 같은 것으로 이해하고 있다. 이러한 이해에 대해 토마스는 반론을 펴고 있다. 삶이란 반복되는 것이 아니다. 만약 반복된다면 인류는 매번

---

1) 밀란 쿤데라, 이재룡 옮김, 『참을 수 없는 존재의 가벼움』(민음사, 2002), p. 258

성숙도를 높이면서 다시 태어날 수 있을 것이다. 그렇게 되면 우리는 무엇을 어떻게 해야 할지를 알 수 있다. 그러나 삶이 반복되는 것이 아니라면 누구도 현재 자신이 선택해야 할 것이 최선의 것인지 아닌지를 확신할 수 없다. 역사나 개인의 삶은 일종의 초벌그림 같은 것이어서 항상 오류투성이다. 이것은 그 오류로 인해 가벼운 것이 되지 않을 수 없다. 오류가 아니라 분명한 걸음을 내디딜 수 있다면 그는 미래를 향해 일직선으로 걸어갈 수 있을 것이고 그의 삶은 분명한 것, 무거운 것이 될 수 있다. 그는 역사로부터 벗어나지 않고 언제나 역사의 중력을 느끼며 무겁게 살 수 있는 것이다.

그러나 토마스가 보기에 삶은 반복되지 않고 일종의 초벌 그림 같은 것이어서 어떠한 것도 삶 속에서의 선택이 올바른지 판단할 사람은 존재하지 않는다. 그래서 작품 속에서는 선택의 기로에 서있는 토마스의 모습이 자주 제시된다. 그 기로 속에서 토마스는 항상 불안해 하며 한발두발 걸어간다. 뒤에 올 상황이 어떤지 누구도 모르기 때문이다. "우리가 추구하는 목표는 항상 베일에 가려져 있는 법이다. 결혼을 원하는 처녀는 자기도 전혀 모르는 것을 갈망하는 것이다. 명예를 추구하는 청년은 명예가 무엇인지 결코 모른다. 우리의 행위에 의미를 부여하는 것은 우리에게는 항상 철저하게 미지의 것이다"라고 작가는 강변한다.

① 지금 그는 그 순간을 떠올렸다. 그때 체험한 것이 사랑이 아니라면 무엇이었을까? 그런데 그것이 사랑이었을까? 그는 그녀곁에서 죽고 싶었다고 확신했으며, 그 감정은 명백히 과장된 것이었다. 그때는 겨우 두번째 만남인데! 그것은 자기가 사랑의 부적격자임을 뼈저리게 깨닫고 스스로에게 사랑의 희극을 연기하기 시작한 한 남자의 신경질적인 반응은 아니었을까?[2]

② 테레사와 함께 사는 것이 나을까, 아니면 혼자 사는 것이 나을까?[3]

---

2) 밀란 쿤데라, op. cit., p. 14.
3) 밀란 쿤데라, Ibid., p. 15.

③ 그 당시 토마스는 메타포란 위험한 어떤 것임을 몰랐다. 메타포를 가지고 희롱을 하면 안된다. 사랑은 메타포가 하나만 있어도 생겨날 수 있다.[4]

예문 ①은 자기가 체험한 것이 사랑인지 아닌지 확신하지 못하고 있는 것을 보여주고 있다. 누구나 이러한 경험을 할 수 있다. 그리고 누구도 확신할 수 없다. 만약 그것이 사랑이라고 단정해 놓더라도 삶은 언제든지 그것이 사랑이 아니었노라고 우리를 배신할 수 있다. 반대로 사랑이 아니라고 단정했어도 지나고 보면 그것이 사랑이었노라 할 수 있는 일이 비일비재하다. 누구도 자신이 현재 처하고 있는 체험에 대해 그 성격을 단정할 수 있는 사람은 아무도 없는 것이다. 예문 ②의 경우도 마찬가지이다. ③의 경우에도 사랑이란 필연적인 이유에서 발생하는 것이 아니라 우연적인 것을 메타포가 필연화시킨다는 것을 환기하고 있다. 한 번 만난 여자와 사랑에 빠지는 것은 그 여자와 나의 관계를 필연적으로 연결시켜 주는 메타포 때문이다. 우연히 만난 여자에게 누구나 끌릴 수 있지만 그것이 사랑으로 상승하기에는 그 여자와 취미가 같거나 우연히 같은 시간에 무엇인가 같은 체험을 한 기억이 있거나 지나고 보니 초중등학교를 같은 학교에서 보냈다든가 하는 것을 이어주는 메타포, 예컨대 "사랑으로 소리 없이 어둠 속에서 태초의 바람이 불었습니다"와 같은 시구 같은 것이 필요하다. 그리하여 사랑에 빠진 사람은 사랑에 빠지기 전의 자기를 어둠 속에 있었다고 상정하게 되고 태초와 같은 신선한, 어느 누구도 경험하지 못했고 자기도 처음 경험하는 어떤 바람을 가슴 속에서 느끼게 된다. 그리고 그는 이것을 곧 사랑이라고 믿게 된다.

이 모든 것은 삶의 일회성이 주는 불확정성을 말하고 있으며 불확정성은 곧 우연으로 연결되고 있다. 그 우연이 비록 가벼운 것이라 할지라도, 그렇다고 무거움을 지향하는 것은 한갓 헛된 위선이지 않을 것인가. 무거움은 결국 '항상 같은 사람, 같은 단어들과 더불어 대열 속에 영원히 머무르'는 것이다.

---

4) 밀란 쿤데라, op. cit., p. 18.

진정한 아름다움은 사실주의의 그림을 그리려다 '실수로 붉은 물감이 흘러내' 렸을 때, 그 반사실주의 예술 속에서 나타난다. 따라서 진정한 아름다움은 '실수의 아름다움'이다. 토마스와 사비나가 공히 갖고 있는 감각은 바로 이런 것이다. 그들은 플라톤이 말한 자웅동체의 자와 웅들이다. 그들은 서로가 간절히 원하고 서로가 서로의 분신임을 알고 있다. 그런데도 이 필연적인 자와 웅들이 결국 결합하지 못하는 것도 결국 필연에 대한 우연의 승리—토마스의 테레사와의 우연한 만남—를 말하기 위함인가? 그런데 이해할 수 없는 것은 그러한 토마스가 왜 오이디푸스론을 썼던 것일까. 그는 자유화의 물결 속에서 오이디푸스론을 써서 기고한 바 있다. 오이디푸스란 자신의 아버지를 죽이고 자신의 어머니와 동침한 인물이다. 그는 말하자면 근친상간이라는 인류의 범죄를 지은 존재로서 도저히 용서할 수 없는 인물이다. 그는 자신의 죄를 징벌하기 위해 스스로 자신의 두 눈을 뽑아버린다. 토마스의 요점은 이렇다. '지금 소련군과 협잡하고 있는 정권은 자신의 근친상간을 결코 인정하지 않고 있다, 오이디푸스시대의 윤리가 이 시대에 아쉽다' 하는 것이다. 다시 말해 정권과 그 하수인들은 스스로 자신들의 눈을 뽑아버려야 한다는 것이다.

그가 오이디푸스론을 쓴 이유는 아마도 '그때'의 그가 '현재'의 자신과 달리 역사의 무거움 쪽에 기울어져 있었기 때문이었을 것이라고 우리는 추정할 수 있다. 위 인용에서 노스탤지어란 언어는 그래서 나왔을 것이다. 노스탤지어는 향수라는 말이다. 그것은 돌아가고 싶지만 이제는 돌아갈 수 없다는 의미를 함축하고 있다. 아니 토마스의 경우에는 이제는 결코 돌아가고 싶지 않은 과거의 한때에 대한 상념 정도가 어울리겠다. 그래서 토마스가 보기에 역사란, 개인이란, 일종의 가벼움이어서 그는 어디에도 소속되려 하지 않는다. 그가 여성을 편력하는 이유도 여기에 있다. 그것에는 무겁지 않은 가벼운 어떤 것이 있다. 그가 여성을 수시로 바꾸는 이유는 각각의 여자가 백만분의 구십구만 구천구백구십구의 공통점이 있지만 백만분의 일은 그 여자만의 특성이기 때문이다. 그리고 그 특성은 광장에서 확인할 수 있는 것이 아니다. 그것은 은밀함 속에서만이 발견할 수 있다. 광장이 무거움이라면 은밀한 공간은 가벼움이다. 그 공간에서는 어떠한 책임도 부과되지 않기 때문이다. 그 가벼움이 그를 도취케 한다. 이렇게 삶을 확정할 수 없는 어떤 것이라고 단정했을 때 삶은 필연적인 어떤 것이 아니라 우연적인 산물로 바뀌게 된다. 삶은 우연적인 것이지 필연적인 것이 아니다.

4

토마스가 테레사를 만나게 된 것도 우연의 연속 때문이다. 그는 유명한 외과의사로서 시골왕진을 가야할 친구의사가 사정이 생겼기 때문에 우연히 대신 가게 된다. 그리고 우연히 테레사를 만나게 되고 자신이 몸담고 있는 숙소가 6호실인데 테레사가 퇴근하는 시간이 6시여서 우연히 6이라는 숫자가 겹친다. 그러니까 이처럼 몇 가지 우연이 작용하여 테레사와 만나게 된 것이다. 이 우연(가벼움)이 어떻게 필연(무거움)이 되었을까. 그것 역시 메타포 탓이다. 그는 테레사라는 존재가 마치 버림받은 인간으로 받아들여졌다. 그는 테레사를 처음 보았을 때 마치 '사람들이 바구니에 넣은 뒤 강물에 띄워 자기에게 보낸 아기'라고 확신했던 것이다. 그러니까 토마스의 테레사에 대한 감정은 일종의 연민, 혹은 동정심에 기반한다. 모든 것을 우연으로 돌리는 이러한 토마스, 혹은 사비나의 관념은 그들의 세계관을 가벼움에 대한 지향으로 만들었다. 그들은 가볍게 전통적인 관습을 뛰어 넘는다. 그 뛰어넘음이 바로 성적 탐닉이다. 그러한 공통점이 그들을 자웅동체로 스스로 인식하게 만든 것이다. 그러나 이러한 가벼움을 무거움으로 바꾼 것은 동정심이었다. 따라서 사랑하는 행위는 가벼움이자 무거움이고 무거움이자 가벼움이다.

그것은 상황에 따라 얼마든지 다르게 바뀔 수 있다. 토마스가 필연적인 사랑이라고 믿었던 테레사와의 사랑이 또다시 수정되어 가벼운 어떤 것이 되듯이 그 가벼움은 다시 무거움이 되기도 한다는 것이다.

> 잠든 테레사 곁에서 뒤척이다가 몇 년전 그녀가 무심코 던진 말이 떠올랐다. 그들이 친구 Z에 대해 이야기하던 중에 그녀가 말했다. "당신을 만나지 않았으면 나는 틀림없이 그를 사랑했을 거예요"

당시에도 그 말을 듣고 토마스는 야릇한 맬랑콜리에 빠졌었다. 테레사가 그의 친구 Z가 아닌 자기와 사랑에 빠진 것은 철저히 우연이라는 사실을 문득 깨달은 것이다. 토마스와 이루어진 사랑 외에도 가능성의 왕국에는 다른 남자와의 실현되지 않은 무수한 사랑이 존재하는 것이다.

> 우리 모두에게는 사랑이란 뭔가 가벼운 것, 전혀 무게가 나가지 않는 무엇이라고는 생각조차 할 수 없다는 믿음이 있다. 우리는 우리의 사랑이 반드시 이런 것이어야만 한다고 상상한다. 또한 사랑이 없으면 우리의 삶도 더 이상 삶이 아닐 거라고 믿는다. 침울하고 흉측한 표정의 베토벤도 몸소 그의 <그래야만 한다!>를 우리의 위대한 사랑을 위해 연주했다고 확신한다.
> 토마스는 그의 친구 Z에 대해 테레사가 한 말을 떠올리고 그들의 사랑의 역사는 <그래야만 한다!>라기보다는 <얼마든지 달라질 수도 있었는데……>에 근거한다는 것을 확인했다.[5]

여기서 베토벤의 <그래야만 한다!>는 인간이 자신의 운명을 <짊어지고 있다>는 것을 말한다. 그리고 토마스는 테레사에 대한 자신의 사랑이 바로 이 <그래야만 한다!>에 기초한다고 믿었다. 그런데 "토마스는 <그래야만 한다!>를 되뇌었지만 금세 의심이 들기 시작했다: 정말 그래야만 할까?"(43)라고 회의하고 있는 것이다. 그러니까 토마스는 우연성과 필연성 사이에서 방황하고 있는 것이다. 우연성이라고 믿었던 것이 어느날 필연성으로 바뀌게

---

5) 밀란 쿤데라, op. cit., p. 44.

되고 필연성이라고 믿었던 것이 순식간에 우연성으로 바뀐다면 우리의 삶에서 확정적인 것이 과연 얼마나 될 것인가. 결국 인간이란 이러한 가변성 속에서 불안을 감수하는 존재란 말인가. 『참을 수 없는 존재의 가벼움』이란 제목 역시 이러한 애매성을 내포하고 있다. 존재가 참을 수 없다는 것인가, 아니면 가벼움이 참을 수 없다는 것인가.

5

토마스와 사비나가 가벼움을 지향하고 있다면 프란츠와 테레사는 무거움을 지향하고 있다. 토마스와 사비나 옆에 혹은 앞에 프란츠와 테레사를 배치한 작가의 의도란 무엇인가. 토마스와 사비나의 삶과 대척되는 삶이 있다는 것을 보여주기 위함인가. 아니면 결국 무거움 역시 일종의 가벼움에 해당한다는 것을 보여주기 위함인가. 그것도 아니면 무거움이 곧 가벼움이고 가벼움이 곧 무거움에 다름 아니라는 것을 말하기 위함인가. 테레사는 시골 마을에서 육체의 평등성을 믿는 어머니의 폭력 속에서 성장한다. 어머니는 육체가 영혼에 맞닿아있다는 믿음을 철저하게 부정한다. 육체는 육체일 뿐 영혼과 아무런 관련이 없다는 것이다. 육체는 각 개체의 개별성을 초월하여 누구나 비슷한 형태를 가지고 있다는 육체의 보편성이 그녀가 주장하는 바이다. 육체는 영혼과 무관하므로 똥을 누고 방귀를 뀌고 하는 것이 오히려 인간의 보편적인 진실이라는 것이다. 그래서 테레사가 목욕탕 문을 꼭 닫고 목욕을 하거나 세면을 할 때, 그렇지 않으면 계부의 성적 희롱에 노출될 수밖에 없을 때, 그까짓 육체가 뭐 대단하길래 그렇게 감추냐고 비난을 해 댄다. 영혼의 기록은 아무런 가치도 없으므로 그녀는 테레사가 몰래 숨겨놓은 일기장을 꺼내어 만인 앞에 공개하기도 한다.

테레사의 그 마을로부터의 탈출의지는 따라서 자연스럽다. 그녀가 토마스를 우연히 만나 그에게 과도하게 기울어지게 된 것도 토마스가 책을 읽고 있었기 때문이다. 이 마을에서 책을 읽는다는 것은 상상할 수도 없는 일이어서, 그래서 자신이 책을 읽는다는 것에 대해서 보이지 않는 질시를 받고 있었던 터라, 그리고 그렇게 질시를 받더라도 책을 읽음으로써 자기가 그 마을의 다른 평범한 사람들과 다르다는 지적 우월감을 지니고 있었기 때문에, 그녀는 토마스와 자기를 동류의식으로 묶고 토마스에게 맹목적으로 빠져들게 된 것이다. 그녀는 나아가 토마스가 유명한 외과의사이기 때문에 그를 통해 일종의 신분상승을 꾀하기까지 한다. 테레사가 무작정 상경하여 토마스를 찾아간 계기는 바로 이런 것이다. 그것은 철저한 무거움이다. 자기를 내미는 어머니의 세계로부터 자기를 받아들이는 세계로의 지향. 그리하여 테레사는 토마스에 대해 맹목적으로 집착하고 만다. 그녀는 항상 토마스가 자기를 버리지나 않을까 하여 불안해 한다. 그녀의 무거움은 바로 이러한 불안으로부터 발생한다. 그녀는 토마스처럼 결코 바람을 피우지 못한다. 왜냐하면 그렇게 되면 토마스가 자신을 버릴 것을 두려워하기 때문이다.

그녀의 무거움은 그녀의 일에서도 나타난다. 그녀는 자신의 일을 함에 있어서 일종의 전문직을 꿈꾼다. 그 이유는 그렇게 해야 자신이 토마스와 격이 맞다고 생각하기 때문이다. 그래서 그녀는 사진작가가 되기도 하는데 소련침공 당시 그녀는 죽음을 무릅쓰고 장갑차와 권총앞에서 셔터를 미친 듯이 눌러대기도 한다. 그 이유는 자신의 모국 체코가 약소국이기 때문이다. 자기가 약자이기 때문에 약소국인 모국에 대한 애정이 그녀로 하여금 소련군의 만행을 고발하게 이끈 것이다. 이처럼 그녀는 철저한 무거움에 사로잡혀 있다. 그녀는 그녀와 묶고 있는 끈을 결코 벗어나지 않는다. 그러한 가벼움은 그녀에겐 일종의 사치일 뿐이다. 그래서 그녀는 토마스가 하루에 심지어 두명의 여자와 성관계를 갖는다 해도 스스로를 방어할 힘이 없다. 그녀는 단지 그 사실 앞에 괴로워할 뿐이다.

이러한 무거움은 사비나의 애인 프란츠에게서도 예외가 아니다. 그러니까 프란츠는 사비나와 빗나간 사랑을 주고 받을 수밖에 없다. 사비나에게서 여자란 선택하지 않은 하나의 조건이다. 따라서 사비나에게 있어 여자란 아무런 의미가 없다. 그러나 프란츠에게 있어 여자란 존중해야 할 대상이다. 따라서 프란츠는 여자 앞에서 한없이 작아진다. 이러한 것은 프란츠가 여자를 대할 때 그녀를 일종의 어머니로 보기 때문이다. 프란츠의 어머니는 아버지와 결별한 이후 줄곧 혼자 살았다. 프란츠에게 있어 여자란 따라서 정조와 관련된다. "그것이 우리 삶에 통일성을 부여하며, 그것이 없다면 우리 삶은 수천 조각의 덧없는 인상으로 흩어져 버릴 것이다" 여자와 남자를 이런 식으로 분류한다는 것은 프란츠가 남성적 삶과 여성적 삶을 분리하고 있음을 의미한다. 전자는 공적인 삶에 속하며 후자는 사적인 삶에 속한다. 따라서 그에게 있어 음악을 포함한 예술이란 여자와 마찬가지로 공적인 삶이 아니라 사적인 삶에 속하게 되며 그렇기 때문에 그것은 아폴론적인 균형과 절제의 세계가 아니라 도취를 위해 창안된 디오니소스적 아름다움의 세계에 가장 근접해 있다.

그런 그가 자기의 아내를 버린다는 것은 아내가 이제는 어머니의 역할을 하지 않고 있음과 관련이 있다. 아내는 자기가 그녀를 버릴까봐 언제나 전전긍긍했다. 심지어 아내는 프란츠가 자기를 버린다면 자살할 것이라고 엄포했다. 그것이 프란츠에게는 단순한 엄포로 들리지 않고 일종의 감동으로 들렸던 것인데 그 이유는 그의 내면에 잠재되어 있던 정조관념 때문이었던 것이다. 그런데 아내는 화랑을 경영하면서 이제는 남편이 없이도 홀로 설 수 있는 존재가 되었다. 홀로 설 수 있다는 것, 자기가 없어도 존재할 수 있다는 것은 프란츠에게는 이제 그녀가 더 이상 자신에게 의미있는 존재가 아니라는 것을 함축한다. 프란츠는 결연히 아내 마리클로드를 떠나 사비나의 곁으로 간다. 그러나 사비나는 반대로 그러한 프란츠를 버리고 떠나 자신만의 세계로 접어든다.

테레사와 프란츠의 세계는 무거움의 세계이다. 그것은 세계의 관습적 규칙 혹은 의무를 수락한 자의 세계이다. 그들은 그러한 규칙과 의무로부터 벗어날 생각을 하지 않는다. 그들은 세계가 그들에게 부과하는 규칙과 의무감을 충실하게 재현하는 존재들이다. 토마스와 사비나가 존재의 가벼움쪽에 서있다면 그들은 무거움 쪽에 서있는 것이다. 그러나 반드시 그런 것일까. 프란츠가 아내 마리클로드를 버리고 사비나에게 간 것은 사비나와 새로운 정착을 꿈꾸었기 때문이다. 그러나 그러한 의도와는 관계없이 그는 결코 사비나와 새로운 삶을 꾸려나가지 못한다. 사비나는 그와 어긋난 세계관, 즉 가벼움의 세계관을 가지고 있는 여자였기 때문이다. 여기서 다시 작가의 세계관이 나온다. 프란츠가 자신의 새로운 삶을 결정하는 순간 그 결정에 프란츠는 합리적인 필연성을 부여했다고 스스로 믿었다. 그는 아내와 헤어진 뒤 마땅히 사비나와 새로운 삶을 개척할 것으로 믿었다. 그러나 결과는 그 반대.

이러한 삶의 아이러니는 테레사에 있어서도 예외가 아니다. 그녀 역시 자신이 합리적으로 생각한 것이 배반당하는 아이러니를 숱하게 경험그녀는 토마스에게 자신을 의탁함으로써, 즉 전통적인 여성상이 됨으로써 자기를 구원할 수 있다고 믿었다. 그러나 그는 토마스에게서 지속적으로 배신만 경험할 뿐이다. 토마스와 테레사는 서로 어긋난 믿음으로 괴로워하고 있다. 그녀는 자신의 사진 찍기가 죽음을 감당하는 것이었고 그만큼 자신의 모국의 민주화를 위해 기여하리라 믿었다. 그러나 그것도 사진을 통해 거기에 찍힌 사람이 구속되는 역효과만을 결과했을 뿐이다. 마침내 테레사는 좌절감의 극대화를 자기학대를 통해 해결하려 한다. 나체사진 찍기가 그것.

6

　이러한 삶의 아이러니를 통해 작가가 말하고자 하는 바가 무엇일까? 그것은 삶의 아이러니, 혹은 애매성을 드러내는 것 같다. 작가는 삶은 확정된 것이 아니고 무한 반복되는 것도 아니어서 어떠한 선택도 그 확실성을 담보할 수 없고 어떤 것도 다른 것보다 우월한 선택이 아니라는 것을 말하는 것 같다. 수많은 선택과 배신을 통해 이러한 결론이 나온 것인데 그러나 이것은 삶에 대한 우리의 모든 의무를 방기하는 것이 아닐까? 예컨대 토마스가 아들과 기자가 와서 시국서명을 해달라고 했을 때 그는 오직 테레사와의 행복만 염두에 둔다. 그리고 그 행복을 이 서명이 해칠 것이라는 두려움이 그로 하여금 서명을 거부하게 한 것이다. 그는 이 선택에 있어서 어떠한 객관적 근거도 획득할 수 없었다. 그는 객관적으로는 어쨌든 서명을 하는 것이 옳지만 그렇게 하지 않았다. 이 선택이 옳은지 그른지 아무도 모른다. 그러나 결과는 부정적으로 나왔다. 당국은 그들의 서명행위를 통해 반대자(서명자)를 숙청할 수 있게 되었고 그것이 민주화의 반향을 불러온 것이 아니라 그들이 장악한 언론을 통해 오히려 서명자들을 매도할 수 있게 된 것이다.

　이것은 무엇을 말함인가. 사회적이고 공적인 판단보다도 개인적인 판단이 더 옳다는, 혹은 더 낫다는 것을 말하는 것은 아닌가. 그 개인적인 판단이란 무엇인가. 결국 나라야 어떻게 되든 개인적인 행복을 우리는 추구해야 한다는 말이 아니겠는가. 그리고 이 말은 얼마나 매혹적인가. 사회적 저항은 반드시 개인적 생활을 파탄에 이르게 하고 그들의 삶을 조각나게 한다. 그러한 맥락에서 개인적인 행복이란 얼마나 매력적인 말인가. 그러나 한편으로 개인적 판단이란 그것의 목표가 행복인 한에서 행복을 추구할 수 있는 계층에게 가능한 것이라 할 수 있다. 행복을 추구할 수 있는 계층이란 적어도 중산층 이상이 아닐 수 없다. 그 밑의 계층의 사람에게 행복이란 그날그날 살 수 있다는 것만으로도 만족해야만 할 그러한 것이다.

중산층의 이데올로기란 무엇인가. 중산층의 이데올로기는 흔히 자유주의로 불린다. 이 용어로 중산층의 모든 구성원들의 이데올로기를 규정하는 것은 당연히 무리가 따른다. 그러나 일반적으로 그 계층에 소속된 사람들이 이러한 이데올로기에 쉽게 경도되는 것은 그들을 둘러싸고 있던 물적 조건에 비추어보면 어쩌면 당연할 수도 있다. 자유주의는 대체로 소극적 자유를 추구하고 있기 때문이다. 중산층의 소시민적 욕망은 소극적이지 적극적인 것은 아니다. 자기를 둘러싸고 있는 억압으로부터 벗어나기만 하면 그로서는 그 외에 대해서는 관심할 바가 아닌 것이다. 이처럼 자유주의는 개인주의와 쌍생아라 할 만하다. 자유주의는 무엇을 향한 자유가 아니라 무엇으로부터의 자유로 규정된다. 따라서 개인의 자유를 구속하는 어떤 것으로부터 자유를 쟁취하는 것이지 적극적으로 개인의 자유를 구속하는 어떤 것에 대한 투쟁이나 저항이 아니다.

이것은 물론 현재적 관점에서 규정한 것이다. 역사적 관점에 서게 되면 자유주의가 그렇게 무력한 것만은 아니라고 할 수 있다. 자유주의는 부르주아가 역사의 전면에 등장할 때 봉건적 지배계급의 특권과 전횡에 저항하기 위한 이데올로기적 무기였던 것이다. 그들은 봉건적 신분질서에 대립하여 개인을 전면에 내세웠으며 개인의 자유를 억압하는 그 어떠한 것도 인정하지 않았다. 그러나 이러한 초기의 자유주의는 시간이 지남에 따라 점차 정치와 경제의 분리를 낳게 된다. 정치적 자유주의와 경제적 자유주의로 나뉜다는 것이다. 이 중에서 후자에 보다 많은 가치를 부여하는 것이 현대자유주의의 특성이라 하겠다. 그래서 자유주의자는 정치적 자유는 경제적 자유를 위해 그 권리를 제한해야 한다는 논리를 편다. 이러한 논리는 시장경제가 가속화되면서 민주주의가 시장경제를 오히려 위협한다는 논리로 변하기도 한다. 말하자면 이제 정치적 자유주의는 축소되어 중산층에게나 해당되는 것이 되어 버렸

다.6)

    그러나 중산층적 자유주의가 개인을 중심에 두고 있다는 점에서 문제가 된다. 개인이 무슨 힘이 있단 말인가. 개인주의적 자유주의의 핵심은 인간의 합리성의 강조이고 이것은 일종의 정신적 능력이라는 점에 있다. 다시 말해 자유주의는 정신과 육체를 분리하고 있다는 말이다. 그리고 이것은 어떠한 사회적 요소도 침해할 수 없는 일종의 천부인권적인 특성이다. 합리성이란 이처럼 사회와 무관한 개인이 스스로를 조화시킬 수 있는 능력으로 규정된다. 그러나 객관적이고 물적 인력을 거부한 상태에서 개인의 자유로운 사고란 결국 무엇인가. 그것은 일종의 주관적 상념에 불과하고 훨씬 좋게 말한다 해도 현실에 별 영향을 끼칠 수 없는 관념적 합리성에 불과하다고 할 수 있겠다. 이렇게 객관적 규정성을 초월해버리면 삶은 애매성에 둘러싸여 있고 확정할 수 없으며 일종의 불가지의 대상으로 전락해 버린다. 이 소설이 의도하고 있는 수많은 메시지는 결국 여기에 귀착된다. 토마스도, 프란츠도, 사비나도, 테레사도 이러한 삶의 애매성과 불가지론에 휩싸여 있다. 어떠한 것도 최선의 선택은 없으며 그랬을 때 최선의 선택을 위한 기준은 인간의 내면적 욕구, 즉 예컨대 토마스가 서명을 거부하는 선택의 기준이 되었던 '그가 진정으로 애착을 갖는 유일한 것인 그녀'와 같은 것들이다.

    그러나 우리는 다시 물어보자. 이 내면적 욕구란 어디에서 기인한 것인가. 그것은 정치와 사회와 경제와 주체의 삶의 과정이 맞물려 발생한 것이 아닌가. 그것 자체가 현실로부터 동떨어진 어떤 것이 아니라 끊임없이 현실의 영향을 받고 영향을 주며 그 속에서 새로 태어나기도 하지만 어쨌든 그 탄생조차 현실의 자장 속에 있는 그러한 것이라 할 수 있다. 인간은, 문학은, 현실로부터 초월하여 존재하는 어떤 것이 아니고 현실로부터 굴절된 것이다. 그렇다면 왜 이렇게 내면적 욕구에 집착하는 것일까. 그것은 현실에 대한 혐오,

---

6) 이에 대해서는 한수영, 앞의 책, 앞의 글 참조.

내지는 증오에서 찾아야 할 것같다. 참을 수 없는 존재의 가벼움이란 현실에 대한 혐오, 내지는 증오의 결과라 할 수 있다. 무엇을 참을 수 없다는 말인가. 존재인가, 가벼움인가. 그 질문은 그리 중요하지 않다. 중요한 것은 참을 수 없다는 말에 있다. 하루하루의 삶, 눈에 보이는 정치와 경제, 그리고 주변적인 일들, 이 모든 것이 참을 수 없다는 것이다. 참을 수 없다는 것은 그것들에 대한 짙은 혐오, 내지는 증오에 의해 발생한다.

7

작가에 의하면 참을 수 없는 현실이란 키치적인 것이다. 키치적인 삶이란 '본질적으로 똥에 대한 절대적 부정'이다.

> 이러한 모든 유럽인들의 믿음 이면에는 그것이 종교적이든 정치적이든 간에 창세기의 첫 번째 장이 존재하며, 그로부터 이 세계는 당연히 그래야만 한다는 식으로 창조되었고, 존재는 선한 것이며 따라서 아이를 가지는 것이 좋은 것이라는 생각이 퍼지게 되었다. 이러한 근본적 믿음을 존재에 대한 확고부동한 동의라고 부르도록 하자.
> 최근에 와서도 책 속에서 똥이란 단어가 점선으로 대치된 적이 있는데 그것은 물리적 이유 때문만은 아니었다. 똥이 비윤리적이라고 주장할 수는 없는 노릇이 아닌가! 똥과의 불화는 형이상학적인 것이다. 배설의 순간은 창조에 있어서 수락할 수 없는 것에 대한 일상적 증거이다. 둘 중에 하나를 택해야만 한다. 똥은 수락할 만한 것이다, 라거나(그렇다면 화장실 문을 잠그고 들어앉지 말아야 한다!) 또는 우리가 창조된 방식이 받아들여질 수 없는 것이다, 라는 것 중에서.
> 존재에 대한 확고부동한 동의란, 똥이 부정되고, 각자가 마치 똥이 존재하지 않는 것처럼 처신하는 세계를 미학적 이상으로 삼는 것이란 추론이 가능하다. 이러한 미학적 이상이 키치라고 불린다.[7]

다시 말해 키치란 우리의 진실을 감추고 허위를 진실로 강요하는 모든 예술 형태를 말한다. 쿤데라에 의하면 사회주의 리얼리즘은 완벽하게 키치적이

7) 밀란 쿤데라, , op. cit., pp. 284-285.

다. 그것은 체제내의 모순을 은폐하고 삶은 살만한 것이라고 강변하기 때문이다. 사비나가 메이데이 행진에서 혐오했던 것은 '공산주의 세계의 추함이 아니라 공산주의가 뒤집어쓰고 있는 아름다움의 가면, 달리 말하자면 공산주의라는 키치'였다. 그 행사에서 사람들은 '가장 우울한 표정의 얼굴조차도 미소로 환해졌는데, 마치 그래야만 한다는 듯이 자신들이 즐기고 있다고, 또는 보다 정확히 말하자면 자신들이 당연히 그래야 하듯 동의하고 있다는 것을 증명이라도 하고 싶은' 듯이 보였다. 그것은 '공산주의에 대한 단순한 정치적 동의가 아니라 현실 속의 존재에 대한 동의에 관련되'어 있다. 말하자면 공산주의 만세!가 아니라 인생 만세!였다. 작가는 이를 '멍청한 동어반복'이라고 규정한다.

똥을 거부하듯, 삶의 추한 진실을 은폐하고 이루어지는 예술, 감동을 강제로 자아내거나 감상에 젖게 하는 예술, 그리하여 존재하는 것에 대해 확고부동하게 동의하도록 하는 예술, 그것이 바로 키치이다. 따라서 그것은 아름다운 거짓말이다. 그 거짓말은 누구도 거부할 수 없다. 전체주의국가에서 누구도 그 거짓말에 대해 그것이 거짓말이라고 말할 수 없다. 그러므로 키치의 진정한 적은 그것에 대해 질문하는 것이다. 그 질문은 의혹이고 의혹은 인정될 수 없다. 그곳에서 똥(추함)은 존재하지 않으며 그저 좋은 것과 가장 좋은 것만 있을 뿐이다. 그렇다면 키치는 가벼움의 세계이다. 하면 진실은 무거움의 세계란 말인가. 진실이란 개인적인 것이고 그것이 전체주의적 시각, 또는 전체주의적 의무감으로 바라본다면 가벼움에 속한다 할 수 있는데 여기서는 그 반대로 무거움으로 정의될 수 있는 것이다. 그렇다면 무거움은 가벼움이 될 수 있고 가벼움은 곧 무거움이 될 수 있기도 하다. 중요한 것은 작가가 가벼움과 무거움의 애매성을 통해 말하고자 하는 바가 개인적 진실이라는 것이다. 그것이 비록 한 개의 비석으로 남아 존재와 망각 사이에서 다시 키치가 된다 할지라도 작가가 지향하는 세계는 어쨌든 개인적인 세계에 국한되어 있다는 것이다.

> 캄보디아의 죽어가는 사람들에게서 남아있는 것이 무엇일까?
> 품 안에 노란 아기를 안고 있는 미국 여배우의 커다란 사진 한 장.
> 토마스에게 무엇이 남았을까?
> 비문(碑文) 하나: 그는 지상에서 하느님의 왕국을 원했다.
> 베토벤에게서 무엇이 남았을까? 우울한 목소리로 <그래야만 한다!>라고 말하는, 믿기지 않을 정도로 헝클어진 머리에 침울한 표정을 한 남자.
> 프란츠에게는 무엇이 남았을까?
> 비문 하나: 오랜 방황 끝에 귀환.
> 그리고 그 다음도 또 계속될 것이다. 잊혀지기 전에 우리는 키치로 변할 것이다. 키치란 존재와 망각 사이에 있는 환승역이다.[8]

전체주의를 부정하고 관습적 낙관을 부정하고 오직 혐오감 속에서 개인적 행복만을 찾는 사람에게 있어 삶은 불가해하고 이해할 수 없고 이해하고 싶지도 않고 모두 부정하고 싶을 것이라는 것은 충분히 이해할 만하다. 작가는 이러한 부조리 속에서 그래도 일말의 타협을 하고 싶기도 한 것처럼 보인다. '우리가 아무리 키치를 경멸해도 키치는 인간조건의 한 부분인 셈'이라고 작가는 말하고 있는 것이다. 키치가 '아름다운 거짓말에 불과하다는 것'을 안 상태에서의 키치는 그 힘의 무력화로 인해 우리로 하여금 그 감동을 진지하게 생각하지 않게 하기 때문이다. 하지만 작가는 기본적으로 삶에 대해 '참을 수 없는' 혐오감에 지배되고 있다. 이러한 혐오감이 삶을 전면 부정하게 하고 삶을 자기 방식대로 재구성하도록 하는 유혹에 지배되게 하는 것이다. 이 작품은 보통 사실주의 작품처럼 시간의 선조성을 따르지 않는다. 어느 정도 진행되다가 다시 원점으로 돌아가 시점을 달리하여 반복하고 있는 것이다. 그리고 작품 자체의 결말구성도 앞에서 정의했던 것들을 재정의하는 것으로 마무리하고 있다. 이러한 형식은 삶이란 시간이 진행함에 따라 발전하는 것이

---

8) 밀란 쿤데라, op. cit., p. 316.

아니고 원환적으로 원무를 추고 있다는 세계관의 다른 표현이다. 왜냐 하면 개인의 내적 욕구란 기본적으로 시간이 진행함에 따라 발전하는 것이 아니라 시간의 변화에 관계없이 영원한 것이기 때문이다.

이 영원성에의 집착은 곧 라캉이 말한 바 상상계적 욕망이라 할 수 있다. 상상계적 욕망에 사로잡히면 현실의 제계기들에 대한 인식에는 무관심할 것이기 때문이다. 상징계적 현실세계는 주체에게 있어 혐오감을 자아내게 하고 거부하게 할 뿐이다. 주체는 따라서 영원히 상실한 어머니로 회귀하지 못하고 오브제 쁘띠 a에 사로잡힌 채 그 틀에서 결코 벗어나지 못한다. 오직 그는 결핍된 욕망을 채우기 위하여 대상을 환유할 뿐 결코 현실의 문제들에 참여하지 못한다. 현실의 문제나 사건들이 아무리 크다 할지라도 그것들은 주체의 환유대상에의 고착으로 인해 주체에게 부정되거나 무관심의 대상이 될 뿐이다. 상상계적 욕망구조의 기본항목이 이항대립이고 이 이항대립이란 다시 말해 이자관계를 의미한다고 하면 주체와 마주선 타자란 어머니이고 거울이라 아니할 수 없다. 이러한 관계는 기본적으로 오인관계를 형성하고 있기에 주체는 언제나 환상을 추종하게 된다. 이 환상 속의 이자관계는 일치와 불일치의 변증법적 관계 속에 있다. 대상과 일치된다면 그는 환호할 것이고 대상과 일치하지 못한다면 증오할 것이다. 현실에 대한 '참을 수 없는' 감정이란 주체가 현실적 대상과 결코 일치하지 못하고 있기 때문이다.

8

이러한 원작과 달리 영화는 시간적 선조성(線條性)을 충실하게 따라가고 있다. 이 점에서 영화는 소설과 뚜렷하게 구분되고 있다. 그런데 이 불가피한 장르적, 혹은 형식적 구분이 반드시 주제의 변화를 동반하게 되어 있다. 왜냐 하면 형식과 내용은 불가분의 관련성 속에 있기 때문이다. 소설에서 시간이 어느 정도 진행된 다음 다시 시점을 달리하여 원점으로 되돌아온다는 말은 성찰과 관련이 있다. 인물 각자의 시각으로 본 정보들은 서로의 시각에 의해 보완되고 비판된다. 그 보완과 비판이 일종의 성찰이 되는 셈이다. 이러한 성찰은 삶에 대한 것이고 더 나아가면 철학적인 것이 된다. 이 작품은 그래서 성찰의 진일보, 즉 철학적 성찰이 지배적이다. 그러나 시간이 선조적으로 작용하게 되면 이러한 성찰이 약화할 수밖에 없다. 영화로 만들어질 때 영화 특유의 기법적 변화가 동반되지 않는다면 소설에서의 이러한 성찰은 표현되기 힘들다. 이 영화는 그러한 기법적 변화를 동반하지 않고 시간의 선조성을 충실히 따라가는 전통적인 방식을 따르고 있는데 그렇다는 말은 원작에서 그려진 도저한 철학적 성찰이 내면화하거나 혹은 소거될 수 있다는 것을 의미한다.

이 영화의 시작은 토마스가 수술실에서 나와 간호사에게 옷을 벗어보라는 말로 시작한다. 그리고 사비나를 만나 격렬한 정사를 벌이는 것으로 이어진다. 말하자면 영화의 초두에는 토마스의 성적 난행이 집중 부각되고 있다는 것이다. 이것은 원작과 별 차이없는 설정이다. 그리고 그는 친구 대신 시골로 왕진을 가 거기서 테레사를 우연히 만난다. 그리고 테레사가 토마스를 찾아 프라하로 오게 되면서 그들의 동거는 시작된다. 원작에서는 이것을 사랑의 우연성, 혹은 삶의 우연성이라는 철학적인 테마에 포커스를 맞추었는데 영화에서는 두 사람의 우연한 만남이라는 다소 상투적인 의미로 국한되어 있다. 소설적 성찰이 개입될 여지가 없기 때문이다. 따라서 두 사람의 우연한 만남이라는 말 속에 담긴 우연성의 테마는 영화에서는 그다지 큰 의미로 부각되지 않는다. 그리고 토마스와 정사하기 전에 사비나가 거울 앞에서 변기에서의 포즈를 취하고 있는 장면이 나오는데 소설에서는 이것이 철학적 의미를 내포하고 있지만 영화에서는 그저 선정적인 것일 뿐이다. 마찬가지로 테레사가 잠을 잘 때 토마스의 손을 꼭 잡고 잔다는 원작의 설정은 영화 속에서는 부각되지 않고 있다. 한 두 번 나올 정도이기 때문이다.

원작에 충실한 부분이 있다면 토마스와 사비나가 정사를 끝낸 직후 토마스가 사비나에게 말하는 장면에 있다. 사비나가 토마스에게 테레사를 사이에 둔 아쉬움(질투?)을 말하자 토마스는 "인생을 두 번 살 수 있다면 한번은 그녀와 살고 한번은 당신과 살 수 있고 그러면 누구랑 사는게 좋은지 알 수 있겠지. 하지만 인생은 한번으로 끝나는 것, 인생은 헛껍질 같아. 채워 놓을 수도 고쳐 좋게 할 수도 없어. 두려운 일이야"라고 말한다. 이것이 원작자가 말하는 인생의 일회성이다. 말하자면 토마스는 삶의 일회성을 알면서도 한 여자에 집착한다. 가벼움을 알면서도 무거움을 선택하고 있는 것이다. 이에 대해 사비나는 "나는 한군데 진득하게 있는게 지겹다"는 말로 어떠한 의무감 으로부터도 자유로운 가벼움의 삶을 선택하려 한다. 이것으로 이 둘의 세계 관은 소설과 영화에서 공히 일치하고 있음을 알 수 있다.

반면에 테레사는 꿈—자기가 보는 자리에서 토마스와 사비나가 정사를 하는 꿈—을 꿈으로써 사비나에 대한 질투심을 표현하고 자신의 토마스에 대한 집착을 알려주고 있다. 이 집착으로 인해 토마스는 스스로 테레사에 대한 의무감—무거움 -을 수용하고 있는 것이다. 이것은 가벼움과 무거움의 대비 를 통해 인생을 말하고자 하는 원작의 의도와 일치하는 것이다. 그러나 테레 사가 사진찍기를 업으로 하고 난 뒤 그녀, 혹은 그가 부닥친 현실은 그들로 하여금 원작을 훌쩍 뛰어넘게 한다. 테레사와 사비나, 토마스와 그의 직장 동 료들이 유흥업소에 들러 술을 마실 때 거기서 그들은 일단의 공산주의자들의 회식을 보게 되는데—이들은 홀에서 특별한 자리와 대접을 제공받고 있다— 그들은 이들 공산주의자들에 대해 도둑놈이라 칭하고 그들이 자신들이 도둑 놈이라는 사실 조차 모른다고 자기들끼리 쑥덕인다. 말하자면 10만 명 이상 투옥되고 죽어갔는데 위정자들은 그러한 사실을 몰랐다고 강변하는데서 이 들의 분노가 촉발하고 있는 것이다.

장면은 바뀌어 회식하던 공산주의자들의 요청으로 노래는 공식적인 노래로 바뀌는데 이것은 그들이 자신들의 악덕을 근엄함으로 은폐하고 그 근엄함을 통해 국민들을 지배하려는 의도를 가지고 있음을 보여주려는 감독의 의도적 산물이라 할 수 있다. 이때 토마스는 매력적으로 오이디푸스론을 펼친다. 오이디푸스는 아버지를 죽이고 어머니와 근친상간한 존재로서 자기의 죄를 뉘우치고 결국 자신의 두 눈을 뽑아버리는데 이들 공산주의자들은 그러한 죄의식조차 없다는 것이다. 그리고 다시 흥겨운 노래로 바뀌고 분위기가 바뀌면서 외설적인 춤과 장면이 제시되고 있는데 이는 바로 앞 장면의 공산주의자들의 위선적인 엄숙함과 날카롭게 대비시키려는 대비적 효과의 장치라 할 수 있다. 다시 말해 이것은 근엄한 위선에 대해 성적 노출을 통해 공격하려는 것이다. 이 장면은 영화화되면서 삭제된 수많은 원작의 내용들과 달리 상당히 클로즈업되고 있는데 이 부분이 원작자와 감독의 차이라면 차이다. 감독은 이를 통해 공산주의에 대한 강한 공격성을 보여주고 있는 것이다. 물론 토마스가 자신의 직장동료와 테레사가 격렬하게 춤을 추는 것을 보고 질투하는 것을 보여주지만 그것이 토마스가 현실적인, 정치적인 문제를 전면 거부하고 있다는 원작의 의도를 보여주기에는 한계가 있다. 원작에서는 현실적이고 정치적인 문제도 중요하지만 보다 중요한 것은 테레사에 대한 애정, 또는 현실에 대한 전면적 거부라는 허무주의 등이 주로 전달되고 있는 것이다. 영화에서는 이와 달리 바로 이어서 토마스가 자신의 오이디푸스론을 신문사에 기고하는 장면을 더 부각시킨다. 그러니까 토마스와 테레사의 영화 속 세계는 정치 권력에 무기력한 일상성의 세계이지 우리가 원작에서 볼 수 있는 무거움/가벼움을 통한 현실에 대한 전면적이고 철학적인 부정은 아니라는 것이다.

그러한 것은 토마스와 테레사가 꿈 이야기를 두고 다투는 장면에서도 나온다. 테레사가 수영장 꿈을 꾼 뒤 토마스의 바람기를 못 이기고 나와 부닥

치는 소련군 탱크 신은 원작에는 없는 부분이다. 이 부분은 상당히 긴박성을 동반하고 제시되고 있는데 이러한 긴박성은 원작의 현실에 대한 전면적 거부와 달리 정치적 현실/일상성의 대립을 극명하게 보여준다. 뒤이어 이들의 잔인한 만행이 치밀하고 자세하게 그리고 오랫동안 묘사되고 이들에 대항하는 민주 행렬에 토마스와 테레사가 동참하는 장면이 리얼하게 그려지고 있다. 이 무수한 만행과 긴장을 뚫고 기총 소사 속에 수없는 사람들이 죽어가지만 테레사는 죽음을 무릅쓰고 카메라의 셔터를 눌러댄다. 이 장면에서 나오는 음악은 장송곡의 곡조를 띠며 애잔하게 울려 퍼지고 그 음악에 감싸여 소련군의 행렬과 만행이 흑백사진으로 처리된다. 오래된 성들과 탑들이 마치 몽타주기법으로 제시되고 평화를 상징하는 거리 바이올린 소리가 울려 퍼진다. 이 장면은 원작에서 강조하는 것 훨씬 이상으로 화면 전면을 뒤덮고 있으며 또 지속되고 있다. 사람들은 사선을 뚫고 스크럼을 짜고 죽음 앞에 서서 행진하고 있다. 포격과 폭격으로 시가는 불타오르고 사람들은 죽어나간다. 이러한 묘사는 분명히 일상성에 사로잡힌 토마스와 테레사로 하여금 조국의 부름에 기꺼이 나서야 한다는 강요로 보여 진다.

원작에 충실한 것은 오히려 프란츠와 사비나에게서 엿보인다. 사비나는 망명자들의 모임에 가서 검지를 높이 세우며 말하는 사람의 용기 있는 참여론을, 그렇다면 조국에서 왜 망명했느냐며 시비하고 오히려 다시 돌아가서 싸우라고 말한다. 그리고 박차고 나오는데 사비나에게 있어서는 공산주의체제 그 자체가 거부대상이었기 때문이다. 그녀는 기본적으로 가벼움을 추구하는 여자이다. 반면에 프란츠는 학대받는 사람에 대한 무한한 연민에 사로잡혀 있고 심지어 데모대에 대한 찬미론 마저 펴고 있다. 그러니까 이 두 세계관이 서로 맞지 않는 것은 사실이지만 그들의 대화는 충분히 원작에 충실하고 있다는 말이다. 그러나 이들에 대한 삽화는 경미하게 처리되고 있다. 프란츠가 나중 캄보디아에 출정하는 부분도 삭제되어 있고 이들의 삽화 역시 간단한 몇 개의 장면으로 국한되어 있는 것이다. 그러니까 영화는 대체로 토마스와 테레사를 중심으로 엮어가고 있다고 말할 수 있다. 토마스와 테레사가 스위스로 가는 장면도 일체의 과정이 생략되어 있다. 이것은 관객으로 하여금 채워 넣을 수 있게 한다는 점에서 일종의 여백에 해당한다고 할 수 있다. 그 여백을 우리가 채워 넣자면 아마도 체코내부에서는 더 이상 사진을 찍고 기고한다는 것이 검열로 인해 더 이상 가능하지 않았기 때문이라고 추정할 수 있다.

그러나 스위스로 와서도 테레사의 현실고발의지는 실현될 수 없다. 왜냐하면 그것은 이미 시의적절한 것이 아니었고 사진찍기로 테레사가 할 수 있는 일이란 고작 나체 사진 찍는 것—서방사회에서 각광받고 있는—밖에 없었기 때문이다. 테레사는 이 나체사진을 찍기 위해 사비나를 찾아가는데 이는 자학의 한 상징이다. 자학한다는 것, 이것은 무거움이 아니겠는가. 결국 테레사는 프라하로 다시 돌아가게 되는데 이 장면이 돌연한 것같은 느낌이다. 왜냐하면 테레사의 귀향은 그 자체로 보면 스위스에서도 자신의 할 일이 별 의미를 찾지 못했기 때문으로 해석되는데 정작 토마스에게 남겨놓은 메모에는 토마스의 외도를 견디기 힘들기 때문에 돌아가는 것으로 표현하고 있기 때문이다. 이것은 원작을 영화가 다 보여줄 수 없기 때문에 발생한 한계로 이해할 수 있다. 하지만 관객이 보기에는 개연성의 부재로 읽을 수도 있다.

그리고 뒤이어서 테레사를 좇아 다시 프라하로 돌아온 토마스의 취업문제가 부각된다. 그는 자신이 예전에 썼던 오이디푸스론에 대한 반성문을 쓰지 않으면 결코 복직이 될 수 없다. 그런데도 그는 자신의 소신을 꺾지 않기 위하여 스스로 나락으로 빠져들어간다. 이 과정도 그가 삶의 무거움을 감당하는 부분으로서 원작의 토마스의 내면을 그리고 있다기보다는 현실에 대해 저항하는 인텔리로 보이게 한다. 그리고 현실적 삶의 전면적 무의미를 말하기에는 토마스의 행동—서명서를 갖고 온 내무서원에 대한—이 너무 단호하다.

그는 현실의 악에 싸우는 투사적 인테리의 이미지로 부각된다. 그리고 그 악과 싸우기 위하여 스스로 유리닦기라는 나락으로 깊이 빠져든다. 테레사 역시 마찬가지이다. 그녀는 토마스의 일탈행위—토마스의 일탈행위는 한번만 나타나고 있다. 그것이 반복되고 있다는 것은 테레사의 그에 대한 불평에서만 감지될 뿐이다. 다시 말해 그렇게 함으로써 원작에서 강조되고 있는 사적인 성적 일탈의 의미는 축소되고 토마스의 현실에 대한 저항의 이미지만 더 크게 부각되고 있다—에 대한 반작용으로서 자기도 역시 외도를 하게 되는데 그 외도조차 비밀경찰이 몰래 엿보고 있다는 망상에 사로잡혀 있다. 현실의 무게를 압도적으로 느끼게 하는 장면이다. 그들이 이 모든 것을 버리고 전원으로 가 행복하게 사는 장면도 현실의 중압감에 벗어나기 위한 그들의 행복찾기, 즉 현실 관련성을 강하게 보여주고 있다.

소설(문학)에서 영화로 가는 길은 이처럼 다르고 그 다름은 무수할 수도 있다. 그것은 다시 말하면 소설이 영화로 창조될 수 있는 무수한 가능성이 있다는 것이다. 소설은 영화와 뗄래야 뗄 수 없는 관계에 있다. 영화는 원작에 너무 충실하면 오히려 실패한다. 두 장르간의 차이를 인식하지 않으면 창조도 존재하지 않는다. 새로운 창조를 위하여 소설이 무한한 가능성 속에 놓여 있음은 소설의 미래를 위하여 시사하는 바가 많다. 이 작품처럼 소설이 영화화할 때 반드시 실패하는 것만은 아니다. 소설을 통해 새로운 작품으로 탄생할 수 있는 것이다. 그 성공은 감독이 원작을 얼마나 깊이 소화하고 그것을 자신의 주제의식에 어떻게 연결시키느냐에 달려 있다.

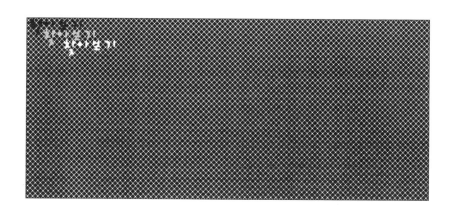